HEYNE

Das Buch

Eine Kleinstadt im Nordosten der USA im Jahre 1960. An seinem elften Geburtstag bekommt der elfjährige Bobby zwar nicht das gewünschte Fahrrad, aber dafür zieht Ted Brautigan als Nachbar ein. Zum Mißfallen seiner Mutter freundet sich Bobby schnell mit dem etwas skurrilen älteren Mann an, der sich von gemeingefährlichen Männern in gelben Mänteln verfolgt fühlt. Was Bobby anfangs als verrückte Marotte des alten Herrn abtut, wird bald bittere Realität. Die »gelben Männer« sind nicht nur auf der Jagd nach Ted, sondern auch Bobby selbst ist in Gefahr.

Die Geschichte des Jungen, in dessen Leben unvermittelt Gefahr und Gewalt einbrechen, und die Entwicklung in den darauffolgenden Jahren und Jahrzehnten, steht stellvertretend für eine Generation, der auch Stephen King selbst angehörte.

Oscar-Preisträger Scott Hicks *(Shine, Schnee der auf Zedern fällt)* verfilmte den Roman von Stephen King mit Anthony Hopkins, Anton Yelchin und Hope Davis in den Hauptrollen.

Der Autor

Stephen King ist der populärste Schriftsteller der Vereinigten Staaten und der meistgelesene Horrorautor der Welt. Viele seiner Romane wurden erfolgreich verfilmt, z.B. »Shining«, »Es«, »Sie« oder »Green Mile«. Stephen King lebt zusammen mit seiner Frau in Bangor, Maine.

Eine Liste der im WILHELM HEYNE VERLAG erschienenen Titel von Stephen King finden Sie im hinteren Teil des Buches.

STEPHEN KING

HEARTS IN ATLANTIS

Der Roman zum Film

Aus dem Amerikanischen
von Peter Robert

WILHELM HEYNE VERLAG
MÜNCHEN

HEYNE ALLGEMEINE REIHE
Nr. 01/20067

Die Originalausgabe
HEARTS IN ATLANTIS
erschien 1999 bei Scribner, New York

Umwelthinweis:
Dieses Buch wurde auf
chlor- und säurefreiem Papier gedruckt.

(Der Titel erschien bereits in der Allgemeinen Reihe
mit der Band-Nr. 01/13208)

Taschenbuchausgabe 02/2002

Printed in Germany 2002
Umschlag- und Innenillustrationen: Warner-Bros. and
Castle Rock Entertainment. All Rights Reserved
Umschlaggestaltung: Nele Schütz Design, München
Druck und Bindung: Elsnerdruck, Berlin

ISBN: 3-453-18566-8

http://www.heyne.de

Dies hier ist für Joseph und Leonora und Ethan:
Ich hab euch all das erzählt, um euch dies zu erzählen

Nummer sechs: Was wollen Sie?
Nummer zwei: Informationen.
Nummer sechs: Auf wessen Seite sind Sie?
Nummer zwei: Wir sind auf der richtigen Seite.
Wir wollen Informationen, Informationen.
Nummer sechs: Ich sage nichts.
Nummer zwei: So oder so, Sie werden sprechen.

Nummer sechs

Simon blieb in seinem Versteck, ein kleiner brauner Fleck, hinter dem Laub verborgen. Selbst wenn er die Augen schloß, verfolgte ihn der Schweinskopf wie ein Nachbild. Sein verschleierter Blick sah Simon düster mit dem grenzenlosen Zynismus des Lebenserfahrenen an und versicherte ihm, daß alles schlecht war.

William Golding, *Herr der Fliegen*

»Wir haben's vermasselt.«

Easy Rider

1960: Sie hatten einen Stock,
der an beiden Enden angespitzt war.

1960

NIEDERE MÄNNER IN GELBEN MÄNTELN

I. Ein Junge und seine Mutter. Bobbys Geburtstag. Der neue Mieter. Von der Zeit und Fremdlingen

Bobby Garfields Vater hatte zu denen gehört, die schon mit zwanzig bis dreißig Jahren die Haare zu verlieren beginnen und so zirka mit fünfundvierzig völlig kahl sind. Randall Garfield blieb dieses Endstadium erspart, weil er mit sechsunddreißig an einem Herzinfarkt starb. Er war Immobilienmakler und tat seinen letzten Atemzug auf dem Küchenboden irgendeines fremden Hauses. Der potentielle Käufer war im Wohnzimmer und versuchte, über ein abgemeldetes Telefon einen Krankenwagen zu rufen, als Bobbys Dad sein Leben aushauchte. Zu diesem Zeitpunkt war Bobby drei. Er hatte verschwommene Erinnerungen an einen Mann, der ihn kitzelte und ihn dann auf Wangen und Stirn küßte. Er war ziemlich sicher, daß dieser Mann sein Vater gewesen war. SCHMERZLICH VERMISST stand auf Randall Garfields Grabstein, aber der Schmerz von Bobbys Mom schien sich in Grenzen zu halten, und was Bobby selbst betraf… nun, wie konnte man jemand vermissen, an den man sich kaum erinnerte?

Acht Jahre nach dem Tod seines Vaters verliebte sich Bobby heftig in das sechsundzwanzigzöllige Schwinn im Schaufenster von Harwich Western Auto. Er machte seiner Mutter gegenüber auf jede erdenkliche Weise Andeutungen hinsichtlich des Schwinn und zeigte es ihr schließlich eines Abends auf dem Heimweg vom Kino (sie hatten sich *Das Dunkel am Ende der Treppe* angesehen, einen Film, den Bobby zwar nicht verstanden, aber trotzdem gut gefunden hatte, besonders den Teil, wo Dorothy McGuire mit einem Stuhl umkippte und ihre langen Beine zeigte). Als sie an dem Eisenwarenladen vorbeikamen, erwähnte Bobby beiläufig, daß das Fahrrad im Schaufenster bestimmt ein tolles Geschenk zum elften Geburtstag wäre – für irgendeinen glücklichen Jungen.

»Denk nicht mal dran«, sagte sie. »Ich kann's mir nicht leisten, dir ein Fahrrad zum Geburtstag zu schenken. Dein Vater hat uns nicht gerade ein Vermögen hinterlassen, weißt du.«

Obwohl Randall schon zur Zeit von Trumans Präsidentschaft gestorben war und Eisenhowers achtjähriger Törn sich auch bereits seinem Ende näherte, war *Dein Vater hat uns nicht gerade ein Vermögen hinterlassen* immer noch die häufigste Antwort seiner Mutter auf jeden Vorschlag von Bobby, der mit der Ausgabe von mehr als einem Dollar verbunden sein könnte. Normalerweise wurde die Bemerkung von einem tadelnden Blick begleitet, als wäre der Mann weggelaufen und nicht gestorben.

Kein Fahrrad zum Geburtstag. Bobby dachte auf dem Heimweg betrübt darüber nach. Seine Freude über den seltsamen, verworrenen Film, den sie gesehen hatten, war weitgehend verflogen. Er diskutierte nicht mit seiner Mutter und versuchte auch nicht, sie zu beschwatzen – das würde einen Gegenangriff auslösen, und wenn Liz Garfield zum Gegenangriff überging, dann machte sie keine Gefangenen –, aber er grübelte über dieses verlorene Fahrrad nach… und über den verlorenen Vater. Manchmal haßte er seinen Vater beinahe. Und das einzige, was ihn davon abhielt, war das an nichts festzumachende, aber sehr starke Gefühl, daß seine Mutter sich wünschte, er täte es. Als sie den Commonwealth Park erreichten und daran entlanggingen – zwei Blocks weiter vorn würden sie links auf die Broad Street abbiegen, wo sie wohnten –, warf er seine üblichen Bedenken über Bord und stellte eine Frage nach Randall Garfield.

»Hat er nichts hinterlassen, Mom? Überhaupt nichts?« Vor ein oder zwei Wochen hatte er einen Nancy-Drew-Krimi gelesen, in dem das Erbe eines armen Kindes hinter einer alten Uhr in einem verlassenen Herrenhaus versteckt gewesen war. Bobby glaubte eigentlich nicht, daß sein Vater irgendwo Goldmünzen oder seltene Briefmarken gehortet hatte, aber wenn es überhaupt etwas gab, dann konnten sie es vielleicht in Bridgeport verkaufen. Möglicherweise in einem der Pfandhäuser. Bobby wußte nicht genau, wie das mit dem Verpfänden so ablief, aber er wußte, wie die Pfandhäuser aussahen – an der Fassade hingen drei goldene Kugeln. Und er war sicher, daß die Leute im Pfandhaus ihnen gern helfen würden. Natürlich war das nur ein Kindertraum, aber Carol Gerber ein Stück weiter oben in der Straße besaß einen kompletten Satz Puppen, den ihr Vater, der bei der Navy war, ihr aus Europa geschickt hatte. Wenn Väter einem was *schenkten* – was sie taten –, stand zu erwarten, daß Väter manchmal auch was *hinterließen*.

Als Bobby die Frage stellte, gingen sie gerade unter einer der Straßenlaternen durch, die diese Seite des Commonwealth Park säumten, und Bobby sah, wie der Mund seiner Mutter sich veränderte, so wie jedesmal, wenn er es wagte, eine Frage über seinen verstorbenen Vater zu stellen. Die Veränderung erinnerte ihn an ihren Geldbeutel: Wenn man an den Schnüren zog, wurde das Loch oben kleiner.

»Ich werde dir sagen, was er hinterlassen hat«, begann sie, als sie sich an den Aufstieg zum Broad Street Hill machten. Bobby wünschte bereits, er hätte nicht gefragt, aber jetzt war es natürlich zu spät. Wenn man sie erst mal in Gang gesetzt hatte, ließ sie sich nicht mehr stoppen, das war das Problem. »Er hat die Police einer Lebensversicherung hinterlassen, die in dem Jahr vor seinem Tod erloschen war. Ich wußte so gut wie nichts davon, als er noch lebte, und jeder – einschließlich des Leichenbestatters – wollte sein kleines Stück von dem haben, was ich nicht hatte. Er hat auch einen großen Stapel unbezahlter Rechnungen hinterlassen, die ich inzwischen größtenteils abbezahlt habe – die Leute waren sehr verständnisvoll, was meine Situation betrifft, besonders Mr. Biderman, das kann man nicht anders sagen.«

Das waren alles alte Geschichten, ebenso langweilig wie von Bitterkeit durchsetzt, aber dann erzählte sie Bobby etwas Neues. »Dein Vater«, sagte sie, als sie sich dem großen Wohnhaus näherten, das auf halber Höhe des Broad Street Hill stand, »hat nie einen Inside Straight gekriegt, der ihm nicht gefallen hätte.«

»Was ist ein Inside Straight, Mom?«

»Unwichtig. Aber eins sag ich dir, Bobby-O: Laß dich bloß nie von mir beim Kartenspielen um Geld erwischen! Davon hab ich für den Rest meines Lebens genug.«

Bobby wollte nachfragen, überlegte es sich aber anders; weitere Fragen hätten wahrscheinlich eine Schimpfkanonade ausgelöst. Ihm ging der Gedanke durch den Kopf, daß der Film, in dem es um unglückliche Ehemänner und Ehefrauen gegangen war, sie vielleicht auf eine Weise aufgeregt hatte, die er als Kind nicht verstehen konnte. Er würde seinen Freund John Sullivan am Montag in der Schule nach den Inside Straights fragen. Bobby glaubte, daß es dabei um Poker ging, aber er war nicht ganz sicher.

»In Bridgeport gibt es Häuser, in denen Männer ihr Geld lassen«, sagte sie, während sie auf die Haustür zusteuerten. »Da gehen dumme Männer hin. Dumme Männer richten ein heilloses Schlamassel an, und für gewöhnlich sind's die Frauen dieser Welt, die hinterher alles wieder in Ordnung bringen müssen. Tja ...«

Bobby wußte, was als nächstes kam; es war immer schon der Lieblingsspruch seiner Mutter gewesen.

»Das Leben ist nun mal nicht fair«, sagte Liz Garfield, als sie ihren Hausschlüssel herausholte und Anstalten machte, die Tür von 149 Broad Street in der Stadt Harwich, Connecticut, aufzuschließen. Es war April 1960, die Nacht atmete Frühlingsduft, und neben ihr stand ein magerer Junge mit den verwegenen roten Haaren seines toten Vaters. Sie strich ihm so gut wie nie durchs Haar; wenn sie einmal zärtlich zu ihm war, was selten genug vorkam, berührte sie ihn meistens am Arm oder an der Wange.

»Das Leben ist nicht fair«, wiederholte sie. Dann machte sie die Tür auf, und sie gingen hinein.

Es stimmte schon, daß seine Mutter nicht wie eine Prinzessin behandelt worden war, und es war sicher verdammt schade, daß ihr Mann sein Leben im Alter von sechsunddreißig Jahren auf dem Linoleumfußboden eines leeren Haus beschlossen hatte, aber Bobby dachte manchmal, es hätte schlimmer kommen können. Sie hätte zum Beispiel zwei Kinder haben können statt eins. Oder drei. Ja sogar vier, zum Teufel.

Oder angenommen, sie hätte einen wirklich harten Job machen müssen, um sie beide zu ernähren? Sullys Mom arbeitete in der Tip-Top Bakery in der Innenstadt, und in den Wochen, in denen sie die Backöfen anheizen mußte, bekamen Sully-John und seine beiden älteren Brüder sie praktisch nicht zu Gesicht. Außerdem hatte Bobby die Frauen beobachtet, die aus der Peerless Shoe Company kamen, wenn um drei Uhr die Sirene heulte (er selber kam um halb drei aus der Schule), Frauen, die alle viel zu dünn oder viel zu dick zu sein schienen, Frauen mit bleichen Gesichtern und schrecklichen, wie altes Blut aussehenden Farbflecken an den Fingern, Frauen mit gesenktem Blick, die ihre Arbeitsschuhe und Arbeitshosen in Einkaufstüten von Total Grocery bei sich trugen. Als er im letzten Herbst mit Mrs. Gerber, Carol und dem kleinen Ian (den Carol immer Schnodder-Ian nannte) zu einer Kirchweih gefahren war, hatte er Männer und Frauen gesehen, die draußen auf dem Land Äpfel pflückten. Auf seine Frage nach diesen Leuten hatte Mrs. Gerber erklärt, das seien Migranten, so wie manche Vogelarten – immer unterwegs, immer dort in Scharen anzutreffen, wo gerade irgendwelche Früchte reif seien. Bobbys Mutter hätte eine von ihnen sein können, aber sie war es nicht.

Sie *war* jedoch Mr. Donald Bidermans Sekretärin bei Home Town Real Estate, der Firma, bei der Bobbys Dad gearbeitet hatte, als er von seinem Herzinfarkt dahingerafft worden war. Bobby vermutete, daß sie den Job vor allem deshalb bekommen hatte, weil Donald Biderman Randall gemocht hatte und weil sie ihm leid tat – verwitwet, mit einem kleinen Sohn, der kaum den Windeln entwachsen war –, aber sie war gut in ihrem Job, und sie arbeitete hart. Sehr oft bis spät in die Nacht hinein. Bobby war ein paarmal mit seiner Mutter und Mr. Biderman zusammengewesen – am deutlichsten erinnerte er sich an das Betriebspicknick, aber auch daran, wie Mr. Biderman sie zum Zahnarzt in Bridgeport gefahren hatte, als Bobby beim Spielen in der Pause ein Zahn ausgeschlagen worden war –, und die beiden Erwachsenen hatten so eine gewisse Art gehabt, einander anzusehen. Manchmal rief Mr. Biderman seine Mutter abends an, und in diesen Gesprächen nannte sie ihn Don. Aber »Don« war alt, und Bobby dachte nicht viel über ihn nach.

Bobby wußte nicht so genau, was seine Mom tagsüber (und abends) im Büro machte, aber er war sicher, daß es besser war, als Schuhe herzustellen oder Äpfel zu pflücken oder um halb fünf Uhr morgens die Backöfen der Tip-Top Bakery anzuheizen. Bobby war sicher, daß es all diese Jobs um Längen schlug. Außerdem handelte man sich bei seiner Mom Ärger ein, wenn man sie bestimmte Sachen fragte. Zum Beispiel, wieso sie sich drei neue Kleider von Sears leisten konnte, eins davon aus Seide, aber keine drei Monatsraten von 11 Dollar 50 für das Schwinn im Schaufenster von Western Auto (es war rot und silbern, und Bobbys Eingeweide krampften sich schon vor Sehnsucht zusammen, wenn er es bloß ansah). Wenn man sie solche Sachen fragte, handelte man sich *richtigen* Ärger ein.

Das tat Bobby nicht. Er machte sich einfach daran, das Geld für das Fahrrad selbst zu verdienen. Dafür würde er bis zum Herbst brauchen, vielleicht sogar bis zum Winter, und dieses spezielle Modell würde bis dahin möglicherweise aus dem Schaufenster von Western Auto verschwunden sein, aber er würde nicht aufgeben. Man mußte sich schon dahinterklemmen und sich ordentlich ins Zeug legen. Das Leben war nicht leicht, und fair war es auch nicht.

Als es am letzten Tag im April endlich soweit war und Bobby elf wurde, schenkte ihm seine Mom ein kleines, flaches, in Silberpapier eingeschlagenes Päckchen zum Geburtstag. Es enthielt einen orangefarbenen Leserausweis für die Bücherei. Einen Leserausweis für *Erwachsene*. Adieu, Nancy Drew, Hardy Boys und Don Winslow vom Navy-Geheimdienst – jetzt kamen all die anderen dran, Geschichten voller geheimnisvoller, verworrener, leidenschaftlicher Gefühle wie *Das Dunkel am Ende der Treppe*. Ganz zu schweigen von blutigen Dolchen in Turmzimmern. (In den Geschichten mit Nancy Drew oder den Hardy Boys gab es auch Geheimnisse und Turmzimmer, aber nur sehr wenig Blut und überhaupt keine leidenschaftlichen Gefühle.)

»Aber denk dran, daß Mrs. Kelton an der Ausleihe eine Freundin von mir ist«, sagte Mom in ihrem üblichen trockenen, warnenden Ton. Sie freute sich jedoch über seine Freude – sie sah sie ihm an. »Wenn du versuchst, irgendwas Schlüpfriges auszuleihen – Sachen wie *Die Leute von Peyton Place* oder *King's Row* –, dann werd ich's erfahren.«

Bobby lächelte. Das wußte er.

»Und wenn du an die andere gerätst, Miss Übereifrig, und sie dich fragt, was du mit einer orangefarbenen Karte machst, dann sag ihr, sie soll sie umdrehen. Da steht meine schriftliche Erlaubnis drauf, über meiner Unterschrift.«

»Danke, Mom. Das ist prima.«

Sie bückte sich lächelnd und gab ihm einen trockenen Lippenwischer auf die Wange, der fast schon vorbei war, ehe sie ihn überhaupt berührt hatte. »Freut mich, daß es das Richtige ist. Wenn ich früh genug nach Hause komme, gehen wir ins Colony und essen gebratene Muscheln und Eis. Mit deinem Kuchen mußt du bis zum Wochenende warten; vorher hab ich keine Zeit zum Backen. Jetzt zieh deine Jacke an und dann los, Sohnemann. Sonst kommst du noch zu spät zur Schule.«

Sie gingen zusammen die Treppe hinunter und auf die Veranda hinaus. Am Straßenrand stand ein Taxi. Ein Mann in einer Popelinejacke lehnte im Beifahrerfenster und bezahlte den Fahrer. Hinter ihm lag ein kleiner Haufen von Gepäckstücken und Papiertüten, solche mit Henkeln.

»Das muß der Mann sein, der gerade das Zimmer im zweiten Stock gemietet hat«, sagte Liz. Ihr Mund hatte wieder seinen Schrumpftrick vollführt. Sie stand auf der obersten Verandastufe und warf einen abschätzigen Blick auf den schmalen Po des Mannes, der sich ihnen entgegenstreckte, während der Mann den Taxifahrer bezahlte. »Ich trau Leuten nicht, die mit Papiertüten umziehen. Für mich sieht's einfach *schlampig* aus, wenn jemand seine Sachen in eine Papiertüte packt.«

»Er hat ja auch Koffer«, sagte Bobby, aber seine Mutter brauchte ihn gar nicht erst darauf hinzuweisen, daß die drei kleinen Koffer des neuen Mieters auch nicht viel hermachten. Sie paßten nicht zueinander und sahen alle so aus, als wären sie von jemandem, der schlechte Laune hatte, mit den Füßen von Kalifornien bis hierher befördert worden.

Bobby und seine Mom gingen den Zementweg entlang. Das Taxi fuhr los. Der Mann in der Popelinejacke drehte sich um. Für Bobby gab es drei Kategorien von Menschen: Kinder, Erwachsene und alte Leute. Alte Leute waren Erwachsene mit weißen Haaren. Der neue Mieter gehörte in diese Kategorie. Sein Gesicht war schmal und müde, nicht runzlig (außer um die ausgebleichten blauen Augen herum), aber mit tiefen Furchen. Seine weißen Haare waren so fein wie die eines Babys, und er hatte eine leichte leberfleckige Stirnglatze. Mit seinem hochgewachsen Körper und der leicht gebeugten Haltung erinnerte er Bobby irgendwie an Boris Karloff in den Filmen, die sie jeden Freitagabend in der Reihe *Shock Theater* um halb zwölf auf WPIX zeigten. Unter der Popelinejacke trug er billige Arbeitskleidung, die aussah, als wäre sie ihm zu groß. Seine Füßen steckten in ausgetretenen Korduanlederschuhen.

»Hallo, Leute«, sagte er mit einem etwas bemüht wirkenden Lächeln. »Mein Name ist Theodore Brautigan. Ich werde wohl für eine Weile hier wohnen.«

Er streckte Bobbys Mutter die Hand hin. Diese ergriff sie nur kurz. »Ich bin Elizabeth Garfield. Das ist mein Sohn, Robert. Sie müssen uns entschuldigen, Mr. Brattigan –«

»Brautigan, Ma'am, aber ich würde mich freuen, wenn Sie und Ihr Junge mich einfach Ted nennen würden.«

»Ja, also, Robert muß zur Schule und ich zur Arbeit, und wir sind beide spät dran. War nett, Sie kennenzulernen, Mr. Brattigan. Na los, beeil dich, Bobby. *Tempus fugit*.«

Sie setzte sich bergab in Richtung Stadt in Bewegung; Bobby begann, bergauf zur Harwich Elementary zu gehen, der Grundschule auf der Asher Avenue, und zwar in langsamerem Tempo. Nach drei oder vier Schritten blieb er stehen und blickte zurück. Er hatte den Eindruck, daß seine Mom Mr. Brautigan gegenüber unhöflich und hochnäsig gewesen war. Hochnäsigkeit war die schlimmste Untugend in seinem kleinen Freundeskreis. Carol verabscheute hochnäsige Leute; Sully-John auch. Mr. Brautigan würde inzwischen wahrscheinlich schon halb bei der Veranda sein, aber wenn nicht, dann wollte Bobby ihm ein Lächeln schenken, damit er wußte, daß zumindest einer der Garfields nicht hochnäsig war.

Seine Mutter war ebenfalls stehengeblieben und blickte zurück. Nicht, weil sie Mr. Brautigan noch einmal ansehen wollte; auf die Idee kam Bobby erst gar nicht. Nein, ihr Blick galt ihrem Sohn. Sie hatte gewußt, daß er sich umdrehen würde, bevor Bobby es selbst gewußt hatte, und bei diesem Gedanken merkte er, wie sich sein normalerweise freundliches Naturell auf einmal verdunkelte. Sie sagte manchmal, daß es eher in St. Pete schneien würde, als daß Bobby ihr etwas vormachen würde, und er glaubte, daß sie da recht hatte. Wie alt mußte man eigentlich sein, um seiner Mutter etwas vorzumachen? Zwanzig? Dreißig? Oder mußte man vielleicht warten, bis *sie* alt und ein bißchen matschig in der Birne war?

Mr. Brautigan hatte sich noch nicht in Bewegung gesetzt. Er stand am Kopfende des Weges, einen Koffer in jeder Hand und den dritten unter dem rechten Arm (die drei Papiertüten hatte er auf die Rasenfläche vor 149 Broad gestellt), tiefer gebeugt denn je unter diesem Gewicht. Er war genau zwischen ihnen, wie ein Schlagbaum oder so.

Liz Garfields Blick flog an ihm vorbei und begegnete dem ihres Sohnes. *Geh*, sagte der Blick. *Sag kein Wort. Er ist neu, ein Mann aus Irgendwo oder Nirgendwo, und er kommt hierher und hat die Hälfte seiner Sachen in Einkaufstüten. Sag kein Wort, Bobby, geh einfach.*

Aber das würde er nicht tun. Vielleicht, weil er einen Leserausweis statt eines Fahrrads zum Geburtstag bekommen hatte. »War nett, Sie kennenzulernen, Mr. Brautigan«, sagte Bobby. »Hoffentlich gefällt's Ihnen hier. Wiedersehn.«

»Und dir einen schönen Tag in der Schule, mein Junge«, sagte Mr. Brautigan. »Lern ordentlich was. Deine Mutter hat recht – *tempus fugit*.«

Bobby sah seine Mutter an, um festzustellen, ob ihm seine kleine Rebellion angesichts dieser ebenso kleinen Schmeichelei vielleicht vergeben werden würde, aber Moms Mund war unnachgiebig. Sie drehte sich wortlos um und ging weiter bergab. Bobby ging ebenfalls weiter, froh, daß er mit dem Fremden gesprochen hatte, selbst wenn seine Mutter später dafür sorgen würde, daß er es bereute.

Als er sich Carol Gerbers Haus näherte, holte er den orangefarbenen Leserausweis heraus und sah ihn sich an. Er war kein sechsundzwanzigzölliges Schwinn, aber trotzdem ziemlich gut. Sogar richtig toll. Eine ganze Welt von Büchern, die er erforschen konnte, und was war schon dabei, wenn er nur zwei oder drei Dollar gekostet hatte? Hieß es nicht immer, es käme nur auf die Idee an?

Na ja … das war es jedenfalls, was seine *Mom* sagte.

Er drehte den Ausweis um. Auf der Rückseite stand in ihrer energischen Handschrift: »*An die zuständige Bibliothekarin: Das ist der Leserausweis meines Sohnes. Er hat meine Erlaubnis, drei Bücher pro Woche aus der Erwachsenenabteilung der Harwich Public Library auszuleihen.*« Die Unterschrift lautete *Elizabeth Penrose Garfield*.

Unter ihrem Namen hatte sie wie ein Postscriptum hinzugefügt: *Für seine Mahngebühren ist Robert selbst zuständig.*

»Das Geburtstagskind!« rief Carol Gerber zu seiner Überraschung aus und kam hinter einem Baum hervorgestürmt, wo sie auf der Lauer gelegen hatte. Sie schlang ihm die Arme um den Hals und gab ihm einen kräftigen Schmatz auf die Wange. Bobby errötete, schaute sich um, ob jemand zusah – herrje, es war auch ohne Küsse schon schwer genug, mit einem Mädchen befreundet zu sein –, aber es war alles in Ordnung. Der übliche morgendliche Strom von Schülern zog auf der Asher Avenue oben über die Hügelkuppe in Richtung Schule, aber hier unten waren sie allein.

Bobby rieb sich die Wange.

»Ach komm, du fandest es doch schön«, sagte sie lachend.

»Fand ich nicht«, sagte Bobby, obwohl sie recht hatte.

»Was hast du zum Geburtstag gekriegt?«

»Einen Leserausweis für die Bücherei«, sagte Bobby und zeigte ihn ihr. »Einen Leserausweis für *Erwachsene*.«

»Cool!« War das Mitleid, was er da in ihren Augen sah? Wahrscheinlich nicht. Und selbst wenn, was war schon dabei? »Hier. Für dich.« Sie gab ihm einen Grußkartenumschlag, auf dem sein Name stand. Sie hatte auch ein paar Herzen und Teddybären dazugeklebt.

Bobby öffnete den Umschlag ein wenig beklommen und rief sich ins Gedächtnis, daß er die Karte in den Tiefen der Gesäßtasche seiner khakibraunen Hose verschwinden lassen konnte, falls sie schmalzig war.

Das war sie aber nicht. Vielleicht ein bißchen babyhaft (ein Junge mit einem Stetson-Hut auf einem Pferd, drinnen HAPPY

BIRTHDAY COWBOY in Lettern, die wie aus Holz geschnitzt wirken sollten), aber nicht schmalzig. *In Liebe, Carol* war ein bißchen schmalzig, aber sie war ja auch ein Mädchen, was konnte man da machen?

»Danke.«

»Ist 'n bißchen 'ne Babykarte, ich weiß, aber die anderen waren noch schlimmer«, sagte Carol nüchtern. Ein Stück weiter hügelaufwärts wartete Sully-John auf sie. Er war wild mit seinem Bolo-Bouncer zugange, ließ ihn unter dem rechten Arm, unter dem linken Arm und hinter dem Rücken herumwandern. Er versuchte nicht mehr, ihn auch zwischen den Beinen durchwandern zu lassen; das hatte er einmal auf dem Schulhof probiert und sich dabei einen satten Schlag in die Eier eingehandelt. Sully hatte aufgeschrien. Bobby und ein paar andere Kinder hatten gelacht, bis ihnen die Tränen kamen. Carol und drei ihrer Freundinnen waren herübergelaufen gekommen, um sich zu erkundigen, was los war, und die Jungs hatten alle »Nichts« gesagt – Sully-John auch, obwohl er blaß und den Tränen nahe gewesen war. *Jungs sind blöd*, hatte Carol damals gesagt, aber Bobby glaubte nicht, daß sie das ernst meinte. Sonst wäre sie nicht herausgesprungen und hätte ihm diesen Kuß gegeben, und es war ein guter Kuß gewesen, ein richtiger Schmatz. Besser als der, den seine Mutter ihm gegeben hatte.

»Ist keine Babykarte«, sagte er.

»Nein, aber *fast*«, sagte sie. »Ich hab überlegt, ob ich dir eine Karte für Erwachsene besorgen sollte, aber Mann, *die* sind vielleicht schmalzig.«

»Ich weiß«, sagte Bobby.

»Wirst du als Erwachsener mal 'ne Schmalzbacke werden, Bobby?«

»Hoffentlich nicht«, sagte er. »Und du?«

»Nein. Ich werde so wie Rionda, die Freundin meiner Mutter.«

»Rionda ist ziemlich fett«, sagte Bobby zweifelnd.

»Ja, aber sie ist cool. Ich werde auch cool sein, aber nicht fett.«

»In unser Haus zieht gerade ein Neuer ein. In das Zimmer im zweiten Stock. Meine Mom sagt, es ist ziemlich heiß da oben.«

»So? Und wie ist er?« Sie kicherte. »'ne richtige Schmalzbacke?«

»Er ist alt«, sagte Bobby und dachte kurz nach. »Aber er hat ein interessantes Gesicht. Meine Mom hat ihn gleich zu Anfang nicht gemocht, weil er einen Teil seiner Sachen in Einkaufstüten hatte.«

Sully-John gesellte sich zu ihnen. »Glückwunsch zum Geburtstag, du Saftsack«, sagte er und klopfte Bobby auf den Rücken. *Saftsack* war Sully-Johns derzeitiges Lieblingswort; das von Carol war *cool;* Bobby hatte momentan kein Lieblingswort, obwohl er fand, daß *galaktisch* gar nicht schlecht klang.

»Wenn du fluchst, geh ich nicht mit dir«, sagte Carol.

»Schon gut«, erwiderte Sully-John freundlich. Carol war ein flauschiger Blondschopf und sah aus wie ein etwas älter gewordener Bobbsey Twin aus den Kinderbüchern von Laura Lee Hope; John Sullivan war hochgewachsen und hatte schwarze Haare und grüne Augen. Er hatte eine gewisse Ähnlichkeit mit Joe Hardy. Bobby Garfield ging zwischen ihnen. Sein kurzes Stimmungstief war vergessen. Er hatte heute Geburtstag, er war mit seinen Freunden zusammen, und das Leben war schön. Er steckte Carols Geburtstagskarte in seine Gesäßtasche und seinen neuen Leserausweis tief in die Vordertasche, wo er nicht herausfallen oder gestohlen werden konnte. Carol fing an zu hüpfen. Sully-John befahl ihr, damit aufzuhören.

»Warum?« fragte Carol. »Ich hüpfe gern.«

»Ich sage gern *Saftsack*, aber wenn du mich drum bittest, laß ich's bleiben«, entgegnete Sully-John, was einleuchtend war.

Carol sah Bobby an.

»Hüpfen – zumindest ohne Seil – ist ein bißchen babyhaft, Carol«, sagte Bobby entschuldigend, dann zuckte er die Achseln. »Aber wenn du unbedingt willst, kannst du's tun. Wir haben nichts dagegen, oder, S-J?«

»Nee«, sagte Sully-John und fing wieder mit dem Bolo-Bouncer an. Von hinten nach vorn, von oben nach unten, wap-wap-wap.

Carol hüpfte nicht. Sie ging zwischen ihnen und tat so, als wäre sie Bobby Garfields Freundin, als hätte Bobby einen Führerschein und einen Buick und sie würden nach Bridgeport fahren, um sich die WKBW Rock and Roll Extravaganza anzusehen. Sie fand Bobby wahnsinnig cool. Und noch cooler war, daß er's nicht wußte.

Bobby kam um drei Uhr von der Schule nach Hause. Er hätte eher da sein können, aber das Einsammeln von Pfandflaschen gehörte zu seiner Fahrrad-bis-Thanksgiving-Aktion, und er machte einen Umweg durchs Buschwerk gleich bei der Asher Avenue und suchte welche. Er fand drei Rhinegolds und eine Nehi. Nicht viel, aber hey, acht Cent waren acht Cent. »Kleinvieh macht auch Mist«, war noch so ein Spruch seiner Mutter.

Bobby wusch sich die Hände (zwei von den Flaschen waren ziemlich dreckig gewesen), holte sich eine Kleinigkeit aus dem Kühlschrank, las ein paar alte *Superman*-Comics, holte sich noch eine Kleinigkeit aus dem Kühlschrank und sah sich dann *American Bandstand* an. Er rief Carol an, um ihr zu sagen, daß Bobby Darin diesmal dabeisein würde – sie fand Bobby Darin unheimlich cool, besonders die Art, wie er mit den Fingern schnippte, wenn er »Queen of the Hop« sang –, aber sie wußte es schon. Sie schaute sich die Sendung mit drei oder vier ihrer schafsköpfigen Freundinnen an, die alle praktisch unaufhörlich im Hintergrund kicherten. Das Geräusch erinnerte Bobby an Vögel in einer Tierhandlung. Im Fernsehen zeigte Dick Clark gerade, wieviel Pikkelfett *schon ein* Wattebausch von Stri-Dex aufsaugen konnte.

Mom rief um vier Uhr an. Mr. Biderman brauche sie heute abend, erklärte sie. Es tue ihr leid, aber das Geburtstagsessen im Colony müsse ausfallen. Im Kühlschrank sei noch ein Rest Rindfleischeintopf; den könne er essen, und sie werde bis acht zu Hause sein, um ihn ins Bett zu bringen. Und um Himmels willen, Bobby, denk dran, das Gas abzudrehen, wenn du den Eintopf aufgewärmt hast.

Bobby setzte sich wieder vor den Fernseher. Er war enttäuscht, aber eigentlich nicht überrascht. In *Bandstand* sagte Dick jetzt das Team an, das eine Platte bewerten sollte. Der Kerl in der Mitte sah nach Bobbys Meinung so aus, als hätte er einen lebenslangen Vorrat von Stri-Dex-Wattebäuschen nötig.

Er griff in seine vordere Hosentasche und holte den neuen orangefarbenen Leserausweis heraus. Seine Stimmung begann sich wieder aufzuhellen. Er brauchte nicht mit einem Stapel alter Comic-Hefte hier vor dem Fernseher zu hocken, wenn er nicht wollte. Er konnte in die Bücherei gehen und seinen neuen Ausweis einweihen – seinen neuen Ausweis für *Erwachsene*. Miss Übereifrig würde an der Ausleihe sein, obwohl sie eigentlich Miss Harrington hieß und Bobby sie hübsch fand. Sie benutzte Parfüm. Er konnte es immer an ihrer Haut und in ihren Haaren riechen, leicht und süß, wie eine schöne Erinnerung. Und obwohl Sully-John jetzt gerade Posaunenunterricht hatte, konnte Bobby nach der Bücherei zu ihm gehen und vielleicht ein bißchen Werfen üben.

Außerdem, dachte er, *kann ich die Flaschen zu Spicer's bringen – schließlich muß ich mir in diesem Sommer ein Fahrrad verdienen.*

Auf einmal schien das Leben voller Möglichkeiten zu sein.

Sullys Mutter lud Bobby zum Abendessen ein, aber er lehnte dankend ab und erklärte, er wolle lieber nach Hause. Er hätte Mrs. Sullivans Schmorfleisch mit knusprigen Ofenkartoffeln bei weitem dem vorgezogen, was daheim in der Wohnung auf ihn wartete, aber er wußte, daß seine Mutter nach ihrer Rückkehr aus dem Büro so ziemlich als erstes im Kühlschrank nachschauen würde, ob die Tupper-Dose mit dem Rest Eintopf weg war. Wenn nicht, würde sie Bobby fragen, was er zu Abend gegessen habe. Sie würde ihm diese Frage ruhig, ja sogar lässig stellen. Wenn er ihr erzählte, daß er bei Sully-John gegessen hatte, würde sie nicken, ihn fragen, was es gegeben habe – auch Nachtisch? – und ob er sich bei Mrs. Sullivan bedankt habe; sie würde sich vielleicht sogar zu ihm aufs Sofa setzen und eine Schüssel Eis mit ihm essen, während sie sich im Fernsehen *Sugarfoot* ansahen. Alles würde in Ordnung sein … nur daß es eben doch nicht in Ordnung war. Irgendwann würde er es heimgezahlt kriegen. Es konnte ein oder zwei Tage dauern, sogar eine Woche, bis es passierte – aber es *würde* passieren. Bobby wußte das, fast ohne sich darüber im klaren zu sein, daß er es wußte. Sie mußte zweifelsohne *wirklich* so lange arbeiten, aber daß er an seinem Geburtstag ganz allein einen Rest Eintopf essen mußte, war auch eine Strafe dafür, daß er gegen ihren Willen mit dem neuen Mieter gesprochen hatte. Wenn er versuchte, dieser Strafe zu entgehen, würde sie sich summieren wie Geld auf einem Sparkonto.

Als Bobby von Sully-John zurückkam, war es Viertel nach sechs, und es wurde allmählich dunkel. Er hatte zwei neue Bücher dabei, einen Krimi mit dem Titel *Perry Mason und der Engel mit Krallen* und einen Science-fiction-Roman von Clifford Simak mit dem Titel *Ring um die Sonne*. Beide sahen total galaktisch aus, und Miss Harrington hatte ihm überhaupt keine Schwierigkeiten gemacht. Ganz im Gegenteil: Sie hatte ihm erklärt, mit seiner Lektüre sei er seiner Altersstufe voraus und er solle so weitermachen.

Auf dem Heimweg von S-J dachte sich Bobby eine Geschichte aus, in der er und Miss Harrington auf einem sinkenden Vergnügungsdampfer waren. Sie überlebten als einzige, weil sie zwei Schwimmwesten mit der Aufschrift *S. S. LUSITANIA* fanden, die sie vor dem Ertrinken bewahrten. Sie wurden auf einer kleinen Insel mit Palmen und Dschungel und einem Vulkan an Land gespült, und als sie am Strand lagen, zitterte Miss Harrington und sagte, ihr sei kalt, so kalt, ob er sie nicht bitte in die Arme nehmen und aufwärmen könne, was er natürlich konnte und tat, mit Vergnügen, Miss Harrington, und dann kamen die Eingeborenen aus dem Dschungel, und zuerst schienen sie freundlich zu sein, aber dann stellte sich raus, daß sie Kannibalen waren, die an den Hängen des Vulkans lebten und ihre Opfer auf einer Lichtung mit lauter Schädeln drum herum töteten, daher sah es gar nicht gut aus für Miss Harrington und ihn, aber gerade als sie zum Kochtopf geschleift wurden, begann der Vulkan zu grollen, und …

»Hallo, Robert.«

Bobby blickte noch überraschter auf als am Morgen, als Carol Gerber hinter dem Baum hervorgelaufen gekommen war, um ihm einen Geburtstagsschmatz auf die Wange zu drücken. Es war der neue Mieter. Er saß auf der obersten Verandastufe und rauchte eine Zigarette. Er hatte seine alten, abgetragenen Schuhe gegen ein paar alte, abgetragene Pantoffeln eingetauscht und seine Popelinejacke ausgezogen – der Abend war warm. Er schien sich schon richtig zu Hause zu fühlen, dachte Bobby.

»Oh, Mr. Brautigan. Hi.«

»Ich wollte dich nicht erschrecken.«

»Sie haben mich nicht –«

»Ich glaube schon. Du warst tausend Meilen weit weg. Und ich heiße Ted. Bitte.«

»Okay.« Aber Bobby wußte nicht, ob er bei Ted bleiben konnte. Einen Erwachsenen (und erst recht einen *alten* Erwachsenen) beim Vornamen zu nennen, widersprach nicht nur den Anweisungen seiner Mutter, sondern auch seinem eigenen Gefühl.

»War's gut in der Schule? Hast du was Neues gelernt?«

»Ja, prima.« Bobby trat von einem Bein aufs andere, ließ seine neuen Bücher in den Händen hin und her wandern.

»Willst du dich nicht eine Minute zu mir setzen?«

»Klar, aber ich kann nicht lange bleiben. Ich hab einiges zu tun, wissen Sie.« Vor allem Abendessen machen – der Rest Eintopf erschien ihm mittlerweile sehr attraktiv.

»Na sicher. Du hast einiges zu tun, und *tempus fugit*.«

Als Bobby neben Mr. Brautigan – Ted – auf der breiten Verandastufe Platz nahm und ihm der Geruch von dessen Chesterfield in die Nase stieg, glaubte er, noch nie einen Mann gesehen zu haben, der so müde wirkte wie dieser hier. Das konnte doch nicht an dem Umzug liegen, oder? Wie erschöpft konnte man sein, wenn man nur mit drei kleinen Koffern und drei Einkaufstüten mit Henkeln dran umzog? Bobby überlegte, ob später vielleicht noch Männer mit Sachen in einem Laster kommen würden, aber eigentlich glaubte er nicht daran. Es war nur ein Zimmer – zwar ein großes, aber trotzdem nur ein einzelnes Zimmer mit einer Küche an der einen und allem anderen an der gegenüberliegenden Seite. Er und Sully-John waren raufgegangen und hatten sich dort umgesehen, nachdem die alte Miss Sidley einen Schlaganfall bekommen hatte und zu ihrer Tochter gezogen war.

»*Tempus fugit* heißt: Die Zeit vergeht wie im Flug«, sagte Bobby. »Mom sagt das dauernd. Sie sagt auch, das Rad der Zeit hält niemand auf, und: Die Zeit heilt alle Wunden.«

»Deine Mutter hat viele Redensarten auf Lager, stimmt's?«

»Ja«, sagte Bobby, und der Gedanke an all diese Redensarten machte ihn auf einmal müde. »Viele Redensarten.«

»Ben Jonson hat die Zeit die alte, kahlköpfige Betrügerin genannt«, sagte Ted Brautigan, nahm einen tiefen Zug von seiner Zigarette und stieß dann zwei Ströme durch die Nase aus. »Und Boris Pasternak hat gesagt, wir sind die Gefangenen der Zeit, die Geiseln der Ewigkeit.«

Bobby sah ihn fasziniert an. Seinen leeren Magen hatte er fürs erste vergessen. Ihm gefiel die Vorstellung, daß die Zeit eine alte, kahlköpfige Betrügerin war – es war absolut und vollständig richtig, obwohl er nicht hätte sagen können, warum … und machte diese Unfähigkeit, den Grund dafür zu benennen, die Sache nicht noch viel interessanter? Es war wie etwas in einem Ei oder wie ein Schatten hinter satiniertem Glas.

»Wer ist Ben Jonson?«

»Ein Engländer, der schon vor einer Ewigkeit gestorben ist«, sagte Mr. Brautigan. »Ein Egozentriker, der nicht mit Geld umgehen konnte, soweit man weiß. Und der eine Neigung zur Flatulenz hatte. Aber –«

»Was ist das? Flatulenz?«

Ted steckte die Zunge zwischen die Lippen und machte ein kurzes, aber sehr realistisches Furzgeräusch. Bobby schlug die Hände vor den Mund und kicherte in seine gekrümmten Finger.

»Kinder finden Fürze komisch.« Ted Brautigan nickte. »Ja. Für einen Mann in meinem Alter gehören sie aber einfach zu dem zunehmend seltsamen Geschäft des Lebens. Ben Jonson hat zwischen seinen Fürzen übrigens eine ganze Menge kluger Dinge gesagt. Nicht so viele wie *Dr.* Johnson – das heißt, Samuel Johnson –, aber trotzdem noch ziemlich viele.«

»Und Boris …«

»Pasternak. Ein Russe«, sagte Mr. Brautigan abschätzig. »Über den braucht man nichts weiter zu wissen, denke ich. Darf ich mir mal deine Bücher ansehen?«

Bobby gab sie ihm. Mr. Brautigan (*Ted,* rief er sich ins Gedächtnis, *du sollst Ted zu ihm sagen*) gab ihm den Perry Mason nach einem flüchtigen Blick auf den Titel zurück. Den Roman von Clifford Simak behielt er länger in der Hand. Durch die Rauchwölkchen der Zigarette hindurch, die an seinem Gesicht vorbei hochstiegen, betrachtete er mit zusammengekniffenen Augen zuerst den Umschlag, dann blätterte er in dem Buch. Dabei nickte er.

»Den habe ich gelesen«, sagte er. »Ich hatte viel Zeit zum Lesen, bevor ich hierhergekommen bin.«

»Ja?« Bobby fing Feuer. »Ist er gut?«

»Einer seiner besten«, antwortete Mr. Brautigan – Ted. Er sah Bobby von der Seite an, ein Auge offen, das andere immer noch gegen den Rauch zusammengekniffen. Dadurch wirkte er zugleich klug und geheimnisvoll, wie eine etwas halbseidene Figur in einem Kriminalfilm. »Aber bist du sicher, daß du den lesen kannst? Du bist doch bestimmt nicht viel älter als zwölf.«

»Ich bin elf«, sagte Bobby. Er war entzückt, daß Ted ihn sogar für zwölf hielt. »Gerade heute geworden. Ich kann ihn lesen. Wahrscheinlich werd ich nicht alles verstehen, aber wenn es eine gute Geschichte ist, wird er mir gefallen.«

»Dann hast du heute Geburtstag!« Ted schien beeindruckt zu sein. Er nahm einen letzten Zug von seiner Zigarette und schnipste sie dann weg. Sie fiel auf den Gehweg aus Zement, und Funken stoben auf. »Happy birthday, dear Robert, happy birthday to you!«

»Danke. Aber Bobby gefällt mir besser.«

»Okay. Bobby. Gehst du feiern?«

»Nee. Meine Mom muß Überstunden machen.«

»Willst du mit in meine kleine Wohnung raufkommen? Ich habe nicht viel, aber eine Dose kann ich schon aufmachen. Und vielleicht hab ich auch ein Stück Kuchen ...«

»Danke, aber meine Mom hat mir was zurechtgemacht. Das soll ich essen.«

»Ich verstehe.« Und, Wunder über Wunder, er sah aus, als verstünde er es wirklich. Ted gab Bobby sein Exemplar von *Ring um die Sonne* zurück. »In diesem Buch«, sagte er, »vertritt Simak die These, daß es eine ganze Reihe von Welten wie die unsere gibt. Nicht bloß andere Planeten, sondern andere Erden, *Parallelerden*, die eine Art Ring um die Sonne bilden. Eine faszinierende Idee.«

»Ja«, sagte Bobby. Er kannte Parallelwelten aus anderen Büchern. Auch aus den Comics.

Ted Brautigan sah ihn jetzt nachdenklich und versonnen an.

»Was ist?« fragte Bobby. Er war auf einmal befangen. *Hab ich was an der Nase?* hätte seine Mutter vielleicht gesagt.

Einen Moment lang dachte er, Ted würde nicht antworten – er schien tief in Gedanken zu sein, fast wie betäubt. Dann gab er sich einen kleinen Ruck und setzte sich aufrechter hin. »Nichts«, sagte er. »Ich hab eine kleine Idee. Möchtest du dir ein bißchen was dazuverdienen? Nicht, daß ich viel habe, aber ...«

»Ja! Herrgott, ja!« *Da gibt's so ein Fahrrad*, hätte er beinahe hinzugefügt, aber dann bremste er sich. *Am besten, man läßt sich nicht in die Karten schauen*, war eine weitere Redensart seiner Mom. »Ich würde fast alles tun, was Sie wollen!«

Ted Brautigan sah gleichzeitig erschrocken und belustigt aus. Es schien irgendwie eine Tür zu einem anderen Gesicht zu öffnen, und ja – Bobby sah, daß der alte Mann einmal ein junger Kerl gewesen war. Einer von der etwas frecheren Sorte vielleicht. »Es ist gar nicht gut, einem Fremden so was zu sagen«, erklärte er, »und obwohl wir ja nun schon bei Bobby und Ted angelangt sind – ein guter Start –, sind wir im Grunde immer noch Fremde füreinander.«

»Hat einer von diesen Johnsons was über Fremde gesagt?«

»Nicht, daß ich wüßte, aber hier ist was aus der Bibel zu dem Thema: ›Denn ich bin ein Gast bei dir, ein Fremdling. Laß ab von mir, daß ich mich erquicke, ehe ich dahinfahre ...‹« Teds Stimme verlor sich für einen Moment. Der belustigte Ausdruck war aus seinem Gesicht verschwunden, und er sah wieder alt aus. Dann wurde seine Stimme wieder fester, und er schloß: »›... ehe ich dahinfahre und nicht mehr bin.‹ Die Psalmen. Ich weiß nicht mehr, welcher.«

»Na ja«, sagte Bobby, »ich würde niemand töten oder ausrauben, keine Angst, aber ich würde mir jedenfalls gern was verdienen.«

»Laß mich überlegen«, sagte Ted. »Laß mich ein bißchen nachdenken.«

»Klar. Aber wenn Sie irgendwelche unangenehmen Arbeiten oder so zu erledigen haben, bin ich Ihr Mann. Das sag ich Ihnen gleich.«

»Unangenehme Arbeiten? Vielleicht. Obwohl ich es nicht so formuliert hätte.« Ted schlang die knochigen Arme um die noch knochigeren Knie und schaute über den Rasen zur Broad Street hinüber. Es wurde jetzt dunkel; für Bobby war der schönste Teil des Abends gekommen. Die vorbeifahrenden Autos hatten das Standlicht eingeschaltet, und irgendwo auf der Asher Avenue rief Mrs. Sigsby ihre Zwillinge zum Abendessen herein. Zu dieser Tageszeit – und am frühen Morgen, wenn er im Badezimmer stand und in die Kloschüssel pinkelte, während der Sonnenschein durch das kleine Fenster in seine halboffenen Augen fiel – kam Bobby sich wie ein Traum im Kopf von jemand anders vor.

»Wo haben Sie gelebt, bevor Sie hierhergekommen sind, Mr.... Ted?«

»An einem weniger schönen Ort«, sagte er. »Einem weitaus weniger schönen. Wie lange wohnst *du* schon hier, Bobby?«

»So lange ich zurückdenken kann. Seit mein Dad gestorben ist. Da war ich drei.«

»Und du kennst alle hier in der Straße? Oder zumindest in diesem Block?«

»So ziemlich, ja.«

»Dann würdest du Fremdlinge erkennen. Gäste. Die Gesichter von Unbekannten.«

Bobby lächelte und nickte. »Mhm, ich glaub schon.«

Er wartete darauf, wohin das als nächstes führen würde – es war interessant –, aber anscheinend war's das gewesen. Ted stand langsam und vorsichtig auf. Bobby konnte kleine Knöchelchen in seinem Rücken knirschen hören, als er die Hände ins Kreuz legte, das Gesicht verzog und sich reckte.

»Komm«, sagte er. »Es wird kühl. Ich gehe mit dir rein. Dein Schlüssel oder meiner?«

Bobby lächelte. »Sie sollten lieber Ihren eigenen einweihen, finden Sie nicht?«

Ted – es fiel Bobby immer leichter, ihn innerlich Ted zu nennen – holte einen Schlüsselring aus der Tasche. Es waren nur zwei Schlüssel dran: der für die Haustür und der zu seinem Zimmer. Beide glänzten wie neu und hatten die Farbe von Katzengold. Bobbys eigene zwei Schlüssel waren zerkratzt und stumpf. Er fragte sich erneut, wie alt Ted sein mochte.

Mindestens sechzig. Ein sechzigjähriger Mann mit nur zwei Schlüsseln in der Tasche. Das war merkwürdig.

Ted öffnete die Haustür und ging dann in die große, dunkle Eingangshalle mit dem Schirmständer und dem alten Gemälde hinein, auf dem Lewis und Clark ihren Blick über den amerikanischen Westen schweifen ließen. Bobby ging zur Wohnungstür der Garfields hinüber, Ted zur Treppe. Dort blieb er einen Moment stehen, die Hand am Geländer. »Die Geschichte von Simak ist großartig«, sagte er. »Der Stil weniger. Nicht schlecht, das will ich damit nicht sagen, aber glaub mir, es gibt Besseres.«

Bobby wartete.

»Es gibt auch hervorragend geschriebene Bücher, die keine sehr guten Geschichten erzählen. Manche Bücher solltest du wegen der Geschichte lesen, Bobby. Sei nicht wie die Büchersnobs, die das nie tun. Andere solltest du wegen der Worte lesen – der Sprache. Sei keiner von denjenigen, die immer nur auf Nummer Sicher gehen wollen und *das* nie tun. Aber wenn du ein Buch findest, das sowohl eine gute Geschichte als auch gute Worte zu bieten hat, dann solltest du es wie einen Schatz betrachten.«

»Gibt es viele davon, was meinen Sie?« fragte Bobby.

»Mehr, als die Büchersnobs und die Nummer-Sicher-Geher glauben. Viel mehr. Vielleicht gebe ich dir eins. Ein verspätetes Geburtstagsgeschenk.«

»Das brauchen Sie nicht.«

»Nein, aber vielleicht tu ich's trotzdem. Ich wünsch dir noch einen schönen Geburtstag.«

»Danke. Er war schon toll.« Dann betrat Bobby die Wohnung, machte sich den Eintopf warm (und dachte daran, das Gas abzudrehen, nachdem dieser zu blubbern begonnen hatte, und den Topf hinterher in der Spüle einzuweichen), aß ganz allein zu Abend und las *Ring um die Sonne*, wobei ihm der laufende Fernseher Gesellschaft leistete. Er hörte kaum zu, als Chet Huntley und David Brinkley die Abendnachrichten herunterrasselten. Ted hatte recht mit dem Buch; es war einsame Spitze. Die Worte fand er ebenfalls in Ordnung, aber vermutlich hatte er da noch nicht viel Erfahrung.

So eine Geschichte würde ich auch gern schreiben, dachte er, als er das Buch schließlich zuklappte und sich aufs Sofa fläzte, um sich *Sugarfoot* anzusehen. *Ob ich das wohl könnte?*

Vielleicht. Ja, vielleicht. *Irgend* jemand mußte ja schließlich Geschichten schreiben, genauso wie jemand die eingefrorenen Rohrleitungen reparieren oder die ausgebrannten Glühbirnen in den Straßenlaternen am Commonwealth Park auswechseln mußte.

Etwa eine Stunde später, nachdem Bobby *Ring um die Sonne* wieder zur Hand genommen und darin zu lesen begonnen hatte, kam seine Mutter heim. Ihr Lippenstift war in einem Mundwinkel ein bißchen verschmiert, und ihr Unterrock lugte hervor. Bobby überlegte, ob er sie darauf aufmerksam machen sollte, dann fiel ihm ein, wie sehr sie es haßte, wenn ihr jemand erzählte, daß es »im Süden schneite«. Außerdem, was machte es schon? Ihr Arbeitstag war vorbei, und, wie sie manchmal sagte, es war niemand anders da als *wir zwei Küken*.

Sie schaute in den Kühlschrank, um sich zu vergewissern, daß der Eintopf weg war, schaute auf den Herd, um sich zu vergewissern, daß das Gas aus war, und schaute in die Spüle, um sich zu vergewissern, daß der Topf und die Tupper-Dose in Seifenwasser einweichten. Dann küßte sie ihn auf die Schläfe – ihre Lippen streiften ihn flüchtig im Vorbeigehen – und begab sich ins Schlafzimmer, um sich die Bürokleidung und die Strümpfe auszuziehen. Sie wirkte distanziert und geistesabwesend. Sie fragte ihn nicht, ob er einen schönen Geburtstag gehabt habe.

Später zeigte er ihr Carols Karte. Seine Mom warf einen kurzen Blick darauf, ohne sie sich richtig anzusehen, bezeichnete sie als »süß« und gab sie ihm zurück. Dann sagte sie ihm, er solle sich waschen, sich die Zähne putzen und ins Bett gehen. Bobby gehorchte, ohne sein interessantes Gespräch mit Ted zu erwähnen. In ihrer gegenwärtigen Laune würde sie das wahrscheinlich nur wütend machen. Das beste war, Distanz zu wahren, sie so lange wie nötig in Ruhe zu lassen, ihr Zeit zu geben, sich ihm allmählich wieder anzunähern. Dennoch fühlte er, wie sich diese Traurigkeit wieder auf ihn herabsenkte, als er mit dem Zähneputzen fertig war und ins Bett stieg. Manchmal hungerte er geradezu nach ihr, und sie merkte es nicht einmal.

Im Bett streckte er die Hand aus, schloß die Tür und schnitt damit einem alten Film den Ton ab. Er knipste das Licht aus. Und dann, als er gerade wegzudämmern begann, kam sie herein, setzte sich auf den Bettrand und sagte, es tue ihr leid, daß sie heute abend so weit weg gewesen sei, aber im Büro sei eine Menge losgewesen, und sie sei müde. Manchmal sei es ein Irrenhaus, meinte sie. Sie strich ihm mit einem Finger über die Stirn und gab ihm dann einen Kuß dorthin, der ihn erschauern ließ. Er setzte sich auf und umarmte sie. Bei seiner Berührung versteifte sie sich für einen Moment, dann gab sie nach. Sie erwiderte seine Umarmung sogar kurz. Er dachte, daß es jetzt vielleicht in Ordnung wäre, ihr von Ted zu erzählen. Ein bißchen was jedenfalls.

»Ich hab mit Mr. Brautigan gesprochen, als ich aus der Bücherei nach Hause gekommen bin«, sagte er.

»Mit wem?«

»Dem neuen Mann aus dem zweiten Stock. Er hat mich gebeten, ihn Ted zu nennen.«

»Das sollst du nicht tun – also wirklich, ich muß schon sagen! Du kennst ihn doch überhaupt nicht!«

»Er hat gesagt, so ein Leserausweis sei ein tolles Geschenk für einen Jungen.« Er hatte nichts dergleichen verlauten lassen, aber Bobby lebte schon lange genug mit seiner Mutter zusammen, um zu wissen, was funktionierte und was nicht.

Sie entspannte sich ein bißchen. »Hat er erzählt, woher er kommt?«

»Von einem weniger schönen Ort als dem hier, glaube ich.«

»Na, das sagt uns ja nicht viel, oder?« Bobby hatte immer noch die Arme um sie geschlungen. Er hätte sie problemlos noch eine Stunde länger umarmen und ihr Shampoo, den Haarfestiger und den angenehmen Tabakduft in ihrem Atem riechen können, aber sie löste sich von ihm und drückte ihn wieder aufs Bett. »Also, wenn er dein Freund werden soll – dein *erwachsener* Freund –, dann muß ich ihn ja wohl kennenlernen, wie? Wenigstens ein bißchen.«

»Na ja ...«

»Vielleicht gefällt er mir besser, wenn ich seine Einkaufstüten nicht auf dem Rasen rumliegen sehe.« Für Liz Garfield war das geradezu versöhnlich, und Bobby war zufrieden. Der Tag hatte nun doch noch ein sehr erfreuliches Ende gefunden. »Gute Nacht, Geburtstagskind.«

»Gute Nacht, Mom.«

Sie ging hinaus und schloß die Tür. Später in dieser Nacht – viel später – glaubte er, sie in ihrem Zimmer weinen zu hören, aber das war vielleicht nur ein Traum.

II. Zweifel an Ted. Bücher sind wie Pumpen. Denk nicht mal dran. Sully gewinnt einen Preis. Bobby bekommt einen Job. Die niederen Männer.

Während der nächsten paar Wochen, als die Temperaturen allmählich sommerlich wurden, saß Ted meistens auf der Veranda und rauchte, wenn Liz von der Arbeit nach Hause kam. Manchmal war er allein, und manchmal saß Bobby bei ihm, und sie unterhielten sich über Bücher. Manchmal waren auch Carol und Sully-John da; die drei Kinder übten Werfen auf dem Rasen, während Ted rauchte und ihnen zusah. Manchmal kamen andere Kinder vorbei – Denny Rivers, der ein mit Klebstreifen verstärktes Segelflugzeug aus Balsaholz mitbrachte, das sie fliegen lassen konnten; der unterbelichtete Francis Utterson, der immer auf seinem Tretroller durch die Gegend fuhr und sich dabei mit einem überentwickelten Bein abstieß; Angela Avery und Yvonne Loving, die Carol fragten, ob sie mit zu Yvonne kommen und mit Puppen spielen oder bei einem Spiel namens Krankenschwester mitmachen wolle –, aber meistens waren bloß S-J und Carol da, Bobbys spezielle Freunde. Alle Kinder nannten Mr. Brautigan Ted, aber als Bobby erklärte, warum es besser sei, wenn sie in Gegenwart seiner Mutter Mr. Brautigan zu ihm sagten, stimmte Ted ihm sofort zu.

Was seine Mom betraf, so schien sie *Brautigan* nicht über die Lippen zu bringen. Es kam immer als *Brattigan* heraus. Das war jedoch vielleicht keine Absicht; Bobby empfand allmählich eine vorsichtige Erleichterung, was die Einstellung seiner Mutter zu Ted betraf. Er hatte befürchtet, daß sie Ted die gleichen Gefühle entgegenbringen könnte wie Mrs. Evers, seiner Lehrerin in der zweiten Klasse. Mom hatte Mrs. Evers auf Anhieb nicht ausstehen können, und zwar auf den *Tod* nicht, ohne daß Bobby irgendeinen Grund dafür sah, und sie hatte das ganze Jahr über kein gutes Wort über sie zu sagen gehabt – Mrs. Evers ziehe sich an wie eine Vogelscheuche, Mrs. Evers färbe sich die Haare, Mrs. Evers sei zu stark geschminkt, Bobby solle es Mom bloß sofort sagen, wenn Mrs. Evers auch nur einen *Finger* an ihn lege, sie sehe nämlich wie eine dieser Frauen aus, die einen gern zwickten und knufften. All das nach einem einzigen Elternabend, bei dem Mrs. Evers Liz erklärt hatte, daß Bobby in allen Fächern gut mitkam. In jenem Jahr hatte es noch vier weitere Elternabende gegeben, und Bobbys Mutter hatte jedesmal einen Grund gefunden, sich zu drücken.

Liz bildete sich schnell eine feste Meinung über Menschen; wenn sie SCHLECHT unter ihr inneres Bild von jemandem schrieb, dann fast immer mit Tinte. Selbst wenn Mrs. Evers sechs Kinder aus einem brennenden Schulbus gerettet hätte, wäre Liz Garfield durchaus der naserümpfende Kommentar zuzutrauen gewesen, die Kleinen schuldeten der glubschäugigen alten Kuh wahrscheinlich noch das Milchgeld für zwei Wochen.

Ted gab sich alle Mühe, nett zu sein, ohne sich bei ihr einzuschleimen (und es gab Leute, die sich wirklich bei ihr einschleimten, das wußte Bobby; zum Teufel, manchmal tat er es ja selbst), und es funktionierte ... aber nur bis zu einem gewissen Grad. Einmal hatten Ted und Bobbys Mom sich fast zehn Minuten lang darüber unterhalten, wie schrecklich es sei, daß die Dodgers von der Ost- an die Westküste umgezogen seien, ohne auch nur auf Wiedersehen zu sagen. Aber nicht mal die Tatsache, daß sie beide gute alte Dodger-Fans aus den Zeiten waren, als diese noch im Ebbets-Field-Stadion in New York beheimatet gewesen waren, brach das Eis zwischen ihnen. Sie würden nie Freunde werden. Mom brachte Ted Brautigan keine solche Abneigung entgegen wie Mrs. Evers, aber irgend etwas stimmte trotzdem nicht. Bobby glaubte zu wissen, was es war; er hatte es an dem Morgen, als der neue Mieter eingezogen war, in ihren Augen gesehen. Liz traute ihm nicht.

Und Carol Gerber tat das auch nicht, wie sich herausstellte. »Manchmal frage ich mich, ob er vor irgendwas auf der Flucht ist«, sagte sie eines Abends, als sie mit Bobby und S-J hügelaufwärts zur Asher Avenue ging.

Sie hatten etwa eine Stunde lang Werfen geübt, dabei hin und wieder mit Ted geredet, und waren jetzt auf dem Weg zum Moon's Roadside Happiness, um sich Eis zu kaufen. S-J besaß dreißig Cent und hatte sie eingeladen. Er hatte auch seinen Bolo-Bouncer dabei, den er jetzt aus seiner Gesäßtasche holte. Ziemlich bald wanderte das Ding nach oben und unten und um ihn herum, wap-wap-wap.

»Auf der Flucht? Machst du Witze?« Der Gedanke erschreckte Bobby. Doch Carol hatte ein gutes Auge für Menschen; selbst seine Mutter hatte das schon bemerkt. *Die Kleine ist keine Schönheit, aber ihr entgeht nicht viel,* hatte sie eines Abends gesagt.

»›Hände hoch, McGarrigle!‹« rief Sully-John. Er klemmte sich den Bolo-Bouncer unter den Arm, ging ein bißchen in die Hocke und feuerte mit einer unsichtbaren Maschinenpistole, wobei er die rechte Seite des Mundes nach unten zog, damit er das passende Geräusch dazu machen konnte, eine Art *ä-ä-ä* tief aus der Kehle. »Lebend kriegst du mich nicht, Bulle! Mach sie fertig, Muggsy! Niemand läßt Rico im Stich! *Ah, verdammt, mich hat's erwischt!*« S-J krallte die Hand in die Brust, wirbelte herum und fiel tot auf Mrs. Conlans Rasen.

Diese wiederum, eine bärbeißige alte Hexe von etwa fünfundsiebzig Jahren, rief: »He, du da! Ja, *dich* meine ich! Runter da! Du machst mir die Blumen kaputt!«

Dort, wo Sully-John hingefallen war, gab es in drei Meter Umkreis kein einziges Blumenbeet, aber er sprang sofort auf. »'tschuldigung, Mrs. Conlan.«

Sie tat seine Entschuldigung wortlos ab, scheuchte ihn mit einer Handbewegung weg und ließ die Kinder nicht aus den Augen, als diese weitergingen.

»Das ist nicht dein Ernst, oder?« erkundigte sich Bobby bei Carol. »Das mit Ted?«

»Nein«, sagte sie. »Ich glaub nicht. Aber... hast du schon mal gesehen, wie er die Straße beobachtet?«

»Ja. Als ob er jemand suchen würde, stimmt's?«

»Oder nach jemand *Ausschau* halten würde«, erwiderte Carol.

Sully-John fing wieder mit dem Bolo-Bouncer an. Ziemlich bald schwirrte die rote Gummikugel wieder hin und her. Sully hielt nur inne, als sie am Asher Empire vorbeikamen, wo zwei Brigitte-Bardot-Streifen liefen – freigegeben ab 18, nur mit Führerschein oder Geburtsurkunde, keine Ausnahmen. Einer der Filme war neu; der andere war der altbewährte *Und immer lockt das Weib*, der wie ein böser Husten immer wieder ins Empire zurückkam. Auf den Plakaten trug Brigitte nicht mehr als ein Handtuch und ein Lächeln.

»Meine Mom sagt, die ist Müll«, sagte Carol.

»Wenn die Müll ist, dann wär ich gern der Müllmann«, sagte S-J und wackelte wie Groucho mit den Augenbrauen.

»Findest *du*, daß sie Müll ist?« wollte Bobby von Carol wissen.

»Ich weiß nicht mal genau, was das heißen soll.«

Als sie unter dem Vordach durchgingen (aus ihrem verglasten Kabäuschen neben den Türen beäugte Mrs. Godlow – von den Kindern in der Umgebung Mrs. Godzilla genannt – sie mißtrauisch), schaute Carol zu Brigitte Bardot mit ihrem Handtuch zurück. Ihre Miene war schwer zu deuten. Neugier? Bobby wußte es nicht genau. »Aber sie ist hübsch, oder?«

»Ja, glaub schon.«

»Und man muß ganz schön mutig sein, wenn man sich, nur mit einem Handtuch um den Leib, von den Leuten anstarren läßt. Finde ich jedenfalls.«

Sully-John interessierte sich nicht mehr für *la femme Brigitte*, nachdem sie nun hinter ihnen lag. »Wo kommt Ted her, Bobby?«

»Keine Ahnung. Er spricht nie darüber.«

Sully-John nickte, als hätte er diese Antwort erwartet, und setzte seinen Bolo-Bouncer wieder in Gang. Aufwärts und abwärts, um den Körper herum, wap-wap-wap.

Im Mai begannen sich Bobbys Gedanken den Sommerferien zuzuwenden. Es gab wirklich nichts Schöneres auf der Welt als »die großen F«, wie Sully sie nannte. Er würde lange Stunden mit seinen Freunden herumhängen, auf der Broad Street wie auch im Sterling House, dem Jugendzentrum auf der gegenüberliegenden Seite des Parks – im Sterling House gab es im Sommer jede Menge tolle Angebote, darunter auch Baseballspielen und wöchentliche Ausflüge nach Patagonia Beach in West Haven –, und überdies würde er massenhaft Zeit für sich selbst haben. Zeit zum Lesen natürlich, aber eigentlich hatte er vor, sich in diesen Wochen einen Teilzeitjob zu suchen. Er hatte etwas über sieben Dollar in einem Topf mit der Aufschrift »Fahrradgeld«, und sieben Dollar waren immerhin schon ein Anfang ... wenn auch nicht gerade ein *toller* Anfang. Wenn er in diesem Tempo weitermachte, wäre Nixon schon zwei Jahre Präsident, bevor er mit dem Rad zur Schule fuhr.

An einem dieser Tage kurz vor den Sommerferien gab Ted ihm ein Taschenbuch. »Weißt du noch, daß ich dir mal erzählt habe, es gäbe Bücher mit einer guten Geschichte *und* einer guten Sprache?« fragte er. »Das ist eins von dieser Sorte. Ein verspätetes Geburtstagsgeschenk von einem neuen Freund. Ich hoffe zumindest, daß ich dein Freund bin.«

»Das sind Sie. Vielen Dank!« Trotz der Begeisterung in seiner Stimme nahm Bobby das Buch ein wenig skeptisch entgegen. Er war Taschenbücher mit bunten, reißerischen Titelbildern und anzüglichen Sprüchen gewöhnt (»Sie landete in der Gosse ... *und sank noch tiefer!*«); dies hier hatte keins von beidem. Das Titelbild war überwiegend weiß. In einer Ecke stand eine nur grob skizzierte Gruppe von Jungen in einem Kreis. Der Titel des Buchs lautete *Herr der Fliegen*. Über dem Titel stand kein Anreißerspruch, nicht mal ein dezenter wie »Eine Geschichte, die Sie nie vergessen werden«. Alles in allem wirkte es abweisend und unfreundlich und gab zu erkennen, daß die Geschichte zwischen den Buchdeckeln schwierig sein würde. Bobby hatte eigentlich nichts gegen schwierige Bücher, solange sie in der Schule durchgenommen wurden. Aber wenn man zum Vergnügen las, dann sollten die Geschichten einfach sein, fand er – und der Autor sollte alles tun, außer einem die Augen hin und her zu bewegen. Wieviel Spaß konnte es sonst schon machen?

Als er das Buch umdrehen wollte, legte Ted ihm sanft die Hand auf den Arm und hinderte ihn daran. »Nein«, sagte er. »Tu mir einen persönlichen Gefallen und laß das bleiben.«

Bobby sah ihn verständnislos an.

»Geh an dieses Buch so heran wie an ein unerforschtes Land. Ohne eine Karte. Erforsche es, und zeichne deine eigene Karte.«

»Aber wenn es mir nicht gefällt?«

Ted zuckte die Achseln. »Dann brauchst du's ja nicht zu Ende zu lesen. Ein Buch ist wie eine Pumpe. Es gibt nichts her, bevor man ihm nicht etwas gegeben hat. Bei einer Pumpe muß man erst mal mit eigenem Wasser vorpumpen, und man betätigt den Schwengel mit seiner eigenen Kraft. Das tut man, weil man davon ausgeht, daß man mehr zurückkriegt, als man gibt … letzten Endes. Sind wir uns soweit einig?«

Bobby nickte.

»Wie lange würdest du bei einer Wasserpumpe vorpumpen und den Schwengel betätigen, wenn nichts rauskommt?«

»Nicht allzu lange, schätze ich.«

»Dieses Buch ist rund zweihundert Seiten dick. Lies die ersten zehn Prozent – zwanzig Seiten, heißt das, ich weiß schon, daß du im Rechnen nicht so gut bist wie im Lesen –, und wenn es dir dann immer noch nicht gefällt, wenn es bis dahin nicht mehr hergibt, als es nimmt, leg es weg.«

»Ich wünschte, das dürfte man in der Schule auch«, sagte Bobby. Er dachte an ein Gedicht von Ralph Waldo Emerson, das sie auswendig lernen sollten. »An der schlichten Brücke, die den Strom überspannt«, fing es an. S-J nannte den Dichter Ralph Waldo Emerschmalz.

»In der Schule ist das was anderes.« Sie saßen an Teds Küchentisch und schauten nach hinten in den Garten hinaus, wo alles in voller Blüte stand. Auf der Colony Street an der Rückseite ihres Blocks bellte Mrs. O'Haras Hund Bowser sein endloses *ruup-ruup-ruup* in die milde Frühlingsluft. Ted rauchte eine Chesterfield. »Und wo wir gerade von der Schule sprechen, nimm dieses Buch nicht mit dorthin. Da stehen Sachen drin, die du nach Ansicht deiner Lehrerin vielleicht lieber nicht lesen solltest. Es könnte ein ganz schönes Charivari geben.«

»Ein *was*?«

»Einen Aufruhr. Und wenn du in der Schule Ärger kriegst, kriegst du zu Hause auch welchen – das brauche ich dir bestimmt nicht zu erzählen. Und deine Mutter...« Die Hand ohne die Zigarette bewegte sich hin und her wie eine Wippe, eine kleine Geste, die Bobby sofort verstand. *Deine Mutter traut mir nicht über den Weg.*

Bobby dachte an Carols Äußerung, daß Ted womöglich auf der Flucht vor irgend etwas sei, und erinnerte sich daran, daß seine Mutter gesagt hatte, Carol entgehe nicht viel.

»Was steht da drin, weswegen ich Ärger kriegen könnte?« Er betrachtete *Herr der Fliegen* mit erneuter Faszination.

»Nichts, was einem den Schaum vors Maul treten lassen würde«, sagte Ted trocken. Er drückte seine Zigarette in einem blechernen Aschenbecher aus, ging zu seinem kleinen Kühlschrank und holte zwei Flaschen Limo heraus. Es war kein Bier und kein Wein darin, nur Limonade und eine Glasflasche Sahne. »Ein paar Dialoge, in denen es darum geht, daß jemand einem Wildschwein einen Speer in den Arsch gestoßen hat, das ist das Schlimmste, glaube ich. Trotzdem – es gibt eine bestimmte Sorte Erwachsene, die nur die Bäume sieht, aber nicht den Wald. Lies die ersten zwanzig Seiten, Bobby. Du wirst es nicht bereuen. Das verspreche ich dir.«

Ted stellte die Limo auf den Tisch und öffnete die Kronkorken mit seinem Flaschenöffner. Dann nahm er seine Flasche in die Hand und ließ sie gegen die von Bobby klirren. »Auf deine neuen Freunde von der Insel.«

»Von welcher Insel?«

Ted Brautigan lächelte und stippte die letzte Zigarette aus einer zerknautschten Packung. »Das wirst du schon noch rausfinden«, sagte er.

Bobby fand es heraus, und er brauchte keine zwanzig Seiten, um obendrein festzustellen, daß *Herr der Fliegen* ein Wahnsinnsbuch war, vielleicht das beste, das er je gelesen hatte. Nach zehn Seiten war er bereits gefesselt; nach zwanzig Seiten war es um ihn geschehen. Er lebte mit Ralph, Jack, Piggy und den Kleinen auf der Insel; er zitterte wegen des Untiers, das sich als verwesender, in seinem Fallschirm gefangener Flugzeugpilot erwies; er verfolgte zuerst entrüstet und dann entsetzt, wie ein Haufen harmloser Schuljungen auf die Stufe von Wilden herabsanken und schließlich darangingen, den einzigen unter ihnen, der halbwegs menschlich geblieben war, zu jagen und zur Strecke zu bringen.

Er beendete das Buch an einem Samstag in der Woche, bevor das Schuljahr endete. Als es Mittag wurde und Bobby noch immer auf seinem Zimmer war – es waren keine Freunde zum Spielen gekommen, er hatte sich keine Samstagmorgens-Comics im Fernsehen angesehen, nicht mal *Merry Melodies*, das von zehn bis elf lief –, schaute seine Mom herein und sagte ihm, er solle aufstehen, die Nase aus diesem Buch nehmen und in den Park gehen oder so.

»Wo ist Sully?« fragte sie.

»Auf dem Dalhouse Square. Das Schulorchester gibt da ein Konzert.« Bobby sah seine Mutter in der Tür und die normalen Sachen um sie herum mit einem benommenen, verdutzten Blick an. Die Welt der Geschichte war für ihn so lebendig geworden, daß ihm diese reale Welt nun falsch und trist erschien.

»Was ist mit deiner Freundin? Geh doch mit der in den Park.«

»Carol ist nicht meine Freundin, Mom.«

»Na, egal was sie ist. Du liebe Güte, Bobby, ich hab ja nicht unterstellt, ihr beide würdet von zu Hause weglaufen und miteinander durchbrennen.«

»Sie und ein paar andere Mädchen haben gestern bei Angie geschlafen. Carol sagt, wenn sie da übernachten, bleiben sie praktisch die ganze Nacht auf und quatschen miteinander. Die liegen bestimmt noch im Bett oder frühstücken jetzt grade.«

»Dann geh allein in den Park. Du machst mich nervös. Wenn am Samstagvormittag der Fernseher aus ist, denke ich immer, du bist tot.« Sie kam in sein Zimmer und pflückte ihm das Buch aus den Händen. Bobby sah mit einer Art betäubter Faszination zu, wie sie darin herumblätterte und hier und dort ein paar Sätze las. Angenommen, ihr kam der Teil unter die Augen, wo sich die Jungs darüber unterhielten, daß sie dem Wildschwein ihre Speere in den Arsch gesteckt hatten? Was würde sie davon halten? Er wußte es nicht. Sie lebten zusammen, seit er auf der Welt war, und die meiste Zeit waren sie miteinander allein gewesen, aber er konnte trotzdem nicht vorhersagen, wie sie in einer bestimmten Situation reagieren würde.

»Ist dies das Buch, das Brattigan dir gegeben hat?«

»Ja.«

»Als Geburtstagsgeschenk?«

»Ja.«

»Wovon handelt es?«

»Von Jungen auf einer Insel, die von der Außenwelt abgeschnitten sind. Ihr Schiff wird versenkt. Ich glaube, es spielt nach dem Dritten Weltkrieg oder so. Der Bursche, der es geschrieben hat, äußert sich dazu nicht so genau.«

»Dann ist es also Science-fiction.«

»Ja«, antwortete Bobby. Ihm war ein bißchen schwindlig. In seinen Augen hatte *Herr der Fliegen* denkbar wenig mit *Ring um die Sonne* zu tun, aber seine Mom haßte Science-fiction, und wenn etwas sie von ihrem möglicherweise gefährlichen Herumblättern abhalten konnte, dann das.

Sie gab ihm das Buch zurück und ging zum Fenster hinüber. »Bobby?« Sie schaute nicht zu ihm zurück, jedenfalls nicht sofort. Sie trug eine alte Bluse und ihre Samstagshose. Das helle Mittagslicht schien durch die Bluse; er konnte ihre Seiten sehen und bemerkte zum ersten Mal, wie dünn sie war, als vergesse sie zu essen oder so. »Ja, Mom?«

»Hat Mr. Brattigan dir noch weitere Geschenke gemacht?«

»Er heißt *Brautigan*, Mom.«

Stirnrunzelnd musterte sie ihr Spiegelbild im Fenster… oder wohl eher *sein* Spiegelbild. »Verbessere mich nicht, Bobby-O. Hat er?«

Bobby dachte darüber nach. Ein paar Flaschen Kräuterlimonade, manchmal ein Thunfischsandwich oder einen Berliner aus der Bäckerei, in der Sullys Mutter arbeitete, aber keine Geschenke. Nur das Buch, und das war eins der tollsten Geschenke, die er je bekommen hatte. »Aber nein, Mom, warum sollte er?«

»Weiß ich nicht. Aber ich weiß auch nicht, warum ein Mann, den du gerade erst kennengelernt hast, dir überhaupt was zum Geburtstag schenkt.« Sie seufzte, verschränkte die Arme unter ihren kleinen, spitzen Brüsten und schaute weiterhin aus Bobbys Fenster. »Er hat mir erzählt, daß er in Hartford im öffentlichen Dienst beschäftigt war, aber jetzt pensioniert ist. Hat er dir das auch erzählt?«

»So was Ähnliches.« In Wahrheit hatte Ted Bobby nie etwas über sein Arbeitsleben erzählt, und es war Bobby noch nie in den Sinn gekommen, ihn danach zu fragen.

»Was für einen Job hat er da gemacht? In welchem Bereich? Gesundheit und Wohlfahrt? Verkehr? Innenrevision?«

Bobby schüttelte den Kopf. Was zum Teufel war eine Innenrevision?

»Ich wette, im Bildungsbereich«, sagte sie nachdenklich. »Er redet wie jemand, der mal Lehrer war. Oder nicht?«

»Irgendwie schon, ja.«

»Hat er Hobbys?«

»Weiß ich nicht.« Außer Lesen natürlich; zwei der drei Tüten, die seine Mutter so gestört hatten, waren voller Taschenbücher, und die meisten davon sahen *sehr* schwierig aus.

Daß Bobby nichts darüber wußte, womit sich der neue Mieter die Zeit vertrieb, schien sie aus irgendeinem Grund zu beruhigen. Sie zuckte die Achseln, und als sie wieder etwas sagte, schien sie eher mit sich selbst als mit Bobby zu sprechen. »Ach, Scheibenkleister, ist ja bloß ein Buch. Und dazu noch ein Taschenbuch.«

»Er hat gesagt, er hätte vielleicht einen Job für mich, aber bis jetzt hat er mir noch nichts angeboten.«

Sie drehte sich rasch um. »Wenn er dir irgendeinen Job anbietet oder dir irgendwelche Hausarbeiten übertragen will, sprichst du vorher mit mir darüber. Kapiert?«

»Sicher, kapiert.« Ihre Heftigkeit überraschte ihn und verunsicherte ihn ein bißchen.

»Versprich's mir.«

»Ich versprech's.«

»*Großes* Ehrenwort, Bobby.«

Er legte gehorsam die Hand aufs Herz und sagte: »Ich verspreche es meiner Mutter im Namen Gottes.«

Damit war die Sache normalerweise erledigt, aber diesmal schien sie noch nicht zufrieden zu sein.

»Hat er jemals ... macht er manchmal ...« Dann hielt sie inne. Sie wirkte auf ganz untypische Weise nervös. Seine Schulkameraden sahen manchmal so aus, wenn Mrs. Bramwell sie an die Tafel schickte, damit sie die Substantive und Verben in einem Satz bestimmten, und sie es nicht konnten.

»Hat er jemals was, Mom?«

»Ach egal!« sagte sie verärgert. »Mach, daß du hier rauskommst, Bobby, geh in den Park oder ins Sterling House – ich mag dich nicht mehr hier sehen.«

Warum bist du dann reingekommen? dachte er (sagte es aber natürlich nicht). *Ich hab dich nicht gestört, Mom. Ich hab dich nicht gestört.*

Bobby steckte sich *Herr der Fliegen* in die Gesäßtasche und ging zur Tür. Dort drehte er sich um. Sie stand noch immer am Fenster, aber jetzt sah sie ihn wieder an. Er hatte sie in solchen Momenten noch nie dabei überrascht, daß sie ihn liebevoll ansah; bestenfalls mit einer manchmal (aber nicht immer) zärtlichen Nachdenklichkeit.

»Hey, Mom?« Er dachte daran, sie um fünfzig Cent zu bitten – einen halben Stein, wie Sully zu sagen pflegte. Damit konnte er sich im Colony Diner eine Limonade und zwei Hot dogs kaufen. Er liebte die Hot dogs im Colony; die wurden mit süßen, getoasteten Brötchen gemacht, und es gab Kartoffelchips und in Scheibchen geschnittene Pickles dazu.

Ihr Mund machte die Schnürnummer, und er wußte, daß es heute keine Hotdogs geben würde. »Frag nicht, Bobby, denk nicht mal dran.« *Denk nicht mal dran* – einer ihrer ständigen Lieblingssprüche. »Ich muß diese Woche eine Tonne Rechnungen bezahlen, also wisch dir die Dollarzeichen aus den Augen.«

Die Sache war nur, daß sie *keine* Tonne Rechnungen bezahlen mußte. Diese Woche jedenfalls nicht. Bobby hatte letzten Mittwoch sowohl die Stromrechnung als auch den Scheck für die Miete in dem Kuvert mit der Aufschrift *Mr. Monteleone* gesehen. Und sie konnte nicht behaupten, daß er demnächst was zum

Anziehen brauchen würde, denn das Schuljahr fing nicht gerade an, sondern es ging zu Ende. Die einzige Kohle, um die er in letzter Zeit gebeten hatte, waren die fünf Dollar fürs Sterling House gewesen – der Quartalsbeitrag –, und selbst da hatte sie sich angestellt, obwohl sie wußte, daß damit das Schwimmen und das Baseballspielen inklusive Versicherung abgedeckt waren. Bei jemand anders als seiner Mom hätte er das für knickerig gehalten. Darüber konnte er jedoch nicht mit ihr reden; wenn man mit ihr über Geld sprach, gab es fast immer Streit, und jede Diskussion über ihre Meinung zu Geldangelegenheiten – selbst wenn es nur um die winzigsten Nebensächlichkeiten ging – war dazu angetan, hysterische Tiraden bei ihr auszulösen. In dieser Verfassung war sie furchteinflößend.

Bobby lächelte. »Ist schon okay, Mom.«

Sie lächelte zurück und machte dann eine Kopfbewegung zu dem Topf mit der Aufschrift »Fahrradgeld«. »Borg dir doch davon ein bißchen was aus – warum nicht? Gönn dir was. Ich werd's nicht weitersagen, und du kannst es ja später wieder zurücklegen.«

Er behielt sein Lächeln bei, aber nur mit Mühe. Wie lässig sie das sagte, ohne daran zu denken, wie wütend sie wäre, wenn Bobby vorschlagen würde, sie solle doch ein bißchen was vom Stromgeld, vom Telefongeld oder von dem borgen, was sie beiseite legte, um sich »Bürokleidung« zu kaufen, nur damit er sich im Colony ein paar Hot dogs und vielleicht ein Stück Obstkuchen holen könne. Wenn er ihr forsch-fröhlich erklären würde, er werde es nicht weitersagen, und sie könne es später ja wieder zurücklegen. Ja klar, da hätte er sich schon längst eine eingefangen.

Als Bobby im Commonwealth Park ankam, hatte sich sein Ärger gelegt, und das Wort *knickerig* war aus seinem Gehirn verschwunden. Es war ein schöner Tag, und er hatte ein wundervolles Buch dabei, das er auslesen wollte; wie konnte man unter solchen Umständen verärgert und genervt sein? Er fand eine abgelegene Bank und schlug *Herr der Fliegen* wieder auf. Er mußte das Buch heute auslesen, mußte herausfinden, wie es ausging.

Für die letzten vierzig Seiten brauchte er eine Stunde, und während dieser Zeit nahm er seine Umgebung überhaupt nicht mehr wahr. Als er das Buch schließlich zuklappte, sah er, daß er lauter kleine weiße Blumen auf dem Schoß hatte. Auch seine Haare waren voll davon – er hatte in einem Hagelschauer von Apfelblüten gesessen, ohne etwas davon zu merken.

Er wischte sie weg und schaute dabei zum Spielplatz hinüber. Kinder wippten, schaukelten und schlugen den Ball an der Schnur um seinen Pfosten. Sie lachten, spielten Nachlaufen und kugelten sich im Gras. Konnten solche Kinder wirklich zu Geschöpfen werden, die nackt herumliefen und einen verwesenden Schweinskopf anbeteten? Es war verlockend, solche Ideen als Phantastereien eines Erwachsenen abzutun, der keine Kinder mochte (davon gab es jede Menge, wie Bobby wußte), aber dann warf Bobby einen Blick in den Sandkasten und sah dort einen kleinen Jungen sitzen und herzzerreißend weinen, während ein anderer, größerer Junge neben ihm saß und unbekümmert mit dem Tonka-Laster spielte, den er seinem Freund aus den Händen gerissen hatte.

Und der Schluß des Buches – war es ein Happy-End oder nicht? So verrückt ihm so etwas noch vor einem Monat vorgekommen wäre, er konnte es im Grunde nicht sagen. Noch nie in seinem Leben hatte er ein Buch gelesen, bei dem er nicht wußte, ob das Ende gut oder schlecht, fröhlich oder traurig war. Aber Ted würde es wissen. Er würde Ted fragen.

Bobby saß immer noch auf der Bank, als Sully eine Viertelstunde später in den Park getanzt kam und ihn sah. »Na, du alter Saftsack!« rief Sully. »Ich bin bei dir vorbeigegangen, und deine Mom hat gesagt, du wärst hier oder vielleicht im Sterling House. Hast du das Buch endlich durch?«

»Ja.«

»War's gut?«

»Ja.«

S-J schüttelte den Kopf. »Ich hab noch nie ein Buch gelesen, das mir wirklich gefallen hat, aber wenn du's sagst, glaub ich's dir.«

»Wie war das Konzert?«

Sully zuckte die Achseln. »Wir haben getrötet, bis alle gegangen sind, also war's für uns jedenfalls gut, schätze ich. Und rate mal, wer die Woche im Camp Winiwinaia gewonnen hat?« Camp Winnie war das YMCA-Lager für Jungen und Mädchen am Lake George, in den Wäldern nördlich von Storrs. Jedes Jahr veranstaltete das Harwich Activities Committee eine Verlosung, bei der man eine Woche in diesem Camp gewinnen konnte.

Bobby verspürte einen Stich des Neids. »Sag bloß.«

Sully-John grinste. »Ja, Mann! Siebzig Namen im Hut, *mindestens* siebzig, und derjenige, den dieser glatzköpfige alte Saftsack Mr. Coughlin gezogen hat, war John L. Sullivan junior, 93 Broad Street. Meine Mutter hätte sich beinahe in die Hosen gemacht.«

»Wann fährst du?«

»In der Woche nach Schulschluß. Mom versucht, zur selben Zeit in der Bäckerei ihre Woche Urlaub zu nehmen, damit sie Oma und Opa in Wisconsin besuchen kann. Sie nimmt den großen grauen Hund.« Die großen F. waren die Sommerferien; die große Show war *Ed Sullivan* am Sonntagabend; der große graue Hund war natürlich ein Greyhound-Bus. Der hiesige Busbahnhof lag ganz in der Nähe des Asher Empire und des Colony Diner.

»Hast du keine Lust, mit ihr nach Wisconsin zu fahren?« fragte Bobby und verspürte den perversen Wunsch, seinem Freund die Freude über sein Glück ein bißchen zu verderben.

»Schon irgendwie, aber ich fahr lieber in ein Camp und schieße mit Pfeil und Bogen.« Er legte Bobby einen Arm um die Schultern. »Ich wünschte nur, du könntest mitkommen, du alte Leseratte!«

Das bewirkte, daß Bobby sich mies vorkam. Er senkte den Blick wieder auf sein Buch und wußte, daß er es bald noch einmal lesen würde. Vielleicht schon im August, wenn es zu langweilig wurde (im August war das meistens der Fall, so schwer das im Mai zu glauben war). Dann schaute er wieder hoch, sah Sully-John an, lächelte und legte ihm den Arm um die Schultern. »Tja, du hast eben Schwein«, sagte er.

»Das kannst du laut sagen«, stimmte ihm Sully-John zu.

So saßen sie eine Weile auf der Bank, inmitten der periodischen Apfelblütenschauer, die Arme auf den Schultern des anderen, und sahen den kleinen Kindern beim Spielen zu. Dann sagte Sully, er wolle zur Samstagnachmittagsvorstellung im Empire, und er müsse sich auf die Beine machen, wenn er die Programmvorschau nicht verpassen wolle.

»Warum kommst du nicht mit, Bobborino? Sie zeigen *The Black Scorpion*. Monster in rauhen Massen.«

»Ich kann nicht. Ich bin pleite«, sagte Bobby. Das war die Wahrheit (jedenfalls wenn man die sieben Dollar im Fahrradtopf nicht mit einrechnete), und er wollte heute sowieso nicht ins Kino, obwohl er einen Jungen in der Schule hatte sagen hören, *The Black Scorpion* sei wirklich toll, die Skorpione würden die Leute richtig mit ihren Stacheln durchbohren, wenn sie sie umbrachten, und obendrein Mexico City in Trümmer legen.

Bobby wollte nach Hause und mit Ted über *Herr der Fliegen* reden.

»Pleite«, sagte Sully betrübt. »Tja, das ist traurig, aber da kann man nichts machen, Kamerad. Ich würde dich ja einladen, aber ich hab selber nur fünfunddreißig Cent.«

»Macht doch nichts. Hey – wo ist denn dein Bolo-Bouncer?«

Sullys Gesicht wurde noch betrübter. »Das Gummiband ist gerissen. Ist jetzt wohl im Bolo-Himmel.«

Bobby kicherte. Bolo-Himmel, das war eine ziemlich komische Vorstellung. »Kaufst du dir 'nen neuen?«

»Glaub nicht. Bei Woolworth gibt's einen Zauberkasten, den hätte ich gern. ›Sechzig verschiedene Tricks‹ steht auf der Schachtel. Hätte nichts dagegen, Zauberer zu werden, wenn ich groß bin, Bobby, weißt du? So mit 'nem Jahrmarkt oder 'nem Zirkus rumfahren, mit schwarzem Anzug und Zylinder. Ich würde Kaninchen und allen möglichen Scheiß aus dem Hut ziehen.«

»Die Kaninchen würden dir wahrscheinlich *in* deinen Hut scheißen«, sagte Bobby.

Sully grinste. »Aber ich wär ein echt cooler Saftsack! Mann, was wär ich das gern! Egal, was ich mache!« Er stand auf. »Willst du bestimmt nicht mit? Du könntest dich wahrscheinlich an Godzilla vorbeischleichen.«

Zu den Samstagsvorstellungen im Empire, die meistens aus einem Monsterfilm, acht oder neun Zeichentrickfilmen, einer Vorschau auf kommende Attraktionen und einer Wochenschau bestanden, kamen immer Hunderte von Kindern. Mrs. Godlow drehte jedesmal völlig durch, wenn sie diese Massen dazu zu bringen versuchte, brav Schlange zu stehen und den Mund zu halten. Sie begriff nicht, daß man am Samstagnachmittag nicht mal im Grunde wohlerzogene Kinder dazu bewegen konnte, sich wie in der Schule zu benehmen. Außerdem war sie von der Überzeugung besessen, daß Dutzende von über Zwölfjährigen zum Preis für die unter Zwölfjährigen ins Kino zu kommen versuchten; Mrs. G. hätte für die Samstagnachmittagsvorstellungen ebenso eine Geburtsurkunde verlangt wie für das Brigitte-Bardot-Doppelprogramm, wenn es nach ihr gegangen wäre. Da sie nicht die Befugnis dazu hatte, begnügte sie sich damit, jedem Kind, das größer als eins sechzig war, ein »WANNBISTDUGEBORN?« entgegenzuraunzen. In diesem ganzen Tohuwabohu konnte man sich manchmal mühelos an ihr vorbeischleichen, und am Samstagnachmittag war kein Kartenabreißer da. Aber Bobby hatte heute keine Lust auf Riesenskorpione; er hatte die letzte Woche mit realistischeren Ungeheuern verbracht, von denen viele wahrscheinlich große Ähnlichkeit mit ihm selbst gehabt hatten.

»Nee, ich glaube, ich bleib noch 'n bißchen hier«, sagte Bobby.

»Okay.« Sully-John wischte sich ein paar Apfelblüten aus den schwarzen Haaren und sah Bobby dann feierlich an. »Sag, daß ich ein cooler Saftsack bin, Big Bob.«

»Du bist ein echt cooler Saftsack, Sully.«

»Ja!« Sully-John sprang in die Höhe, stieß die Faust in die Luft und lachte. »Ja, heute bin ich ein echt cooler Typ! Und morgen ein echt supercooler Riesentyp von einem Zauberer! Pow!«

Bobby ließ sich mit ausgestreckten Beinen, die Spitzen der Turnschuhe nach innen gedreht, an die Lehne der Bank zurücksinken und lachte schallend. S-J war einfach zu komisch, wenn er in Fahrt kam.

Sully ging ein paar Schritte und drehte sich dann noch mal um. »Mann, weißt du was? Ich hab ein paar seltsame Typen gesehen, als ich in den Park gekommen bin.«

»Was war so seltsam an denen?«

Sully-John schüttelte ein bißchen verwirrt den Kopf. »Weiß nicht«, sagte er. »Ich weiß es wirklich nicht.« Dann zog er los und sang dabei »At the Hop«. Das war einer seiner Lieblingssongs. Bobby mochte ihn auch. Danny and the Juniors waren toll.

Bobby schlug das Taschenbuch auf, das Ted ihm geschenkt hatte (es sah mittlerweile reichlich zerfleddert aus), und las die letzten paar Seiten noch einmal, den Teil, in dem schließlich die Erwachsenen auftauchten. Er begann, erneut darüber nachzudenken – war das Ende nun gut oder nicht? –, und vergaß Sully-John. Später kam ihm der Gedanke, daß im weiteren Verlauf vielleicht einiges ganz anders gekommen wäre, wenn S-J erwähnt hätte, daß die seltsamen Typen, die er gesehen hatte, gelbe Mäntel getragen hatten.

»William Golding hat was Interessantes über dieses Buch geschrieben, und ich glaube, es betrifft genau die Gedanken, die du dir über das Ende machst… Willst du noch eine Limo, Bobby?«

Bobby schüttelte den Kopf und bedankte sich. Er mochte Kräuterlimonade nicht so gern; meistens trank er sie aus reiner Höflichkeit, wenn er bei Ted war. Sie saßen wieder an Teds Küchentisch, Mrs. O'Haras Hund bellte nach wie vor (soweit Bobby wußte, hörte Bowser *nie* auf zu bellen), und Ted rauchte immer noch Chesterfields. Bobby hatte nach seiner Rückkehr aus dem Park kurz zu seiner Mutter hineingeschaut, hatte gesehen, daß sie im Bett lag und ein Nickerchen hielt, und war rasch in den zweiten Stock hinaufgesaust, um Ted nach dem Ende von *Herr der Fliegen* zu fragen.

Ted ging zum Kühlschrank hinüber… und blieb dann stehen. Er stand da, die Hand an der Kühlschranktür, und starrte ins Leere. Bobby wurde später klar, daß er in diesem Augenblick zum ersten Mal deutlich gesehen hatte, daß mit Ted etwas nicht in Ordnung war; daß wirklich etwas mit ihm nicht stimmte und immer schlimmer wurde.

»Man spürt sie zuerst hinter den Augen«, sagte Ted im Plauderton. Er sprach laut und deutlich; Bobby hörte jedes Wort.

»Man spürt was?«

»Man spürt sie zuerst hinter den Augen.« Sein Blick ging immer noch ins Leere, und seine Hand lag um den Türgriff des Kühlschranks. Bobby bekam es mit der Angst. Es schien etwas in der Luft zu sein, fast so etwas wie Pollen – es kitzelte die Härchen in seiner Nase und ließ seine Handrücken jucken.

Dann machte Ted den Kühlschrank auf und beugte sich hinein. »Willst du bestimmt keine?« fragte er. »Sie ist lecker und kalt.«

»Nein ... nein, schon gut.«

Ted kam zum Tisch zurück, und Bobby sah, daß er entweder beschlossen hatte, den Vorfall zu ignorieren, oder daß er sich nicht daran erinnerte. Er sah auch, daß mit Ted jetzt wieder alles in Ordnung war, und das reichte ihm. Erwachsene waren eben merkwürdig, das war alles. Manchmal mußte man die Sachen, die sie machten, einfach ignorieren.

»Erzählen Sie mir, was er über das Ende gesagt hat. William Golding.«

»Soweit ich mich erinnere, war es ungefähr folgendes: ›Die Jungen werden von der Besatzung eines Schlachtkreuzers gerettet, und das ist sehr schön für sie, aber wer wird die Besatzung retten?‹« Ted goß sich ein Glas Kräuterlimonade ein, wartete, bis der Schaum sich gesetzt hatte, und schenkte dann noch ein bißchen nach. »Hilft dir das?«

Bobby wendete den Satz im Kopf hin und her wie ein Rätsel. Zum Teufel, es *war* ein Rätsel. »Nein«, sagte er schließlich. »Ich versteh's immer noch nicht. Sie brauchen nicht gerettet zu werden – die Besatzung des Schiffes, meine ich –, weil sie nicht auf der Insel sind. Und außerdem ...« Er dachte an die Kinder im Sandkasten, von denen eins sich die Augen ausgeweint hatte, während das andere friedlich mit dem gestohlenen Spielzeug spielte. »Außerdem sind die Leute auf dem Kreuzer Erwachsene. Erwachsene brauchen nicht gerettet zu werden.«

»Nein?«

»Nein.«

»Nie?«

Bobby dachte auf einmal an seine Mutter und ihr Benehmen, wenn es um Geld ging. Dann erinnerte er sich an die

Nacht, in der er aufgewacht war und sie weinen gehört hatte. Er antwortete nicht.

»Denk drüber nach«, sagte Ted. Er zog kräftig an seiner Zigarette und stieß eine Rauchwolke aus. »Gute Bücher sind auch dazu da, daß man hinterher über sie nachdenkt.«

»Okay.«

»*Herr der Fliegen* war was anderes als die Hardy Boys, stimmt's?«

Bobby sah ganz kurz und sehr deutlich vor sich, wie Frank und Joe Hardy mit selbstgebastelten Speeren durch den Dschungel rannten und dabei sangen, daß sie das Schwein totstechen und ihm ihre Speere in den Arsch stoßen würden. Er lachte schallend los, und als Ted in das Gelächter einfiel, wußte Bobby, daß er mit den Hardy Boys, Tom Swift, Rick Brant und Bomba, dem Dschungelboy, fertig war. *Herr der Fliegen* hatte ihnen den Garaus gemacht. Er war sehr froh, daß er einen Leserausweis für Erwachsene hatte.

»Ja«, antwortete er. »Das kann man wohl sagen.«

»Und gute Bücher geben nicht all ihre Geheimnisse auf einmal preis. Wirst du dir das merken?«

»Ja.«

»Na prima. Und jetzt sag mir – möchtest du dir einen Dollar pro Woche bei mir verdienen?«

Der Themenwechsel erfolgte so abrupt, daß Bobby zuerst gar nicht mitkam. Dann grinste er und sagte: »Na klar, und ob!« Zahlen kreisten schwindelerregend in seinem Kopf; Bobby war gut genug in Mathe, um sich auszurechnen, daß er bei einem Dollar pro Woche bis September mindestens fünfzehn Dollar verdienen würde. Dazu das, was er schon hatte, plus eine halbwegs ordentliche Pfandflaschenernte und ein paar sommerliche Rasenmähjobs in der Straße… Herr im Himmel, am Labor Day würde er vielleicht schon ein Schwinn fahren. »Was soll ich tun?«

»Wir müssen vorsichtig sein. Sehr vorsichtig.« Ted dachte schweigend nach – so lange, daß Bobby schon zu fürchten begann, er würde wieder damit anfangen, daß er irgendwas hinter den Augen spürte. Doch als Ted aufschaute, war nichts von dieser seltsamen Leere in seinen Augen. Sein Blick war scharf, wenn auch ein bißchen reumütig. »Ich würde einen Freund – besonders einen jungen Freund – nie auffordern, seine Eltern anzulügen, Bobby, aber in diesem Fall muß ich dich bitten, bei einem kleinen Ablenkungsmanöver mitzumachen. Weißt du, was das ist?«

»Klar.« Bobby dachte an Sully und seine neue Wunschkarriere, mit dem Zirkus umherzureisen, einen schwarzen Anzug zu tragen und Kaninchen aus dem Hut zu ziehen. »Das macht der Zauberer, um einen reinzulegen.«

»Klingt nicht sehr nett, wenn man es so ausdrückt, wie?«

Bobby schüttelte den Kopf. Nein, wenn man den Flitter und die Scheinwerfer wegnahm, klang es überhaupt nicht nett.

Ted trank einen Schluck Kräuterlimonade und wischte sich Schaum von der Oberlippe. »Deine Mutter, Bobby. Sie haßt mich zwar nicht direkt, ich glaube, es wäre nicht fair, das zu behaupten... aber ich denke, sie mag mich nicht besonders. Siehst du das auch so?«

»Glaub schon. Als ich ihr erzählt habe, Sie hätten womöglich einen Job für mich, hat sie ganz komisch reagiert. Sie meinte, ich müßte ihr immer erzählen, was ich für Sie tun soll, bevor ich es tun dürfte.«

Ted Brautigan nickte.

»Ich glaube, das kommt alles daher, daß Sie bei Ihrem Einzug einen Teil Ihrer Sachen in Papiertüten hatten. Ich weiß, das klingt verrückt, aber anders kann ich's mir nicht erklären.«

Er dachte, Ted würde vielleicht lachen, aber er nickte nur erneut. »Vielleicht liegt es bloß daran. Jedenfalls möchte ich nicht, Bobby, daß du den Wünschen deiner Mutter zuwiderhandelst.«

Das klang gut, aber Bobby Garfield glaubte es nicht so ganz. Wenn es wirklich wahr wäre, gäbe es keinen Grund für ein Ablenkungsmanöver.

»Sag deiner Mutter, daß meine Augen jetzt sehr schnell müde werden. Das ist die Wahrheit.« Wie zum Beweis dafür hob Ted die rechte Hand ans Gesicht und massierte die Augenwinkel mit Daumen und Zeigefinger. »Sag ihr, ich würde dich gern anheuern, damit du mir jeden Tag ein bißchen was aus der Zeitung vorliest. Dafür zahle ich dir einen Dollar pro Woche – einen Stein, wie dein Freund Sully es nennt.«

Bobby nickte… aber ein Dollar pro Woche dafür, daß er vorlas, wie Kennedy in den Vorwahlen abschnitt und ob Floyd Patterson im Juni gewinnen würde oder nicht? Und womöglich noch die Comics mit *Blondie* oder *Dick Tracy* obendrein? Seine Mom oder Mr. Biderman von Home Town Real Estate würden das vielleicht glauben, aber Bobby nicht.

Ted rieb sich immer noch die Augen. Seine Hand hing wie eine Spinne über seiner schmalen Nase.

»Was noch?« fragte Bobby. Seine Stimme war seltsam klanglos, wie die seiner Mom, als er ihr versprochen hatte, sein Zimmer aufzuräumen, und sie am Ende des Tages hereingekommen war und gesehen hatte, daß es noch genauso unordentlich war wie zuvor. »Was ist der eigentliche Job?«

»Ich möchte, daß du die Augen offenhältst, das ist alles«, sagte Ted.

»Und wonach soll ich Ausschau halten?«

»Nach niederen Männern in gelben Mänteln.« Teds Finger bearbeiteten weiterhin seine Augenwinkel. Bobby wünschte, er würde damit aufhören; es hatte etwas Unheimliches an sich. Spürte er irgendwas hinter ihnen, rieb und knetete er deshalb in einem fort an ihnen herum? Etwas, das ihn ablenkte, das sein ansonsten vernünftiges und geordnetes Denken störte?

»Nach *kleinen* Männern in gelben Mänteln?« fragte er verblüfft. Vor seinem geistigen Auge tauchten lauter gelbgewandete Zwerge auf.

Ted lachte, ein sonniges, echtes Lachen, bei dem Bobby bewußt wurde, wie unbehaglich ihm zumute gewesen war.

»Nein, *niedere Männer*, im Dickensschen Sinn«, sagte er. »Damit sind Kerle gemeint, die ziemlich dumm aussehen… und auch ziemlich gefährlich. Zum Beispiel die Art Männer, die in einer Seitengasse würfeln und während des Spiels eine Flasche Schnaps in einer Papiertüte kreisen lassen. Männer, die an Telefonmasten lehnen und Frauen nachpfeifen, die auf der anderen Straßenseite vorbeigehen, während sie sich den Nacken mit Taschentüchern wischen, die nie ganz sauber sind. Männer, die Hüte mit Federn in der Krempe schick finden. Männer, die aussehen, als wüßten sie alle richtigen Antworten auf alle dummen Fragen des Lebens. Ich drücke mich nicht sonderlich klar aus, hm? Kommt das irgendwie bei dir an, klingelt da vielleicht was?«

Ja, allerdings. In gewisser Weise erinnerte es ihn an die Charakterisierung der Zeit als alte, kahlköpfige Betrügerin: das Gefühl, daß ein Wort oder eine Formulierung genau paßte, obwohl man einfach nicht sagen konnte, warum. Es erinnerte ihn daran, daß Mr. Biderman immer unrasiert wirkte, selbst wenn man noch das auf seinen Wangen trocknende Rasierwasser roch, so wie man irgendwie rein instinktiv wußte, daß Mr. Biderman in der Nase bohrte, wenn er allein in seinem Wagen saß, oder in den Auswurfschacht jedes Münztelefons schaute, an dem er vorbeikam.

»Ich versteh Sie schon«, sagte er.

»Gut. Ich würde dich nie im Leben darum bitten, mit solchen Männern zu sprechen oder dich ihnen auch nur zu nähern. Aber ich möchte dich bitten, die Augen offenzuhalten, einmal am Tag eine Runde um den Block zu drehen – Broad Street, Commonwealth Street, Colony Street, Asher Avenue, dann wieder hierher zurück, zur Nummer 149 – und einfach zu sehen, was du siehst.«

Für Bobby begannen sich die Dinge zusammenzufügen. An seinem Geburtstag – der auch Teds erster Tag in Nr. 149 gewesen war –, hatte Ted ihn gefragt, ob er jeden in der Straße kenne, ob er Fremde

(*Gäste, die Gesichter von Unbekannten*)

erkennen würde, falls irgendwelche Fremden auftauchten. Keine drei Wochen später hatte Carol Gerber ihre Bemerkung fallenlassen, daß sie sich manchmal frage, ob Ted vor irgend etwas auf der Flucht sei.

»Wie viele Kerle sind es?« fragte er.

»Drei, fünf, mittlerweile vielleicht auch mehr.« Ted zuckte die Achseln. »Du erkennst sie an ihren langen, gelben Mänteln und ihrer olivbraunen Haut … obwohl diese dunkle Haut nur eine Verkleidung ist.«

»Was … Sie meinen, so eine Art Bräunungscreme?«

»Ich glaube, ja. Wenn sie Auto fahren, erkennst du sie an ihren Wagen.«

»Welche Marken? Welche Modelle?« Bobby kam sich wie Darren McGavin in *Mike Hammer* vor und ermahnte sich, es nicht zu übertreiben. Dies war kein Fernsehfilm. Trotzdem, aufregend war es schon.

Ted schüttelte den Kopf. »Ich habe keine Ahnung. Aber du wirst es trotzdem merken, weil ihre Wagen so sind wie ihre gelben Mäntel und spitzen Schuhe und das schmierige, parfümierte Zeug, mit dem sie sich die Haare nach hinten klatschen: laut und vulgär.«

»Niedere Männer«, sagte Bobby – es war eigentlich keine Frage.

»Niedere Männer«, wiederholte Ted und nickte nachdrücklich. Er trank einen Schluck Kräuterlimonade, wandte den Blick ab und schaute in die Richtung, aus der Bowsers ewiges Gebell kam… und blieb eine ganze Weile so sitzen, wie ein Spielzeug mit einer kaputten Feder oder eine Maschine, der das Benzin ausgegangen war. »Sie spüren mich«, sagte er. »Und ich spüre sie auch. Ah, was für eine Welt.«

»Was wollen sie?«

Ted drehte sich wieder zu ihm um; er wirkte überrascht. Es war, als hätte er vergessen, daß Bobby da war… oder für einen Moment sogar, wer Bobby war. Dann lächelte er, streckte die Hand aus und legte sie auf die von Bobby. Sie war groß und warm und tröstlich; die Hand eines Mannes. Das Gefühl bewirkte, daß sich Bobbys halbherzige Vorbehalte in Luft auflösten.

»Etwas Bestimmtes, was ich habe«, sagte Ted. »Belassen wir's dabei.«

»Das sind doch keine Cops? Oder Leute von der Regierung? Oder –«

»Willst du wissen, ob ich auf der FBI-Liste der zehn meistgesuchten Verbrecher stehe oder ein kommunistischer Agent bin, wie der in *I Led Three Lives*? Ein Bösewicht?«

»Ich weiß, daß Sie kein Bösewicht sind«, sagte Bobby, aber die Röte, die ihm in die Wangen stieg, sprach eine andere Sprache. Nicht, daß seine Meinung viel änderte. Man konnte einen Schurken mögen oder sogar lieben; selbst Hitler hatte eine Mutter gehabt, wie seine eigene Mom gern sagte.

»Ich bin kein Bösewicht. Ich habe noch nie eine Bank ausgeraubt oder ein militärisches Geheimnis gestohlen. Ich habe einen zu großen Teil meines Leben damit verbracht, Bücher zu lesen, und meine Mahngebühren nicht immer bezahlt – wenn es eine Büchereipolizei gäbe, dann wären sie hinter mir her, fürchte ich –, aber ich bin kein Bösewicht wie die, die man im Fernsehen sieht.«

»Aber die Männer in den gelben Mänteln sind welche.«

Ted nickte. »Durch und durch böse. Und wie gesagt, gefährlich.«

»Haben Sie sie gesehen?«

»Schon oft, aber hier noch nicht. Und die Chancen stehen neunundneunzig zu eins, daß du sie auch nicht sehen wirst. Ich bitte dich nur darum, nach ihnen Ausschau zu halten. Könntest du das tun?«

»Ja.«

»Bobby? Gibt es da ein Problem?«

»Nein.« Etwas arbeitete für einen Moment in ihm – er stellte keine Verbindung her, aber er hatte ganz kurz das Gefühl, daß es da eine gab.

»Bestimmt nicht?«

»Nhn-nhn.«

»In Ordnung. Also, hier kommt die Frage: Könntest du es guten Gewissens – oder zumindest *halbwegs* guten Gewissens – unterlassen, deiner Mutter von diesem Teil deiner Aufgabe zu erzählen?«

»Ja«, sagte Bobby sofort, obwohl ihm klar war, daß es eine große Veränderung in seinem Leben bedeuten würde, wenn er so etwas tat … und daß es riskant wäre. Er fürchtete sich nicht wenig vor seiner Mom, und diese Angst beruhte nur zum Teil darauf, wie wütend sie werden und wie nachtragend sie sein konnte. Die Angst erwuchs größtenteils aus dem unglücklichen Gefühl, daß er nur ein bißchen geliebt wurde und die vorhandene Liebe schützen mußte. Aber er mochte Ted … und es hatte sich wundervoll angefühlt, wie Teds Hand auf der seinen gelegen hatte – die rauhe Wärme der großen Handfläche, die Berührung der an den Gelenken fast zu Knoten verdickten Finger. Und es war ja auch keine Lüge, jedenfalls keine richtige. Es war eine Auslassung.

»Bist du wirklich sicher?«

Wenn du lernen willst zu lügen, Bobby-O, dann kannst du ebensogut damit anfangen, Dinge auszulassen, flüsterte eine innere Stimme. Bobby beachtete sie nicht. »Ja«, sagte er, »bin ich. Ted ... sind diese Burschen nur für Sie gefährlich oder auch für jeden anderen?« Er dachte an seine Mom, aber er dachte auch an sich selbst.

»Für mich könnten sie in der Tat sehr gefährlich sein. Für andere Leute – für die *meisten* anderen Leute – wahrscheinlich nicht. Soll ich dir mal was Komisches sagen?«

»Klar.«

»Die meisten Menschen sehen sie nicht mal, wenn sie nicht sehr, sehr nahe sind. Es ist fast so, als ob sie die Macht besäßen, den Geist der Menschen zu trüben, wie der *Shadow* in dieser alten Krimiserie im Radio.«

»Soll das heißen, sie sind ... nun ja ...« Vermutlich war »übernatürlich« das Wort, das er nicht ganz herausbrachte.

»Nein, nein, überhaupt nicht.« Ted tat seine Frage mit einer Handbewegung ab, noch bevor er sie vollständig artikulieren konnte. Als Bobby an diesem Abend im Bett lag und länger als sonst keinen Schlaf fand, schien es ihm, als hätte Ted beinahe Angst davor gehabt, sie könnte laut ausgesprochen werden. »Es gibt sehr viele, ganz normale Menschen, die wir nicht sehen. Die Kellnerin, die mit gesenktem Kopf von der Arbeit nach Hause geht und ihre Arbeitsschuhe in einer Papiertüte bei sich trägt. Alte Leute, die ihren Nachmittagsspaziergang im Park machen. Junge Mädchen mit aufgedrehten Haaren, aus deren Transistorradios Peter Tripps Hitparade kommt. Aber Kinder sehen sie. Kinder sehen sie alle. Und, Bobby, du bist noch ein Kind.«

»Klingt nicht so, als wären diese Typen leicht zu übersehen.«

»Wegen der Mäntel, meinst du. Und wegen der Schuhe. Der lauten Wagen. Aber das sind genau die Dinge, die manche Leute – viele Leute sogar – dazu bringen, sich abzuwenden. Kleine Straßensperren zwischen dem Auge und dem Gehirn zu errichten. Jedenfalls will ich nicht, daß du irgendwelche Risiken eingehst. Wenn du die Männer in den gelben Mänteln wirklich siehst, *halt dich von ihnen fern*. Sprich nicht mit ihnen, selbst wenn sie dich ansprechen. Ich wüßte nicht, warum sie das tun sollten, wahrscheinlich würden sie dich gar nicht sehen – so wie viele Leute *sie* nicht sehen –, aber es gibt sehr vieles, was ich nicht über sie weiß. Jetzt sag mir, was ich gerade gesagt habe. Wiederhol es noch mal. Es ist wichtig.«

»Halt dich von ihnen fern, und sprich nicht mit ihnen.«

»Auch nicht, wenn sie dich ansprechen.« Es klang ziemlich ungeduldig.

»Auch nicht, wenn sie mich ansprechen, okay. Was *soll* ich denn tun?«

»Komm hierher zurück und sag mir, daß sie da sind und wo du sie gesehen hast. Geh ganz normal, bis du sicher bist, daß sie dich nicht mehr sehen können, dann lauf los. Lauf wie der Wind. Lauf, als ob der Teufel hinter dir her wäre.«

»Und was werden Sie tun?« fragte Bobby, aber er wußte es natürlich. Vielleicht war er nicht so schlau wie Carol, aber er war auch kein kompletter Idiot. »Sie verschwinden, nicht wahr?«

Ted Brautigan zuckte die Achseln und trank sein Glas Kräuterlimonade aus, ohne Bobby in die Augen zu sehen. »Das entscheide ich, wenn es soweit ist. *Falls* es je soweit kommt. Wenn ich Glück habe, wird das Gefühl verschwinden, das ich in den letzten paar Tagen gehabt habe – mein Gespür für diese Männer.«

»Ist das schon mal passiert?«

»Ja, allerdings. Also, warum sprechen wir nicht über angenehmere Dinge?«

Die nächste halbe Stunde unterhielten sie sich über Baseball, dann über Musik (Bobby erfuhr zu seiner Überraschung, daß Ted die Musik von Elvis Presley nicht nur kannte, sondern teilweise auch mochte), dann über Bobbys Hoffnungen und Befürchtungen hinsichtlich der siebten Klasse, in die er im September kommen würde. Das alles war durchaus angenehm, aber hinter jedem Thema lauerten die niederen Männer, das spürte Bobby. Die niederen Männer waren hier in Teds Zimmer im zweiten Stock wie eigentümliche Schatten, die man nicht richtig sehen konnte.

Erst als Bobby schon aufbrechen wollte, kam Ted noch einmal auf sie zu sprechen. »Es gibt Dinge, nach denen du Ausschau halten solltest«, sagte er. »Anzeichen dafür, daß meine ... meine alten Freunde in der Nähe sind.«

»Was für welche?«

»Wenn du in der Stadt unterwegs bist, achte auf Anschläge an den Hauswänden, in den Schaufenstern und an Telefonmasten in Wohngebieten, auf denen entlaufene Haustiere gesucht werden. ›Entlaufen – graue getigerte Katze mit schwarzen Ohren, weißem Lätzchen und krummem Schwanz. Telefon: IRoquois 7-7661.‹ ›Entlaufen – kleine Promenadenmischung, zum Teil Beagle, hört auf den Namen Trixie und liebt Kinder; unsere wollen, daß sie nach Hause kommt. Telefon: IRoquois 7-0984, oder bringen Sie sie nach 77 Peabody Street.‹ Solche Sachen.«

»Was meinen Sie damit? Du lieber Himmel, soll das heißen, daß sie die *Haustiere* der Leute umbringen? Glauben Sie ...«

»Ich glaube, viele dieser Tiere gibt es gar nicht«, sagte Ted. Er klang müde und unglücklich. »Selbst wenn ein kleines, schlecht reproduziertes Foto drauf ist, sind die meisten meiner Ansicht nach reine Fiktion. Ich glaube, solche Anschläge sind eine Form der Kommunikation, obwohl ich keine Ahnung habe, warum die Männer, die sie ankleben, nicht einfach in den Colony Diner gehen und bei Schmorfleisch und Kartoffelbrei miteinander kommunizieren. Wo geht deine Mutter einkaufen, Bobby?«

»Total Grocery. Ist gleich neben Mr. Bidermans Immobilienbüro.«

»Und gehst du mit?«

»Manchmal.« Als er noch kleiner gewesen war, hatte er sich jeden Freitag dort mit ihr getroffen und eine der Fernsehzeitschriften im Zeitschriftenständer gelesen, bis sie auftauchte. Er hatte die Freitagnachmittage geliebt, weil sie das Wochenende einleiteten, weil Mom ihn den Einkaufswagen schieben ließ (er tat immer so, als wäre es ein Rennwagen), weil er *sie* liebte. Aber davon erzählte er Ted nichts. Es war Schnee von gestern. Verdammt, da war er erst acht gewesen.

»Wirf einen Blick auf das Schwarze Brett, das in jedem Supermarkt in der Nähe der Kassen hängt«, sagte Ted. »Dort wirst du etliche kleine, handschriftliche Zettel finden, auf denen steht: AUTO VON PRIVAT ZU VERKAUFEN. Such nach solchen Zetteln, die verkehrt herum ans Brett gepinnt sind. Gibt es noch einen anderen Supermarkt in der Stadt?«

»Ja, A&P, beim Bahnübergang. Da geht meine Mom nicht hin. Sie sagt, der Metzger macht ihr immer schöne Augen.«

»Kannst du auch dort das Schwarze Brett überprüfen?«

»Klar.«

»So weit, so gut. Nun – du kennst doch die Himmel-und-Hölle-Kästchen, die Kinder immer auf den Bürgersteig malen?«

Bobby nickte.

»Such nach welchen, neben die Kreidesterne oder Kreidemonde gezeichnet sind, meistens in anderer Farbe. Achte auf Drachenschwänze, die von Telefonleitungen hängen. Nicht die Drachen selbst, nur die Schwänze. Und ...«

Ted hielt stirnrunzelnd inne und überlegte. Während er eine Chesterfield aus der Packung auf dem Tisch nahm und sie anzündete, dachte Bobby sehr vernünftig und sehr klar, ohne den leisesten Hauch von Furcht: *Er ist verrückt, weißt du. Voll durchgeknallt.*

Ja, natürlich, wie konntest du daran zweifeln? Er hoffte nur, daß Ted ebenso vorsichtig wie verrückt war. Wenn seine Mom nämlich hörte, wie Ted über solche Sachen redete, würde sie Bobby nie mehr in seine Nähe lassen. Wahrscheinlich würde sie sogar die Burschen mit den Schmetterlingsnetzen holen ... oder den guten alten Don Biderman bitten, es für sie zu tun.

»Kennst du die Uhr auf dem Marktplatz, Bobby?«

»Ja, klar.«

»Es kann sein, daß sie anfängt, die falsche Stunde oder zur falschen Zeit zu schlagen. Und schau die Zeitung auch nach Meldungen über kleinere vandalische Akte in Kirchen durch. Meine Freunde mögen keine Kirchen, aber sie machen nie etwas gar zu Schlimmes; sie versuchen nach Möglichkeit, unauffällig zu bleiben. Es gibt noch andere Anzeichen dafür, daß sie in der Nähe sind, aber ich will dich nicht überfordern. Ich persönlich glaube, daß die Anschläge der sicherste Hinweis sind.«

»›Wenn Sie Ginger sehen, bringen Sie sie bitte nach Hause.‹«

»Ganz genau, so ist –«

»Bobby?« Es war die Stimme seiner Mom, gefolgt vom näherkommenden Schlurfen der Tennisschuhe, die sie samstags immer trug. »Bobby, bist du da oben?«

III. Die Macht einer Mutter. Bobby macht seinen Job. »Faßt er dich an?« Der letzte Schultag

Bobby und Ted wechselten einen schuldbewußten Blick. Sie saßen beide jeweils auf ihrer Seite des Tisches, als hätten sie etwas Verrücktes getan, statt nur über verrückte Sachen zu reden.

Sie wird sehen, daß wir irgendwas im Schilde führen, dachte Bobby bestürzt. *Es steht mir ins Gesicht geschrieben.*

»Nein«, sagte Ted zu ihm. »Keineswegs. Darin besteht ihre Macht über dich, daß du das glaubst. Das ist die Macht einer Mutter.«

Bobby starrte ihn erstaunt an. *Hast du meine Gedanken gelesen? Hast du gerade eben meine Gedanken gelesen?*

Mittlerweile war seine Mom fast schon auf dem Treppenabsatz im zweiten Stock, und die Zeit reichte nicht mehr für eine Antwort, selbst wenn Ted ihm eine hätte geben wollen. Aber nichts in seiner Miene ließ darauf schließen, daß er geantwortet *hätte,* selbst wenn ihm die Zeit dazu geblieben wäre. Und Bobby begann sofort daran zu zweifeln, daß er richtig gehört hatte.

Dann stand seine Mutter in der offenen Tür. Sie schaute von ihrem Sohn zu Ted und wieder zurück zu ihrem Sohn; ihr Blick taxierte sie. »So, hier steckst du also«, sagte sie. »Meine Güte, Bobby, hast du mich nicht rufen hören?«

»Du warst schon hier oben, bevor ich einen Piep sagen konnte, Mom.«

Sie schnaubte. Ihr Mund verzog sich zu einem kleinen, nichtssagenden Lächeln – ihrem automatischen Lächeln im Umgang mit anderen Menschen. Ihr Blick wanderte zwischen ihnen hin und her, hin und her, suchte nach etwas Unpassendem, etwas, was ihr nicht gefiel, etwas Falschem. »Ich hab dich gar nicht von draußen reinkommen hören.«

»Du hast in deinem Bett gelegen und geschlafen.«

»Wie geht's Ihnen heute, Mrs. Garfield?« fragte Ted.

»Ausgezeichnet.« Hin und her ging der Blick. Bobby hatte keine Ahnung, wonach sie suchte, aber das erschrockene Schuldbewußtsein mußte aus seinem Gesicht verschwunden sein. Wenn sie es gesehen hätte, wüßte er es bereits; er wüßte, daß *sie* es wußte.

»Möchten Sie eine Flasche Limonade?« fragte Ted. »Ist nicht viel, aber immerhin kalt.«

»Das wäre nett«, sagte Liz. »Danke.« Sie kam ganz herein und setzte sich neben Bobby an den Küchentisch. Sie tätschelte ihm geistesabwesend das Bein und beobachtete Ted, während er seinen kleinen Kühlschrank öffnete und die Kräuterlimonade herausholte. »Noch ist es hier oben nicht heiß, Mr. Brattigan, aber in einem Monat sieht das anders aus, das garantiere ich Ihnen. Sie sollten sich einen Ventilator anschaffen.«

»Gute Idee.« Ted goß Kräuterlimonade in ein sauberes Glas, blieb dann vor dem Kühlschrank stehen, hielt das Glas ins Licht und wartete darauf, daß der Schaum sich setzte. Für Bobby sah er aus wie ein Wissenschaftler in einem Fernsehwerbespot, einer dieser Burschen, die von der Marke X oder Y besessen waren und sich darüber ausließen, daß Rolaids das Siebenundfünfzigfache ihres Gewichts an überschüssiger Magensäure neutralisierten, erstaunlich, aber wahr.

»Danke, das genügt, es braucht nicht bis oben hin voll zu sein«, sagte sie ein wenig ungeduldig. Ted brachte ihr das Glas, und sie hob es ihm entgegen. »Na, dann prost.« Sie trank einen Schluck und verzog das Gesicht, als wäre es Whiskey statt Kräuterlimonade. Dann beobachtete sie über den Rand des Glases hinweg, wie Ted sich hinsetzte, die Asche von seiner Zigarette klopfte und sich den Stummel wieder in den Mundwinkel steckte.

»Ihr beiden seid ja inzwischen die dicksten Freunde«, bemerkte sie. »Hockt hier am Küchentisch, trinkt Kräuterlimonade – so richtig gemütlich! Worüber habt ihr denn heute gesprochen?«

»Über das Buch, das Mr. Brautigan mir geschenkt hat«, sagte Bobby. Seine Stimme klang natürlich und ruhig, eine

Stimme, hinter der sich keine Geheimnisse verbargen. »*Herr der Fliegen*. Mir war nicht so recht klar, ob das Ende nun gut oder schlecht war, und da hab ich gedacht, ich frage ihn.«

»So? Und was hat er gesagt?«

»Sowohl als auch. Und er hat gesagt, ich soll darüber nachdenken.«

Liz lachte ohne sonderlich viel Humor. »Ich lese Krimis, Mr. Brattigan, und das Nachdenken spare ich mir fürs wirkliche Leben. Aber ich bin natürlich auch noch nicht pensioniert.«

»Nein«, sagte Ted. »Sie sind ganz offensichtlich in den besten Jahren.«

Sie warf ihm einen Blick zu, der besagte, *mit Schmeicheleien kommst du bei mir nicht weiter*. Bobby kannte diesen Blick gut.

»Ich habe Bobby auch einen kleinen Job angeboten«, erklärte ihr Ted. »Er war einverstanden … mit Ihrer Erlaubnis, natürlich.«

Ihre Stirn runzelte sich, als er den Job erwähnte, und glättete sich, als er von ihrer Erlaubnis sprach. Sie streckte die Hand aus und strich Bobby kurz über die roten Haare, eine so ungewöhnliche Geste, daß Bobbys Augen ein wenig größer wurden. Ihr Blick wich dabei keine Sekunde von Teds Gesicht. Nicht nur, daß sie dem Mann nicht traute – sie würde ihm wahrscheinlich *niemals* trauen, erkannte Bobby. »An was für einen Job hatten Sie denn gedacht?«

»Er möchte, daß ich –«

»Pst«, machte sie und spähte dabei immer noch über den Rand des Glases hinweg, ohne Ted aus den Augen zu lassen.

»Ich hätte gern, daß er mir aus der Zeitung vorliest, vielleicht am Nachmittag«, antwortete Ted und erklärte dann, seine Augen seien nicht mehr so gut wie früher und es falle ihm mit jedem Tag schwerer, die kleingedruckten Texte zu lesen. Aber er wolle sich über die Nachrichten auf dem laufenden halten – das seien doch sehr interessante Zeiten, ob Mrs. Garfield das nicht auch finde? – und überdies die Kolumnen verfolgen, Stewart Alsop und Walter Winchell und so weiter. Winchell sei natürlich eine Klatschtante, aber es sei *interessanter* Klatsch, oder nicht, Mrs. Garfield?

Bobby hörte zunehmend nervös zu. Er merkte zwar an der Miene und der Körperhaltung seiner Mutter – sogar an der Art, wie sie an ihrer Kräuterlimonade nippte –, daß sie Ted glaubte. Das war soweit in Ordnung, aber was war, wenn Ted wieder einen Aussetzer hatte? Wenn er einen Aussetzer hatte und anfing, von niederen Männern in gelben Mänteln oder von Drachenschwänzen an Telefonleitungen zu faseln, und dabei die ganze Zeit ins Leere starrte?

Aber nichts dergleichen geschah. Ted schloß damit, daß er auch gern wissen wolle, wie sich die Dodgers machten – vor allem Maury Wills –, obwohl sie nach L. A. umgezogen seien. Er sagte das mit der Miene eines Mannes, der entschlossen ist, die Wahrheit zu sagen, selbst wenn die Wahrheit ein bißchen beschämend ist. Bobby fand, das war ein netter Zug.

»Ich glaube, das geht in Ordnung«, sagte seine Mutter (beinahe widerstrebend, dachte Bobby). »Klingt sogar nach einem richtigen Bombenjob. Ich wünschte, *ich* hätte so einen.«

»Sie sind bestimmt sehr gut in Ihrem Job, Mrs. Garfield.«

Sie warf ihm wieder ihren trockenen Mit-Schmeicheleien-landest-du-bei-mir-nicht-Blick zu. »Wenn er auch noch das Kreuzworträtsel für Sie lösen soll, müssen Sie ihm einen Bonus zahlen«, sagte sie und stand auf, und obwohl Bobby die Bemerkung nicht verstand, war er erstaunt von der Grausamkeit, die er darin spürte, wie eine Glasscherbe in einem Marshmallow. Es war, als wollte sie sich zugleich über Teds nachlassende Sehfähigkeit und seinen Intellekt lustig machen; als wollte sie ihn verletzen, weil er nett zu ihrem Sohn war. Bobby schämte sich immer noch, weil er sie getäuscht hatte, und fürchtete sich davor, daß sie es herausfinden würde, aber jetzt war er auch froh ... auf beinahe gehässige Weise. Sie hatte es verdient. »In Kreuzworträtseln ist er gut, mein Bobby.«

Ted lächelte. »Das glaube ich gern.«

»Komm mit runter, Bob. Wird Zeit, daß wir Mr. Brattigan ein bißchen Ruhe gönnen.«

»Aber –«

»Ich glaube, ich würde mich wirklich gern eine Weile hinlegen, Bobby. Ich hab ein bißchen Kopfschmerzen. Es freut mich, daß dir *Herr der Fliegen* gefallen hat. Du kannst morgen mit deinem Job anfangen, wenn du willst, mit dem Feuilleton in der Sonntagsausgabe. Ich warne dich – das wird wahrscheinlich eine Art Feuerprobe.«

»Okay.«

Mom war bereits auf dem kleinen Treppenabsatz draußen vor Teds Tür angelangt. Bobby war hinter ihr. Jetzt drehte sie sich um und sah Ted über Bobbys Kopf hinweg an. »Warum setzt ihr euch nicht draußen auf die Veranda?« fragte sie. »Die frische Luft wird euch beiden guttun. Besser als dieses stickige Zimmer. Und wenn ich im Wohnzimmer bin, kann ich auch zuhören.«

Bobby dachte, daß sie irgendeine Botschaft austauschten. Nicht direkt auf telepathischem Wege ... obwohl es in gewissem Sinn Telepathie *war*. Telepathie von der langweiligen Sorte, wie sie Erwachsene praktizierten.

»Gute Idee«, sagte Ted. »Auf der Veranda wäre es bestimmt schöner. Wiedersehen, Bobby. Wiedersehen, Mrs. Garfield.«

Bobby war kurz davor, *bis dann, Ted* zu sagen, und ersetzte es im letzten Moment durch: »Bis später, Mr. Brautigan.« Er ging mit einem vagen Lächeln zur Treppe und fühlte, wie ihm der Schweiß ausbrach, als wäre er gerade einem häßlichen Unfall entronnen.

Seine Mutter blieb noch stehen. »Wie lange sind Sie schon pensioniert, Mr. Brattigan, wenn Sie die Frage gestatten?«

Bobby war fast schon davon überzeugt gewesen, daß sie Teds Namen nicht absichtlich falsch aussprach; aber jetzt änderte er seine Meinung. Es war Absicht. Natürlich war es Absicht.

»Drei Jahre.« Er drückte die Zigarette in dem randvollen Blechaschenbecher aus und zündete sich sofort eine neue an.

»Dann sind Sie also ... achtundsechzig?«

»Eigentlich sechsundsechzig.« Seine Stimme blieb sanft und offen, aber Bobby hatte den Eindruck, daß er diesen Fragen nicht allzuviel abgewinnen konnte. »Ich bin mit vollen Bezügen zwei Jahre früher pensioniert worden. Aus medizinischen Gründen.«

Frag ihn nicht, was er hat, Mom, stöhnte Bobby innerlich. *Untersteh dich!*

Sie tat es nicht. Statt dessen fragte sie, was er in Hartford gemacht habe.

»*Buchhaltung*. Ich war bei der *Innenrevision*.«

»Bobby und ich hatten angenommen, Sie hätten was mit Bildung zu tun gehabt. Buchhaltung! Das klingt nach viel Verantwortung.«

Ted lächelte. Bobby fand, daß sein Lächeln etwas Schreckliches hatte. »In zwanzig Jahren habe ich drei Rechenmaschinen verschlissen. Wenn das Verantwortung bedeutet, Mrs. Garfield, nun ja – dann hatte ich welche. Apeneck Sweeney spreizt die Knie; die Tippse legt eine Platte auf das Grammophon.«

»Ich kann Ihnen nicht folgen.«

»Damit will ich sagen, daß ich viele Jahre lang einen Beruf ausgeübt habe, der nie sonderlich wichtig zu sein schien.«

»Er wäre vielleicht sehr wichtig gewesen, wenn Sie ein Kind gehabt hätten, das ein Dach über dem Kopf brauchte und das Sie ernähren und großziehen mußten.« Sie sah ihn mit leicht vorgestrecktem Kinn an, jenem Gesichtsausdruck, der bedeutete, daß sie bereit war, mit Ted darüber zu diskutieren. Daß sie mit ihm bei dieser Diskussion in den Clinch gehen würde, wenn er Lust dazu hatte.

Zu Bobbys Erleichterung wollte Ted jedoch nicht mit ihr in den Clinch gehen. Nicht einmal ansatzweise. »Ich glaube, Sie haben recht, Mrs. Garfield. Absolut.«

Sie reckte ihm noch einen Moment das Kinn entgegen, eine unausgesprochene Frage, ob er sicher sei, ließ ihm Zeit, seine Meinung zu ändern. Als Ted nichts weiter sagte, lächelte sie. Es war ihr Siegerlächeln. Bobby liebte sie, aber auf einmal war er ihrer auch überdrüssig. Er kannte ihre Gesichtsausdrücke, ihre Sprüche und ihre Unnachgiebigkeit zur Genüge, und er hatte sie satt.

»Danke für die Kräuterlimonade, Mr. Brattigan. Sie hat sehr gut geschmeckt.« Und damit führte sie ihren Sohn nach unten. Als sie auf dem Treppenabsatz im ersten Stock anlangten, ließ sie seine Hand los und ging des Rest des Weges vor ihm her.

Bobby dachte, daß sie beim Abendessen weiter über seinen neuen Job reden würden, aber das war nicht der Fall. Seine Mom schien weit von ihm entfernt zu sein, ihr Blick war abwesend. Er mußte sie zweimal um eine zweite Scheibe vom Hackbraten bitten, und als später an diesem Abend das Telefon klingelte, sprang sie vom Sofa auf, wo sie gemeinsam fernsahen, und lief zum Apparat. Sie legte dabei die gleiche Hast an den Tag wie Ricky Nelson in der Serie *Ozzie and Harriet*, wenn dort das Telefon klingelte. Sie hörte zu, sagte etwas, kam dann zum Sofa zurück und setzte sich wieder.

»Wer war das?« fragte Bobby.

»Falsch verbunden«, sagte Liz.

In diesem Lebensjahr wartete Bobby Garfield noch mit dem seligen Vertrauen eines Kindes auf den Schlaf: auf dem Rükken liegend, die Fersen zu den Ecken des Bettes hin gespreizt, die Hände an den kühlen Stellen unter dem Kissen, so daß die Ellbogen hochstanden. Auch in der Nacht, nachdem Ted mit ihm über die niederen Männer in ihren gelben Mänteln gesprochen hatte (*ihre Autos nicht zu vergessen*, dachte er, *ihre dicken, chic lackierten Autos*), lag Bobby so da. Die Decke hatte er bis zur Hüfte hinuntergeschoben. Das Mondlicht fiel auf seine schmale Kinderbrust, vom Schatten des Fensterkreuzes in vier Rechtecke geteilt.

Wenn er darüber nachgedacht hätte (was er nicht getan hatte), dann hätte er erwartet, daß Teds niedere Männer realer werden würden, sobald er allein im Dunkeln war, wo ihm nur das Ticken seines aufziehbaren Big Ben und das Gemurmel der Fernseh-Spätnachrichten im anderen Zimmer Gesellschaft leisteten. So war das bei ihm schon immer gewesen – es war leicht, bei *Shock Theater* über Frankenstein zu lachen, so zu tun, als würde man sich unheimlich gruseln, und »Ohhh, *Frankie!*« zu schreien, sobald das Monster auftauchte, besonders wenn Sully-John über Nacht blieb. Aber im Dunkeln, wenn S-J zu schnarchen begonnen hatte (oder noch schlimmer, wenn Bobby allein war), schien Dr. Frankensteins Geschöpf viel … nicht direkt realer, aber … *möglicher* zu sein.

Um Teds niedere Männer herum verdichtete sich dieses Gefühl des Möglichen jedoch nicht. Wenn überhaupt, dann schien der Gedanke, daß Leute miteinander über Anschläge kommunizieren sollten, auf denen entlaufene Tiere gesucht wurden, im Dunkeln noch verrückter zu sein. Aber nicht auf gefährliche Weise verrückt. Bobby glaubte jedenfalls nicht, daß Ted wirklich im tiefsten Innern verrückt war; nur ein bißchen schlauer, als ihm guttat, besonders seit er nur noch so wenig hatte, womit er seine Zeit ausfüllen konnte. Ted war ein bißchen … nun ja … Herrgott, ein bißchen *was?* Bobby konnte es nicht ausdrücken. Wenn ihm das Wort *exzentrisch* in den Sinn gekommen wäre, hätte er es mit Freuden und voller Erleichterung benutzt.

Aber … es kam mir so vor, als hätte er meine Gedanken gelesen. Was ist damit?

Ach, da hatte er sich geirrt, das war alles, er hatte sich einfach verhört. Oder vielleicht hatte Ted wirklich mit dieser von Grund auf uninteressanten außersinnlichen Wahrnehmung der Erwachsenen seine Gedanken gelesen und das Schuldbewußtsein von seinem Gesicht geschält wie ein nasses Abziehbild von einem Stück Glas. Seine Mutter war dazu weiß Gott jederzeit imstande … zumindest bis heute.

Aber –

Aber nichts. Ted war ein netter Kerl, der eine Menge Ahnung von Büchern hatte, aber er war kein Gedankenleser. Ebensowenig wie Sully-John Sullivan ein Zauberer war oder je einer sein würde.

»Alles Ablenkungsmanöver«, murmelte Bobby. Er zog die Hände unter dem Kissen heraus, kreuzte sie an den Handgelenken und wackelte damit. Der Schatten einer Taube flog durchs Mondlicht auf seiner Brust.

Bobby lächelte, schloß die Augen und schlief ein.

Am nächsten Vormittag saß er draußen auf der Veranda und las diverse Artikel aus dem *Harwich Sunday Journal* vor. Ted thronte auf der Hollywoodschaukel, hörte schweigend zu und rauchte Chesterfields. Links hinter ihm bauschten sich die Vorhänge in den offenen Wohnzimmerfenstern der Garfields. Bobby stellte sich vor, wie seine Mom im Sessel saß, wo das Licht am besten war; sie hatte den Nähkorb neben sich, hörte zu und säumte Röcke (die Röcke wurden wieder länger, hatte sie ihm vor ein oder zwei Wochen erklärt; im einen Jahr kürzte man sie, im nächsten Frühling nahm man die Nähte raus und machte sie wieder länger, und alles nur, weil ein Haufen Schwuchteln in New York oder London es so wollte, und sie wußte überhaupt nicht, warum sie sich die Mühe machte). Bobby hatte keine Ahnung, ob sie wirklich dort war oder nicht, die offenen Fenster und wehenden Vorhänge hatten an sich noch nichts zu bedeuten, aber er stellte es sich trotzdem vor. Wenn er ein bißchen älter war, würde ihm auffallen, daß er sich *immer* vorgestellt hatte, daß sie da war – draußen im Freien, in jenem Bereich der nicht überdachten Zuschauertribüne, wo die Schatten so dicht waren, daß man nichts mehr richtig erkennen konnte, im Dunkeln am Ende der Treppe, immer hatte er sich vorgestellt, sie wäre da.

Die Sportartikel, die er vorlas, waren interessant (Maury Wills lief allmählich zu großer Form auf), die im Feuilleton weniger, und die Kommentare waren langweilig und lang und unverständlich, voller Wendungen wie »fiskalische Verantwortung« und »ökonomische Indikatoren rezessiver Natur«. Trotzdem hatte Bobby nichts dagegen, sie vorzulesen. Er machte immerhin seinen Job und verdiente Geld, und viele Jobs waren zumindest hin und wieder mal langweilig. »Man muß nun mal für seine Cornflakes schuften«, sagte seine Mutter manchmal, wenn Mr. Biderman sie wieder bis abends dabehalten hatte. Bobby war stolz darauf, daß es ihm gelang, eine Formulierung wie »ökonomische Indikatoren rezessiver Natur« über die Lippen zu bringen. Außerdem beruhte der andere Job – der geheime Job – auf Teds verrückter Idee, daß irgendwelche Männer hinter ihm her wären, und Bobby hätte sich nicht wohl dabei gefühlt, nur dafür Geld zu nehmen; es wäre ihm so vorgekommen, als würde er Ted irgendwie betrügen, obwohl es ja eigentlich Teds Idee gewesen war.

Verrückt oder nicht, es gehörte trotzdem zu seinem Job, und er fing an diesem Sonntag nachmittag damit an. Bobby ging um den Block, während seine Mutter ihr Nickerchen machte, und hielt Ausschau nach niederen Männern in gelben Mänteln oder nach Anzeichen von ihnen. Er sah etliche interessante Dinge – eine Frau in der Colony Street, die sich mit ihrem Mann über etwas stritt, wobei sich die beiden Nase an

Nase gegenüberstanden wie Gorgeous George und Haystacks Calhoun zu Beginn eines wilden Freistilringkampfes; einen kleinen Jungen in der Asher Avenue, der mit einem rauchgeschwärzten Stein Kronkorken platt schlug; knutschende Teenager vor Spicer's Variety Store, dem Gemischtwarenladen Ecke Commonwealth und Broad; einen Lieferwagen mit dem interessanten Slogan HAPPI-HAPPI FÜR MAMI UND PAPI an der Seite –, aber er sah keine gelben Mäntel oder Suchanschläge für Haustiere an Telefonmasten; kein einziger Drachenschwanz hing von einer Telefonleitung.

Er ging zu Spicer's hinein, kaufte sich für einen Penny eine Kaugummikugel und beäugte das Schwarze Brett, das von Fotos der diesjährigen Kandidatinnen für die Wahl der Miss Rheingold beherrscht wurde. Er sah zwei Karten, auf denen Privatleute ihre Autos zum Verkauf anboten, aber keine hing verkehrt herum. Auf einer dritten Karte stand: MUSS MEINEN GARTENPOOL VERKAUFEN, GUTER ZUSTAND, IHRE KINDER WERDEN BEGEISTERT SEIN, und die hing schief, aber das zählte vermutlich nicht.

Auf der Asher Avenue sah er einen riesigen Buick vor einem Hydranten stehen, aber der Wagen war flaschengrün, und Bobby glaubte nicht, daß er damit als laut und vulgär galt, trotz der Bullaugen an den Seiten der Motorhaube und dem Kühlergrill, der wie das höhnisch grinsende Maul eines Chromwelses aussah.

Am Montag schaute er sich auf dem Hinweg zur Schule und auf dem Rückweg weiter nach niederen Männern um. Er konnte nichts entdecken … aber Carol Gerber, die mit ihm und S-J ging, merkte, daß er nach etwas Ausschau hielt. Seine Mutter hatte recht, Carol war wirklich auf Draht.

»Sind die roten Agenten hinter den Plänen her?« fragte sie.

»Was?«

»Du guckst ständig überallhin. Sogar nach hinten.«

Bobby erwog einen Moment lang, ihnen zu erzählen, wofür Ted ihn engagiert hatte, kam dann jedoch zu dem Schluß, daß das keine gute Idee wäre. Die Dinge hätten vielleicht anders gelegen, wenn er geglaubt hätte, daß es wirklich etwas gab, wonach er Ausschau halten mußte – drei Paar Augen statt einem, Carols scharfe kleine Kieker eingeschlossen –, aber das glaubte er nicht. Carol und Sully-John wußten, daß er Ted jeden Tag aus der Zeitung vorlas und dafür Geld von ihm bekam, und das war auch in Ordnung. Das genügte. Wenn er ihnen von den niederen Männern erzählte, hätte er irgendwie das Gefühl, als würde er sich darüber lustig machen. Es wäre wie ein Verrat.

»Rote Agenten?« Sully wirbelte herum. »Ja, ich seh sie, ich seh sie!« Er zog die Mundwinkel herunter und machte wieder *ä-ä-ä* (es war sein Lieblingsgeräusch). Dann taumelte er, ließ seine unsichtbare Maschinenpistole fallen und krallte die Hand in die Brust. »Sie haben mich erwischt! Ich bin schwer getroffen! Geht ohne mich weiter! Sagt Rose, daß ich sie liebe!«

»Ich werd's dem dicken Hintern meiner Tante sagen«, erwiderte Carol und stieß ihm den Ellbogen in die Rippen.

»Ich schau mich nach Jungs von St. Gabe's um, das ist alles«, sagte Bobby.

Das war glaubwürdig; die Jungen von der Realschule und der höheren Schule St. Gabriel der Standhafte ärgerten die Kleineren von der Harwich Elementary immer, wenn diese zur Schule gingen – sie zischten mit ihren Fahrrädern dicht an ihnen vorbei, riefen, die Jungs seien Feiglinge und die Mädchen würden einen »ranlassen« ... Bobby war ziemlich sicher, das sollte heißen, sie küßten mit der Zunge und ließen sich von den Jungs an die Titten fassen.

»Nee, diese Knalltüten kommen erst später«, sagte Sully-John. »Momentan sind die noch zu Hause, legen ihre Kreuze um und kämmen sich die Haare nach hinten wie Bobby Rydell.«

»Du sollst nicht fluchen«, sagte Carol und knuffte ihn erneut.

Sully-John schaute gekränkt drein. »Wer hat hier geflucht? Ich doch nicht.«

»Doch, hast du.«

»Hab ich nicht, Carol.«

»Doch.«

»Nein, Sir, hab ich nicht.«

»*Ja*, Sir, hast du doch. Du hast Knalltüten gesagt.«

»Das ist doch kein Fluch! Knalltüten sind *Tüten!*« S-J sah Bobby hilfesuchend an, aber Bobby schaute zur Asher Avenue hinauf, wo gerade ein Cadillac vorbeirollte. Er war groß, und Bobby fand, daß er auch ein bißchen auffällig war, aber galt das nicht für jeden Cadillac? Der hier war in einem konservativen Hellbraun lackiert und kam ihm nicht niedrig vor. Außerdem saß eine Frau hinter dem Lenkrad.

»So? Zeig mir ein Bild von einer Knalltüte im Lexikon, dann glaub ich's dir vielleicht.«

»Ich sollte dich piksen«, sagte Sully liebenswürdig. »Sollte dir zeigen, wer hier der Boß ist. Ich Tarzan, du Jane.«

»Ich Carol, du Pfeifenkopf. Hier.« Carol drückte S-J drei Bücher in die Hand – eine Rechenfibel, *Abenteuer Rechtschreibung* und *Unsere kleine Farm*. »Du trägst meine Bücher, weil du geflucht hast.«

Sully-John schaute noch gekränkter drein. »Warum sollte ich deine blöden Bücher tragen müssen, selbst *wenn* ich geflucht hätte, was ich nicht getan habe?«

»Penitenz.«

»Was zum Kuckuck ist Penitenz?«

»Wenn man was wiedergutmacht, was man falsch gemacht hat. Wenn man flucht oder lügt, muß man Penitenz leisten. Hat mir einer der Jungs von St. Gabe's erklärt. Willie heißt er.«

»Du solltest dich nicht mit denen abgeben«, sagte Bobby. »Die können fies sein.« Das wußte er aus eigener Erfahrung. Kurz nach Ende der Weihnachtsferien hatten ihn drei Jungs von St. Gabe's durch die Broad Street gejagt und ihm Prügel angedroht, weil er »sie schief angesehen hatte«. Sie hätten ihn wirklich verprügelt, dachte Bobby, wenn der Anführer nicht im Matsch ausgerutscht und auf die Knie gefallen wäre. Die anderen waren über ihn gestolpert, so daß Bobby es gerade noch geschafft hatte, durch die große Haustür von Nr. 149 zu schlüpfen und sie von innen zu verriegeln. Die Jungs von St. Gabe's hatten noch eine Weile draußen herumgelungert, dann waren sie mit dem Versprechen abgezogen, sie würden sich schon noch »wiedersehen«.

»Die sind nicht alle Rowdys, einige von ihnen sind ganz in Ordnung«, sagte Carol. Sie sah Sully-John an, der ihre Bücher trug, und verbarg ein Lächeln hinter einer Hand. Man konnte S-J zu allem möglichen bewegen, wenn man nur schnell redete und selbstsicher wirkte. Es wäre netter gewesen, wenn Bobby ihr die Bücher getragen hätte, aber nur dann, wenn er sie darum gebeten hätte. Eines Tages würde er das vielleicht tun; sie war Optimistin. Einstweilen war es nett, hier im morgendlichen Sonnenschein zwischen ihnen zu gehen. Sie warf Bobby einen verstohlenen Blick zu; er betrachtete gerade ein Himmel-und-Hölle-Muster, das auf den Bürgersteig gemalt war. Er war so süß, und er wußte es nicht mal. Irgendwie war das am allersüßesten.

Die letzte Schulwoche verging wie immer mit unerträglicher, lähmender Langsamkeit. In diesen ersten Junitagen fand Bobby den Kleistergeruch in der Bücherei so stark, daß selbst die Maden dran ersticken mußten, und die Erdkundestunden schienen zehntausend Jahre zu dauern. Wen interessierte schon, wieviel Zinn es in Paraguay gab?

In den Pausen sprach Carol darüber, daß sie im Juli für eine Woche zu ihrer Tante Cora und ihrem Onkel Ray auf die Farm in Pennsylvania fahren würde; S-J redete unaufhörlich über die Woche im Camp, die er gewonnen hatte, und daß er jeden Tag Kanu fahren und mit Pfeilen auf Zielscheiben schießen würde. Bobby wiederum erzählte ihnen vom großen Maury Wills, der möglicherweise einen Rekord im Base-Stehlen aufstellen würde, den zu ihren Lebzeiten niemand mehr brechen würde.

Seine Mom war mit den Gedanken immer öfter woanders; wenn das Telefon klingelte, zuckte sie jedesmal zusammen und lief dann hin, sie blieb bis nach den Spätnachrichten auf (und manchmal, argwöhnte Bobby, bis der Nachtfilm vorüber war) und stocherte nur in ihrem Essen herum. Manchmal führte sie lange, intensive Telefonate, wobei sie ihm den Rücken zukehrte und die Stimme senkte (als ob Bobby sie bei ihren Gesprächen belauschen wollte!). Manchmal ging sie zum Telefon, fing an zu wählen, legte den Hörer dann wieder auf und kam zum Sofa zurück.

Einmal fragte Bobby sie daraufhin, ob sie vergessen habe, welche Nummer sie anrufen wollte. »Ich hab anscheinend eine Menge Sachen vergessen«, murmelte sie, und dann: »Kümmer dich um deinen eigenen Krempel, Bobby-O.«

Er hätte noch mehr Dinge registrieren und sich noch größere Sorgen machen können – sie magerte ab und hatte wieder angefangen zu rauchen, nachdem sie fast zwei Jahre lang damit aufgehört hatte –, wenn er nicht selbst mit allem möglichen beschäftigt gewesen wäre. Das Beste war der Leserausweis für Erwachsene, der ihm jedesmal, wenn er ihn benutzte, ein besseres, *genialeres* Geschenk zu sein schien. Bobby hatte den Eindruck, als gäbe es in der Erwachsenenabteilung allein schon eine Milliarde Science-fiction-Romane, die er gern lesen würde. Die von Isaac Asimov zum Beispiel. Unter dem Namen Paul French schrieb Asimov Science-fiction-Romane für Kinder, die von einem Raumpiloten namens Lucky Starr handelten, und die waren ziemlich gut. Unter seinem eigenen Namen hatte er andere Romane geschrieben, die sogar noch besser waren. Zumindest drei davon handelten von Robotern. Bobby liebte Roboter, Robbie der Roboter in *Alarm im Weltall* war seiner Meinung nach eine der tollsten Filmfiguren aller Zeiten, supergalaktisch, und die von Asimov waren fast genauso gut. Bobby glaubte, daß er im bevorstehenden Sommer viel Zeit mit ihnen verbringen würde. (Sully nannte diesen großen Schriftsteller Isaac Arschimuff, aber Sully hatte natürlich auch keinen blassen Schimmer von Büchern.)

Auf dem Weg zur Schule hielt er Ausschau nach den Männern mit den gelben Mänteln oder nach Anzeichen von ihnen; ebenso, wenn er von den Schule in die Bücherei ging. Da die Schule und die Bücherei in entgegengesetzter Richtung lagen, hatte Bobby den Eindruck, daß er einen ziemlich großen Teil von Harwich abdeckte. Natürlich rechnete er nie damit, wirklich irgendwelche niederen Männer zu sehen. Nach dem Abendessen blieb es nun immer länger hell, und er las Ted entweder auf der Veranda oder in seiner Küche aus der Zeitung vor. Ted hatte Liz Garfields Rat befolgt und sich einen Ventilator besorgt, und Bobbys Mom schien keinen Wert mehr darauf zu legen, daß Bobby »Mr. Brattigan« auf der Veranda vorlas. Zum Teil lag das daran, daß sie zunehmend mit ihren eigenen Erwachsenenangelegenheiten beschäftigt war, dachte Bobby, aber vielleicht vertraute sie Ted auch allmählich ein bißchen mehr. Obwohl vertrauen noch längst nicht dasselbe war wie mögen. Und leicht war es auch nicht gerade gewesen.

Eines Abends, als sie auf dem Sofa saßen und sich *Dr. Kildare* ansahen, drehte sich seine Mom mit einer geradezu heftigen Bewegung zu Bobby um und fragte ihn: »Faßt er dich eigentlich an?«

Bobby verstand, wonach sie fragte, aber nicht, warum sie so erregt war. »Na ja, klar«, sagte er. »Er klopft mir manchmal auf den Rücken, und einmal, als ich ihm aus der Zeitung vorgelesen und ein richtig langes Wort dreimal hintereinander vermurkst habe, hat er mir eine Kopfnuß gegeben, aber er wird nicht grob oder so. Ich glaube, dazu ist er gar nicht stark genug. Warum?«

»Egal«, sagte sie. »Ich glaube, er ist in Ordnung. Hat den Kopf in den Wolken, soviel steht fest, aber er scheint kein...« Ihre Stimme verklang, und sie schaute dem Rauch ihrer Kool-Zigarette nach, der in die Wohnzimmerluft stieg. Er schlängelte sich in einem hellgrauen Band von der Glut empor und verschwand dann, und Bobby mußte bei dem Anblick daran denken, wie die Figuren in Simaks *Ring um die Sonne* den Spiralen auf dem rotierenden Kreisel in andere Welten gefolgt waren.

Schließlich drehte sie sich wieder zu ihm um und sagte: »Wenn er dich jemals auf eine Weise anfaßt, die dir nicht gefällt, kommst du zu mir und erzählst es mir. Sofort. Hörst du?«

»Klar, Mom.« Etwas in ihrem Blick erinnerte ihn daran, wie er sie einmal gefragt hatte, woher eine Frau wisse, daß sie ein Baby bekomme. *Sie blutet jeden Monat,* hatte seine Mom gesagt. *Wenn kein Blut kommt, weiß sie, es liegt daran, daß das Blut in ein Baby geht.* Bobby hatte fragen wollen, wo dieses Blut herauskam, wenn kein Baby gemacht wurde (er erinnerte sich, daß seine Mom einmal Nasenbluten gehabt hatte, aber sonst war ihr mütterliches Blut noch nie vergossen worden). Ihr Gesichtsausdruck hatte jedoch bewirkt, daß er das Thema fallenließ. Jetzt trug sie dieselbe Miene zur Schau.

In Wahrheit hatte es durchaus auch andere Berührungen gegeben: Ted strich manchmal mit einer seiner großen Hände über Bobbys Bürstenschnitt und tätschelte ihm gewissermaßen die kurzen Haare; manchmal, wenn Bobby ein Wort falsch aussprach, nahm er seine Nase sanft zwischen die Knöchel und intonierte *Silbe für Silbe!*; wenn sie gleichzeitig etwas sagten, hakte er einen kleinen Finger um einen von Bobbys kleinen Fingern und sagte *Glück und kein Zank, reich und nie krank*. Bald sprach Bobby es mit, während ihre kleinen Finger verschränkt waren, und ihre Stimmen klangen so nüchtern wie die von Leuten, die »gib mir mal die Bohnen rüber« oder »hallo, wie geht's« sagten.

Nur einmal fühlte Bobby sich unwohl, als Ted ihn berührte. Bobby hatte gerade den letzten Zeitungsartikel zu Ende gelesen, den Ted hören wollte – von irgendeinem Kolumnisten, der sich darüber verbreitete, daß es auf Kuba keine Probleme gäbe, mit denen das gute, alte amerikanische freie Unternehmertum nicht fertig werden würde. Die Abenddämmerung begann den Himmel zu streifen. Drüben in der Colony Street bellte Mrs. O'Haras Hund Bowser in einem fort, *ruup-ruup-ruup*, ein verlorener, irgendwie verträumter Laut, der eher wie eine Erinnerung als wie etwas Gegenwärtiges klang.

»Tja«, sagte Bobby, legte die Zeitung zusammen und stand auf, »ich glaube, ich drehe mal eine Runde um den Block und sehe, was ich sehe.« Ohne es direkt auszusprechen, wollte er Ted wissen lassen, daß er weiterhin nach den niederen Männern in gelben Mänteln Ausschau hielt.

Ted stand ebenfalls auf und kam auf ihn zu. Bobby war erstaunt und bekümmert zugleich, als er die Furcht in Teds Gesicht sah. Er wollte nicht, daß Ted zu sehr an die niederen Männer glaubte, wollte nicht, daß Ted allzu verrückt war. »Sieh zu, daß du vor Einbruch der Dunkelheit wieder zurück bist, Bobby. Ich würde es mir nie verzeihen, wenn dir etwas zustieße.«

»Ich passe schon auf. Und bis es dunkel wird, bin ich längst wieder da.«

Ted ging auf ein Knie (er war zu alt, um sich einfach herunterzubeugen, vermutete Bobby) und faßte ihn an den Schultern. Er zog Bobby nach vorn, bis ihre Stirnen beinahe aneinanderstießen. Bobby roch Zigaretten in Teds Atem und eine Salbe auf seiner Haut – er rieb sich die Gelenke mit einem Kampferpräparat ein, weil sie schmerzten. Zur Zeit schmerzten sie sogar, wenn es draußen warm war, sagte er.

Diese Nähe zu Ted machte ihm keine Angst, aber sie war trotzdem irgendwie schrecklich. Man sah, daß Ted bald sehr alt sein würde, selbst wenn er es jetzt noch nicht war. Wahrscheinlich würde er auch krank sein. Seine Augen waren wäßrig. Die Mundwinkel zitterten ein bißchen. Es war wirklich schlimm, daß er ganz allein hier oben im zweiten Stock hausen mußte, dachte Bobby. Wenn er eine Frau gehabt hätte oder so, wäre er von dieser Marotte mit den niederen Männern vielleicht verschont geblieben. Andererseits hätte Bobby dann *Herr der Fliegen* vielleicht nie gelesen. Eine egoistische Denkweise, aber er konnte es nicht ändern.

»Keine Anzeichen von ihnen, Bobby?«

Bobby schüttelte den Kopf.

»Und du spürst nichts? Hier oben?« Er nahm die rechte Hand von Bobbys linker Schulter und tippte sich an die Schläfe, wo zwei blaue, leicht pulsierende Venen saßen. Bobby schüttelte den Kopf. »Oder hier?« Ted zog die Haut am rechten Augenwinkel herunter. Bobby schüttelte erneut den Kopf. »Oder hier?« Ted berührte seinen Bauch. Bobby schüttelte zum vierten Mal den Kopf.

»Okay«, sagte Ted und lächelte. Er ließ die linke Hand in Bobbys Nacken gleiten. Seine rechte Hand kam dazu. Er blickte Bobby ernst in die Augen, und Bobby schaute ernst zurück. »Du würdest es mir doch erzählen, oder? Du würdest nicht versuchen… ach, ich weiß nicht… meine Gefühle zu schonen?«

»Nein«, sagte Bobby. Er fand es angenehm und unangenehm zugleich, Teds Hände in seinem Nacken zu spüren. Da würde ein Mann im Film vielleicht die Hände hinlegen, bevor er das Mädchen küßte. »Nein, ich würde es erzählen. Das ist doch mein Job.«

Ted nickte. Er löste die Hände langsam voneinander und ließ sie sinken. Dann stand er auf, wobei er sich am Tisch abstützte, und verzog das Gesicht, als es in einem Knie vernehmlich knackte. »Ja, du würdest es mir erzählen, du bist ein guter Junge. Na los, mach deinen Spaziergang! Aber bleib auf dem Bürgersteig, Bobby, und komm nach Hause, bevor es dunkel wird. Heutzutage muß man vorsichtig sein.«

»Ich bin vorsichtig.« Er machte sich auf den Weg nach unten.

»Und wenn du sie siehst…«

»Laufe ich weg.«

»Ja.« Im schwindenden Licht war Teds Gesicht grimmig. »Als ob der Teufel hinter dir her wäre.«

Ted hatte ihn also angefaßt, und möglicherweise waren die Ängste seiner Mutter in gewisser Weise begründet gewesen – möglicherweise hatte es zu viele Berührungen gegeben, darunter auch einige von der falschen Sorte. Vielleicht nicht in dem Sinn falsch, in dem sie es meinte, aber trotzdem falsch. Trotzdem gefährlich.

Am Mittwoch, bevor die Schule für diesen Sommer zu Ende ging, sah Bobby an einer Fernsehantenne drüben in der Colony Street einen roten Stoffstreifen hängen. Er konnte das Gebilde nicht genau erkennen, aber es sah deutlich wie ein Drachenschwanz aus. Bobby blieb schlagartig stehen. Gleichzeitig schlug sein Herz immer schneller, bis es hämmerte wie bei den Wettrennen, die er sich mit Sully-John auf dem Heimweg von der Schule lieferte.

Es ist ein Zufall, selbst wenn es ein Drachenschwanz ist, sagte er sich. *Bloß ein lausiger Zufall. Das weißt du doch, oder?*

Vielleicht. Vielleicht wußte er es. Am Freitag, dem letzten Schultag, glaubte er es jedenfalls beinahe. Bobby ging an diesem Tag allein nach Hause; Sully-John war freiwillig in der Schule geblieben und half, Bücher im Magazin zu verstauen, und Carol war auf dem Weg zu Tina Lebel, die ihren Geburtstag feierte. Kurz bevor er die Asher Avenue überquerte und den Broad Street Hill hinunterging, sah er ein Himmel-und-Hölle-Spiel, das mit violetter Kreide auf den Bürgersteig gezeichnet war. Es sah so aus:

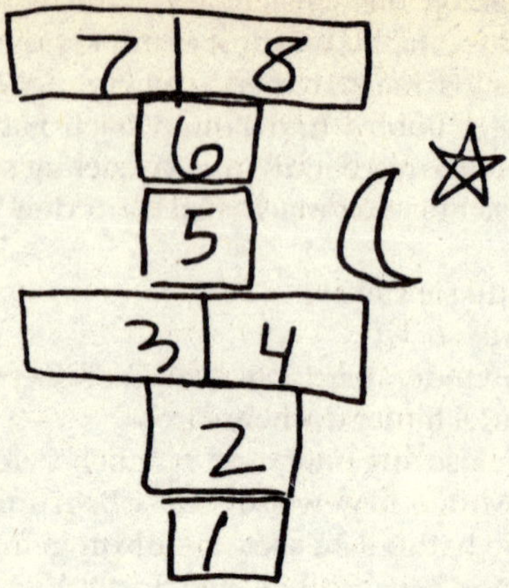

»O Gott, nein«, flüsterte Bobby. »Das ist doch wohl ein Scherz.«

Er ging auf ein Knie wie ein Kavalleriescout im Western, ohne auf die Kinder zu achten, die auf dem Nachhauseweg an ihm vorbeikamen – manche zu Fuß, andere per Fahrrad, ein paar auf Rollschuhen, Francis Utterson mit seinen vorstehenden Zähnen auf seinem rostigen roten Tretroller, Gelächter in den Himmel blökend, während er sich abstieß und dahinrollte. Sie beachteten ihn beinahe ebensowenig wie er sie; die großen F. hatten gerade angefangen, und die meisten waren ganz benommen von all den Möglichkeiten, die sich vor ihnen auftaten.

»O nein, o nein, ich glaub's einfach nicht, daß *muß* ein Scherz sein.« Er streckte die Hand zu dem Stern und der Mondsichel aus – sie waren mit gelber Kreide gezeichnet statt mit violetter –, hielt ein paar Millimeter darüber inne und zog die Hand dann wieder zurück. Ein rotes Band, das sich an einer Fernsehantenne verfangen hatte, mußte überhaupt nichts bedeuten. Wenn man das hier jedoch dazunahm – konnte es dann immer noch ein Zufall sein? Bobby wußte es nicht. Er war erst elf, und es gab unendlich vieles, was er nicht wußte. Aber er hatte Angst … Angst, daß …

Er stand auf und schaute sich um, rechnete halbwegs damit, auf der Asher Avenue eine ganze Schlange langer, grellbunter Wagen zu erblicken, die am hellichten Tag mit brennenden Scheinwerfern langsam auf ihn zugerollt kamen, wie Autos, die einem Leichenwagen zum Friedhof folgten. Rechnete halbwegs damit, Männer mit gelben Mänteln zu erblikken, die unter dem Vordach des Asher Empire oder draußen vor Sukey's Tavern standen, Camels rauchten und ihn beobachteten.

Keine Autos. Keine Männer. Nur Kinder, die von der Schule nach Hause gingen. Unter ihnen waren die ersten Schüler und Schülerinnen von St. Gabe's in ihren auffälligen grünen Uniformhosen und Uniformröcken zu sehen.

Bobby machte kehrt und ging auf der Asher Avenue drei Blocks weit zurück. Die Kreidezeichnung auf dem Bürgersteig beunruhigte ihn dermaßen, daß er sich keine Gedanken über schlechtgelaunte Schüler von St. Gabe's machte. An den Telefonmasten auf der Asher Avenue hingen nur ein paar Anschläge, die für den Bingo-Abend in der Gemeindehalle von St. Gabriel warben, und ein Plakat Ecke Asher und Tacoma kündigte eine Rock-and-Roll-Show in Hartford mit Clyde McPhatter und Duane Eddy an, dem Mann mit der »klirrenden Gitarre«.

Als er zum Zeitungsladen auf der Asher Avenue kam und damit fast schon wieder bei der Schule war, begann Bobby zu hoffen, daß er übertrieben reagiert hatte. Trotzdem ging er hinein und warf einen Blick aufs Schwarze Brett, dann lief er die ganze Broad Street hinunter bis zu Spicer's Variety, wo er sich noch eine Kaugummikugel kaufte und sich ebenfalls das Schwarze Brett ansah. Die Karte mit dem Gartenpool-Angebot war nicht mehr da. Na und? Der Mann hatte ihn wahrscheinlich verkauft. Wozu hatte er die Karte denn sonst hingehängt, Herrgott noch mal?

Bobby ging hinaus und blieb an der Ecke stehen, kaute auf seiner Kaugummikugel herum und versuchte sich darüber schlüssig zu werden, was er als nächstes tun sollte.

Erwachsen wird man von Natur aus nicht auf einen Schlag, sondern in holprigen Phasen und ungleichmäßigen, einander überlagernden Schritten. Bobby Garfield traf die erste erwachsene Entscheidung seines Lebens an dem Tag, als er die sechste Klasse beendete: Er entschied, daß es falsch wäre, Ted zu erzählen, was er gesehen hatte ... jedenfalls vorläufig.

Seine Annahme, daß die niederen Männer nicht existierten, war erschüttert worden, aber Bobby war nicht bereit, sie aufzugeben. Nicht auf der Basis der bisherigen Indizien. Ted würde sich aufregen, wenn Bobby ihm erzählte, was er gesehen hatte – vielleicht so sehr, daß er seine Sachen wieder in die Koffer warf (und in die Henkeltüten, die zusammengefaltet hinter seinem kleinen Kühlschrank lagen) und einfach verschwand. Falls wirklich irgendwelche üblen Kerle hinter ihm her waren, würde es durchaus sinnvoll sein zu fliehen, aber wenn nicht, dann wollte Bobby den einzigen erwachsenen Freund, den er je gehabt hatte, nicht verlieren. Darum beschloß er abzuwarten, was als nächstes geschehen würde – falls überhaupt etwas geschah.

In dieser Nacht erlebte Bobby Garfield noch etwas, das zum Erwachsensein gehörte: Er lag wach, bis es auf seinem Big-Ben-Wecker schon weit nach zwei Uhr morgens war, schaute zur Decke hinauf und fragte sich, ob er das Richtige getan hatte.

IV. Ted hat einen Aussetzer. Bobby geht an den Strand. McQuown. Die Intuition.

Am ersten Ferientag packte Carol Gerbers Mutter ihren Ford Estate Wagon mit Kindern voll und fuhr mit ihnen nach Savin Rock, einem Vergnügungspark am Meer, dreißig Kilometer von Harwich entfernt. Anita Gerber hatte das auch in den letzten drei Jahren schon so gemacht, und darum war es für Bobby, S-J, Carol, Carols kleinen Bruder und ihre Freundinnen Yvonne, Angie und Tina bereits eine uralte Tradition. Alleine wäre weder Sully-John noch Bobby mit drei Mädchen irgendwohin gefahren, aber da sie beide mit von der Partie waren, ging das in Ordnung. Außerdem waren die Verlokkungen von Savin Rock unwiderstehlich. Es würde noch zu kalt sein, um viel mehr zu tun, als durchs Wasser zu waten, aber sie konnten am Strand rumgammeln, und alle Karussells und Achterbahnen würden offen sein – auch die Buden am Mittelgang. Letztes Jahr hatte Sully-John mit nur drei Baseball-Bällen drei Pyramiden aus hölzernen Milchflaschen abgeräumt und einen großen pinkfarbenen Teddybären für seine Mutter gewonnen, der nach wie vor den Ehrenplatz auf dem Fernseher der Sullivans innehatte. Heute wollte S-J einen Kameraden für ihn gewinnen.

Für Bobby war es schon Anreiz genug, daß er eine kleine Weile von Harwich wegkommen würde. Seit dem Stern und dem Mond, die neben das Himmel-und-Hölle-Spiel gekritzelt gewesen waren, hatte er nichts Verdächtiges mehr gesehen, aber Ted hatte ihm eine Heidenangst eingejagt, als Bobby ihm aus der Samstagszeitung vorlas, und gleich danach hatte er einen häßlichen Streit mit seiner Mutter gehabt.

Die Sache mit Ted ereignete sich, als Bobby gerade einen Kommentar vorlas, in dem der Autor über den Gedanken spottete, daß Mickey Mantle jemals den Homerun-Rekord von Babe Ruth brechen könnte. Er habe weder die erforderliche Ausdauer noch die nötige Hingabe, behauptete der Kolumnist. »›Und vor allem fehlt diesem Mann der Charakter‹«, las Bobby vor. »›Mick, wie man ihn nennt, ist mehr daran interessiert, durch die Nachtclubs zu ziehen, als …‹«

Ted war wieder weggetreten. Bobby wußte es, fühlte es irgendwie, noch bevor er von der Zeitung aufblickte. Ted starrte mit leerem Blick aus dem Fenster, hinüber zur Colony Street und dem heiseren, monotonen Gebell von Mrs. O'Haras Hund. Es war schon das zweite Mal an diesem Vormittag, aber beim ersten Mal hatte es nur ein paar Sekunden gedauert (Ted hatte sich in den offenen Kühlschrank gebeugt, die Augen im frostigen Licht weit geöffnet, ohne sich zu bewegen … dann war er zusammengezuckt, ein kleiner Ruck war durch ihn gegangen, und er hatte nach dem Orangensaft gegriffen). Diesmal war er völlig weg. Total ausgeklinkt, Mann, wie Kookie in 77 *Sunset Strip* vielleicht gesagt hätte. Bobby raschelte mit der Zeitung, um zu sehen, ob er ihn auf diese Weise aufwecken konnte. Nichts.

»Ted? Ist alles in Ord-« Mit plötzlich aufkeimendem Entsetzen merkte Bobby, daß mit Teds Pupillen etwas nicht stimmte.

Vor Bobbys Augen wurden sie abwechselnd größer und kleiner. Es war, als würde Ted in einen pechschwarzen Abgrund stürzen und zwischendurch immer wieder in gleißende Helligkeit geraten … dabei saß er einfach nur dort in der Sonne.

»Ted?«

Eine Zigarette brannte im Aschenbecher, aber sie bestand nur noch aus einem Stummel und aus Asche. Als Bobby das sah, wurde ihm klar, daß Ted fast während des ganzen Artikels über Mantle weggetreten gewesen sein mußte. Und was seine Augen da machten, diese Pupillen, die sich weiteten und zusammenzogen, weiteten und zusammenzogen …

Er hat einen epileptischen Anfall oder so was. Du lieber Himmel, verschlucken die dabei nicht manchmal ihre Zunge?

Teds Zunge schien dort zu sein, wo sie hingehörte, aber seine Augen … seine *Augen* …

»Ted! Ted, wachen Sie auf!«

Bobby war schon auf Teds Seite des Tisches, ehe ihm überhaupt bewußt wurde, daß er aufgesprungen und um den Tisch herumgelaufen war. Er packte Ted an den Schultern und schüttelte ihn. Es fühlte sich an, als würde er ein Stück Holz schütteln, aus dem jemand einen Menschen geschnitzt hatte. Teds Schultern unter dem Baumwollhemd waren hart, knochig und unnachgiebig.

»Wachen Sie auf! *Wachen Sie auf!*«

»Sie ziehen jetzt nach Westen.« Ted schaute mit seinen seltsamen, sich bewegenden Augen weiterhin aus dem Fenster. »Das ist gut. Aber sie könnten zurückkommen. Sie …«

Bobby stand da, die Hände an Teds Schultern, erschrocken und eingeschüchtert. Teds Pupillen weiteten sich und zogen sich zusammen wie ein sichtbarer Herzschlag. »Was ist los, Ted?«

»Ich muß ganz still sein. Ich muß ein Hase im Gebüsch sein. Dann ziehen sie vielleicht an mir vorbei. Da wird Wasser sein, so Gott will, und vielleicht ziehen sie vorbei. Alle Dinge dienen …«

»Dienen wem?« Er flüsterte jetzt beinahe. »Dienen wem, Ted?«

»Alle Dinge dienen dem Balken«, sagte Ted, und auf einmal schlossen sich seine Hände um die von Bobby. Sie waren sehr kalt, diese Hände, und Bobby verspürte einen Moment lang ein alptraumhaftes Entsetzen, das ihm beinahe die Besinnung raubte. Es war, als würde er von einem Leichnam gepackt, der nur die Hände und die Pupillen seiner toten Augen bewegen konnte.

Dann sah Ted ihn an, und obwohl seine Augen erschrocken dreinschauten, waren sie fast wieder normal. Überhaupt nicht tot.

»Bobby?«

Bobby riß seine Hände los und schlang Ted die Arme um den Hals. Er drückte ihn an sich, und als er das tat, hörte er eine Glocke in seinem Schädel läuten – nur sehr kurz, aber trotzdem sehr klar. Er hörte sogar, wie sich die Tonhöhe der Glocke veränderte, so wie es das Pfeifen eines schnell fahrenden Zuges manchmal tat. Es war, als ob etwas in seinem Kopf mit hoher Geschwindigkeit vorbeizog. Er hörte das Getrappel von Hufen auf einer harten Oberfläche. Holz? Nein, Metall. Er roch Staub, trocken und gewittrig in seiner Nase. Im selben Moment begannen die Rückseiten seiner Augen zu jucken.

»Schhhh!« Teds Atem in seinem Ohr war so trocken wie der Geruch von jenem Staub und irgendwie intim. Seine Hände lagen auf Bobbys Rücken, umfaßten seine Schulterblätter und hielten ihn ganz fest. »Kein Wort! Kein Gedanke. Außer … Baseball! Ja, Baseball, wenn du willst!«

Bobby dachte an Maury Wills und wie er sich von der ersten Base fortbewegte, in aller Ruhe, drei Schritte … dann vier … Wills beugt sich aus der Hüfte heraus vor, läßt die Hände baumeln, die Fersen leicht angehoben, er kann in beide Richtungen gehen, kommt drauf an, was der Pitcher macht … und als der Pitcher zur Plate geht, rast Wills in einer Explosion aus Schnelligkeit und Staub zur zweiten Base, und –

Weg. Alles war weg. Keine Glockentöne in seinem Kopf, keine Hufschläge, kein Staubgeruch. Und auch kein Jucken hinter den Augen. Hatte es da wirklich jemals gejuckt? Oder hatte er sich das bloß eingebildet, weil Teds Augen ihm angst gemacht hatten?

»Bobby«, sagte Ted, wieder direkt in Bobbys Ohr. Die Bewegung von Teds Lippen an seiner Haut ließ ihn erschauern. Dann: »Lieber Gott, was tue ich?«

Er stieß Bobby sanft, aber entschlossen von sich. Seine Miene war bestürzt und sein Gesicht ein bißchen zu blaß, aber seine Augen waren wieder normal, und seine Pupillen behielten ihre Form bei. Das war im Augenblick das einzige, was Bobby interessierte. Er fühlte sich jedoch seltsam – irgendwie benebelt, als ob er gerade aus tiefem Schlaf erwacht wäre. Gleichzeitig schien die Welt auf erstaunliche Weise zu leuchten; alle Linien und Formen traten überdeutlich klar hervor.

»Shazam«, sagte Bobby und lachte zittrig. »Was ist da gerade passiert?«

»Nichts, worüber du dir Gedanken machen mußt.« Ted griff nach seiner Zigarette und schien überrascht zu sein, daß dort, wo er sie abgelegt hatte, nur noch ein winziges schwelendes Stück übrig war. Er streifte sie mit dem Knöchel in den Aschenbecher ab. »Ich war wieder weggetreten, stimmt's?«

»Ja, und *wie*. Ich hatte Angst. Ich dachte, Sie hätten einen epileptischen Anfall oder so. Ihre Augen ...«

»Es ist keine Epilepsie«, sagte Ted. »Und es ist nicht gefährlich. Aber wenn es noch mal passiert, solltest du mich am besten nicht anfassen.«

»Warum nicht?«

Ted zündete sich eine neue Zigarette an. »Darum nicht. Versprichst du's mir?«

»Okay. Was ist der Balken?«

Ted warf ihm einen scharfen Blick zu. »Habe ich von dem Balken gesprochen?«

»Sie haben gesagt: ›Alle Dinge dienen dem Balken.‹ Glaube ich jedenfalls.«

»Vielleicht erzähle ich's dir irgendwann, aber nicht heute. Heute fährst du zum Strand, nicht?«

Bobby fuhr erschrocken zusammen. Er schaute auf Teds Uhr und sah, daß es fast schon halb neun war. »Ja«, sagte er. »Ich sollte mich langsam mal fertigmachen. Ich könnte Ihnen den Rest der Zeitung vorlesen, wenn ich zurückkomme.«

»Ja, einverstanden. Gute Idee. Ich muß ein paar Briefe schreiben.«

Nein, mußt du nicht, du willst mich nur loswerden, bevor ich noch mehr Fragen stelle, die du nicht beantworten willst.

Aber wenn es sich so verhielt, dann war das in Ordnung. Wie Liz Garfield so oft sagte, Bobby mußte sich um seinen eigenen Kram kümmern. Dennoch drehte er sich an Teds Zimmertür widerstrebend um; er dachte an den roten Stoffetzen, der von der Fernsehantenne gehangen hatte, und an die Mondsichel und den Stern neben dem Himmel-und-Hölle-Spiel.

»Ted, da ist noch was ...«

»Die niederen Männer, ja, ich weiß.« Ted lächelte. »Mach dir im Moment keine Sorgen ihretwegen, Bobby. Derzeit ist alles in Ordnung. Sie kommen nicht hierher, sie schauen nicht mal in diese Richtung.«

»Sie ziehen nach Westen«, sagte Bobby.

Ted sah ihn durch einen Schleier aus aufsteigendem Zigarettenrauch an. Der Blick seiner blauen Augen war fest. »Ja«, sagte er, »und wenn wir Glück haben, *bleiben* sie im Westen. In Seattle zum Beispiel, das wäre mir recht. Viel Spaß am Meer, Bobby.«

»Aber ich hab gesehen –«

»Vielleicht hast du nur Schatten gesehen. Jedenfalls ist jetzt nicht der richtige Zeitpunkt, darüber zu reden. Aber merk dir, was ich gesagt habe – wenn ich wieder auf diese Weise wegtreten sollte, bleib einfach sitzen und warte, bis es vorbei ist. Wenn ich nach dir greife, weich zurück. Wenn ich aufstehe, sag mir, ich soll mich hinsetzen. In diesem Zustand werde ich tun, was du mir sagst. Es ist so, als wäre man hypnotisiert.«

»Warum haben Sie –«

»Keine weiteren Fragen mehr, Bobby. Bitte.«

»Geht es Ihnen gut? Ist wirklich alles okay?«

»Alles bestens. Jetzt geh. Amüsier dich gut.«

Bobby lief schnell nach unten und war erneut verblüfft darüber, wie scharf alles wirkte: die strahlende Helligkeit des Lichts, das schräg durchs Fenster auf dem Treppenabsatz im ersten Stock fiel, ein Marienkäfer, der um den Rand einer leeren Milchflasche vor der Wohnungstür der Proskys herumkroch, ein angenehmes hohes Summen in seinen Ohren, das wie die Stimme des Tages klang – des ersten Samstags der Sommerferien.

In der Wohnung sammelte Bobby seine Spielzeugautos ein, die auf diversen Haufen unter seinem Bett und hinten in seinem Schrank verstreut waren. Ein paar davon – ein Matchbox-Ford und ein blauer Kipper aus Metall, den Mr. Biderman ein paar Tage nach Bobbys Geburtstag Mom mitgegeben hatte – waren gar nicht schlecht, aber keines seiner Autos konnte es mit Sullys Tankwagen oder seinem gelben Tonka-Bulldozer aufnehmen. Der Bulldozer war besonders gut geeignet, um damit im Sand zu spielen. Bobby freute sich schon darauf, mindestens eine Stunde lang konzentriert Straßen zu bauen, während sich in der Nähe die Wellen brachen und die strahlende Küstensonne seine Haut bräunte. Ihm fiel ein, daß er seine Spielzeuglaster zuletzt irgendwann im vergangenen Winter eingesammelt hatte, als er und S-J nach einem Schneesturm einen fröhlichen Samstagnachmittag damit verbracht hatten, im frisch gefallenen Schnee im Commonwealth Park ein Straßensystem anzulegen. Jetzt war er alt – elf Jahre –, fast schon zu alt für solche Sachen. Der Gedanke hatte etwas Trauriges, aber Bobby brauchte im Moment nicht traurig zu sein, nicht, wenn er es nicht wollte. Seine Spielzeugautozeit mochte sich rasch ihrem Ende zuneigen, aber heute würde sie noch nicht zu Ende sein. Nein, heute noch nicht.

Seine Mutter packte ihm ein Lunchpaket für den Ausflug, weigerte sich jedoch, ihm Geld zu geben, als er sie darum bat – nicht mal einen Nickel für eine der privaten Umkleidekabinen an der Meeresseite des Mittelgangs. Und fast bevor Bobby wußte, wie ihm geschah, hatten sie, was er am meisten fürchtete: einen Streit um Geld.

»Fünfzig Cent würden schon reichen«, sagte Bobby. Er hörte das babyhafte Winseln in seiner Stimme und fand es abscheulich, konnte es aber nicht abstellen. »Nur einen halben Dollar. Komm schon, Mom, was meinst du? Gib dir einen Ruck.«

Sie zündete sich eine Kool an, wobei sie das Streichholz so heftig über die Reibfläche riß, daß es wie ein Knacken klang, und sah ihn mit schmalen Augen durch den Rauch hindurch an. »Du verdienst dir jetzt dein eigenes Geld, Bob. Die meisten Leute bezahlen drei Cent für die Zeitung, und du wirst dafür bezahlt, sie zu lesen. Du kriegst einen Dollar pro Woche! Also ehrlich! Als ich noch klein war –«

»Mom, das Geld ist für mein Fahrrad! Das weißt du.«

Sie hatte sich zum Spiegel umgedreht und mit finsterer Miene an den Schulterteilen ihrer Bluse gezupft – Mr. Biderman hatte sie gebeten, für ein paar Stunden zu kommen, obwohl es Samstag war. Jetzt drehte sie sich wieder um, die Zigarette noch zwischen den Lippen, und neigte ihre gerunzelte Stirn zu ihm herab.

»Du willst immer noch, daß ich dir dieses Fahrrad kaufe, stimmt's? *Immer noch*. Ich hab dir gesagt, daß ich es mir nicht leisten kann, aber du hörst einfach nicht auf zu quengeln.«

»Nein, gar nicht wahr!« Bobbys Augen waren groß vor Zorn und Kränkung. »Ich will doch nur einen lausigen halben Dollar für die –«

»Einen halben Dollar hier, einen Vierteldollar da – das summiert sich alles, weißt du. Du willst, daß ich dir dieses Fahrrad kaufe, indem ich dir das Geld für alles andere gebe. Dann brauchst du auf nichts von all dem zu verzichten, was du haben willst.«

»Das ist nicht fair!«

Er wußte, was sie sagen würde, bevor sie es sagte, hatte sogar noch Zeit für den Gedanken, daß er sich das selbst zuzuschreiben hatte. »Das *Leben* ist nicht fair, Bobby-O.« Sie drehte sich wieder zum Spiegel und zupfte ein letztes Mal an dem praktisch unsichtbaren Träger eines Unterkleids unter dem rechten Schulterteil ihrer Bluse.

»Und einen Nickel für die Umkleidekabine?« fragte Bobby. »Könntest du nicht wenigstens –«

»Ja, wahrscheinlich, ich denke schon«, sagte sie, und jedes Wort klang wie ein Peitschenschlag. Sie legte meistens Rouge auf, bevor sie zur Arbeit ging, aber heute morgen kam ihre Gesichtsfarbe nicht nur aus einer Puderdose, und so wütend Bobby war, er wußte, daß er vorsichtig sein mußte. Wenn er ebenso die Beherrschung verlor, wie sie es manchmal tat, würde er den ganzen Tag hier in der heißen Wohnung hocken und nicht mal auf den Flur hinaus dürfen.

Seine Mutter schnappte sich ihre Handtasche vom Tisch am Ende des Sofas, drückte ihre Zigarette so heftig aus, daß der Filter platzte, drehte sich dann um und sah ihn an. »Wenn ich zu dir sagen würde: ›Tja, bei uns gibt's diese Woche nichts zu essen, weil ich bei Hunsicker's ein Paar Schuhe gesehen habe, die ich unbedingt haben mußte‹, was würdest du dann denken?«

Ich würde denken, daß du eine Lügnerin bist, dachte Bobby. *Und ich würde sagen, wenn du so pleite bist, Mom, was ist dann mit dem Sears-Katalog auf dem obersten Bord in deinem Schrank? Dem mit den Eindollar- und Fünfdollarscheinen und sogar ein oder zwei Zehnern drin, die an die Unterwäsche-Seiten in der Mitte geklebt sind? Was ist mit dem blauen Krug im Geschirrschrank in der Küche, ganz hinten in der Ecke, hinter der Soßenschüssel mit dem Sprung, dem blauen Krug, in dem du deine überzähligen Vierteldollars sammelst, in dem du sie schon immer gesammelt hast, seit mein Vater gestorben ist? Und wenn der Krug voll ist, rollst du sie ein, bringst sie zur Bank und kriegst Scheine dafür, und die Scheine wandern dann in den Katalog, nicht wahr? Die Scheine werden an die Unterwäscheseiten im Wunschbuch geklebt.*

Aber er sagte nichts davon, sondern schaute nur mit brennenden Augen auf seine Turnschuhe.

»Ich muß Entscheidungen treffen«, sagte sie. »Und wenn du alt genug bist, um zu arbeiten, Sohnemann, dann mußt du sie ebenfalls treffen. Glaubst du, es macht mir Spaß, nein zu sagen?«

Das nicht gerade, dachte Bobby. Er hielt den Blick auf seine Turnschuhe gesenkt und biß sich auf die Lippen, die sich öffnen und Babygeblubber herauslassen wollten. *Das nicht gerade, aber ich glaube, es macht dir auch nicht allzuviel aus.*

»Wenn wir steinreich wären, würde ich dir fünf Dollar geben, die du am Strand auf den Kopf hauen könntest – zehn sogar, Herrgott noch mal! Dann müßtest du dir nichts aus deinem Fahrradtopf leihen, um deine kleine Freundin zu einer Fahrt auf der Looping-Achterbahn …«

Sie ist nicht meine Freundin! schrie Bobby seine Mutter in Gedanken an. *SIE IST NICHT MEINE KLEINE FREUNDIN!*

»... oder der Westerneisenbahn einzuladen. Aber wenn wir steinreich wären, bräuchtest du natürlich gar nicht erst auf ein Fahrrad zu sparen, nicht wahr?« Ihre Stimme wurde lauter und lauter. Was immer ihr in den letzten paar Monaten zu schaffen gemacht hatte, es drohte jetzt in einem Schwall aus ihr herauszukommen, schäumend wie Sodalimonade und ätzend wie Säure. »Ich weiß nicht, ob dir das schon mal aufgefallen ist, aber dein Vater hat uns nicht gerade ein Vermögen hinterlassen, und ich tue mein Bestes. Ich gebe dir zu essen, ich sorge dafür, daß du was zum Anziehen hast, ich bezahle, damit du diesen Sommer ins Sterling House gehen und Baseball spielen kannst, während ich im heißen Büro Papiere hin und her schiebe. Du wirst eingeladen, mit anderen Kindern an den Strand zu fahren – das freut mich sehr für dich, aber wie du deinen freien Tag finanzierst, ist deine Sache. Wenn du Achterbahn und Karussell fahren willst, dann nimm was von deinem Geld in dem Topf und tu's. Wenn nicht, spiel einfach am Strand oder bleib zu Hause. Mir ist das gleich. Ich will nur, daß du mit dem Gequengel aufhörst. Ich kann es nicht leiden, wenn du quengelst. Das erinnert mich ...« Sie hielt inne, seufzte, machte ihre Handtasche auf und holte ihre Zigaretten heraus. »Ich kann es nicht leiden, wenn du quengelst«, wiederholte sie.

Das erinnert mich an deinen Vater. Das war es, was sie eigentlich hatte sagen wollen.

»Also, wie sieht's aus, Mickymaus?« fragte sie. »Bist du fertig?«

Bobby stand schweigend da, mit brennenden Wangen und brennenden Augen, hielt den Blick auf seine Turnschuhe gesenkt und konzentrierte seine gesamte Willenskraft darauf, nicht loszuheulen. Im Moment würde schon ein einziges ersticktes Schluchzen reichen, und er wäre für den Rest des Tages aus dem Verkehr gezogen; sie war wirklich wütend und suchte nur nach einem Grund, es zu tun. Und loszuheulen war nicht die einzige Gefahr. Er hätte sie am liebsten angeschrien, daß er lieber wie sein Vater wäre als wie sie, eine knauserige alte Pfennigfuchserin wie sie, die nicht mal einen lausigen Nickel rausrücken wollte, und was war schon dabei, wenn der dahingeschiedene Randall Garfield, mit dem sie so unzufrieden war, ihnen kein Vermögen hinterlassen hatte? Warum klang es bei ihr immer so, als ob das *seine* Schuld wäre? Wer hatte ihn denn geheiratet?

»Ganz sicher, Bobby-O? Keine neunmalklugen Erwiderungen?« Jetzt hatte ihre Stimme den allergefährlichsten Klang – eine Art spröder Munterkeit. Wenn man sie nicht kannte, könnte man meinen, sie hätte gute Laune.

Bobby schaute auf seine Turnschuhe und sagte nichts. Schloß das Heulen und die zornigen Worte in seiner Kehle ein und sagte nichts. Stille breitete sich zwischen ihnen aus. Er konnte ihre Zigarette riechen, dahinter alle Zigaretten der letzten Nacht und auch jene, die sie in all den anderen Nächten geraucht hatte, in denen sie nicht so sehr ferngesehen als vielmehr durch das Gerät hindurchgeschaut und auf das Klingeln des Telefons gewartet hatte.

»Okay, ich schätze, das hätten wir geklärt«, sagte sie, nachdem sie ihm rund fünfzehn Sekunden Zeit gegeben hatte, den Mund aufzumachen und sich um Kopf und Kragen zu reden. »Schönen Tag noch, Bobby.« Sie ging hinaus, ohne ihm einen Kuß zu geben.

Bobby ging ans offene Fenster (jetzt liefen ihm Tränen übers Gesicht, aber er bemerkte es kaum), zog den Vorhang beiseite und sah ihr nach, wie sie Richtung Commonwealth ging. Ihre hohen Absätze klackerten. Er machte ein paar tiefe, wäßrige Atemzüge und ging dann in die Küche. Er schaute zu dem Schrank hinüber, in dem der blaue Krug hinter der Soßenschüssel verborgen war. Er hätte sich Geld daraus nehmen können – sie führte nicht genau Buch darüber, wieviel drin war, und drei oder vier Vierteldollarstücke würde sie nicht vermissen –, aber er tat es nicht. Es würde keinen Spaß machen, das Geld auszugeben. Er war nicht sicher, woher er das wußte, aber er wußte es; hatte es schon mit neun gewußt, als er den versteckten Kleingeldkrug entdeckt hatte. Daher ging er nicht mit einem Gefühl der Rechtschaffenheit, sondern eher mit leisem Bedauern in sein Zimmer und musterte statt dessen den Fahrradtopf.

Ihm kam der Gedanke, daß sie recht hatte – er konnte wirklich ein bißchen was von seinem Ersparten nehmen und es in

Savin Rock ausgeben. Er würde vielleicht einen Monat länger brauchen, um den Betrag für das Schwinn zusammenzukratzen, sich aber zumindest gut dabei fühlen, wenn er dieses Geld ausgab. Und da war noch etwas. Wenn er sich weigerte, Geld aus dem Topf zu nehmen, wenn er es nur hortete und ansparte, dann war er genau wie *sie*.

Das gab den Ausschlag. Bobby fischte fünf Zehncentstücke aus dem Fahrradtopf, steckte sie in die Tasche, stopfte noch ein Kleenex hinein, damit sie nicht herausfielen, wenn er irgendwohin rannte, und sammelte dann seine restlichen Sachen für den Strand zusammen. Bald darauf pfiff er schon vor sich hin, und Ted kam herunter, um zu sehen, was er gerade machte.

»Na, schon unterwegs, Käpt'n Garfield?«

Bobby nickte. »Savin Rock ist echt toll. Karussells und Achterbahnen und so, wissen Sie?«

»Ja, weiß ich. Viel Spaß, Bobby, und fall nirgendwo raus.«

Bobby machte sich auf den Weg zur Tür, dann schaute er zu Ted zurück, der in seinen Pantoffeln auf der untersten Treppenstufe stand. »Warum gehen Sie nicht raus und setzen sich auf die Veranda?« fragte Bobby. »Ist doch bestimmt heiß im Haus.«

Ted lächelte. »Kann sein. Aber ich glaube, ich bleibe drinnen.«

»Alles in Ordnung?«

»Alles okay, Bobby. Es geht mir gut.«

Als er auf dem Weg zu den Gerbers die Straße überquerte, merkte Bobby, daß Ted ihm leid tat, weil er sich grundlos in seinem Zimmer versteckte. Und es gab doch wirklich keinen Grund dafür, oder? Natürlich nicht. Selbst wenn irgendwo da draußen niedere Männer herumfuhren (*im Westen*, dachte er, *sie ziehen nach Westen*), was konnten sie von einem pensionierten alten Herrn wie Ted Brautigan wollen?

Anfangs bedrückte ihn der Streit mit seiner Mutter noch ein bißchen (Mrs. Gerbers pummelige, hübsche Freundin Rionda Hewson beschuldigte ihn, er würde »Trübsal blasen«, was immer das heißen mochte, und begann dann, ihn unter den Armen und in den Achselhöhlen zu kitzeln, bis Bobby sich lachend wehrte), aber als sie eine Weile am Strand waren, fühlte er sich allmählich besser, mehr wie er selbst.

Obwohl die Saison gerade erst angefangen hatte, war in Savin Rock schon der Teufel los – das Karussell drehte sich, die Wilde Maus dröhnte, die kleinen Kinder schrien, blecherner Rock and Roll ergoß sich aus den Lautsprechern vor dem Spiegelpalast, die Marktschreier brüllten in ihren Kabuffs. Sully-John bekam den Teddybären nicht, den er sich gewünscht hatte, weil er nur zwei der letzten drei Milchflaschen umwarf (Rionda behauptete, in einigen seien Spezialgewichte drin, damit sie nicht umfielen, wenn man sie nicht genau an der richtigen Stelle traf), aber der Mann im Baseball-Wurfstand belohnte ihn trotzdem mit einem ziemlich hübschen Preis – einem dämlich dreinschauenden Ameisenbären, der mit gelbem Plüsch überzogen war. S-J schenkte ihn spontan Carols Mom. Anita lachte, zog ihn in ihre Arme und erklärte ihm, er sei das beste Kind der Welt, und wenn er fünfzehn Jahre älter wäre, würde sie Bigamie begehen und ihn heiraten. Sully-John errötete nicht nur, er wurde schon fast violett.

Bobby probierte es mit den Ringen und warf bei allen drei Versuchen daneben. Am Schießstand hatte er mehr Glück; er zerschoß zwei Scheiben und gewann einen kleinen Stoffbären. Er schenkte ihn Schnodder-Ian, der ausnahmsweise mal brav gewesen war – er hatte keinen Wutanfall bekommen, nicht in die Hose gemacht und auch nicht versucht, Sully oder Bobby in die Eier zu treten. Ian drückte den Bären an sich und sah Bobby an, als wäre er der liebe Gott.

»Der Bär ist toll, und er liebt ihn«, sagte Anita, »aber willst du ihn nicht deiner Mutter mitbringen?«

»Nee – die steht nicht auf so was. Ich würde aber gern eine Flasche Parfüm für sie gewinnen.«

Er und Sully-John warfen sich gegenseitig vor, sie hätten Angst, mit der Wilden Maus zu fahren, und gingen schließlich zusammen hinein. Jedesmal, wenn es abwärts ging, kreischten sie vor Wonne und waren gleichermaßen sicher, daß sie ewig leben und in der nächsten Sekunde sterben würden. Sie fuhren mit der Walzerfahrt und der Kaffeetassenfahrt. Als

Bobby nur noch fünfzehn Cent hatte, fand er sich mit Carol im Riesenrad wieder. Ihre Gondel stoppte oben und schaukelte ein bißchen; dabei wurde ihm ein wenig blümerant. Links von ihm marschierte der Atlantik in einer Reihe weiß bekrönter Wellen zur Küste. Der Strand war genauso weiß, das Meer von einem unglaublichen Tiefblau. Sonnenlicht strich wie Seide darüber hin. Unter ihnen lag der Mittelgang. Aus den Lautsprechern stieg ein Song von Freddy Cannon nach oben: *She comes from Tallahassee, she's got a hi-fi chassis.*

»Das sieht alles so klein aus da unten«, sagte Carol. Ihre Stimme klang ebenfalls klein – ganz gegen ihre sonstige Gewohnheit.

»Keine Angst, wir sind hier absolut sicher. Das Riesenrad wäre was für Babys, wenn es nicht so hoch raufgehen würde.«

Carol war in vielerlei Hinsicht die älteste der drei – stark und selbstsicher, wie an dem Tag, als sie S-J dazu gebracht hatte, ihr die Bücher zu tragen, weil er geflucht hatte –, aber jetzt sah ihr Gesicht beinahe wieder wie das eines Babys aus: rund, ein bißchen bleich, beherrscht von zwei beunruhigten blauen Augen. Ohne zu überlegen, beugte Bobby sich hinüber, legte den Mund auf ihren und küßte sie. Als er wieder zurückwich, waren ihre Augen größer denn je.

»Absolut sicher«, sagte er grinsend.

»Noch mal!« Es war ihr erster richtiger Kuß gewesen, sie hatte ihn am ersten Samstag der Sommerferien in Savin Rock bekommen, und sie hatte nicht aufgepaßt. Diese Gedanken gingen ihr durch den Kopf, und darum sollte er es noch mal machen.

»Lieber nicht«, sagte Bobby. Obwohl… hier oben war schließlich niemand, der es sehen konnte und ihn als Schlappschwanz bezeichnen würde.

»Feigling. Und sag nicht, wer Feigling sagt, muß zuerst.«

»Wirst du's irgendwem erzählen?«

»Nein, ich schwör's bei Gott. Na los, mach schon! Bevor es wieder runtergeht!«

Also küßte er sie noch mal. Ihre geschlossenen Lippen waren weich und heiß von der Sonne. Dann setzte das Rad sich wieder in Bewegung, und er hörte auf. Für einen ganz kurzen

Moment legte Carol den Kopf an seine Brust. »Danke, Bobby«, sagte sie. »Das war wirklich sehr nett.«

»Fand ich auch.«

Sie rückten ein wenig voneinander ab, und als ihre Gondel hielt und der tätowierte Helfer den Sicherheitsbügel nach oben schwenkte, stieg Bobby aus und lief zu S-J hinüber, ohne zu ihr zurückzuschauen. Dennoch wußte er bereits, daß der Augenblick, als er Carol oben im Riesenrad geküßt hatte, der schönste Moment des Tages sein würde. Es war auch für ihn der erste richtige Kuß gewesen, und Bobby vergaß nie, wie ihre Lippen sich angefühlt hatten, als sie sich gegen seine drückten – trocken und weich und sonnenwarm. Es war der Kuß, an dem alle anderen in seinem Leben gemessen und für nicht gut genug befunden werden würden.

Gegen drei Uhr forderte Mrs. Gerber sie auf, alles zusammenzupacken; es war Zeit, nach Hause zu fahren. Carol ließ pro forma ein »Och, Mom« hören und fing dann an, ihre Sachen einzusammeln. Ihre Freundinnen halfen ihr; sogar Ian half ein bißchen (er griff sich irgend etwas und nahm es mit, weigerte sich jedoch, den sandigen Bären loszulassen). Bobby hatte halbwegs damit gerechnet, daß Carol für den Rest des Tages hinter ihm hertapern würde, und er war sicher gewesen, daß sie ihren Freundinnen von den Küssen auf dem Riesenrad erzählen würde (er würde es daran merken, daß die Mädchen sich in einem kleinen Pulk zusammenscharten, mit den Händen vor dem Mund kicherten und ihn mit ihren fröhlichen, wissenden Augen ansahen), aber sie hatte keins von beidem getan. Er hatte sie jedoch mehrmals dabei ertappt, wie sie ihn angesehen hatte, und er selbst hatte ihr ebenfalls mehrmals verstohlene Blicke zugeworfen. Er mußte immer wieder an ihre Augen da oben denken. Wie groß und ängstlich sie gewesen waren. Und er hatte sie geküßt, einfach so. Bingo.

Bobby und Sully trugen die meisten Strandtaschen. »Brave Packesel! Hopp, hopp!« rief Rionda lachend, als sie die Treppe zwischen dem Strand und dem Bretterweg hinaufstiegen. Sie war krebsrot unter der Feuchtigkeitscreme, die sie sich ins Gesicht und auf die Schultern geschmiert hatte, und sie erklärte

Anita Gerber stöhnend, daß sie in dieser Nacht kein Auge zutun würde – wenn der Sonnenbrand sie nicht wachhalten würde, dann der Fraß aus den Imbißbuden.

»Du hättest ja keine vier Würstchen und zwei Mehlklöße essen müssen«, gab Mrs. Gerber zurück. Sie klang so gereizt wie noch nie – wahrscheinlich war sie müde, dachte Bobby. Er war selbst ein bißchen benommen von der Sonne. Sein Rücken kribbelte vom Sonnenbrand, und er hatte Sand in den Socken. Die Strandtaschen, mit denen er behängt war, schwangen hin und her und prallten gegeneinander.

»Aber das Essen in den Vergnügungsparks ist so *lecker*«, protestierte Rionda mit trauriger Stimme.

Bobby lachte. Er konnte nicht anders.

Sie gingen durch den Mittelgang zu dem unbefestigten Parkplatz, ohne auf die Karussells zu achten. Die Marktschreier sahen sie an und schauten dann an ihnen vorbei, auf der Suche nach frischem Blut. Schwerbeladene Leute, die zum Parkplatz zurückstapften, waren im großen und ganzen aussichtslose Fälle.

Ganz am Ende des Mittelgangs, auf der linken Seite, stand ein hagerer Mann, der weite Bermudashorts, ein enges, schulterfreies Unterhemd und einen Bowler trug. Der Bowler war alt und ausgeblichen, saß aber in einem verwegenen Winkel auf seinem Kopf. Und in der Krempe steckte eine Plastiksonnenblume. Er sah ulkig aus, und die Mädchen hatten endlich Gelegenheit, die Hand vor den Mund zu halten und zu kichern.

Er sah sie mit der Miene eines Mannes an, der von Expertinnen angekichert worden war, und lächelte zurück. Das hatte zur Folge, daß Carol und ihre Freundinnen noch heftiger kicherten. Immer noch lächelnd, spreizte der Mann mit dem Bowler die Hände über dem behelfsmäßigen Tisch, hinter dem er stand – eine Spanplatte auf zwei leuchtend orangefarbenen Böcken. Auf der Spanplatte lagen drei Spielkarten mit rotem Rücken. Er drehte sie mit raschen, anmutigen Bewegungen um. Seine Finger waren lang und völlig weiß, sah Bobby – nicht einmal ein Hauch von Sonnenbräune.

Die Karte in der Mitte war die Herz-Dame. Der Mann mit dem Bowler nahm sie auf, zeigte sie ihnen und ließ sie geschickt zwischen den Fingern hin und her wandern. »Finden Sie die Frau in Rot, *cherchez la femme rouge*, darum geht's, das ist alles«, sagte er. »Geschwind, geschwind, kann jedes Kind, wer sie findet, der gewinnt.« Er winkte Yvonne Loving zu sich herüber. »Komm mal her, Püppchen, und zeig den andern, wie es geht.«

Die immer noch kichernde Yvonne errötete bis an die Wurzeln ihrer schwarzen Haare, drückte sich an Rionda und murmelte, sie habe kein Geld mehr für Spiele, das habe sie alles schon ausgegeben.

»Macht doch nichts«, sagte der Mann mit dem Bowler. »Ist nur eine Demonstration, Püppchen – ich will deiner Mom und ihrer hübschen Freundin zeigen, wie leicht es ist.«

»Keine von beiden ist meine Mom«, sagte Yvonne, trat jedoch vor.

»Wir sollten uns wirklich beeilen, wenn wir nicht in den dicksten Verkehr kommen wollen, Evvie«, mahnte Mrs. Gerber.

»Nein, Moment, das macht Spaß«, sagte Rionda. »Das ist Drei-Karten-Monte. Sieht einfach aus, genau wie er sagt, aber wenn man nicht aufpaßt, vergißt man ganz schnell sein eigenes Limit und geht total pleite nach Hause.«

Der Bursche mit dem Bowler warf ihr erst einen tadelnden Blick und dann ein breites, gewinnendes Grinsen zu. Es war das Grinsen eines niederen Mannes, dachte Bobby plötzlich. Er gehörte nicht zu den Leuten, vor denen Ted Angst hatte, aber ein niederer Mann war er trotzdem.

»Sie sind ganz offensichtlich früher einmal das Opfer eines Schurken geworden«, sagte der Mann mit dem Bowler. »Obgleich es mein Vorstellungsvermögen übersteigt, wie jemand so grausam sein kann, eine so schöne, vornehme Dame schlecht zu behandeln.«

Die schöne, vornehme Dame – etwa eins fünfundsechzig groß, rund neunzig Kilo schwer, Schultern und Gesicht dick mit Pond's eingeschmiert – lachte fröhlich. »Spar dir den Quark und zeig dem Kind, wie's funktioniert. Und willst du mir wirklich erzählen, das sei legal?«

Der Mann hinter dem Tisch warf den Kopf zurück und lachte ebenfalls. »An den Enden des Mittelgangs ist alles legal, bis sie einen erwischen und rauswerfen … wie Sie wahrscheinlich wissen. Also … wie heißt du, Püppchen?«

»Yvonne«, sagte sie so leise, daß Bobby es kaum hören konnte. Neben ihm sah Sully-John höchst interessiert zu. »Manchmal nennen die Leute mich Evvie.«

»Okay, Evvie, schau her, meine Hübsche. Was siehst du? Sag mir, wie sie heißen – ich weiß, das kann ein kluges Kind wie du –, und zeig dabei auf die jeweilige Karte. Keine Angst, du kannst sie ruhig anfassen. Hier geht es ehrlich zu.«

»Das da auf der einen Seite ist der Bube … das auf der anderen Seite ist der König … und das ist die Dame. Sie ist in der Mitte.«

»So ist es, Püppchen. In den Karten wie im Leben steht eine Frau oftmals zwischen zwei Männern. Darin besteht ihre Macht, und in fünf oder sechs Jahren wirst du das selber rausfinden.« Seine Stimme war zu einem leisen, beinahe hypnotischen Singsang abgesunken. »Jetzt schau genau hin, und laß die Karten keine Sekunde lang aus den Augen!« Er drehte sie um, so daß man ihre Rückseiten sah. »Also, Püppchen, wo ist die Dame?«

Yvonne Loving zeigte auf die rote Rückseite in der Mitte.

»Hat sie recht?« fragte der Mann mit dem Bowler die kleine Gruppe, die sich um seinen Tisch versammelt hatte.

»Bis jetzt schon«, sage Rionda und lachte so laut, daß ihr in kein Korsett geschnürter Bauch unter dem leichten Strandkleid wackelte.

Der niedere Mann mit dem Bowler lächelte über ihr Gelächter, bog eine Ecke der mittleren Karte um und zeigte ihnen die rote Dame. »Hundertprozentig koh-reckt, Schätzchen. So weit, so gut. Jetzt paß auf! Paß genau auf! Es ist ein Wettrennen zwischen deinem Auge und meiner Hand! Wer wird gewinnen? Das ist die Frage des Tages!«

Er begann, die drei Karten auf seinem Holztisch rasch umeinanderzuschieben, und verfiel dabei in einen Singsang.

»Auf und ab, klipp und klapp, rundherum, gerad und krumm, hin und her, ist nicht schwer, nun sind sie wieder Seit' an Seit', jetzt sag, Püppchen, weißt du Bescheid?«

Während Yvonne die drei Karten musterte, die wirklich wieder nebeneinanderlagen, beugte sich Sully dicht zu Bobbys Ohr und sagte: »Man muß gar nicht zusehen, wie er sie durcheinandermischt. Die Dame hat eine umgebogene Ecke. Siehst du?«

Bobby nickte und dachte *braves Mädchen*, als Yvonne zögernd auf die Karte ganz links zeigte – diejenige mit der umgebogenen Ecke. Der Mann mit dem Bowler drehte sie um und deckte die Herz-Dame auf.

»Gut gemacht!« sagte er. »Du hast ein scharfes Auge, Püppchen, wirklich, ein scharfes Auge.«

»Danke«, sagte Yvonne. Sie errötete und sah fast so glücklich aus wie Carol, als Bobby sie geküßt hatte.

»Wenn du bei dem Durchgang zehn Cent gesetzt hättest, würde ich dir jetzt zwanzig Cent zurückgeben«, sagte der Mann mit dem Bowler. »Warum, fragst du? Weil heute Samstag ist, und Samstag heißt bei mir Zwo-zu-eins-Tag! Na, möchte eine der Ladys vielleicht zehn Cent in einem Wettrennen zwischen ihren jungen Augen und meinen müden alten Händen riskieren? Ihr könnt euren Männern erzählen – Glückspilze sind sie, daß sie euch haben, wenn ich das sagen darf –, daß Mr. Herb McQuown, der Monte-Mann von Savin Rock, die Parkgebühren für euch bezahlt hat. Oder wie wär's mit einem Vierteldollar? Zeigt mir die Herz-Dame, und ich gebe euch fünfzig Cent zurück.«

»Einen halben Stein, ja!« sagte Sully-John. »Ich hab einen Vierteldollar, Mister, und ich bin dabei.«

»Johnny, das ist ein Glücksspiel«, sagte Carols Mutter unschlüssig. »Ich glaube wirklich nicht, daß ich dir das erlauben –«

»Ach was, der Junge soll ruhig eine Lektion kriegen«, sagte Rionda. »Außerdem kann es sein, daß der Kerl ihn gewinnen läßt. Damit wir auch einsteigen.« Sie gab sich keine Mühe, die Stimme zu senken, aber der Mann mit dem Bowler – Mr. McQuown – sah sie nur an und lächelte. Dann wandte er seine Aufmerksamkeit wieder S-J zu.

»Zeig uns dein Geld, Kleiner – na los, her damit.«

Sully-John gab ihm seinen Vierteldollar. McQuown hob ihn kurz ins Nachmittagslicht, ein Auge geschlossen.

»Ja, sieht mir wie 'n echter aus«, sagte er und knallte ihn links von der Dreierreihe der Karten aufs Brett. Er schaute in beide Richtungen – vielleicht hielt er Ausschau nach Cops – und zwinkerte dann der zynisch grinsenden Rionda zu, bevor er seine Aufmerksamkeit wieder auf Sully-John richtete. »Wie heißt du, Kumpel?«

»John Sullivan.«

McQuown riß die Augen auf und kippte seinen Bowler auf die andere Seite des Kopfes, so daß die Plastiksonnenblume auf ulkige Weise nickte und sich krümmte. »Ein bedeutender Name! Weißt du, wovon ich spreche?«

»Klar. Eines Tages werde ich vielleicht auch mal ein großer Boxer«, sagte S-J. Er schlug eine Linke und dann eine Rechte in die Luft über McQuowns behelfsmäßigem Tisch. »Pow, pow!«

»Jawoll, pow-pow«, sagte McQuown. »Und wie sind deine Augen, Master Sullivan?«

»Ziemlich gut.«

»Dann mach sie mal bereit, denn das Rennen geht los! Jawoll! Deine Augen gegen meine Hände! Auf und ab, klipp und klapp, heraus, hinein, wo mag sie sein?« Die Karten, die sich diesmal viel schneller bewegt hatten, wurden langsamer und blieben liegen.

Sully wollte schon auf eine zeigen, aber dann zog er die Hand zurück und runzelte die Stirn. Jetzt hatten *zwei* Karten einen kleinen Knick in der Ecke. Sully blickte zu McQuown auf, der die Arme vor seinem schmutzigen Unterhemd verschränkt hatte. McQuown lächelte. »Laß dir Zeit, mein Junge«, sagte er. »Heute vormittag ging die Post ab, aber der Nachmittag ist ziemlich ruhig.«

Männer, die Hüte mit Federn in der Krempe schick finden, erinnerte sich Bobby an Teds Worte. *Die Art Männer, die in einer Seitengasse würfeln und während des Spiels eine Flasche Schnaps in einer Papiertüte kreisen lassen.* McQuown hatte eine lustige Plastikblume statt einer Feder in seinem Hut, und von einer Flasche war nichts zu sehen … aber er hatte eine in der Tasche. Eine kleine. Bobby war sicher. Und gegen Ende des Tages, wenn das Geschäft abebbte und die absolut präzise Koordination von Hand und Auge nicht mehr so wichtig für ihn war, würde McQuown immer öfter daraus trinken.

Sully zeigte auf die Karte ganz rechts. *Nein, S-J,* dachte Bobby, und als McQuown diese Karte umdrehte, war es der Pik-König. McQuown drehte die Karte ganz links um und zeigte ihnen den Kreuz-Buben. Die Dame lag wieder in der Mitte. »Tut mir leid, mein Junge, war 'n bißchen lahm, aber nur keine Scham. Willst du's noch mal probieren, wo du dich jetzt aufgewärmt hast?«

»Mann, ich... das war meine letzte Kohle.« Sully-John schaute geknickt drein.

»Ist bloß gut für dich, Kleiner«, sagte Rionda. »Er würde dir alles abnehmen, was du hast, und dich in der Unterhose hier stehenlassen.« Die Mädchen kicherten wie wild; S-J errötete. Rionda beachtete beides nicht. »Ich hab mal eine ganze Weile in Revere Beach gearbeitet, als ich noch in Massachusetts gelebt hab«, sagte sie. »Ich will euch mal zeigen, Kinder, wie man das macht. Wie wär's mit einem Dollar, Kamerad? Oder kriegst du da das große Flattern?«

»Das kriegt man in Ihrer Gegenwart doch sowieso«, sagte McQuown mit Gefühl und schnappte sich ihren Dollar, sobald er aus ihrer Handtasche hervorkam. Er hielt ihn ins Licht, prüfte ihn mit einem kalten Blick und legte ihn dann links neben die Karten. »Sieht wie 'n echter aus«, sagte er. »Spielen wir, Darling. Wie heißen Sie?«

»Kunigund«, sagte Rionda. »Kugelrund und quietschgesund.«

»Ree, findest du nicht...«, begann Anita Gerber.

»Ich hab dir doch gesagt, ich weiß, wie das läuft«, sagte Rionda. »Fang an, Kamerad.«

»Unverzüglich«, stimmte McQuown zu, und seine Hände ließen die drei Karten mit den roten Rücken ineinander verschwimmen (auf und ab, klipp und klapp, hin und her, ist nicht schwer) und ordnete sie schließlich wieder zu einer Dreierreihe an. Und diesmal, sah Bobby zu seinem Erstaunen, hatten alle drei Karten leicht umgebogene Ecken.

Riondas kleines Lächeln war verschwunden. Sie blickte von der kurzen Reihe der Karten zu McQuown, schaute wieder auf die Karten und dann auf ihren abseits liegenden Dollarschein, der ein wenig in der leisen Brise flatterte, die aufgekommen war. Schließlich sah sie wieder McQuown an. »Du hast mich aufs Kreuz gelegt, Kumpel«, sagte sie. »Stimmt's?«

»Nein«, sagte McQuown, »ich hab ein *Wettrennen* mit Ihnen gemacht. Also ... was sagen Sie?«

»Ich glaube, ich sage, das war ein richtig netter Dollar, der mir nie Kummer bereitet hat, und ich find's schade, daß er mich jetzt verläßt«, erwiderte Rionda und zeigte auf die mittlere Karte.

McQuown drehte sie um – es war der König – und ließ Riondas Dollar in seiner Tasche verschwinden. Diesmal lag die Dame ganz links. McQuown, nun eineinviertel Dollar reicher, lächelte die Leute aus Harwich an. Die Plastikblume, die in der Krempe seines Hutes steckte, tanzte in der nach Salz riechenden Luft auf und ab. »Wer will noch mal?« fragte er. »Wer hat Lust auf ein Wettrennen zwischen seinem Auge und meiner Hand?«

»Ich glaube, es hat sich ausgerannt«, sagte Mrs. Gerber. Sie bedachte den Mann hinter dem Tisch mit einem dünnen Lächeln, legte dann ihrer Tochter und ihrem schläfrig dreinschauenden Sohn jeweils eine Hand auf die Schulter und drehte sie um.

»Mrs. Gerber?« sagte Bobby. Für einen ganz kurzen Moment überlegte er, was seine Mutter, die einmal mit einem Mann verheiratet gewesen war, der nie einen Inside Straight gekriegt hatte, der ihm nicht gefiel, wohl empfinden würde, wenn sie ihren Sohn mit seinen in der Sonne glänzenden, verwegenen roten Randy-Garfield-Haaren hier vor Mr. McQuowns improvisiertem Tisch stehen sehen könnte. Bei diesem Gedanken mußte er ein wenig lächeln. Bobby wußte inzwischen, was ein Inside Straight war; Flushes und Full Houses. Er hatte sich erkundigt. »Darf ich's mal versuchen?«

»O Bobby, ich glaube wirklich, wir haben genug, oder?«

Bobby griff unter das Kleenex, das er in seine Tasche gestopft hatte, und brachte seine letzten drei Nickel zum Vorschein. »Das ist alles, was ich habe«, sagte er und zeigte sie zuerst Mrs. Gerber und dann Mr. McQuown. »Reicht das?«

»Mein Junge«, sagte McQuown, »ich hab das schon um Pennys gespielt, und es hat mir trotzdem Spaß gemacht.«

Mrs. Gerber sah Rionda an.

»Ach, verdammt«, sagte Rionda und kniff Bobby in die Wange. »Soviel kostet ein Haarschnitt, um Himmels willen. Soll er's verlieren, und dann fahren wir heim.«

»In Ordnung, Bobby«, sagte Mrs. Gerber und seufzte. »Wenn es denn sein muß.«

»Leg deine Nickel hierhin, Bob, wo wir alle sie sehen können«, sagte McQuown. »Scheinen mir echt zu sein, wirklich und wahrhaftig. Bist du soweit?«

»Ich glaub schon.«

»Also gut, auf geht's. Zwei Jungs und ein Mädchen verstecken sich. Die Jungs sind nichts wert. Finde das Mädchen, und verdopple dein Geld.«

Die blassen, geschickten Finger drehten die drei Karten um. McQuown spielte, und die Karten verschwammen. Bobby sah zu, wie sie über den Tisch huschten, gab sich aber keine richtige Mühe, die Dame zu verfolgen. Das war nicht nötig.

»Erst in Eile, dann mit Weile, still sodann. Jetzt kommt's drauf an.« Die drei Karten mit den roten Rückseiten lagen wieder in einer Reihe. »Sag mir, Bobby, wo versteckt sie sich?«

»Da«, sagte Bobby und zeigte auf die Karte ganz links.

Sully stöhnte. »Es ist die in der *Mitte*, du Trottel. Diesmal hab ich ganz genau hingeschaut.«

McQuown beachtete Sully nicht. Er sah Bobby an. Bobby erwiderte seinen Blick. Nach einem Moment streckte McQuown die Hand aus und drehte die Karte um, auf die Bobby gezeigt hatte. Es war die Herz-Dame.

»Das ist ja 'n Ding!« rief Sully.

Carol klatschte aufgeregt in die Hände und hüpfte auf der Stelle. Rionda Hewson stieß einen spitzen Schrei aus und klopfte ihm auf den Rücken. »Diesmal hast du ihm gezeigt, wo's langgeht, Bobby! Gut gemacht!«

McQuown sah Bobby mit einem eigenartigen, nachdenklichen Lächeln an, dann langte er in seine Tasche und brachte eine Handvoll Kleingeld zum Vorschein. »Nicht schlecht, mein Junge. Das erste Mal, daß ich heute geschlagen worden bin. Daß ich heute *unfreiwillig* geschlagen worden bin, heißt das.« Er klaubte einen Vierteldollar und einen Nickel heraus und legte sie neben Bobbys fünfzehn Cent. »Willst du stehenlassen?« Er sah, daß Bobby ihn nicht verstand. »Möchtest du's noch mal versuchen?«

»Darf ich?« fragte Bobby Anita Gerber.

»Willst du nicht lieber aufhören, solange du vorn liegst?« fragte sie, aber ihre Augen funkelten, und sie schien vergessen zu haben, daß sie nach Hause fahren wollte, bevor der Rückreiseverkehr einsetzte.

»Ich *werde* aufhören, solange ich vorn liege«, erklärte er ihr.

McQuown lachte. »Ein kleiner Prahlhans! Kriegt frühestens in fünf Jahren das erste Härchen am Kinn, ist aber schon ein richtiger Angeber. Also dann, Bobby Prahlhans, was meinst du? Bist du dabei?«

»Klar«, sagte Bobby. Wenn Carol oder Sully-John ihm vorgeworfen hätten, er würde prahlen, hätte er heftig protestiert – alle seine Helden, von John Wayne bis zu Lucky Starr von der Raumpatrouille, waren bescheidene Burschen, die »verflixt« sagten, nachdem sie eine Welt oder einen Zug von Planwagen gerettet hatten. Aber er verspürte nicht das Bedürfnis, sich Mr. McQuown gegenüber zu verteidigen, der ein niederer Mann in blauen Bermudas und vielleicht auch ein Falschspieler war. Nichts hatte Bobby ferner gelegen, als zu prahlen. Er glaubte auch nicht, daß dieses Spiel große Ähnlichkeit mit den Inside Straights seines Vaters hatte. Bei Inside Straights konnte man nur hoffen und raten – es war »Narrenpoker«, wie Charlie Yearman sagte, der Hausmeister der Harwich Elementary, der Bobby freudig alles über das Spiel erzählt hatte, was S-J und Denny Rivers unbekannt gewesen war –, aber das hier hatte nichts mit Raten zu tun.

Mr. McQuown sah ihn noch einen Augenblick länger an; Bobbys ruhiges Selbstvertrauen schien ihn zu beunruhigen. Dann langte er nach oben, rückte seinen schiefsitzenden Bowler zurecht, streckte die Arme aus und wackelte mit den Fingern wie Bugs Bunny in einer *Merry-Melodies*-Folge, bevor er in der Carnegie Hall in die Tasten des Klaviers haute. »Auf die

Plätze, Prahlhans. Diesmal kriegst du das volle Programm, von der Suppe bis zu den Nüssen.«

Die Karten verschwammen zu einer Art pinkfarbenem Film. Bobby hörte, wie Sully-John hinter ihm »Heiliges Kanonenrohr!« sagte. Carols Freundin Tina meinte in einem ulkigen Ton, der geziert und mißbilligend klang: »Das ist zu *schnell.*« Bobby sah wieder zu, wie die Karten sich bewegten, aber nur, weil er den Eindruck hatte, daß es von ihm erwartet wurde. Zu seiner Erleichterung sparte sich Mr. McQuown diesmal das Geplapper.

Die Karten kamen zur Ruhe. McQuown sah Bobby mit hochgezogenen Augenbrauen an. Um seinen Mund spielte ein kleines Lächeln, aber sein Atem ging schnell, und ihm standen Schweißperlen auf der Oberlippe.

Bobby zeigte sofort auf die rechte Karte. »Das ist sie.«

»Woher weißt du das?« fragte Mr. McQuown. Sein Lächeln erlosch. »Woher, zum Teufel, weißt du das?«

»Ich weiß es einfach«, sagte Bobby.

Statt die Karte aufzudecken, drehte Mr. McQuown den Kopf ein wenig und schaute den Mittelgang entlang. Das Lächeln war einer verdrießlichen Miene gewichen – heruntergezogene Mundwinkel und eine Falte zwischen den Augen. Selbst die Plastiksonnenblume in seinem Hut schien ungehalten zu sein; ihr Gewackel wirkte jetzt beleidigt statt fröhlich. »Niemand schlägt meine Finger«, sagte er. »Die hat noch *nie* jemand geschlagen.«

Rionda langte über Bobbys Schulter hinweg und drehte die Karte um, auf die er gezeigt hatte. Es war die Herz-Dame. Diesmal klatschten alle Kinder. Die Falte zwischen Mr. McQuowns Augen vertiefte sich.

»Wie ich das sehe, schuldest du dem guten alten Bobby Prahlhans hier neunzig Cent«, sagte Rionda. »Wirst du bezahlen?«

»Und wenn nicht?« fragte Mr. McQuown und wandte ihr seine finstere Miene zu. »Was machst du dann, Dickerchen? Die Cops rufen?«

»Vielleicht sollten wir einfach gehen«, sagte Anita Gerber. Sie klang nervös.

»Die Cops rufen? Ich doch nicht«, sagte Rionda, ohne Anita zu beachten. Ihr Blick ließ McQuown nicht los. »Du sollst lausige neunzig Cent rausrücken und machst 'n Gesicht wie 'n kleiner Hosenscheißer mit vollen Windeln. Du meine Güte!«

Aber Bobby wußte, daß es nicht um das Geld ging. Mr. McQuown hatte bestimmt schon erheblich mehr verloren. Doch wenn er verlor, war es manchmal ein Trick; und manchmal war es auch ein Ausweg aus einer unangenehmen Situation. Jetzt war er jedoch aufgebracht, weil seine *Finger* besiegt worden waren. Es gefiel McQuown nicht, daß ein Kind ihn trotz seiner Fingerfertigkeit geschlagen hatte.

»Ich werde folgendes tun«, fuhr Rionda fort. »Ich erzähle jedem am Mittelgang, der es wissen will, daß du ein Knicker bist. Neunzig-Cent-McQuown werd ich dich nennen. Meinst du, das bringt dein Geschäft in Schwung?«

»Ich werd dir gleich ein Geschäft geben«, knurrte Mr. McQuown, steckte jedoch die Hand in die Tasche, holte eine weitere Handvoll Kleingeld hervor – etwas mehr diesmal – und zählte rasch Bobbys Gewinn ab. »Da«, sagte er. »Neunzig Cent. Geh einen Martini trinken.«

»Ich hab wirklich nur geraten, wissen Sie«, sagte Bobby, als er die Münzen einstrich und in seine Tasche stopfte, wo sie wie Blei hingen. Der Streit mit seiner Mutter an diesem Morgen kam ihm jetzt außerordentlich dumm vor. Er würde mit mehr Geld nach Hause kommen, als er losgefahren war, und es bedeutete nichts. Gar nichts. »Im Raten bin ich gut.«

Mr. McQuown entspannte sich. Er hätte ihnen auf keinen Fall etwas getan – er war vielleicht ein niederer Mann, aber keiner von der Sorte, der Leuten etwas zuleide tat; er würde diese geschickten, langfingrigen Hände niemals der Schmach aussetzen, eine Faust zu formen –, aber Bobby wollte nicht, daß er sauer war. Er wollte einen »Ausweg«, wie Mr. McQuown selbst es genannt hätte.

»Ja«, sagte McQuown. »Im Raten bist du gut, das stimmt. Willst du noch ein drittes Mal raten, Bobby? Dir eine goldene Nase verdienen?«

»Wir müssen uns wirklich auf den Weg machen«, sagte Mrs. Gerber hastig.

»Und wenn ich's noch mal versuchte, würde ich verlieren«, sagte Bobby. »Danke, Mr. McQuown. Es war ein gutes Spiel.«

»Ja, ja. Hau schon ab, Kleiner.« Mr. McQuown war jetzt wie die anderen Marktschreier am Mittelgang. Er schaute über sie hinweg. Hielt Ausschau nach frischem Blut.

Auf dem Heimweg sahen Carol und ihre Freundinnen ihn immer wieder ehrfürchtig an; Sully-John betrachtete ihn mit einer Art verwirrtem Respekt. Bobby fühlte sich unwohl. Einmal drehte Rionda sich um und musterte ihn eingehend. »Du hast nicht bloß geraten«, sagte sie.

Bobby sah sie vorsichtig an, antwortete aber nicht.

»Du hattest eine Intuition.«

»Was ist eine Intuition?«

»Mein Dad war kein großer Spieler, aber hin und wieder hatte er mal eine Ahnung und sah eine bestimmte Zahl. Er hat es eine Intuition genannt. *Dann* hat er darauf gesetzt. Einmal hat er fünfzig Dollar gewonnen. Hat einen ganzen Monat fürs Essen und Trinken gereicht. So ist es bei dir auch gewesen, stimmt's?«

»Glaub schon«, sagte Bobby. »Vielleicht hatte ich eine Intuition.«

Als er nach Hause kam, saß seine Mom auf der Hollywoodschaukel. Sie trug ihre Samstagshose, hatte die Beine unter den Körper gezogen und schaute schlechtgelaunt auf die Straße hinaus. Sie winkte Carols Mutter kurz zu, als diese weiterfuhr, und sah zu, wie Anita in ihre eigene Auffahrt einbog und Bobby den Gehweg heraufgestapft kam. Er wußte, was seine Mom dachte: Mrs. Gerbers Mann war bei der Navy, aber sie *hatte* wenigstens einen Mann. Außerdem hatte Anita Gerber einen Estate Wagon. Liz mußte auf Schusters Rappen reiten, für etwas weitere Strecken den Bus benutzen oder sich ein Taxi nehmen, wenn sie nach Bridgeport wollte.

Aber Bobby glaubte nicht, daß sie noch böse auf ihn war, und das war gut.

»Na, war's schön in Savin, Bobby?«

»Super«, sagte er und dachte: *Was ist los, Mom? Es ist dir doch egal, wie es am Strand für mich war. Was willst du wirklich?* Aber er konnte es nicht erkennen.

»Gut. Hör mal ... tut mir leid, daß wir uns heute morgen gestritten haben. Ich *hasse* es, wenn ich samstags arbeiten muß.« Das letzte spie sie beinahe aus.

»Ist schon gut, Mom.«

Sie strich ihm über die Wange und schüttelte den Kopf. »Du mit deiner blassen Haut! Du wirst nie braun, Bobby-O. Du nicht. Komm rein, dann mach ich dir ein bißchen Babyöl auf den Sonnenbrand.«

Er folgte ihr nach drinnen, zog sein Hemd aus und blieb vor ihr stehen, als sie sich aufs Sofa setzte und ihm das wohlriechende Babyöl auf den Rücken, die Arme und den Hals schmierte – sogar auf die Wangen. Es fühlte sich gut an, und er dachte wieder, wie sehr er sie liebte, wie sehr er es liebte, von ihr berührt zu werden. Er fragte sich, was sie wohl denken würde, wenn sie wüßte, daß er Carol auf dem Riesenrad geküßt hatte. Ob sie wohl lächeln würde? Bobby glaubte nicht, daß sie lächeln würde. Und wenn sie das mit McQuown und den Karten erfuhr –

»Ich hab deinen Kumpel von oben gar nicht gesehen«, sagte sie und schraubte die Babyölflasche wieder zu. »Ich weiß, daß er da ist, weil ich das Spiel der Yankees in seinem Radio hören kann, aber sollte man nicht meinen, daß er auf die Veranda rausgehen würde, wo es kühl ist?«

»Ich glaube, er hat keine Lust dazu«, sagte Bobby. »Mom, geht es dir gut?«

Sie sah ihn verblüfft an. »Aber ja, Bobby.« Sie lächelte, und Bobby lächelte zurück. Es kostete ihn einige Mühe, weil er keineswegs glaubte, daß es seiner Mutter gutging. Tatsächlich war er sich ziemlich sicher, daß es ihr gar nicht gutging.

Er hatte gerade eine Intuition gehabt.

In dieser Nacht lag Bobby mit gespreizten Beinen auf dem Rükken, und seine Fersen zeigten zu den Ecken des Bettes. Seine Augen waren offen, und er schaute an die Decke. Sein Fenster war ebenfalls offen, die Vorhänge bauschten sich in einer ganz leichten Brise, und aus einem anderen offenen Fenster ertönte ein Song der Platters: »*Here, in the afterglow of day, we keep our rendezvous, beneath the blue.*« Weiter entfernt war das Brummen eines Flugzeugs zu hören, und irgendwo hupte ein Auto.

Riondas Dad hatte es eine Intuition genannt, und einmal hatte er die Gewinnzahl des Tages getroffen und fünfzig Dollar gewonnen. Bobby hatte ihr zugestimmt – *eine Intuition, klar, ich hatte eine Intuition* –, aber er hätte ums Verrecken keine Losnummer auswählen können. Die Sache war …

Die Sache war die, daß Mr. McQuown jedesmal wußte, wo die Dame landen würde, und deshalb habe ich *es gewußt.*

Sobald Bobby das begriffen hatte, fügte sich auch einiges andere zusammen. Im Grunde alles ziemlich offensichtliche Sachen, aber er hatte sich amüsiert, und … na ja … man zweifelte nicht an dem, was man wußte, oder? An einer Intuition – einem Gefühl, das aus heiterem Himmel kam – konnte man vielleicht zweifeln, aber nicht an dem, was man *wußte*.

Nur – woher *wußte* er, daß seine Mutter Geld in die Unterwäscheseiten des Sears-Katalogs auf dem obersten Bord ihres Schrankes klebte? Woher wußte er überhaupt, daß der Katalog da oben war? Sie hatte ihm nie davon erzählt. Sie hatte ihm auch nie von dem blauen Krug erzählt, in den sie ihre Vierteldollars steckte, aber über den wußte er natürlich schon seit Jahren Bescheid, er war ja nicht blind, obwohl er manchmal den Eindruck hatte, daß sie ihn für blind hielt. Aber der Katalog? Die Vierteldollarmünzen, eingerollt und gegen Scheine umgetauscht, die Scheine, die in den Katalog geklebt wurden? Er konnte unmöglich über so etwas Bescheid wissen, doch als er hier in seinem Bett lag und zuhörte, wie »Earth Angel« auf »Twilight Time« folgte, wußte er, daß der Katalog dort war. Er wußte es, weil *sie* es wußte und weil sie klar und deutlich daran gedacht hatte. Und auf dem Riesenrad hatte er gewußt, daß Carol noch einen zweiten Kuß von ihm haben wollte, weil es ihr erster richtiger Kuß von einem Jungen gewesen war und weil sie nicht gut genug aufgepaßt hatte; es war vorbei gewesen, bevor sie es richtig mitgekriegt hatte. Aber solche Sachen zu wissen hieß nicht, daß er in die Zukunft schauen konnte.

»Nein, ich kann bloß Gedanken lesen«, flüsterte er, und dann erschauerte er am ganzen Körper, als hätte sich sein Sonnenbrand in Eis verwandelt.

Sieh dich vor, Bobby-O. Wenn du dich nicht vorsiehst, wirst du am Ende noch genauso verrückt wie Ted mit seinen niederen Männern.

Weit entfernt, auf dem Marktplatz, begann die Uhr zehn zu schlagen. Bobby drehte den Kopf und schaute zu dem Wecker auf seinem Tisch hinüber. Big Ben zufolge war es erst neun Uhr zweiundfünfzig.

Na schön, die Uhr in der Stadt geht also ein bißchen vor, oder meine geht ein bißchen nach. Und wenn schon. Schlaf jetzt.

Er glaubte nicht, daß er das konnte, jedenfalls vorläufig noch nicht, aber es war ein ziemlich ereignisreicher Tag gewesen – Streitereien mit Müttern, Geldgewinne beim Drei-Karten-Monte, Küsse auf dem Riesenrad –, und er begann, auf angenehme Weise davonzudriften.

Vielleicht ist *sie meine Freundin*, dachte Bobby. *Vielleicht ist sie doch meine Freundin.*

Noch während der letzte vorzeitige Glockenschlag der Uhr auf dem Marktplatz verklang, schlief Bobby ein.

V. Bobby liest aus der Zeitung vor. Braun, mit einem weißen Lätzchen. Eine große Chance für Liz. Camp Broad Street. Eine beunruhigende Woche. Ab nach Providence.

Nachdem seine Mom am Montag zur Arbeit gegangen war, ging Bobby zu Ted hinauf, um ihm aus der Zeitung vorzulesen (obwohl seine Augen eigentlich gut genug waren, daß er sie selbst lesen konnte, behauptete Ted, er höre Bobby inzwischen gern zu und genieße den Luxus, beim Rasieren etwas vorgelesen zu bekommen). Ted stand in seinem kleinen Badezimmer – die Tür war offen – und schabte sich Schaum vom Gesicht, während Bobby ihm diverse Schlagzeilen aus den diversen Teilen der Zeitung anbot.

»GEFECHTE IN VIETNAM WEITEN SICH AUS?«

»Vor dem Frühstück? Nein, danke.«

»EINKAUFSWAGENMARDER VON HARWICH VERHAFTET?«

»Den ersten Absatz, Bobby.«

»›Als die Polizei gestern zu später Stunde in seinem Wohnhaus an der Pond Lane erschien, erzählte John T. Anderson aus Harwich den Polizisten alles über sein Hobby, angeblich das Sammeln von Supermarkt-Einkaufswagen. »Er hat sehr interessante Ausführungen zu diesem Thema gemacht«, erklärte Officer Kirby Malloy vom Harwich Police Department, »aber wir waren nicht vollständig davon überzeugt, daß er alle Wagen in seiner Sammlung auf rechtmäßige Weise erworben hat.« Wie sich herausstellte, lag Malloy damit wahrhaft goldrichtig. Von den über fünfzig Einkaufswagen in Mr. Andersons Hinterhof wurden mindestens zwanzig bei Harwich A&P und Total Grocery entwendet. Es waren sogar ein paar Wagen vom IGA-Markt in Stansbury darunter.‹«

»Das reicht«, sagte Ted, säuberte sein Rasiermesser unter fließend warmem Wasser und hob die Klinge dann an seinen eingeschäumten Hals. »Brachialer Kleinstadthumor als Reaktion auf mitleiderregende Akte zwanghaften Diebstahls.«

»Wie bitte?«

»Mr. Anderson scheint mir ein Mann zu sein, der an einer Neurose leidet – einem seelischen Problem, mit anderen Worten. Findest du seelische Probleme komisch?«

»Herrje, nein. Leute, die eine Schraube locker haben, tun mir leid.«

»Freut mich zu hören. Ich habe Leute gekannt, bei denen die Schrauben nicht nur locker waren, sondern völlig fehlten. Sogar eine ganze Menge. Sie sind oft mitleiderregend, manchmal furchteinflößend und gelegentlich erschreckend, aber komisch sind sie nicht. EINKAUFSWAGENMARDER, also wirklich. Was gibt es noch?«

»STARLET IN EUROPA BEI AUTOUNFALL UMS LEBEN GEKOMMEN?«

»Igitt, nein.«

»YANKEES KAUFEN INNENFELDSPIELER DER SENATORS EIN?«

»Was die Yankees mit den Senators machen, interessiert mich nicht die Bohne.«

»ALBINI FROH ÜBER AUSSENSEITER-ROLLE?«

»Ja, bitte lies vor.«

Ted hörte aufmerksam zu, während er sich sorgfältig den Hals rasierte. Bobby selbst fand die Geschichte alles andere als fesselnd – es ging schließlich nicht um Floyd Patterson oder Ingemar Johansson (Sully nannte den schwedischen Schwergewichtler »Ingie-Baby«) –, aber er las sie trotzdem gewissenhaft vor. Der Zwölf-Runden-Kampf zwischen Tommy »Hurricane« Haywood und Eddie Albini sollte am Mittwoch abend kommender Woche im Madison Square Garden ausgetragen werden. Beide Boxer hatten gute Leistungen vorzuweisen, aber ihr Alter galt als wichtiger, möglicherweise sogar entscheidender Faktor: Eddie Albini war sechsunddreißig, Haywood dreiundzwanzig und demzufolge haushoher Favorit. Der Sieger würde im Herbst vielleicht die Chance auf einen Kampf um den Schwergewichtstitel kriegen, wahrscheinlich um die Zeit, wenn Richard Nixon die Präsidentschaftswahlen gewann (Bobbys Mom sagte, er würde sie garantiert gewinnen und das wäre auch gut so; Kennedy sei nicht nur Katholik, sondern auch einfach zu jung und neige zur Hitzköpfigkeit).

In dem Artikel sagte Albini, er könne verstehen, weshalb er als Außenseiter gelte – er komme ein bißchen in die Jahre, und manche Leute dächten, er sei ausgebrannt, weil er seinen letzten Kampf gegen Sugar Boy Masters durch technischen K. o. verloren habe. Und er wisse natürlich, daß Haywood eine größere Reichweite habe als er und angeblich mächtig viel Grips für einen so jungen Burschen. Aber er habe hart trainiert, sagte Albini, habe ordentlich Seilspringen geübt und einen Sparringspartner gehabt, der sich wie Haywood bewege und auch wie er schlage. In dem Artikel wimmelte es von Worten wie »mutig« und »entschlossen«; über Albini hieß es, er habe »reichlich Mumm«. Bobby merkte, daß der Verfasser glaubte, Albini würde nach Strich und Faden verprügelt werden, und daß er ihm leid tat. Hurricane Haywood hatte dem Reporter als Gesprächspartner nicht zur Verfügung gestanden, aber sein Manager, ein Bursche namens I. Kleindienst (Ted erklärte Bobby, wie man den Namen aussprach), sagte, es werde wahrscheinlich Eddie Albinis letzter Kampf sein. »Er hat seine Zeit gehabt, aber seine Zeit ist vorbei«, sagte I. Kleindienst. »Wenn Eddie sechs Runden durchhält, schicke ich meinen Jungen ohne Abendessen ins Bett.«

»Irving Kleindienst ist ein *ka-mai*«, sagte Ted.

»Ein was?«

»Ein Narr.« Ted schaute aus dem Fenster, in die Richtung, aus der das Gebell von Mrs. O'Haras Hund kam. Er war nicht weggetreten wie sonst manchmal, aber mit den Gedanken ganz woanders.

»Kennen Sie ihn?« fragte Bobby.

»Nein, nein«, sagte Ted. Der Gedanke schien ihn zuerst zu überraschen, dann zu amüsieren. »Ich hab von ihm gehört.«

»Für mich klingt das, als ob dieser Albini die Hucke voll kriegen würde.«

»Man weiß nie. Das macht es interessant.«

»Was meinen Sie damit?«

»Nichts. Geh zu den Comics, Bobby. Ich will Flash Gordon hören. Und du mußt mir unbedingt erzählen, was Dale Arden anhat.«

»Warum?«

»Weil ich finde, daß sie ein echt flotter Käfer ist«, sagte Ted, und Bobby lachte schallend los. Er konnte nicht anders. Manchmal war Ted wirklich ein ulkiger Vogel.

Einen Tag später stieß Bobby auf dem Heimweg vom Sterling House, wo er gerade die restlichen Formulare für die Teilnahme am Sommer-Baseball ausgefüllt hatte, auf einen Anschlag, der mit Reißzwecken an eine Ulme im Commonwealth Park geheftet war. In sorgfältiger Druckschrift stand darauf:

BITTE HELFEN SIE UNS, PHIL ZU FINDEN!
PHIL ist unser WELSH CORGI!
PHIL ist 7 JAHRE ALT!
PHIL ist BRAUN, mit einem WEISSEN LÄTZCHEN!
Seine AUGEN sind LEUCHTEND & INTELLIGENT!
Die SPITZEN SEINER OHREN sind SCHWARZ!
Er holt einen Ball, wenn man LOS, PHIL ruft!
RUFEN SIE AN: HOusitonic 5-8337!

(ODER)

BRINGEN Sie ihn zur 745 Highgate Avenue!
Da wohnt FAMILIE SAGAMORE!

Ein Bild von Phil war nicht dabei.

Bobby stand ziemlich lange da und sah den Anschlag an. Ein Teil von ihm wollte nach Hause laufen und es Ted erzählen – und zwar nicht nur das, sondern auch die Sache mit dem Stern und der Mondsichel, die mit Kreide neben das Himmel-und-Hölle-Spiel gemalt gewesen waren. Ein anderer Teil wies darauf hin, daß im Park alle möglichen Anschläge hingen – an einer weiteren Ulme direkt gegenüber von seinem momentanen Standort sah er ein Plakat, das für ein Konzert auf dem Marktplatz warb – und er *verrückt* wäre, wenn er Ted deswegen aufregen würde. Diese beiden Gedanken kämpften miteinander, bis sie sich wie zwei Stöcke anfühlten, die aneinander rieben und sein Gehirn in Gefahr brachten, Feuer zu fangen.

Ich werde nicht mal dran denken, sagte er sich, während er von dem Anschlag zurücktrat. Und als eine Stimme tief in seinem Innern – eine gefährlich *erwachsene* Stimme – protestierte, daß er dafür *bezahlt* werde, über solche Sachen nachzudenken, von solchen Sachen zu *berichten*, befahl Bobby der Stimme zu schweigen. Und die Stimme gehorchte.

Als er nach Hause kam, saß seine Mutter wieder auf der Hollywoodschaukel. Diesmal nähte sie den Ärmel eines Schürzenkleides. Sie blickte auf, und Bobby sah die aufgequollene Haut unter ihren Augen, die geröteten Lider. Sie hatte ein zusammengelegtes Kleenex in einer Hand.

»Mom –?«

Was ist los? endete der Gedanke … aber es wäre unklug, ihn auszusprechen. Damit würde er sich wahrscheinlich nur Ärger einhandeln. Das war keine weitere brillante Intuition wie am Tag des Ausflugs nach Savin Rock, aber er *kannte* sie – wie sie ihn ansah, wenn sie wütend war, wie die Hand mit dem Kleenex sich spannte, fast zu einer Faust wurde, wie sie den Atem einsog und sich gerader hinsetzte, bereit zum Kampf, wenn man sich mit ihr anlegen wollte.

»Was ist?« fragte sie ihn. »Hast du wieder mal irgendwas unheimlich Wichtiges auf dem Herzen?«

»Nein«, sagte er. Seine Stimme klang selbst in seinen eigenen Ohren verlegen und sonderbar schüchtern. »Ich war im Sterling House. Die Baseball-Listen hängen aus. Ich bin diesen Sommer wieder bei den Wolves.«

Sie nickte und entspannte sich ein bißchen. »Nächstes Jahr schaffst du's bestimmt zu den Lions.« Sie stellte ihren Nähkorb von der Schaukel auf den Verandaboden und klopfte dann auf den leeren Platz. »Setz dich eine Minute zu mir, Bobby. Ich muß dir was erzählen.«

Bobby setzte sich mit einem beklommenen Gefühl hin – immerhin hatte sie geweint, und sie klang sehr ernst –, aber wie sich herausstellte, war es keine große Sache, jedenfalls nicht, soweit er sehen konnte.

»Mr. Biderman – Don – hat mich eingeladen, mit ihm, Mr. Cushman und Mr. Dean zu einem Seminar nach Providence zu fahren. Das ist eine große Chance für mich.«

»Was ist ein Seminar?«

»Eine Art Konferenz – Leute treffen sich, um etwas über ein Thema zu lernen und darüber zu diskutieren. Diesmal geht es um Immobilien in den sechziger Jahren. Ich war sehr überrascht, daß Don mich eingeladen hat. Bill Cushman und Curtis Dean, die sind Makler, und ich wußte natürlich, daß sie mitfahren würden. Aber daß Don *mich* gefragt hat...« Sie verstummte für einen Moment, dann drehte sie sich zu Bobby um und lächelte. Er fand, daß es ein ehrliches Lächeln war, aber es stand in einem seltsamen Kontrast zu ihren geröteten Lidern. »Ich wollte selber schon seit ewigen Zeiten Maklerin werden, und jetzt das, aus heiterem Himmel... es ist eine große Chance für mich, Bobby, und es könnte für uns eine große Veränderung bedeuten.«

Bobby wußte, daß seine Mom Immobilien verkaufen wollte. Sie hatte Bücher über das Thema und las fast jeden Abend ein bißchen darin, wobei sie oft irgendwas unterstrich. Aber wenn es so eine große Chance war, weshalb hatte es sie dann zum Weinen gebracht?

»Tja, das ist gut«, sagte er. »Echt super. Ich hoffe, du lernst viel. Wann ist es?«

»Nächste Woche. Wir fahren alle vier Dienstag früh los und kommen Donnerstag abend gegen acht Uhr zurück. Die Sitzungen sind alle im Warwick Hotel, und da werden wir auch wohnen – Don hat die Zimmer schon gebucht. Ich hab seit zwölf Jahren nicht mehr in einem Hotel gewohnt, glaube ich. Ich bin ein bißchen nervös.«

Bobby fragte sich, ob Nervosität ein Grund zum Weinen war. Vielleicht, wenn man erwachsen war – und besonders, wenn man eine erwachsene *Frau* war.

»Ich möchte, daß du S-J fragst, ob du Dienstag und Mittwoch bei ihm schlafen kannst. Ich bin sicher, daß Mrs. Sullivan –«

Bobby schüttelte den Kopf. »Das geht nicht.«

»Warum denn *nicht?*« Liz warf ihm einen bösen Blick zu. »Mrs. Sullivan hat doch noch nie was dagegen gehabt, daß du bei ihm übernachtest. Du hast es dir doch nicht etwa mit ihr verdorben, oder?«

»Nein, Mom. Es ist nur so, daß S-J eine Woche in Camp Winnie gewonnen hat.« Der Klang all dieser Ws, die aus seinem Mund kamen, reizte ihn zu einem Lächeln, aber er beherrschte sich. Seine Mutter sah ihn noch immer mit diesem bösen Blick an ... und lag darin nicht auch eine Art Panik? Panik oder so etwas Ähnliches?

»Was ist Camp Winnie? Wovon redest du?«

Bobby erklärte, daß S-J die Gratiswoche in Camp Winiwinaia gewonnen hatte und daß Mrs. Sullivan in dieser Zeit ihre Schwester in Wisconsin besuchen würde – Pläne, die inzwischen schon in die Tat umgesetzt worden waren, samt großem grauem Hund und allem.

»Verdammt, ich hab immer solches Glück«, sagte seine Mom. Sie fluchte so gut wie nie, weil sie der Meinung war, daß Fluchen und »schmutzige Worte«, wie sie es nannte, die Sprache der Unwissenden seien. Jetzt ballte sie eine Faust und schlug auf die Armlehne der Schaukel. »*Gott*verdammt!«

Sie saß eine Weile da und überlegte. Bobby überlegte ebenfalls. Seine einzige andere enge Freundin in der Straße war

Carol, und er bezweifelte, daß seine Mom Anita Gerber anrufen und sie fragen würde, ob er bei ihr bleiben konnte. Carol war ein Mädchen, und irgendwie machte das einen Unterschied, wenn es ums Übernachten ging. Und bei Freunden oder Freundinnen seiner Mutter? Die Sache war nur, daß sie eigentlich keine *hatte*... außer Don Biderman (und vielleicht die beiden anderen, die zu dem Seminar in Providence mitfuhren). Jede Menge Bekannte, Leute, zu denen sie hallo sagte, wenn sie vom Supermarkt nach Hause oder am Freitag abend ins Kino in der Stadt gingen, aber niemand, den sie anrufen und bitten konnte, ihren elfjährigen Sohn für ein paar Nächte bei sich aufzunehmen; auch keine Verwandten, zumindest keine, von denen Bobby wußte.

Wie Reisende auf Straßen, die sich einander näherten, gelangten Bobby und seine Mutter allmählich zum selben Punkt. Bobby kam als erster dort an, aber nur mit einem Vorsprung von ein oder zwei Sekunden.

»Was ist mit Ted?« fragte er und hätte dann beinahe die Hand vor den Mund geschlagen. Sie hob sich tatsächlich ein Stückchen von seinem Schoß.

Seine Mutter sah die Hand mit einer Neuauflage ihres alten zynischen halben Lächelns wieder herabsinken, jenes Lächelns, das sie zur Schau trug, wenn sie Sprüche von sich gab wie *Man muß eine Portion Dreck fressen, bevor man stirbt* und *Zwei Männer schauten durch die Gitterstäbe eines Gefängnisses, der eine sah den Schlamm, der andere die Sterne*, und natürlich ihren ewigen Lieblingsspruch: *Das Leben ist nun mal nicht fair*.

»Glaubst du, ich weiß nicht, daß du ihn Ted nennst, wenn ihr beiden zusammen seid?« fragte sie. »Du meinst wohl, ich hätte Verblödungspillen genommen, Bobby-O.« Sie saß da und schaute auf die Straße hinaus. Ein Chrysler New Yorker glitt langsam vorbei – Heckflossen, Radlaufverkleidungen, blitzende Chromverzierungen. Bobby sah ihm nach. Der Mann hinter dem Lenkrad war alt und weißhaarig und trug ein blaues Jackett. Bobby dachte, daß er wahrscheinlich in Ordnung war. Alt, aber kein niederer Mann.

»Vielleicht könnte es klappen«, sagte Liz schließlich. Ihre Stimme klang nachdenklich, und sie sprach mehr mit sich selbst als mit ihrem Sohn. »Gehen wir zu Brautigan und reden wir mit ihm.«

Bobby folgte ihr die Treppe hinauf in den zweiten Stock und fragte sich, wie lange sie schon wußte, wie man Teds Namen richtig aussprach. Eine Woche? Einen Monat?

Von Anfang an, Dumbo, dachte er. *Vom allerersten Tag an.*

Bobbys erster Gedanke war, daß Ted in seinem Zimmer im zweiten Stock bleiben konnte, während Bobby in der Wohnung im Erdgeschoß blieb; sie würden beide die Tür offenlassen, und wenn einer von ihnen etwas brauchte, konnten sie einander rufen.

»Ich glaube nicht, daß die Kilgallons oder die Proskys sonderlich begeistert wären, wenn du um drei Uhr morgens zu Mr. Brautigan raufbrüllen würdest, daß du einen Alptraum gehabt hast«, sagte Liz bissig. Die Kilgallons und die Proskys hatten die beiden kleinen Wohnungen im ersten Stock; Liz und Bobby waren mit keiner der beiden Familien befreundet.

»Ich werde keine Alpträume haben«, sagte Bobby zutiefst gedemütigt, weil er wie ein kleines Kind behandelt wurde. »Also wirklich, das ist –«

»Spar dir den Rest«, sagte seine Mom scharf. Sie saßen an Teds Küchentisch; die beiden Erwachsenen rauchten, und Bobby hatte eine Kräuterlimonade vor sich stehen.

»Es wäre einfach nicht richtig«, erklärte ihm Ted. »Du bist ein braver Junge, Bobby, verantwortungsbewußt und vernünftig, aber mit elf bist du noch zu jung, um allein zu sein, finde ich.«

Bobby fand es leichter, von seinem Freund als zu jung bezeichnet zu werden als von seiner Mutter. Außerdem mußte er zugeben, daß es wirklich unheimlich sein konnte, in den Stunden nach Mitternacht aufzuwachen und auf die Toilette zu gehen, wenn man wußte, daß man die einzige Person in der Wohnung war. Er würde es schaffen, er zweifelte nicht daran, daß er es schaffen würde, aber … ja, unheimlich wäre es schon.

»Was ist mit dem Sofa?« fragte er. »Man kann es ausziehen, dann ist es ein Bett, stimmt's?« Sie hatten es noch nie auf diese

Weise benutzt, aber Bobby war sicher, daß seine Mom es ihm einmal erzählt hatte. Er hatte recht, und damit war das Problem gelöst. Sie hatte wahrscheinlich nicht gewollt, daß Bobby in ihrem Bett schlief (geschweige denn »Brattigan«), und sie hatte auf *gar* keinen Fall gewollt, daß Bobby hier oben in diesem heißen Zimmer im zweiten Stock blieb – da war er sicher. Er dachte, daß sie so verzweifelt nach einer Lösung gesucht hatte, daß sie die nächstliegende glatt übersehen hatte.

Sie kamen also überein, daß Ted die Nacht von Dienstag auf Mittwoch und von Mittwoch auf Donnerstag der kommenden Woche auf dem Ausziehsofa im Wohnzimmer der Garfields verbringen würde. Bobby war begeistert von dieser Aussicht: Er würde zwei Tage für sich allein haben – drei, wenn man Donnerstag mitrechnete –, und nachts, wenn es unheimlich werden konnte, würde jemand bei ihm sein. Kein Babysitter, sondern ein erwachsener Freund. Es war nicht das gleiche wie Sully-Johns Woche in Camp Winnie, aber in gewissem Sinne schon. *Camp Broad Street*, dachte Bobby und hätte beinahe laut gelacht.

»Wir werden unseren Spaß haben«, sagte Ted. »Ich mache meinen berühmten Auflauf mit Würstchen und Bohnen.« Er streckte die Hand aus und zerzauste Bobbys kurze Haare.

»Wenn ihr Bohnen und Würstchen essen wollt, wäre es vielleicht klug, *das da* mit runterzunehmen«, sagte seine Mom und zeigte mit den Fingern, in denen sie die Zigarette hielt, auf Teds Ventilator.

Ted und Bobby lachten. Liz Garfield lächelte ihr zynisches halbes Lächeln, nahm einen letzten Zug von ihrer Zigarette und drückte sie in Teds Aschenbecher aus. Dabei fiel Bobby erneut auf, wie geschwollen ihre Augenlider waren.

Als Bobby mit seiner Mutter wieder hinunterging, erinnerte er sich an den Anschlag, den er im Park gesehen hatte – der vermißte Corgi, der einem den BALL bringen würde, wenn man LOS, PHIL rief. Er sollte Ted von dem Anschlag erzählen. Er sollte Ted alles erzählen. Aber wenn er das tat und Ted aus 149 auszog, wer würde dann nächste Woche bei ihm bleiben? Was würde aus Camp Broad Street werden, zwei Burschen, die abends Teds berühmten Würstchen-und-Bohnen-Auflauf aßen (vielleicht vor dem Fernseher, was seine Mom selten erlaubte) und dann so lange aufblieben, wie sie wollten?

Bobby gab sich ein Versprechen: Nächsten Freitag, wenn seine Mutter von ihrer Konferenz oder ihrem Seminar oder was immer zurück war, würde er Ted alles erzählen. Er würde ihm einen vollständigen Bericht erstatten, und Ted konnte tun, was er tun mußte. Vielleicht würde er sogar dableiben.

Mit dieser Entscheidung fiel Bobby eine erstaunlich schwere Last von der Seele, und als er zwei Tage später eine auf dem Kopf stehende ZU VERKAUFEN-Karte – für eine Waschmaschine mit Schleuder, nicht für ein Auto – am Schwarzen Brett von Total Grocery sah, gelang es ihm, sie fast sofort wieder aus seinen Gedanken zu verdrängen.

Trotzdem war es eine beunruhigende Woche für Bobby Garfield, eine sehr beunruhigende sogar. Er entdeckte zwei weitere Anschläge, auf denen entlaufene Haustiere gesucht wurden, einen in der Innenstadt und einen auf der Asher Avenue, einen halben Kilometer hinter dem Asher Empire (der Block, in dem er wohnte, reichte ihm nicht mehr; er stellte fest, daß er bei seinen täglichen Erkundungsgängen immer größere Kreise zog). Und bei Ted häuften sich jene Phasen, in denen er total weggetreten war. Sie dauerten auch jedesmal länger. Manchmal sprach er in diesem entrückten Zustand, aber nicht immer Englisch. Wenn er doch Englisch sprach, ergab das, was er sagte, nicht unbedingt einen Sinn. Die meiste Zeit hielt Bobby Ted für einen der normalsten, klügsten, *nettesten* Leute, die er je kennengelernt hatte. Wenn er jedoch in Trance fiel, bekam Bobby es mit der Angst zu tun. Wenigstens wußte seine Mom nichts davon. Bobby glaubte kaum, daß sie ihn seelenruhig mit einem Kerl allein gelassen hätte, der manchmal ausflippte und auf englisch Unsinn verzapfte oder irgendwelches Kauderwelsch in einer fremden Sprache von sich gab.

Nach einer dieser Phasen, als Ted fast anderthalb Minuten lang nur mit leerem Blick ins Nichts gestarrt und nicht auf Bobbys zunehmend erregte Fragen reagiert hatte, kam Bobby der Gedanke, daß Ted vielleicht nicht in seinem eigenen Kopf war, sondern in einer ganz anderen Welt – daß er die Erde so sicher verlassen hatte wie die Leute in *Ring um die Sonne*, die entdeckten, daß sie den Spiralen an einem Kinderkreisel praktisch überallhin folgen konnten.

Ted hatte eine Chesterfield zwischen den Fingern gehabt, als er in Trance gefallen war; die Asche wurde lang und fiel schließlich auf den Tisch. Als die Glut beunruhigend nahe an Teds knotige Knöchel herankam, zog Bobby die Zigarette sanft hervor und drückte sie gerade in dem überquellenden Aschenbecher aus, als Ted endlich zurückkam.

»Du rauchst?« fragte er stirnrunzelnd. »Zum Teufel, Bobby, du bist noch zu jung zum Rauchen.«

»Ich hab sie nur für Sie ausgedrückt. Ich dachte ...« Bobby zuckte die Achseln; er hatte auf einmal Hemmungen.

Ted blickte auf die ersten beiden Finger seiner rechten Hand, wo er gelbe Nikotinflecken hatte, die nicht mehr weggingen. Er lachte – ein kurzes Bellen ohne jeden Humor. »Du dachtest, ich würde mich verbrennen, stimmt's?«

Bobby nickte. »Woran denken Sie, wenn Sie in Trance fallen? Wo gehen Sie hin?«

»Das ist schwer zu erklären«, erwiderte Ted und bat Bobby dann, ihm sein Horoskop vorzulesen.

Der Gedanke an Teds Trancen machte Bobby ziemlich zu schaffen. Noch mehr zu schaffen machte ihm, daß er Ted nichts von den Dingen erzählte, nach denen er für Geld Ausschau hielt. Das hatte zur Folge, daß Bobby – normalerweise ein ziemlich guter Batter – bei einem Nachmittagsspiel im Sterling House für die Wolves viermal mit einem Strikeout auf die Bank geschickt wurde. Und am Freitag, als es regnete, verlor er bei S-J zu Hause viermal hintereinander gegen Sully beim Schiffeversenken.

»Herrgott noch mal, was ist denn mit dir?« fragte Sully. »Jetzt nennst du schon zum dritten Mal Quadrate, die du schon ausprobiert hast. Außerdem muß ich dir praktisch ins Ohr brüllen, bevor du mir antwortest. Was ist bloß los mit dir?«

»Nichts.« Das war, was er sagte. *Alles*. Das war, was er empfand.

Carol fragte Bobby in dieser Woche ebenfalls ein paarmal, ob mit ihm alles in Ordnung sei; Mrs. Gerber erkundigte sich, ob er keinen Appetit habe. Yvonne Loving wollte wissen, ob er unter schwerer Einsilbigkeit litte, und kicherte dann, bis sie beinahe platzte.

Der einzige Mensch, der Bobbys seltsames Verhalten nicht bemerkte, war seine Mom. Liz Garfield war in zunehmendem Maße mit ihrer Reise nach Providence beschäftigt. Abends telefonierte sie mit Mr. Biderman oder einem der anderen beiden Mitfahrer (Bill Cushman war einer von ihnen; an den Namen des anderen Mannes konnte Bobby sich nicht genau erinnern); sie legte Kleider auf ihr Bett, bis von der Überdecke praktisch nichts mehr zu sehen war, schüttelte dann wütend den Kopf und hängte sie wieder in den Schrank, machte einen Termin beim Friseur aus, rief die Frau dann erneut an und fragte, ob sie auch noch eine Maniküre bekommen könne. Bobby wußte nicht mal genau, was eine Maniküre war. Er mußte Ted fragen.

Sie schien ihre Vorbereitungen aufregend zu finden, aber gleichzeitig hatte sie auch etwas Grimmiges an sich. Sie war wie ein Soldat, der im Begriff war, einen feindlichen Strand zu stürmen, oder ein Fallschirmjäger, der bald aus einem Flugzeug springen und hinter den feindlichen Linien landen würde. Eins ihrer abendlichen Telefonate schien ein im Flüsterton geführtes Streitgespräch zu sein – Bobby hatte das Gefühl, daß sie mit Mr. Biderman sprach, aber er war nicht sicher. Am Samstag kam Bobby in ihr Schlafzimmer und sah, wie sie zwei neue Kleider betrachtete – *elegante* Kleider, eins mit schmalen kleinen Trägern und eins ohne Träger, nur mit Top wie das Oberteil eines Badeanzugs. Die Schachteln, in denen sie gekommen waren, lagen unordentlich auf dem Fußboden, und das Seidenpapier quoll wie Schaum aus ihnen hervor. Seine Mom stand über den Kleidern und schaute mit einer Miene auf sie hinab, die Bobby noch nie gesehen hatte: große Augen, zusammengezogene Brauen, straff gespannte weiße Wangen, auf denen Rougeflecken brannten. Sie hatte eine Hand vor dem Mund, und er konnte ihre Zähne aufeinanderklicken hören, als sie an den Fingernägeln knabberte. Eine offenbar vergessene Kool schwelte in einem Aschenbecher auf der Kommode. Der Blick ihrer großen

Augen wanderte zwischen den beiden Kleidern hin und her.

»Mom?« fragte Bobby, und sie machte einen Satz, sprang buchstäblich in die Luft. Dann fuhr sie zu ihm herum, den Mund zu einer Grimasse verzerrt.

»Herr*gott* noch mal!« fauchte sie beinahe. »Kannst du nicht anklopfen?«

»Entschuldige«, sagte er und trat den Rückzug aus dem Zimmer an. Seine Mutter hatte noch nie etwas von Anklopfen gesagt. »Mom, ist alles in Ordnung mit dir?«

»Mir geht's gut!« Sie erspähte die Zigarette, ergriff sie und paffte wütend. Sie atmete so heftig aus, daß Bobby beinahe erwartet hätte, den Rauch nicht nur aus Nase und Mund kommen zu sehen, sondern auch aus den Ohren. »Noch besser würd's mir gehen, wenn ich ein Cocktailkleid finden könnte, in dem ich nicht wie Klarabella Kuh aussehe. Früher hatte ich mal Größe sechs, weißt du das? Bevor ich deinen Vater geheiratet habe, hatte ich Größe sechs. Jetzt schau mich an! Klarabella Kuh! Ein verdammter Moby *Dick!*«

»Du bist nicht dick, Mom. In letzter Zeit siehst du sogar eher –«

»Geh raus, Bobby. Bitte laß deine Mutter allein. Ich hab Kopfschmerzen.«

In dieser Nacht hörte er sie wieder weinen. Am nächsten Tag sah er, wie sie sorgfältig eins der Kleider einpackte – das mit den dünnen Trägern. Das andere wanderte wieder in die Schachtel zurück: KLEIDER VON LUCIE AUS BRIDGEPORT stand in eleganten kastanienbraunen Lettern vorne drauf.

Am Montag abend lud Liz Ted Brautigan zum Abendessen ein. Bobby liebte den Hackbraten seiner Mutter und verlangte für gewöhnlich immer eine zweite Portion, aber diesmal mußte er sich große Mühe geben, auch nur ein einziges Stück hinunterzuwürgen. Er hatte panische Angst, daß Ted in Trance fallen und seine Mutter deswegen ausrasten würde.

Seine Angst erwies sich als unbegründet. Ted sprach freundlich von seiner Kindheit in New Jersey und auf die Fragen von Bobbys Mom hin auch von seinem Job in Hartford. Bobby hatte den Eindruck, daß er weniger gern über seine Tätigkeit in der Buchhaltung redete als darüber, wie er als Kind Schlitten gefahren war, aber seine Mom schien das nicht zu bemerken. Ted bat jedenfalls um eine zweite Scheibe vom Hackbraten.

Als sie mit dem Essen fertig waren und den Tisch abgeräumt hatten, gab Liz Ted eine Liste mit Telefonnummern, darunter die von Dr. Gordon, vom Büro im Sterling House und vom Warwick Hotel. »Wenn es irgendwelche Probleme gibt, will ich, daß Sie anrufen. Okay?«

Ted nickte. »Okay.«

»Bobby? Du machst mir doch keinen Kummer?« Sie legte ihm kurz die Hand auf die Stirn, wie sie es zu tun pflegte, wenn er über Fieber klagte.

»Nee. Wir werden eine tolle Zeit haben. Nicht wahr, Mr. Brautigan?«

»Ach, sag ruhig Ted zu ihm«, schnauzte ihn Liz beinahe an. »Wenn er in unserem Wohnzimmer schläft, sollte ich ihn wohl auch lieber mal Ted nennen. Darf ich?«

»Aber gern. Belassen wir's von jetzt an bei Ted.«

Er lächelte. Bobby fand, daß es ein nettes Lächeln war, offen und freundlich. Er begriff nicht, wie man ihm widerstehen konnte. Aber seine Mutter konnte es und tat es auch. Selbst als sie nun Teds Lächeln erwiderte, sah er, wie die Hand mit dem Kleenex sich in der alten, vertrauten Geste nervösen Mißbehagens verkrampfte und wieder entspannte. Einer ihrer absoluten Lieblingssprüche kam Bobby in den Sinn: *Ich traue ihm* (oder ihr) *so weit über den Weg, wie ich ein Klavier werfen könnte.*

»Und ich bin von jetzt an Liz.« Sie streckte ihm über den Tisch hinweg die Hand hin, und sie schüttelten sich die Hände wie Leute, die sich zum ersten Mal trafen... aber Bobby wußte, daß seine Mutter sich bereits eine feste Meinung über Ted Brautigan gebildet hatte. Wenn sie nicht mit dem Rücken an der Wand gestanden hätte, würde sie ihm Bobby niemals anvertraut haben. Nicht in einer Million Jahren.

Sie öffnete ihre Handtasche und holte einen schlichten weißen Umschlag heraus. »Da sind zehn Dollar drin«, sagte sie und gab Ted den Umschlag. »Ihr werdet mindestens einmal auswärts essen wollen, nehme ich an – Bobby mag den Colony Diner, wenn Sie damit einverstanden sind –, und vielleicht wollt ihr euch auch einen Film ansehen. Ich weiß nicht, was sonst noch sein könnte, aber am besten, man hat ein kleines Polster, finden Sie nicht?«

»Vorsicht ist die Mutter der Porzellankiste«, stimmte Ted zu und steckte den Umschlag vorsichtig in die vordere Tasche seiner Hose, »aber ich glaube nicht, daß wir in den drei Tagen auch nur annähernd zehn Dollar durchbringen werden. Oder was meinst du, Bobby?«

»Herrje, nein, ich wüßte nicht, wie.«

»Spare in der Zeit, so hast du in der Not«, sagte Liz – ein weiterer Lieblingsspruch, gleich neben *Der Narr und sein Geld sind bald geschiedene Leute*. Sie zupfte sich eine Zigarette aus der Packung auf dem Tisch neben dem Sofa und zündete sie mit einer nicht ganz ruhigen Hand an. »Ihr kommt schon zurecht. Wahrscheinlich werdet ihr eine schönere Zeit verleben als ich.«

Bobby schaute auf ihre schartigen, abgekauten Fingernägel und dachte: *Soviel steht fest*.

Seine Mom und die anderen würden mit Mr. Bidermans Wagen nach Providence fahren, und am nächsten Morgen standen Liz und Bobby Garfield um sieben Uhr auf der Veranda und warteten auf sie. Die Luft hatte jene frühe, dunstige Stille, die bedeutete, daß die heißen Tage des Sommers angebrochen waren. Von der Asher Avenue drang das Hupen und Brummen des starken Verkehrs herüber – Leute, die auf dem Weg zur Arbeit waren –, aber hier unten auf der Broad Street fuhr nur hin und wieder ein Pkw oder ein Lieferwagen vorbei. Bobby hörte das *hischa-hischa* der Rasensprenkler und das endlose *ruup-ruup-ruup* von Bowser auf der anderen Seite des Blocks. Bowser klang immer gleich, ob es nun Juni oder Januar war; für Bobby Garfield schien Bowser so unveränderlich zu sein wie der liebe Gott.

»Du mußt nicht hier draußen mit mir warten«, sagte Liz. Sie trug einen leichten Mantel und rauchte eine Zigarette. Sie hatte ein bißchen mehr Make-up aufgelegt als sonst, aber

Bobby glaubte trotzdem, Schatten unter ihren Augen zu erkennen – sie hatte wieder eine schlaflose Nacht verbracht.

»Macht mir nichts aus.«

»Ich hoffe, es ist in Ordnung, daß ich dich mit ihm allein lasse.«

»Wenn du dir doch bloß nicht immer Sorgen machen würdest. Ted ist in Ordnung, Mom.«

Sie schnaubte leise.

Unten am Fuß des Hügels blitzte Chrom auf, als Mr. Bidermans Mercury (nicht direkt vulgär, aber trotzdem ein echtes Schlachtschiff) aus der Commonwealth in ihre Straße einbog und zur Nummer 149 heraufkam.

»Da ist er, da ist er«, sagte seine Mom. Ihre Stimme klang nervös und aufgeregt. Sie bückte sich. »Gib mir einen kleinen Schmatz, Bobby. Ich will dich nicht küssen und mir den Lippenstift verschmieren.«

Bobby legte ihr die Hand auf den Arm und küßte sie leicht auf die Wange. Er roch ihr Haar, ihr Parfüm, ihren Gesichtspuder. Er würde sie nie wieder mit derselben von keinem Schatten getrübten Liebe küssen.

Sie schenkte ihm ein vages kleines Lächeln, ohne ihn anzusehen, und schaute statt dessen zu Mr. Bidermans Mercury-Schlachtschiff hinüber, das anmutig über die Straße glitt und am Randstein vor ihrem Haus hielt. Sie streckte die Hände nach ihren beiden Koffern aus (zwei waren ganz schön viel für zwei Tage, fand Bobby. Vermutlich nahm das elegante Kleid viel Platz in einem davon ein), aber er hatte die Griffe bereits gepackt.

»Die sind zu schwer, Bobby – du wirst auf den Stufen stolpern.«

»Nein«, sagte er. »Werde ich nicht.«

Sie warf ihm einen besorgten Blick zu, winkte dann Mr. Biderman und stöckelte klackernd zum Wagen. Bobby folgte ihr. Er gab sich Mühe, nicht das Gesicht zu verziehen, obwohl die Koffer wirklich verdammt schwer waren … was hatte sie da bloß drin, Kleider oder Steine?

Wenigstens schaffte er es, sie auf den Bürgersteig hinauszuschleppen, ohne anhalten und sich ausruhen zu müssen. Mr.

Biderman war inzwischen ausgestiegen. Er gab seiner Mutter einen flüchtigen Kuß auf die Wange und schüttelte dann den Schlüssel für den Kofferraum heraus.

»Na, wie geht's, Sportsfreund, wie läuft's denn so?« Mr. Biderman nannte Bobby immer Sportsfreund. »Trag sie nach hinten, dann stell ich sie rein. Frauen müssen immer den kompletten Hausstand mitnehmen, was? Na, du kennst ja das alte Sprichwort – man kann nicht mit ihnen leben, man kann sie auch nicht erschießen, jedenfalls nicht außerhalb von Montana.« Er bleckte die Zähne zu einem Grinsen, das Bobby an Jack in *Herr der Fliegen* erinnerte. »Soll ich dir einen abnehmen?«

»Ich hab sie schon«, sagte Bobby. Er stapfte grimmig und mit schmerzenden Schultern hinter Mr. Biderman drein; sein Nacken brannte, und er begann zu schwitzen.

Mr. Biderman machte den Kofferraum auf, nahm Bobby die Koffer ab und schob sie zum übrigen Gepäck hinein. Neben ihnen schaute seine Mutter ins rückwärtige Seitenfenster und sprach mit den beiden anderen Männern, die mitfuhren. Sie lachte über etwas, das einer von ihnen sagte. Für Bobby klang das Lachen ungefähr so echt wie ein Holzbein.

Mr. Biderman schloß den Kofferraum und schaute zu Bobby hinunter. Er war ein schmächtiger Mann mit breitem Gesicht. Seine Wangen waren ständig gerötet. Man konnte seine rosa Kopfhaut in den Rillen sehen, die die Zähne seines Kamms hinterlassen hatten. Er trug eine Brille mit Goldrand und kleinen runden Gläsern. Für Bobby sah sein Lächeln so echt aus, wie das Lachen seiner Mutter geklungen hatte.

»Spielst du diesen Sommer Baseball, Sportsfreund?« Don Biderman bog die Knie ein bißchen durch und schwang einen imaginären Schläger. Bobby fand, daß er wie ein Vollidiot aussah.

»Ja, Sir. Ich bin bei den Wolves im Sterling House. Ich hatte gehofft, ich würde es zu den Lions schaffen, aber ...«

»Gut. Gut.« Mr. Biderman schaute demonstrativ auf seine Armbanduhr – das breite goldene Gliederarmband blitzte im frühmorgendlichen Sonnenschein – und tätschelte Bobby dann die Wange. Bobby mußte eine bewußte Anstrengung unternehmen, um nicht vor der Berührung zurückzuweichen. »Tja, wir müssen die Kompanie jetzt mal in Marsch setzen! Laß es locker angehen, Sportsfreund. Danke, daß du uns deine Mutter ausleihst.«

Er wandte sich ab und geleitete Liz um den Mercury herum zur Beifahrerseite. Dabei legte er ihr eine Hand auf den Rücken. Das gefiel Bobby noch weniger, als mitanzusehen, wie der Kerl sie auf die Wange küßte. Er warf einen Blick auf die beleibten Männer mit ihren Anzügen im Fond – Dean hieß der andere, jetzt fiel es ihm wieder ein – und sah gerade noch, wie sie sich mit dem Ellbogen anstießen. Beide grinsten.

Irgendwas stimmt hier nicht, dachte Bobby, und als Mr. Biderman seiner Mutter die Beifahrertür aufmachte, als sie sich leise bedankte, hineinschlüpfte und dabei ihr Kleid ein bißchen raffte, damit es nicht knitterte, verspürte er den Drang, ihr zu sagen, sie solle nicht mitfahren, Rhode Island sei zu weit weg, *Bridgeport* sei schon zu weit weg, sie solle zu Hause bleiben.

Er sagte jedoch nichts, sondern stand nur am Randstein, während Mr. Biderman ihre Tür schloß und wieder zur Fahrerseite herumging. Er öffnete dort die Tür, hielt inne und führte dann wieder seine dämliche Batter-Pantomime auf. Diesmal fügte er noch ein idiotisches Wackeln mit dem Hintern hinzu. *Was für ein blöder Wichser*, dachte Bobby.

»Tu nichts, was ich nicht tun würde, Sportsfreund«, sagte er.

»Und wenn doch, dann nenn es nach mir«, rief Cushman vom Rücksitz. Bobby wußte nicht, was das bedeutete, aber es mußte komisch gewesen sein, denn Dean lachte, und Mr. Biderman zwinkerte ihm ein ›Kleiner Scherz unter uns Männern‹ zu.

Seine Mutter lehnte sich zu ihm heraus. »Benimm dich anständig, Bobby«, sagte sie. »Ich bin Donnerstag abend so gegen acht zurück – nicht später als zehn. Bist du sicher, daß du damit klarkommst?«

Nein, damit komm ich überhaupt nicht klar. Fahr nicht mit ihnen weg, Mom, fahr nicht mit Mr. Biderman und diesen beiden grinsenden Vollidioten hinter dir weg! Diesen beiden Wichsern. Bitte nicht.

»Na klar tut er das«, sagte Mr. Biderman. »Er ist doch kein Spielverderber, stimmt's, Sportsfreund?«

»Bobby?« fragte sie, ohne Mr. Biderman anzusehen. »Ist alles klar?«

»Ja«, sagte er. »Ich bin kein Spielverderber.«

Mr. Biderman brüllte vor Lachen – *Stecht das Schwein ab, macht es tot*, dachte Bobby – und setzte den Mercury in Bewegung. »Providence, wir kommen!« rief er, und der Wagen rollte von der Bordsteinkante weg, glitt zur anderen Seite der Broad Street hinüber und steuerte auf die Asher zu. Bobby stand auf dem Bürgersteig und winkte, während der Mercury an Carols und Sully-Johns Haus vorbeifuhr. Er fühlte sich, als hätte er einen Knochen im Herzen. Wenn dies eine Art Vorahnung war – eine Intuition –, dann wollte er nie wieder eine haben.

Eine Hand legte sich auf seine Schulter. Er schaute sich um und sah Ted in Bademantel und Pantoffeln hinter sich stehen, eine Zigarette in der Hand. Seine Haare, die ihre morgendliche Begegnung mit der Bürste noch vor sich hatten, standen um die Ohren herum in komischen weißen Büscheln ab.

»Das war also der Boß«, sagte er. »Mr.... Bidermeyer, stimmt's?«

»Bider*man*.«

»Und, magst du ihn, Bobby?«

Leise und bitter, aber mit klarer Stimme sagte Bobby: »Ich traue ihm ungefähr so weit über den Weg, wie ich ein Klavier werfen könnte.«

VI. Ein alter Lustmolch. Teds Auflauf. Ein böser Traum. *Dorf der Verdammten*. Da unten.

Etwa eine Stunde, nachdem er sich von seiner Mutter verabschiedet hatte, ging Bobby zum Platz B hinter dem Sterling House. Bis zum Nachmittag fanden keine richtigen Spiele statt, es wurden nur Schlagtechniken geübt, aber selbst das war besser als gar nichts. Auf Platz A im Norden murksten kleine Kinder mit einem Spiel herum, das vage Ähnlichkeit mit Baseball hatte; auf Platz C im Süden spielten ein paar High-School-Kids etwas, das fast der wahre Jakob war.

Kurz nachdem die Uhr auf dem Marktplatz zwölf geschlagen hatte und die Jungen losgerannt waren, um den Hot-dog-Wagen zu suchen, fragte Bill Pratt: »Wer ist der komische Typ da drüben?«

Er zeigte auf eine Bank im Schatten, und obwohl Ted einen Trenchcoat, einen alten Filzhut und eine dunkle Sonnenbrille trug, erkannte Bobby ihn sofort. Vermutlich hätte S-J ihn ebenfalls erkannt, wenn er nicht in Camp Winnie gewesen wäre. Bobby hätte fast eine Hand gehoben und gewinkt, aber dann ließ er es bleiben, weil Ted verkleidet war. Trotzdem war er hergekommen, um seinen Freund aus dem Erdgeschoß Baseball spielen zu sehen. Obwohl es kein richtiges Spiel war, merkte Bobby, wie sich ein absurd großer Kloß in seinem Hals bildete. Seine Mom war in den zwei Jahren, die er nun schon spielte, nur ein einziges Mal gekommen, um ihm zuzusehen – letzten August, als sein Team bei der Drei-Städte-Meisterschaft dabeigewesen war –, und selbst da war sie beim vierten Inning gegangen, bevor Bobby den Ball zu dem Triple schlug, der sich als spielentscheidend erwies. *Einer muß hier ja arbeiten, Bobby-O,* hätte sie erwidert, wenn er es gewagt hätte, sie deswegen zu kritisieren. *Dein Vater hat uns nicht gerade ein Vermögen hinterlassen, weißt du.* Es stimmte natürlich – sie mußte arbeiten, und Ted war pensioniert. Aber Ted mußte sich vor den niederen Männern mit den gelben Mänteln verbergen, und das war ein Fulltime-Job. Daß sie nicht existierten, spielte keine Rolle. Ted *glaubte* es … aber er war trotzdem gekommen, um ihn spielen zu sehen.

»Wahrscheinlich irgendein alter Lustmolch, der sich von einem der Kleinen einen ablutschen lassen will«, sagte Harry Shaw. Harry war klein und zäh, ein Junge, der mit meilenweit vorgerecktem Kinn durchs Leben ging. Während Bobby mit Bill und Harry zusammen war, sehnte er sich auf einmal nach Sully-John, der Montag früh mit dem Bus nach Camp Winnie gefahren war (um fünf Uhr morgens, geradezu hirnerweichend früh). S-J geriet nur selten in Rage, und er war freundlich. Manchmal dachte Bobby, daß dies das Beste an Sully war – er war freundlich.

Von Platz C kam das saftige Knallen eines Schlägers – das respekteinflößende Geräusch eines Volltreffers, das noch keiner der Jungs auf Platz B hervorbringen konnte. Es wurde von wüstem Beifallsgebrüll begleitet, und Bill, Harry und Bobby schauten ein wenig nervös in diese Richtung.

»Jungs von St. Gabe's«, sagte Bill. »Die denken, Platz C gehört ihnen.«

»Dreckige Kath'liken«, sagte Harry. »Kath'liken sind Feiglinge – ich könnt's mit jedem von denen aufnehmen.«

»Wie wär's mit fünfzehn oder zwanzig?« fragte Bill, und Harry schwieg. Ein Stück weiter vorn stand der Hot-dog-Wagen, glitzernd wie ein Spiegel. Bobby betastete den Dollar in seiner Tasche. Ted hatte ihn aus dem Umschlag von Bobbys Mutter genommen, hatte ihm den Geldschein gegeben, den Umschlag dann hinter den Toaster gelegt und Bobby erklärt, er solle sich nehmen, was er brauche, wenn er es brauche. Bobby fühlte sich geradezu geadelt von diesem Ausmaß an Vertrauen.

»Sehen wir's mal von der positiven Seite«, sagte Bill. »Vielleicht verprügeln die Jungs von St. Gabe's den alten Lustmolch.«

Beim Wagen angelangt, kaufte sich Bobby nur einen Hot dog statt der geplanten zwei. Sein Appetit schien geschrumpft zu sein. Als sie zu Platz B zurückkamen, wo die Trainer der Wolves jetzt mit dem Ausrüstungskarren erschienen waren, war die Bank, auf der Ted gesessen hatte, leer.

»Kommt her, kommt her!« rief Coach Terrell und klatschte in die Hände. »Wer will 'n bißchen Baseball spielen?«

An diesem Abend bereitete Ted im Backofen der Garfields seinen berühmten Auflauf zu. Das bedeutete weitere Würstchen, aber im Sommer des Jahres 1960 hätte Bobby Garfield dreimal am Tag Würstchen essen können, und noch eine Portion zum Schlafengehen obendrein.

Er las Ted aus der Zeitung vor, während Ted das Abendessen machte. Ted wollte nur ein paar Absätze über den bevorstehenden Rückkampf Patterson gegen Johansson hören, den jedermann den Kampf des Jahrhunderts nannte, dafür aber jedes Wort des Artikels über den morgigen Kampf von Albini gegen Haywood im New Yorker Madison Square Garden. Bobby fand das ein wenig absonderlich, aber er war zu glücklich, um sich auch nur dazu zu äußern, geschweige denn, sich darüber zu beklagen.

Er konnte sich nicht erinnern, jemals einen Abend ohne seine Mutter verbracht zu haben, und er vermißte sie, aber gleichzeitig war er auch erleichtert, daß sie für eine Weile weg war. In der Wohnung hatte seit Wochen, vielleicht sogar schon seit Monaten eine seltsame Spannung geherrscht. Es war wie ein elektrisches Summen, derart konstant, daß man sich dran gewöhnte und erst merkte, wie sehr es zu einem normalen Bestandteil des Lebens geworden war, wenn es plötzlich fehlte. Dieser Gedanke rief ihm eine andere Redensart seiner Mutter ins Gedächtnis.

»Na, was geht dir denn gerade durch den Kopf?« fragte Ted, als Bobby herüberkam, um die Teller zu holen.

»Daß Abwechslung Wunder wirkt«, antwortete Bobby. »Das sagt meine Mom immer. Ich hoffe, sie hat eine genauso tolle Zeit wie ich.«

»Das hoffe ich auch, Bobby«, sagte Ted. Er bückte sich, machte den Backofen auf und warf einen prüfenden Blick auf ihr Abendessen. »Das hoffe ich auch.«

Der Auflauf war großartig, mit Dosenbohnen von B&M – die einzigen, die Bobby wirklich mochte – und exotischen, pikanten Würstchen, die nicht aus dem Supermarkt stammten, sondern von dem Metzger in der Nähe des Marktplatzes. (Bobby nahm an, daß Ted sie in seiner »Verkleidung« gekauft hatte.) Dazu gab es eine Meerrettichsoße, die im Mund zubiß und einem den Schweiß auf die Stirn trieb. Ted aß zwei Portionen; Bobby aß drei und spülte sie mit etlichen Gläsern Kool-Aid mit Grapefruitgeschmack hinunter.

Ted hatte während des Essens einen Aussetzer. Zuerst sagte er, er könne *sie* hinter seinen Augäpfeln spüren, dann verfiel er entweder in eine fremde Sprache oder in glattes Kauderwelsch, aber es dauerte nicht lange und verdarb Bobby nicht im geringsten den Appetit. Die Trancephasen gehörten zu Ted, das war alles, ebenso wie sein schlurfender Gang und die Nikotinflecken zwischen den ersten beiden Fingern der rechten Hand.

Sie räumten zusammen auf; Ted stellte den restlichen Auflauf in den Kühlschrank und spülte das Geschirr, Bobby trocknete ab und räumte alles weg, weil er wußte, wohin es gehörte.

»Hast du Lust, morgen mit mir nach Bridgeport zu fahren?« fragte Ted, während sie arbeiteten. »Wir könnten ins Kino gehen – in die erste Nachmittagsvorstellung –, und dann muß ich was erledigen.«

»Ja, klar!« sagte Bobby. »Was wollen Sie sich denn anschauen?«

»Ich bin offen für Vorschläge, aber ich dachte, vielleicht *Dorf der Verdammten*, ein britischer Film. Er basiert auf einem sehr schönen Science-fiction-Roman von John Wyndham. Wäre dir das recht?«

Zuerst war Bobby so aufgeregt, daß er kein Wort herausbekam. Er hatte die Werbung für *Dorf der Verdammten* in der Zeitung gesehen – all diese unheimlich aussehenden Kinder mit den leuchtenden Augen –, hatte aber nicht geglaubt, daß er den Film wirklich jemals zu sehen kriegen würde. Es war jedenfalls keiner der Filme, die in den Samstagnachmittagsvorstellungen im Harwich auf dem Marktplatz oder im Asher Empire gezeigt wurden. Dort liefen meistens Monsterfilme mit riesigen Insekten, Western oder Kriegsfilme mit Audie Murphy. Und seine Mutter nahm ihn zwar für gewöhnlich mit, wenn sie in eine Abendvorstellung ging, aber sie mochte keine Science-fiction (Liz schwärmte für trübsinnige Liebesgeschichten wie *Das Dunkel am Ende der Treppe*). Außerdem waren die Kinos in Bridgeport anders als das angestaubte alte Harwich oder das irgendwie nüchterne Empire mit seinem schlichten, schmucklosen Vordach. Die Kinos in Bridgeport waren wie Zauberschlösser – sie hatten riesige Leinwände (reichlich Falten werfende Samtvorhänge bedeckten sie zwischen den Vorstellungen), Decken, an denen winzige Lämpchen in galaktischer Überfülle blinkten, strahlend helle elektrische Wandleuchter ... und *zwei* Ränge.

»Bobby?«

»Und ob!« sagte er schließlich und dachte, daß er heute nacht wahrscheinlich kein Auge zutun würde. »Das wäre echt toll. Aber haben Sie keine Angst, daß ... Sie wissen schon ...«

»Wir fahren mit dem Taxi, nicht mit dem Bus. Und später kann ich ein anderes Taxi rufen, das uns nach Hause bringt. Es wird schon nichts passieren. Ich glaube, sie entfernen sich jetzt sowieso. Ich spüre sie nicht mehr so deutlich.«

Aber Ted wandte bei diesen Worten den Blick ab, und für Bobby sah er wie ein Mann aus, der sich eine Geschichte einzureden versucht, die er nicht so recht glaubte. Wenn die zunehmende Häufigkeit seiner Aussetzer etwas zu bedeuten hatte, dachte Bobby, dann hatte er allen Grund, so auszusehen.

Hör auf damit, die niederen Männer existieren nicht, sie sind nicht realer als Flash Gordon und Dale Arden. Die Dinge, nach denen du für ihn Ausschau halten sollst, sind nur ... nur Dinge. *Merk dir das, Bobby-O: nur ganz normale* Dinge.

Nachdem das Abendessen weggeräumt war, setzten sie sich beide vor den Fernseher und sahen sich *Bronco* mit Ty Hardin an. Die Serie gehörte nicht zu den besten der sogenannten »Westernserien für Erwachsene« (*Cheyenne* und *Maverick* waren die besten), aber sie war auch nicht schlecht. Mitten während der Episode ließ Bobby einen mäßig lauten Furz ertönen. Teds Auflauf tat allmählich seine Wirkung. Er warf einen verstohlenen Blick zur Seite, um sich zu vergewissern, daß Ted sich nicht die Nase zuhielt und eine Grimasse schnitt. Nein, er sah einfach nur fern und schien völlig in den Film vertieft zu sein.

Als ein Werbespot kam (irgendeine Schauspielerin, die Kühlschränke anpries), fragte Ted, ob Bobby ein Glas Kräuterlimonade wolle. Bobby bejahte. »Ich dachte, ich nehme eine von den Alka-Seltzern, die ich im Badezimmer gesehen habe, Bobby. Kann sein, daß ich ein bißchen zuviel gegessen habe.«

Als Ted aufstand, ließ er einen langen, volltönenden Furz hören, der wie ein Posaunenton klang. Bobby legte die Hände vor den Mund und kicherte. Ted warf ihm ein reumütiges Lächeln zu und ging hinaus. Bobbys Gekicher löste weitere Fürze aus, einen richtigen kleinen, trötenden Strom, und als Ted mit einem sprudelnden Glas Alka-Seltzer in einer Hand und einem Glas Kräuterlimonade mit Schaumkrone in der anderen zurückkam, lachte Bobby so heftig, daß ihm Tränen über die Wangen liefen und wie Regentropfen an seiner Kinnlade hingen.

»Das sollte helfen«, sagte Ted, und als er sich bückte, um Bobby die Kräuterlimonade zu geben, ertönte hinter ihm ein lauter Hupton. »Da ist mir gerade eine Gans aus dem Arsch geflogen«, setzte er nüchtern hinzu, und Bobby konnte sich vor Lachen nicht mehr auf dem Sessel halten. Er rutschte heraus und lag in einem knochenlosen Haufen auf dem Fußboden.

»Bin gleich wieder da«, verkündete Ted. »Wir brauchen noch was.«

Er ließ die Wohnungstür offen, so daß Bobby ihn die Treppe hinaufgehen hören konnte. Als Ted im zweiten Stock ankam, hatte Bobby es geschafft, wieder auf seinen Sessel zu krabbeln. Er glaubte nicht, daß er schon jemals in seinem Leben so gelacht hatte. Er trank ein bißchen Kräuterlimonade und furzte erneut. »Da ist mir gerade... eine Gans...« Aber er konnte den Satz nicht beenden. Er fiel in seinen Sessel zurück und brüllte vor Lachen. Sein Kopf wackelte von einer Seite zur anderen.

Die Treppe knarrte, als Ted wieder herunterkam. Als er die Wohnung betrat, hatte er seinen Ventilator mit dem säuberlich um den Fuß gewickelten Stromkabel unter einem Arm. »Deine Mutter hatte recht mit dem Ding«, sagte er. Als er sich bückte, um ihn einzustecken, flog ihm eine weitere Gans aus dem Arsch.

»Sie hat meistens recht«, sagte Bobby, und das fanden sie beide komisch. Sie saßen im Wohnzimmer, und der Ventilator drehte sich und wälzte die zunehmend würzige Luft um. Bobby dachte, wenn er nicht bald aufhörte zu lachen, würde ihm der Kopf platzen.

Als *Bronco* vorbei war (mittlerweile hatte Bobby völlig den Faden verloren), half er Ted, das Sofa auszuziehen. Das Bett, das sich darin verbarg, sah nicht besonders einladend aus, aber Liz hatte es mit ein paar überzähligen Laken und Decken zurechtgemacht, und Ted sagte, es sei schon in Ordnung. Bobby putzte sich die Zähne und schaute dann von seiner Zimmertür aus zu Ted hinüber, der am Fußende des Sofabettes saß und sich die Nachrichten ansah.

»Gute Nacht«, sagte Bobby.

Ted schaute zu ihm herüber, und Bobby dachte einen Moment lang, er würde aufstehen, durchs Zimmer kommen, ihn in den Arm nehmen und ihm vielleicht einen Kuß geben. Statt dessen deutete er einen ulkigen, unbeholfenen kleinen militärischen Gruß an. »Schlaf gut, Bobby.«

»Danke.«

Bobby machte seine Zimmertür zu, schaltete das Licht aus, legte sich ins Bett und spreizte die Beine, so daß seine Fersen zu den Ecken der Matratze zeigten. Als er ins Dunkel hinaufschaute, erinnerte er sich an den Morgen, an dem Ted ihn an den Schultern gepackt und dann die knotigen alten Hände in seinem Nacken verschränkt hatte. Er war Teds Gesicht an jenem Tag fast so nahe gekommen wie dem von Carol auf dem Riesenrad, kurz bevor sie sich geküßt hatten. An jenem Tag, an dem er Streit mit seiner Mutter gehabt hatte. Dem Tag, an dem er über das in den Katalog geklebte Geld Bescheid gewußt hatte. Und dem Tag, an dem er neunzig Cent von Mr. McQuown gewonnen hatte. *Geh einen Martini trinken*, hatte Mr. McQuown gesagt.

War das von Ted gekommen? War die Intuition davon gekommen, daß Ted ihn berührt hatte?

»Ja«, flüsterte Bobby im Dunkeln. »Ja, ich glaube, daran hat's gelegen.«

Und wenn er mich wieder so berührt?

Bobby dachte immer noch darüber nach, als er einschlief.

Er träumte, daß seine Mutter durch den Dschungel gejagt wurde – von Jack und Piggy, den Kleinen und Don Biderman, Cushman und Dean. Seine Mutter trug ihr neues »Kleider von

Lucie«-Kleid, das schwarze mit den schmalen Trägern, aber es war an verschiedenen Stellen von Dornen und Zweigen zerrissen worden. Ihre Strümpfe waren zerfetzt. Sie sahen aus wie Streifen abgestorbener Haut, die ihr von den Beinen hingen. Ihre Augen waren tiefe Schweißlöcher, in denen panische Angst schimmerte. Die Jungen, die sie jagten, waren nackt. Biderman und die anderen beiden trugen ihre Anzüge. Alle hatten rot-weiße Streifen im Gesicht; alle schwangen Speere und riefen *Stecht das Schwein ab, macht es tot! Stecht das Schwein ab, trinkt sein Blut! Stecht das Schwein ab, verstreut sein Gedärm!*

Im grauen Licht der Dämmerung erwachte er zitternd und stand auf, um zur Toilette zu gehen. Schon auf dem Rückweg ins Bett konnte er sich nicht mehr genau erinnern, was er geträumt hatte. Er schlief noch zwei Stunden, und als er erneut aufwachte, stieg ihm der leckere Duft von Schinken und Eiern in die Nase. Heller, sommerlicher Sonnenschein fiel durch sein Zimmerfenster herein, und Ted war dabei, das Frühstück zu machen.

Dorf der Verdammten war der letzte und großartigste Film in Bobby Garfields Kindheit; es war der erste und großartigste Film der Zeit, die nach der Kindheit kam – einer dunklen Zeit, in der er oft schlimme Dinge tat und immer verwirrt war, ein Bobby Garfield, den er eigentlich gar nicht kannte. Der Cop, der ihn zum ersten Mal festnahm, hatte blonde Haare, und als er ihn von dem Tante-Emma-Laden wegführte, in den Bobby eingebrochen hatte (mittlerweile lebte er mit seiner Mutter in einer Vorstadt nördlich von Boston), kamen Bobby all die blonden Kinder in *Dorf der Verdammten* in den Sinn. Der Cop hätte eine erwachsene Ausgabe von ihnen sein können.

Der Film lief im Criterion, dem Inbegriff all jener Traumpaläste in Bridgeport, an die Bobby am Vorabend gedacht hatte. Es war ein Schwarzweißfilm, aber die Kontraste waren scharf, nicht so verschwommen wie bei dem Zenith-Fernseher zu Hause, und die Bilder waren *gewaltig*. Der Ton ebenfalls, besonders die zittrige elektronische Musik, die erklang, als die Kinder von Midwich wirklich anfingen, ihre Macht einzusetzen.

Bobby war fasziniert von der Geschichte. Noch bevor die ersten fünf Minuten um waren, wußte er, daß es eine *reale* Geschichte war, so wie *Herr der Fliegen* eine reale Geschichte gewesen war. Die Figuren wirkten wie richtige Menschen, was die phantastischen Elemente noch furchterregender machte. Er vermutete, daß Sully-John sich gelangweilt hätte, außer am Schluß. S-J sah gern riesige Skorpione, die Mexico City plattwalzten, oder wie Rodan Tokio zertrampelte; darüber hinaus war sein Interesse an den »Creature Features«, wie er sie nannte, begrenzt. Aber Sully war nicht hier, und Bobby war zum ersten Mal, seit er weggefahren war, froh darüber.

Sie kamen rechtzeitig zur Ein-Uhr-Vorstellung, und das Kino war so gut wie leer. Ted (er trug seinen Filzhut und hatte seine zusammengeklappte Sonnenbrille in die Brusttasche seines Hemdes gesteckt) kaufte eine große Tüte Popcorn, eine Schachtel Weingummi, eine Cola für Bobby und eine Kräuterlimonade (natürlich!) für sich selbst. Ab und zu gab er Bobby das Popcorn oder die Bonbons, und Bobby nahm sich etwas davon, aber er merkte kaum, daß er aß, geschweige denn, *was* er aß.

Der Film begann damit, daß sämtliche Einwohner des Dorfes Midwich in England einschliefen (ein Mann, der zum Zeitpunkt des Geschehens Traktor fuhr, kam dabei ums Leben; ebenso eine Frau, die mit dem Gesicht in eine brennende Gasflamme auf ihrem Herd fiel). Das Militär wurde benachrichtigt und schickte ein Erkundungsflugzeug, das nach dem Rechten sehen sollte. Der Pilot schlief ein, sobald er in den Luftraum über Midwich eindrang; das Flugzeug stürzte ab. Ein Soldat ging mit einem Seil um den Leib zehn oder zwölf Schritte ins Dorf hinein, dann sank er in tiefen Schlaf. Als man ihn über die »Schlaflinie« zurückzog, die quer über die Landstraße gemalt worden war, wachte er sofort wieder auf.

Sämtliche Einwohner von Midwich wachten schließlich auf, und alles schien in Ordnung zu sein ... bis die Frauen des Ortes ein paar Wochen später feststellten, daß sie schwanger waren. Alte Frauen, junge Frauen, selbst Mädchen in Carol Gerbers Alter, alle waren sie schwanger, und die Babys, die sie zur Welt brachten, waren diese unheimlichen Kinder von dem Plakat, die mit den blonden Haaren und den leuchtenden Augen.

Obwohl der Film sich darüber ausschwieg, nahm Bobby an, daß die Kinder der Verdammten von irgendeinem außerirdischen Phänomen erzeugt worden sein mußten, so wie die Samenkapselleute in *Die Dämonischen*. Jedenfalls wurden sie viel schneller groß als normale Kinder, sie waren hyperintelligent und konnten Leute dazu bringen, das zu tun, was sie wollten … und sie kannten kein Erbarmen. Als ein Vater sein Kind der Verdammten bestrafen wollte, rotteten sich alle Kinder zusammen und richteten ihre Gedanken auf den feindlichen Erwachsenen (ihre Augen leuchteten, und die elektronische Musik war so pulsierend und fremdartig, daß Bobby eine Gänsehaut an den Armen bekam, während er seine Cola trank), bis der Mann sich eine Schrotflinte an den Kopf setzte und sich umbrachte (das wurde nicht gezeigt, und Bobby war froh darüber).

Der Held war George Sanders. Seine Frau gebar eins der blonden Kinder. S-J hätte sich über George lustig gemacht, ihn »schwuler Sack« oder »alter Knacker« genannt, aber für Bobby war er eine willkommene Abwechslung von Helden wie Randolph Scott, Richard Carlson und dem unvermeidlichen Audie Murphy. George war auf eine merkwürdige englische Weise wirklich irgendwie galaktisch. Um es mit den Worten von Denny Rivers zu sagen, der alte George war eine echte Granate. Er trug obercoole Krawatten und kämmte sich die Haare straff nach hinten. Er sah nicht so aus, als könnte er eine Horde Saloonrowdys verprügeln oder so, aber er war der einzige in Midwich, mit dem die Kinder der Verdammten etwas zu tun haben wollten; tatsächlich engagierten sie ihn als ihren Lehrer. Bobby konnte sich nicht vorstellen, daß Randolph Scott oder Audie Murphy einem Haufen superschlauer Kids aus dem Weltraum *irgendwas* hätte beibringen können.

Am Schluß war es auch George Sanders, der sie los wurde. Er hatte entdeckt, daß er die Kinder daran hindern konnte, seine Gedanken zu lesen – jedenfalls eine Zeitlang –, indem er sich eine Ziegelmauer vorstellte, hinter der seine allergeheimsten Gedanken verborgen waren. Und nachdem alle beschlossen hatten, daß die Kinder weg mußten (man konnte ihnen Mathematik beibringen, aber nicht, warum es schlecht war, jemanden dadurch zu bestrafen, daß man ihn über eine Klippe fahren ließ), packte Sanders eine Zeitbombe in seine Aktentasche und ging damit ins Klassenzimmer. Das war der einzige Ort, wo die Kinder – Bobby begriff auf eine verschwommene Weise, daß sie nur übernatürliche Versionen von Jack Merridew und seinen Jägern in *Herr der Fliegen* waren – sich alle gleichzeitig aufhielten.

Sie spürten, daß Sanders etwas vor ihnen verbarg. In der letzten, gräßlichen Sequenz des Films sah man Ziegelsteine aus der Mauer fliegen, die Sanders in seinem Kopf errichtet hatte; sie flogen immer schneller heraus, während die Kinder der Verdammten in ihn einzudringen und herauszufinden versuchten, was er verbarg. Zuletzt entdeckten sie das Bild der Bombe in der Aktentasche – acht oder neun Dynamitstäbe, die an einen Wecker angeschlossen waren. Man sah, wie ihre unheimlichen goldenen Augen groß wurden, als sie verstanden, aber sie hatten keine Zeit mehr, etwas zu unternehmen. Die Bombe explodierte. Bobby war schockiert, daß der Held starb – Randolph Scott starb in den Samstagnachmittagsvorstellungen im Empire nie, ebensowenig wie Audie Murphy oder Richard Carlson –, aber er begriff, daß George Sanders sein Leben zum Wohle der Allgemeinheit geopfert hatte. Und er glaubte, auch noch etwas anderes zu begreifen: Teds Aussetzer.

Während Ted und Bobby Midwich besucht hatten, war der Tag im südlichen Connecticut heiß und grell geworden. Bobby mochte die Welt nach einem wirklich guten Film ohnehin nicht besonders; eine Zeitlang kam sie ihm dann immer wie ein unfairer Scherz vor, voller Leute mit trüben Augen, kleinen Plänen und unschönen Gesichtern. Manchmal dachte er, wenn die Welt einen *Plot* hätte, wäre sie wesentlich besser.

»Brautigan und Garfield sind wieder draußen!« rief Ted aus, als sie unter dem Vordach ins Freie traten (ein Transparent mit der Aufschrift **KOMMEN SIE REIN, HIER IST ES KÜHL** hing vom Vordach herab). »Na, wie fandest du's? Hat's dir gefallen?«

»Es war toll«, sagte Bobby. »Phantabelhaft. Danke, daß Sie mich mitgenommen haben. Es war praktisch der beste Film, den ich je gesehen habe. Wie fanden Sie die Szene mit dem Dynamit? Dachten Sie, daß es ihm gelingen würde, sie reinzulegen?«

»Na ja ... denk dran, ich hatte das Buch gelesen. Wirst du's auch lesen, was meinst du?«

»Ja!« Bobby verspürte in der Tat den jähen Drang, wie der Blitz nach Harwich zurückzukehren, im heißen Sonnenschein die ganze Strecke über die Connecticut Pike und die Asher Avenue zu Fuß zurückzulaufen, um sich mit seinem neuen Leserausweis für Erwachsene sofort *Es geschah am Tage X* auszuleihen. »Hat er noch mehr Science-fiction-Storys geschrieben?«

»John Wyndham? O ja, eine ganze Menge. Und er wird sicher noch mehr schreiben. Ein Gutes an Science-fiction- und Krimi-Autoren ist, daß sie selten fünf Jahre zwischen zwei Büchern verstreichen lassen. Das ist das Privileg seriöser Schriftsteller, die Whisky trinken und Affären haben.«

»Sind die anderen auch so gut wie das, was wir gerade gesehen haben?«

»*Die Triffids* ist genauso gut. Und *Wenn der Krake erwacht* ist noch besser.«

»Was ist ein Krake?«

Sie hatten eine Straßenecke erreicht und warteten darauf, daß die Ampel umsprang. Ted machte ein unheimliches Gesicht mit weit aufgerissenen Augen und bückte sich mit den Händen auf den Knien zu Bobby herunter. »Ein *Monstah*«, sagte er in einer ziemlich guten Boris-Karloff-Imitation.

Sie gingen weiter und unterhielten sich zuerst über den Film, dann darüber, ob es wirklich Leben im Weltraum geben könne oder nicht, und wandten sich schließlich den obercoolen Krawatten zu, die George Sanders in dem Film getragen hatte (Ted erklärte ihm, daß solche Krawatten Plastrons hießen). Als Bobby wieder Notiz von seiner Umgebung nahm, befanden sie sich in einem Teil von Bridgeport, in dem er noch nie gewesen war – wenn er mit seiner Mom in die Stadt fuhr, blieben sie in der Innenstadt, wo die großen Geschäfte waren. Die Läden hier waren klein und standen dicht an dicht. Nirgends gab es die Dinge, die in den großen Kaufhäusern angeboten wurden: Kleider, Haushaltsgeräte, Schuhe und Spielzeug. Bobby sah Schilder von Schlossern, Wechselstuben und Secondhand-Buchläden. ROD'S GUNS stand auf einem Schild, WO FAT NOODLE CO. auf einem anderen, FOTOARBEITEN auf einem dritten. Neben WO FAT war ein Laden, in dem es SPEZIELLE SOUVENIRS gab. Diese Straße hatte eine seltsame Ähnlichkeit mit dem Mittelgang in Savin Rock – die Ähnlichkeit war so stark, daß Bobby beinahe damit rechnete, den Monte-Mann mit seinem behelfsmäßigen Tisch und den Karten mit der krebsroten Rückseite an einer Straßenecke stehen zu sehen.

Boby versuchte, einen Blick ins Schaufenster von SPEZIELLE SOUVENIRS zu werfen, als sie daran vorbeigingen, aber es wurde von einem großen Bambusrollo verdeckt. Er hatte noch nie von einem Laden gehört, der sein Schaufenster während der Geschäftszeiten verhängte. »Was meinen Sie, wer ein spezielles Souvenir aus Bridgeport kaufen würde?«

»Also, ich glaube, da gibt es in Wirklichkeit gar keine Souvenirs«, sagte Ted. »Vermutlich verkaufen sie Sachen, die was mit Sex zu tun haben und nur zu einem geringen Teil ganz legal sind.«

Bobby hatte Fragen dazu – etwa eine Milliarde –, hielt es aber für das beste, den Mund zu halten. Vor einer Pfandleihe mit drei goldenen Kugeln über der Tür blieb er stehen und sah sich ein Dutzend Rasiermesser an, die mit teilweise geöffneten Klingen auf Samt ausgelegt waren. Man hatte sie im Kreis angeordnet, und das Ergebnis war seltsam und (in Bobbys Augen) schön: Sie sahen aus, als wären sie aus einer tödlichen Maschine ausgebaut worden. Überdies waren ihre Griffe viel exotischer als der Griff des Rasiermessers, das Ted benutzte. Einer wirkte wie Elfenbein, ein anderer wie ein Rubin mit feinen goldenen Linien darin, ein dritter wie Kristall.

»Wenn Sie sich so eins kauften, würden Sie sich aber stilvoll rasieren, was?« sagte Bobby.

Er dachte, Ted würde lächeln, aber das tat er nicht. »Wenn jemand sich so ein Rasiermesser kauft, dann nicht, um sich damit zu rasieren, Bobby.«

»Sondern?«

Ted wollte es ihm nicht sagen, kaufte ihm aber in einem griechischen Feinkostgeschäft ein Sandwich, das sich Gyros nannte. Es war ein zusammengeklapptes Stück selbstgebackenes Brot mit Füllung, aus dem eine dubiose weiße Soße tropfte, die für Bobby einige Ähnlichkeit mit Pickel-Eiter hatte. Er zwang sich, es zu probieren, weil Ted sagte, es sei gut. Es erwies sich als das beste Sandwich, das er je gegessen hatte, fleischig wie ein Hot dog oder ein Hamburger aus dem Colony Diner, aber mit einem exotischen Geschmack, den kein Hamburger oder Hot dog je gehabt hatte. Und es war toll, draußen auf dem Bürgersteig zu essen, während er mit seinem Freund gemächlich dahinpromenierte, sich die Leute ansah und von ihnen angesehen wurde.

»Wie heißt dieser Stadtteil?« fragte Bobby. »Hat er einen Namen?«

»Heutzutage, wer weiß?« sagte Ted achselzuckend. »Früher hieß er mal Greektown. Dann kamen die Italiener, die Puertoricaner und jetzt die Neger. Es gibt einen Schriftsteller namens David Goodis – einer, den die Lehrer am College nie lesen, ein Genie der Taschenbuchständer in den Drugstores –, der nennt ihn nur ›da unten‹. Er sagt, daß es in jeder Stadt so ein Viertel gibt, wo man Sex oder Marihuana oder einen Papagei kaufen kann, der schmutzige Worte sagt, wo die Männer auf Haustreppen sitzen und sich unterhalten, wie die Männer da drüben auf der anderen Straßenseite, wo die Frauen offenbar pausenlos ihren Kindern hinterherschreien, daß sie reinkommen sollen, wenn sie keine Tracht Prügel kriegen wollen, und wo der Wein immer in einer Papiertüte steckt.« Ted zeigte in den Rinnstein, wo tatsächlich der Hals einer Flasche Thunderbird aus einer braunen Tüte ragte. »Es ist einfach ›da unten‹, sagt Goodis, der Ort, wo man keinen Nachnamen braucht und so gut wie alles kaufen kann, wenn man Bargeld in der Tasche hat.«

Da unten, dachte Bobby und musterte ein Trio von Teenagern mit olivbrauner Haut, die Bandenjacken trugen und ihrerseits Bobby und Ted musterten, während sie vorbeigingen. *Das ist das Land der Rasiermesser und der speziellen Souvenirs.*

Das Criterion und Muncie's Department Store waren ihm nie so weit weg vorgekommen. Und die Broad Street? Sie und ganz Harwich hätten in einem anderen Sonnensystem liegen können.

Schließlich gelangten sie zu einem Laden namens The Corner Pocket, Pool und Karambolage, Spielautomaten, Rheingold vom Faß. Dort hing ebenfalls eins der Transparente mit der Aufschrift **KOMMEN SIE REIN, HIER IST ES KÜHL**. Als Bobby und Ted darunter hindurchgingen, kam ein junger Mann mit einem engen, schulterfreien T-Shirt und einem schokofarbenen Filzhut, wie ihn Frank Sinatra trug, zur Tür heraus. Er hatte ein langes, schmales Köfferchen in einer Hand. *Das ist sein Billard-Queue,* dachte Bobby erschrocken und erstaunt. *Er hat sein Billard-Queue in diesem Köfferchen, als ob es eine Gitarre oder so was wäre.*

»Na, gut drauf, Daddy-O?« fragte er Bobby und grinste dann. Bobby grinste zurück. Der Junge mit dem Billard-Queue formte mit dem Finger eine Pistole und zielte auf Bobby. Bobby machte ebenfalls eine Pistole mit dem Finger und zielte auf den Jungen. Der nickte, als wollte er sagen: *Ja, okay, du bist gut drauf, wir sind beide gut drauf,* und überquerte die Straße mit tanzenden Schritten, wobei er mit den Fingern seiner freien Hand zu der Musik in seinem Kopf schnippte.

Ted schaute die Straße entlang, erst in die eine, dann in die andere Richtung. Vor ihnen tollten drei Negerkinder in dem Sprühregen, der aus einem halb aufgedrehten Hydranten kam. In der Richtung, aus der sie gekommen waren, montierten zwei junge Männer – der eine weiß, der andere vielleicht Puertoricaner – die Radkappen eines alten Fords ab; sie arbeiteten mit der Schnelligkeit und Ernsthaftigkeit von Ärzten, die eine Operation durchführten. Ted schaute zu ihnen hinüber, seufzte und sah dann Bobby an. »Das Pocket ist kein Platz für einen kleinen Jungen, nicht mal am hellichten Tag, aber ich werde dich nicht hier draußen auf der Straße lassen. Komm mit.« Er nahm Bobby an der Hand und ging mit ihm hinein.

VII. Im Pocket. Sein letztes Hemd. Vor dem William Penn. Das französische Sexkätzchen.

Als erstes stieg Bobby der Biergeruch in die Nase. Er war komprimiert, als hätten die Leute hier drin schon getrunken, als die Pyramiden noch im Planungsstadium gewesen waren. Als nächstes hörte er den Ton eines Fernsehers, in dem nicht *Bandstand* lief, sondern eine der nachmittäglichen Seifenopern (»O John, o Marsha«-Sendungen, wie seine Mutter sie nannte), und das Klicken der Billardkugeln. Erst nachdem er diese Dinge registriert hatte, steuerten seine Augen ihre Informationen bei; sie hatten sich erst anpassen müssen. In dem Laden war es ziemlich schummrig.

Und er war lang, sah Bobby. Rechts von ihnen war ein bogenförmiger Durchgang und dahinter ein Raum, der beinahe endlos zu sein schien. Die meisten Billardtische waren abgedeckt, aber ein paar standen in hellen Lichtinseln; dort stolzierten Männer lässig herum und hielten hin und wieder inne, um sich zu bücken und einen Stoß auszuführen. Andere Männer saßen kaum sichtbar auf hohen Sitzen an der Wand und sahen zu. Einer ließ sich gerade die Schuhe putzen. Er sah aus, als wäre er tausend Jahre alt.

Direkt vor ihnen war ein großer Raum voller Flipperautomaten von Gottlieb: Eine Unzahl rot und orange blinkender Lämpchen tauchten ein großes Schild mit der Aufschrift WENN SIE DENSELBEN APPARAT ZWEIMAL TILTEN, MÜSSEN WIR SIE BITTEN ZU GEHEN in Bauchschmerzfarben. Ein junger Mann, der ebenfalls einen runden Filzhut trug – anscheinend die Standard-Kopfbedeckung der scharfen Motorrollertypen, die ›da unten‹ residierten –, beugte sich über einen Flipper namens »Grenzpatrouille« und bearbeitete hektisch die Knöpfe. Eine Zigarette hing ihm von der Unterlippe, und der Rauch stieg an seinem Gesicht und den Kringeln seiner zurückgekämmten Haare vorbei nach oben. Er hatte sich seine umgestülpte Jacke um die Taille gebunden.

Links vom Eingangsbereich war ein Tresen. Von dort kamen der Fernsehton und der Biergeruch. Drei Männer saßen dort, alle umgeben von leeren Barhockern, über Pilsgläser gebeugt. Sie sahen nicht wie die fröhlichen Biertrinker aus, die man in den Werbespots sah; für Bobby sahen sie aus wie die einsamsten Menschen der Welt. Er fragte sich, warum sie nicht wenigstens zusammenrückten und ein bißchen miteinander redeten.

Näher bei ihnen stand ein Kassentresen. Ein dicker Mann kam durch die Tür dahinter herein, und Bobby hörte für ein paar Sekunden das leise Gedudel eines Radios. Der dicke Mann hatte eine Zigarre im Mund und trug ein mit Palmen bedrucktes Hemd. Er schnippte mit den Fingern wie der coole Typ mit dem Billardqueue-Köfferchen und sang leise vor sich hin: »Tschu-tschu-*tschau*, tschu-tschu-ka-*tschau-tschau*, tschu-tschu-*tschau-tschau!*« Bobby erkannte die Melodie: »Tequila« von den Champs.

»Wer bist du, Kumpel?« fragte der dicke Mann Ted. »Ich kenn dich nich. Und der darf hier sowieso nich rein. Kannste nich lesen?« Er reckte einen fetten Daumen mit schmutzigem Nagel zu einem anderen Schild, das an dem Tresen hing: WER KEINE 21 IST, MUSS DRAUSSEN BLEIBEN!

»Sie kennen mich nicht, aber ich glaube, Sie kennen Jimmy Girardi«, erwiderte Ted höflich. »Er hat mir gesagt, Sie seien der Mann, mit dem ich sprechen müßte ... das heißt, wenn Sie Len Files sind.«

»Ich bin Len«, sagte der Mann. Auf einmal wirkte er erheblich freundlicher. Er streckte eine so weiße und dicke Hand aus, daß sie Bobby an die Handschuhe erinnerte, die Micky, Donald und Goofy in den Comics trugen. »Sie kennen Jimmi Gee, hm? Der gottverdammte Jimmy Gee! Tja, sein Opa ist da hinten und läßt sich die Schuhe putzen. Läßt sich heutzutage ziemlich oft die Schuhe putzen.« Len Files zwinkerte Ted zu. Ted lächelte und schüttelte dem Mann die Hand.

»Ihr Junge?« fragte Len Files und beugte sich über seinen Kassentresen, um sich Bobby genauer anzusehen. Bobby roch Sen-Sen-Minzdrops und Zigarren in seinem Atem, Schweiß an seinem Körper. Sein Hemdkragen war von Schuppen gesprenkelt.

»Er ist ein Freund«, sagte Ted, und Bobby glaubte, gleich vor Freude zu platzen. »Ich wollte ihn nicht auf der Straße lassen.«

»Gute Idee, wenn Sie kein Lösegeld für ihn zahlen wollen«, pflichtete Len Files ihm bei. »Du erinnerst mich an wen, Kleiner. Woran liegt das?«

Bobby schüttelte den Kopf. Der Gedanke, daß er jemandem ähnlich sehen könnte, den Len Files möglicherweise kannte, erschreckte ihn ein bißchen.

Der dicke Mann achtete kaum auf Bobbys Kopfschütteln. Er hatte sich aufgerichtet und sah nun wieder Ted an. »Ich kann keine Kinder hier reinlassen, Mr …?«

»Ted Brautigan.«

»Sie wissen, wie das ist, Ted. Bei jemand in meinem Gewerbe passen die Cops auf wie Schießhunde.«

»Natürlich. Aber er wird hier stehenbleiben – tust du das, Bobby?«

»Klar«, sagte Bobby.

»Und wir werden für unser Geschäft nicht lange brauchen. Aber es ist ein gutes kleines Geschäft, Mr. Files –«

»Len.«

Len, natürlich, dachte Bobby. Bloß Len. Denn hier drin war ›da unten‹.

»Wie gesagt, Len, ich habe da ein gutes Geschäft für Sie. Ich glaube, Sie werden mir zustimmen.«

»Wenn Sie Jimmy Gee kennen, wissen Sie, daß ich mich nich mit Kleckerkram abgebe«, sagte Len. »Den Kleckerkram überlaß ich den Niggern. Worum geht's also? Patterson-Johansson?«

»Albini-Haywood. Im Garden, morgen abend.«

Lens Augen wurden groß. Dann legte sich ein breites Lächeln auf seine dicken, unrasierten Wagen. »Mannomann! Das müssen wir mal 'n bißchen vertiefen.«

»Das glaube ich auch.«

Len Files kam hinter dem Kassentresen hervor, faßte Ted am Arm und setzte sich mit ihm Richtung Billardraum in Bewegung. Dann blieb er stehen und drehte sich um. »Nennt man dich Bobby, wenn du bei dir zu Hause die Füße hochlegst, Kamerad?«

»Ja, Sir.« *Ja, Sir, Bobby Garfield,* hätte er woanders gesagt … aber hier war er ›da unten‹, und er dachte, einfach nur Bobby würde genügen.

»Okay, Bobby, ich weiß, die Flipper da drin lachen dich 'scheinlich an, und 'scheinlich haste auch ein oder zwei Vierteldollar dabei, aber tu, was Adam nich getan hat, und widersteh der Versuchung. Kriegste das hin?«

»Ja, Sir.«

»Dauert nicht lange«, erklärte ihm Ted und ließ sich dann von Len Files durch den Bogengang in den Billardraum führen. Sie gingen an den Männern auf den hohen Stühlen vorbei, und Ted blieb stehen, um mit dem Mann zu sprechen, der sich die Schuhe putzen ließ. Neben Jimmy Gees Großvater wirkte Ted Brautigan jung. Der alte Mann blickte auf, und Ted sagte etwas; die beiden Männer lachten einander an. Jimmy Gees Großvater hatte ein gutes, kräftiges Lachen für so einen alten Burschen. Ted streckte beide Hände aus und tätschelte ihm mit sanfter Zuneigung die teigigen Wangen. Das brachte Jimmy Gees Großvater wieder zum Lachen. Dann ließ sich Ted von Len an den anderen Männern auf den anderen Stühlen vorbei in eine mit einem Vorhang abgeteilte Nische ziehen.

Bobby blieb wie festgewurzelt bei dem Tresen stehen, aber Len hatte nichts davon gesagt, daß er sich nicht umschauen durfte, und so tat er es – in alle Richtungen. Die Wände waren mit Reklameschildern für Bier und mit Kalenderblättern gepflastert, die dürftig bekleidete Mädchen zeigten. Eine kletterte über einen Zaun auf dem Land. Eine andere stieg aus einem Packard; ihr Rock war fast ganz hochgerutscht, so daß man ihre Strumpfbänder sah. Hinter dem Tresen waren noch mehr Schilder, die meistens irgendwas Negatives ausdrückten (WENN IHNEN UNSERE STADT NICHT GEFÄLLT, SUCHEN SIE SICH EINEN FAHRPLAN; SCHICKEN SIE KEIN KIND LOS, DAMIT ES DEN JOB EINES MANNES ERLEDIGT; SO WAS WIE EIN KOSTENLOSES MITTAGESSEN GIBT ES NICHT; WIR NEHMEN KEINE SCHECKS; KEIN KREDIT; DIE GESCHÄFTSLEITUNG HÄLT KEINE HANDTÜCHER FÜR HEULSUSEN BEREIT), sowie ein großer roter Knopf mit der Aufschrift POLIZEIRUF. An einer staubigen Drahtschlinge, die von der Decke baumelte, hingen Zellophanpackungen; auf einigen stand GINSENG ORIENTALISCHE LIEBESWURZEL, auf anderen SPANISCHE FREUDE. Bobby fragte sich, ob das irgendwelche Vitamine waren. Warum sollten sie in so einer Kaschemme Vitamine verkaufen?

Der junge Bursche im Raum mit den Spielautomaten schlug gegen die Seiten des Grenzpatrouille-Flippers, trat zurück und zeigte dem Gerät den Mittelfinger. Dann schlenderte er in den Eingangsbereich und rückte dabei seinen Hut zurecht. Bobby formte mit dem Finger eine Pistole und zielte auf ihn. Der junge Mann machte ein überraschtes Gesicht, grinste dann und zielte auf dem Weg zur Tür zurück. Unterwegs löste er die Ärmel seiner Jacke, die um seine Hüften geknotet waren.

»Hier drin darfste keine Clubjacke tragen«, sagte er, als er die Neugier in Bobbys großen Augen bemerkte. »Darfst nicht mal deine Scheiß-Farben zeigen. Hausregeln.«

»Oh.«

Der Junge lächelte und hob die Hand. Auf dem Handrücken prangte ein blauer Dreizack. »Aber ich hab das Zeichen, kleiner Bruder. Siehste?«

»Ja.« Eine Tätowierung. Bobby erblaßte vor Neid. Der Junge sah es; sein Lächeln wurde breiter, ein Grinsen mit lauter weißen Zähnen.

»Die Scheiß-Diablos, *'mano*. Der beste Club. Die Diablos ha'm auf der Straße das Sagen. Die andern sind alle Schlappschwänze.«

»Auf den Straßen hier unten.«

»Ja, genau, hier unten, wo sonst? Rock on, kleiner Bruder. Ich mag dich. Siehst irgendwie gut aus. Aber dein blöder Bürstenschnitt ist echt unter aller Kanone.« Die Tür ging auf, ein heißer Luftzug spülte die Geräusche der Straße herein, und dann war er weg.

Ein kleiner Weidenkorb auf dem Kassentresen fiel Bobby ins Auge. Er hielt ihn schräg, damit er hineinschauen konnte. Er war voller Schlüsselringe mit Plastikanhängern – roten, blauen und grünen. Bobby nahm sich einen heraus, damit er den goldenen Aufdruck lesen konnte: BILLARDSA-

LON THE CORNER POCKET. POOL, SPIELAUTOMATEN. KENMORE 8-2127.

»Na los, Kleiner! Nimm ihn.«

Bobby erschrak dermaßen, daß er den Korb mit den Schlüsselringen beinahe zu Boden gestoßen hätte. Die Frau war durch dieselbe Tür gekommen wie Len Files, und sie war noch dicker – fast so dick wie die fette Frau im Zirkus –, aber sie war auch leichtfüßig wie eine Ballerina; Bobby blickte hoch, und da war sie und ragte über ihm auf. Sie war Lens Schwester, keine Frage.

»Tut mir leid«, murmelte Bobby. Er legte den Schlüsselring, den er genommen hatte, wieder in den Korb und schubste diesen vom Rand des Tresens zurück. Er hätte es womöglich fertiggebracht, ihn über den gegenüberliegenden Rand zu befördern, wenn die dicke Frau ihn nicht mit einer Hand festgehalten hätte. Sie lächelte und sah zu Bobbys ungeheurer Erleichterung kein bißchen wütend aus.

»Im Ernst, das war nicht sarkastisch gemeint. Du solltest dir wirklich einen nehmen.« Sie hielt ihm einen Schlüsselring hin. Er hatte einen grünen Anhänger. »Es sind bloß billige kleine Dinger, aber sie sind umsonst. Wir geben sie den Leuten als Werbegeschenk. Wie Streichhölzer, weißt du, obwohl ich einem Kind keine Schachtel Streichhölzer in die Hand drücken würde. Rauchst doch nicht, oder?«

»Nein, Ma'am.«

»Schon mal gar nicht schlecht für den Anfang. Halt dich auch vom Schnaps fern. Hier. Nimm. Schlag in dieser Welt nie was aus, was du umsonst kriegst, Kleiner, soviel gibt's nicht davon.«

Bobby nahm den Schlüsselring mit dem grünen Anhänger. »Danke, Ma'am. Der ist hübsch.« Er steckte den Schlüsselring in die Tasche und wußte, daß er ihn irgendwie loswerden mußte – wenn seine Mutter so etwas fand, wäre sie nicht gerade erfreut. Sie würde zwanzig Fragen stellen, wie Sully zu sagen pflegte. Vielleicht sogar dreißig.

»Wie heißt du?«

»Bobby.«

Er wartete, um zu sehen, ob sie nach seinem Nachnamen fragen würde, und war insgeheim entzückt, als sie es nicht tat.

»Ich bin Alanna.« Sie streckte ihm eine Hand mit lauter Ringen hin, die wie die Flipperlämpchen blinkten. »Bist du mit deinem Dad hier?«

»Mit meinem *Freund*«, sagte Bobby. »Ich glaube, er wettet auf den Boxkampf zwischen Haywood und Albini.«

Alanna schaute überrascht und amüsiert zugleich drein. Sie beugte sich mit einem Finger an den roten Lippen vor und machte *Schsch*, und Bobby wehte ein starker Schnapsgeruch entgegen.

»Nimm das Wort ›wetten‹ hier drin nicht in den Mund«, ermahnte sie ihn. »Das ist ein Billardsalon. Merk dir das, dann wird dir nichts passieren.«

»Okay.«

»Du bist ein hübscher kleiner Teufel, Bobby. Und du siehst aus ...« Sie machte eine Pause. »Kann es vielleicht sein, daß ich deinen Vater kenne? Ist das möglich?«

Bobby schüttelte den Kopf, aber ein wenig unsicher – er hatte auch Len an jemanden erinnert. »Mein Dad ist tot. Er ist vor langer Zeit gestorben.« Er fügte das immer hinzu, damit die Leute nicht rührselig wurden.

»Wie hat er geheißen?« Doch bevor er es sagen konnte, sagte Alanna Files es selbst – es kam wie ein Zauberwort aus ihrem angemalten Mund. »War es Randy? Randy Garrett, Randy Greer, irgend so was?«

Einen Moment lang war Bobby dermaßen von den Socken, daß ihm die Worte fehlten. Es war, als wäre aller Atem aus seinen Lungen gesaugt worden. »Randall Garfield. Aber woher ...«

Sie lachte entzückt. Ihr Busen wogte. »Na ja, vor allem deine Haare. Aber auch die Sommersprossen ... und die kleine Sprungschanze hier ...« Sie beugte sich vor, und Bobby konnte den Ansatz weicher weißer Brüste sehen, die so groß wie Wassertonnen zu sein schienen. Sie strich ihm mit einem Finger leicht über die Nase, von oben nach unten.

»Ist er hergekommen, um Pool zu spielen?«

»Nein. Hat gesagt, er sei kein großer Sportler. Ab und zu hat er ein Bier getrunken. Und manchmal auch ...« Dann machte sie eine rasche Geste – teilte unsichtbare Karten aus. Bobby mußte an McQuown denken.

»Ja«, sagte Bobby. »Er hat nie einen Inside Straight gekriegt, der ihm nicht gefallen hätte, hab ich gehört.«

»Davon weiß ich nichts, aber er war ein netter Kerl. Er konnte am Montagabend reinkommen, wenn im Laden immer Grabesstimmung herrscht, und eine halbe Stunde später hatte er alle zum Lachen gebracht. Er hat immer so einen Song von Jo Stafford gedrückt, ich kann mich nicht mehr an den Titel erinnern, und Lennie gebeten, die Musikbox lauter zu drehen. Ein richtiges Engelchen war er, mein Kleiner, deshalb erinnere ich mich hauptsächlich an ihn; ein Engel mit roten Haaren ist ziemlich selten. Er hat nie einem Betrunkenen was zu trinken spendiert, da war er eisern, aber ansonsten hat er einem sein letztes Hemd gegeben. Man brauchte ihn bloß zu fragen.«

»Aber er hat wohl auch eine Menge Geld verloren«, sagte Bobby. Er konnte nicht glauben, daß er dieses Gespräch führte – daß er jemanden getroffen hatte, der seinen Vater kannte. Aber vermutlich kam vieles auf diese Weise ans Licht, durch reinen Zufall. Man machte einfach, was man eben so tat, kümmerte sich um seine eigenen Angelegenheiten, und auf einmal gab einem die Vergangenheit einen Knuff.

»Randy?« Sie machte ein überraschtes Gesicht. »Nee. Er ist vielleicht dreimal die Woche auf einen Drink reingekommen – weißt du, wenn er halt in der Gegend war. Er hat in Immobilien oder Versicherungen gemacht, oder er war im Verkauf oder irgend so was –«

»Immobilien«, sagte Bobby. »Es waren Immobilien.«

»– und hier unten gab's ein Büro, das er manchmal aufgesucht hat. Für gewerbliches Eigentum, schätze ich, wenn es Immobilien waren. Bist du sicher, daß es keine Arzneimittel waren?«

»Nein, Immobilien.«

»Komisch, wie die Erinnerung funktioniert«, sagte sie. »Manche Sachen bleiben klar, aber meistens geht die Zeit ins Land, und Grün wird zu Blau. Jedenfalls sind die ganzen Anzug-und-Krawatten-Firmen hier inzwischen eingegangen.

Das Viertel ist ziemlich kaputt.« Sie schüttelte traurig den Kopf.

Bobby interessierte sich nicht dafür, wie das Viertel kaputtgegangen war. »Aber *wenn* er gespielt hat, hat er verloren. Er hat immer versucht, aus Inside Straights was zu machen und solche Sachen.«

»Hat deine Mutter dir das erzählt?«

Bobby schwieg.

Alanna zuckte die Achseln. Dabei passierten überall an ihrer Vorderseite interessante Sachen. »Tja, das geht nur euch beide was an … und hey, vielleicht hat dein Dad seine Kohle ja anderswo rausgeworfen. Ich weiß nur, daß er ein- oder zweimal pro Monat mit Leuten hier gesessen hat, die er kannte, vielleicht bis Mitternacht gespielt hat und dann heimgefahren ist. Wenn er als großer Gewinner oder Verlierer gegangen wäre, würde ich mich wahrscheinlich dran erinnern. Tu ich aber nicht, deshalb hat er wohl an den meisten Abenden nicht viel mitgenommen und auch nicht viel hiergelassen. Was ihn übrigens zu einem ziemlich guten Pokerspieler macht. Besser als die meisten dahinten.« Sie verdrehte die Augen in die Richtung, in die Ted und ihr Bruder verschwunden waren.

Bobby sah sie mit wachsender Verwirrung an. *Dein Vater hat uns nicht gerade ein Vermögen hinterlassen,* lautete ein Standardsatz seiner Mutter. Da war die erloschene Versicherungspolice, der Stapel unbezahlter Rechnungen; *ich wußte so gut wie nichts,* hatte seine Mutter erst in diesem Frühling gesagt, und Bobby dachte allmählich, daß das auch auf ihn paßte: *Ich wußte so gut wie nichts.*

»Er war so ein gutaussehender Bursche, dein Dad«, sagte Alanna, »mit einer Nase wie Bob Hope und so. Ich schätze, das steht auch bei dir zu erwarten – du schlägst nach ihm. Hast du eine Freundin?«

»Ja, Ma'am.«

Waren die unbezahlten Rechnungen eine Fiktion? Konnte das sein? War die Lebensversicherungssumme in Wahrheit kassiert und irgendwo deponiert worden, vielleicht auf einem Bankkonto statt zwischen den Seiten des Sears-Katalogs? Es war irgendwie ein schrecklicher Gedanke. Bobby konnte sich nicht vorstellen, warum seine Mutter ihn in dem Glauben wiegen sollte, sein Dad sei

(*ein niederer Mann, ein niederer Mann mit roten Haaren*)

ein schlechter Mensch, wenn das gar nicht stimmte, aber etwas an dem Gedanken fühlte sich … wahr an. Sie konnte wütend werden, das war der Punkt bei seiner Mutter. Sie konnte *fuchsteufelswild* werden. Und dann konnte sie sonst was sagen. Möglicherweise hatte sein Vater – den seine Mutter kein einziges Mal »Randy« genannt hatte, so lange Bobby zurückdenken konnte – zu vielen Leuten sein letztes Hemd gegeben, so daß Liz Garfield schließlich fuchsteufelswild geworden war. Liz Garfield gab überhaupt keine Hemden weg, und ihr letztes schon gar nicht. In dieser Welt mußte man seine Hemden behalten, weil das Leben nun mal nicht fair war.

»Wie heißt sie?«

»Liz.« Er war wie betäubt, so wie vorhin, als er aus dem dunklen Kino ins helle Tageslicht hinausgetreten war.

»Wie Liz Taylor.« Alanna sah erfreut aus. »Das ist ein netter Name für eine Freundin.«

Bobby lachte ein bißchen verlegen. »Nein, meine *Mutter* heißt Liz. Meine Freundin heißt Carol.«

»Und? Hübsch?«

»Ein echt heißer Käfer«, sagte er, grinste und wackelte mit einer Hand hin und her. Zu seiner Freude lachte Alanna schallend. Sie langte über den Kassentresen – das Fleisch an ihrem Oberarm hing wie ein phantastischer Teigklumpen herab – und zwickte ihn in die Wange. Es tat ein bißchen weh, aber es gefiel ihm.

»Du bist ja ein Süßer! Kann ich dir was sagen?«

»Klar. Was denn?«

»Nur weil ein Mann gern mal ein bißchen Karten spielt, ist er noch lange nicht Attila, der Hunne. Das weißt du doch, oder?«

Bobby nickte erst zögernd, dann entschlossener.

»Deine Ma ist deine Ma, ich will nichts gegen irgendeine Ma sagen, weil ich meine nämlich geliebt hab, aber nicht jede Ma findet Kartenspielen oder Poolbillard oder … Läden wie diesen gut. Das ist ein Standpunkt, aber mehr auch nicht. Verstehst du, was ich meine?«

»Ja«, sagte Bobby. Und das stimmte. Er verstand, was sie meinte. Er fühlte sich sehr seltsam, als müßte er lachen und weinen zugleich. *Mein Dad war hier*, dachte er. Das schien zumindest für den Augenblick viel wichtiger zu sein als irgendwelche Lügen, die seine Mutter möglicherweise über ihn erzählt hatte. *Mein Dad war hier, vielleicht hat er genau da gestanden, wo ich jetzt stehe.* »Ich bin froh, daß ich ihm ähnlich sehe«, platzte er heraus.

Alanna nickte lächelnd. »Daß du hier einfach so von der Straße reinschneist... was meinst du, wie hoch stehen die Chancen?«

»Keine Ahnung. Aber danke, daß Sie mir von ihm erzählt haben. Vielen Dank.«

»Er hat diesen Song von Jo Stafford den ganzen Abend lang gespielt, wenn man ihn gelassen hat«, sagte Alanna. »Also, du bleibst jetzt schön hier stehen.«

»Ja, Ma'am.«

»Ja, *Alanna*.«

Bobby grinste. »*Alanna*.«

Sie warf ihm eine Kußhand zu, wie seine Mutter es manchmal tat, und lachte, als Bobby vorgab, den Kuß einzufangen. Dann verschwand sie wieder durch die Tür. Bobby sah eine Art Wohnzimmer dahinter. An einer Wand hing ein großes Kreuz.

Er steckte die Hand in die Tasche, schob einen Finger durch den Schlüsselring (das, dachte er, war ein spezielles Souvenir von seinem Besuch ›da unten‹) und stellte sich vor, wie er auf dem Schwinn aus dem Western Auto die Broad Street entlangfuhr. Er war auf dem Weg zum Park. Er trug einen schokofarbenen runden Filzhut, den er auf den Hinterkopf zurückgeschoben hatte. Seine Haare waren lang und zu einem Entenschwanz gekämmt – kein Bürstenschnitt mehr, damit war Schluß. Um die Taille hatte er eine Jacke mit seinen Farben drauf; auf seinem Handrücken war ein blaues Tattoo, tief eingeprägt, unauslöschlich. Am Rand von Platz B würde Carol auf ihn warten. Sie würde ihn näher kommen sehen und denken: *Oh, du verrückter Kerl*, wenn er das Schwinn in einem engen Kreis herumriß und dabei Kies in Richtung ihrer weißen Schuhe (aber nicht darauf) spritzen ließ. Verrückt, ja. Ein scharfer Motorrollertyp und ein knallharter Draufgänger.

Len Files und Ted kamen jetzt zurück. Beide sahen zufrieden aus. Len schaute sogar wie die Katze drein, die den Kanarienvogel verspeist hatte (wie Bobbys Mutter oftmals sagte). Ted blieb stehen, um noch ein paar kürzere Worte mit dem alten Mann zu wechseln, der nickte und lächelte. Als Ted und Len wieder in den Eingangsbereich kamen, lenkte Ted seine Schritte zu der Telefonnische gleich bei der Tür. Len faßte ihn am Arm und steuerte ihn statt dessen zum Kassentresen.

Während Ted dahintertrat, zerzauste Len Bobby die Haare. »Ich weiß, wem du ähnlich siehst«, sagte er. »Ist mir im Hinterzimmer wieder eingefallen. Dein Dad war ...«

»Garfield. Randy Garfield.« Bobby blickte zu Len auf, der seiner Schwester so sehr ähnelte, und dachte, wie seltsam und irgendwie auch wundervoll es doch war, auf diese Weise mit seinen eigenen Blutsverwandten verbunden zu sein. So eng verbunden, daß Leute, die einen nicht mal kannten, einen trotzdem manchmal sogar in einer großen Menschenmenge identifizieren konnten. »Mochten Sie ihn, Mr. Files?«

»Wen, Randy? Klar, war 'n dufter Typ.« Aber Len Files drückte sich ein bißchen vage aus. Bobby kam zu dem Schluß, daß er nicht auf dieselbe Weise Notiz von seinem Vater genommen hatte wie seine Schwester; Len würde sich wahrscheinlich nicht an den Jo-Stafford-Song erinnern und auch nicht daran, daß Randy Garfield einem sein letztes Hemd gegeben hätte. Er hätte einem Betrunkenen jedoch nie was zu trinken spendiert; das hätte er nicht getan. »Dein Kumpel ist auch 'n dufter Typ«, fuhr Len mit mehr Begeisterung fort. »Ich mag die feinen Leute, und die feinen Leute mögen mich, aber solche wie ihn seh ich nich oft hier drin.« Er wandte sich an Ted, der kurzsichtig im Telefonbuch herumsuchte. »Probieren Sie's mit Circle Taxi. KEnmore 6-7400.«

»Danke«, sagte Ted.

»Keine Ursache.« Len schob sich an Ted vorbei und ging durch die Tür hinter dem Tresen. Bobby erhaschte einen weiteren kurzen Blick auf das Wohnzimmer und das große Kreuz.

Als die Tür zufiel, schaute Ted zu Bobby hinüber und sagte: »Man setzt fünfhundert Dollar auf einen Boxkampf und muß nicht das Münztelefon benutzen wie die ganzen anderen Trottel. Tolle Sache, was?«

Bobby hatte das Gefühl, als wäre ihm die Luft aus den Lungen gesaugt worden. »Sie haben *fünfhundert Dollar* auf Hurricane Haywood gesetzt?«

Ted schüttelte eine Chesterfield aus seiner Packung, steckte sie in den Mund und zündete sie grinsend an. »Du lieber Gott, nein«, sagte er. »Auf Albini.«

Nachdem er das Taxi gerufen hatte, ging Ted mit Bobby zum Tresen hinüber und bestellte Kräuterlimonade für sie beide. *Er weiß nicht, daß ich eigentlich gar keine Kräuterlimonade mag*, dachte Bobby. Es schien irgendwie ein weiteres Stück in dem Puzzle zu sein – dem rätselhaften Puzzle namens Ted. Len bediente sie höchstpersönlich und sagte kein Wort mehr davon, daß Bobby nicht an der Bar sitzen solle, er sei ja ein netter kleiner Kerl, verstänkere den Laden aber mit seiner Minderjährigkeit; anscheinend war ein kostenloses Telefonat nicht das einzige, was man bekam, wenn man fünfhundert Dollar auf einen Boxkampf setzte. Und nicht einmal die aufregende Wette konnte Bobby lange von einer gewissen dumpfen Gewißheit ablenken, die ihm viel von seiner Freude darüber raubte, daß sein Vater offenbar doch kein so schlechter Kerl gewesen war. Die Wette diente dazu, Geld für eine Flucht zu beschaffen. Ted würde fortgehen.

Das Taxi war ein Checker mit geräumigem Fond. Der Fahrer war völlig in das Yankees-Spiel im Radio versunken, so sehr, daß er manchmal mit den Reportern sprach.

»Files und seine Schwester haben deinen Vater gekannt, stimmt's?« Es war eigentlich keine Frage.

»Ja. Vor allem Alanna. Sie fand, daß er ein richtig netter Kerl war.« Bobby machte eine Pause. »Aber meine Mutter findet das nicht.«

»Ich könnte mir vorstellen, daß deine Mutter eine Seite von ihm gesehen hat, die Alanna Files verborgen geblieben ist«, erwiderte Ted. »Mehr als eine. In dieser Hinsicht sind Menschen wie Diamanten, Bobby. Sie haben viele Seiten.«

»Aber Mom hat gesagt ...« Es war zu kompliziert. Sie hatte eigentlich nie irgendwas *Bestimmtes* gesagt, sondern immer nur Sachen angedeutet. Er wußte nicht, wie er Ted erklären sollte, daß seine Mutter auch ihre Seiten hatte und daß einige davon es schwermachten, die Dinge zu glauben, mit denen sie nie so richtig offen herausrückte. Und wenn man es recht bedachte, wieviel wollte er überhaupt wissen? Sein Vater war schließlich tot. Seine Mutter nicht, und mit ihr mußte er zusammenleben ... und sie mußte er lieben. Er hatte sonst niemanden, den er lieben konnte, nicht einmal Ted. Denn –

»Wann gehen Sie fort?« fragte Bobby mit leiser Stimme.

»Wenn deine Mutter wieder da ist.« Ted seufzte, schaute kurz aus dem Fenster, blickte dann auf seine Hände hinab, die auf dem übergeschlagenen Knie verschränkt waren. Er sah Bobby nicht an, noch nicht. »Wahrscheinlich am Freitag morgen. Ich kann mein Geld erst Donnerstag abend abholen. Ich kriege vier zu eins für Albini; das sind zwei Riesen. Mein guter Freund Lennie wird in New York anrufen müssen, um die Summe zu beschaffen.«

Sie überquerten eine Kanalbrücke, und ›da unten‹ war ›dort hinten‹. Jetzt waren sie in dem Teil der Stadt, in dem Bobby mit seiner Mutter unterwegs gewesen war. Die Männer auf der Straße trugen Jacken und Krawatten. Die Frauen trugen Feinstrümpfe statt Söckchen. Keine von ihnen sah wie Alanna Files aus, und Bobby glaubte auch nicht, daß viele von ihnen nach Schnaps riechen würden, wenn sie »Schsch« machten. Nicht um vier Uhr nachmittags.

»Ich weiß, warum Sie nicht auf Patterson gegen Johanssen gewettet haben«, sagte Bobby. »Sie wissen nicht, wer da gewinnen wird.«

»Ich *glaube*, daß Patterson diesmal gewinnt«, sagte Ted, »weil er diesmal auf Johanssen vorbereitet ist. Ich könnte zwei Dollar auf Floyd Patterson setzen, aber fünfhundert? Um fünfhundert zu setzen, muß man es entweder genau wissen oder verrückt sein.«

»Der Kampf Albini gegen Haywood ist eine abgekartete Sache, oder?«

Ted nickte. »Ich wußte es, als du mir vorgelesen hast, daß Kleindienst mit von der Partie ist, und ich denke, daß Albini gewinnen soll.«

»Sie haben schon auf andere Boxkämpfe gewettet, bei denen Mr. Kleindienst als Manager dabei war.«

Ted schwieg einen Moment und schaute nur aus dem Fenster. Im Radio schlug jemand einen Bodenball zu Whitey Ford, dem Pitcher, zurück. Ford fing den Ball und warf ihn zu Moose Skerron an der ersten Base. Jetzt lagen sie am Ende des achten Innings zwei Punkte zurück. Endlich sagte Ted: »Es *hätte* Haywood sein können. Es war nicht wahrscheinlich, aber möglich wär's gewesen. Dann ... hast du den alten Mann im Corner Pocket gesehen? Den auf dem Schuhputzerstuhl?«

»Klar, Sie haben ihm die Wangen getätschelt.«

»Das ist Arthur Girardi. Files läßt ihn in seinem Laden rumhängen, weil er früher mal gute Beziehungen hatte. Das glaubt Files jedenfalls – *früher* mal. Jetzt ist er bloß ein x-beliebiger alter Mann, der um zehn reinkommt, um sich die Schuhe putzen zu lassen, und es dann vergißt und um drei Uhr noch mal kommt, um sie sich noch mal putzen zu lassen. Files glaubt, daß er bloß ein alter Mann ist, der nicht mehr weiß, was läuft, wie man so sagt. Girardi läßt ihn glauben, was immer er will. Wenn Files behaupten würde, der Mond bestünde aus grünem Käse, würde Girardi ihm nicht widersprechen. Der alte Gee kommt wegen der Klimaanlage in den Laden. Und er hat immer noch gute Beziehungen.«

»Zu Jimmy Gee.«

»Zu allen möglichen Leuten.«

»Weiß Mr. Files nicht, daß der Kampf manipuliert ist?«

»Nein, garantiert nicht. Ich dachte, er wüßte es.«

»Aber der alte Gee hat's gewußt. Und er hat gewußt, welcher der beiden k. o. gehen soll.«

»Ja. Das war mein Glück. Hurricane Haywood geht in der achten Runde auf die Bretter. Und nächstes Jahr, wenn die Wetten besser stehen, ist dann Zahltag für Hurricane.«

An Bobbys elftem Geburtstag zieht Ted Brautigam *(Anthony Hopkins)* in die Dachwohnung der Garfields ein.

Der ältere Herr mit den müden Augen nimmt schnell Kontakt zu Bobby auf.

Bobby *(Anton Yelchin)* ist ein lebenslustiger, wissbegieriger Junge.

Bobby wird zu Teds Vertrautem und Freund.

Liz Garfield *(Hope Davis)*, Bobbys alleinstehende Mutter, mit der es das Schicksal nicht gut gemeint hat.

Carol Gerber *(Mikea Boorem)*, das Mädchen von nebenan.

Die Kinder verbringen viel.Zeit in der Gegenwart des älteren Mannes.

Ted wird für den Jungen zu einer Art Vaterersatz.

»Hätten Sie gewettet, wenn Mr. Girardi nicht dagewesen wäre?«

»Nein«, antwortete Ted sofort.

»Wie hätten Sie sich dann Geld beschafft? Wenn Sie fortgehen?«

Ted machte bei diesen Worten – *wenn Sie fortgehen* – ein bedrücktes Gesicht. Er schickte sich an, Bobby den Arm um die Schultern zu legen, dann bremste er sich.

»Es gibt immer jemanden, der irgendwas weiß«, sagte er.

Sie waren jetzt auf der Asher Avenue, immer noch in Bridgeport, aber nur rund anderthalb Kilometer von der Stadtgrenze von Harwich entfernt. Bobby griff nach Teds großer, nikotinfleckiger Hand, obwohl er wußte, was passieren würde.

Ted drehte die Knie zur Tür, und die Hände mit ihnen. »Lieber nicht.«

Bobby brauchte nicht zu fragen, warum. Die Leute stellten Warnschilder auf, die soviel besagten wie FRISCH GESTRICHEN – NICHT BERÜHREN, denn wenn man etwas frisch Gestrichenes anfaßte, blieb die Farbe an der Haut haften. Man konnte sie abwaschen, oder sie würde mit der Zeit von selbst abgehen, aber man würde sie trotzdem eine Weile mit sich herumtragen.

»Wohin gehen Sie?«

»Ich weiß es nicht.«

»Ich fühle mich mies«, sagte Bobby. Er spürte, wie Tränen in seinen Augenwinkeln kribbelten. »Wenn Ihnen was zustößt, ist es meine Schuld. Ich habe Sachen gesehen – die Sachen, nach denen ich Ausschau halten sollte –, aber ich hab nichts gesagt. Ich wollte nicht, daß Sie weggehen. Also hab ich mir eingeredet, Sie wären verrückt – nicht komplett, bloß in bezug auf die niederen Männer, von denen Sie verfolgt zu werden glaubten –, und ich hab nichts gesagt. Sie haben mir einen Job gegeben, und ich hab's vermasselt.«

Teds Arm hob sich erneut. Er ließ ihn sinken und begnügte sich damit, Bobby statt dessen rasch das Bein zu tätscheln. Im Yankee Stadium hatte Tony Kubek gerade dafür gesorgt, daß zwei Läufer auf den Bases zur Home Plate vorrücken konnten. Die Zuschauer flippten aus.

»Aber ich hab's gewußt«, sagte Ted sanft.

Bobby starrte ihn an. »Was? Ich verstehe nicht.«

»Ich hab gespürt, daß sie näher kamen. Deshalb bin ich so häufig in Trance gefallen. Aber ich hab mich selbst belogen, genauso wie du. Und aus denselben Gründen. Glaubst du, ich lasse dich jetzt gern allein, Bobby? Wo deine Mutter so verwirrt und unglücklich ist? Um ganz ehrlich zu sein, was sie betrifft, läßt mich das ziemlich kalt, wir verstehen uns nicht – haben uns schon vom ersten Moment an nicht verstanden –, aber sie ist deine Mutter, und –«

»Was ist los mit ihr?« fragte Bobby. Er achtete darauf, die Stimme nicht zu erheben, aber er packte Ted am Arm und schüttelte ihn. »Sagen Sie's mir! Sie wissen es, das weiß ich! Ist es Mr. Biderman? Hat es was mit Mr. Biderman zu tun?«

Ted schaute aus dem Fenster. Seine Stirn war gefurcht, die Lippen waren zusammengepreßt. Schließlich seufzte er, holte seine Zigaretten heraus und zündete sich eine an. »Bobby«, sagte er, »Mr. Biderman ist kein netter Mensch. Deine Mutter weiß das, aber sie weiß auch, daß wir uns manchmal mit Leuten gutstellen müssen, die nicht nett sind. Sie denkt, sie muß sich mit ihnen gutstellen, um zurechtzukommen, und das hat sie getan. Sie hat im letzten Jahr Sachen gemacht, auf die sie nicht stolz ist, aber sie ist vorsichtig gewesen. In mancher Hinsicht mußte sie genauso vorsichtig sein wie ich, und ob ich sie nun mag oder nicht, ich bewundere sie dafür.«

»Was hat sie gemacht? Wozu hat er sie gezwungen?« Etwas Kaltes bewegte sich in Bobbys Brust. »Warum hat Mr. Biderman sie nach Providence mitgenommen?«

»Wegen der Immobilienkonferenz.«

»Ist das alles? Ist das *alles?*«

»Ich weiß es nicht. *Sie* weiß es nicht. Oder vielleicht hat sie das, was sie weiß und fürchtet, mit ihren Hoffnungen übertüncht. Ich kann es nicht sagen. Manchmal kann ich es – manchmal weiß ich Dinge ganz unmittelbar und sehr klar. Als ich dich gesehen habe, wußte ich sofort, daß du ein Fahrrad haben wolltest, daß es dir sehr wichtig war, eins zu kriegen, und daß du dir in diesem Sommer nach Möglichkeit das Geld dafür verdienen wolltest. Ich habe deine Entschlossenheit bewundert.«

»Sie haben mich absichtlich berührt, nicht wahr?«

»Ja, tatsächlich. Beim ersten Mal jedenfalls. Ich hab's getan, um dich ein bißchen kennenzulernen. Aber Freunde bespitzeln einander nicht; wahre Freundschaft heißt auch, daß man dem anderen seine Privatsphäre läßt. Außerdem ... wenn ich jemanden anfasse, gebe ich eine Art – nun, eine Art Fenster weiter. Ich glaube, das weißt du. Als ich dich zum zweiten Mal berührt habe ... richtig berührt, dich in den Armen gehalten, du weißt schon, was ich meine ... das war ein Fehler, aber kein sonderlich schlimmer; du wußtest für kurze Zeit mehr, als du wissen solltest, aber es hat sich wieder gelegt, nicht? Doch wenn ich weitergemacht hätte ... wenn ich dich immer wieder berühren würde, wie Leute es tun, wenn sie einander nahestehen ... dann käme ein Punkt, wo sich die Dinge ändern würden. Wo es sich nicht wieder legen würde.« Er hob seine fast aufgerauchte Zigarette und sah sie angewidert an. »So wie man eine zuviel von denen hier raucht und dann sein Leben lang davon abhängig ist.«

»Geht es meiner Mutter jetzt gut?« fragte Bobby, obwohl er wußte, daß Ted ihm das nicht sagen konnte; worin Teds Gabe auch bestehen mochte, so weit ging sie nicht.

»Ich weiß es nicht. Ich –«

Ted wurde plötzlich steif. Er schaute aus dem Fenster auf etwas vor ihnen. Er drückte seine Zigarette so heftig im Aschenbecher in der Armlehne aus, daß Funken über seinen Handrücken sprühten. Er schien sie nicht zu spüren. »O Gott«, sagte er. »O Gott, Bobby, jetzt sind wir dran.«

Bobby beugte sich über seinen Schoß, um aus dem Fenster zu schauen. Im Hinterkopf dachte er immer noch darüber nach, was Ted gerade gesagt hatte – *wenn ich dich immer wieder berühren würde, wie Leute es tun, wenn sie einander nahestehen* –, während er die Asher Avenue entlangschaute.

Vor ihnen lag eine Kreuzung, in die drei Straßen einmündeten. Die Asher Avenue, die Bridgeport Avenue und die Connecticut Pike trafen auf einem Platz namens Puritan Square zusammen. Straßenbahnschienen glänzten in der Nachmittagssonne; Lieferwagen hupten ungeduldig, während sie darauf warteten, den Stau so schnell wie möglich hinter sich bringen zu können. Ein schwitzender Polizist mit einer Pfeife im Mund und weißen Handschuhen regelte den Verkehr. Links lag das William Penn Grille, ein berühmtes Restaurant, in dem es angeblich die besten Steaks in Connecticut gab (Mr. Biderman hatte die ganze Belegschaft dorthin eingeladen, nachdem das Büro das Waverley-Anwesen verkauft hatte, und Bobbys Mom war mit einem runden Dutzend William-Penn-Streichholzheftchen nach Hause gekommen). Es war vor allem deshalb berühmt, hatte seine Mom einmal erzählt, weil die Bar diesseits der Stadtgrenze von Harwich war, während das eigentliche Restaurant sich in Bridgeport befand.

Vor dem Restaurant, direkt an der Ecke des Puritan Square, stand ein DeSoto-Automobil von einem Violett, wie Bobby es noch nie gesehen hatte – er hatte noch nicht einmal *geahnt*, daß es so eine Farbe gab. Sie war so knallig, daß ihm beim Hinsehen die Augen weh taten. Der ganze *Kopf* tat ihm weh.

Ihre Wagen sind wie ihre gelben Mäntel und spitzen Schuhe und das schmierige, parfümierte Zeug, mit dem sie sich die Haare nach hinten klatschen: laut und vulgär.

Der violette Wagen war mit kühn geschwungenen und pfeilförmigen Chromleisten verziert. Die Radläufe waren verkleidet. Die Kühlerfigur war riesig; Chief DeSotos Kopf glitzerte im dunstigen Licht wie ein falsches Juwel. Die Räder waren mit dicken Weißwandreifen bestückt, und die Radkappen sahen wie Propellernasen aus. Auf dem Heck saß eine Peitschenantenne. Von ihrer Spitze hing ein Waschbärenschwanz herab.

»Die niederen Männer«, flüsterte Bobby. Es gab überhaupt keinen Zweifel. Der Wagen war ein DeSoto, sah aber gleichzeitig anders aus als alle Autos, die er je gesehen hatte; er war so fremdartig wie ein Asteroid. Als sie näher an die verstopfte Dreierkreuzung herankamen, sah Bobby, daß die Sitzbezüge von einem metallischen Libellengrün waren – die Farbe kreischte beinahe im Kontrast zu der violetten Lackierung des Wagens. Das Lenkrad hatte einen Kranz aus weißem Fell. »Heiliges Kanonenrohr, sie sind es!«

»Du mußt deinen Geist von ihnen abwenden«, sagte Ted. Er packte Bobby an den Schultern (vorn plärrten die Yankees immer weiter, der Fahrer schenkte seinen beiden Fahrgästen im Fond keinerlei Aufmerksamkeit – Gott sei Dank, das war immerhin etwas) und schüttelte ihn einmal heftig, bevor er ihn wieder losließ. »Du mußt deinen Geist von ihnen *abwenden*, verstehst du?«

Ja, er verstand. George Sanders hatte eine Ziegelwand errichtet, hinter der er seine Gedanken und Pläne vor den Kindern verbarg. Bobby hatte Maury Wills schon einmal benutzt, doch er glaubte nicht, daß Baseball es diesmal bringen würde. Aber was dann?

Drei oder vier Blocks jenseits des Puritan Square sah Bobby das Vordach des Asher Empire über den Bürgersteig hinausragen, und auf einmal hörte er das Geräusch von Sully-Johns Bolo-Bouncer: wap-wap-wap. *Wenn die Müll ist*, hatte S-J gesagt, *dann wär ich gern der Müllmann.*

Vor Bobbys geistigem Auge erschien das Plakat, das sie an jenem Tag gesehen hatten: Brigitte Bardot (die Zeitungen nannten sie *das französische Sexkätzchen*), nur mit einem Handtuch und einem Lächeln bekleidet. Sie sah ein bißchen wie die Frau aus, die auf einem der Kalenderblätter im Corner Pocket aus dem Wagen gestiegen war, diejenige mit dem hochgerutschten Rock, deren Strumpfbänder man sah. Brigitte Bardot war allerdings hübscher. Und sie war *real*. Für Bobby Garfield und seinesgleichen war sie natürlich zu alt

(*I'm so young und you're so old*, sang Paul Anka aus tausend Transistorradios, *this my darling I've been told*)

aber sie war trotzdem schön, und eine Katze konnte eine Königin anschauen, das sagte seine Mutter auch immer: Eine Katze konnte eine Königin anschauen. Bobby sah sie immer deutlicher vor sich, als er sich in den Sitz zurücklehnte, und seine Augen nahmen den gleichen abwesenden, entrückten Ausdruck an wie Teds Augen, wenn er einen seiner Aussetzer hatte; Bobby sah ihren duschfeuchten Wust blonder Haare, die Wölbung ihrer Brüste unter dem Handtuch, ihre langen Schenkel und ihre lackierten Zehennägel über den Worten »Freigegeben ab 18, nur mit Führerschein oder Geburtsurkunde«. Er roch ihre Seife – etwas Leichtes und Blumiges. Er roch

(*Nuit en Paris*)

ihr Parfüm und hörte ihr Radio im Zimmer nebenan. Es war Freddy Cannon, jene Verkörperung des Sommers in Bebop-Gestalt aus Savin Rock: »*She's dancin to the drag, the cha-cha rag-a-mop, she's stompin to the shag,* rocks *the bunny hop* ...«

Er bemerkte – undeutlich, weit weg, in einer anderen Welt, die weiter aufwärts in Drehrichtung der Spiralen des rotierenden Kreisels lag –, daß das Taxi, in dem sie saßen, direkt vor dem William Penn Grille zum Stehen gekommen war, gleich neben diesem violetten Bluterguß von einem DeSoto. Bobby hörte das Auto beinahe in seinem Kopf; wenn es eine Stimme gehabt hätte, hätte es geschrien *Erschießt mich, ich bin zu violett! Erschießt mich, ich bin zu violett!* Und nicht weit dahinter spürte er *sie.* Sie saßen im Restaurant und aßen ein frühes Steak. Beide hatten ihre Steaks englisch bestellt, blutig. Bevor sie gingen, würden sie vielleicht noch einen Anschlag, auf dem ein entlaufenes Haustier gesucht wurde, im Telefonraum anbringen oder eine handschriftliche AUTO VON PRIVAT ZU VERKAUFEN-Karte beim Barmann hinterlassen. Sie waren da drin, niedere Männer mit gelben Mänteln und weißen Schuhen, die fast rohes Rindfleisch verzehrten und zwischendurch Martinis tranken, und wenn sie ihre Gedanken in diese Richtung hinauslenkten ...

Dampf quoll aus der Dusche. BB stellte sich auf die nackten, lackierten Zehenspitzen, öffnete ihr Handtuch und verwandelte es in kurze Flügel, bevor sie es fallen ließ. Und Bobby sah, daß es gar nicht Brigitte Bardot war. Es war Carol Gerber. *Man muß ganz schön mutig sein, wenn man sich nur mit einem Handtuch um den Leib von den Leuten anstarren läßt,* hatte sie gesagt, und jetzt hatte sie sogar noch das Handtuch fallen lassen. Er sah sie, wie sie in acht oder zehn Jahren aussehen würde.

Bobby sah sie an, außerstande, den Blick abzuwenden, hilflos verliebt, versunken in den Duft ihrer Seife und ihres Parfüms, die Musik aus ihrem Radio (Freddy Cannon war den Platters gewichen – *heavenly shades of night are falling*), den Anblick ihrer kleinen, lackierten Zehennägel. Sein Herz drehte sich wie ein Kreisel, und die Linien darauf stiegen empor und verschwanden in andere Welten. Andere Welten als diese.

Das Taxi begann vorwärtszukriechen. Der viertürige violette Horror, der gleich neben dem Restaurant geparkt war (in einer Ladezone, sah Bobby, aber was kümmerte *sie* das?) glitt langsam nach hinten weg. Das Taxi blieb erneut mit einem Ruck stehen, und der Fahrer fluchte leise, als eine Straßenbahn mit lautem Klingeling über den Puritan Square fuhr. Der vulgäre DeSoto war jetzt hinter ihnen, aber die Spiegelungen seiner Chromleisten erfüllten das Taxi mit erratischen tanzenden Elritzen aus Licht. Und plötzlich fühlte Bobby eine heftige Juckattacke an der Rückseite seiner Augäpfel, gefolgt von sich windenden schwarzen Fäden, die über sein Gesichtsfeld herabfielen. Es gelang ihm, sich weiterhin auf Carol zu konzentrieren, aber jetzt schien er sie wie durch ein Interferenzfeld hindurch wahrzunehmen.

Sie spüren uns … oder sie spüren irgend etwas. Bitte, Gott, bring uns hier weg. Bitte bring uns weg.

Der Taxifahrer sah eine Lücke im Verkehr und schoß hindurch. Gleich darauf rollten sie in ordentlichem Tempo die Asher Avenue entlang. Das Jucken hinter Bobbys Augen ließ nach. Die schwarzen Fäden vor seinem geistigen Auge verschwanden, und er sah, daß das nackte Mädchen überhaupt nicht Carol war (jedenfalls nicht mehr), nicht mal Brigitte Bardot, sondern nur das Kalendermädchen aus dem Corner Pocket, das Bobby in seiner Phantasie splitternackt ausgezogen hatte. Die Musik aus ihrem Radio war verstummt. Der Geruch von Seife und Parfüm war verschwunden. Das Leben war aus ihr gewichen; sie war nur ein … ein …

»Sie ist nur ein Bild, das auf eine Ziegelmauer gemalt ist«, sagte Bobby. Er setzte sich aufrecht hin.

»Was meinste, Kleiner?« fragte der Fahrer und schaltete das Radio aus. Das Spiel war vorbei. Mel Allen, der Reporter, warb gerade für Zigaretten.

»Nichts«, sagte Bobby.

»Biss wohl eingenickt, was? Stockender Verkehr, heißer Tag … immer dasselbe, wie es in dieser Comicserie von Jimmy

Hatlo heißt. Sieht aus, als wär dein Kumpel immer noch hinüber.«

»Nein«, sagte Ted und setzte sich auf. »Der Doktor ist anwesend.« Er streckte den Rücken und zuckte zusammen, als es dort knackte. »Ich hab aber wirklich ein bißchen gedöst.« Er warf einen Blick aus dem Rückfenster, aber das William Penn Grille war jetzt außer Sicht. »Die Yankees haben gewonnen, nehme ich an?«

»Hamse fertig gemacht, die gottvahdammten Indjans«, sagte der Taxifahrer und lachte. »Versteh gah nich, wie man schlafen kann, wenn die Yankees spielen.«

Sie bogen in die Broad Street ein; zwei Minuten später hielt das Taxi vor Nr. 149. Bobby sah das Haus an, als rechnete er damit, einen andersfarbigen Anstrich oder vielleicht einen zusätzlichen Flügel zu sehen. Er hatte das Gefühl, zehn Jahre weggewesen zu sein. In gewissem Sinn war das wohl auch der Fall – hatte er nicht Carol Gerber als Erwachsene gesehen?

Ich werde sie heiraten, beschloß Bobby, als er aus dem Taxi stieg. Auf der anderen Seite des Blocks, drüben auf der Colony Street, bellte Mrs. O'Haras Hund in einem fort, als wollte er das ebenso in Abrede stellen wie alles menschliche Streben überhaupt: *ruup-ruup, ruup-ruup-ruup*.

Ted beugte sich mit der Brieftasche in der Hand zum Fenster auf der Fahrerseite hinunter. Er nahm zwei Dollarscheine heraus, überlegte kurz und legte dann noch einen dritten darauf. »Der Rest ist für Sie.«

»Sie sind 'n feiner Herr«, sagte der Taxifahrer.

»Er ist ein feiner *Kerl*«, verbesserte Bobby und grinste, als der Taxifahrer losfuhr.

»Gehen wir rein«, sagte Ted. »Hier draußen bin ich nicht sicher.«

Sie gingen die Verandatreppe hinauf, und Bobby schloß die Tür zur Eingangshalle mit seinem Schlüssel auf. Er dachte immer wieder an dieses eigenartige Jucken hinter den Augen und an die schwarzen Fäden. Die Fäden waren besonders schrecklich gewesen, so als würde man erblinden. »Haben sie uns gesehen, Ted? Oder uns gespürt oder was auch immer?«

»Das weißt du doch ... aber ich glaube nicht, daß sie wußten, wie nahe wir waren.« Während sie die Wohnung der Garfields betraten, nahm Ted seine Sonnenbrille ab und steckte sie in die Hemdtasche. »Du mußt dich gut getarnt haben. Puh! Heiß hier drin!«

»Wieso denken Sie, daß die nicht wußten, wie nahe wir waren?«

Ted hielt beim Öffnen des Fensters inne. Über die Schulter hinweg warf er Bobby einen gelassenen Blick zu. »Wenn sie es gewußt hätten, wäre dieses violette Auto direkt hinter uns gewesen, als wir hier angehalten haben.«

»Das war kein Auto«, sagte Bobby und begann ebenfalls, Fenster aufzureißen. Es nützte nicht viel; die Luft, die hereinkam und die Vorhänge in lustlose kleine Bewegungen versetzte, war fast genauso heiß wie die Luft, die den ganzen Tag in der Wohnung gefangen gewesen war. »Ich weiß nicht, was es war, aber es hat nur wie ein Auto *ausgesehen*. Und was ich von *ihnen* gespürt habe ...« Bobby fröstelte trotz der Hitze.

Ted holte seinen Ventilator, ging zu dem Fenster neben Liz' Regal mit Krimskrams hinüber und stellte ihn aufs Fensterbrett. »Sie tarnen sich, so gut sie können, aber wir spüren sie trotzdem. Selbst Leute, die keine Ahnung haben, was sie sind, nehmen sie oft gefühlsmäßig wahr. Ein bißchen von dem, was unter der Tarnung ist, sickert durch, und das ist sehr häßlich. Ich hoffe, du erfährst nie, wie häßlich.«

Bobby hoffte das ebenfalls. »Woher kommen sie, Ted?«

»Von einem dunklen Ort.«

Ted kniete sich hin, schloß seinen Ventilator an und schaltete ihn ein. Die Luft, die er in den Raum blies, war ein bißchen kühler, aber nicht so kühl wie die Luft im Corner Pocket oder im Criterion.

»Aus einer anderen Welt, wie in *Ring um die Sonne?* So ist es, hab ich recht?«

Ted lag immer noch neben der Steckdose auf den Knien. Er sah aus, als würde er beten. Bobby fand, daß er außerdem auch erschöpft wirkte – beinahe zu Tode erschöpft. Wie konnte er vor den niederen Männern weglaufen? Er erweckte nicht den Eindruck, als würde er auch nur bis zu Spicer's Variety Store kommen, ohne zu stolpern.

»Ja«, antwortete er schließlich. »Sie kommen aus einer anderen Welt. Von einem anderen Ort und aus einer anderen Zeit. Das ist alles, was ich dir sagen kann. Es wäre gefährlich für dich, wenn du mehr wüßtest.«

Aber Bobby mußte noch eine andere Frage stellen. »Sind *Sie* aus einer dieser anderen Welten gekommen?«

Ted sah ihn ernst an. *»I came from Teaneck«*, sang er.

Bobby starrte ihn einen Moment lang mit offenem Mund an, dann begann er zu lachen. Ted, der noch vor dem Ventilator kniete, stimmte mit ein.

»Woran hast du im Taxi gedacht, Bobby?« fragte Ted, als ihr Lachen endlich abebbte. »Wo bist du hingegangen, als der Ärger anfing?« Er machte eine Pause. »Was hast du gesehen?«

Bobby dachte an die zwanzigjährige Carol mit ihren pinkfarben lackierten Zehennägeln, an Carol, die nackt mit dem Handtuch zu ihren Füßen dastand, während um sie herum Dampf aufwallte. Freigegeben ab 18. Nur mit Führerschein. Keine Ausnahmen.

»Ich kann es nicht sagen«, erklärte er schließlich. »Weil ... na ja ...«

»Weil manche Sachen intim sind. Ich verstehe.« Ted stand auf. Bobby trat vor, um ihm zu helfen, aber Ted wehrte mit einer Handbewegung ab. »Vielleicht möchtest du rausgehen und eine Weile spielen«, sagte er. »Später – sagen wir, so gegen sechs? – setze ich wieder meine dunkle Brille auf, und dann drehen wir eine Runde um den Block und essen einen Happen im Colony Diner.«

»Aber keine Bohnen.«

Teds Mundwinkel zuckten im Anflug eines Lächelns. »Garantiert nicht. Bohnen sind *verboten*. Und um zehn Uhr rufe ich dann meinen Freund Fred an, um zu erfahren, wie der Kampf gelaufen ist. Hm?«

»Die niederen Männer ... suchen die jetzt auch nach mir?«

»Ich würde dich keinen Schritt vor diese Tür machen lassen, wenn ich das glauben würde«, erwiderte Ted mit überraschter Miene. »Du bist nicht in Gefahr, und ich werde dafür sorgen, daß es auch so bleibt. Na los, geh schon! Spiel ein bißchen Fangen oder Verstecken oder wozu immer du Lust hast. Ich muß ein paar Sachen erledigen. Aber sei um sechs wieder da, damit ich mir keine Sorgen mache.«

»Ist gut.«

Bobby ging in sein Zimmer und legte die vier Vierteldollarstücke, die er nach Bridgeport mitgenommen hatte, wieder in den Fahrradtopf zurück. Er schaute sich in seinem Zimmer um und sah alles mit neuen Augen: die Cowboy-Tagesdecke, das Bild von seiner Mutter an einer Wand, an einer anderen das Autogrammfoto von Clayton Moore mit seiner *Lone-Ranger*-Maske, das er für einen Haufen gesammelter Müslipackungsdeckel bekommen hatte, seine Rollschuhe (einer mit einem kaputten Riemen) in der Ecke, sein Tisch an der Wand. Das Zimmer sah jetzt kleiner aus – nicht so sehr ein Ort, zu dem man hinkam, als vielmehr einer, den man verließ. Er erkannte, daß er allmählich in seinen orangefarbenen Erwachsenen-Leserausweis hineinwuchs, und eine bittere Stimme in seinem Innern wehrte sich mit einem lauten Aufschrei dagegen. Nein, schrie sie, nein, nein, nein.

VIII. Bobby legt ein Geständnis ab. Das Gerber-Baby und das Maltex-Baby. Rionda. Teds Anruf. Der Kriegsschrei der Jäger.

Im Commonwealth Park machten die kleinen Kinder irgendein Ballspiel. Platz B war leer; auf Platz C spielten ein paar Teenager in orangefarbenen St.-Gabriel's-T-Shirts Baseball in kleinen Mannschaften ohne feste Aufstellung. Carol Gerber saß mit ihrem Springseil im Schoß auf einer Bank und sah ihnen zu. Als sie Bobby kommen sah, begann sie zu lächeln. Dann erlosch das Lächeln.

»Bobby, was hast du denn?«

Bobby hatte gar nicht richtig gemerkt, daß er *überhaupt* etwas hatte, bis Carol diese Frage stellte, aber ihre besorgte Miene rief ihm alles ins Bewußtsein, und er brach zusammen.

Es war die Realität der niederen Männer und die Angst, als sie ihnen auf dem Rückweg von Bridgeport nur so knapp entronnen waren; es war seine Sorge um seine Mutter; aber vor allem war es Ted. Er wußte ganz genau, warum Ted ihn aus dem Haus gescheucht hatte und was er in diesem Augenblick tat: Er packte seine kleinen Koffer und die Papiertüten mit den Henkeln. Sein Freund ging fort.

Bobby begann zu weinen. Er wollte vor einem Mädchen nicht total schmalzig werden, schon gar nicht vor *diesem* Mädchen, aber er war machtlos dagegen.

Carol sah ihn einen Moment lang fassungslos und geradezu ängstlich an. Dann erhob sie sich von der Bank, kam zu ihm und nahm ihn in die Arme. »Ist schon gut«, sagte sie. »Ist ja schon gut, Bobby, nicht weinen, es ist alles in Ordnung.«

Fast blind vor Tränen und bitterlicher weinend denn je – es war, als tobte ein heftiger Sommersturm in seinem Kopf –, ließ Bobby sich von ihr in ein Wäldchen führen, wo man sie von den Baseballplätzen und den Hauptwegen aus nicht sehen konnte. Carol setzte sich ins Gras, ohne ihn loszulassen, und strich mit einer Hand durch die verschwitzten Stoppeln seines Bürstenschnitts. Eine kleine Weile sagte sie gar nichts, und Bobby war unfähig zu sprechen; er konnte nur schluchzen, bis ihm der Hals weh tat und seine Augäpfel in ihren Höhlen pochten.

Schließlich wurden die Abstände zwischen den Schluchzern länger. Er setzte sich auf und wischte sich das Gesicht mit dem Arm ab, entsetzt und beschämt darüber, was er da spürte: nicht nur Tränen, sondern auch Rotz und Spucke. Er mußte sie richtig vollgeschnoddert haben.

Carol schien das nichts auszumachen. Sie berührte sein nasses Gesicht. Bobby wich vor ihren Fingern zurück, stieß einen weiteren Schluchzer aus und schaute aufs Gras hinunter. Seine von den Tränen frisch gewaschenen Augen schienen beinahe übernatürlich scharf zu sein; er konnte jeden Grashalm, jeden Löwenzahn sehen.

»Ist schon gut«, sagte sie, aber Bobby schämte sich immer noch zu sehr, um sie anzusehen.

Sie saßen eine Weile schweigend da, dann sagte Carol: »Bobby, ich möchte gern deine Freundin sein, wenn du willst.«

»Du *bist* meine Freundin«, erwiderte Bobby.

»Dann sag mir, was los ist.«

Und zu seiner eigenen Verblüffung erzählte er ihr alles, angefangen mit dem Tag, als Ted eingezogen war. Er erzählte ihr, daß seine Mutter Ted von Anfang an nicht gemocht hatte, erzählte ihr von Teds erstem Aussetzer, von den niederen Männern, von den Anzeichen für die Anwesenheit der niederen Männer. Als er zu diesem Teil kam, berührte Carol ihn am Arm.

»Was ist?« fragte er. »Glaubst du mir nicht?« Seine Kehle fühlte sich nach wie vor zu voll an und tat ein bißchen weh, wie immer nach einem Weinkrampf, aber es wurde schon besser. Wenn sie ihm nicht glaubte, wäre er ihr nicht böse. Er würde es ihr kein bißchen verübeln. Es war einfach eine ungeheure Erleichterung, es sich von der Seele zu reden. »Das macht nichts. Ich weiß, wie verrückt es –«

»Ich hab diese komischen Himmel-und-Hölle-Spiele überall in der Stadt gesehen«, sagte sie. »Yvonne und Angie auch. Wir haben drüber gesprochen. Es sind kleine Sterne und Monde danebengemalt. Manchmal auch Kometen.«

Er starrte sie mit offenem Mund an. »Machst du Witze?«

»Nein. Mädchen schauen sich Himmel-und-Hölle-Spiele immer an, ich weiß nicht, warum. Mach den Mund zu, bevor ein Käfer reinfliegt.«

Er machte den Mund zu.

Carol nickte zufrieden, dann nahm sie seine Hand in ihre und verschränkte ihre Finger mit seinen. Bobby registrierte erstaunt und erfreut, wie perfekt all diese Finger zusammenpaßten. »Jetzt erzähl mir den Rest.«

Er tat es und endete mit dem erstaunlichen Tag, den er soeben verbracht hatte: der Film, der Spaziergang zum Corner Pocket, wie Alanna seinen Vater in ihm erkannt hatte, wie sie auf dem Heimweg knapp entkommen waren. Er versuchte zu erklären, wieso er das Gefühl gehabt hatte, daß der violette DeSoto gar kein richtiges Auto war, sondern nur wie ein Auto *ausgesehen* hatte, aber seine Erklärung erschöpfte sich in der Behauptung, daß der Wagen ihm irgendwie *lebendig* vorgekommen sei, wie eine böse Version des Straußes, den Dr. Doolittle manchmal in dieser Serie von Büchern mit sprechenden Tieren ritt, nach denen sie in der zweiten Klasse alle ganz verrückt gewesen waren. Bobby verschwieg Carol nur eines, nämlich wo er seine Gedanken verborgen hatte, als das Taxi am William Penn Grille vorbeigefahren war und die Rückseiten seiner Augen zu jucken begonnen hatten.

Er rang mit sich, dann platzte er zum Schluß mit dem Schlimmsten heraus: Er hatte Angst, daß es ein Fehler von seiner Mutter gewesen war, mit Mr. Biderman und diesen anderen Männer nach Providence zu fahren. Ein *schlimmer* Fehler.

»Glaubst du, Mr. Biderman ist in sie verknallt?« fragte Carol. Mittlerweile waren sie auf dem Rückweg zu der Bank, wo sie ihr Springseil liegengelassen hatte. Bobby hob es auf und gab es ihr. Sie verließen den Park in Richtung Broad Street.

»Ja, kann sein«, sagte Bobby bedrückt. »Oder zumindest...« Und dies gehörte zu dem, wovor er sich fürchtete, obwohl es keinen Namen und keine reale Gestalt hatte; es war wie etwas Unheildrohendes, das mit einem Stück Segeltuch bedeckt war. »Zumindest glaubt *sie* das.«

»Wird er ihr einen Heiratsantrag machen? Wenn ja, könnte er dein Stiefvater werden.«

»Du lieber Gott!« Bobby hatte sich noch nicht mit dem Gedanken befaßt, Don Biderman zum Stiefvater zu haben, und er wünschte von ganzem Herzen, Carol hätte so etwas nicht zur Sprache gebracht. Es war ein schrecklicher Gedanke.

»Wenn sie ihn liebt, solltest du dich besser an den Gedanken gewöhnen.« Carol hatte den altklugen, welterfahrenen Ton einer älteren Frau angeschlagen, der Bobby nicht sonderlich gefiel; er vermutete, daß sie in diesem Sommer schon zu lange mit ihrer Mom vor dem Fernseher gesessen und sich die »O John, o Marsha«-Sendungen angesehen hatte. Und auf eine seltsame Weise hätte es ihm nichts ausgemacht, wenn seine Mom Mr. Biderman geliebt hätte und weiter nichts. Es wäre bestimmt grauenhaft gewesen, weil Mr. Biderman ein Widerling war, aber es wäre verständlich gewesen. Das war jedoch nicht alles. Der Geiz seiner Mutter – ihre *Knickerigkeit* – gehörte ebenfalls dazu, und das, was sie dazu bewogen hatte, wieder mit dem Rauchen anzufangen, und daß sie nachts manchmal weinte. Der Unterschied zwischen dem Randall Garfield seiner Mutter, dem Windhund, der unbezahlte Rechnungen hinterlassen hatte, und Alannas Randy Garfield, dem netten Kerl, der es mochte, wenn die Musikbox voll aufgedreht war ... selbst das gehörte vielleicht dazu. (Hatte es diese unbezahlten Rechnungen wirklich gegeben? Hatte es wirklich eine erloschene Versicherungspolice gegeben? Warum sollte seine Mutter in solchen Dingen lügen?) Das waren Sachen, über die er mit Carol nicht reden konnte. Es war keine Zurückhaltung; er wußte nur einfach nicht, wie er es anstellen sollte.

Sie gingen den Hügel hinauf. Bobby nahm ein Ende ihres Seils, und sie gingen nebeneinander her und ließen es zwischen ihnen über den Bürgersteig schleifen. Auf einmal blieb Bobby stehen und zeigte auf etwas. »Schau.«

Ein gelber Drachenschwanz hing an einer der Stromleitungen, die sich weiter vorn über die Straße spannten. So wie er dort hing, ähnelte er irgendwie einem Fragezeichen.

»Ja, ich seh's«, sagte Carol mit gedämpfter Stimme. Sie setzten sich wieder in Bewegung. »Er sollte heute noch abreisen, Bobby.«

»Er kann nicht. Der Kampf ist heute. Wenn Albini gewinnt, kriegt Ted morgen abend im Billardsalon seine Kohle. Ich glaube, die braucht er ziemlich dringend.«

»Klar«, sagte Carol. »Man braucht sich nur seine Kleidung anzugucken, dann sieht man, daß er fast pleite ist. Wahrscheinlich hat er sein letztes Geld verwettet.«

Seine Kleidung – das ist etwas, was nur einem Mädchen auffallen kann, dachte Bobby und machte den Mund auf, um es ihr zu sagen. Doch bevor er dazu kam, ertönte eine Stimme hinter ihnen. »Na, wen haben wir denn da! Das Gerber-Baby und das Maltex-Baby. Wie geht's, Babys?«

Wütend darüber, mit dem kleinen Krakeeler aus der Maltex-Müsli-Werbung verglichen zu werden, sah Bobby sich um. Drei Jungen von St. Gabe's in orangefarbenen Hemden kamen langsam hügelaufwärts auf sie zugeradelt. In ihren Fahrradkörben hatten sie diverse Baseballsachen. Einer der Jungen, ein pickliger Bursche mit einem silbernen Kreuz an einer Halskette, trug einen Baseballschläger in einer selbstgemachten Schlinge auf dem Rücken. *Der hält sich für Robin Hood*, dachte Bobby, aber er hatte Angst. Es waren große Jungs, Jungs aus der High School, aus der *Konfessionsschule*, und wenn sie beschlossen, ihn ins Krankenhaus zu bringen, dann würde er auch ins Krankenhaus kommen. *Niedere Jungs mit orangefarbenen Hemden*, dachte er. *Sie sind niedere Jungs mit orangefarbenen Hemden*.

»Hi, Willie«, sagte Carol zu einem von ihnen – nicht zu dem Burschen mit der Baseballkeule auf dem Rücken. Ihre Stimme klang ruhig, sogar fröhlich, aber Bobby hörte die Angst darunter wie die Flügel eines Vogels flattern. »Ich hab dir beim Spielen zugesehen. Du hast gut gefangen.«

Derjenige, mit dem sie sprach, hatte ein häßliches, noch nicht ausgeformtes Gesicht unter einem Wust zurückgekämmter, kastanienbrauner Haare und über dem Körper eines Mannes. Das Huffy-Fahrrad unter ihm war lächerlich klein. Bobby fand, daß er wie ein Troll in einem Märchen aussah. »Was geht 'n das dich an, Gerber-Baby?« fragte er.

Die drei Jungs von St. Gabe's schlossen ganz zu ihnen auf. Dann fuhren zwei von ihnen – der mit dem herabbaumelnden Kreuz und derjenige, den Carol Willie genannt hatte – noch ein Stück weiter, stützten sich dann auf die Lenker ihrer Räder und schoben sie. Bobby erkannte mit wachsender Bestürzung, daß Carol und er umzingelt waren. Er roch eine Mischung aus Schweiß und Haarfestiger, die von den Jungen in den orangefarbenen Hemden ausging.

»Wer bist du denn, Maltex-Baby?« wollte der dritte St.-Gabe's-Junge von Bobby wissen. Er beugte sich über den Lenker seines Fahrrads, um ihn besser in Augenschein nehmen zu können. »Bist du Garfield? Biste doch, was? Billy Donahue sucht dich immer noch, wegen der Sache im letzten Winter. Er will dir die Zähne ausschlagen. Vielleicht sollte ich ihm schon mal 'n bißchen Arbeit abnehmen und dir jetzt gleich ein oder zwei raushauen.«

Bobby spürte, wie sich ein erbärmliches, kriechendes Gefühl in seinem Magen breitmachte – wie Schlangen in einem Korb. *Ich werde nicht wieder weinen*, befahl er sich. *Ganz gleich, was passiert, ich werde nicht wieder weinen, selbst wenn sie mich ins Krankenhaus bringen. Und ich werde versuchen, Carol zu beschützen.*

Vor so großen Jungs? Das war ein Witz.

»Warum bist du so gemein, Willie?« fragte Carol. Ihre Worte waren ausschließlich an den Jungen mit den kastanienbraunen Haaren gerichtet. »Wenn du allein bist, bist du doch auch nicht gemein. Warum mußt du's dann jetzt sein?«

Willie errötete. Zusammen mit seinen dunkelroten Haaren – sie waren viel dunkler als die von Bobby – erweckte das den Eindruck, als stünde er vom Hals aufwärts in Flammen. Es paßte ihm wohl nicht, dachte Bobby, daß seine Freunde erfuhren, daß er sich wie ein menschliches Wesen benehmen konnte, wenn sie nicht dabei waren.

»Halt die Klappe, Gerber-Baby!« knurrte er. »Warum hältst du nicht einfach die Klappe und küßt deinen Freund, solange er noch alle Zähne hat?«

Der dritte Junge trug einen Motorradgurt mit seitlichem Verschluß und uralte, mit Schmutz vom Baseballplatz überzogene Snap-Jack-Schuhe. Er war hinter Carol. Jetzt kam er näher heran, wobei er immer noch sein Fahrrad schob, und packte ihren Pferdeschwanz mit beiden Händen. Er zog daran.

»*Au!*« schrie Carol. Aus ihrer Stimme klangen sowohl Überraschung als auch Schmerz. Sie riß den Kopf so heftig weg, daß sie fast hingefallen wäre. Bobby hielt sie fest, und Willie – der Carol zufolge nett sein konnte, wenn er nicht mit seinen Freunden zusammen war – lachte.

»Warum hast du das getan?« brüllte Bobby den Jungen mit dem Motorradgurt an, und als die Worte aus seinem Mund kamen, war es, als hätte er sie schon tausendmal gehört. Das Ganze war wie ein Ritual, alles was eben so gesagt wurde, bevor das *richtige* Zerren und Schubsen losging und die Fäuste zu fliegen begannen. Er dachte wieder an *Herr der Fliegen* – wie Ralph vor Jack und den anderen weggelaufen war. Auf

Goldings Insel hatte es wenigstens einen Dschungel gegeben. Er und Carol konnten nirgends hinlaufen.

Er sagt: »Weil ich Lust dazu hatte.« Das kommt als nächstes.

Aber bevor der Junge mit dem an der Seite verschlossenen Gürtel es aussprechen konnte, sagte Robin Hood mit der selbstgemachten Baseballkeulenschlinge auf dem Rücken es für ihn. »Weil er Lust dazu hatte. Was willste nun machen, Maltex-Baby?« Er ließ plötzlich eine Hand vorschnellen, flink wie eine Schlange, und gab Bobby eine Ohrfeige. Willie lachte erneut.

Carol ging auf ihn zu. »Willie, bitte laß nicht zu, daß –«

Robin Hood streckte die Hand aus, faßte Carol vorn an die Bluse und drückte zu. »Hast du schon Titten? Nee, nicht viel. Du bist bloß das Gerber-Baby.« Er versetzte ihr einen Stoß. Bobby, dem der Kopf noch von der Ohrfeige dröhnte, fing sie auf und bewahrte sie zum zweiten Mal davor, hinzufallen.

»Verpassen wir diesem Schwuli eine Tracht Prügel«, sagte der Junge mit dem Motorradgürtel. »Mir paßt seine Visage nicht.«

Sie kamen näher. Die Reifen ihrer Fahrräder quietschten gewichtig. Dann ließ Willie sein Rad wie ein totes Pony zur Seite fallen und griff nach Bobby. Bobby hob die Fäuste in einer kläglichen Floyd-Patterson-Imitation.

»Sagt mal, Jungs, was ist denn hier los?« fragte jemand hinter ihnen.

Willie hatte mit einer Faust ausgeholt. Er schaute sich mit erhobener Faust um. Das taten auch Robin Hood und der Junge mit dem Motorradgürtel. Am Randstein parkte ein alter blauer Studebaker mit rostigen Schwellern und einem magnetischen Jesus auf dem Armaturenbrett. Davor stand, extrem vollbusig und breithüftig, Anita Gerbers Freundin Rionda. Mit Sommerkleidern würde sie sich nie anfreunden können (das war Bobby schon mit seinen elf Jahren klar), aber in diesem Moment sah sie wie eine Göttin in dreiviertellangen Hosen aus.

»Rionda!« rief Carol. Sie weinte nicht, aber es fehlte nicht viel. Sie drängte sich an Willie und dem Jungen mit dem Motorradgürtel vorbei. Keiner der beiden versuchte, sie aufzuhalten. Alle drei Jungs von St. Gabe's starrten Rionda an. Bobby stellte fest, daß sein Blick auf Willies erhobener Faust ruhte. Manchmal, wenn Bobby morgens aufwachte, war sein Schniedel genauso steinhart und ragte senkrecht nach oben wie eine Mondrakete oder so. Wenn er ins Badezimmer ging, um zu pinkeln, wurde er weich und erschlaffte. Willies erhobener Arm erschlaffte jetzt ebenso, die Faust am Ende entspannte sich und wurde wieder zu einer Hand mit Fingern, und der Vergleich weckte in Bobby den Wunsch zu lächeln. Er widerstand dem Drang. Wenn sie ihn jetzt lächeln sahen, konnten sie zwar nichts machen. Später jedoch… an einem anderen Tag…

Rionda nahm Carol in die Arme und drückte das Mädchen an ihren großen Busen. Sie musterte die Jungen in den orangefarbenen Hemden, und *sie* lächelte. Lächelte und gab sich keinerlei Mühe, es zu verbergen.

»Willie Shearman, stimmt's?«

Der eben noch erhobene und nach hinten ausholende Arm sank an Willies Seite herab. Willie bückte sich murmelnd, um sein Rad aufzuheben.

»Richie O'Meara?«

Der Junge mit dem Motorradgürtel schaute auf die Spitzen seiner staubigen Snap-Jacks und murmelte ebenfalls irgend etwas. Seine Wangen brannten.

»*Einer* der Jungs der O'Mearas jedenfalls, es gibt ja jetzt so verdammt viele von euch, daß ich die Übersicht verloren habe.« Ihr Blick wanderte zu Robin Hood. »Und wer bist du, großer Junge? Bist du ein Dedham? Siehst 'n bißchen wie ein Dedham aus.«

Robin Hood schaute auf seine Hände. An einem Finger trug er einen Klassenring, den er jetzt zu drehen begann.

Riondas Arm lag immer noch um Carols Schultern. Carol hatte ebenfalls einen Arm um Riondas Taille gelegt – so weit es eben ging. Sie folgte Rionda, ohne die Jungen anzusehen, von der Straße auf den kleinen Grasstreifen zwischen dem Randstein und dem Bürgersteig. Rionda sah nach wie vor Robin Hood an. »Antworte mir lieber, wenn ich mit dir rede, Bürschchen. Wird nicht schwer sein, deine Mutter zu finden, wenn ich mich dahinterklemme. Ich brauche bloß Father Fitzgerald zu fragen.«

»Harry Doolin heiß ich«, sagte der Junge schließlich. Er zwirbelte seinen Klassenring schneller denn je.

»Na ja, aber ich war nahe dran, was?« sagte Rionda liebenswürdig und machte noch zwei oder drei Schritte nach vorn. Nun stand sie auf dem Bürgersteig. Carol bekam es so nah bei den Jungen mit der Angst zu tun und versuchte, sie zurückzuhalten, aber Rionda ließ es nicht zu. »Die Dedhams und Doolins sind doch alle verschwippt und verschwägert. Bis zurück zum County Cork, tra-la-tra-li.«

Nicht Robin Hood, sondern ein Junge namens Harry Doolin mit einer albernen selbstgebastelten Schlinge für seinen Baseballschläger auf dem Rücken. Nicht Marlon Brando aus *Der Wilde*, sondern nur ein Junge namens Richie O'Meara, der frühestens in fünf Jahren die passende Harley zu seinem Motorradgürtel kriegen würde... falls überhaupt jemals. Und Willie Shearman, der sich nicht traute, nett zu einem Mädchen zu sein, wenn seine Freunde dabei waren. Um sie aufs richtige Maß zurückschrumpfen zu lassen, brauchte es nicht mehr als eine übergewichtige Frau in dreiviertellanger Hose und ärmelloser Bluse, die ihnen nicht auf einem weißen Hengst, sondern in einem 1954er Studebaker zu Hilfe gekommen war. Der Gedanke hätte Bobby trösten sollen, aber das tat er nicht. Unwillkürlich gingen ihm William Goldings Worte durch den Sinn: daß die Jungen auf der Insel von der Besatzung eines Schlachtkreuzers gerettet worden seien, sei schön für sie... aber wer würde die Besatzung retten?

Das war Quatsch, niemand schien in diesem Augenblick weniger der Rettung zu bedürfen als Rionda Hewson, aber die Worte verfolgten Bobby trotzdem. Was war, wenn es gar keine Erwachsenen *gab?* Angenommen, die ganze Vorstellung von Erwachsenen war eine Illusion? Was war, wenn ihr Geld in Wirklichkeit nur ein Haufen Murmeln zum Spielen war, wenn ihre Geschäfte nicht mehr waren als der Austausch von Baseballkarten und ihre Kriege nur Cowboy-und-Indianer-Spiele im Park? Was, wenn sie in ihren Anzügen und Kostümen alle bloß rotznäsige Gören waren? Herrgott, das konnte nicht sein, oder? Der Gedanke war zu schrecklich, als daß er ihn weiterverfolgen wollte.

Rionda sah die Jungs von St. Gabe's immer noch mit ihrem harten und ziemlich gefährlichen Lächeln an. »Ihr drei seid doch nicht etwa auf Kleinere und Jüngere losgegangen, oder? Darunter auch auf ein Mädchen wie eure eigenen kleinen Schwestern?«

Sie waren still; jetzt murmelten sie nicht mal mehr. Sie scharrten nur mit den Füßen.

»Das habt ihr bestimmt nicht getan, denn das wäre doch feige, nicht wahr?«

Erneut gab sie ihnen Gelegenheit, etwas zu erwidern, und ließ ihnen jede Menge Zeit, ihr eigenes Schweigen zu hören.

»Willie? Richie? Harry? Ihr seid doch nicht auf sie losgegangen, oder?«

»'türlich nicht«, sagte Harry. Wenn er seinen Ring noch schneller drehte, dachte Bobby, würde sein Finger wahrscheinlich Feuer fangen.

»Wenn ich so was denken würde«, sagte Rionda mit ihrem gefährlichen Lächeln auf den Lippen, »müßte ich zu Father Fitzgerald gehen, hab ich nicht recht? Und der Father, der hätte wahrscheinlich das Gefühl, daß er mal ein Wörtchen mit euren Eltern reden müßte, und *eure* Väter würden sich wahrscheinlich verpflichtet fühlen, euch den Hintern zu versohlen ... und ihr würdet es verdienen, Jungs, stimmt's? Weil ihr auf die Kleinen und Schwachen losgegangen seid.«

Weiteres Schweigen auf seiten der drei Jungen, die alle jetzt wieder breitbeinig über ihren lächerlich kleinen Fahrrädern standen.

»Auf die Kleinen und Schwachen loszugehen, ist eine üble Sache«, sagte Rionda. »Sind sie auf euch losgegangen, Bobby?«

»Nein«, sagte Bobby sofort.

Rionda legte Carol einen Finger unters Kinn und drehte ihr Gesicht nach oben. »Sind sie auf *dich* losgegangen, Schätzchen?«

»Nein, Rionda.«

Rionda lächelte auf sie hinunter, und obwohl Tränen in Carols Augen standen, lächelte sie zurück.

»Tja, Jungs, damit seid ihr wohl aus dem Schneider«, erklärte Rionda. »Sie sagen, ihr habt nichts getan, was euch bei der Beichte auch nur eine einzige ungemütliche Minute einbringen wird. Ich würde sagen, ihr schuldet ihnen ein aufrichtiges Dankeschön, findet ihr nicht?«

Murmel-murmel-murmel von den St.-Gabe's-Jungs. *Bitte laß es dabei bewenden,* flehte Bobby im stillen. *Zwing sie nicht dazu, sich wirklich bei uns zu bedanken. Reib's ihnen nicht zu sehr unter die Nase.*

Vielleicht hörte Rionda seinen Gedanken (Bobby hatte mittlerweile guten Grund zu glauben, daß so etwas möglich war). »Na gut«, sagte sie, »vielleicht können wir den Teil überspringen. Ab nach Hause, Jungs. Und Harry, wenn du Moira Dedham siehst, richte ihr doch von Rionda aus, daß sie immer noch jede Woche zum Bingo nach Bridgeport fährt, falls sie mal mitkommen will.«

»Mach ich, klar«, sagte Harry. Er stieg auf sein Fahrrad und fuhr hügelaufwärts davon, den Blick immer noch auf den Bürgersteig gerichtet. Wenn ihm Fußgänger entgegengekommen wären, hätte er sie wahrscheinlich umgefahren. Seine beiden Freunde folgten ihm und traten in die Pedale, um ihn einzuholen.

Rionda sah ihnen nach. Ihr Lächeln verblaßte allmählich. »Verdammte Iren«, sagte sie schließlich, »nichts als Ärger mit denen. Pah, ein Glück, daß wir die los sind. Carol, ist wirklich alles in Ordnung mit dir?«

Carol bejahte.

»Bobby?«

»Klar, mir geht's gut.« Er brauchte alle Disziplin, die er aufbieten konnte, um nicht vor ihr loszuzittern wie eine Schüssel Preiselbeergelee, aber wenn Carol es schaffte, nicht aus dem Leim zu gehen, dann konnte er es auch.

»Steig in den Wagen«, sagte Rionda zu Carol. »Ich fahr dich zu eurem Haus. Du gehst allein heim, Bobby – flitz über die Straße und geh rein. Morgen werden diese Burschen dich und meine Carol vergessen haben, aber heute abend wäre es vielleicht klüger, wenn ihr beide drinnen bleiben würdet.«

»Ist gut«, sagte Bobby, der wußte, daß sie es morgen nicht vergessen haben würden, nicht am Ende der Woche und auch nicht am Ende des Sommers. Er und Carol würden sich lange vor Harry und seinen Freunden in acht nehmen müssen. »Mach's gut, Carol.«

»Mach's gut.«

Bobby trabte über die Broad Street. Auf der anderen Seite blieb er stehen und beobachtete, wie Riondas alter Wagen zu dem Wohnhaus hinauffuhr, in dem die Gerbers wohnten. Als Carol ausstieg, schaute sie noch einmal zu ihm nach unten und winkte. Bobby winkte zurück, stieg dann die Verandatreppe von Nr. 149 hinauf und ging hinein.

Ted saß im Wohnzimmer, rauchte eine Zigarette und las die Zeitschrift *Life*. Anita Ekberg war auf dem Titel. Bobby zweifelte nicht daran, daß Teds Koffer und die Papiertüten gepackt waren, aber es war nichts von ihnen zu sehen; er mußte sie oben in seinem Zimmer gelassen haben. Bobby war froh. Er wollte sie nicht sehen. Es war schon schlimm genug zu wissen, daß sie da waren.

»Was hast du gemacht?« fragte Ted.

»Nicht viel«, sagte Bobby. »Ich glaube, ich lege mich bis zum Abendessen noch ein bißchen hin und lese.«

Er ging in sein Zimmer. Auf dem Boden neben seinem Bett waren die Bücher aus der Erwachsenenabteilung der Harwich Public Library aufgestapelt – *Ingenieure des Kosmos* von Clifford D. Simak, *Der Hut des Toten* von Ellery Queen und *Die Erben* von William Golding. Bobby entschied sich für *Die Erben* und legte sich hin, den Kopf am Fußende des Bettes, die bestrumpften Füße auf seinem Kissen. Auf dem Titel des Buches waren Höhlenmenschen zu sehen, aber sie waren auf beinahe abstrakte Weise gemalt – solche Höhlenmenschen würde man auf dem Titel eines Kinderbuches niemals finden. Einen Leserausweis für Erwachsene zu haben, war schon prima – aber irgendwie nicht so prima, wie es ihm anfangs vorgekommen war.

Hawaiian Eye lief um neun, und Bobby wäre normalerweise fasziniert gewesen (seine Mutter behauptete, Serien wie *Hawaiian Eye* und *Die Unbestechlichen* seien zu brutal für Kinder, und erlaubte ihm für gewöhnlich nicht, sie zu sehen), aber an diesem Abend schweiften seine Gedanken immer wieder von der Geschichte ab. Keine hundert Kilometer von hier prügelten sich jetzt gerade Eddie Albini und Hurricane Haywood; das blaue Klingenmädchen von Gillette würde in einem blauen Badeanzug und hochhackigen blauen Pumps vor dem Beginn jeder Runde durch den Ring stolzieren und ein Schild mit einer blauen Nummer hochhalten. 1 ... 2 ... 3 ... 4 ...

Um halb zehn wußte Bobby nicht mehr, wer in dem Film der Privatdetektiv war, und er konnte erst recht nicht erraten, wer die vornehme blonde Lady ermordet hatte. *Hurricane Haywood geht in der achten Runde auf die Bretter*, hatte Ted ihm erzählt; der alte Gee wüßte das. Aber wenn nun irgendwas schiefging? Er wollte nicht, daß Ted ihn verließ, aber wenn es schon sein mußte, konnte Bobby den Gedanken nicht ertragen, daß er mit leerer Brieftasche ging. Das konnte doch bestimmt nicht passieren, oder ... oder doch? Bobby hatte im Fernsehen einmal gesehen, wie ein Boxer einen K. o. vortäuschen sollte und es sich dann anders überlegte. Wenn das nun heute abend passierte? Einen K. o. vorzutäuschen war schlimm, es war Betrug – ach was, tatsächlich, Sherlock, woran hast du das zuerst gemerkt? –, aber wenn Hurricane Haywood *nicht* betrog, würde Ted erhebliche Probleme kriegen; er wäre »in den Arsch gekniffen«, wie Sully-John es ausgedrückt hätte.

Halb zehn, der Uhr mit dem Sonnenstrahlenzifferblatt an der Wohnzimmerwand zufolge. Wenn Bobby richtig gerechnet hatte, lief jetzt gerade die entscheidende achte Runde.

»Wie gefällt dir *Die Erben*?«

Bobby war so in seine Gedanken vertieft, daß Teds Stimme ihn zusammenschrecken ließ. Im Fernsehen stand Keenan Wynn vor einem Bulldozer und sagte, für eine Camel würde er meilenweit gehen.

»Es ist viel schwerer als *Herr der Fliegen*«, sagte er. »Anscheinend streifen da zwei kleine Höhlenmenschenfamilien durch die Gegend, und eine davon ist schlauer. Aber die andere Familie, die dumme Familie, das sind die Helden. Ich hätte fast aufgegeben, aber jetzt wird's interessanter. Ich glaube, ich lese weiter.«

»Die Familie, die man als erste kennenlernt, die mit dem kleinen Mädchen, das sind Neandertaler. Die zweite Familie – nur die ist wirklich ein Stamm, Golding und seine Stämme – sind Cro-Magnon-Menschen. Die Cro-Magnon-Menschen sind die Erben. Was zwischen den beiden Gruppen geschieht, erfüllt die Definition der Tragödie: Ereignisse, die unausweichlich zu einem schlimmen Ende führen.«

Ted redete weiter; er sprach über Stücke von Shakespeare, Gedichte von Poe und Romane von einem Burschen namens Theodore Dreiser. Normalerweise hätte es Bobby interessiert, aber heute abend wanderten seine Gedanken immer wieder zum Madison Square Garden. Er sah den Ring, so grell erleuchtet wie die wenigen bespielten Pooltische im Corner Pocket. Er hörte die Menge schreien, als Haywood voll ranging und den überraschten Eddie Albini mit linken und rechten Haken eindeckte. Haywood würde den Kampf nicht türken; wie der Boxer im Fernsehen würde er seinem Gegner statt dessen eine ernstzunehmende Welt des Schmerzes zeigen. Bobby roch Schweiß und hörte das laute Klatschen der Handschuhe gegen Fleisch. Eddie Albinis Augen wurden zwei Nullen … seine Knie knickten ein … die Menge war auf den Beinen und tobte …

»– die Vorstellung des Schicksals als einer Kraft, der man nicht entrinnen kann, scheint auf die Griechen zurückzugehen. Damals gab es einen Dramatiker namens Euripides, der –«

»Rufen Sie an«, sagte Bobby, und obwohl er in seinem ganzen Leben noch nie eine Zigarette geraucht hatte (1964 würde er mehr als eine Stange pro Woche rauchen), klang seine Stimme so rauh wie die von Ted am späten Abend, nach einer Tagesration Chesterfields.

»Wie bitte, Bobby?«

»Rufen Sie Mr. Files an, und fragen Sie ihn, wie der Kampf ausgegangen ist.« Bobby schaute auf die Sonnenstrahlenuhr. Elf Minuten vor zehn. »Wenn er nur über acht Runden ging, ist er jetzt vorbei.«

»Ich bin sicher, daß der Kampf vorbei ist, aber wenn ich Files so schnell anrufe, wird er vielleicht mißtrauisch und denkt, daß ich irgendwas wußte«, sagte Ted. »Und zwar nicht aus dem Radio – der Kampf wird nicht im Radio übertragen, wie wir beide wissen. Es ist besser, wenn ich noch warte. Sicherer. Soll er ruhig glauben, daß ich ein Mann bin, der geniale Eingebungen hat. Ich rufe ihn um zehn an, als würde ich davon ausgehen, daß die Entscheidung nach Punkten und nicht durch K. o. gefallen ist. Und mach dir bis dahin keine Sorgen, Bobby. Ich sage dir, das Ganze ist ein Spaziergang.«

Bobby gab es endgültig auf, *Hawaiian Eye* zu verfolgen; er saß nur auf dem Sofa und hörte dem Gebrabbel der Schauspieler zu. Ein Mann schrie einen dicken hawaiianischen Cop an. Eine Frau im weißen Badeanzug lief in die Brandung. Ein Wagen jagte einen anderen, während auf der Tonspur Trommeln wummerten. Die Zeiger der Sonnenstrahlenuhr krochen dahin, kämpften sich zur Zehn und Zwölf vor wie Bergsteiger, die die letzten hundert Meter des Mount Everest überwanden. Der Mann, der die vornehme Lady ermordet hatte, wurde selbst getötet, als er in einem Ananasfeld herumlief, und *Hawaiian Eye* war endlich vorbei.

Bobby wartete nicht auf die Vorschau für die Episode der nächsten Woche; er schaltete den Fernseher aus und sagte: »Rufen Sie an, okay? *Bitte* rufen Sie an.«

»Gleich«, sagte Ted. »Ich glaube, ich hab eine Kräuterlimonade zuviel getrunken. Meine Speichertanks scheinen mit dem Alter geschrumpft zu sein.«

Er schlurfte ins Badezimmer. Es gab eine nicht enden wollende Pause, dann ertönte das Geräusch von Urin, der ins Becken plätscherte. »Aaah!« machte Ted. In seiner Stimme lag beträchtliche Befriedigung.

Bobby hielt es nicht mehr auf dem Sofa. Er stand auf und begann, im Wohnzimmer auf und ab zu marschieren. Er war sicher, daß Tommy »Hurricane« Haywood jetzt gerade in seiner Ecke im Garden fotografiert wurde, übel zugerichtet, aber strahlend, während die Blitzlichter ihm weißes Licht ins Gesicht spritzten. Das blaue Klingenmädchen von Gillette würde bei ihm sein – ihr Arm um seine Schultern, seine Hand um ihre Taille –, während Eddie Albini vergessen in seiner Ecke hockte, in sich zusammengesunken, mit benommenem

Blick, die Augen so verquollen, daß er sie fast nicht mehr aufbekam, und nach der Tracht Prügel, die er bezogen hatte, noch nicht wieder ganz bei sich.

Als Ted zurückkehrte, war Bobby verzweifelt. Er *wußte*, daß Albini den Kampf und sein Freund seine fünfhundert Dollar verloren hatte. Würde Ted bleiben, wenn er feststellte, daß er pleite war? Vielleicht… aber wenn er blieb, und die niederen Männer kamen…

Bobbys Hände ballten sich immer wieder zu Fäusten, während er zusah, wie Ted den Hörer abnahm und wählte.

»Entspann dich, Bobby«, sagte Ted. »Es wird schon alles gutgehen.«

Aber Bobby konnte sich nicht entspannen. Seine Eingeweide fühlten sich an, als wären sie voller Draht. Ted hielt den Hörer eine Ewigkeit lang ans Ohr, ohne etwas zu sagen.

»Warum geht da niemand *ran?*« flüsterte Bobby scharf.

»Es hat erst zweimal geklingelt, Bobby. Warum gehst du nicht – hallo? Hier ist Mr. Brautigan. Ted Brautigan. Ja, Ma'am, der von gestern.« Unglaublicherweise zwinkerte Ted Bobby zu. Wie konnte er so gelassen sein? Bobby glaubte nicht, daß er an Teds Stelle imstande gewesen wäre, den Hörer ans Ohr zu halten, geschweige denn, jemandem zuzuzwinkern. »Ja, Ma'am, ist er.« Ted drehte sich zu Bobby um und sagte, ohne das Mundstück des Hörers abzudecken: »Alanna will wissen, wie's deiner Freundin geht.«

Bobby versuchte zu sprechen, aber es kam nur ein Pfeifen heraus.

»Bobby sagt, es geht ihr gut«, erklärte Ted Alanna, »sie ist hübsch wie ein Sommertag. Kann ich Len sprechen? Ja, ich warte. Aber bitte erzählen Sie mir von dem Kampf.« Es gab eine nicht enden wollende Pause. Teds Miene war jetzt ausdruckslos. Und als er sich diesmal zu Bobby umdrehte, deckte er das Mundstück ab. »Sie sagt, Albini ist in den ersten fünf Runden ziemlich rumgeschubst worden, hat sich in der sechsten und siebten Runde aber recht gut gehalten und dann in der achten einen rechten Haken aus dem Nichts gelandet und Haywood ins Reich der Träume geschickt. Licht aus bei Hurricane. Was für eine Überraschung, hm?«

»Ja«, sagte Bobby. Seine Lippen fühlten sich taub an. Es stimmte, es stimmte alles. Freitag abend um diese Zeit würde Ted fort sein. Mit zweitausend Steinen in der Tasche konnte man ganz schön lange vor ganz schön vielen niederen Männern weglaufen; mit zweitausend Steinen in der Tasche konnte man mit dem großen grauen Hund quer durchs ganze Land fahren.

Bobby ging ins Badezimmer und machte sich Ipana auf seine Zahnbürste. Seine panische Angst, Ted könnte auf den falschen Boxer gesetzt haben, war verschwunden, aber die Traurigkeit über den bevorstehenden Verlust war noch da und wurde immer stärker. Er hätte nie geglaubt, daß etwas, das noch nicht einmal passiert war, so weh tun konnte. *In einer Woche werde ich mich nicht mehr daran erinnern können, was ich an ihm so nett fand. In einem Jahr werde ich mich überhaupt nicht mehr an ihn erinnern können.*

Stimmte das? O Gott, stimmte das?

Nein, dachte Bobby. *Auf keinen Fall. Ich werde es nicht zulassen.*

Im anderen Zimmer unterhielt sich Ted mit Len Files. Es schien ein durchaus freundliches Palaver zu sein, und es lief offenbar genauso ab, wie Ted es erwartet hatte ... ja, da sagte Ted gerade, er habe auf ein Gefühl hin gewettet, auf ein gutes, starkes Gefühl hin, und das müsse man tun, wenn man sich für einen Spieler halte. Na klar könne er morgen abend um halb zehn vorbeikommen, um den Gewinn abzuholen, vorausgesetzt, die Mutter seines Freundes sei bis um acht Uhr zurück; wenn sie ein bißchen später komme, werde Len ihn so gegen zehn oder halb elf zu Gesicht kriegen. Ob ihm das recht sei? Weiteres Gelächter von Ted, also schien es dem fetten alten Len Files voll und ganz recht zu sein.

Bobby stellte die Zahnbürste wieder ins Glas auf dem Bord unter dem Spiegel und steckte die Hand dann in die Hosentasche. Dort war etwas, das seine Finger nicht erkannten, das nicht zum üblichen Taschenkrimskrams gehörte. Er fischte den Schlüsselring mit dem grünen Anhänger heraus, sein spezielles Souvenir aus einem Teil von Bridgeport, von dem seine Mutter nichts wußte. Aus dem Teil, der ›da unten‹ war.

BILLARDSALON THE CORNER POCKET. POOL, SPIELAUTOMATEN, KENMORE 8-2127.

Wahrscheinlich hätte er ihn schon verstecken (oder ihn gleich ganz loswerden) sollen, und auf einmal kam ihm eine Idee. Nichts hätte Bobby Garfield an diesem Abend wirklich aufmuntern können, aber das kam immerhin ziemlich nah heran: Er würde den Schlüsselring Carol Gerber schenken, ihr aber vorher einschärfen, seiner Mom auf keinen Fall zu erzählen, woher sie ihn hatte. Er wußte, daß Carol mindestens zwei Schlüssel besaß, die sie daran befestigen konnte – ihren Wohnungsschlüssel und den Schlüssel für das Tagebuch, das Rionda ihr zum Geburtstag geschenkt hatte. (Carol war drei Monate älter als Bobby, aber sie spielte sich ihm gegenüber deshalb nie auf.) Ihr den Schlüsselring zu schenken wäre ein bißchen so, als würde er sie fragen, ob sie mit ihm gehen wolle. Er würde auch nicht total schmalzig werden und sich in eine peinliche Situation bringen müssen, indem er es aussprach; Carol würde es auch so wissen. Nicht zuletzt darum war sie ja so ein tolles Mädchen.

Bobby legte den Schlüsselring auf das Bord neben das Zahnputzglas und ging dann in sein Zimmer, um seinen Schlafanzug anzuziehen. Als er herauskam, saß Ted auf dem Sofa, rauchte eine Zigarette und sah ihn an.

»Alles in Ordnung mit dir, Bobby?«

»Glaub schon. Muß ja irgendwie gehen, oder?«

Ted nickte. »Ja. Das gilt für uns beide.«

»Werde ich Sie je wiedersehen?« fragte Bobby und betete innerlich, daß Ted nicht wie der Lone Ranger klingen würde, daß er nicht mit diesem Kitschkram von wegen *Wir sehen uns wieder, Partner* anfangen würde ... weil es kein *Kram* war, das Wort war zu freundlich. *Scheiße*, das war es. Er glaubte nicht, daß Ted ihn jemals angelogen hatte, und er wollte nicht, daß er jetzt, wo es fast vorbei war, damit anfing.

»Ich weiß es nicht.« Ted betrachtete die Glut seiner Zigarette, und als er aufblickte, sah Bobby, daß seine Augen vor Tränen schwammen. »Ich glaube nicht.«

Beim Anblick dieser Tränen verlor Bobby die Beherrschung. Er lief durchs Zimmer und wollte Ted an sich drücken, *mußte* ihn an sich drücken. Er blieb stehen, als Ted die Arme hob und sie vor der Brust seines schlabbrigen Altmännerhemds verschränkte. Aus Teds Miene sprach so etwas wie erschrockene Überraschung.

Bobby blieb stehen, wo er war, die Arme immer noch ausgestreckt, um ihn an sich zu drücken. Langsam ließ er sie sinken. Keine Umarmung, keine Berührung. Das war die Spielregel, aber die Spielregel war gemein. Die Spielregel war falsch.

»Werden Sie mir schreiben?« fragte er.

»Ich werde dir Postkarten schicken«, erwiderte Ted, nachdem er einen Augenblick überlegt hatte. »Aber nicht direkt an dich – das könnte für uns beide gefährlich sein. Was soll ich tun? Hast du irgendeine Idee?«

Bobby überlegte keine Sekunde. »Schicken Sie sie an Carol«, sagte er.

»Wann hast du ihr von den niederen Männern erzählt, Bobby?« In Teds Stimme war kein Tadel. Wieso auch? Er ging fort, oder nicht? Es war doch völlig egal. So egal, daß der Bursche, der die Geschichte über den Einkaufswagendieb verbrochen hatte, auch einen Zeitungsartikel hätte schreiben können: VERRÜCKTER ALTER MANN FLIEHT VOR AUSSERIRDISCHER INVASION. Die Leute würden es einander bei Kaffee und Frühstücksmüsli vorlesen und lachen. Wie hatte Ted es an jenem Tag genannt? Brachialer Kleinstadthumor, oder nicht? Aber wenn es so komisch war, weshalb tat es dann weh? Weshalb tat es so weh?

»Heute«, sagte er kleinlaut. »Ich hab sie im Park gesehen, und da ist alles irgendwie einfach … rausgekommen.«

»So was kann passieren«, sagte Ted ernst. »Ich weiß das gut; manchmal bricht der Damm einfach. Und vielleicht ist es auch gut so. Wirst du ihr erzählen, daß ich versuchen werde, über sie mit dir in Kontakt zu treten?«

»Ja.«

Ted tippte sich nachdenklich mit einem Finger an die Lippen. Dann nickte er. »Oben auf den Karten, die ich dir schicke, wird *Liebe C.* stehen, statt *Liebe Carol*. Und ich werde mit *Ein Freund* unterschreiben. Dadurch wißt ihr beide, von wem die Karte ist. Okay?«

»Ja«, sagte Bobby. »Prima.« Es war nicht prima, nichts von all dem war prima, aber es würde gehen.

Er hob plötzlich die Hand, küßte die Finger und pustete darauf. Ted, der auf dem Sofa saß, lächelte, fing den Kuß auf und legte ihn auf seine faltige Wange. »Geh jetzt lieber ins Bett, Bobby. Es war ein langer Tag, und es ist spät.«

Bobby ging ins Bett.

Zuerst dachte er, es wäre der gleiche Traum wie zuvor – Biderman, Cushman und Dean jagten seine Mom durch den Dschungel von William Goldings Insel. Dann merkte Bobby, daß die Bäume und Ranken zur Tapete gehörten und daß der Pfad unter den fliegenden Füßen seiner Mutter brauner Teppichboden war. Kein Dschungel, sondern ein Hotelflur. Es handelte sich um seine innere Version des Warwick Hotel.

Mr. Biderman und die anderen beiden Wichser jagten ihr jedoch immer noch nach. Und auch die Jungs von St. Gabe's waren jetzt hinter ihr her – Willie, Richie und Harry Doolin. Alle hatten diese rot-weißen Farbstreifen im Gesicht. Und alle trugen knallgelbe Wämser mit einem leuchtendroten Auge darauf:

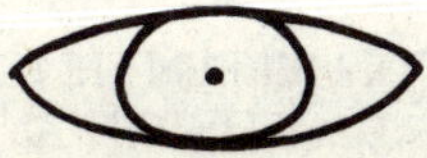

Abgesehen von den Wämsern waren sie nackt. Ihre Geschlechtsteile schlenkerten und schlackerten in buschigen Schamhaarnestern. Alle außer Harry Doolin schwangen Speere; Harry hatte seinen Baseballschläger in der Hand, der an beiden Enden scharf angespitzt war.

»Stecht das Miststück ab!« brüllte Cushman.

»Trinkt ihr Blut!« rief Don Biderman und warf seinen Speer nach Liz Garfield, als diese gerade um eine Ecke flitzte. Der Speer blieb zitternd in einer der Wände mit der Dschungelbemalung stecken.

»Rammt ihr das Ding in die dreckige Fotze!« rief Willie – Willie, der nett sein konnte, wenn seine Freunde nicht dabei waren. Das rote Auge auf seiner Brust glotzte. Sein Penis darunter schien ebenfalls zu glotzen.

Lauf, Mom! versuchte Bobby zu schreien, aber es kam kein Wort heraus. Er hatte keinen Mund, keinen Körper. Er war da und auch wieder nicht. Er flog neben seiner Mutter her wie ihr Schatten. Er hörte sie keuchend Luft holen, sah ihren zitternden, angstvoll aufgerissenen Mund und ihre zerrissenen Strümpfe. Ihr schickes Kleid war ebenfalls zerrissen. Eine ihrer Brüste war zerkratzt und blutig. Eins ihrer Augen war beinahe geschlossen. Sie sah aus, als hätte sie ein paar Runden mit Eddie Albini oder Hurricane Haywood hinter sich ... oder vielleicht auch mit beiden zugleich.

»Wir schlitzen dich auf!« brüllte Richie.

»Fressen dich bei lebendigem Leib!« pflichtete ihm Curtis Dean (aus vollem Halse) bei. »Trinken dein Blut, verstreuen dein Gedärm!«

Seine Mom schaute sich nach ihnen um, und ihre Füße (sie hatte die Schuhe irgendwo verloren) stießen gegeneinander. *Tu das nicht, Mom,* stöhnte Bobby. *Um Himmels willen, tu das nicht.*

Als hätte sie ihn gehört, schaute Liz wieder nach vorn und versuchte, noch schneller zu laufen. Sie kam an einem Anschlag an der Wand vorbei:

BITTE HELFEN SIE UNS,
UNSER HAUSSCHWEIN ZU FINDEN!
LIZ ist unser MASKOTTCHEN!
LIZ IST 34 JAHRE ALT!
Sie ist eine ÜBELLAUNIGE SAU, aber WIR LIEBEN SIE!
Sie tut, was man will, wenn man »ICH VERSPRECH'S« sagt
(oder)
»DA LIEGT GELD DRIN«!
rufen sie an: HOusitonic 5-8337
(oder)
BRINGEN Sie sie zum WILLIAM PENN GRILLE!
Motto: »WIR HÄTTEN'S GERN **BLUTIG**!«

Seine Mom sah den Anschlag auch, und als ihre Knöchel diesmal gegeneinanderprallten, fiel sie wirklich hin.

Steh auf, Mom! schrie Bobby, aber das tat sie nicht – vielleicht konnte sie es nicht. Statt dessen kroch sie auf dem braunen Teppich entlang und schaute sich dabei um; die Haare hingen ihr in verschwitzten Klumpen über Wangen und Stirn. Ihr Kleid war am Rücken weggerissen worden, und Bobby konnte ihren nackten Hintern sehen – ihre Unterhose war fort. Noch schlimmer – die Rückseiten ihrer Schenkel waren mit Blut bespritzt. Was hatten sie mit ihr gemacht? Lieber Gott, was hatten sie mit seiner Mutter gemacht?

Don Biderman kam *vor* ihr um die Ecke – er hatte eine Abkürzung gefunden und ihr den Weg abgeschnitten. Die anderen waren direkt hinter ihm. Jetzt ragte Mr. Bidermans Schwanz genauso nach oben, wie es der von Bobby morgens manchmal tat, bevor Bobby aus dem Bett stieg und ins Badezimmer ging. Nur daß Mr. Bidermans Schwanz riesig war, er sah aus wie ein Krake, ein Triffid, ein *Monstah,* und Bobby glaubte zu wissen, weshalb seine Mutter Blut an den Beinen hatte. Er wollte es nicht, aber er glaubte es zu wissen.

Laßt sie in Ruhe! versuchte er Mr. Biderman anzuschreien. *Laßt sie in Ruhe, habt ihr nicht schon genug angerichtet?*

Das scharlachrote Auge auf Mr. Bidermans gelbem Wams öffnete sich plötzlich weiter ... und glitt zur Seite. Bobby war unsichtbar, sein Körper befand sich eine Welt unter dieser auf dem rotierenden Kreisel ... aber das rote Auge sah ihn. Das rote Auge sah *alles.*

»Stecht das Schwein ab, trinkt sein Blut«, sagte Mr. Biderman mit belegter, fast nicht wiederzuerkennender Stimme und setzte sich in Bewegung.

»Stecht das Schwein ab, trinkt sein Blut«, fielen Bill Cushman und Curtis Dean ein.

»Stecht das Schwein ab, verstreut sein Gedärm, eßt sein Fleisch«, intonierten Willie und Richie und schlossen sich den Wichsern an. Ihre Schwänze hatten sich wie jene der Männer in Speere verwandelt.

»Eßt das Schwein, trinkt es, verstreut es, *fickt* es«, stimmte Harry ein.

Steh auf, Mom! Laß es nicht zu!

Sie versuchte es. Aber noch während sie sich mühsam aufrappelte, sprang Mr. Biderman sie an. Die anderen folgten ihm, umzingelten sie, und als ihre Hände ihr die Fetzen ihrer Kleider vom Leib zu reißen begannen, dachte Bobby: *Ich will hier raus, ich will wieder über den Kreisel hinunter in meine eigene Welt, will ihn anhalten und andersrum drehen, damit ich in mein eigenes Zimmer in meiner eigenen Welt zurück kann …*

Allerdings war es kein Kreisel, und Bobby wußte es, noch während die Bilder des Traumes sich auflösten und dunkel wurden. Es war kein Kreisel, sondern ein Turm, eine reglose Spindel, auf der sich alles Seiende bewegte und drehte. Dann war sie verschwunden, und für eine kleine Weile gab es nur noch ein gnädiges Nichts. Als Bobby die Augen aufschlug, war sein Zimmer in hellen Sonnenschein gebadet – sommerlichen Sonnenschein an einem Donnerstagmorgen im letzten Juni von Eisenhowers Präsidentschaft.

IX. Schlimmer Donnerstag.

Eins mußte man Ted Brautigan lassen: Kochen konnte er. Das Frühstück, das er Bobby hinschob – lockeres Rührei, Toast, knuspriger Schinkenspeck –, war erheblich besser als alles, was seine Mutter je zum Frühstück gemacht hatte (ihre Spezialität waren riesige, geschmacklose Pfannkuchen, die sie beide in Aunt Jemima's Sirup ertränkten), und konnte es problemlos mit allem aufnehmen, was man im Colony Diner oder im Harwich bekam. Das einzige Problem war, daß Bobby keinen Appetit hatte. Er konnte sich nicht an die Einzelheiten seines Traumes erinnern, aber er wußte, daß es ein Alptraum gewesen war und daß er irgendwann zwischendurch geweint haben mußte – beim Aufwachen war sein Kissen feucht gewesen. Dennoch war der Traum nicht der einzige Grund, warum er an diesem Morgen zu nichts Lust hatte und niedergeschlagen war; Träume waren schließlich nicht real. Teds Abreise dagegen würde real sein. Und endgültig.

»Fahren Sie gleich vom Corner Pocket aus weiter?« fragte Bob, als Ted mit seinem eigenen Teller Rührei und Schinken ihm gegenüber Platz nahm. »Ja, nicht wahr?«

»Ja, das wird am sichersten sein.« Er begann zu essen, aber langsam und sichtlich, ohne es zu genießen. Er fühlte sich also ebenfalls schlecht. Bobby war froh. »Ich werde deiner Mutter erzählen, daß mein Bruder in Wisconsin krank ist. Mehr braucht sie nicht zu wissen.«

»Nehmen Sie den großen grauen Hund?«

Ted lächelte kurz. »Wahrscheinlich den Zug. Denk dran, ich bin ziemlich wohlhabend.«

»Welchen Zug?«

»Es ist besser, wenn du die Einzelheiten nicht kennst, Bobby. Was du nicht weißt, kannst du nicht verraten. Nicht mal, wenn man dich dazu zwingen will.«

Bobby überlegte sich das kurz, dann fragte er: »Denken Sie an die Postkarten?«

Ted hob ein Stück Schinkenspeck an den Mund, dann legte er es wieder hin. »Postkarten, jede Menge Postkarten. Versprochen. Jetzt laß uns nicht weiter darüber reden.«

»Worüber sollen wir sonst reden?«

Ted dachte darüber nach, dann lächelte er. Sein Lächeln war freundlich und offen; wenn er lächelte, konnte Bobby erkennen, wie er ausgesehen haben mußte, als er zwanzig Jahre alt und stark gewesen war.

»Über Bücher natürlich«, sagte Ted. »Wir werden über Bücher reden.«

Es würde ein drückend heißer Tag werden, das war um neun Uhr bereits klar. Bobby half beim Abwasch, trocknete ab und räumte das Geschirr und das Besteck weg. Dann setzten sie sich ins Wohnzimmer, wo Teds Ventilator sein Bestes tat, die jetzt schon träge Luft in Bewegung zu halten, und sprachen über Bücher ... oder vielmehr, *Ted* sprach über Bücher. Und an diesem Vormittag, wo er nicht vom Kampf Albini gegen Haywood abgelenkt wurde, hörte Bobby hungrig zu. Er verstand nicht alles, was Ted sagte, aber er begriff immerhin, daß Bücher ihre eigene Welt bildeten und daß die Harwich Public

Library nicht diese Welt war. Die Bibliothek war nur der Eingang zu dieser Welt.

Ted sprach über William Golding und »negative Utopien«, wie er es nannte, ging dann zu H. G. Wells' *Zeitmaschine* über und deutete an, daß es eine Verbindung zwischen den Morlocks und den Eloi einerseits und Jack und Ralph auf Goldings Insel andererseits gebe; er sprach über die »einzige Rechtfertigung der Literatur«, wie er sich ausdrückte, nämlich die Beschäftigung mit den Fragen von Unschuld und Erfahrung, von Gut und Böse. Gegen Ende dieses improvisierten Vortrags erwähnte er einen Roman mit dem Titel *Der Exorzist*, der sich mit diesen beiden Fragen befaßte (»im populären Kontext«), und verstummte dann abrupt. Er schüttelte den Kopf, als wollte er ihn wieder klarbekommen.

»Was ist?« Bobby trank einen Schluck von seiner Kräuterlimonade. Er mochte sie immer noch nicht besonders, aber sie war das einzige nichtalkoholische Getränk im Kühlschrank. Außerdem war sie kalt.

»Was geht nur in meinem Hirn vor?« Ted fuhr sich mit einer Hand über die Stirn, als hätte er auf einmal Kopfschmerzen bekommen. »Das ist ja noch gar nicht geschrieben.«

»Was meinen Sie damit?«

»Nichts. Ich rede wirres Zeug. Warum gehst du nicht eine Weile raus und vertrittst dir die Beine? Vielleicht lege ich mich ein bißchen hin. Ich hab letzte Nacht nicht sehr gut geschlafen.«

»Okay.« Bobby nahm an, daß ihm ein bißchen frische Luft – selbst wenn es *heiße* frische Luft war – guttun würde. Und obwohl es interessant war, Ted zuzuhören, hatte er zuletzt das Gefühl gehabt, als kämen die Wände der Wohnung auf ihn zu. Er fühlte sich mies, weil Ted ihn verließ, dachte Bobby. Was für ein trauriger kleiner Reim: Er fühlte sich mies, weil Ted ihn verließ.

Als er in sein Zimmer zurückging, um seinen Baseballhandschuh zu holen, dachte er für eine Sekunde an den Schlüsselring aus dem Corner Pocket – er würde ihn Carol geben, damit sie wußte, daß sie nun miteinander gingen. Dann fielen ihm Harry Doolin, Richie O'Meara und Willie Shearman ein. Die waren irgendwo da draußen, klar waren sie das, und wenn sie ihn allein erwischten, würden sie ihm wahrscheinlich die Scheiße aus dem Leib prügeln. Zum ersten Mal seit zwei oder drei Tagen ertappte sich Bobby bei dem Wunsch, Sully wäre hier. Sully war ein kleiner Junge wie er, aber er war zäh. Doolin und seine Freunde würden ihn vielleicht verprügeln, aber Sully-John würde sie teuer dafür bezahlen lassen. S-J war jedoch im Camp, und damit hatte sich's.

Bobby kam überhaupt nicht auf den Gedanken, im Haus zu bleiben – er konnte sich nicht den ganzen Sommer vor Willie Shearman und seinesgleichen verstecken, das wäre bescheuert –, aber als er hinausging, ermahnte er sich, vorsichtig zu sein und nach ihnen Ausschau zu halten. Solange er sie kommen sah, würde es keine Probleme geben.

Mit den Jungs von St. Gabe's im Kopf verließ Bobby die 149, ohne einen weiteren Gedanken an den Schlüsselanhänger, sein spezielles Souvenir von ›da unten‹, zu verschwenden. Er lag auf dem Badezimmerbord neben seinem Zahnputzglas, da, wo er ihn am Abend zuvor hingelegt hatte.

Er stiefelte durch ganz Harwich, wie ihm schien – von der Broad Street zum Commonwealth Park (heute waren keine Jungs von St. Gabe's auf Platz C; das American-Legion-Team war da, übte in der heißen Sonne Schlagen und verscheuchte die Fliegen), vom Park zum Marktplatz, vom Marktplatz zum Bahnhof. Als er in dem kleinen Zeitungskiosk unter der Überführung stand und sich die Taschenbücher ansah (Mr. Burton, der den Laden führte, ließ einen eine Weile herumstöbern, solange man nicht »die Waa'n« berührte, wie er es nannte), ging die Stadtsirene los und erschreckte sie beide.

»Heilje Mutta Gottes, was 'n nu los?« fragte Mr. Burton entrüstet. Er hatte Kaugummipackungen über den ganzen Boden verstreut und bückte sich nun, um sie aufzuheben. Seine graue Wendeschürze hing herunter. »Is doch erst Viertel nach elf!«

»Stimmt, ist zu früh«, pflichtete Bobby ihm bei und verließ den Zeitungskiosk kurz darauf. Das Stöbern in Büchern hatte seinen Reiz für ihn verloren. Er ging zur River Avenue und legte auf dem Weg dorthin an der Tip-Top Bakery einen Zwischenstopp ein, um einen halben Laib Brot von gestern zu kaufen (zwei Cent) und Georgie Sullivan zu fragen, wie es S-J ging.

»Dem geht's prima«, sagte S-Js ältester Bruder. »Wir haben am Dienstach 'ne Karte gekricht, auf der steht, daß er die Famillje vermißt und heimkommen will. Am Mittwoch kam eine, da stand drauf, er lernt tauchen. Und auf der von heute morgen steht, er amüsiert sich prächtich, er will für immer dableiben.« Er lachte, ein großer irischer Junge von zwanzig Jahren mit kräftigen irischen Armen und Schultern. »Mach schon sein, daß er für immer dableiben will, aber Ma würd ihn höllisch vermissen. Willste damit die Enten füttern?«

»Ja, wie immer.«

»Laß se nich an deinen Fingern knabbern. Die verdammten Flußenten haben Krankheiten. Sie –«

Die Rathausuhr auf dem Marktplatz begann, zwölf Uhr zu schlagen, obwohl es erst Viertel vor war.

»Was is 'n heute los?« fragte Georgie. »Erst kommt die Sirene zu früh, jetzt geht die verdammte Rathausuhr vor.«

»Vielleicht liegt's an der Hitze«, sagte Bobby.

Georgie sah ihn zweifelnd an. »Tja ... is 'ne genauso gute Erklärung wie jede andere.«

Ja, dachte Bobby auf dem Weg nach draußen. *Und weitaus ungefährlicher als so manche.*

Bobby ging zur River Avenue und knabberte unterwegs an dem Brot. Als er eine Bank am Housatonic River gefunden hatte, war der größte Teil des halben Laibs in seinem eigenen Magen verschwunden. Enten kamen eifrig aus dem Schilf gewatschelt, und Bobby begann, ihnen das restliche Brot hinzustreuen, wie immer belustigt davon, wie gierig sie nach den Brocken rannten und wie sie den Kopf zurückwarfen, um sie zu schlucken.

Nach einer Weile wurde er schläfrig. Er schaute über den Fluß hinaus, auf die Netze aus reflektiertem Licht, die auf der Oberfläche schimmerten, und wurde noch schläfriger. Er hatte in der vergangenen Nacht zwar geschlafen, aber es war kein friedlicher Schlaf gewesen. Jetzt döste er mit den Händen voller Brotkrumen ein. Die Enten fraßen alles auf, was im Gras lag, und kamen dann mit leisem, nachdenklichem Gequake näher. Die Uhr auf dem Marktplatz schlug um zwanzig nach zwölf zwei Uhr, was bei den Leuten in der Innenstadt Kopfschütteln auslöste und dazu führte, daß sie einander fragten, wie weit es mit der Welt schon gekommen sei. Bobby schlief allmählich immer tiefer, und als ein Schatten auf ihn fiel, sah und spürte er ihn nicht.

»Hey, Kleiner.«

Die Stimme war leise und angespannt. Bobby setzte sich ruckartig auf und schnappte nach Luft; seine Hände öffneten sich und ließen das restliche Brot fallen. Die Schlangen begannen wieder in seinem Magen herumzukriechen. Es war weder Willie Shearman noch Richie O'Meara oder Harry Doolin – das wußte er, obwohl er noch gar nicht richtig wach war –, aber Bobby wünschte beinahe, es wäre einer von ihnen. Sogar alle drei. Eine Tracht Prügel war nicht das Schlimmste, was einem zustoßen konnte. Nein, bei weitem nicht. Heiliger Strohsack, warum war er bloß *eingeschlafen?*

»Kleiner.«

Die Enten traten Bobby auf die Füße und zankten sich um das unerwartete Geschenk. Ihre Flügel schlugen flatternd gegen seine Knöchel und Schienbeine, aber er nahm es nur von ganz weit weg wahr. Er sah den Schatten eines Männerkopfs auf dem Gras vor ihm. Der Mann stand hinter ihm.

»Kleiner.«

Langsam und geräuschvoll drehte Bobby sich um. Der Mantel des Mannes würde gelb sein, mit einem Auge darauf, einem glotzenden roten Auge.

Aber der Mann, der dort stand, trug einen braunen Sommeranzug, dessen Jackett von einem Bäuchlein ausgebeult wurde, das ein großer Bauch zu werden begann, und Bobby wußte sofort, daß es doch keiner von *ihnen* war. Er spürte kein Jucken hinter den Augen, sah keine schwarzen Fäden in seinem Gesichtsfeld … aber die Hauptsache war, daß dies nicht irgendeine *Kreatur* war, die nur so tat, als wäre sie ein Mensch; dies *war* ein Mensch.

»Was ist?« fragte Bobby. Seine Stimme war leise und undeutlich. Er konnte immer noch nicht glauben, daß er einfach so eingeschlafen, einfach so weggetreten war. »Was wollen Sie?«

»Ich geb dir zwei Dollar, wenn du dir von mir einen blasen läßt«, sagte der Mann in dem braunen Anzug. Er langte in die Tasche seines Jacketts und holte seine Brieftasche heraus. »Wir können hinter den Baum da drüben gehen. Da sieht uns keiner. Und es wird dir gefallen.«

»Nein«, sagte Bobby und stand auf. Er war nicht ganz sicher, wovon der Mann in dem braunen Anzug redete, aber er konnte es sich einigermaßen vorstellen. Die Enten liefen auseinander, doch das Brot war so verlockend, daß sie nicht widerstehen konnten, und sie kamen zurück und pickten und tanzten um Bobbys Turnschuhe herum. »Ich muß jetzt nach Hause. Meine Mutter …«

Der Mann kam näher. Er hatte immer noch die Brieftasche in der Hand. Es war, als hätte er beschlossen, sie Bobby gleich ganz zu geben, nicht nur die zwei lausigen Dollar. »Du brauchst es nicht bei mir zu machen, ich mach's bloß bei dir. Na komm, was meinst du? Sagen wir, drei Dollar.« Die Stimme des Mannes zitterte jetzt, sie tanzte die Tonleiter auf und ab; im einen Moment schien er zu lachen, im nächsten beinahe zu weinen. »Mit drei Dollar kannst du einen Monat lang ins Kino gehen.«

»Nein, wirklich, ich –«

»Es wird dir gefallen, es gefällt allen meinen Jungs.« Er streckte die Hand nach Bobby aus, und auf einmal dachte Bobby daran, wie Ted ihn an den Schultern gepackt, die Hände in seinem Nacken verschränkt und ihn zu sich herangezogen hatte, bis sie einander fast nahe genug gewesen waren, um sich zu küssen. Das war nicht so gewesen wie dies hier … und doch war es auch so gewesen. Irgendwie schon.

Ohne darüber nachzudenken, was er tat, bückte sich Bobby und schnappte sich eine der Enten. Er hob sie hoch – ein überraschtes Gestöber von Schnabel, Flügeln und paddelnden Füßen –, erhaschte einen flüchtigen Blick auf eine schwarze

Perle von einem Auge und warf sie dann nach dem Mann im braunen Anzug. Der Mann schrie auf, hob die Hände, um sein Gesicht zu schützen, und ließ die Brieftasche fallen.

Bobby rannte los.

Auf dem Heimweg überquerte er den Marktplatz, als er an einem Telefonmast vor dem Süßwarenladen einen Anschlag sah. Er ging hinüber und las ihn in stummem Entsetzen. Er konnte sich nicht mehr an seinen Traum in der vergangenen Nacht erinnern, aber darin war auch so etwas vorgekommen. Er war sicher.

HABEN SIE BRAUTIGAN GESEHEN!
Er ist ein ALTER KÖTER, aber WIR LIEBEN IHN!
BRAUTIGAN hat WEISSES FELL und BLAUE AUGEN!
Er ist FREUNDLICH!
FRISST EINEM AUS DER HAND!
Wir zahlen EINE SEHR HOHE BELOHNUNG
($$$$)
WENN SIE BRAUTIGAN GESEHEN HABEN!
RUFEN SIE AN: HOusitonic 5-8337!
(ODER)
BRINGEN SIE BRAUTIGAN zur 745 Highgate Avenue!
Da wohnt FAMILIE SAGAMORE!

Das ist kein guter Tag, dachte Bobby, während er zusah, wie seine Hand sich nach vorn streckte und den Anschlag vom Telefonmast abriß. Dahinter sah er einen blauen Drachenschwanz von einer Glühbirne an der Anschlagtafel des Harwich Theater herabbaumeln. *Das ist überhaupt kein guter Tag. Ich hätte die Wohnung gar nicht verlassen sollen. Ich hätte gleich im Bett bleiben sollen.*

HOusitonic 5-8337, genau wie auf dem Anschlag mit Phil, dem Welsh Corgi. Nur ... wenn es eine HOusitonic-Vermittlung in Harwich gab, dann hatte Bobby noch nie davon gehört. Einige Nummern gehörten zur HArwich-Vermittlung. Andere zur COmmonwealth. Aber HOusitonic? Nein. Die gab es weder hier noch in Bridgeport.

Er zerknüllte den Zettel und warf ihn in den Abfallkorb an der Ecke (SORGEN SIE DAFÜR, DASS UNSERE STADT SAUBER UND GRÜN BLEIBT), aber auf der anderen Straßenseite fand er noch einen. Weiter vorn entdeckte er einen dritten, der an einen Eckbriefkasten geklebt war. Die riß er ebenfalls ab. Die niederen Männer arbeiteten sich entweder heran, oder sie waren verzweifelt. Vielleicht beides. Ted durfte heute keinen Fuß vor die Tür setzen – das würde Bobby ihm sagen müssen. Und er würde fluchtbereit sein müssen. Auch das würde er ihm sagen.

Bobby nahm eine Abkürzung durch den Park. Er hatte es so eilig, nach Hause zu kommen, daß er beinahe rannte und den leisen, keuchenden Schrei von links kaum hörte, als er an den Baseballplätzen vorbeikam: »Bobby ...«

Er blieb stehen und schaute zu dem Wäldchen hinüber, wo Carol tags zuvor mit ihm hingegangen war, als er zu heulen begonnen hatte. Und als der keuchende Schrei wieder ertönte, erkannte er, daß *sie* das war.

»Bobby, wenn du das bist, bitte hilf mir ...«

Er bog von dem zementierten Weg ab und tauchte in das Wäldchen ein. Bei dem Anblick, der sich ihm dort bot, ließ er seinen Baseballhandschuh zu Boden fallen. Es war ein Alvin-Dark-Handschuh, und Bobby sah ihn nie wieder. Irgend jemand hatte ihn dort wohl gefunden und einfach mitgehen lassen, dachte er später. Und wenn schon. Im weiteren Verlauf dieses Tages war der lausige Baseballhandschuh die geringste seiner Sorgen.

Carol saß mit angezogenen Knien unter der Ulme, unter der sie ihn getröstet hatte. Ihr Gesicht war aschgrau. Um ihre Augen lagen dunkle Schockringe, die ihr ein waschbärenhaftes Aussehen verliehen. Ein Blutfaden rann aus einem Nasenloch. Ihr linker Arm war vor den Bauch gepreßt und zog ihre Bluse über den Knospen straff, die in ein oder zwei Jahren Brüste sein würden. Die rechte Hand hatte sie um den Ellbogen dieses Arms gelegt.

Sie trug Shorts und eine kittelartige Bluse mit langen Ärmeln – eins jener Kleidungsstücke, die man sich einfach überstreifte. Später würde Bobby einen Großteil der Schuld an den weiteren Geschehnissen dieses Tages ihrer blöden Bluse geben. Sie mußte sie zum Schutz vor Sonnenbrand getragen haben; ihm fiel kein anderer Grund ein, warum man an einem derart mörderisch heißen Tag etwas Langärmeliges anziehen sollte. Hatte sie die Bluse selbst ausgewählt, oder hatte Mrs. Gerber sie gezwungen, sie anzuziehen? Und spielte es überhaupt eine Rolle? *Ja*, sollte Bobby denken, als er die Zeit dazu hatte. *Es hat eine Rolle gespielt, und ob es eine Rolle gespielt hat.*

Aber momentan war die Bluse mit den langen Ärmeln nebensächlich. Das einzige, was ihm in diesem ersten Augenblick auffiel, war Carols linker Oberarm. Er schien nicht nur eine Schulter zu haben, sondern zwei.

»Bobby«, sagte sie und sah ihn mit glänzenden, benommenen Augen an. »Sie haben mir weh getan.«

Sie stand natürlich unter Schock. Er hatte mittlerweile selbst einen Schock und handelte rein instinktiv. Er versuchte, sie hochzuziehen, und sie schrie vor Schmerz auf – lieber Gott, was für ein Laut.

»Ich laufe los und hole Hilfe«, sagte er, während er sie zurücksinken ließ. »Bleib einfach sitzen und versuch dich nicht zu bewegen.«

Sie schüttelte den Kopf – vorsichtig, darauf bedacht, ihren Arm dabei stillzuhalten. Ihre blauen Augen waren beinahe schwarz vor Schmerzen und Entsetzen. »Nein, Bobby, nicht, laß mich nicht hier allein – was ist, wenn sie zurückkommen? Was ist, wenn sie zurückkommen und mir noch mehr weh tun?« Manches von dem, was an diesem langen, heißen Donnerstag geschah, bekam er überhaupt nicht mit, es ging in der Schockwelle unter, aber dies stand ihm immer klar vor Augen: Carol, die zu ihm aufblickte und sagte, *Was ist, wenn sie zurückkommen und mir noch mehr weh tun?*

»Aber ... Carol ...«

»Ich kann gehen. Wenn du mir hilfst, kann ich gehen.«

Bobby legte ihr zögernd einen Arm um die Taille und hoffte, daß sie nicht wieder schreien würde. Das war schlimm gewesen.

Carol kam langsam auf die Beine; sie stützte sich mit dem Rücken am Baumstamm ab. Ihr linker Arm bewegte sich ein wenig, als sie aufstand. Die groteske doppelte Schulter wölbte sich vor und bog sich. Sie stöhnte, schrie aber Gott sei Dank nicht.

»Laß uns lieber aufhören«, sagte Bobby.

»Nein, ich will weg von hier. Hilf mir! O Gott, tut das weh.«

Sobald sie richtig stand, schien es ein bißchen besserzugehen. Sie verließen das Wäldchen langsam, Seite an Seite, mit der feierlichen Ernsthaftigkeit eines Paares, das in Bälde heiraten will. Außerhalb des Schattens der Bäume schien der Tag noch heißer zu sein als zuvor, und es war blendend hell. Bobby schaute sich um, sah jedoch keine Menschenseele. Irgendwo tiefer drinnen im Park sang ein Haufen kleiner Kinder (wahrscheinlich Sparrows oder Robins aus dem Sterling House) ein Lied, aber der Bereich um die Baseballplätze herum war völlig verlassen: keine Kinder, keine Mütter, die Kinderwagen schoben, keine Spur von Officer Raymer, dem Ortspolizisten, der einem manchmal ein Eis oder eine Tüte Erdnüsse kaufte, wenn er gute Laune hatte. Alle waren zu Hause und versteckten sich vor der Hitze.

Bobby hatte den Arm um Carols Taille gelegt, und so gingen sie langsam den Weg entlang, der an der Ecke Commonwealth und Broad auf die Straße mündete. Broad Street Hill war ebenso verlassen wie der Park; das Pflaster flimmerte wie die Luft über einem Verbrennungsofen. Kein einziger Fußgänger, kein einziges fahrendes Auto war zu sehen.

Sie traten auf den Bürgersteig hinaus, und Bobby wollte gerade fragen, ob sie es über die Straße schaffen würde, als Carol mit hoher, wispernder Stimme sagte: »O Bobby, ich werde ohnmächtig.«

Er blickte sie entsetzt an und sah, wie ihre Augen sich nach oben drehten, so daß nur noch das glänzende Weiße zu sehen war. Sie schwankte hin und her wie ein fast ganz durchgesägter Baum. Bobby bückte sich – er handelte rein instinktiv – und faßte sie um die Schenkel und den Rücken, als ihre Knie nachgaben. Da er rechts von ihr stand, verletzte er ihren linken Arm dabei nicht noch mehr, als er ohnehin schon verletzt worden war; außerdem umklammerte Carol trotz ihrer Ohnmacht weiterhin den linken Ellbogen mit der rechten Hand, so daß sie den Arm ziemlich ruhig hielt.

Carol Gerber war so groß wie Bobby, vielleicht sogar noch ein bißchen größer, und wog fast genauso viel wie er. Eigentlich sollte es ihm unmöglich sein, mit ihr auf den Armen die Broad Street hinaufzutaumeln, aber Menschen, die einen Schock haben, sind zu erstaunlichen Kraftanstrengungen fähig. Bobby trug sie, und zwar ohne zu taumeln; er *lief* unter dieser brennenden Junisonne. Niemand hielt ihn auf, niemand fragte ihn, was mit dem Mädchen los sei, niemand bot ihm Hilfe an. Auf der Asher Avenue konnte er Autos hören, aber dieser Teil der Welt hatte eine unheimliche Ähnlichkeit mit Midwich, wo alle gleichzeitig eingeschlafen waren.

Er kam überhaupt nicht auf die Idee, Carol zu ihrer Mutter zu bringen. Die Wohnung der Gerbers lag weiter oben, aber das war nicht der Grund. Bobby konnte nur an Ted denken. Er mußte sie zu Ted bringen. Ted würde wissen, was zu tun war.

Seine übernatürliche Kraft ließ allmählich nach, als er die Verandatreppe vor seinem Haus hinaufstieg. Er stolperte, und Carols groteske doppelte Schulter stieß gegen das Geländer. Sie versteifte sich in seinen Armen und schrie auf; ihre halbgeschlossenen Augen öffneten sich weit.

»Gleich da«, erklärte er ihr in einem keuchenden Flüsterton, der nicht viel mit seiner normalen Stimme gemein hatte. »Gleich da, tut mir leid, daß ich dich angestoßen hab, aber wir sind –«

Die Tür ging auf, und Ted kam heraus. Er trug eine graue Anzughose und ein enges, schulterfreies Unterhemd. Hosenträger hingen ihm in leeren, schwingenden Schlaufen auf die Knie. Seine Miene war überrascht und besorgt, aber nicht ängstlich.

Bobby schaffte die letzte Stufe der Verandatreppe und schwankte dann nach hinten. Einen schrecklichen Moment lang glaubte er, er würde hinunterfallen und sich womöglich den Schädel auf dem zementierten Gehweg einschlagen. Dann packte Ted ihn und hielt ihn fest.

»Gib sie mir«, sagte er.

»Gehen Sie erst rüber auf die andere Seite«, keuchte Bobby. Seine Arme sirrten wie Gitarrensaiten, und seine Schultern schienen in Flammen zu stehen. »Das ist die schlimme Seite.«

Ted kam herum und trat neben Bobby. Carol blickte zu ihnen auf. Ihr strohblondes Haar hing über Bobbys Handgelenk. »Sie haben mir weh getan«, flüsterte sie Ted zu. »Willie… ich hab ihn angefleht, ihnen zu sagen, daß sie aufhören sollen, aber er wollte nicht.«

»Nicht sprechen«, sagte Ted. »Das kriegen wir schon wieder hin.«

Er nahm sie Bobby so vorsichtig wie möglich ab, aber sie ruckelten dabei unwillkürlich ein bißchen an ihrem linken Arm. Die doppelte Schulter bewegte sich unter der weißen Kittelbluse. Carol stöhnte und begann dann zu weinen. Frisches Blut rann aus ihrem rechten Nasenloch, ein leuchtendroter Tropfen auf ihrer Haut. Vor Bobby blitzte ganz kurz ein Bild aus seinem Traum letzte Nacht auf: das Auge. Das rote Auge.

»Halt mir die Tür auf, Bobby.«

Bobby hielt sie weit auf. Ted trug Carol durch die Eingangshalle in die Wohnung der Garfields. Zur selben Zeit stieg Liz Garfield die eiserne Treppe hinunter, die vom Harwicher Bahnhof der New York, New Haven & Hartford Railroad zur Main Street hinabführte, wo ein Taxistand war. Sie bewegte sich langsam und bedächtig, wie eine chronische Invalide. Ein Koffer baumelte von jeder Hand herab. Mr. Burton, der Besitzer des Zeitungskiosks, stand zufällig gerade in seiner Tür und rauchte eine Zigarette. Er sah, wie Liz am Fuß der Treppe ankam, den Schleier ihres kleinen Hutes lüpfte und behutsam mit einem Taschentuch an ihrem Gesicht herumtupfte. Bei jeder Berührung zuckte sie zusammen. Sie hatte Make-up aufgelegt, viel sogar, aber das nützte nichts. Das Make-up lenkte nur die Aufmerksamkeit darauf, was ihr zugestoßen war. Der Schleier war besser, obwohl er nur den oberen Teil ihres Gesichts bedeckte, und jetzt ließ sie ihn wieder herab. Sie ging auf das erste der drei im Leerlauf vor sich hintuckernden Taxis zu, und der Fahrer stieg aus, um ihr mit den Koffern zu helfen.

Burton fragte sich, wer sie so übel zugerichtet hatte. Er hoffte, der Täter bekäme jetzt gerade eine Kopfmassage von großen Cops mit Knüppeln aus hartem Hickoryholz. Ein Mensch, der einer Frau so etwas antat, hatte es nicht besser verdient. Ein Mensch, der einer Frau so etwas antat, durfte nicht frei herumlaufen. Das war Burtons Meinung.

Bobby dachte, Ted würde Carol aufs Sofa legen, aber das tat er nicht. Im Wohnzimmer stand ein Stuhl mit gerader Lehne, und auf den setzte er sich mit ihr auf dem Schoß. Er hielt sie wie der Weihnachtsmann im Kaufhaus die kleinen Kinder, die zu ihm kamen, wenn er auf seinem Thron saß.

»Wo bist du sonst noch verletzt? Außer an der Schulter?«

»Sie haben mich in den Bauch geschlagen. Und in die Seite.«

»Welche Seite?«

»Die rechte.«

Ted zog ihre Bluse an dieser Seite behutsam hoch. Bobby sog zischend die Luft über die Unterlippe hinweg ein, als er den Bluterguß sah, der sich diagonal über ihren Brustkorb erstreckte. Er erkannte den Baseballschlägerumriß sofort. Er wußte, wessen Schläger das gewesen war: der von Harry Doolin, dem pickligen Lausejungen, der sich in der verkümmerten Welt seiner sogenannten Phantasie für Robin Hood hielt. Er, Richie O'Meara und Willie Shearman waren im Park auf Carol gestoßen, und Harry hatte sie mit seinem Baseballschläger bearbeitet, während Richie und Willie sie festgehalten hatten. Alle drei hatten gelacht und sie »Gerber-Baby« genannt. Vielleicht hatte es als Scherz begonnen und war dann außer Kontrolle geraten. War das nicht ziemlich genau dasselbe, was in *Herr der Fliegen* geschehen war? Alles war einfach ein bißchen außer Kontrolle geraten?

Ted berührte Carols Taille; seine knotigen Finger spreizten sich und glitten dann langsam an ihrer Seite nach oben. Er tat das mit leicht schiefgelegtem Kopf, als würde er lauschen, statt sie zu berühren. Vielleicht war es auch so. Carol schnappte nach Luft, als er den Bluterguß erreichte.

»Tut's weh?« fragte Ted.

»Ein bißchen. Nicht so schlimm wie meine Sch-Schulter. Sie haben mir den Arm gebrochen, oder?«

»Nein, ich glaube nicht«, erwiderte Ted.

»Ich hab's knacken hören. Die auch. Dann sind sie weggelaufen.«

»Das glaube ich gern, daß du das gehört hast. Tatsächlich.«

Tränen liefen ihr über die Wangen, und ihr Gesicht war immer noch aschfahl, aber sie wirkte jetzt ruhiger. Ted hielt ihre hochgezogene Bluse in den Achselhöhlen fest und sah sich den Bluterguß an. *Er weiß genausogut wie ich, was das für eine Form ist*, dachte Bobby.

»Wie viele waren es, Carol?«

Drei, dachte Bobby.

»D-Drei.«

»Drei Jungs?«

Sie nickte.

»Drei Jungs gegen ein Mädchen. Sie müssen Angst vor dir gehabt haben. Sie müssen dich für eine Löwin gehalten haben. Bist du eine Löwin, Carol?«

»Ich wünschte, ich wäre eine«, sagte Carol. Sie versuchte zu lächeln. »Ich wünschte, ich hätte brüllen und sie verjagen können. Sie haben mir w-w-*weh* getan.«

»Ja, ich weiß. Ich weiß.« Seine Hand glitt an ihrer Seite nach unten und umfaßte den von dem Baseballschläger stammenden Bluterguß an ihrem Brustkorb. »Atme mal ein.«

Der Bluterguß schwoll gegen Teds Hand; Bobby sah den blauroten Umriß zwischen seinen nikotinfleckigen Fingern. »Tut *das* weh?«

Sie schüttelte den Kopf.

»Wenn du atmest?«

»Nein.«

»Auch nicht, wenn deine Rippen gegen meine Hand drükken?«

»Nein. Nur ein bißchen. Was richtig weh tut, ist...« Sie warf einen raschen Blick auf den schrecklichen Umriß ihrer doppelten Schulter und schaute dann sofort wieder weg.

»Ich weiß. Arme Carol. Armer Schatz. Dazu kommen wir gleich. Wohin haben sie dich noch geschlagen? In den Bauch, hast du gesagt?«

»Ja.«

Ted zog ihr die Bluse vorne hoch. Dort war ein weiterer

blauer Fleck, aber dieser sah nicht ganz so schlimm und auch nicht ganz so blaurot aus. Er drückte vorsichtig mit den Fingern, erst über dem Bauchnabel, dann darunter. Sie sagte, sie habe dort keine richtigen Schmerzen wie in der Schulter, der Bauch tue nur ein bißchen weh, wie die Rippen.

»Auf den Rücken haben sie dich nicht geschlagen?«

»N-Nein.«

»Auf den Kopf oder an den Hals?«

»Nh-nhn, nur in die Seite und den Bauch, und dann haben sich mich gegen die Schulter geschlagen, und da war dieses Knacken, und sie haben's gehört und sind abgehauen. Ich hab gedacht, Willie Shearman wäre nett.« Sie warf Ted einen kummervollen Blick zu.

»Dreh den Kopf zu mir, Carol... gut... jetzt in die andere Richtung. Tut es nicht weh, wenn du ihn drehst?«

»Nein.«

»Und du bist sicher, daß sie dich nicht auf den Kopf geschlagen haben.«

»Nein. Ich meine, ja, ich bin sicher.«

»Da hast du Glück gehabt.«

Bobby fragte sich, wie Ted bloß auf die Idee kommen konnte, Carol habe *Glück* gehabt. Ihr linker Arm sah für ihn nicht nur gebrochen aus; er sah aus, als wäre er halb abgerissen. Er dachte plötzlich an ein Sonntagsessen mit Brathähnchen und das Geräusch, das die Keule machte, wenn man sie abdrehte. Sein Magen verknotete sich. Einen Moment lang glaubte er, er würde sein Frühstück und sein einziges Mittagessen, das altbackene Brot, wieder von sich geben.

Nein, befahl er sich. *Nicht jetzt, das geht nicht. Ted hat schon genug Probleme, da muß er dich nicht auch noch auf die Liste setzen.*

»Bobby?« Teds Stimme war klar und scharf. Er klang wie jemand, der mehr Lösungen als Probleme hatte, und das war eine große Erleichterung. »Alles in Ordnung mit dir?«

»Ja.« Und er glaubte, daß das stimmte. Sein Magen beruhigte sich allmählich wieder.

»Gut. Das hast du prima gemacht, daß du sie hierhergebracht hast. Kannst du noch ein bißchen so weitermachen?«

»Ja.«

»Ich brauche eine Schere. Kannst du mir eine holen?«

Bobby ging ins Zimmer seiner Mutter, öffnete die oberste Schublade ihrer Kommode und holte ihren Nähkorb aus Weidengeflecht heraus. Darin lag eine mittelgroße Schere. Mit dieser lief er rasch ins Wohnzimmer zurück und zeigte sie Ted. »Reicht die?«

»Vollkommen«, sagte Ted und nahm sie. Dann wandte er sich an Carol. »Ich werde deine Bluse kaputtmachen, Carol. Tut mir leid, aber ich muß mir jetzt deine Schulter ansehen, und ich will dir nicht mehr weh tun als unbedingt nötig.«

»Ist schon gut«, sagte sie und versuchte erneut zu lächeln. Bobby verspürte ein wenig Ehrfurcht vor ihrer Tapferkeit; wenn *seine* Schulter so ausgesehen hätte, hätte er wahrscheinlich geblökt wie ein Schaf, das sich in einem Stacheldrahtzahn verfangen hatte.

»Auf dem Heimweg kannst du ein Hemd von Bobby anziehen. Nicht wahr, Bobby?«

»Klar, ich hab nichts gegen ein paar Läuse.«

»Sehr *wit*-zig«, sagte Carol.

Ted schnitt den Kittel sorgfältig erst hinten und dann vorne auf. Anschließend zog er die beiden Teile wie eine Eierschale ab. Auf der linken Seite war er sehr vorsichtig, aber sie stieß einen heiseren Schrei aus, als Teds Finger ihre Schulter streiften. Bobby zuckte zusammen, und sein Herz, das mittlerweile wieder langsamer schlug, begann erneut zu rasen. »Tut mir leid«, sagte Ted leise. »Oje. Schau dir das an!«

Carols Schulter war übel zugerichtet, aber nicht so schlimm, wie Bobby befürchtet hatte – vielleicht traf das auf die meisten Dinge zu, sobald man sie sich genau ansah. Die zweite Schulter war oberhalb der normalen, und die Haut war dort so straff gespannt, daß Bobby nicht verstand, wieso sie nicht einfach aufriß. Sie hatte auch eine eigenartige lila Färbung angenommen.

»Wie schlimm ist es?« fragte Carol. Sie schaute in die andere Richtung, quer durchs Zimmer. Ihr kleines Gesicht hatte den abgehärmten, verhungerten Ausdruck eines UNICEF-Kindes. Soweit Bobby wußte, hatte sie ihre verletzte Schulter nach diesem einen raschen Blick nicht mehr angesehen. »Ich werde den ganzen Sommer einen Gips tragen müssen, stimmt's?«

»Ich glaube nicht, daß du überhaupt einen Gips tragen mußt.«

Carol schaute verwundert in Teds Gesicht hinauf.

»Der Arm ist nicht gebrochen, Kleines, nur ausgekugelt. Jemand hat dich auf die Schulter geschlagen –«

»Harry Doolin.«

»– und zwar so hart, daß das obere Ende des linken Oberarmknochens aus dem Gelenk gesprungen ist. Ich glaube, ich kann ihn wieder einrenken. Hältst du ein oder zwei Sekunden lang ziemlich schlimme Schmerzen aus, wenn du weißt, daß hinterher vielleicht alles wieder in Ordnung ist?«

»Ja«, sagte sie sofort. »Machen Sie ihn heil, Mr. Brautigan. Machen Sie ihn heil.«

Bobby sah ihn ein bißchen skeptisch an. »Können Sie das wirklich?«

»Ja. Gib mir deinen Gürtel.«

»*Was?*«

»Deinen Gürtel. Gib ihn mir.«

Bobby zog seinen Gürtel – einen ziemlich neuen, den er zu Weihnachten bekommen hatte – aus den Schlaufen und gab ihn Ted, der ihn entgegennahm, ohne den Blickkontakt mit Carol zu unterbrechen. »Wie heißt du mit Nachnamen, mein Schatz?«

»Gerber. Die haben Gerber-Baby zu mir gesagt, aber ich bin kein Baby.«

»Ganz bestimmt nicht. Und du wirst es jetzt gleich beweisen.« Er stand auf, setzte sie auf den Stuhl und kniete dann vor ihr nieder wie ein Schauspieler in einem alten Film, der zu einem Heiratsantrag anhebt. Er legte Bobbys Gürtel mit seinen großen Händen zweimal zusammen und stupste dann damit gegen ihre gesunde Hand, bis sie den Ellbogen losließ und die Finger um das Leder schloß. »Gut. Jetzt steck ihn dir in den Mund.«

»Ich soll mir Bobbys *Gürtel* in den *Mund* stecken?«

Ted sah ihr weiterhin in die Augen. Er begann ihren unverletzten Arm vom Ellbogen bis zum Handgelenk zu streicheln.

Seine Finger strichen über ihren Unterarm zum Handgelenk hinab… hielten inne… fuhren wieder zum Ellbogen hinauf… strichen den Unterarm wieder hinab. *Es ist, als ob er sie hypnotisierte,* dachte Bobby, aber eigentlich war gar kein »als ob« dabei; Ted hypnotisierte sie tatsächlich. Seine Pupillen hatten wieder mit ihren unheimlichen Kontraktionen begonnen, sie weiteten sich und zogen sich zusammen… weiteten sich und zogen sich zusammen… weiteten sich und zogen sich zusammen. Ihre Bewegungen und die seiner Finger waren genau im Takt. Carol starrte ihm mit leicht geöffnetem Mund ins Gesicht.

»Ted… Ihre Augen…«

»Ja, ja.« Er klang ungeduldig, nicht sehr interessiert daran, was seine Augen machten. »Schmerz steigt nach oben, Carol, hast du das gewußt?«

»Nein…«

Seine Augen, die ihre nicht losließen. Seine Finger an ihrem Arm, auf und ab. Auf… und ab. Seine Pupillen wie ein langsamer Herzschlag. Bobby sah, wie Carol sich auf dem Stuhl entspannte. Sie hielt den Gürtel immer noch in der Hand, und als Ted lange genug mit dem Streicheln aufhörte, um ihren Handrücken zu berühren, hob sie ihn widerspruchslos ans Gesicht.

»O ja«, sagte er, »Schmerz steigt von seiner Quelle zum Gehirn. Wenn ich deine Schulter wieder einrenke, wird das sehr weh tun – aber du wirst den größten Teil des Schmerzes mit dem Mund fangen, wenn er zum Gehirn hochsteigt. Du wirst mit den Zähnen in ihn hineinbeißen und ihn an Bobbys Gürtel festnageln, so daß nur ein kleiner Teil in deinen Kopf gelangt, wo es am meisten weh tut. Verstehst du mich, Carol?«

»Ja…« Ihre Stimme klang abwesend. Sie sah sehr klein aus, wie sie da auf dem Stuhl mit der geraden Lehne saß, nur in Shorts und Turnschuhen. Die Pupillen von Teds Augen waren wieder zur Ruhe gekommen, stellte Bobby fest.

»Steck den Gürtel in den Mund.«

Sie steckte ihn zwischen die Lippen.

»Beiß drauf, wenn es weh tut.«

»Wenn es weh tut.«

»Fang den Schmerz.«

»Ich fange ihn.«

Ted strich mit seinem großen Zeigefinger ein letztes Mal von ihrem Ellbogen zum Handgelenk, dann sah er Bobby an. »Wünsch mir Glück«, sagte er.

»Viel Glück«, erwiderte Bobby inbrünstig.

Geistesabwesend und verträumt sagte Carol Gerber: »Bobby hat eine Ente nach einem Mann geworfen.«

»Tatsächlich?« sagte Ted. Ganz, ganz sanft schloß er die linke Hand um Carols linkes Handgelenk.

»Bobby dachte, es wäre ein niederer Mann.«

Ted warf Bobby einen Blick zu.

»Kein solcher niederer Mann«, sagte Bobby. »Nur ... ach, egal.«

»Trotzdem«, sagte Ted. »Sie sind sehr nahe. Die Rathausuhr, die Sirene –«

»Ich hab's gehört«, sagte Bobby grimmig.

»Ich kann nicht warten, bis deine Mutter heute abend zurückkommt – das wäre zu riskant. Ich werde den Tag in einem Kino oder einem Park oder sonstwo verbringen. Wenn alles schiefgeht, gibt es billige Absteigen in Bridgeport. Bist du bereit, Carol?«

»Bereit.«

»Wenn der Schmerz hochsteigt, was machst du dann?«

»Ich fange ihn. Beiße ihn in Bobbys Gürtel.«

»Braves Mädchen. Zehn Sekunden, dann wird's dir schon viel besser gehen.«

Ted holte tief Luft. Dann streckte er die rechte Hand aus, bis sie direkt über der lila Wölbung in Carols Schulter in der Luft hing. »Jetzt kommt der Schmerz, mein Schatz. Sei tapfer.«

Es dauerte keine zehn Sekunden; nicht einmal fünf. Bobby kam es so vor, als geschähe es buchstäblich im Handumdrehen. Teds rechter Handballen drückte direkt auf den Knubbel, der aus Carols gestraffter Haut ragte. Gleichzeitig zog er fest an ihrem Handgelenk. Carols Kiefermuskeln traten hervor, als sie in Bobbys Gürtel biß. Bobby hörte ein kurzes Knirschen, wie es hin und wieder in seinem Nacken ertönte, wenn er mit steifem Hals den Kopf drehte. Und dann war die Wölbung in Carols Arm verschwunden.

»Bingo!« rief Ted. »Sieht gut aus! Carol?«

Sie machte den Mund auf. Bobbys Gürtel fiel heraus und landete in ihrem Schoß. Bobby sah eine Linie winziger Punkte, die ins Leder gegraben waren; sie hatte ihn fast ganz durchgebissen.

»Tut nicht mehr weh«, sagte sie erstaunt. Sie fuhr mit der rechten Hand nach oben zu der Stelle, wo die Haut jetzt eine dunkelrotere Färbung annahm, berührte den Bluterguß und zuckte zusammen.

»Das wird noch etwa eine Woche lang weh tun«, warnte Ted. »Und du darfst mit dem Arm mindestens zwei Wochen lang nichts werfen oder heben. Wenn du es doch tust, könnte er wieder aus dem Gelenk springen.«

»Ich werde aufpassen.« Jetzt war Carol imstande, ihren Arm anzusehen. Sie fuhr fort, den Bluterguß mit leichten, prüfenden Fingern zu betasten.

»Wieviel von dem Schmerz hast du gefangen?« fragte Ted, und obwohl sein Gesicht noch ernst war, glaubte Bobby, ein kleines Lächeln in seiner Stimme zu hören.

»Das meiste«, sagte sie. »Es hat fast gar nicht weh getan.« Sobald diese Worte jedoch heraus waren, sank sie auf dem Stuhl zusammen. Ihre Augen waren offen, starrten aber ins Leere. Carol war zum zweiten Mal ohnmächtig geworden.

Ted befahl Bobby, ihm einen feuchten Lappen zu bringen. »Kaltes Wasser«, sagte er. »Wring ihn aus, aber nicht zu stark.«

Bobby lief ins Badezimmer, nahm einen Waschlappen vom Bord neben der Badewanne und befeuchtete ihn mit kaltem Wasser. Die untere Hälfte des Badezimmerfensters bestand aus Milchglas, aber wenn er zur oberen Hälfte hinausgeschaut hätte, wäre sein Blick auf das Taxi gefallen, das draußen vorfuhr. Bobby schaute nicht hinaus; er konzentrierte sich auf seine Aufgabe. Er dachte auch nicht an den grünen Schlüsselanhänger, obwohl dieser direkt vor seinen Augen auf dem Bord lag.

Als Bobby ins Wohnzimmer zurückkam, saß Ted wieder auf dem Stuhl mit der geraden Lehne und hatte Carol auf dem Schoß. Bobby fiel auf, wie braun ihre Arme schon waren, verglichen mit dem reinen, glatten Weiß ihrer übrigen Haut (außer dort, wo sich die Blutergüsse abzeichneten). *Sie sieht aus, als hätte sie Nylonstrümpfe an den Armen*, dachte er ein wenig belustigt. Ihr Blick war klarer geworden und verfolgte Bobby, als er auf sie zukam, aber Carol sah immer noch nicht direkt wie das blühende Leben aus – ihr Haar war verfilzt, ihr Gesicht verschwitzt, und dann war da auch noch das trocknende Blutrinnsal zwischen Nasenloch und Mundwinkel.

Ted nahm den Lappen und begann ihr damit die Wangen und die Stirn abzuwischen. Bobby kniete sich neben die Armlehne des Stuhls. Carol setzte sich ein bißchen auf und hob ihr Gesicht anmutig der Kühle und Feuchtigkeit entgegen. Ted wischte ihr das Blut unter der Nase weg und legte den Waschlappen dann auf das Beistelltischchen. Er strich Carol die verschwitzten Haare aus der Stirn. Als sie teilweise zurückfielen, machte er Anstalten, sie erneut wegzustreichen.

Bevor er dazu kam, flog die Verandatür auf. Schritte durchquerten die Eingangshalle. Die Hand auf Carols feuchter Stirn erstarrte. Bobbys und Teds Blicke trafen sich, und ein einziger Gedanke strömte zwischen ihnen hin und her, eine starke telepathische Botschaft, die aus nur drei Wörtern bestand: *Die niederen Männer*.

»*Nein*«, sagte Carol, »*nicht* sie, Bobby, es ist deine M-«

Die Wohnungstür öffnete sich, und da stand Liz mit ihrem Schlüssel in der einen Hand und ihrem Hut – dem mit dem Schleier – in der anderen. Hinter ihr, jenseits der Eingangshalle, stand die Tür zu der ganzen heißen Welt draußen offen. Auf dem Fußabtreter auf der Veranda standen ihre beiden Koffer Seite an Seite, wo der Taxifahrer sie hingestellt hatte.

»Bobby, wie oft hab ich dir gesagt, du sollst diese verdammte Tü-«

So weit kam sie, dann brach sie ab. In späteren Jahren würde Bobby diesen Moment wieder und wieder vor seinem geistigen Auge ablaufen lassen und dabei immer mehr von dem sehen, was seine Mutter gesehen hatte, als sie von ihrer katastrophalen Reise nach Providence zurückkam: ihren Sohn, der neben dem Stuhl kniete, auf dem der alte Mann, den sie nie gemocht und dem sie nie richtig getraut hatte, mit dem kleinen Mädchen auf dem Schoß saß. Das kleine Mädchen sah benommen aus. Ihre Haare waren verklumpt und verschwitzt. Die Bluse war ihr heruntergerissen worden – sie lag in Fetzen auf dem Boden –, und obwohl Liz' eigene Augen fast zugeschwollen waren, mußte sie Carols Blutergüsse gesehen haben: einen an der Schulter, einen auf den Rippen, einen am Bauch.

Und Carol, Bobby und Ted Brautigan sahen sie mit derselben verblüfften Klarheit, als ob die Zeit stehengeblieben wäre: die zwei Blutergüsse um die Augen (Liz' rechtes Auge war eigentlich nur noch ein Glitzern in den Tiefen einer Löwenzahn-Federkrone aus verfärbtem Fleisch), die geschwollene und an zwei Stellen aufgeplatzte Unterlippe, an der noch immer getrocknete Blutflecken klebten wie häßlicher alter Lippenstift; die Nase, die schief aus dem Gesicht ragte und einen scheußlichen Höcker bekommen hatte, der sie fast zur Karikatur eines Hexenzinkens machte.

Stille, die Stille eines Augenblicks an einem heißen Sommernachmittag, in dem Dinge aufgenommen und verarbeitet wurden. Irgendwo hatte ein Auto eine Fehlzündung. Irgendwo rief ein Kind: »*Kommt schon, Jungs!*« Und hinter ihnen auf der Colony Street ertönte das Geräusch, das Bobby sehr stark mit seiner Kindheit im allgemeinen und jenem Donnerstag im besonderen verbinden würde: das Gebell von Mrs. O'Haras Bowser, der sich immer weiter ins zwanzigste Jahrhundert hineinkläffte: *ruup-ruup, ruup-ruup-ruup.*

Jack hat sie erwischt, dachte Bobby. *Jack Merridew und seine Jäger.*

»Du meine Güte, was ist denn passiert?« fragte er sie und brach damit das Schweigen. Er wollte es nicht wissen; er mußte es wissen. Er lief zu ihr und begann vor Angst, aber auch vor Kummer zu weinen: ihr Gesicht, ihr armes Gesicht. Sie sah überhaupt nicht mehr aus wie seine Mom. Sie sah wie eine alte Frau aus, die nicht auf die schattige Broad Street gehörte, sondern nach ›da unten‹, wo die Leute Wein aus Flaschen in

Papiertüten tranken und keine Nachnamen hatten. »Was hat er getan? Was hat dieser Mistkerl dir angetan?«

Sie beachtete ihn nicht, schien ihn überhaupt nicht zu hören. Sie packte ihn jedoch, packte ihn so fest an den Schultern, daß er spürte, wie sich ihre Finger in seine Haut gruben, so fest, daß es weh tat. Sie packte ihn und schob ihn dann beiseite, ohne ihm auch nur einen Blick zu gönnen. »Laß sie los, du alter Bock«, sagte sie mit leiser, rostiger Stimme. »Laß sie sofort los.«

»Mrs. Garfield, bitte verstehen Sie die Situation nicht falsch.« Ted hob Carol von seinem Schoß – selbst jetzt achtete er peinlich darauf, mit seiner Hand nicht an ihre verletzte Schulter zu kommen – und stand dann selber auf. Er schüttelte die Beine seiner Hose aus, eine pedantische kleine Geste, die typisch für ihn war. »Sie ist verletzt worden, wissen Sie. Bobby hat sie gefunden –«

»MISTKERL!« schrie Liz. Rechts von ihr war ein Tisch mit einer Vase darauf. Sie packte die Vase und warf sie nach ihm. Ted duckte sich, aber zu langsam, um ihr ganz auszuweichen; der Boden der Vase traf ihn oben am Kopf, titschte wie ein Stein auf einem Teich davon ab, und dann prallte die Vase gegen die Wand und zerschellte.

Carol schrie auf.

»Mom, nein!« rief Bobby. »Er hat nichts Schlimmes getan! Er hat nichts Schlimmes getan!«

Liz beachtete ihn nicht. »Wie kannst du es wagen, sie anzufassen? Hast du meinen Sohn auch so angefaßt? Ja, nicht wahr? Die Geschmacksrichtung ist dir egal, Hauptsache, sie sind *jung!*«

Ted trat einen Schritt auf sie zu. Die leeren Schlaufen seiner Hosenträger schwangen neben seinen Beinen hin und her. Bobby sah Blutflecken in den spärlichen Haaren auf seinem Kopf erblühen, wo die Vase ihn gestreift hatte.

»Mrs. Garfield, ich versichere Ihnen –«

»*Versichere es dem hier, du schmutziger Scheißkerl!*« Da die Vase fort war, lag nichts mehr auf dem Tisch, und deshalb hob sie den Tisch selbst auf und warf damit. Er traf Ted an der Brust und trieb ihn zurück; hätte ihn zu Boden gestreckt, wenn der Stuhl mit der geraden Lehne nicht dort gestanden hätte. Ted sackte darauf und sah sie mit großen, ungläubigen Augen an. Sein Mund zitterte.

»Hat er dir geholfen?« fragte Liz. Ihr Gesicht war leichenblaß. Die blauen Flecken darauf zeichneten sich wie Muttermale ab. *»Hast du meinem Sohn beigebracht, dir zu helfen?«*

»Mom, er hat ihr nichts getan!« rief Bobby. Er packte sie um die Taille. »Er hat ihr nichts getan, er –«

Sie hob ihn hoch wie die Vase, wie den Tisch, und er sollte später denken, daß sie ebenso stark gewesen war wie er, als er Carol vom Park den Hügel hinaufgetragen hatte. Sie schleuderte ihn quer durchs Zimmer. Bobby prallte gegen die Wand. Sein Kopf flog in den Nacken und knallte gegen die Sonnenstrahlenuhr, und sie fiel herunter und blieb ein für allemal stehen. Schwarze Flecken trieben durch sein Gesichtsfeld, und er dachte kurz und verwirrt

(*sie kommen immer näher jetzt steht auf den Anschlägen sein Name*)

an die niederen Männer. Dann rutschte er auf den Boden. Er versuchte, auf den Beinen zu bleiben, aber seine Knie gaben nach.

Liz sah ihn an, scheinbar ohne großes Interesse, dann wanderte ihr Blick wieder zu Ted, der auf dem Stuhl mit der geraden Lehne saß; er hatte den Tisch auf dem Schoß, und die Beine ragten ihm ins Gesicht. Blut tropfte ihm jetzt auf eine Wange, und sein Haar war mehr rot als weiß. Er versuchte zu sprechen, aber es kam nur der trockene, krampfhafte Raucherhusten eines alten Mannes heraus.

»Dreckschwein. Altes Dreckschwein. Für zwei Cent würde ich dir die Hose runterziehen und dir dieses dreckige Ding abreißen.« Sie drehte sich um und sah erneut ihren in sich zusammengesunkenen Sohn an, und bei dem Ausdruck, den Bobby nun in dem einen Auge erblickte, das er richtig sehen konnte – die Verachtung, die Anklage –, mußte er noch heftiger weinen. Sie sagte nicht *Du auch*, aber er sah es in ihrem Auge. Dann drehte sie sich wieder zu Ted um.

»Weißt du was? Du wanderst ins Gefängnis.« Sie zeigte mit einem Finger auf ihn, und Bobby sah selbst durch seine Tränen, daß der Nagel, der den Finger geziert hatte, als sie in Mr. Bidermans Mercury weggefahren war, nun fehlte; an seiner Stelle war dort nur noch ein blutig-schartiger Wulst. Ihre Stimme war breiig und schien sich irgendwie auszubreiten, als sie über ihre zu große Unterlippe kam. »Ich rufe jetzt die Polizei. Wenn du klug bist, bleibst du währenddessen still sitzen. Halt einfach den Mund und bleib still sitzen.« Ihre Stimme wurde immer lauter. Ihre zerkratzten Hände mit den geschwollenen Knöcheln und abgebrochenen Nägeln ballten sich zu Fäusten, die sie ihm entgegenschüttelte. »Wenn du wegläufst, komme ich dir nach und schlitze dich mit meinem längsten Fleischermesser auf. Versuch's nur. Ich mach's draußen auf der Straße, damit es jeder sehen kann, und ich fange mit dem Teil an, der dir … euch *Jungs* … anscheinend so viele Probleme bereitet. Also sitz still, *Brattigan*. Wenn du noch lange genug leben willst, um ins Gefängnis zu kommen, dann rühr dich ja nicht vom Fleck.«

Das Telefon stand auf dem Tisch neben dem Sofa. Sie ging zu ihm hinüber. Ted saß mit dem Tisch auf dem Schoß da, und Blut lief ihm über die Wange. Bobby kauerte sich neben der heruntergefallenen Uhr zusammen, die seine Mutter für die Rabattmarken bekommen hatte. Die Brise von Teds Ventilator trug Browsers Ruf zum Fenster herein: *ruup-ruup-ruup*.

»Sie wissen nicht, was hier geschehen ist, Mrs. Garfield. Was Ihnen zugestoßen ist, war schrecklich, und Sie haben mein ganzes Mitgefühl … aber Carol ist *nicht* dasselbe zugestoßen wie Ihnen.«

»Halt den Mund.« Sie hörte nicht zu, schaute nicht mal in seine Richtung.

Carol lief zu Liz, streckte die Hand nach ihr aus und blieb stehen. Die Augen in ihrem blassen Gesicht wurden groß. Das Kinn fiel ihr herunter. »Die haben Ihnen das Kleid vom Leib gerissen?« Es war halb ein Flüstern, halb ein Stöhnen. Liz hörte auf zu wählen und drehte sich langsam zu ihr um. »Warum haben die Ihnen das Kleid vom Leib gerissen?«

Liz schien über eine Antwort nachzudenken. Sie schien gründlich nachzudenken. »Halt den Mund«, sagte sie schließlich. »Halt einfach den Mund, okay?«

»Warum haben die Sie gejagt? Wer schlägt Sie?« Carols Stimme drohte zu versagen. »Wer *schlägt Sie?*«

»*Halt den Mund!*« Liz ließ den Hörer fallen und schlug die Hände vor die Ohren. Bobby sah sie mit wachsendem Entsetzen an.

Carol drehte sich zu ihm um. Frische Tränen rollten ihr über die Wangen. Aus ihren Augen sprach Wissen – *Wissen*. Die Art Wissen, dachte Bobby, die er besessen hatte, als Mr. McQuown ihn hereinlegen wollte.

»Die haben sie gejagt«, sagte Carol. »Als sie weggehen wollten, haben die sie gejagt und gezwungen, zurückzukommen.«

Bobby wußte es. Sie hatten sie durch einen Hotelflur gejagt. Er hatte es gesehen. Er wußte nicht mehr, wo, aber er hatte es gesehen.

»*Mach, daß sie damit aufhören! Ich will das nicht sehen!*« schrie Carol. »*Sie schlägt auf die Männer ein, aber sie kann nicht weg! Sie schlägt auf sie ein, aber sie kann nicht weg!*«

Ted kippte den Tisch von seinem Schoß herunter und rappelte sich mühsam hoch. Seine Augen loderten. »Umarme sie, Carol! Drück sie fest an dich! Dann hört es auf!«

Carol legte ihren heilen Arm um Bobbys Mutter. Liz taumelte einen Schritt zurück und wäre beinahe hingefallen, als einer ihrer Schuhe am Sofabein hängenblieb. Sie blieb stehen, aber das Telefon fiel neben einem der Turnschuhe an Bobbys ausgestreckten Beinen auf den Teppich und gab einen schnarrenden Laut von sich.

Einen Moment lang blieb alles so – es war, als würden sie Statuen spielen und jemand hätte plötzlich *Stopp!* gerufen. Carol bewegte sich als erste. Sie nahm den Arm von Liz' Taille und trat zurück. Ihre verschwitzten Haare hingen ihr in die Augen. Ted ging zu ihr und streckte die Hand aus, um sie ihr auf die Schulter zu legen.

»Fassen Sie sie nicht an«, sagte Liz, aber sie sprach mechanisch, ohne Nachdruck. Was immer beim Anblick des Kindes auf Ted Brautigans Schoß in ihrem Innern aufgeblitzt sein mochte, es war – wenigstens fürs erste – ein bißchen verblaßt. Sie wirkte erschöpft.

Trotzdem ließ Ted die Hand sinken. »Sie haben recht«, sagte er.

Liz holte tief Luft, hielt sie an und stieß sie wieder aus. Sie sah Bobby an und wandte den Blick ab. Bobby wünschte sich von ganzem Herzen, daß sie ihm die Hand entgegenstrecken und ihm ein bißchen helfen würde – nur damit er auf die Beine kam, nichts weiter –, aber sie drehte sich statt dessen zu Carol um. Bobby stand alleine auf.

»Was ist hier passiert?« wollte Liz von Carol wissen.

Obwohl sie noch immer weinte und immer wieder ins Stocken kam, während sie nach Luft rang, erzählte Carol Bobbys Mom, wie die drei großen Jungs sie im Park entdeckt hatten, und daß es zuerst den Anschein gehabt hatte, als wäre das nur wieder einer ihrer Scherze, ein bißchen gemeiner als sonst meistens, aber trotzdem bloß ein Scherz. Dann hatte Harry wirklich angefangen, sie zu schlagen, während die anderen sie festhielten. Das Knacken in ihrer Schulter hatte ihnen Angst eingejagt, und sie waren weggelaufen. Sie erzählte Liz, wie Bobby sie fünf oder zehn Minuten später – sie wußte nicht, wieviel Zeit verstrichen war, weil die Schmerzen so schlimm gewesen waren – gefunden und hier heraufgetragen hatte. Und wie Ted ihren Arm eingerenkt hatte, nachdem er ihr Bobbys Gürtel gegeben hatte, um damit die Schmerzen zu fangen. Sie bückte sich, hob den Gürtel auf und zeigte Liz die winzigen Zahnspuren darin mit einer Mischung aus Stolz und Verlegenheit. »Ich hab nicht alles gefangen, aber eine ganze Menge.«

Liz warf nur einen kurzen Blick auf den Gürtel, bevor sie sich zu Ted umdrehte. »Warum haben Sie ihr die Bluse zerrissen, Chief?«

»Sie ist *nicht zerrissen!*« rief Bobby. Er war auf einmal wütend auf sie. »Er hat sie *abgeschnitten*, damit er sich ihre Schulter ansehen und sie einrenken konnte, ohne ihr weh zu tun! Ich hab ihm die Schere gebracht, Herrgott noch mal! Warum bist du so dumm, Mom? Warum siehst du nicht –«

Sie holte aus, ohne sich umzudrehen, und überraschte Bobby vollständig. Der Rücken ihrer offenen Hand traf ihn seitlich im Gesicht; ihr Zeigefinger bohrte sich sogar in sein Auge und sandte einen Blitz aus Schmerz tief in seinen Kopf hinein. Seine Tränen versiegten, als hätte die Pumpe, die sie zutage förderte, auf einmal einen Kurzschluß.

»Sag nicht zu mir, ich sei dumm, Bobby-O«, zischte sie. »Sag das nie wieder.«

Furchtsam musterte Carol die hakennasige Hexe, die in einem Taxi zurückgekommen war und die Kleider von Mrs. Garfield trug. Mrs. Garfield, die weggelaufen war und gekämpft hatte, als sie nicht mehr weglaufen konnte. Aber am Ende hatten sie sich doch genommen, was sie von ihr haben wollten.

»Sie sollten Bobby nicht schlagen«, sagte Carol. »Er ist nicht wie diese Männer.«

»Ist er dein kleiner Freund?« Sie lachte. »Ja? Schön für dich! Aber ich verrate dir ein Geheimnis, Schätzchen – er ist genau wie sein Daddy und dein Daddy und alle anderen. Geh ins Badezimmer. Ich mach dich sauber und bringe dir was zum Anziehen. *Herrgott*, was für ein Schlamassel!«

Carol sah sie noch einen Augenblick an, dann drehte sie sich um und ging ins Badezimmer. Ihr nackter Rücken sah klein und verletzlich aus. Und weiß. So weiß im Kontrast zu ihren braunen Armen.

»Carol!« rief Ted ihr nach. »Ist es jetzt besser?« Bobby glaubte nicht, daß er ihren Arm meinte. Diesmal nicht.

»Ja«, sagte sie, ohne sich umzudrehen. »Aber ich kann sie immer noch hören, weit weg. Sie schreit.«

»Wer schreit?« fragte Liz. Carol antwortete ihr nicht. Sie ging ins Badezimmer und machte die Tür zu. Liz sah die Tür einen Moment lang an, als wollte sie sich vergewissern, daß Carol nicht plötzlich wieder herauskam, dann drehte sie sich zu Ted um. »Wer schreit?«

Ted sah sie nur wachsam an, als rechnete er jeden Augenblick mit einer weiteren ballistischen Attacke.

Liz begann zu lächeln. Es war ein Lächeln, das Bobby kannte: ihr Ich-werde-gleich-wütend-Lächeln. War es möglich, daß sie noch wütender werden konnte? Das Lächeln verzerrte ihr Gesicht mit den blaugeschlagenen Augen, der gebrochenen Nase und der geschwollenen Lippe zu einer gräßlichen Fratze: nicht seine Mutter, sondern eine Irre.

»Ganz der gute Samariter, hm? Wie oft ist Ihnen denn fast einer abgegangen, als Sie sie *heil* gemacht haben? Ist nicht viel dran an ihr, aber ich wette, Sie haben das gründlich geprüft, oder? Nie eine Gelegenheit auslassen, was? Na los, gestehen Sie's Ihrer Mama.«

Bobby sah sie mit wachsender Verzweiflung an. Carol hatte ihr alles erzählt – die ganze Wahrheit –, *und es war völlig egal.* Völlig egal! Gott im Himmel!

»Es gibt einen gefährlichen Erwachsenen in diesem Raum«, sagte Ted, »aber ich bin es nicht.«

Ihre Miene war zuerst verständnislos, dann ungläubig, dann wütend. »Wie können Sie es wagen? *Wie können Sie es wagen?*«

»Er hat gar nichts getan!« schrie Bobby. *»Hast du nicht gehört, was Carol gesagt hat? Hast du nicht –«*

»Halt den Mund«, sagte sie, ohne ihn anzusehen. Ihr Blick war nur auf Ted gerichtet. »Die Cops werden sich sehr für Sie interessieren, glaube ich. Don hat am Freitag in Hartford angerufen, bevor ... bevor. Ich hab ihn drum gebeten. Er hat da Freunde. Sie haben nie für den Staat Connecticut gearbeitet, nicht in der Innenrevision und auch sonst nirgends. Sie waren im Gefängnis, hab ich recht?«

»In gewissem Sinn könnte man das sagen, ja«, erwiderte Ted. Trotz des Blutes, das ihm über die Wange rann, wirkte er jetzt ruhiger. Er zog die Zigaretten aus seiner Hemdtasche, sah sie an, steckte sie wieder zurück. »Aber in keinem Gefängnis, wie Sie es sich vorstellen.«

Und nicht in dieser Welt, dachte Bobby.

»Weshalb?« fragte sie. »Weil Sie ein Kleine-Mädchen-Tröster ersten Grades sind?«

»Ich habe etwas Wertvolles«, sagte Ted. Er hob die Hand und tippte sich an die Schläfe. An dem Finger, mit dem er daran getippt hatte, blieben Blutflecken zurück. »Es gibt noch andere wie mich. Und es gibt Leute, deren Aufgabe darin besteht, uns zu fangen, uns festzuhalten und zu benutzen, und zwar als ... nun, uns zu benutzen, belassen wir's dabei. Ich und zwei andere sind entkommen. Einer wurde eingefangen, einer getötet. Nur ich bin noch frei. Das heißt ...« Er sah sich um. »... wenn man das Freiheit nennen kann.«

»Sie sind verrückt. Der verrückte alte Brattigan, total plemplem. Ich rufe die Polizei. Sollen die entscheiden, ob sie Sie wieder ins Gefängnis stecken wollen, aus dem Sie ausgebrochen sind, oder ins Irrenhaus von Danbury.« Sie bückte sich und griff nach dem heruntergefallenen Telefon.

»Nein, Mom!« sagte Bobby und streckte die Hand aus. »Tu das nicht –«

»*Bobby, nein!*« sagte Ted scharf.

Bobby zog die Hand zurück und sah erst seine Mom, die das Telefon aufhob, und dann Ted an.

»Nicht in ihrem jetzigen Zustand«, erklärte ihm Ted. »In ihrem jetzigen Zustand kann sie nicht aufhören, um sich zu beißen.«

Liz Garfield warf Ted ein strahlendes, nahezu unbeschreibliches Lächeln zu – *guter Versuch, du Mistkerl* – und nahm den Hörer ab.

»Was ist los?« rief Carol aus dem Badezimmer. »Kann ich jetzt rauskommen?«

»Noch nicht, Schatz«, rief Ted zurück. »Noch einen Augenblick.«

Liz drückte mehrmals auf die Gabel. Sie hielt inne, lauschte und machte ein zufriedenes Gesicht. Sie begann zu wählen. »Wir werden schon rausfinden, wer Sie sind«, sagte sie. Ihre Stimme hatte einen seltsamen, vertraulichen Ton. »Das dürfte ziemlich interessant sein. Und was Sie getan haben. Das könnte sogar noch interessanter werden.«

»Wenn Sie die Polizei rufen, wird man auch erfahren, wer *Sie* sind und was *Sie* getan haben«, sagte Ted.

Sie hörte auf zu wählen und sah ihn an. Es war ein verschlagener Seitenblick, den Bobby noch nie gesehen hatte. »Wovon reden Sie, in Gottes Namen?«

»Von einer törichten Frau, die eine bessere Entscheidung hätte treffen sollen. Einer törichten Frau, die genug Erfahrungen mit ihrem Boß gemacht hat, um es besser zu wissen – die ihm und seinen Kumpels oft genug zugehört hat, um es besser zu wissen, für die es eigentlich keinen Zweifel daran hätte geben dürfen, daß es bei jedem ›Seminar‹, an dem sie teilnahmen, in erster Linie um Saufen und Sexparties ging. Vielleicht auch um ein bißchen Dope. Von einer törichten Frau, die zuließ, daß ihre Gier den Sieg über ihren gesunden Menschenverstand davontrug –«

»Wissen Sie überhaupt, was es heißt, allein zu sein?« rief sie. *»Ich habe einen Sohn, den ich großziehen muß!«* Sie sah Bobby an, als würde sie sich zum ersten Mal seit einiger Zeit an den Sohn erinnern, den sie großziehen mußte.

»Wieviel davon soll er hören?« fragte Ted.

»Sie wissen gar nichts. Sie können nichts wissen.«

»Ich weiß *alles*. Die Frage ist, wieviel soll Bobby erfahren? Wieviel sollen Ihre Nachbarn erfahren? Wenn die Polizei kommt und mich mitnimmt, werden sie erfahren, was ich weiß, das verspreche ich Ihnen.« Er machte eine Pause. Seine Pupillen bewegten sich nicht, aber seine Augen schienen größer zu werden. »Ich weiß *alles*. Glauben Sie mir – lassen Sie's nicht drauf ankommen.«

»Warum wollen Sie mir das antun?«

»Wenn ich die Wahl hätte, würde ich es bleiben lassen. Ihnen ist schon genug angetan worden, von Ihnen selbst und von anderen. Lassen Sie mich gehen, das ist alles, worum ich Sie bitte. Ich wollte ohnehin weg. Lassen Sie mich gehen. Ich habe nur versucht zu helfen.«

»O ja«, sagte sie und lachte. »*Helfen*. Mit dem fast nackten Mädchen auf Ihrem Schoß. *Helfen*.«

»Ich würde auch *Ihnen* helfen, wenn ich –«

»O ja, und ich weiß auch, wie.« Sie lachte erneut.

Bobby setzte zum Sprechen an, sah aber Teds warnenden Blick. Hinter der Badezimmertür lief jetzt Wasser ins Waschbecken. Liz senkte den Kopf und überlegte. Schließlich hob sie ihn wieder.

»In Ordnung«, sagte sie, »ich werde folgendes tun. Ich werde Bobbys kleiner *Freundin* helfen, sich sauberzumachen. Ich werde ihr ein Aspirin geben und ihr irgendwas besorgen, was sie auf dem Nachhauseweg anziehen kann. Dabei werde ich ihr ein paar Fragen stellen. Wenn die Antworten die richtigen Antworten sind, können Sie gehen. Adieu, und auf Nimmerwiedersehen.«

»Mom –«

Liz hob wie ein Verkehrspolizist die Hand und brachte ihn zum Schweigen. Sie starrte Ted an, der ihren Blick erwiderte.

»Ich bringe sie heim, ich sehe zu, wie sie zur Haustür hineingeht. Was sie ihrer Mutter erzählt und was nicht, geht nur die beiden was an. Mein Job ist es, sie sicher nach Hause zu bringen, das ist alles. Wenn das erledigt ist, gehe ich in den Park und setze mich eine Weile in den Schatten. Ich hatte gestern eine rauhe Nacht.« Sie holte Luft und ließ sie langsam heraus, in einem trockenen, kläglichen Seufzer. »Eine sehr rauhe. Also, ich gehe in den Park, setze mich in den Schatten und denke darüber nach, wie's nun weitergehen soll. Wie ich es hinkriege, daß Bobby und ich nicht im Armenhaus landen.

Wenn ich Sie bei meiner Rückkehr aus dem Park noch hier vorfinde, Schätzchen, dann *rufe* ich die Polizei ... und lassen *Sie* es lieber nicht *darauf* ankommen. Erzählen Sie, was Sie wollen. Das wird niemanden großartig interessieren, wenn ich sage, ich bin ein paar Stunden früher als erwartet in meine Wohnung gekommen und hab Sie da mit der Hand in den Shorts eines elfjährigen Mädchens vorgefunden.«

Bobby starrte seine Mutter stumm und schockiert an. Sie sah seinen Blick nicht; sie sah immer noch Ted an, ihre geschwollenen Augen waren konzentriert auf ihn gerichtet.

»Andererseits, wenn ich zurückkomme und Sie mit Sack und Pack weg sind, dann brauche ich niemanden anzurufen und auch nichts zu sagen. *Tout fini.*«

Ich komme mit dir! dachte Bobby und schickte den Gedanken zu Ted. *Die niederen Männer sind mir egal. Lieber sollen tausend niedere Männer in gelben Mänteln nach mir suchen – oder von mir aus auch eine* Million –, *als daß ich weiter mit* ihr *zusammenleben muß. Ich hasse sie!*

»Also?« fragte Liz.

»Abgemacht. In einer Stunde bin ich weg. Wahrscheinlich noch früher.«

»Nein!« rief Bobby. Als er an diesem Morgen aufgewacht war, hatte er sich mit Teds Abreise abgefunden, auch wenn er darüber traurig gewesen war. Jetzt tat es wieder genauso weh wie zuvor. Sogar noch mehr als zuvor. »Nein!«

»Sei still«, sagte seine Mutter. Sie sah ihn immer noch nicht an.

»Es ist die einzige Möglichkeit, Bobby. Das weißt du.« Ted hob den Blick zu Liz. »Kümmern Sie sich um Carol. Ich rede mit Bobby.«

»Sie sind nicht in der Position, Befehle zu erteilen«, sagte Liz, aber sie ging. Als sie auf dem Weg zum Badezimmer das Wohnzimmer durchquerte, sah Bobby, daß sie hinkte. An einem ihrer Schuhe war ein Absatz abgebrochen, aber er glaubte nicht, daß dies der einzige Grund dafür war, daß sie nicht richtig laufen konnte. Sie klopfte kurz an die Tür des Badezimmers und schlüpfte dann hinein, ohne eine Antwort abzuwarten.

Bobby lief durchs Wohnzimmer, doch als er versuchte, Ted zu umarmen, ergriff der alte Mann seine Hände, drückte sie einmal kurz, legte sie Bobby dann an die Brust und ließ sie los.

»Nehmen Sie mich mit«, sagte Bobby leidenschaftlich. »Ich helfe Ihnen, nach denen Ausschau zu halten. Zwei Paar Augen sehen mehr als eines. Nehmen Sie mich mit!«

»Das geht nicht, aber du kannst mit mir in die Küche kommen, Bobby. Carol ist nicht die einzige, die ein bißchen saubergemacht werden muß.«

Ted stand vom Stuhl auf und schwankte einen Moment lang. Bobby streckte den Arm aus, um ihn zu stützen, und Ted stieß seine Hand erneut sanft, aber entschlossen weg. Es tat weh. Nicht so sehr wie die Tatsache, daß seine Mutter ihm nicht hochgeholfen (und ihn nicht einmal angesehen) hatte, nachdem sie ihn gegen die Wand geworfen hatte, aber trotzdem noch genug.

Er ging mit Ted in die Küche, ohne ihn zu berühren, aber so nah bei ihm, daß er ihn festhalten konnte, falls er hinfiel. Ted fiel jedoch nicht hin. Er sah sich sein nebelhaftes Spiegelbild im Fenster über der Spüle an, seufzte und drehte dann das Wasser auf. Er befeuchtete das Geschirrhandtuch und begann, sich das Blut von der Wange zu reiben, wobei er hin und wieder einen prüfenden Blick auf sein Spiegelbild warf.

»Deine Mutter braucht dich jetzt mehr denn je«, sagte er. »Sie braucht jemanden, dem sie vertrauen kann.«

»Sie vertraut mir nicht. Ich glaube, sie mag mich nicht mal.«

Ted preßte die Lippen zusammen, und Bobby begriff, daß er auf eine Wahrheit gestoßen war, die Ted in den Gedanken seiner Mutter gesehen hatte. Bobby wußte, daß sie ihn nicht mochte, er *wußte* es, wieso kamen ihm also schon wieder die Tränen?

Ted streckte die Hand nach ihm aus, dann schien ihm einzufallen, daß das eine schlechte Idee war, und er machte sich statt dessen wieder mit dem Geschirrhandtuch zu schaffen. »Na gut«, sagte er. »Vielleicht mag sie dich wirklich nicht. Wenn das so ist, dann nicht wegen etwas, das du getan hast. Sondern wegen dem, was du *bist*.«

»Ein Junge«, sagte Bobby bitter. »Ein verdammter *Junge*.«

»Und der Sohn deines Vaters, vergiß das nicht. Aber Bobby – ob sie dich nun mag oder nicht, sie liebt dich. Klingt wie eine Grußpostkarte, ich weiß, aber es ist wahr. Sie liebt dich, und sie braucht dich. Du bist alles, was sie hat. Sie ist im Moment schlimm verletzt –«

»Es ist doch ihre eigene Schuld, daß sie verletzt worden ist!« platzte er heraus. »Sie wußte, daß da irgendwas nicht stimmte! Das haben Sie selbst gesagt! Sie hat es seit Wochen gewußt! Seit *Monaten!* Aber sie wollte diesen Job nicht aufgeben! Sie wußte, was ihr passieren konnte, und sie ist trotzdem mit diesen Kerlen nach Providence gefahren! *Sie ist trotzdem mitgefahren!*«

»Ein Löwenbändiger weiß auch, was ihm passieren kann, aber er geht dennoch in den Käfig. Er geht hinein, weil er sich da drin sein Geld verdient.«

»Sie hat Geld«, fauchte Bobby beinahe.

»Anscheinend nicht genug.«

»Sie wird nie genug haben«, sagte Bobby und wußte, daß es die Wahrheit war, sobald er es ausgesprochen hatte.

»Sie liebt dich.«

»Das ist mir egal! Ich liebe sie nicht!«

»O doch, das tust du. Das wirst du auch weiterhin tun. Du mußt. Es ist *ka*.«

»*Ka?* Was ist das?«

»Schicksal.« Ted hatte das meiste Blut aus seinen Haaren gerieben. Er drehte das Wasser ab und warf einen letzten prüfenden Blick auf sein Geisterbild im Fenster. Dahinter lag dieser ganze heiße Sommer, so jung, wie Ted Brautigan es nie wieder sein würde. So jung, wie auch Bobby es nie wieder sein würde. »*Ka* ist das Schicksal. Hast du mich gern, Bobby?«

»Das wissen Sie doch«, sagte Bobby und begann erneut zu weinen. In letzter Zeit schien er nur noch zu weinen. Die Augen taten ihm weh davon. »Und wie.«

»Dann versuch, deiner Mutter ein Freund zu sein. Um meinetwillen, wenn nicht um deinetwillen. Bleib bei ihr und hilf ihr, damit ihre Verletzungen heilen. Und ab und zu schicke ich dir eine Postkarte.«

Sie gingen wieder ins Wohnzimmer zurück. Bobby fühlte sich langsam ein bißchen besser, aber er wünschte, Ted hätte ihn in den Arm nehmen können. Das wünschte er sich mehr als alles andere.

Die Badezimmertür ging auf. Carol kam zuerst heraus. Sie hielt den Blick mit untypischer Schüchternheit auf die Füße gesenkt. Ihre Haare waren naß gemacht, zurückgekämmt und mit einem Gummiband zu einem Pferdeschwanz zusammengebunden worden. Sie trug eine alte Bluse von Bobbys Mutter; die Bluse war so groß, daß sie ihr fast bis auf die Knie reichte, wie ein Kleid. Von ihren roten Shorts war nichts zu sehen.

»Geh auf die Veranda raus und warte da«, sagte Liz.

»Okay.«

»Und geh nicht ohne mich nach Hause, ist das klar?«

»Nein!« sagte Carol, und Entsetzen machte sich auf ihrem bedrückten Gesicht breit.

»Gut. Stell dich zu meinen Koffern.«

Carol ging zur Eingangshalle hinaus, dann drehte sie sich um. »Danke, daß Sie meinen Arm wieder eingerenkt haben, Ted. Hoffentlich kriegen Sie keinen Ärger deswegen. Ich wollte –«

»Geh raus auf die verdammte *Veranda*«, fuhr Liz sie an.

»– niemand in Schwierigkeiten bringen«, schloß Carol mit winziger Stimme, fast wie das Wispern einer Maus in einem

Zeichentrickfilm. Dann ging sie hinaus, und Liz' Bluse flatterte auf eine Weise um sie herum, die an einem anderen Tag komisch gewesen wäre. Liz drehte sich zu Bobby um, und als er sie nun richtig vor sich sah, sank ihm das Herz. Ihre Wut war neu angefacht worden. Eine leuchtende Röte hatte sich über ihr zerschlagenes Gesicht und ihren Hals ausgebreitet.

Ach du liebes bißchen, was ist denn nun schon wieder? dachte Bobby. Dann hielt sie den grünen Schlüsselanhänger hoch, und er wußte Bescheid.

»Wo hast du das her, Bobby-O?«

»Ich … es …« Aber ihm fiel einfach nichts ein: keine Flunkerei, keine direkte Lüge, nicht einmal die Wahrheit. Bobby war auf einmal sehr müde. Er wollte nur noch eins, nämlich in sein Zimmer schleichen, sich unter seinen Bettdecken verstecken und einschlafen.

»Ich hab's ihm gegeben«, sagte Ted milde. »Gestern.«

»Sie haben meinen Sohn in eine Buchmacherspelunke in Bridgeport mitgenommen? In einen *Pokersalon* in Bridgeport?«

Auf dem Schlüsselanhänger steht nichts von Buchmacherspelunke, dachte Bobby. *Da steht auch nichts von Pokersalon … solche Sachen sind nämlich gegen das Gesetz. Sie weiß, was da los ist, weil mein Vater dorthin gegangen ist. Und der Apfel fällt nicht weit vom Stamm. So sagt man doch, der Apfel fällt nicht weit vom Stamm.*

»Ich war mit ihm im Kino«, sagte Ted. »*Dorf der Verdammten*, im Criterion. Während er sich den Film angesehen hat, bin ich ins Corner Pocket gegangen, um dort etwas zu erledigen.«

»Und was?«

»Ich habe auf einen Boxkampf gewettet.« Einen Moment lang sank Bobbys Herz noch tiefer, und er dachte, *Was ist los mit dir? Warum hast du nicht gelogen? Wenn du wüßtest, wie sie über solche Sachen denkt …*

Aber er *wußte* es. Natürlich wußte er es.

»Eine Wette auf einen Boxkampf.« Sie nickte. »Aha. Sie haben meinen Sohn in einem Kino in Bridgeport allein gelassen, damit Sie eine Wette auf einen Boxkampf abschließen konnten.« Sie lachte wild. »Ach ja, ich sollte vermutlich dankbar sein, wie? Sie haben ihm so ein nettes Souvenir mitgebracht.

Wenn er irgendwann mal beschließt, selbst zu wetten oder sein Geld beim Pokern zu verlieren wie sein Vater, dann weiß er, wohin er gehen muß.«

»Ich habe ihn zwei Stunden in einem Kino allein gelassen«, sagte Ted. »Sie haben ihn mit mir allein gelassen. Er scheint beides überlebt zu haben, oder?«

Liz sah einen Moment lang aus, als hätte man sie geohrfeigt, dann, als würde sie in Tränen ausbrechen. Gleich darauf glättete sich ihr Gesicht wieder und wurde ausdruckslos. Sie schloß die Faust um den grünen Schlüsselanhänger und steckte ihn in die Tasche ihres Kleides. Bobby wußte, daß er ihn nie wiedersehen würde. Es war ihm egal. Er *wollte* ihn nicht mehr wiedersehen.

»Bobby, geh in dein Zimmer«, sagte sie.

»Nein.«

»*Bobby, geh in dein Zimmer!*«

»Nein! Ich gehe nicht!«

Carol, die in einem Streifen Sonnenlicht auf dem Fußabtreter neben Liz Garfields Koffern stand, umflattert von Liz Garfields alter Bluse, begann beim Klang der erhobenen Stimmen zu weinen.

»Geh in dein Zimmer, Bobby«, sagte Ted ruhig. »Es war mir eine Freude, dich getroffen und kennengelernt zu haben.«

»*Kennengelernt*«, sagte Bobbys Mom in einem zornigen, anzüglichen Ton, aber Bobby verstand sie nicht, und Ted beachtete sie nicht.

»Geh in dein Zimmer«, wiederholte er.

»Wird Ihnen auch nichts passieren? Sie wissen, was ich meine.«

»Ja.« Ted lächelte, küßte seine Finger und blies den Kuß zu Bobby hinüber. Bobby fing ihn, schloß die Hand darum zur Faust, hielt ihn fest. »Ich komme schon klar.«

Bobby ging langsam auf seine Zimmertür zu, den Kopf gesenkt, den Blick auf die Spitzen seiner Turnschuhe geheftet. Er war fast dort, als er dachte: *Ich kann das nicht, ich kann ihn nicht einfach so gehen lassen.*

Er lief zu Ted, schlang ihm die Arme um den Hals und bedeckte sein Gesicht mit Küssen – Stirn, Wangen, Kinn, Lippen, die dünnen, seidigen Lider seiner Augen. »Ted, ich hab dich lieb!«

Ted gab auf und drückte ihn fest an sich. Bobby roch einen Hauch seines Rasierschaums und das stärkere Aroma seiner Chesterfield-Zigaretten. Es waren Gerüche, die er lange mit sich tragen würde, wie die Erinnerung an Teds große Hände, die ihn berührten, ihm den Rücken streichelten, sich um seinen Hinterkopf wölbten. »Ich hab dich auch lieb, Bobby«, sagte er.

»O, um *Himmels willen!*« schrie Liz beinahe. Bobby drehte sich zu ihr um und sah Don Biderman, der sie in eine Ecke stieß. Von irgendeinem Plattenteller kam der »One O'Clock Jump« des Benny-Goodman-Orchesters in voller Lautstärke. Mr. Biderman hatte die Hand ausgestreckt, als wollte er ihr eine Ohrfeige geben. Mr. Biderman fragte sie, ob sie noch ein bißchen mehr wolle, ob ihr das gefalle, sie könne gern noch ein bißchen mehr haben, wenn es ihr gefalle. Bobby konnte fast schmecken, wie entsetztes Begreifen in ihr aufdämmerte.

»Du hast es *wirklich* nicht gewußt, stimmt's?« sagte er. »Zumindest nicht alles, was sie wollten. Sie dachten, du wüßtest Bescheid, aber sie haben sich geirrt.«

»Geh sofort in dein Zimmer, oder ich rufe die Polizei an und sage ihnen, sie sollen einen Streifenwagen herschicken«, sagte seine Mutter. »Ich scherze nicht, Bobby-O.«

»Ich weiß«, sagte Bobby. Er ging in sein Zimmer und schloß die Tür. Er dachte zuerst, es ginge ihm gut, und dann dachte er, er müßte sich übergeben oder ohnmächtig werden oder beides. Er ging auf wackligen, unsicheren Beinen zu seinem Bett hinüber. Er wollte sich nur hinsetzen, aber statt dessen ließ er sich quer darübersinken, als ob sämtliche Muskeln aus seinem Bauch und seinem Rücken verschwunden wären. Er versuchte, die Füße hochzuziehen, aber seine Beine lagen einfach nur da; auch in ihnen waren keine Muskeln mehr. Er sah auf einmal Sully-John in seiner Badekleidung vor sich, wie er die Leiter eines Badefloßes hinaufkletterte, zum Ende des Sprungbretts rannte und sprang. Er wünschte, er wäre jetzt bei S-J. Irgendwo, aber nicht hier. Irgendwo, aber nicht hier. Ganz egal, wo, bloß nicht hier.

Als Bobby aufwachte, war es schon ziemlich schummrig in seinem Zimmer, und der Schatten des Baums vor seinem Fenster war auf dem Fußboden kaum noch zu sehen. Er war drei, vielleicht sogar vier Stunden weg gewesen, war eingeschlafen oder hatte das Bewußtsein verloren. Er war schweißbedeckt, und seine Beine waren taub; er hatte es nicht mehr geschafft, sie aufs Bett zu ziehen.

Nun versuchte er es, und das Resultat war ein explosionsartiges, heftiges Kribbeln; beinahe hätte er aufgeschrien. Statt dessen rutschte er auf den Fußboden hinunter, und das Kribbeln lief die Schenkel hinauf zu seinem Schritt. Er saß mit schmerzendem Rücken und kribbelnden Beinen da, den Kopf zwischen den Knien, und fühlte sich, als wäre sein Kopf voller Watte. Etwas Schreckliches war passiert, doch anfangs konnte er sich nicht erinnern, was es war. Während er dort saß, ans Bett gelehnt, und zu Clayton Moore mit seiner *Lone-Ranger*-Maske hinüberschaute, kam es allmählich zurück. Carols ausgekugelter Arm, seine übel zugerichtete und halb verrückte Mutter, die ihm wütend den grünen Schlüsselanhänger vor der Nase hin und her schwenkte. Und Ted …

Ted würde inzwischen fort sein, und das war wahrscheinlich auch gut so – aber wie weh es tat, daran zu denken!

Er stand auf und drehte zwei Runden durchs Zimmer. Bei der zweiten Runde blieb er am Fenster stehen, schaute hinaus und rieb sich die Hände in seinem steifen, verschwitzten Nacken. Dina und Dianne, die Zwillinge der Sigsbys, spielten ein kleines Stück weiter unten auf der Straße Seilhüpfen, aber die älteren Kinder waren bereits im Haus, entweder zum Abendessen oder auf dem Weg ins Bett. Ein Wagen glitt mit Standlicht vorbei. Es war noch später, als er zuerst gedacht hatte; die himmlischen Schatten der Nacht, von denen die Platters sangen, fielen herab.

Er drehte eine weitere Runde durch sein Zimmer, bis das Kribbeln in seinen Beinen allmählich nachließ, und kam sich dabei wie ein Gefangener vor, der in seiner Zelle herummarschierte. Die Tür hatte kein Schloß – ebensowenig wie die zum Zimmer seiner Mom –, aber er fühlte sich trotzdem wie ein Knastbruder. Er hatte Angst, das Zimmer zu verlassen. Sie hatte ihn nicht zum Abendessen gerufen, und obwohl er hungrig war – ein bißchen jedenfalls –, hatte er Angst, hinauszugehen. Er fürchtete sich davor, wie er sie antreffen mochte ... oder davor, sie überhaupt nicht mehr anzutreffen. Angenommen, sie hatte beschlossen, daß sie jetzt endlich die Nase voll hatte von Bobby-O, dem dummen, kleinen Lügner Bobby-O, dem Sohn seines Vaters? Und selbst wenn sie hier war und wieder normal wirkte ... gab es so etwas wie Normalität überhaupt? Hinter den Gesichtern der Menschen lauerten manchmal schreckliche Dinge. Das wußte er jetzt.

An der geschlossenen Zimmertür blieb er stehen. Dort lag ein Zettel. Er bückte sich und hob ihn auf. Es war immer noch so hell, daß er ihn lesen konnte.

Lieber Bobby,
wenn du dies liest, bin ich fort ... aber ich nehme dich in meinen Gedanken mit. Bitte liebe deine Mutter und denk daran, daß sie dich liebt. Heute nachmittag hatte sie Angst, sie war verletzt und hat sich geschämt, und wenn wir Menschen so sehen, sehen wir sie in ihrer schlimmsten Gestalt. Ich habe dir in meinem Zimmer etwas hinterlassen. Und ich werde mein Versprechen halten.

Mit all meiner Liebe,
Ted

Die Postkarten, das ist es, was er mir versprochen hat. Mir Postkarten zu schicken.

Bobby fühlte sich schon etwas besser. Er faltete den Zettel zusammen, den Ted ihm vor seiner Abreise ins Zimmer geschmuggelt hatte, und öffnete die Tür.

Das Wohnzimmer war leer, aber es war aufgeräumt worden. Es sah fast gut aus, wenn man nicht wußte, daß an der Wand neben dem Fernseher eigentlich eine Sonnenstrahlenuhr hängen müßte; jetzt ragte dort nur noch die kleine Schraube aus der Wand, an der sie gehangen hatte und die jetzt nichts mehr hielt.

Bobby hörte seine Mutter in ihrem Zimmer schnarchen. Sie schnarchte immer, aber dies war ein schweres Schnarchen, wie das eines alten Menschen oder eines Betrunkenen im Kino. *Das kommt daher, daß sie ihr weh getan haben*, ging es Bobby durch den Kopf, und er dachte für einen Augenblick an

(*Na wie geht's, Sportsfreund, wie läuft's denn so*)

Mr. Biderman und die beiden Wichser auf dem Rücksitz, die sich grinsend mit dem Ellbogen angestoßen hatten. *Stecht das Schwein ab, macht es tot*, dachte Bobby. Er wollte es nicht denken, aber er tat es.

So leise wie Jack im riesengroßen Haus des Menschenfressers durchquerte er auf Zehenspitzen das Wohnzimmer, öffnete die Tür zur Eingangshalle und verließ die Wohnung. Die Treppe zum ersten Stock stieg er auf Zehenspitzen hinauf (er ging auf der Geländerseite, weil er in einem der Krimis mit den Hardy Boys gelesen hatte, daß die Stufen dann nicht so knarrten), die Treppe zum zweiten Stock rannte er hinauf.

Teds Tür stand offen; das Zimmer dahinter war so gut wie leer. Die paar persönlichen Sachen, die er aufgehängt oder irgendwo hingestellt hatte – das Bild eines Mannes, der im Sonnenuntergang angelte, ein Bild von Maria Magdalena, die Jesus die Füße wusch, ein Kalender –, waren fort. Der Aschenbecher auf dem Tisch war leer, aber daneben stand eine von Teds Henkeltüten. Sie enthielt vier Taschenbücher: *Farm der Tiere*, *Die Nacht des Jägers*, *Die Schatzinsel* und *Von Mäusen und Menschen*. Auf der Papiertüte stand in Teds zittriger, aber absolut leserlicher Handschrift: *Lies als erstes den Steinbeck. »Leute wie wir«, sagt George, als er Lennie die Geschichte erzählt, die Lennie immer hören will. Wer sind Leute wie wir? Wer waren sie für Steinbeck? Wer sind sie für dich? Frag dich das.*

Bobby nahm die Bücher, ließ die Tüte jedoch stehen – er hatte Angst, daß seine Mutter wieder ausflippen würde, wenn sie eine von Teds Henkeltüten sah. Er warf einen Blick in den Kühlschrank, fand jedoch nur ein Glas französischen Senf und eine Schachtel Backnatron. Er schloß den Kühlschrank wieder und schaute sich um. Es war, als hätte hier nie jemand gewohnt. Außer –

Er ging zum Aschenbecher, hob ihn an die Nase und atmete tief ein. Der Geruch der Chesterfields war stark, und er brachte Ted vollständig zurück – Ted, der hier an seinem Tisch saß und über *Herr der Fliegen* sprach, Ted, der vor seinem Badezimmerspiegel stand, sich mit seinem furchteinflößenden Rasiermesser rasierte und durch die offene Tür zuhörte, wie Bobby ihm Kommentare vorlas, die Bobby selbst nicht verstand.

Ted, der eine letzte Frage auf einer Papiertüte hinterlassen hatte: Leute wie wir. Wer sind Leute wie wir?

Bobby atmete erneut ein, saugte kleine Ascheflocken in die Nase und unterdrückte den Drang zu niesen, behielt den Geruch in sich, fixierte ihn in seinem Gedächtnis, so gut er konnte, und schloß die Augen, und durchs Fenster kam das unaufhörliche, unvermeidliche Gebell von Bowser herein, das nun wie ein Traum durch die Dunkelheit klang: *ruup-ruup-ruup, ruup-ruup-ruup*.

Er stellte den Aschenbecher wieder hin. Der Drang zu niesen hatte sich gelegt. *Ich werde Chesterfields rauchen*, beschloß er. *Mein Leben lang*.

Mit den Taschenbüchern vor dem Bauch ging er wieder hinunter, wobei er sich auf dem Weg vom ersten Stock in die Eingangshalle erneut an der Außenseite der Treppe hielt. Er schlüpfte in die Wohnung, schlich auf Zehenspitzen durchs Wohnzimmer (seine Mutter schnarchte immer noch, lauter denn je) und in sein Zimmer. Dort schob er die Bücher unters Bett – *tief* darunter. Wenn seine Mom sie fand, würde er sagen, Mr. Burton habe sie ihm gegeben. Das war eine Lüge, aber wenn er die Wahrheit sagte, würde sie ihm die Bücher wegnehmen. Außerdem schien das Lügen nicht mehr so schlimm zu sein. Es würde vielleicht eine Notwendigkeit werden. Mit der Zeit vielleicht sogar ein Vergnügen.

Was jetzt? Das Knurren in seinem Magen traf die Entscheidung für ihn. Jetzt erst mal ein paar Sandwiches mit Erdnußbutter und Marmelade.

Er machte sich auf den Weg zur Küche, schlich an der halboffenen Tür zum Zimmer seiner Mutter vorbei, ohne auch nur darüber nachzudenken, und hielt dann inne. Sie wälzte sich auf ihrem Bett herum. Ihr Schnarchen klang rauh, und sie sprach im Schlaf. Es war ein leiser, stöhnender Strom von Worten, die Bobby nicht verstand, aber er merkte, daß er sie auch nicht zu verstehen *brauchte*. Er hörte seine Mutter sowieso. Und er sah Dinge. Ihre Gedanken? Ihre Träume? Was auch immer es sein mochte, es war schrecklich.

Er machte drei weitere Schritte zur Küche, dann fiel sein innerer Blick auf etwas so Entsetzliches, daß ihm der Atem in der Kehle wie Eis gefror: HABEN SIE BRAUTIGAN GESEHEN! Er ist ein ALTER KÖTER, aber WIR LIEBEN IHN!

»Nein«, flüsterte er. »O Mom, nein.«

Er wollte nicht zu ihr hineingehen, aber seine Füße wandten sich trotzdem in diese Richtung. Er folgte ihnen wie eine Geisel. Er sah zu, wie sich seine Hand mit gespreizten Fingern ausstreckte und die Tür zu ihrem Zimmer ganz aufstieß.

Ihr Bett war noch gemacht. Sie lag in ihrem Kleid auf der Tagesdecke, ein Bein hochgezogen, so daß ihr Knie fast die Brust berührte. Er konnte das obere Ende ihres Strumpfs und das Strumpfband sehen, und das erinnerte ihn an das Mädchen auf dem Kalenderbild im Corner Pocket, das mit weit hochgerutschtem Rock aus dem Auto stieg … nur daß die aus dem Packard steigende Lady keine häßlichen Blutergüsse oberhalb der Strümpfe gehabt hatte.

Liz' Gesicht war gerötet, wo es nicht malträtiert war; ihre Haare waren schweißverklebt, ihre Wangen von Tränen verschmiert und klebrig vom Make-up. Ein Dielenbrett knarrte unter Bobbys Fuß, als er ins Zimmer trat. Sie stieß einen Schrei aus, und er erstarrte in dem sicheren Bewußtsein, daß ihre Augen sich öffnen würden.

Statt aufzuwachen, drehte sie sich jedoch von ihm weg zur Wand. Hier in ihrem Zimmer war der Wirrwarr der Gedanken und Bilder in ihrem Innern nicht klarer, aber übelriechender und beißender, wie Schweiß, den ein Kranker verströmte. Die Musik von Benny Goodman, der »One O'Clock Jump« spielte, und der Geschmack von Blut, das ihr in den Rachen lief, zogen sich durch alles hindurch.

Haben Sie Brautigan gesehen, dachte Bobby. *Er ist ein alter Köter, aber wir lieben ihn. Haben Sie …*

Sie hatte die Jalousien heruntergezogen, bevor sie sich hingelegt hatte, und es war sehr dunkel im Zimmer. Er machte noch einen Schritt und blieb bei dem Tisch mit dem Spiegel stehen, an dem sie manchmal saß, um sich zu schminken. Dort lag ihre Handtasche. Bobby dachte an Ted und seine Umarmung – die Umarmung, nach der Bobby sich so gesehnt, die er so dringend gebraucht hatte. Ted, der ihm über den Rücken strich, ihm die Hand auf den Hinterkopf legte. *Wenn ich jemanden anfasse, gebe ich eine Art Fenster weiter*, hatte Ted ihm auf der Rückfahrt von Bridgeport im Taxi erzählt. Und als er nun mit geballten Fäusten am Schminktisch seiner Mutter stand, warf Bobby durch dieses Fenster einen zaghaften Blick in den Geist seiner Mutter.

Er sah sie flüchtig auf der Heimfahrt mit dem Zug, wo sie ganz für sich allein dahockte, das Gesicht zum Fenster gekehrt, und auf zehntausend Gärten zwischen Providence und Harwich hinausschaute, damit so wenige Leute wie möglich ihr Gesicht erblickten; er sah, wie ihr der leuchtendgrüne Schlüsselanhänger neben dem Zahnputzglas auf dem Bord ins Auge fiel, als Carol in ihre alte Bluse schlüpfte; sah, wie sie Carol nach Hause brachte und unterwegs eine Frage nach der anderen auf sie abschoß wie Kugeln aus einem Maschinengewehr. Zu erschüttert und zu erschöpft, um sich zu verstellen, hatte Carol all diese Fragen beantwortet. Bobby sah seine Mutter in den Commonwealth Park gehen – nein, *hinken* – und hörte sie denken: *Wenn sich diesem Alptraum doch nur etwas Gutes abgewinnen ließe, nur* irgend etwas *Gutes …*

Er sah sie auf einer Bank im Schatten sitzen und nach einer Weile aufstehen und zu Spicer's gehen, wo sie sich ein Kopfschmerzpulver und eine Nehi zum Hinunterspülen holte, bevor sie sich auf den Heimweg machte. Und dann, kurz bevor sie den Park verließ, sah Bobby, wie sie etwas erspähte, was an einen Baum geheftet war. Diese Anschläge hingen überall in der Stadt; sie war auf dem Weg in den Park vielleicht schon an einigen vorbeigekommen, so tief in Gedanken versunken, daß sie sie nicht bemerkt hatte.

Erneut kam Bobby sich nur wie ein Passagier in seinem eigenen Körper vor, nicht mehr. Er beobachtete, wie seine Hand sich ausstreckte, sah zwei Finger (diejenigen, die in ein paar Jahren die gelben Flecken des starken Rauchers tragen würden) eine scherenartige Bewegung machen und etwas ergreifen, was aus der Öffnung der Handtasche herausragte. Bobby zog das Papier ganz heraus, faltete es auseinander und las in dem schwachen Licht, das durch die Zimmertür hereinfiel, die ersten beiden Zeilen:

HABEN SIE BRAUTIGAN GESEHEN!
Er ist ein ALTER KÖTER, aber WIR LIEBEN IHN!

Sein Blick glitt weiter zu den Zeilen, die seine Mutter zweifellos gefesselt und jeden anderen Gedanken aus ihrem Kopf vertrieben hatten:

Wir zahlen EINE SEHR HOHE BELOHNUNG
($ $ $ $)

Hier war das Gute, das sie sich gewünscht und erhofft, um das sie gebetet hatte; hier war EINE SEHR HOHE BELOHNUNG.

Und hatte sie gezögert? War ihr wenigstens für eine Sekunde der Gedanke »Moment mal, mein Sohn liebt diesen alten Mistkerl!« durch den Kopf gegangen?

Nein.

Man *durfte* nicht zögern. Das Leben war nämlich voller Don Bidermans, und das Leben war nun mal nicht fair.

Mit dem Anschlag in der Hand entfernte sich Bobby auf Zehenspitzen mit großen, leisen Schritten von ihr, erstarrte, als ein Brett unter seinen Füßen knarrte, und ging dann weiter. Hinter ihm war das Gemurmel seiner Mutter verstummt, und sie hatte wieder leise zu schnarchen begonnen. Bobby gelangte ins Wohnzimmer und schloß die Tür zu ihrem Zimmer hinter sich, wobei er den Knauf bis zum Anschlag gedreht hielt, bis die Tür ganz zu war, weil er nicht wollte, daß das Schnappschloß mit einem Klicken einrastete. Dann lief er zum Telefon hinüber. Erst jetzt, wo er von ihr weg war, merkte er, daß sein Herz raste und daß er einen Geschmack wie von alten Pennys im Mund hatte. Jede Spur von Hunger war ihm vergangen.

Er nahm den Hörer ab, warf mit zusammengekniffenen Augen einen raschen Blick über die Schulter, um sich zu vergewissern, daß die Tür zum Zimmer seiner Mutter noch zu war, und wählte dann, ohne auf den Anschlag zu schauen. Die Nummer war in seinen Kopf eingebrannt: HOusitonic 5-8337.

Als er zu Ende gewählt hatte, blieb alles still. Das war nicht weiter erstaunlich, weil es keine HOusitonic-Vermittlung in Harwich gab. Und wenn ihm am ganzen Körper kalt war (außer an den Eiern und den Fußsohlen, die waren sonderbar heiß), so lag das nur daran, daß er Angst um Ted hatte. Das war alles. Nur –

Als Bobby gerade auflegen wollte, ertönte ein Klicken wie von Steinen. Und dann sagte eine Stimme: »Ja?«

Es ist Biderman! dachte Bobby wild. *Heiliger Strohsack, es ist Biderman!*

»Ja?« sagte die Stimme erneut. Nein, nicht die von Biderman. Zu tief für Biderman. Aber es war die Stimme eines Wichsers, daran bestand kein Zweifel, und während seine Hauttemperatur weiterhin dem absoluten Nullpunkt entgegenstürzte, wußte Bobby, daß der Mann am anderen Ende der Leitung einen irgendwie gearteten gelben Mantel in seinem Kleiderschrank hängen hatte.

Plötzlich wurden seine Augen heiß, und ihre Rückseiten begannen zu jucken. *Ist da die Familie Sagamore?* hatte er fragen wollen, und wenn die Antwort der Person am anderen Ende *Ja* gewesen wäre, hätte er sie gebeten, Ted in Ruhe zu lassen. Er hätte ihnen erklärt, er, Bobby Garfield, werde etwas für sie tun, wenn sie Ted nur in Ruhe ließen – er werde alles tun, was sie verlangten. Aber jetzt, wo er die Gelegenheit dazu hatte, brachte er kein Wort heraus. Bis zu diesem Augenblick hatte er noch nicht richtig an die niederen Männer geglaubt. Nun jedoch war etwas am anderen Ende der Leitung, das nichts mit dem gemein hatte, was Bobby Garfield unter »Leben« verstand.

»Bobby?« sagte die Stimme, und es war eine Art anzüglicher Freude in ihr, ein sinnliches Erkennen. »Bobby«, wiederholte sie, diesmal ohne das Fragezeichen. Dunkle Flocken begannen durch Bobbys Gesichtsfeld zu treiben; das Wohnzimmer füllte sich plötzlich mit schwarzem Schnee.

»Bitte…«, wisperte Bobby. Er zwang sich unter Aufbietung seiner ganzen Willenskraft, den Satz zu beenden. »Bitte laßt ihn in Ruhe.«

»Geht nicht«, erklärte ihm die Stimme aus dem Nichts. »Er gehört dem König. Halt dich da raus, Bobby. Misch dich nicht ein. Ted ist unser Hund. Wenn du nicht auch unser Hund sein willst, halt dich raus.«

Klick.

Bobby behielt den Hörer noch einen Augenblick am Ohr. Er hätte gezittert, aber ihm war zu kalt. Das Jucken hinter seinen Augen ließ jedoch allmählich nach, und die Fäden, die sich durch sein Gesichtsfeld zogen, begannen mit dem allgemeinen Halbdunkel zu verschmelzen. Schließlich nahm er den Hörer vom Kopf, aber als er schon auflegen wollte, hielt er inne. Auf der perforierten Ohrmuschel des Hörers waren Dutzende kleiner roter Kreise. Es war, als hätte die Stimme des Dings am anderen Ende das Telefon zum Bluten gebracht.

Bobby keuchte – leise, schnelle, wimmernde Laute –, legte den Hörer wieder auf die Gabel und ging in sein Zimmer. *Halt dich da raus*, hatte der Mann unter der Nummer der Familie Sagamore ihn gewarnt. *Ted ist unser Hund*. Aber Ted war kein Hund. Er war ein Mensch, und er war Bobbys Freund.

Sie hätte ihnen erzählen können, wo er heute abend ist, dachte Bobby. *Ich glaube, Carol hat es gewußt. Falls ja, und falls sie es Mom erzählt hat –*

Bobby griff sich den Fahrradtopf. Er nahm das ganze Geld heraus und verließ die Wohnung. Er dachte daran, seiner Mutter eine Nachricht zu hinterlassen, aber er tat es nicht. Womöglich würde sie sonst wieder HOusitonic 5-8337 anrufen und dem Wichser mit der tiefen Stimme erzählen, was ihr Bobby-O vorhatte. Das war der eine Grund, warum er keine Nachricht hinterließ. Der andere war, daß er mit Ted fortgehen würde, wenn es ihm gelang, ihn rechtzeitig zu warnen. Jetzt würde Ted ihn mitkommen lassen *müssen*. Und wenn die niederen Männer ihn töteten oder entführten? Nun, das wäre fast dasselbe, wie von zu Hause weglaufen, oder nicht?

Bobby schaute sich ein letztes Mal in der Wohnung um, und als er seine Mutter schnarchen hörte, spürte er unwillkürlich, wie etwas an seinem Herzen und seiner Seele zupfte. Ted hatte recht: Er liebte sie immer noch, trotz allem. Wenn es ein *ka* gab, dann gehörte es zu seinem, sie zu lieben.

Trotzdem hoffte er, daß er sie nie wiedersehen würde.

»Adieu, Mom«, flüsterte Bobby. Eine Minute später lief er in der zunehmenden Dunkelheit den Broad Street Hill hinunter, eine Hand um das Bündel Geldscheine in seiner Tasche geklammert, damit nichts davon herausfiel.

X. Wieder da unten. Eckensteher. Niedere Männer mit gelben Mänteln. Die Auszahlung.

Vom Münzfernsprecher bei Spicer's aus rief er sich ein Taxi, und während er auf den Wagen wartete, riß er einen Anschlag vom Schwarzen Brett draußen ab, auf dem nach einem entlaufenen Haustier namens BRAUTIGAN gesucht wurde. Er entfernte auch eine falsch herum angepinnte Karteikarte, auf der ein '57er Rambler von seinem Eigentümer zum Verkauf angeboten wurde. Beide zerknüllte er und warf sie in den Abfalleimer an der Tür, ohne sich auch nur umzusehen, ob der alte Spicer, dessen Übellaunigkeit unter den Kindern im Westen von Harwich legendär war, ihn dabei beobachtet hatte.

Die Zwillinge der Sigsbys waren jetzt hier. Sie hatten ihre Springseile weggelegt und spielten Himmel und Hölle. Bobby ging zu ihnen hinüber und sah sich die Zeichnungen neben den Kästchen an:

Er kniete sich hin, und Dina Sigsby, die gerade ihren Stein auf die 7 hatte werfen wollen, hielt inne und schaute ihn an. Dianne legte ihre schmutzigen Finger an den Mund und kicherte. Ohne sie zu beachten, verschmierte Bobby die Zeichnungen mit beiden Händen, bis sie nur noch verschwommene Kreidekleckse waren. Als er das erledigt hatte, stand er auf und staubte sich die Hände ab. Die Laterne auf Spicers winzigem Drei-Wagen-Parkplatz ging an; Bobby und die Mädchen warfen plötzlich Schatten, die viel länger waren als sie selbst.

»Warum haste das gemacht, Bobby Garfield, du alter Blödmann?« fragte Dina. »Die waren doch hübsch.«

»Sie bringen Pech«, sagte Bobby. »Wieso seid ihr noch nicht zu Hause?« Dabei konnte er es sich eigentlich schon denken; es leuchtete in ihren Köpfen auf wie die Bierreklame in Spicers Schaufenster.

»Mama-Daddy ham gestritten«, antwortete Dianne. »Sie sagt, er hat eine Freundin.« Sie lachte, und ihre Schwester stimmte mit ein, aber in ihren Augen stand die Angst. Sie erinnerten Bobby an die Kleinen in *Herr der Fliegen*.

»Geht nach Hause, bevor es ganz dunkel wird«, sagte er.

»Mama hat gesagt, wir sollen draußen bleiben«, erklärte ihm Dina.

»Dann ist sie dumm, und euer Vater auch. Na los!«

Sie wechselten einen Blick, und Bobby erkannte, daß er sie noch mehr verängstigt hatte. Es war ihm egal. Er sah zu, wie sie ihre Springseile aufhoben und den Hügel hinaufliefen. Fünf Minuten später bog das Taxi, das er gerufen hatte, auf den Parkplatz neben dem Laden ein. Die Scheinwerfer schwenkten über den Schotter.

»Hm«, sagte der Taxifahrer. »Ich weiß nicht recht, ob ich 'nen kleinen Jungen nach Einbruch der Dunkelheit noch nach Bridgeport bringen soll, selbst wenn du wirklich das Fahrgeld hast.«

»Das geht schon in Ordnung«, sagte Bobby und stieg hinten ein. Wenn der Taxifahrer ihn jetzt rauswerfen wollte, dann mußte er das schon mit der Brechstange tun, falls er eine im Kofferraum hatte. »Mein Großvater wartet da auf mich.« Aber nicht beim Corner Pocket, hatte Bobby bereits beschlossen; er würde nicht mit einem Checker-Taxi dort vorfahren. Möglicherweise hielt jemand Ausschau nach ihm. »Bei der Wo Fat Noodle Company. Auf der Narragansett Avenue.« Das Corner Pocket lag auch auf der Narragansett. Der Straßenname war ihm entfallen, aber er hatte ihn problemlos in den Gelben Seiten gefunden, nachdem er das Taxi gerufen hatte.

Der Fahrer setzte langsam auf die Straße zurück. Jetzt hielt er wieder an. »Zur Narragansett? Du liebe Zeit, das ist aber nicht die richtige Gegend für 'n Kind. Nicht mal am hellichten Tag.«

»Mein Großvater wartet da auf mich«, wiederholte Bobby. »Er hat gesagt, ich soll Ihnen einen halben Stein Trinkgeld geben. Ich meine, fünfzig Cent.«

Der Taxifahrer zögerte einen Moment. Bobby versuchte, sich etwas anderes auszudenken, um ihn zu überreden, aber ihm wollte nichts einfallen. Dann seufzte der Taxifahrer, gab seinen Widerstand auf und fuhr los. Als sie die Broad Street hinauffuhren, schaute Bobby hinaus, um zu sehen, ob in ihrer Wohnung Licht brannte. Aber noch war alles dunkel. Er ließ sich in die Polster sinken und wartete darauf, daß Harwich hinter ihnen zurückblieb.

Der Taxifahrer hieß Roy DeLois; so stand es auf seinem Taxameter. Während der Fahrt nach Bridgeport sagte er kein einziges Wort. Er war traurig, weil er Pete vom Tierarzt hatte einschläfern lassen müssen. Pete war vierzehn gewesen. Das war alt für einen Collie. Er war Roy DeLois' einziger richtiger Freund gewesen. *Na los, Großer, iß auf, geht auf meine Rechnung,* hatte Roy DeLois immer gesagt, wenn er Pete fütterte. Jeden Abend dieselben Worte. Roy DeLois war geschieden. Manchmal ging er in einen Striptease-Club in Hartford. Bobby sah schemenhafte Bilder der Tänzerinnen; die meisten trugen Federn und lange weiße Handschuhe. Das Bild von Pete war schärfer. Auf dem Rückweg vom Tierarzt war es Roy DeLois noch gutgegangen, aber als er daheim in der Küche Petes leere Schüssel gesehen hatte, war er in Tränen ausgebrochen.

Sie kamen am William Penn Grille vorbei. Helles Licht flutete aus allen Fenstern, und die Straße war auf beiden Seiten drei Blocks weit von Autos gesäumt, aber Bobby sah keine ausgeflippten DeSotos und auch keine anderen Wagen, die wie spärlich getarnte Lebewesen wirkten. Die Rückseiten seiner Augen juckten nicht; er sah keine schwarzen Fäden.

Das Taxi überquerte die Kanalbrücke, und dann waren sie ›da unten‹. Laute, spanisch klingende Musik kam aus Wohnhäusern, an deren Seiten sich Feuertreppen zickzackförmig wie eiserne Blitze in die Höhe zogen. Gruppen junger Männer mit glänzenden, zurückgekämmten Haaren standen an manchen Straßenecken, Gruppen lachender Mädchen an anderen. Als das Checker-Taxi an einer roten Ampel hielt, kam ein braunhäutiger Mann herübergeschlendert, dessen Hüften wie Öl in einer Gabardine-Hose wogten, über der man den Gummizug seiner strahlendweißen Unterhose sah. Er bot an, die Windschutzscheibe des Taxis mit einem schmutzigen Lappen zu putzen, den er in der Hand hielt. Roy DeLois schüttelte kurz den Kopf und schoß sofort los, als die Ampel umsprang.

»Gottverdammte Latinos«, sagte er. »Die sollte man gar nicht erst ins Land reinlassen. Haben wir nicht selber schon genug Nigger?«

Die Narragansett Avenue sah bei Nacht anders aus – ein bißchen furchterregender, aber auch ein bißchen faszinierender. Schlossereien ... Wechselstuben ... ein paar Bars, die Gelächter, Jukebox-Musik und Männer mit Bierflaschen in den Händen ausspien ... ROD'S GUNS ... und ja, gleich hinter Rod's und neben dem Laden, wo es die SPEZIELLEN SOUVENIRS gab, die WO FAT NOODLE CO. Von hier aus konnten es nicht mehr als vier Blocks zum Corner Pocket sein. Es war erst acht Uhr. Bobby hatte noch massenhaft Zeit.

Als Roy DeLois am Straßenrand hielt, hatte er achtzig Cent auf der Uhr. Dazu noch ein Trinkgeld von fünfzig Cent, das riß schon ein ziemliches Loch in die gute alte Fahrradkasse, aber es war Bobby egal. Er würde nie ein solches Getue ums Geld machen wie *sie*. Wenn er Ted warnen konnte, bevor die niederen Männer ihn in die Finger bekamen, würde Bobby mit Freuden sein Leben lang zu Fuß gehen.

»Gefällt mir gar nicht, dich hier abzusetzen«, sagte Roy DeLois. »Wo ist dein Opa?«

»Ach, der kommt gleich.« Bobby bemühte sich um einen fröhlichen Ton – mit nicht geringem Erfolg. Es war schon erstaunlich, wozu man fähig war, wenn man mit dem Rücken an der Wand stand.

Er streckte dem Fahrer das Geld hin. Einen Augenblick lang zögerte Roy DeLois, statt es zu nehmen; er erwog, Bobby zu Spicer's zurückzufahren, aber dann dachte er: *Wenn der Junge nicht die Wahrheit über seinen Opa sagt, was macht er dann hier unten? Er ist zu jung, um eine Nummer schieben zu wollen.*

Mir geht's gut, sandte Bobby zurück... und ja, er glaubte, daß er das ebenfalls konnte – jedenfalls ein bißchen. *Hör schon auf, dir Sorgen zu machen, es geht mir gut.*

Schließlich nahm Roy DeLois den zerknitterten Dollar und die drei Zehncentstücke. »Das ist wirklich zuviel«, sagte er.

»Mein Opa hat gesagt, ich soll nie knickrig sein, wie einige andere Leute«, erklärte Bobby, während er ausstieg. »Vielleicht sollten Sie sich einen neuen Hund zulegen. Einen Welpen.«

Roy DeLois war um die fünfzig, aber die Überraschung ließ ihn viel jünger aussehen. »Woher...«

Dann hörte Bobby, wie er zu dem Schluß kam, daß es ihm egal war, woher. Roy DeLois legte den Gang ein, fuhr davon und ließ Bobby vor der Wo Fat Noodle Company zurück.

Er blieb dort stehen, bis die Rücklichter des Taxis verschwanden, dann setzte er sich in Bewegung und ging langsam in Richtung des Corner Pocket, hielt allerdings gleich wieder einen Moment lang inne und schaute durch die staubige Fensterscheibe von SPEZIELLE SOUVENIRS. Das Bambusrollo war oben, aber das einzige sichtbare Souvenir war ein Keramikaschenbecher in der Form einer Kloschüssel. Die Brille hatte eine Aussparung für die Zigarette. HÄNG DEINEN STUMMEL HIER REIN stand auf der Schüssel. Bobby fand das ganz witzig, aber als Schaufensterauslage war es nicht der Knaller; er hatte irgendwie auf Sachen gehofft, die mehr mit Sexualität zu tun hatten. Besonders jetzt, wo die Sonne untergegangen war.

Er ging weiter, vorbei an B'PORT DRUCK, SCHUHREPARATUR AUF DIE SIE WARTEN KÖNNEN und FLOTTE KARTEN FÜR JEDEN ANLASS. Weiter vorn war noch eine Bar; an der Ecke standen weitere junge Männer, und er hörte einen Song der Cadillacs: *Brrrrr, black slacks, make ya cool, Daddy-O, when ya put em on you're a-rarin to go*. Bobby überquerte die Straße und trabte mit hochgezogenen Schultern und gesenktem Kopf dahin, die Hände in den Taschen.

Gegenüber der Bar war ein leerstehendes Restaurant mit einer zerfetzten Markise, die noch über den mit weißer Farbe bestrichenen Fenstern hing. Bobby schlüpfte in ihren Schatten und ging weiter; einmal schreckte er zusammen, als jemand schrie und eine Flasche zerbarst. An der nächsten Ecke überquerte er die Narragansett Avenue diagonal und kehrte auf die Seite zurück, auf der das Corner Pocket lag.

Unterwegs versuchte er, seinen Geist nach außen zu wenden und etwas von Ted aufzufangen, aber da war nichts. Bobby war nicht sonderlich überrascht. *Er* wäre an Teds Stelle irgendwohin gegangen, wo er unbemerkt herumhängen konnte, zum Beispiel in die Bücherei von Bridgeport. Und wenn die Bücherei dann zumachte, würde er vielleicht einen Happen essen gehen und auf diese Weise noch ein bißchen Zeit totschlagen. Schließlich würde er sich wieder ein Taxi rufen und sein Geld abholen fahren. Bobby glaubte nicht, daß Ted irgendwo in der Nähe war, aber er lauschte weiter nach ihm. Er lauschte so konzentriert, daß er in einen Mann hineinlief, ohne ihn auch nur zu sehen.

»Hey, *cabrón!*« sagte der Mann – lachend, aber nicht auf nette Weise. Hände packten Bobby an den Schultern und hielten ihn fest. »Kannst du nicht aufpassen, wo du hinläufst, *putino?*«

Bobby blickte auf und sah vier junge Burschen von der Sorte, die seine Mom Eckensteher oder Rowdys genannt hätte, vor einem Laden namens BODEGA rumhängen. Es waren Puertoricaner, dachte er, und alle trugen sie Hosen mit scharfen Bügelfalten. Schwarze, spitze Stiefel ragten unter den Hosenaufschlägen hervor. Außerdem hatten sie blaue Seidenjacken an, auf deren Rücken das Wort DIABLOS stand. Das I war ein

Dreizack. Etwas an dem Dreizack kam Bobby bekannt vor, aber er hatte keine Zeit, darüber nachzudenken. Mit einem mulmigen Gefühl im Bauch stellte er fest, daß er an vier Mitglieder einer Bande geraten war.

»Tut mir leid«, sagte er mit trockener Stimme. »Wirklich, ich ... 'tschuldigung.«

Er entzog sich den Händen, die ihn an den Schultern festhielten, und wollte um den Burschen herumgehen. Er kam nur einen Schritt weit, da packte ihn auch schon einer der anderen. »Wo willst du denn hin, *tío?*« fragte er. »Wo willst du hin, *tío mío?*«

Bobby riß sich los, aber der vierte Bursche stieß ihn zum zweiten zurück. Der zweite packte ihn erneut, diesmal allerdings unsanfter. Es war, als wäre er von Harry und seinen Freunden umringt, nur schlimmer.

»Hast du Geld, *tío?*« fragte der dritte. »Das hier ist nämlich 'ne gebührenpflichtige Straße, weißt du.«

Sie lachten alle und rückten näher heran. Bobby konnte ihr stark duftendes Rasierwasser riechen, ihr Haarwasser und seine eigene Angst. Er konnte ihre inneren Stimmen nicht hören, aber wozu auch? Sie würden ihn wahrscheinlich zusammenschlagen und ihm sein Geld stehlen. Wenn er Glück hatte, war das alles, was sie tun würden ... aber vielleicht hatte er kein Glück.

»Kleiner Junge«, sang der vierte beinahe. Er streckte eine Hand aus, packte die Stoppeln von Bobbys Bürstenschnitt und zog so heftig daran, daß Bobby die Tränen in die Augen stiegen. »Kleiner *muchacho,* wieviel Geld hast du denn, hm? Wieviel gutes altes *dinero?* Wenn du was hast, wir lassen dich gehen. Wenn du nichts hast, wir ziehen dir Hammelbeine lang.«

»Laß ihn in Ruhe, Juan!«

Sie schauten sich um – Bobby ebenfalls –, und da kam ein fünfter, der auch eine Diablo-Jacke und eine Hose mit scharfer Bügelfalte trug; er hatte Slipper statt spitzer Stiefel an, und Bobby erkannte ihn sofort. Es war der junge Mann, der an dem Tag, als Ted seine Wette abgeschlossen hatte, an dem Grenzpatrouille-Flipper gespielt hatte. Kein Wunder, daß ihm der Dreizack bekannt vorgekommen war – er war auf die Hand des Burschen tätowiert. Er hatte sich die auf links gedrehte Jacke um die Taille gebunden gehabt (*hier drin darf man keine Clubjacke tragen*, hatte er Bobby erklärt), aber trotzdem das Zeichen der Diablos getragen.

Bobby versuchte, in den Geist des Neuankömmlings zu schauen, sah aber nur vage Schemen. Seine Fähigkeit ließ wieder nach, wie an dem Tag, als Mrs. Gerber mit ihnen nach Savin Rock gefahren war; kurz nachdem sie McQuowns Stand am Ende des Mittelgangs verlassen hatten, war sie weg gewesen. Diesmal hatte die Fensterphase länger gedauert, aber jetzt verschwand sie wieder.

»Hey, Dee«, sagte der Junge, der Bobby an den Haaren gezogen hatte. »Wir wollen den kleinen Kerl hier bloß bißchen durchschütteln. Ihn dafür bezahlen lassen, daß er durchs Gebiet der Diablos darf.«

»Den nicht«, sagte Dee. »Ich kenn ihn. Er ist mein *compadre*.«

»Für mich er sieht aus wie kleiner warmer Bruder aus der besseren Wohngegend«, sagte derjenige, der Bobby *cabrón* und *putino* genannt hatte. »Dem bring ich bißchen Respekt bei.«

»Er braucht keine Lektion von dir«, sagte Dee. »Willst du eine von mir, Moso?«

Moso trat mit finsterer Miene zurück und fischte eine Zigarette aus seiner Tasche. Einer der anderen gab ihm Feuer, und Dee führte Bobby ein bißchen weiter die Straße entlang.

»Was machst du hier unten, *amigo?*« fragte er und faßte Bobby mit der tätowierten Hand an der Schulter. »Dumm von dir, allein hier rumzulaufen, und dann noch bei *Nacht* – total *loco*.«

»Es geht nicht anders«, sagte Bobby. »Ich muß den Mann finden, mit dem ich neulich hier war. Er heißt Ted. Er ist alt und dünn und ziemlich groß. Er geht immer so vornübergebeugt, wie Boris Karloff – du weißt schon, der aus den Horrorfilmen.«

»Ich kenn Boris Karloff, aber keinen Scheiß-Ted«, sagte Dee.

»Den hab ich nie gesehn. Du solltest machen, daß du von hier verschwindest, Mann.«

»Ich muß zum Corner Pocket«, sagte Bobby.

»War gerade da«, erwiderte Dee. »Hab niemand gesehn, der wie Boris Karloff aussieht.«

»Es ist noch zu früh. Ich glaube, er kommt erst zwischen halb zehn und zehn. Ich muß dasein, wenn er kommt, weil ein paar Männer hinter ihm her sind. Sie tragen gelbe Mäntel und weiße Schuhe ... sie fahren große, auffällige Wagen ... einer ist ein violetter DeSoto, und –«

Dee packte ihn und wirbelte ihn so heftig gegen die Tür einer Pfandleihe, daß Bobby einen Moment lang dachte, er hätte nun doch beschlossen, mit seinen Rowdyfreunden gemeinsame Sache zu machen. Drinnen in der Pfandleihe schaute sich ein alter Mann mit einer auf den kahlen Kopf hochgeschobenen Brille verärgert um und senkte den Blick dann wieder in die Zeitung, die er gerade las.

»Die *jefes* mit den langen gelben Mänteln«, hauchte Dee. »Ich hab diese Typen gesehn. Ein paar von den andern haben sie auch gesehn. Mit solchen Jungs solltest du dich nicht anlegen, *chico!* Mit denen stimmt was nicht. Sie sehen nicht richtig aus. Im Vergleich zu denen wirken die harten Jungs, die in Mallory's Saloon rumhängen, wie brave Kinder.«

Etwas an Dees Gesichtsausdruck erinnerte Bobby an Sully-John, und er entsann sich, daß S-J gesagt hatte, er habe ein paar seltsame Typen beim Commonwealth Park gesehen. Als Bobby ihn gefragt hatte, was so seltsam an ihnen gewesen sei, hatte Sully erwidert, er wisse es nicht genau. Bobby wußte es aber. Sully hatte die niederen Männer gesehen. Schon damals hatten sie rumgeschnüffelt.

»Wann hast du sie gesehen?« fragte Bobby. »Heute?«

»Wie kommst du denn darauf, Mann«, sagte Dee. »Ich bin gerade mal zwei Stunden auf, und die hab ich größtenteils im Badezimmer verbracht, um mich für die Straße hübsch zu machen. Ich hab sie aus dem Corner Pocket kommen sehen, zwei Kerle – vorgestern, glaub ich. Und der Laden ist komisch in letzter Zeit.« Er überlegte einen Augenblick, dann rief er: »Yo, Juan, schwing mal deinen Arsch hier rüber!«

Der Haarezieher kam angetrabt. Dee fragte ihn etwas auf spanisch. Juan antwortete, und Dee sagte wieder etwas, kürzer diesmal, und zeigte dabei auf Bobby. Juan beugte sich über Bobby, die Hände auf den Knien seiner schicken Hose.

»Du hast diese Typen gesehn, hm?«

Bobby nickte.

»Ein Trupp in großem violettem DeSoto? Einer in einem *Crisler?* Und in einem Olds 98?«

Bobby kannte nur den DeSoto, aber er nickte.

»Das sind keine echten Autos«, sagte Juan. Er warf Dee einen Seitenblick zu, um zu sehen, ob er lachte. Aber Dee lachte nicht; er gab Juan nur mit einem Nicken zu verstehen, daß er weitersprechen sollte. »Die sind was anderes.«

»Ich glaube, sie sind lebendig«, sagte Bobby.

Juans Augen leuchteten auf. »Ja! Wie lebendig! Und diese Typen –«

»Wie haben sie ausgesehen? Ich hab eins ihrer Autos gesehen, aber nicht sie selbst.«

Juan versuchte es, konnte es aber nicht erklären, jedenfalls nicht auf englisch. Statt dessen verfiel er ins Spanische. Dee übersetzte einiges, aber nur ziemlich flüchtig; er unterhielt sich mehr und mehr mit Juan, ohne Bobby weiter zu beachten. Die anderen Rowdys – eigentlich waren sie alle fast noch kleine Jungs, sah Bobby – kamen näher und mischten sich ins Gespräch ein. Bobby verstand nicht, was sie sagten, aber er hatte den Eindruck, daß sie Angst hatten, allesamt. Sie waren ziemlich harte Burschen – hier unten mußte man hart sein, wenn man heil über die Runden kommen wollte –, aber die niederen Männer hatten ihnen trotzdem Angst eingejagt. Bobby fing ein letztes klares Bild auf: eine hochgewachsene, mit großen Schritten einherschreitende Gestalt in einem senffarbenen Mantel, der ihr bis zu den Waden reichte, einem dieser Mäntel, die man manchmal in Filmen wie *Zwei rechnen ab* oder *Die glorreichen Sieben* sah.

»Seh ich vier von ihnen aus dem Friseurladen mit dem Wettbüro hinten drin kommen«, sagte derjenige, der Filio hieß. »Das machen sie dauernd, diese Typen – gehen irgendwo rein und stellen Fragen. Und immer steht eine ihrer dicken Kisten mit laufendem Motor am Bordstein. Du denkst, ist total verrückt, so was hier unten zu tun, einen Wagen mit laufendem Motor am Bordstein stehenzulassen, aber wer klaut schon eins von diesen gottverdammten Dingern?«

Niemand, das wußte Bobby. Wenn man es versuchte, verwandelte sich das Lenkrad womöglich in eine Schlange und erdrosselte einen; und der Sitz verwandelte sich vielleicht in ein Becken aus Treibsand, in dem man ertrank.

»Kommen alle zusammen raus«, fuhr Filio fort, »alle mit diese lange gelbe Mänteln, obwohl war so heiß an dem Tag, hättest dir ein Ei auf dem Scheiß-Bürgersteig braten können. Haben alle diese hübschen weißen Schuhe an – chic, ihr wißt ja, achte ich immer drauf, was die Leute an den Füßen haben, fahr ich total drauf ab – und ich glaub nicht... ich glaub nicht...« Er hielt inne, sammelte sich und sagte auf spanisch etwas zu Dee.

Bobby fragte, was er gesagt hatte.

»Er sagt, ihre Schuhe haben Boden nicht berührt«, antwortete Juan. Seine Augen waren groß. Aus seinem Blick sprach weder Verachtung noch Ungläubigkeit. »Er sagt, sie haben diesen großen roten *Crisler*, und als sie dahin zurückgehen, berühren ihre Scheiß-Schuhe nicht ganz den Boden.« Juan spreizte zwei Finger vor dem Mund, spuckte hindurch und bekreuzigte sich dann.

Für eine Weile sagte niemand etwas, dann beugte sich Dee wieder mit ernster Miene zu Bobby herab. »Das sind die Typen, die nach deinem Freund suchen?«

»Ganz recht«, sagte Bobby. »Ich muß ihn warnen.«

Er hatte die verrückte Idee, daß Dee ihm anbieten würde, ihn zum Corner Pocket zu begleiten, und daß die übrigen Diablos sich ihnen dann anschließen würden; sie würden die Straße entlanggehen und dabei unisono mit den Fingern schnippen, wie die Jets in der *West Side Story*. Von jetzt an würden sie seine Freunde sein, Bandenmitglieder, die zufälligerweise ein wirklich gutes Herz hatten.

Natürlich geschah nichts dergleichen. Statt dessen ging Moso weg, dorthin zurück, wo Bobby in ihn hineingelaufen war. Die anderen folgten ihm. Juan blieb noch einen Moment stehen und sagte: »Wenn du in diese *caballeros* reinläufst, bist du ein toter *putino, tío mío.*« Nur Dee blieb bei ihm, und Dee sagte: »Er hat recht. Solltest dich wieder in deinen eigenen Teil der Welt verziehen, mein Freund. Dein *amigo* soll selbst auf sich aufpassen.«

»Ich kann nicht«, sagte Bobby, und dann, mit echter Neugier: »Könntest du deinen Freund im Stich lassen?«

»Nicht bei normalen Typen als Gegnern, aber das sind keine normalen Typen. Hast du nicht zugehört?«

»Doch«, sagte Bobby. »Trotzdem.«

»Du bist verrückt, Kleiner. *Poco loco.*«

»Kann sein.« Er *fühlte* sich jedenfalls, als ob er verrückt wäre. *Poco loco,* und nicht zu knapp. So verrückt wie eine Scheißhausratte, hätte seine Mutter gesagt.

Dee ging weg, und Bobby spürte, wie sich sein Herz zusammenkrampfte. Der große Junge ging zur Ecke – seine Kumpels warteten auf der anderen Straßenseite auf ihn –, wirbelte dann herum, formte mit dem Finger eine Pistole und richtete sie auf Bobby. Bobby grinste und zielte zurück.

»*Vaya con Dios, mi amigo loco*«, sagte Dee und schlenderte dann über die Straße, den Kragen seiner Bandenjacke im Nacken hochgeklappt.

Bobby wandte sich in die andere Richtung und setzte sich wieder in Bewegung. Er wich den Lichtpfützen aus, die von summenden Neonreklamen geworfen wurden, und bemühte sich, im Schatten zu bleiben.

Gegenüber vom Corner Pocket befand sich eine Leichenhalle – BESTATTUNGSUNTERNEHMEN DESPEGNI stand auf der grünen Markise. Im Fenster hing eine Uhr, deren Zifferblatt von einem kalten Kreis aus blauem Neon umrahmt war. Unter der Uhr war ein Schild mit der Aufschrift DAS RAD DER ZEIT HÄLT NIEMAND AUF. Auf der Uhr war es zwanzig nach acht. Bobby hatte immer noch Zeit, jede Menge Zeit, und er sah eine Gasse neben dem Pocket, wo er einigermaßen ungefährdet warten konnte, aber er war außerstande, sich einfach irgendwo hinzupflanzen und abzuwarten, obwohl er wußte, daß es das klügste wäre. Wenn er wirklich klug gewesen wäre, hätte er sich erst gar nicht hierhergewagt. Er war keine weise alte Eule; er war ein verängstigter Junge, der Hilfe brauchte. Er bezweifelte, daß er die im Corner Pocket finden würde, aber vielleicht irrte er sich ja.

Bobby ging unter dem Transparent mit der Aufschrift **KOMMEN SIE REIN, HIER IST ES KÜHL** hindurch. Noch nie in seinem Leben hatte er weniger Wert auf eine Klimaanlage gelegt als jetzt; es war eine heiße Nacht, aber er fror am ganzen Leib.

Gott, wenn es Dich gibt, dann hilf mir jetzt bitte. Hilf mir, tapfer zu sein ... und hilf mir, Glück zu haben.

Bobby machte die Tür auf und ging hinein.

Der Bierdunst war viel stärker und viel frischer, der Raum mit den Flipperautomaten eine scheppernde und blinkende Orgie aus Lichtern und Lärm. Wo vorher nur Dee geflippert hatte, schienen jetzt wenigstens zwei Dutzend junge Burschen herumzustehen, die allesamt rauchten, allesamt schulterfreie Unterhemden und Frank-Sinatra-Hüte trugen und allesamt Budweiser-Flaschen auf den Glasflächen der Gottlieb-Geräte stehen hatten.

Um Len Files' Kassentresen herum war es heller als damals, weil in der Bar (wo jeder Hocker besetzt war) und im Flipper-Raum mehr Lichter brannten. Der Billardsaal selbst, der am Mittwoch weitgehend im Dunkeln gelegen hatte, war jetzt erleuchtet wie ein Operationssaal. Alle Tische waren belegt; Männer beugten sich über den Filz, gingen um die Tische herum und führten in einem blauen Nebel aus Zigarettenrauch ihre Stöße aus; die Stühle an den Wänden waren alle besetzt. Bobby sah den alten Gee mit den Füßen auf den Schuhputzerpodesten, und –

»Verdammte Scheiße, was hast *du* hier zu suchen?«

Bobby drehte sich um, überrascht von der Stimme und schockiert vom Klang dieses Wortes, das da aus dem Mund einer Frau kam. Es war Alanna Files. Die Tür zum Wohnzimmerbereich jenseits des Kassentresens fiel gerade hinter ihr zu. An diesem Abend trug sie eine weiße Seidenbluse, die den Blick auf ihre Schultern – hübsche Schultern, cremig-weiß und rund wie Brüste – und den Ansatz ihres enormen Busens freigab. Unter der weißen Bluse befand sich die größte rote Hose, die Bobby je gesehen hatte. Am Mittwoch war Alanna nett gewesen, da hatte sie ihn angelächelt ... ja, sogar beinahe angelacht, aber auf eine Weise, die Bobby nicht gestört hatte. Heute abend sah sie aus, als hätte sie Todesangst.

»Tut mir leid ... ich weiß, daß ich nicht hier drin sein darf, aber ich muß meinen Freund Ted finden, und ich dachte ... dachte, daß ...« Er hörte seine Stimme wie einen losgelassenen, in dem Raum herumfliegenden Luftballon schrumpfen.

Irgend etwas stimmte hier nicht. Stimmte hier ganz und gar nicht. Es war wie in einem Traum, den er manchmal hatte, in dem er an seinem Pult saß und Rechtschreibung übte, irgendwelchen Stoff büffelte oder einfach nur eine Geschichte las und alle über ihn zu lachen begannen, bis er merkte, daß er vergessen hatte, die Hose anzuziehen, bevor er zur Schule gekommen war – er saß an seinem Pult, und alles baumelte heraus, so daß jeder es sehen konnte, die Mädchen, die Lehrer, einfach jeder.

Das rhythmische Gebimmel der Flipper im Spielautomatenraum hatte nicht ganz aufgehört, aber es war langsamer geworden. Die vom Tresen herüberschwappende Flut der Gespräche und des Gelächters war fast vollständig versiegt. Das Klicken der Pool- und Karambolage-Kugeln hatte aufgehört. Bobby schaute sich um und spürte wieder die Schlangen in seinem Magen.

Es schauten ihn nicht alle an, aber die meisten schon. Der alte Gee starrte mit Augen, die wie in schmutziges Papier gebrannte Löcher aussahen, zu ihm herüber. Und obwohl das Fenster in Bobbys Geist jetzt beinahe undurchsichtig war – mit weißer Farbe bestrichen –, spürte er, daß viele der Anwesenden ihn in gewisser Weise erwartet hatten. Er bezweifelte, daß sie es wußten, und selbst wenn, dann wußten sie bestimmt nicht, weshalb. Sie schliefen irgendwie, ähnlich wie die Einwohner von Midwich. Die niederen Männer waren dagewesen. Die niederen Männer hatten –

»Verschwinde, Randy«, sagte Alanna mit einem trockenen kleinen Flüstern. In ihrer Verzweiflung hatte sie Bobby beim

Namen seines Vaters genannt. »Verschwinde, solange du noch kannst.«

Der alte Gee war vom Schuhputzerstuhl geglitten. Seine zerknitterte Leinenjacke verfing sich an einem der Fußpodeste und zerriß, als er weiterging, aber er achtete überhaupt nicht darauf, als das Seidenfutter wie ein Spielzeugfallschirm neben seinem Knie herabsank. Seine Augen sahen mehr denn je wie eingebrannte Löcher aus. »Schnappt ihn euch«, sagte der alte Gee mit zitternder Stimme. »Schnappt euch den Jungen.«

Bobby hatte genug gesehen. Hier hatte er keine Hilfe zu erwarten. Er rannte zur Tür und riß sie auf. Ihm war, als würden sich hinter ihm einige Leute in Bewegung setzen, aber nur langsam. Zu langsam.

Bobby Garfield lief in die Nacht hinaus.

Er rannte fast zwei komplette Blocks weit, bevor ihn Seitenstechen dazu zwang, langsamer zu werden und dann stehenzubleiben. Niemand folgte ihm, und das war gut, aber wenn Ted ins Corner Pocket ging, um sein Geld zu kassieren, war er erledigt, fertig, *im Eimer*. Jetzt hatte er nicht nur die niederen Männer am Hals, sondern auch den alten Gee und die anderen, und Ted wußte es nicht. Die Frage war, was konnte Bobby dagegen tun?

Er schaute sich um und sah, daß es hier keine Ladenfronten mehr gab; er war in eine Gegend mit Lagerhäusern gekommen. Sie ragten wie riesige Gesichter auf, deren Züge größtenteils ausgelöscht worden waren. Es roch nach Fisch und Sägespänen, und ein undeutlicher fauliger Gestank lag in der Luft – vielleicht der von altem Fleisch.

Er konnte *gar nichts* tun. Er war nur ein Kind, und er war machtlos. Bobby erkannte das, aber ihm wurde auch klar, daß er Ted nicht ins Corner Pocket gehen lassen konnte, ohne wenigstens den Versuch zu unternehmen, ihn zu warnen. Darin lag nichts Heldenhaftes, wie bei den Hardy Boys; er konnte einfach nicht weggehen, ohne es zu versuchen. Und es war seine Mutter, die ihn in diese Lage gebracht hatte. *Seine eigene Mutter.*

»Ich hasse dich, Mom«, flüsterte er. Er fror immer noch, obwohl ihm der Schweiß aus allen Poren lief; jeder Zentimeter seiner Haut fühlte sich naß an. »Es ist mir egal, was Don Biderman und diese anderen Kerle dir angetan haben, du bist ein Miststück, und ich hasse dich.«

Bobby machte kehrt und trabte den Weg zurück, den er gekommen war. Er hielt sich im Schatten. Zweimal hörte er Leute kommen und drückte sich in Hauseingänge, machte sich klein, bis sie vorbeigegangen waren. Sich klein zu machen war leicht. Er hatte sich noch nie im Leben kleiner gefühlt.

Diesmal ging er in die Gasse hinein. Auf einer Seite standen Mülleimer, auf der anderen erhob sich ein Stapel Kartons voller Pfandflaschen, die nach Bier rochen. Diese Pappsäule war zehn bis zwanzig Zentimeter größer als Bobby, und als er dahintertrat, war er von der Straße aus nicht mehr zu sehen. Während er wartete, streifte ihn einmal etwas Warmes, Pelziges am Knöchel, und ein Schrei stieg ihm in der Kehle hoch. Er erstickte ihn weitgehend, bevor er herauskommen konnte, schaute nach unten und sah eine verwahrloste Katze, die mit grünen Scheinwerferaugen zu ihm hochblickte.

»Verschwinde, blödes Vieh«, flüsterte Bobby und trat nach ihr. Die Katze entblößte ihre nadelspitzen Zähne, fauchte und stolzierte dann langsam durch die Gasse davon, um die Müllhaufen und die Glasscherben herum, den Schwanz auf eine Weise in die Höhe gereckt, die verächtlich wirkte. Durch die Ziegelmauer neben ihm hörte Bobby das dumpfe Wummern der Jukebox im Corner Pocket. Mickey und Sylvia sangen »Love is Strange«. Ja, wahrhaftig, die Liebe war seltsam. Eine seltsame Angelegenheit, die einem den letzten Nerv raubte.

Von seinem Versteck aus konnte er die Uhr im Fenster der Leichenhalle nicht mehr sehen, und Bobby verlor jedes Gefühl dafür, wieviel oder wie wenig Zeit verstrich. Außerhalb der Gasse mit ihrem Gestank nach Bier und Müll lief eine sommerliche Straßenoper ab. Leute riefen einander etwas zu, manchmal lachend, manchmal wütend, manchmal auf englisch, manchmal in einem Dutzend anderer Sprachen. Eine

Kette von Explosionen ließ ihn erstarren – er dachte zuerst an Gewehrschüsse –, dann erkannte er, daß es Feuerwerkskörper waren, wahrscheinlich Knallfrösche, und entspannte sich wieder ein bißchen. Autos rasten vorbei, viele davon bunt lackierte, aufgemotzte und frisierte Kisten mit verchromten Auspuffrohren und Absorptionsschalldämpfern. Einmal hörte es sich an, als wäre da draußen eine Schlägerei im Gange, bei der sich Leute um die Raufenden versammelten und sie anfeuerten. Einmal ging eine Frau vorbei, die sowohl betrunken als auch traurig klang; sie sang mit einer wunderschönen nuscheligen Stimme »Where the Boys Are«. Einmal vernahm er Polizeisirenen, die sich näherten und dann wieder verklangen.

Bobby döste nicht richtig ein, aber er verfiel in eine Art Tagtraum. Er und Ted lebten irgendwo auf einer Farm, vielleicht in Florida. Sie arbeiteten den ganzen Tag, aber für einen alten Mann konnte Ted ziemlich hart arbeiten, vor allem jetzt, wo er mit dem Rauchen aufgehört hatte und wieder besser Luft bekam. Bobby ging unter einem anderen Namen – Ralph Sullivan – zur Schule, und abends saßen sie auf der Veranda, aßen, was Ted zubereitet hatte, und tranken Eistee. Bobby las ihm aus der Zeitung vor, und wenn sie ins Bett gingen, schliefen sie tief und friedlich, und ihr Schlaf wurde nicht von bösen Träumen gestört. Wenn sie freitags zum Einkaufen fuhren, schaute Bobby am Schwarzen Brett des Lebensmittelladens nach Anschlägen, auf denen entlaufene Haustiere gesucht wurden, oder nach falsch herum aufgehängten Karteikarten mit privaten Verkaufsangeboten, aber er fand nie welche. Die niederen Männer hatten Teds Spur verloren. Ted war niemandes Hund mehr, und sie waren sicher auf ihrer Farm. Nicht Vater und Sohn oder Großvater und Enkel, sondern nur Freunde.

Leute wie wir, dachte Bobby schläfrig. Er lehnte jetzt an der Ziegelmauer, und sein Kopf rutschte herunter, bis ihm das Kinn fast auf der Brust lag. *Leute wie wir. Warum sollten Leute wie wir nicht irgendwo einen Platz finden?*

Ein Lichtschein fiel in die Gasse. Jedesmal, wenn das bisher geschehen war, hatte Bobby um den Kartonstapel herumgelugt. Diesmal hätte er es beinahe nicht getan – er wollte die Augen zumachen und an die Farm denken –, aber er zwang sich hinzuschauen, und da sah er die stummelige gelbe Heckflosse eines Checker-Taxis, das gerade vor dem Corner Pocket hielt.

Adrenalin durchflutete Bobby und schaltete Lichter in seinem Kopf ein, von denen er nicht mal gewußt hatte, daß es sie gab. Er glitt um den Stapel herum und stieß dabei die beiden obersten Kisten herunter. Sein Fuß traf auf eine leere Mülltonne und stieß sie gegen die Wand. Beinahe wäre er auf ein fauchendes, pelziges Etwas getreten – die Katze schon wieder. Bobby schaffte sie mit einem Fußtritt beiseite und rannte aus der Gasse. Als er sich zum Corner Pocket wandte, rutschte er auf irgendeinem schmierigem Schleim aus und fiel auf ein Knie. Er sah die Leichenhallenuhr in ihrem kühlen blauen Ring: 21 Uhr 45. Das Taxi stand mit laufendem Motor am Randstein vor dem Eingang zum Corner Pocket. Ted Brautigan stand unter dem Transparent mit der Aufschrift **KOMMEN SIE REIN, HIER IST ES KÜHL** und bezahlte den Fahrer. Sein Kopf war zum Fenster auf der Fahrerseite heruntergebeugt, und in dieser Haltung hatte er mehr Ähnlichkeit mit Boris Karloff denn je.

Gegenüber von dem Taxi, vor der Leichenhalle, stand ein riesiger Oldsmobile, so rot wie Alannas Hose. Der war vorher noch nicht dagewesen, das wußte Bobby genau. Seine Konturen waren nicht ganz stabil. Wenn man ihn ansah, wollten einem nicht nur die Augen tränen, sondern auch der *Geist*.

Ted! versuchte Bobby zu schreien, aber es kam kein Schrei heraus – er brachte nur ein strohtrockenes Wispern zustande. *Warum spürt er sie nicht?* dachte Bobby. *Wie kommt es, daß er es nicht merkt?*

Vielleicht konnten die niederen Männer ihn irgendwie blockieren. Vielleicht kam die Blockade aber auch von den Leuten im Corner Pocket. Vom alten Gee und all den anderen. Die niederen Männer hatten sie womöglich in menschliche Schwämme verwandelt, die die Warnsignale aufsaugen konnten, die Ted normalerweise wahrnahm.

Neues Scheinwerferlicht ergoß sich in die Straße. Als Ted sich aufrichtete und das Checker-Taxi abfuhr, schoß der violette DeSoto um die Ecke. Das Taxi mußte einen Bogen machen, um ihm auszuweichen. Unter den Straßenlaternen sah der DeSoto wie ein riesiges, mit Chrom und Glas verziertes Blutgerinnsel aus. Seine Scheinwerfer bewegten sich und schimmerten wie Unterwasserlichter … und dann *zwinkerten* sie. Es waren gar keine Scheinwerfer. Es waren Augen.

Ted! Immer noch kam nur dieses trockene Wispern heraus, sonst nichts, und Bobby schien nicht wieder aufstehen zu können. Er war nicht mehr sicher, daß er überhaupt wieder aufstehen *wollte*. Eine schreckliche Angst hüllte ihn ein, so verwirrend wie Grippe und so schwächend wie ein verheerender Fall von Dünnpfiff. An dem Blutgerinnsel-DeSoto vor dem William Penn Grille vorbeizufahren war schlimm gewesen; in seinen näherkommenden Augenlichtern gefangen zu sein, war tausendmal schlimmer. Nein – *millionen*mal schlimmer.

Er wußte, daß er sich die Hose zerrissen und das Knie aufgeschürft hatte, er hörte Little Richard aus einem Fenster weiter oben heulen, und er sah immer noch den blauen Kreis um die Leichenhallenuhr, der wie das Nachbild eines Blitzlichts auf die Netzhaut tätowiert war, aber nichts davon kam ihm real vor. Die Narragansett Avenue schien auf einmal nur noch ein schlecht gemalter Bühnenprospekt zu sein. Dahinter war eine ungeahnte Realität, und diese Realität war *dunkel*.

Der Kühlergrill des DeSoto bewegte sich. Er *knurrte. Das sind keine echten Autos*, hatte Juan gesagt. *Die sind was anderes.*

Allerdings. Sie waren etwas anderes.

»Ted …« Ein bißchen lauter diesmal … und Ted hörte es. Er drehte sich zu Bobby um, seine Augen wurden groß, und dann holperte der DeSoto hinter ihm auf den Bürgersteig, und seine grellen, instabilen Scheinwerfer nagelten Ted fest und ließen seinen Schatten wachsen, so wie Bobbys Schatten und jener der Sigsby-Mädchen gewachsen war, als die Laterne auf Spicers kleinem Parkplatz aufgeleuchtet hatte.

Ted wirbelte wieder zu dem DeSoto herum und hob eine Hand, um die Augen vor dem grellen Licht zu schützen. Weiteres Scheinwerferlicht schwenkte über die Straße. Diesmal war es ein Cadillac, der aus dem Lagerhaus-Bezirk kam, ein rotzgrüner Cadillac, der aussah, als wäre er mindestens eine Meile lang, ein Cadillac mit Heckflossen wie grinsende Mäuler und Seiten, die sich wie Lungenlappen bewegten. Er rumpelte direkt hinter Bobby über den Randstein und hielt nur ein paar Zentimeter von seinem Rücken entfernt. Bobby hörte ein leises Keuchen, und ihm wurde klar, daß der Motor des Cadillacs atmete.

Bei allen drei Wagen gingen Türen auf. Männer stiegen aus – oder Dinge, die auf den ersten Blick wie Männer aussahen. Bobby zählte sechs, zählte acht, hörte auf zu zählen. Jeder von ihnen trug einen langen senffarbenen Staubmantel, und am rechten Revers jedes Mantels war das starrende zinnoberrote Auge, an das sich Bobby aus seinem Traum erinnerte. Er nahm an, daß die roten Augen Abzeichen waren. Die Kreaturen, die sie trugen, waren… was? Cops? Nein. Ein Aufgebot, wie in einem Western? Das traf es schon eher. Vigilanten? Noch besser, aber immer noch nicht ganz. Sie waren –

Sie sind Regulatoren. Wie in dem Film, den ich mit S-J letztes Jahr im Empire gesehen habe, dem mit John Payne und Karen Steele.

Das war es – o ja. Die Regulatoren im Film hatten sich als ein Haufen übler Burschen erwiesen, aber zuerst dachte man, sie wären Gespenster oder Monster oder so. Bobby glaubte, daß *diese* Regulatoren hier wirklich Monster waren.

Einer von ihnen packte Bobby unter dem Arm. Bobby schrie auf – die Berührung war so ziemlich das Schrecklichste, was er jemals erlebt hatte. Von seiner Mutter an die Wand geklatscht zu werden war dagegen wirklich nur ein Klacks. Die Berührung des niederen Mannes war, als würde man von einer Flasche mit heißem Wasser gepackt, der Finger gewachsen waren… obwohl sie sich in seiner Achselhöhle immer wieder anders anfühlten. Erst wie Finger, dann wie Klauen. Finger… Klauen. Finger… Klauen. Diese unbeschreibliche Berührung schickte ein Summen durch sein Fleisch, nach oben und unten zugleich. *Es ist Jacks Stock,* dachte er. *Derjenige, der an beiden Enden angespitzt ist.*

Bobby wurde zu Ted geschleift, der von den anderen umringt war. Er stolperte dahin auf Beinen, die zu schwach waren, um sich aus eigener Kraft zu bewegen. Hatte er tatsächlich geglaubt, daß es ihm gelingen würde, Ted zu warnen? Daß sie gemeinsam auf der Narragansett Avenue weglaufen und dabei vielleicht sogar ein bißchen hüpfen würden, wie Carol es immer tat? Das war wirklich komisch, oder?

Unglaublicherweise schien Ted keine Angst zu haben. Er stand in dem Halbkreis der niederen Männer, und aus seiner Miene sprach einzig und allein Sorge um Bobby. Das Ding, das Bobby gepackt hielt – mit einer Hand, dann mit gräßlichen, pulsierenden Gummifingern, dann wieder wie mit Krallen –, ließ ihn plötzlich los. Bobby stolperte und taumelte. Einer der anderen stieß einen hohen, bellenden Schrei aus und gab ihm einen Stoß in den Rücken. Bobby flog nach vorn, und Ted fing ihn auf.

Vor Entsetzen schluchzend, preßte Bobby sein Gesicht an Teds Hemd. Die tröstlichen Gerüche von Teds Zigaretten und seiner Rasiercreme stiegen ihm in die Nase, aber sie waren nicht stark genug, um den Gestank zu überdecken, der von den niederen Männern ausging: eine fleischige, abfallartige Ausdünstung und ein schärferer Geruch, wie von brennendem Whiskey, den ihre Wagen von sich gaben.

Bobby blickte zu Ted auf. »Es war meine Mutter«, sagte er. »Meine Mutter hat dich verraten.«

»Das hier ist nicht ihre Schuld, ganz gleich, was du denkst«, erwiderte Ted. »Ich bin einfach zu lange geblieben.«

»Aber waren's denn schöne Ferien, Ted?« fragte einer der niederen Männer. In seiner Stimme lag ein schauriges Summen, als hätten sich unzählige Insekten auf seinen Stimmbändern niedergelassen – Heuschrecken, oder vielleicht Grillen. Es konnte derjenige sein, mit dem Bobby telefoniert hatte, der gesagt hatte, Ted sei ihr Hund ... aber womöglich klangen sie alle gleich. *Wenn du nicht auch unser Hund sein willst, halt dich raus,* hatte die Stimme am Telefon gesagt, aber er war trotzdem hergekommen, und jetzt ... oh jetzt ...

»Nicht übel«, erwiderte Ted.

»Hoffentlich hast du wenigstens einen wegstecken können«, sagte ein anderer. »Noch so eine Chance wirst du nämlich wohl kaum kriegen.«

Bobby schaute sich um. Die niederen Männer standen Schulter an Schulter, umzingelten sie, schlossen sie ein in ihrem Gestank nach Schweiß und madigem Fleisch, versperrten ihnen mit ihren gelben Mänteln die Sicht auf die Straße. Sie hatten dunkle Haut, tiefliegende Augen und rote Lippen (als hätten sie Kirschen gegessen)… aber sie waren nicht das, wonach sie aussahen. Sie waren absolut nicht das, wonach sie aussahen. Ihre Gesichter wollten beispielsweise nicht in ihren Gesichtern bleiben; Wangen, Kinn und Haare versuchten immerzu, sich über ihre Grenzen hinaus auszudehnen (Bobby konnte das, was er sah, nicht anders deuten). Und die Haut *unter* ihrer dunklen Haut war so weiß wie ihre spitzen Reet-Petite-Schuhe. *Aber ihre Lippen sind trotzdem rot,* dachte Bobby, *ihre Lippen sind immer rot.* So wie ihre Augen immer schwarz waren und eigentlich auch gar keine Augen, sondern Höhlen. *Und sie sind so groß,* stellte er fest. *So groß und dünn. Die Gedanken in ihren Gehirnen und die Gefühle in ihren Herzen haben nicht das geringste mit unseren Gedanken und Gefühlen gemein.*

Von der anderen Straßenseite kam ein kräftiges, sabberndes Grunzen. Bobby schaute hinüber und sah, daß einer der Reifen des Oldsmobiles sich in einen schwärzlich-grauen Tentakel verwandelt hatte. Er streckte sich aus, schnappte sich das Silberpapier aus einer Zigarettenschachtel und zog es zu sich heran. Gleich darauf war der Tentakel wieder ein Reifen, aber das Silberpapier ragte wie etwas halb Verschlucktes aus ihm heraus.

»Na, kommst du nun mit nach Hause, Kamerad?« wandte sich einer der niederen Männer an Ted. Er bückte sich zu ihm hinunter; die Falten seines gelben Mantels raschelten steif, und das rote Auge am Revers glotzte. »Bist du bereit, uns zu begleiten und deine Pflicht zu tun?«

»Ich komme mit«, erwiderte Ted, »aber der Junge bleibt hier.«

Weitere Hände senkten sich auf Bobby herab, und etwas wie ein lebendiger Zweig strich ihm übers Genick. Das löste erneut dieses Summen in ihm aus, das ihn erschreckte und von dem ihm zugleich übel wurde. Es stieg in seinen Kopf und wütete dort wie ein Bienenschwarm. Innerhalb dieses wahnwitzigen Summens hörte er erst eine, dann viele Glokken bimmeln. Eine ganze Welt voller Glocken in einer schrecklichen schwarzen Nacht heißer Sturmwinde. Vermutlich nahm er jenen Ort wahr, von dem die niederen Männer gekommen waren, einen fremdartigen Ort, Millionen und Abermillionen Kilometer von Connecticut und seiner Mutter entfernt. Dörfer brannten unter unbekannten Sternbildern, Menschen schrien, und diese Berührung in seinem Nacken ... diese schreckliche Berührung ...

Bobby stöhnte und begrub den Kopf wieder an Teds Brust.

»Er will bei dir bleiben«, gurrte eine unbeschreibliche Stimme. »Ich glaube, wir nehmen ihn mit, Ted. Er hat keine natürliche Begabung zum Zerbrecher, aber trotzdem ... alle Dinge dienen dem König, das weißt du ja.« Die unbeschreiblichen Finger streichelten ihn erneut.

»Alle Dinge dienen dem *Balken*«, verbesserte Ted ihn trokken mit seiner Lehrerstimme.

»Nicht mehr lange«, sagte der niedere Mann und lachte. Bei dem Klang dieses Lachens kam Bobbys Darminhalt ins Rutschen.

»Nehmt ihn mit«, sagte eine andere, befehlsgewohnte Stimme. Sie hörten sich alle weitgehend gleich an, aber das war derjenige, mit dem er telefoniert hatte; Bobby war sicher.

»Nein!« sagte Ted. Seine Hände legten sich fester um Bobbys Rücken. »Er bleibt hier!«

»Wer bist du, daß du uns Befehle erteilst?« fragte der Anführer der niederen Männer. »Wie stolz du während deiner kurzen Zeit in Freiheit geworden bist, Ted! Wie *hochmütig!* Aber bald wirst du wieder bei den anderen in dem Raum sein, in dem du so viele Jahre verbracht hast, und wenn ich sage, der Junge kommt *mit*, dann kommt er *mit*.«

»Wenn ihr ihn mitnehmt, dann müßt ihr euch das, was ihr von mir haben wollt, mit Gewalt nehmen«, sagte Ted. Seine Stimme war ganz leise, aber sehr fest. Bobby drückte sich mit aller Kraft an ihn und schloß die Augen. Er wollte die niederen Männer nicht ansehen, nie mehr. Das Schlimmste an ihnen war, daß ihre Berührung sich in gewisser Weise genauso anfühlte wie die von Ted: Sie öffnete ein Fenster. Aber wer wollte schon durch solch ein Fenster schauen? Wer wollte die hochgewachsenen, rotlippigen Scherengestalten so sehen, wie sie wirklich aussahen? Wer wollte den Besitzer dieses roten Auges schon sehen?

»Du bist ein Zerbrecher, Ted. Du bist dazu geschaffen, dafür geboren. Und bei Gott, wenn wir dir befehlen zu zerbrechen, dann wirst du zerbrechen.«

»Natürlich könnt ihr mich zwingen, ich bin nicht so dumm zu glauben, daß ihr das nicht könnt ... aber wenn ihr ihn hierlaßt, gebe ich euch freiwillig, was ich habe. Und ich habe mehr zu geben, als ihr euch ... nun, vielleicht *könnt* ihr es euch sogar vorstellen.«

»Ich will den Jungen haben«, sagte der Anführer der niederen Männer, aber jetzt klang er nachdenklich. Vielleicht sogar unschlüssig. »Ich will ihn als hübsches Spielzeug, als kleines Geschenk für den König.«

»Ich bezweifle, daß der Scharlachrote König euch für ein bedeutungsloses Spielzeug dankbar sein wird, wenn es seine Pläne durchkreuzt«, sagte Ted. »Es gibt einen Revolvermann ...«

»Revolvermann, pah!«

»Aber er und seine Freunde haben das Grenzland der End-Welt erreicht«, sagte Ted, und jetzt war er derjenige, der nachdenklich klang. »Wenn ich euch freiwillig gebe, was ihr wollt, statt daß ihr es euch mit Gewalt nehmen müßt, könnte ich alles vielleicht um fünfzig Jahre oder mehr beschleunigen. Wie du sagst, ich bin ein Zerbrecher, dazu geschaffen und dafür geboren. Es gibt nicht viele von uns. Ihr braucht jeden einzelnen, und vor allem braucht ihr mich. Weil ich der beste bin.«

»Du schmeichelst dir ... und du überschätzt deine Bedeutung für den König.«

»Wirklich? Das bezweifle ich. Solange die Balken nicht zerbrechen, bleibt der Dunkle Turm stehen – daran brauche ich euch bestimmt nicht zu erinnern. Ist ein kleiner Junge das Risiko wert?«

Bobby hatte nicht die geringste Ahnung, wovon Ted sprach, und es war ihm auch egal. Er wußte nur, daß hier auf diesem Bürgersteig vor einem Billardsalon in Bridgeport über sein weiteres Leben entschieden wurde. Er hörte die Mäntel der niederen Männer rascheln; er roch sie; jetzt, wo Ted ihn erneut berührt hatte, spürte er sie sogar noch deutlicher. Dieses schreckliche Jucken hinter den Augen hatte ebenfalls wieder eingesetzt. Es harmonierte auf sonderbare Weise mit dem Summen in seinem Kopf. Die schwarzen Flocken trieben durch sein Gesichtsfeld, und er wußte auf einmal genau, was sie bedeuteten und wozu sie da waren. In Clifford Simaks Buch *Ring um die Sonne* war es ein Kreisel, der einen in andere Welten entführte; man folgte den aufsteigenden Spiralen. In Wahrheit, vermutete Bobby, taten das die Flocken. Die schwarzen Flocken. Sie waren lebendig …

Und sie waren hungrig.

»Lassen wir den Jungen entscheiden«, sagte der Anführer der niederen Männer schließlich. Sein lebender Zweig von einem Finger streichelte erneut Bobbys Nacken. »Er liebt dich ja so innig, Ted. Du bist sein *te-ka*. Nicht wahr? Das heißt ›Schicksalsfreund‹, Bobby-O. Ist er das nicht für dich, dieser alte, nach Rauch riechende Teddybär? Dein Schicksalsfreund?«

Bobby sagte nichts, sondern drückte nur sein kaltes, pulsierendes Gesicht an Teds Hemd. Er bereute es jetzt von ganzem Herzen, daß er hergekommen war – wenn er die Wahrheit über die niederen Männer gekannt hätte, wäre er zu Hause geblieben und hätte sich unter seinem Bett versteckt –, aber ja, er nahm an, daß Ted sein *te-ka* war. Er wußte nichts über solche Dinge wie das Schicksal, er war nur ein Kind, aber Ted war sein Freund. *Leute wie wir*, dachte Bobby elend. *Leute wie wir*.

»Also, was meinst du, jetzt, wo du uns siehst?« fragte der niedere Mann. »Möchtest du mit uns kommen, damit du dem guten alten Ted nahe sein kannst? Um ihn vielleicht hin und wieder mal am Wochenende zu sehen? Und mit deinem treuen alten *te-ka* über *Literatur* zu diskutieren? Und zu lernen, das zu essen, was wir essen, und das zu trinken, was wir trinken?« Wieder die schrecklichen streichelnden Finger. Das Summen in Bobbys Kopf wurde stärker. Die schwarzen Flocken wurden dicker, und jetzt sahen *sie* wie Finger aus –

wie lockende Finger. »Wir mögen unser Essen scharf, Bobby«, sagte der niedere Mann leise, »und unsere Getränke heiß. Scharf, heiß … und süß. Scharf, heiß … und süß.«

»Hör auf«, fauchte Ted.

»Oder möchtest du lieber bei deiner Mutter bleiben?« fuhr die leise, summende Stimme fort, ohne Ted zu beachten. »Bestimmt nicht. Ein Junge mit deinen Prinzipien doch nicht. Ein Junge, der die Freuden der Freundschaft und der *Literatur* entdeckt hat. Du bleibst bestimmt bei diesem kurzatmigen alten *ka-mai*, hab ich recht? Oder nicht? Entscheide dich, Bobby. Und zwar jetzt gleich. Und sei dir darüber im klaren, daß deine Entscheidung gilt. Ein für allemal.«

Bobby hatte wie im Fieberwahn eine Erinnerung an die Karten mit der krebsroten Rückseite, die unter McQuowns langen weißen Fingern verschwammen: *Erst in Eile, dann mit Weile, still sodann. Jetzt kommt's drauf an.*

Ich kann es nicht, dachte Bobby. *Ich versage.*

»Lassen Sie mich gehen, Mister«, sagte er mit erbärmlicher Stimme. »Bitte nehmen Sie mich nicht mit.«

»Selbst wenn das heißt, daß dein *te-ka* ohne deine wunderbare und erquickliche Gesellschaft weiterleben muß?« In der Stimme war ein Lächeln, aber Bobby konnte die wissende Verachtung unter der fröhlichen Oberfläche beinahe schmekken, und er erschauerte. Voller Erleichterung, weil er begriff, daß er nun wahrscheinlich doch freigelassen werden würde, und voller Scham, weil er wußte, was er da tat – er kroch zu Kreuze, er zog den Schwanz ein, er kniff. Er tat all das, was die Guten in den Filmen und Büchern, die er liebte, niemals taten. Aber die Guten in den Filmen und Büchern standen auch nie solchen Kreaturen wie den niederen Männern mit den gelben Mänteln oder dem Horror der schwarzen Flecken gegenüber. Und was Bobby hier draußen vor dem Corner Pocket davon sah, war noch nicht einmal das Schlimmste. Was, wenn er den Rest sah? Wenn die schwarzen Flocken ihn in eine Welt zogen, wo er die Männer mit den gelben Mänteln so sah, wie sie wirklich waren? Wenn er die Gestalten *innerhalb* der Hülle sah, die sie in dieser Welt zur Schau trugen?

»Ja«, sagte er und begann zu weinen.

»Ja was?«

»Selbst wenn er ohne mich gehen muß.«

»Aha. Und selbst wenn es bedeutet, daß du zu deiner Mutter zurück mußt?«

»Ja.«

»Vielleicht verstehst du dein Miststück von einer Mutter jetzt ein bißchen besser, nicht wahr?«

»Ja«, sagte Bobby zum drittenmal. Mittlerweile stöhnte er beinahe. »Ich glaub schon.«

»Das reicht«, sagte Ted. »Hör auf!«

Aber die Stimme hörte nicht auf. Noch nicht. »Du hast gelernt, ein Feigling zu sein, Bobby… nicht wahr?«

»*Ja!*« schrie er, immer noch mit dem Gesicht an Teds Hemd. »*Ein Baby, ein kleiner Schißhase von einem Baby, ja ja ja! Es ist mir egal! Ich will nur nach Hause!*« Er holte tief Luft, ein langer, unregelmäßiger Atemzug, und stieß sie in einem Schrei wieder aus. »*ICH WILL ZU MEINER MUTTER!*« Es war das Geschrei eines der entsetzten Kleinen in *Herr der Fliegen*, der endlich das Tier aus dem Wasser, das Tier aus der Luft erblickt hatte.

»Na schön«, sagte der niedere Mann. »Wenn du es *so* formulierst. Vorausgesetzt, dein Teddybär bestätigt, daß er aus freien Stücken an die Arbeit gehen wird und nicht wieder ans Ruder gekettet werden muß wie zuvor.«

»Ich verspreche es.« Ted ließ Bobby los. Bobby blieb, wo er war, umklammerte Ted fest und voller Panik und drückte das Gesicht an Teds Brust, bis Ted ihn sanft wegschob.

»Geh in den Billardsalon, Bobby. Sag Files, er soll dich nach Hause bringen. Sag ihm, wenn er das tut, werden meine Freunde *ihn* in Ruhe lassen.«

»Tut mir leid, Ted. Ich wollte mit dir kommen. Wollte ich wirklich. Aber ich kann nicht. Es tut mir so leid.«

»Mach dir keine Vorwürfe.« Aber Teds Blick war ernst, als wüßte er, daß Bobby von heute an nichts anderes mehr tun würde.

Zwei Gelbmäntel packten Ted an den Armen. Ted sah den an, der hinter Bobby stand – denjenigen, der Bobbys Genick mit diesem schrecklichen, stockartigen Finger gestreichelt hatte. »Das ist nicht nötig, Cam. Ich komme freiwillig mit.«

»Laßt ihn los«, sagte Cam. Die niederen Männer, die Ted festhielten, ließen seine Arme los. Dann berührte Cam mit seinem Finger zum letzten Mal Bobbys Genick. Bobby stieß einen erstickten Schrei aus. Er dachte: *Wenn er das noch mal macht, drehe ich durch, dann kann ich mich nicht mehr beherrschen. Ich fange an zu schreien, und dann höre ich nicht mehr auf. Selbst wenn mir der Kopf platzt, werde ich weiterschreien.* »Geh da rein, Kleiner. Bevor ich's mir anders überlege und dich trotzdem mitnehme.«

Bobby stolperte zum Corner Pocket. Die Tür stand offen, aber der Eingang war leer. Er stieg die eine Stufe hinunter und drehte sich dann um. Drei niedere Männer hatten Ted in die Mitte genommen, aber er ging von allein zu dem Blutgerinnsel-DeSoto hinüber.

»Ted!«

Ted drehte sich um, lächelte und begann zu winken. Dann sprang derjenige namens Cam vor, packte ihn, wirbelte ihn herum und stieß ihn in den Wagen. Als Cam die hintere Tür des DeSoto zuschlug, sah Bobby für einen ganz kurzen Moment ein unglaublich großes, unglaublich dürres Geschöpf in einem langen gelben Mantel, ein Ding, dessen Haut so weiß war wie Neuschnee und dessen Lippen so rot waren wie frisches Blut. In den Tiefen seiner Augenhöhlen glommen wilde Lichtpunkte, und dunkle Flecken tanzten in Pupillen, die anschwollen und sich zusammenzogen wie die von Ted. Das Ding fletschte die roten Lippen und legte nadelspitze Zähne frei, die jene der streunenden Katze in den Schatten stellten. Eine schwarze Zunge schob sich zwischen diesen Zähnen hervor und züngelte ein obszönes Adieu. Dann lief die Kreatur in dem gelben Mantel mit knirschenden dünnen Beinen und pumpenden dünnen Knien um die Kühlerhaube des violetten DeSoto herum und schwang sich hinters Lenkrad. Der Olds auf der anderen Straßenseite sprang an; das Motorengeräusch klang wie das Brüllen eines erwachenden Drachen. Vielleicht *war* es ein Drache. Der Motor des schräg auf dem Bürgersteig stehenden Cadillac sprang ebenfalls an. Lebende Scheinwerfer tauchten dieses Stück der Narragansett Avenue in grelles, pulsierendes Licht. Der DeSoto wendete schlitternd

– eine Radlaufverkleidung schabte kurz über den Asphalt, so daß eine Funkenspur aufstob –, und für eine Sekunde sah Bobby Teds Gesicht im Heckfenster des DeSoto. Bobby hob die Hand und winkte. Er glaubte, daß Ted ebenfalls die Hand hob, war aber nicht ganz sicher. Sein Kopf füllte sich erneut mit einem Geräusch wie von Hufschlägen.

Er sah Ted Brautigan nie wieder.

»Schwirr ab, Kleiner«, sagte Len Files. Sein Gesicht war käsebleich und schien von seinem Schädel zu hängen wie das Fleisch von den Oberarmen seiner Schwester. Hinter ihm blitzten und blinkten die Lichter der Gottlieb-Geräte in dem kleinen Spielautomatenraum, ohne daß jemand ihnen auch nur einen Blick gönnte; die coolen Typen, die sich darauf spezialisiert hatten, abends im Corner Pocket zu flippern, drängten sich wie Kinder hinter Len Files zusammen. Rechts von Len standen die Pool- und Karambolage-Spieler; viele von ihnen hielten ihre Queues wie Knüppel umklammert. Der alte Gee stand etwas abseits am Zigarettenautomaten. Er hatte kein Billardqueue; in seiner knorrigen alten Hand hing eine kleine halbautomatische Pistole. Sie machte Bobby keine Angst. Nach Cam und seinen Gelbmantelfreunden glaubte er nicht, daß ihm jetzt irgend etwas auch nur die geringste Angst einjagen konnte. Sein Angstvorrat war fürs erste aufgebraucht.

»Sieh zu, daß du Land gewinnst, Kleiner. Aber sofort!«

»Tu lieber, was er sagt, Kindchen.« Das war Alanna, die hinter dem Kassentresen stand. Bobby warf ihr einen Blick zu und dachte: *Wenn ich älter wäre, hätte ich bestimmt was für dich. Jede Wette.* Alanna sah seinen Blick – sah, was darin lag –, wurde rot und schaute ängstlich und verwirrt weg.

Bobby blickte wieder zu ihrem Bruder. »Wollen Sie, daß diese Burschen zurückkommen?«

Lens Hängegesicht wurde noch länger. »Soll das 'n Witz sein?«

»Na also«, sagte Bobby. »Geben Sie mir, was ich will, dann gehe ich. Und Sie werden mich nie wiedersehen.« Er machte eine bedeutungsvolle Pause. »Und *die* auch nicht.«

»Was willst du denn, Kleiner?« fragte der alte Gee mit seiner zittrigen Stimme. Bobby würde alles bekommen, was er verlangte; es blitzte wie eine große Leuchtreklame im Geist des alten Gee auf. Dieser Geist war noch so klar wie zu der Zeit, als er dem jungen Gee gehört hatte, kalt, berechnend und unangenehm, aber nach Cam und seinen Regulatoren wirkte er geradezu unschuldig. So unschuldig wie Eiskrem.

»Daß mich jemand nach Hause fährt«, sagte Bobby, »das ist Nummer eins.« Dann sagte er ihnen – und seine Worte waren eher an den alten Gee gerichtet als an Len –, was Nummer zwei war.

Lens Wagen war ein Buick: groß, lang und neu. Vulgär, aber nicht niedrig. Nur ein Auto. Unterwegs hörten sie Tanzmusik aus den vierziger Jahren. Len machte während der Fahrt nach Harwich nur einmal den Mund auf. »Dreh mir da bloß keinen Rock'n'Roll rein. Von dem Scheiß muß ich bei der Arbeit schon genug hören.«

Sie fuhren am Asher Empire vorbei, und Bobby sah links vom Kassenkabäuschen eine lebensgroße Pappfigur von Brigitte Bardot stehen. Sein Blick streifte sie ohne sonderliches Interesse. Er fühlte sich jetzt zu alt für B. B.

Sie bogen von der Asher Avenue ab; der Buick glitt den Broad Street Hill hinab wie ein Flüstern hinter vorgehaltener Hand. Bobby zeigte auf sein Haus. Jetzt war die Wohnung sehr wohl hell erleuchtet; überall brannte Licht. Bobby schaute auf die Uhr am Armaturenbrett des Buicks und sah, daß es kurz vor elf war.

Als der Buick am Randstein hielt, fand Len Files die Sprache wieder. »Wer waren die, Kleiner? Wer waren diese *Ganefs?*«

Bobby hätte beinahe gegrinst. Es erinnerte ihn an die Frage, die jemand am Schluß fast jeder *Lone-Ranger*-Folge stellte: *Wer war dieser maskierte Mann?*

»Niedere Männer«, erklärte er Len. »Niedere Männer in gelben Mänteln.«

»Ich möchte jetz nich in der Haut deines Kumpels stecken.«

»Nein«, sagte Bobby. Ein Schauer durchlief ihn und schüttelte ihn wie eine Windbö. »Ich auch nicht. Danke fürs Heimbringen.«

»Nich der Rede wert. Aber eins sag ich dir, halt dich in Zukunft von meinem grünen Filz fern. Du hast Hausverbot. Lebenslänglich.«

Der Buick – ein Schiff, ein Kabinenkreuzer aus Detroit, aber nicht niedrig – fuhr davon. Bobby sah zu, wie er in einer Auffahrt auf der anderen Straßenseite wendete und dann wieder den Hügel hinauffuhr, vorbei an dem Haus, in dem Carol wohnte. Als er um die Ecke gebogen war, schaute Bobby zu den Sternen hinauf – Milliarden und Abermilliarden, eine Brücke aus vergossenem Licht. Sterne und noch mehr Sterne dahinter, die sich in der Schwärze drehten.

Da ist ein Turm, dachte er. *Der hält alles zusammen. Da sind Balken, die ihn irgendwie schützen. Da ist ein Scharlachroter König, und da sind Brecher, die daran arbeiten, die Balken zu zerstören ... nicht, weil die Brecher es wollen, sondern weil* er *will, daß sie es tun. Der Scharlachrote König.*

Bobby fragte sich, ob Ted schon wieder bei den anderen Brechern war. War er wieder bei ihnen und legte sich in die Riemen?

Es tut mir leid, dachte er, während er den Gehweg zur Veranda hochging. Er dachte daran, wie er mit Ted dort gesessen und ihm aus der Zeitung vorgelesen hatte. Nur ein paar Tage war das her. *Ich wollte mit dir gehen, aber ich konnte es nicht. Am Ende konnte ich es nicht.*

Er blieb am Fuß der Verandatreppe stehen und horchte auf Bowser drüben auf der Colony Street. Nichts. Bowser war eingeschlafen. Ein Wunder. Mit einem matten Lächeln setzte Bobby sich wieder in Bewegung. Seine Mutter mußte das Knarren der zweiten Verandastufe gehört haben – es war ziemlich laut –, denn sie rief seinen Namen, und dann hörte er ihre eiligen Schritte. Er war auf der Veranda, als die Tür aufflog und sie herausgelaufen kam, immer noch in den Kleidern, die sie bei ihrer Rückkehr aus Providence angehabt hatte. Die Haare hingen ihr in wilden Locken und verklebten Strähnen ums Gesicht.

»Bobby!« rief sie. »Bobby, o Bobby! Gott sei Dank! Gott sei Dank!«

Sie hob ihn hoch und drehte ihn wie bei einem Tanz herum und herum, und ihre Tränen benetzten seine Wange.

»Ich wollte ihr Geld nicht haben«, brabbelte sie. »Sie haben zurückgerufen und nach der Adresse gefragt, damit sie mir einen Scheck schicken könnten, und ich hab gesagt, schon gut, es war ein Fehler, ich war verletzt und völlig außer mir, ich hab nein gesagt, Bobby, ich hab nein gesagt, ich hab gesagt, ich will ihr Geld nicht.«

Bobby sah, daß sie log. Jemand hatte einen Umschlag mit ihrem Namen drauf unter der Tür zur Eingangshalle durchgeschoben. Kein Scheck, sondern dreihundert Dollar in bar. Dreihundert Dollar für die Rückkehr ihres besten Brechers; dreihundert lausige Steine. Sie waren noch größere Geizkragen als seine Mutter.

»Ich hab gesagt, ich will es nicht, hörst du?«

Sie trug ihn jetzt in die Wohnung. Er wog fast fünfundvierzig Kilo und war zu schwer für sie, aber sie trug ihn trotzdem. Sie trug ihn so mühelos, wie Bobby Carol getragen hatte. Während sie weiterplapperte, sah Bobby, daß es ihnen wenigstens erspart bleiben würde, sich mit der Polizei herumzuärgern; sie hatte sie nicht gerufen. Die meiste Zeit hatte sie einfach dagesessen, an ihrem zerknitterten Rock gezupft und unzusammenhängende Gebete gen Himmel geschickt, daß er heimkommen würde. Sie liebte ihn. Es flatterte in ihrem Geist wie die Schwingen eines Vogels, der in einer Scheune gefangen war. Sie liebte ihn. Es half nicht viel … aber ein bißchen doch. Selbst wenn es eine Falle war, half es ein bißchen.

»Ich hab gesagt, ich will es nicht, wir brauchen es nicht, sie können ihr Geld behalten. Ich hab gesagt … ich hab ihnen erklärt …«

»Schon gut, Mom«, sagte er. »Schon gut. Setz mich ab.«

»Wo bist du gewesen? Ist alles in Ordnung mit dir? Hast du Hunger?«

Er beantwortete ihre Fragen in der umgekehrten Reihenfolge. »Ich hab Hunger, ja, aber es geht mir gut. Ich war in Bridgeport. Ich hab das hier gekriegt.«

Er steckte die Hand in die Hosentasche und förderte die Reste des Fahrradgeldes zutage. Seine Eindollarscheine und das Kleingeld waren mit einem unordentlichen grünen Bündel aus Zehnern, Zwanzigern und Fünfzigern vermischt. Seine Mutter starrte das Geld an, das auf das Beistelltischchen am Sofa herabregnete, und ihr heiles Auge wurde immer größer, bis Bobby befürchtete, es könnte ihr geradewegs aus dem Gesicht fallen. Das andere Auge in der Gewitterwolke aus blauschwarzem Fleisch blieb geschlossen. Sie sah wie ein zusammengeschlagener alter Pirat aus, der verzückt einen soeben gehobenen Schatz betrachtete, ein Anblick, auf den Bobby gern verzichtet hätte... und den er in den fünfzehn Jahren zwischen dieser Nacht und jener, in der sie starb, nie wieder ganz los wurde. Aber es gab auch eine neue und nicht besonders angenehme Seite an ihm, der dieser Gesichtsausdruck *gefiel* – die Art, wie er sie alt und häßlich machte, sie in eine komische Figur verwandelte, die dumm und habgierig zugleich war. *Das ist meine Ma*, dachte er im Ton des Showmasters Jimmy Durante. *Das ist meine Ma. Wir haben ihn beide verraten, aber ich bin besser dafür bezahlt worden als du, Ma, stimmt's? Yeah! Hotcha!*

»Bobby«, flüsterte sie mit zitternder Stimme. Sie sah aus wie ein Pirat und klang wie eine siegreiche Kandidatin in der Show von Bill Cullen, *The Price is Right*. »O Bobby, so viel *Geld!* Wo kommt das her?«

»Teds Wette«, sagte Bobby. »Das ist der Gewinn.«

»Aber Ted ... wird er nicht ...«

»Er braucht es nicht mehr.«

Liz zuckte zusammen, als hätte sie plötzlich stechende Schmerzen in einem ihrer Blutergüsse. Dann begann sie, das Geld zusammenzuraffen, wobei sie die Scheine bereits sortierte. »Ich kaufe dir dieses Fahrrad«, sagte sie. Ihre Finger bewegten sich mit der Geschwindigkeit eines erfahrenen Drei-Karten-Monte-Spielers. *Niemand schlägt meine Finger*, dachte Bobby. *Die hat noch nie jemand geschlagen*. »Gleich morgen früh, wenn Western Auto aufmacht. Dann gehen wir –«

»Ich will kein Fahrrad«, sagte er. »Nicht davon. Und nicht von dir.«

Sie erstarrte, die Hände voller Geld, und er fühlte, wie ihr Zorn jählings aufblühte, etwas Rotes und Elektrisches. »Kein Dankeschön, was? Dumm von mir, daß ich überhaupt eins erwartet habe. Zum Teufel, du bist deinem Vater wirklich zum Verwechseln ähnlich!« Ihre Hand peitschte wieder einmal nach hinten, mit offenen Fingern. Im Unterschied zu früher wußte er jedoch diesmal, daß es kam. Sie hatte ihn zum letztenmal überrascht.

»Woher willst du das wissen?« fragte Bobby. »Du hast doch so viele Lügen über ihn erzählt, daß du dich gar nicht mehr an die Wahrheit erinnerst.«

Und das stimmte. Er hatte in sie hineingeschaut, und dort war so gut wie kein Randall Garfield, nur eine Schachtel mit seinem Namen darauf... seinem Namen und einem verblaßten Bild, das beinahe jeder hätte sein können. In dieser Schachtel bewahrte sie Dinge auf, die ihr weh taten. Sie wußte nicht mehr, daß er diesen Song von Jo Stafford gemocht hatte; wußte nicht mehr (falls sie es überhaupt je gewußt hatte), daß Randy Garfield ein richtig netter Kerl gewesen war, der einem sein letztes Hemd gegeben hätte. Für solche Dinge war in ihrer Schachtel kein Platz. Bobby dachte, daß es schrecklich sein mußte, wenn man so eine Schachtel brauchte.

»Er hat nie einem Betrunkenen was zu trinken spendiert«, sagte er. »Hast du das gewußt?«

»Wovon redest du?«

»Du wirst es nicht schaffen, daß ich ihn hasse... und du wirst es auch nicht schaffen, daß ich zu ihm werde.« Er ballte die rechte Hand zur Faust und hob sie in Kopfhöhe. »Ich bin nicht sein Schatten, und ich werd's auch nicht sein. Von mir aus lüg dir in die Tasche, soviel du willst – über die Rechnungen, die er nicht bezahlt hat, über die Versicherungspolice, die er verfallen ließ, und über die ganzen Inside Straights, aus denen er was zu machen versuchte –, aber erzähl deine Lügen nicht mir. Nie mehr.«

»Erhebe nicht die Hand gegen mich, Bobby-O. Wehe, du erhebst jemals die Hand gegen mich.«

Er reagierte darauf, indem er auch die andere zur Faust geballte Hand erhob. »Nur zu. Du willst mich schlagen? Dann schlage ich zurück. Du kannst noch ein paar reinkriegen. Nur daß du's diesmal verdient hast. Na los.«

Sie zögerte. Er spürte, daß sich ihr Zorn so schnell verflüchtigte, wie er gekommen war, und einer schrecklichen Schwärze Platz machte. Und er sah die Furcht in dieser Schwärze. Die Furcht vor ihrem Sohn, die Furcht davor, daß er sie verletzen könnte. Nicht in dieser Nacht, nein – nicht mit diesen schmutzigen Kleine-Jungen-Fäusten. Aber kleine Jungen wurden größer.

Und war er soviel besser als sie, daß er überheblich auf sie herabblicken konnte? War er auch nur ein *bißchen* besser? Im Innern hörte er die unbeschreibliche summende Stimme fragen, ob er wieder nach Hause wolle, selbst wenn das heiße, daß Ted ohne ihn weiterleben müsse. *Ja*, hatte Bobby gesagt. Selbst wenn es bedeute, daß er zu seinem Miststück von einer Mutter zurück müsse? *Ja*, hatte Bobby gesagt. Jetzt verstehst du sie ein bißchen besser, nicht wahr? hatte Cam gefragt, und auch das hatte Bobby bejaht.

Und als sie seine Schritte auf der Veranda gehört hatte, war sie zunächst nur von Liebe und Erleichterung erfüllt gewesen – Gefühlen, die *echt* waren.

Bobby öffnete die Fäuste. Er langte nach oben und nahm ihre Hand, die immer noch zum Schlag ausholte … wenn auch ohne große Überzeugung. Die Hand sträubte sich anfangs, aber schließlich gelang es Bobby, die Spannung darin zu lösen. Er küßte sie. Er blickte in das zerschlagene Gesicht seiner Mutter hinauf und küßte ihre Hand noch einmal. Er kannte sie so gut, aber es wäre ihm lieber gewesen, er würde sie nicht so gut kennen. Er wartete sehnsüchtig darauf, daß das Fenster in seinem Geist sich wieder schloß, sehnte sich nach jener Undurchsichtigkeit, die Liebe nicht nur möglich, sondern auch nötig machte. Je weniger man wußte, desto mehr konnte man glauben.

»Es ist bloß ein Fahrrad, das ich nicht haben will«, sagte er. »Okay? Bloß ein Fahrrad.«

»Was willst du *dann?*« fragte sie. Ihre Stimme war unsicher und trübe. »Was *willst* du von mir, Bobby?«

»Pfannkuchen«, sagte er. »In rauhen Mengen.« Er versuchte zu lächeln. »Ich hab *sooo* einen Hunger.«

Sie machte genug Pfannkuchen für sie beide, und dann saßen sie einander um Mitternacht am Küchentisch gegenüber und frühstückten. Er bestand darauf, ihr beim Abwasch zu helfen, obwohl es mittlerweile fast eins war. Warum nicht, fragte er sie. Er hatte am nächsten Tag keine Schule, er konnte so lange schlafen, wie er wollte.

Als sie das Wasser aus dem Spülbecken ließ und Bobby die letzten Messer und Gabeln wegräumte, begann Bowser drüben auf der Colony Street zu bellen: *ruup-ruup-ruup*, in die Dunkelheit eines neuen Tages hinein. Bobbys Blick begegnete dem seiner Mutter, sie lachten, und es war einen Moment lang in Ordnung, daß er sie durch und durch kannte.

Zuerst lag er wie früher im Bett, auf dem Rücken, die Fersen zu den unteren Ecken der Matratze gespreizt, aber es fühlte sich nicht mehr richtig an. Er fühlte sich ungeschützt, als könnte irgend etwas, das einen kleinen Jungen erbeuten wollte, einfach aus dem Schrank stürzen und ihm mit einer einzigen Klaue den nach oben gekehrten Bauch aufreißen. Er drehte sich auf die Seite und fragte sich, wo Ted jetzt sein mochte. Er streckte seine geistigen Fühler aus und suchte nach einer Spur von Ted, aber da war nichts, ebensowenig wie ein paar Stunden zuvor auf der Narragansett Avenue. Bobby hätte so gern um Ted geweint, aber er konnte es nicht. Noch nicht.

Draußen flog ein Geräusch traumgleich durch die Dunkelheit und wehte zu ihm herein: Die Uhr auf dem Marktplatz schlug ein einziges Mal. Bobby schaute auf die Leuchtzeiger des Big Ben auf seinem Tisch und sah, daß sie auf ein Uhr standen. Das war gut.

»Sie sind weg«, sagte Bobby. »Die niederen Männer sind weg.«

Aber er schlief auf der Seite, die Knie an die Brust gezogen. Die Nächte, in denen er mit ausgestreckten Armen und Beinen ungeschützt auf dem Rücken geschlafen hatte, waren vorbei.

XI. Wolves und Lions. Bobby ist mit dem Schlagen dran. Officer Raymer. Bobby und Carol. Schlechte Zeiten. Ein Briefumschlag.

Sully-John kam braungebrannt aus dem Camp zurück, mit zehntausend verheilenden Mückenstichen und einer Million Geschichten … aber Bobby hörte nicht viele davon. In diesem Sommer zerbrach die alte, unbeschwerte Freundschaft zwischen Bobby, Sully und Carol. Die drei gingen manchmal zusammen zum Sterling House, aber sobald sie dort waren, trennten sich ihre Wege. Carol und ihre Freundinnen bastelten oder spielten Softball und Federball, Bobby und Sully fuhren in den Tierpark oder spielten Baseball.

Sully, der bereits ein recht guter Spieler war, rückte von den Wolves zu den Lions auf. Und obwohl die Jungen sich alle zusammen mit ihren Badehosen und ihren Essenspaketen auf die Ladefläche des ramponierten alten Sterling-House-Lieferwagens hockten und zum Schwimmen und Wandern fuhren, saß S-J immer öfter mit Ronnie Olmquist und Duke Wendell zusammen, mit denen er im Camp gewesen war. Sie erzählten immer dieselben alten Geschichten darüber, wie sie die Laken beim Bettenmachen so gefaltet hatten, daß man nicht reinschlüpfen konnte, oder wie sie die kleinen Kinder auf die Jagd nach imaginären Schnepfen geschickt hatten, bis Bobby von ihnen gelangweilt war. Man hätte meinen können, Sully wäre fünfzig Jahre im Camp gewesen.

Am vierten Juli traten die Wolves und die Lions wie jedes Jahr gegeneinander an. In den anderthalb Jahrzehnten seit Ende des Zweiten Weltkriegs hatten die Wolves keine einzige dieser Partien gewonnen, aber 1960 kamen sie wenigstens nah an einen Sieg heran – hauptsächlich dank Bobby Garfield. Er trat dreimal als Batter an und schlug jedesmal einen Hit, und auch ohne seinen Alvin-Dark-Handschuh fing er einen Ball mit einem spektakulären Hechtsprung nach vorn im mittleren Außenfeld. (Als er aufstand und den Applaus hörte, wünschte er nur kurz, seine Mutter wäre da, aber sie war nicht zu dem jährlichen Ferienausflug an den Lake Canton mitgekommen.)

Bobby machte seinen letzten Hit als Batter, während die Wolves zum letzten Mal mit dem Schlagen dran waren. Sie lagen zwei Punkte zurück und hatten einen Läufer an der zweiten Base. Bobby trieb den Ball weit ins linke Außenfeld, und als er zur ersten Base losrannte, hörte er S-J auf seiner Fängerposition hinter der Plate grunzen: »Guter Schlag, Bob!« Es war auch ein guter Schlag, aber er war der Läufer, der eventuell für den Ausgleich sorgen konnte, und hätte an der zweiten Base haltmachen sollen. Statt dessen versuchte er, alles auf einmal herauszuholen. Kinder unter dreizehn waren fast nie imstande, den Ball akkurat ins Innenfeld zurückzuwerfen, aber diesmal warf Sullys Camp-Winnie-Freund Duke Wendell ein Geschoß vom linken Außenfeld zu Sullys *anderem* Camp-Winnie-Freund, Ronnie Olmquist. Bobby schlitterte über den Boden, spürte jedoch, wie Ronnies Handschuh einen Sekundenbruchteil, bevor sein Turnschuh das Base-Kissen berührte, auf seinen Knöchel klatschte.

»*Du biss*-AUS!« rief der Schiedsrichter, der von der Home Plate hergelaufen war, um auf der Höhe des Spielgeschehens zu sein. An den Seitenlinien brachen die Freunde und Verwandten der Lions in frenetischen Jubel aus.

Bobby stand auf und funkelte den Schiedsrichter an, einen ungefähr zwanzigjährigen Sterling-House-Gruppenleiter mit einer Pfeife und einem weißen Zinkoxidklecks auf der Nase. »Ich war safe!«

»Tut mir leid, Bob«, sagte der Junge, gab seine Schiedsrichterrolle auf und wurde wieder zum Gruppenleiter. »Es war ein guter Schlag und ein toller Slide, aber du warst aus.«

»War ich nicht! Betrüger! Warum willst du uns reinlegen?«

»Schmeiß ihn raus!« rief irgendein Vater. »Auf so 'nen Quark können wir verzichten!«

»Setz dich hin, Bobby«, sagte der Gruppenleiter.

»Ich war *safe!*« rief Bobby. »Mit Abstand!« Er zeigte auf den Mann, der verlangt hatte, daß er vom Platz gestellt wurde. »Hat der dich bezahlt, damit du dafür sorgst, daß wir verlieren? Der Fettsack da?«

»Hör auf, Bobby«, sagte der Gruppenleiter. Wie dämlich er aussah, mit seiner Pfeife und seiner kleinen Kappe von irgendeiner schwachsinnigen College-Verbindung! »Ich warne dich.«

Ronnie Olmquist wandte sich ab, als würde ihn der Streit anwidern. Bobby haßte ihn ebenfalls.

»Du bist doch bloß ein Betrüger«, sagte Bobby. Es gelang ihm, die in seinen Augenwinkeln kribbelnden Tränen zurückzuhalten, aber seine Stimme zitterte trotzdem.

»Noch ein Wort, und du bist draußen«, erwiderte der Gruppenleiter. »Setz dich hin und beruhige dich. Du –«

»'n betrügerischer *Schwanzlutscher*. Das bist du.«

Eine Frau in der Nähe der dritten Base schnappte nach Luft und wandte sich ab.

»Jetzt reicht's«, sagte der Gruppenleiter mit klangloser Stimme. »Runter vom Platz. Auf der Stelle.«

Bobby schlurfte mit seinen Turnschuhen die Baseline zwischen der dritten Base und der Home Plate entlang und drehte sich in der Mitte noch einmal um. »Übrigens hat dir 'n Vogel auf die Nase gekackt. Aber du bist wohl zu blöd, um das zu merken. Wisch's dir lieber ab.«

In seinem Kopf war das komisch, aber als es herauskam, klang es nur dumm, und niemand lachte. Sully stand breitbeinig auf der Home Plate, groß wie ein Haus und ernst wie ein Herzanfall in seiner klobigen Fängerausrüstung. Seine überall mit schwarzem Klebeband geflickte Maske baumelte an einer Hand. Er sah erregt und zornig aus. Und er sah aus wie ein Junge, der nie wieder zu den Wolves gehören würde. S-J war in Camp Winnie gewesen, hatte Laken so gefaltet, daß man nicht hineinschlüpfen konnte, war bis spät in die Nacht aufgeblieben und hatte am Lagerfeuer Gespenstergeschichten erzählt. Er würde für immer ein Lion sein, und Bobby haßte ihn.

»Was ist los mit dir?« fragte Sully, als Bobby an ihm vorbeistapfte. Beide Bänke waren verstummt. Alle Kinder sahen ihn an. Die Eltern sahen ihn ebenfalls alle an. Sie sahen ihn an, als wäre er etwas Widerliches. Wahrscheinlich war er das auch, dachte Bobby. Bloß aus anderen Gründen, als sie dachten.

Weißt du was, S-J, du warst vielleicht in Camp Winnie, aber ich war da unten. Ganz tief *da unten.*

»Bobby?«

»Gar nichts ist los mit mir«, sagte er, ohne aufzublicken. »Was soll's. Ich zieh nach Massachusetts. Vielleicht gibt's da weniger miese kleine Betrüger.«

»Hör zu, Mann –«

»Ach, halt die Klappe«, sagte Bobby, ohne ihn anzusehen. Statt dessen schaute er auf seine Turnschuhe. Schaute nur auf seine Turnschuhe und ging weiter.

Liz Garfield freundete sich nicht so schnell mit anderen Menschen an (»Ich bin ein schlichter brauner Nachtfalter, kein gesellschaftlicher Schmetterling«, erklärte sie Bobby manchmal), aber während ihrer ersten paar Jahre bei Home Town Real Estate hatte sie sich mit einer Frau namens Myra Calhoun gut verstanden. (Auf Lizesisch tuteten sie ins selbe Horn, zogen am gleichen Strang, waren auf einer Wellenlänge etc. pp.) In jener Zeit war Myra Don Bidermans Sekretärin gewesen und Liz das komplette Büroteam; sie hatte sich um die Makler gekümmert, hatte deren Termine gemacht, ihnen Kaffee gekocht und ihre Korrespondenz getippt. 1955 hatte Deanne die Agentur ohne große Erklärungen Knall auf Fall verlassen. Anfang 1956 hatte Liz dann ihren Job als Mr. Bidermans Sekretärin übernommen.

Liz und Myra waren in Kontakt geblieben; sie schrieben sich Urlaubspostkarten und hin und wieder mal einen Brief. Myra – in Liz' Terminologie »eine alte Jungfer« – war nach Massachusetts gezogen und hatte ihre eigene kleine Immobilienfirma aufgemacht. Ende Juni 1960 schrieb ihr Liz und fragte sie, ob sie bei Calhoun Real Estate Solutions einsteigen könne – zunächst natürlich als Juniorpartnerin. Sie habe ein bißchen Kapital, das sie einbringen könne; nicht übermäßig viel, aber dreitausendfünfhundert Dollar seien auch kein Pappenstiel.

Vielleicht war Miss Calhoun durch dieselbe Mangel gedreht worden wie seine Mom, vielleicht auch nicht. Wichtig war, daß sie ja sagte – sie schickte seiner Mom sogar einen

Blumenstrauß, und Liz war zum ersten Mal seit Wochen glücklich, so richtig glücklich, möglicherweise zum ersten Mal seit Jahren. Wichtig war, daß sie von Harwich nach Danvers, Massachusetts, zogen. Und zwar im August, so daß Liz reichlich Zeit hatte, ihren Bobby-O, ihren neuerdings stillen und oft mürrischen Bobby-O, bei einer neuen Schule anzumelden.

Wichtig war auch, daß Liz Garfields Bobby-O noch etwas zu regeln hatte, bevor er Harwich verließ.

Er war zu jung und zu klein, um das, was getan werden mußte, auf direkte Weise zu tun. Er würde vorsichtig sein müssen, und er würde hinterlistig sein müssen. Letzteres bereitete Bobby keine schlaflosen Nächte; er war nicht mehr sonderlich daran interessiert, wie Audie Murphy oder Randolph Scott in den Samstagnachmittagsfilmen zu handeln, und außerdem *mußte* man manche Leute einfach in einen Hinterhalt locken, wenn auch nur, damit sie merkten, wie das war. Das Versteck, das er sich aussuchte, war das kleine Wäldchen, in das Carol an jenem Tag mit ihm gegangen war, als er total schmalzig geworden und in Tränen ausgebrochen war; eine passende Stelle, um auf Harry Doolin zu warten, den alten Mr. Robin Hood, Robin Hood, der durchs Tal geritten kam.

Harry hatte einen Halbtagsjob bei Total Grocery bekommen, wo er die Regale auffüllte. Bobby wußte das schon seit Wochen; er hatte ihn dort gesehen, als er mit seiner Mom einkaufen gegangen war. Bobby hatte Harry auch nach seiner Schicht, die um drei Uhr endete, heimgehen sehen. Harry war meistens mit einem oder mehreren seiner Freunde zusammen. Richie O'Meara war am häufigsten bei ihm; Willie Shearman schien aus Robin Hoods Leben verschwunden zu sein, so wie Sully weitgehend aus Bobbys Leben verschwunden war. Aber ob er nun allein oder in Begleitung nach Hause ging, Harry Doolin nahm dabei stets eine Abkürzung durch den Commonwealth Park.

Bobby fing an, nachmittags dort herumzustreichen. Jetzt, wo es richtig heiß war, wurde nur noch vormittags Baseball gespielt, und um drei Uhr waren die Plätze A, B und C verlassen. Früher oder später würde Harry auf dem Heimweg von der Arbeit an diesen verlassenen Plätzen vorbeikommen, ohne daß Richie oder einer seiner anderen lustigen Gesellen bei ihm war. Bis dahin verbrachte Bobby die Stunde zwischen drei und vier Uhr nachmittags jeden Tag in dem Wäldchen, in dem er den Kopf in Carols Schoß gelegt und geweint hatte. Manchmal las er ein Buch. Das über George und Lennie brachte ihn erneut zum Weinen. *Leute wie wir, die auf Farmen arbeiten, sind die einsamsten Geschöpfe auf der Welt.* So sah George die Sache. *Leute wie wir haben nichts, worauf sie sich freuen können.* Lennie dachte, sie würden sich zusammen eine Farm kaufen und Kaninchen züchten, aber lange bevor Bobby ans Ende der Geschichte kam, wußte er, daß es für George und Lennie keine Farm und keine Kaninchen geben würde. Und warum nicht? Weil Menschen ein Tier brauchten, das sie jagen konnten. Sie suchten sich einen Ralph, einen Piggy oder einen großen, dummen Klotz von einem Lennie, und dann verwandelten sie sich in niedere Männer. Sie schlüpften in ihre gelben Mäntel, sie spitzten einen Stock an beiden Enden an, und dann gingen sie auf die Jagd.

Aber Leute wie wir können es auch manchmal jemandem ein bißchen heimzahlen, dachte Bobby, während er auf den Tag wartete, an dem Harry allein auftauchen würde. *Manchmal schon.*

Wie es sich herausstellte, war dieser Tag der sechste August. Harry schlenderte durch den Park zur Ecke Broad und Commonwealth – er hatte immer noch seine rote Total-Grocery-Schürze an, dieser verdammte Blödmann – und sang dabei mit einer Stimme, die Schrauben zum Schmelzen gebracht hätte, »Mackie Messer«. Vorsichtig darauf bedacht, nur ja nicht mit den Zweigen der dicht an dicht wachsenden Bäume zu rascheln, kam Bobby hinter ihm auf den Weg heraus und schlich sich an ihn heran. Er holte erst dann mit seinem Baseballschläger aus, als er nah genug war, um sicher zu sein. Als er ihn in die Höhe hob, dachte er an Teds Worte: *Drei Jungs gegen ein kleines Mädchen. Sie müssen dich für eine Löwin gehalten haben.* Aber Carol war natürlich keine Löwin; und er war auch kein Löwe. Sully war der Löwe, der Lion, aber Sully war damals nicht dagewesen und war auch jetzt nicht hier. Wer sich da gerade von hinten an Harry Doolin anschlich, war nicht mal ein Wolf. Er war bloß eine Hyäne, aber was machte das schon? Hatte Harry Doolin was anderes verdient?

Nein, dachte Bobby und schwang den Schläger. Er traf sein Ziel mit dem gleichen befriedigenden, dumpfen Laut wie sein dritter und bester Schlag am Lake Canton, als er den Ball weit ins linke Außenfeld geschickt hatte. Harry Doolins Kreuz zu treffen war sogar noch besser.

Harry schrie vor Schmerz und Überraschung auf und flog der Länge nach hin. Als er sich umdrehte, ließ Bobby die Keule sofort auf sein Bein niedersausen; diesmal landete der Schlag knapp unter dem linken Knie. »*Auuuuu!*« schrie Harry. Es war äußerst befriedigend, Harry Doolin schreien zu hören; sogar geradezu eine Wonne. »*Auuuuu, tut das weh! Tut das weehhh!*«

Ich darf ihn nicht aufstehen lassen, dachte Bobby und suchte sich mit kaltem Auge die nächste Stelle aus. *Er ist doppelt so groß wie ich. Wenn ich einmal danebenhaue und ihn aufstehen lasse, reißt er mich in Stücke. Der bringt mich glatt um.*

Harry versuchte, den Rückzug anzutreten; seine Turnschuhe gruben sich in den Kies, er zog mit dem Hintern eine Furche und paddelte mit den Ellbogen. Bobby schwang die Keule und traf ihn in den Bauch. Der Schlag trieb Harry die Luft aus den Lungen, seine Ellbogen gaben nach, und er fiel auf den Rücken. Seine Augen waren glasig; sonnenhelle Tränen standen darin. Seine Pickel zeichneten sich als große violette und rote Flecken ab. Sein Mund – schmal und gemein an dem Tag, als Rionda Hewson sie gerettet hatte – war jetzt ein großes, zitterndes Loch. »*Auuuuu, hör auf, ich ergebe mich, ich ergebe mich, o Gott, hör schon auf!*«

Er erkennt mich nicht, begriff Bobby. *Die Sonne scheint ihm in die Augen, und er weiß nicht mal, wer ich bin.*

Das reichte nicht. »Noch nicht gut genug, Jungs!« sagten die Gruppenleiter in Camp Winnie nach einer unbefriedigend verlaufenen Hütteninspektion – das hatte Sully ihm erzählt, auch wenn es Bobby völlig kalt ließ; wer zum Henker interessierte sich schon für Hütteninspektionen und die Herstellung perlenbestickter Brieftaschen?

Aber *hierfür* interessierte er sich, ja, wahrhaftig, und er beugte sich dicht über Harrys schmerzverzerrtes Gesicht. »Erinnerst du dich an mich, Robin Hood?« fragte er. »Du erinnerst dich doch an mich, oder? Ich bin das Maltex-Baby.«

Harry hörte auf zu schreien. Er starrte zu Bobby hinauf. Endlich erkannte er ihn. »Krieg... dich...«, brachte er hervor.

»'nen Scheiß kriegst du«, sagte Bobby, und als Harry ihn am Knöchel zu packen versuchte, trat Bobby ihn in die Rippen.

»*Auuuuu!*« schrie Harry Doolin und kehrte damit wieder zu seinem vorherigen Text zurück. Was für ein dummes Arschloch! Blödmänner, kommet zuhauf! *Das hat mir wahrscheinlich mehr weh getan als dir,* dachte Bobby. *Jemand zu treten, wenn man Turnschuhe anhat, ist was für Vollidioten.*

Harry rollte sich herum. Als er sich mühsam hochrappelte, holte Bobby zu einem echten Homerun-Schlag aus und klatschte Harry den Schläger mit voller Wucht auf den Hintern. Es klang, als hätte ein Teppichklopfer einen schweren Teppich getroffen – ein *wundervolles* Geräusch! In diesem Moment hätte es nur noch eine einzige Steigerung gegeben, nämlich wenn Mr. Biderman ebenfalls ausgestreckt auf dem Weg gelegen hätte. Bobby wußte genau, wohin er *den* gern schlagen würde.

Aber wenig war besser als gar nichts. Das sagte seine Mutter jedenfalls immer.

»Das war für das Gerber-Baby«, sagte Bobby. Harry lag wieder platt auf dem Weg und schluchzte. Rotz lief ihm in dicken grünen Strömen aus der Nase. Mit einer Hand versuchte er kläglich, wieder etwas Gefühl in seinen tauben Arsch zu reiben.

Bobbys Hand umfaßte den mit Klebeband umwickelten Griff des Schlägers fester. Er wollte ihn hochheben und ihn ein letztes Mal niedersausen lassen, und zwar nicht auf Harrys Schienbein oder Rücken, sondern auf Harrys Kopf. Er wollte Harrys Schädel knacken hören, und wirklich, wäre die Welt nicht ein besserer Ort ohne ihn? Ohne diesen kleinen irischen Scheißkerl. Diesen niederen kleinen –

Immer mit der Ruhe, Bobby, meldete sich Teds Stimme zu Wort. *Genug ist genug, also immer mit der Ruhe. Reiß dich zusammen.*

»Wenn du sie noch mal anfaßt, bring ich dich um«, sagte Bobby. »Und wenn du mich noch mal anfaßt, steck ich euch das Haus an. Du verdammter Wichser.«

Er hatte sich neben Harry gehockt, um das zu sagen. Jetzt stand er auf, blickte sich um und ging davon. Als er auf halber Höhe des Broad Street Hill die Sigsby-Zwillinge traf, pfiff er bereits vor sich hin.

In den folgenden Jahren gewöhnte sich Liz Garfield beinahe an den Anblick von Polizisten vor ihrer Tür. Als erster tauchte Officer Raymer auf, der fette Ortspolizist, der den Kindern im Park manchmal Erdnüsse kaufte. Als er am Abend des sechsten August auf die Klingel der Erdgeschoßwohnung von 149 Broad Street drückte, sah Officer Raymer nicht glücklich aus. Bei ihm waren Harry Doolin, der für eine Woche oder länger nicht in der Lage sein würde, auf einem ungepolsterten Stuhl zu sitzen, und dessen Mutter, Mary Doolin. Harry erklomm die Verandatreppe wie ein alter Mann, die Hände ins Kreuz gestemmt.

Als Liz die Haustür aufmachte, war Bobby bei ihr. Mary Doolin zeigte auf ihn und rief: »Das ist er, das ist der Junge, der meinen Harry verprügelt hat! Verhaften Sie ihn! Tun Sie Ihre Pflicht!«

»Worum geht's denn hier, George?« fragte Liz.

Officer Raymer antwortete einen Moment lang nicht. Statt dessen blickte er von Bobby (einssechzig, vierundvierzig Kilo) zu Harry (einsfünfundachtzig, achtzig Kilo). Seine großen, feuchten Augen schauten skeptisch drein.

Harry Doolin war dumm, aber so dumm, daß er diesen Blick nicht richtig gedeutet hätte, nun auch wieder nicht. »Er hat sich rangeschlichen. Hat mich von hinten erwischt.«

Raymer beugte sich zu Bobby hinunter, die aufgesprungenen Hände mit den roten Knöcheln auf die glänzenden Knie seiner Uniformhose gestützt. »Harry Doolin hier behauptet, du hast ihn im Park verprügelt, als er auf dem Heimweg von der Arbeit war.« Raymer sprach *Arbeit* wie *Aabatt* aus. Bobby vergaß das niemals. »Er sagt, du hast dich versteckt und ihn dann mit 'm Baseballschläger verdroschen, bevor er sich auch nur umdrehen konnte. Was sagst du dazu, mein Junge? Ist das wahr?«

Bobby, der absolut nicht dumm war, hatte diese Szene im Geist bereits durchgespielt. Er wünschte, er hätte Harry im Park sagen können, bezahlte Rechnungen seien bezahlt, was geschehen sei, sei geschehen, und wenn Harry irgendwem gegenüber ausplaudern würde, daß Bobby ihn verprügelt habe, dann würde Bobby seinerseits plaudern – er würde erzählen, daß Harry und seine Freunde Carol zusammengeschlagen hatten, was einen viel übleren Eindruck machen würde. Das Problem dabei war, daß Harrys Freunde es abstreiten würden; dann stünde Carols Wort gegen das von Harry, Richie und Willie. Deshalb war Bobby weggegangen, ohne etwas zu sagen, und hatte gehofft, die Demütigung, von einem Knirps Prügel bezogen zu haben, der nur halb so groß war wie er, würde Harry die Lippen versiegeln. Das war jedoch nicht der Fall gewesen, und als er nun in Mrs. Doolins schmales Gesicht mit den zusammengekniffenen farblosen Lippen und den wütenden Augen schaute, wußte Bobby auch, warum nicht. Sie hatte es aus ihm rausgeholt, das war alles. Hatte ihm höchstwahrscheinlich so lange zugesetzt, bis er damit herausgerückt war.

»Ich hab ihn nicht angerührt«, erklärte Bobby dem Polizisten und schaute ihm dabei fest in die Augen.

Mary Doolin schnappte schockiert nach Luft. Selbst Harry, für den das Lügen mit seinen sechzehn Jahren schon das Normalste von der Welt gewesen sein mußte, machte ein verblüfftes Gesicht.

»Oh, was für eine dreiste Unverfrorenheit!« rief Mrs. Doolin. »Lassen Sie mich mit ihm sprechen, Officer! Ich hole die Wahrheit aus ihm raus, Sie werden schon sehen!«

Sie trat einen Schritt vor. Raymer schob sie mit einer Hand zurück, ohne sich aufzurichten oder auch nur den Blick von Bobby abzuwenden.

»Also, mein Junge – warum sollte ein Rabauke von Harry Doolins Größe so was über eine Krabbe von deiner Größe behaupten, wenn es nicht wahr ist?«

»Was fällt Ihnen ein, meinen Sohn einen Rabauken zu nennen!« kreischte Mrs. Doolin. »Reicht es nicht, daß er von diesem Feigling um Haaresbreite totgeschlagen worden wäre? Warum –«

»Halten Sie den Mund«, sagte Bobbys Mom. Sie sprach zum ersten Mal, seit sie Officer Raymer gefragt hatte, worum es ging, und ihre Stimme war sehr leise. »Lassen Sie ihn die Frage beantworten.«

»Er ist immer noch sauer auf mich wegen letztem Winter, deshalb«, erklärte Bobby dem Officer. »Er und ein paar andere große Jungs von St. Gabe's haben mich den Hügel runtergejagt. Harry ist auf dem Eis ausgerutscht und hingefallen und ganz naß geworden. Er hat gesagt, er würde mich schon noch kriegen. Er denkt wohl, so könnte er's schaffen.«

»Du Lügner!« rief Harry. »Das war ich gar nicht, der dich gejagt hat, das war Billy Donahue! Das –«

Er brach ab und schaute sich um. Ihm ging undeutlich auf, daß er irgendwie ins Fettnäpfchen getreten war, das sah man seinem Gesicht an.

»Ich war's nicht«, sagte Bobby. Seine Stimme war ruhig, und er hielt Raymers Blick stand. »Wenn ich versuchen würde, einen Jungen von seiner Größe zu verprügeln, würde der mich allemachen.«

»Lügner fahren zur Hölle!« rief Mary Doolin.

»Wo warst du heute nachmittag um halb vier, Bobby?« fragte Raymer. »Kannst du mir darauf eine Antwort geben?«

»Hier«, sagte Bobby.

»Miss Garfield?«

»O ja«, sagte sie ruhig. »Er war den ganzen Nachmittag hier bei mir. Ich hab den Küchenboden gewischt, und Bobby hat die Fußleisten saubergemacht. Wir bereiten alles für unseren Umzug vor, und ich möchte, daß die Wohnung dann gut aussieht. Bobby hat ein bißchen gemeckert – wie es Jungs nun mal tun –, aber er hat seine Arbeit erledigt. Und hinterher haben wir Eistee getrunken.«

»Ihr Lügner!« schrie Mrs. Doolin. Harry schaute nur fassungslos drein. »Ihr *elenden* Lügner!« Sie machte wieder einen Satz nach vorn, die Hände in Richtung von Liz Garfields Hals gereckt. Erneut stieß Officer Raymer sie zurück, ohne sie anzusehen. Ein bißchen gröber diesmal.

»Schwören Sie, daß er bei Ihnen war?« fragte Officer Raymer, an Liz gewandt.

»Ich schwör's.«

»Bobby, du hast ihn nicht angefaßt? Schwörst du das?«

»Ich schwör's.«

»Schwörst du bei Gott?«

»Ich schwör's bei Gott.«

»Ich krieg dich schon noch, Garfield«, sagte Harry. »Dann zieh ich dir deinen kleinen roten Schn-«

Raymer wirbelte so plötzlich herum, daß Harry womöglich die Verandatreppe hinuntergefallen wäre und sich nicht nur die alten blauen Flecken erneut angestoßen, sondern sich auch noch ein paar frische dazu geholt hätte, wenn seine Mutter ihn nicht an einem Ellbogen gepackt hätte.

»Halt deinen häßlichen dummen Rand«, sagte Raymer, und als Mrs. Doolin zum Sprechen ansetzte, zeigte er mit dem Finger auf sie. »Und das gleiche gilt für Sie, Mary Doolin. Wenn Sie jemand der Körperverletzung beschuldigen wollen, dann sollten Sie vielleicht mit Ihrem eigenen Mann anfangen, verdammt noch mal. Dann gäb's mehr Zeugen.«

Sie starrte ihn wütend und beschämt an.

Raymer ließ die Hand sinken, mit der er auf sie gezeigt hatte, als wäre sie auf einmal schwerer geworden. Er schaute von Harry und Mary (keiner von beiden voll der Gnade) auf der Veranda zu Bobby und Liz in der Eingangshalle. Dann trat er von allen vieren zurück, nahm seine Uniformmütze ab, kratzte sich den verschwitzten Schädel und setzte die Mütze wieder auf. »Etwas ist faul im Staate Dänemark«, sagte er schließlich. »Jemand lügt hier schneller, als 'n Gaul traben kann.«

»Er –« »Du –« Harry und Bobby sprachen gleichzeitig, aber Officer George Raymer wollte von keinem der beiden etwas hören.

»*Ruhe jetzt!*« brüllte er so laut, daß ein altes Paar, das auf der anderen Straßenseite vorbeispazierte, sich umdrehte und herüberschaute. »Ich erkläre die Sache hiermit für abgeschlossen. Aber wenn es noch mal Ärger gibt zwischen euch beiden« – er zeigte auf die Jungen – »oder zwischen *Ihnen*« – er zeigte auf die Mütter – »dann kriegt jemand *richtig* Ärger. Bei einem klugen Menschen bedarf's nicht vieler Worte, heißt es. Harry, würdest du dem jungen Robert die Hand reichen und dich mit ihm vertragen? Dich wie ein Mann benehmen? ... Nein, das hab ich mir gedacht. Die Welt ist ein gottverdammt trauriger Ort. Kommt mit«, wandte er sich an die beiden Doolins, »ich bringe euch nach Hause.«

Bobby und seine Mutter sahen den dreien nach, als sie die Treppe hinunterstiegen. Harry humpelte jetzt dermaßen übertrieben, daß er wie ein Seemann einherschwankte. Am unteren Ende des Gehwegs gab Mrs. Doolin ihm auf einmal einen Klaps ins Genick. »Mach's nicht schlimmer, als es ist, du kleiner Hosenscheißer!« sagte sie. Danach hielt Harry sich besser, aber er schaukelte immer noch von Steuerbord nach Backbord. Für Bobby war das verbliebene Hinken des Jungen ein inneres Fest. Dieser letzte Schlag, der auf Harrys Arsch, war ein absoluter Hammer gewesen.

Als sie wieder in der Wohnung waren, fragte Liz ihn in demselben ruhigen Ton: »War das einer der Jungs, die Carol verletzt haben?«

»Ja.«

»Kannst du ihm aus dem Weg gehen, bis wir umziehen?«

»Ich glaub schon.«

»Gut«, sagte sie und gab ihm einen Kuß. Sie küßte ihn so gut wie nie, und es war wundervoll, wenn sie es tat.

Weniger als eine Woche vor ihrem Umzug – die Wohnung füllte sich langsam mit Pappkartons und nahm ein seltsames entblößtes Aussehen an – holte Bobby Carol Gerber im Park ein. Sie war ausnahmsweise einmal allein unterwegs. Er hatte sie oft mit ihren Freundinnen spazierengehen sehen, aber das reichte ihm nicht, es war nicht das, was er wollte. Jetzt war sie endlich allein, und erst als sie ihn über die Schulter hinweg anschaute und er die Angst in ihren Augen sah, begriff er, daß sie ihm aus dem Weg gegangen war.

»Bobby«, sagte sie. »Wie geht's dir?«

»Ich weiß nicht«, sagte er. »Ganz gut, schätze ich. Ich hab dich lange nicht gesehen.«

»Du hast mich nicht mehr besucht.«

»Nein«, sagte er. »Nein, ich...« Was? Wie sollte er den Satz beenden? »Ich war ziemlich beschäftigt«, schloß er lahm.

»Oh. Aha.« Er wäre damit fertig geworden, wenn sie kühl zu ihm gewesen wäre. Womit er nicht fertig wurde, war die Angst, die sie zu verbergen trachtete. Ihre Angst vor ihm. Als ob er ein Hund wäre, der sie beißen könnte. Bobby sah ein verrücktes Bild vor seinem geistigen Auge, wie er auf alle viere ging und anfing zu bellen. *Ruup-ruup-ruup*.

»Ich ziehe weg.«

»Sully hat's mir erzählt. Aber er wußte nicht genau, wohin. Ich glaube, ihr seid nicht mehr so eng befreundet wie früher.«

»Nein«, sagte Bobby. »Nicht so wie früher. Aber ... hier.« Er steckte die Hand in seine Gesäßtasche und holte ein zusammengefaltetes Stück Papier heraus, das aus einem Schulheft stammte. Carol sah es unschlüssig an, griff danach, zog die Hand dann aber wieder zurück.

»Es ist nur meine Adresse«, sagte er. »Wir ziehen nach Massachusetts. In eine Stadt namens Danvers.«

Bobby hielt ihr den zusammengefalteten Zettel hin, aber sie nahm ihn immer noch nicht, und er hätte am liebsten losgeheult. Er erinnerte sich daran, wie er mit ihr auf dem Riesenrad in der Gondel gesessen hatte und wie es dort oben gewesen war, auf dem Gipfel der ganzen erleuchteten Welt. Er erinnerte sich an ein Handtuch, das sich wie ein Flügelpaar öffnete, an sich drehende Füße mit winzigen lackierten Nägeln und an den Duft von Parfüm. »She's dancin to the drag, the cha-cha rag-a-mop«, sang Freddy Cannon aus dem Zimmer nebenan, und es war Carol, es war Carol, es war Carol.

»Ich dachte, du könntest mir vielleicht schreiben«, sagte er. »Ich werd wahrscheinlich Heimweh haben. Eine neue Stadt und alles.«

Carol nahm den Zettel endlich an sich und steckte ihn in die Tasche ihrer Shorts, ohne ihn anzusehen. *Wahrscheinlich wirft sie ihn weg, wenn sie nach Hause kommt*, dachte Bobby, aber es war ihm egal. Sie hatte ihn wenigstens genommen. Das würde als Sprungbrett für jene Zeiten reichen, in denen er seinen Geist abwenden mußte … und dazu brauchten keine niederen Männer in der Nähe zu sein, hatte er festgestellt.

»Sully sagt, du hast dich verändert.«

Bobby antwortete nicht.

»*Viele* Leute sagen das.«

Bobby antwortete nicht.

»Hast du Harry Doolin verprügelt?« fragte sie, und ihre kalte Hand schloß sich um Bobbys Handgelenk. »Warst du das?«

Bobby nickte langsam.

Carol schlang ihm die Arme um den Hals und küßte ihn so heftig, daß ihre Zähne zusammenprallten. Ihre Lippen lösten sich mit einem hörbaren Schmatzen voneinander. Bobby küßte drei Jahre lang kein anderes Mädchen auf den Mund … und *er* wurde in seinem ganzen Leben nie wieder von einem Mädchen so geküßt.

»Gut!« sagte sie mit leiser, grimmiger Stimme. Es war fast ein Knurren. »*Gut!*«

Dann lief sie in Richtung Broad Street davon, und ihre vom Sommer gebräunten und von vielen Spielen und vielen Bürgersteigen verschorften Beine blitzten in der Sonne auf.

»Carol!« rief er ihr nach. »Carol, warte!«

Sie lief weiter.

»Carol, ich liebe dich!«

Daraufhin blieb sie stehen … aber vielleicht lag es auch nur daran, daß sie die Commonwealth Avenue erreicht hatte und auf den Verkehr achten mußte. Jedenfalls hielt sie einen Moment inne, mit gesenktem Kopf, und schaute dann zurück. Ihre Augen waren groß, ihre Lippen leicht geöffnet.

»Carol!«

»Ich muß nach Hause, den Salat machen«, sagte sie und lief vor ihm davon. Sie lief über die Straße und aus seinem Leben, ohne ein zweites Mal zurückzuschauen. Vielleicht war das auch besser so.

Er und seine Mom zogen nach Danvers. Bobby ging auf die Danvers Elementary, fand ein paar Freunde und noch mehr Feinde. Es ging mit den Raufereien los, und nicht lange danach auch mit dem Schuleschwänzen. Mrs. Rivers schrieb in seinem ersten Zwischenzeugnis unter **Bemerkungen**: »*Robert ist ein äußerst intelligenter Junge. Er hat aber auch äußerst große Probleme. Würden Sie wohl zu mir kommen, damit wir darüber sprechen können, Mrs. Garfield?*«

Mrs. Garfield kam zu ihr, und Mrs. Garfield half ihr, so gut sie konnte, aber es gab zu vieles, worüber sie nicht sprechen konnte: Providence, einen gewissen Anschlag, auf dem ein entlaufenes Haustier gesucht wurde, und wie sie zu dem Geld gekommen war, mit dem sie sich in eine neue Firma und ein neues Leben eingekauft hatte. Die beiden Frauen einigten sich darauf, daß Bobby in die Pubertät kam, daß er seine Heimatstadt und seine alten Freunde vermißte. Aber bei seiner Intelligenz und all dem, was in ihm steckte, würde er seine Probleme schon irgendwann überwinden.

Liz hatte in ihrem neuen Beruf als Immobilienmaklerin Erfolg. Bobby war gut in Englisch (er bekam eine Eins plus für einen Aufsatz, in dem er Steinbecks *Von Mäusen und Menschen* mit Goldings *Herr der Fliegen* verglich) und schlecht in allen anderen Fächern. Er begann, Zigaretten zu rauchen.

Carol schrieb ihm tatsächlich hin und wieder – unentschlossene, beinahe unverbindliche Zeilen über die Schule, ihre Freundinnen und einen Wochenendausflug mit Rionda nach New York City. Ein Brief, der im März 1961 kam (sie schrieb immer auf Büttenpapier mit tanzenden Teddybären auf den Rändern), enthielt ein nüchternes Postskriptum: *Ich glaube, Mom & Dad lassen sich scheiden. Er hat seine Dienstzeit noch mal um ein paar Jahre verlängert, und sie weint die ganze Zeit.* Meistens sprach sie jedoch von erfreulicheren Dingen: Sie lernte Stöckewirbeln, sie hatte neue Schlittschuhe zum Geburtstag bekommen, sie fand Fabian immer noch süß, obwohl Yvonne und Tina anderer Meinung waren, sie war auf einer Twistparty gewesen und hatte pausenlos getanzt.

Jedesmal, wenn er einen ihrer Briefe öffnete und das Büttenpapier aus dem Kuvert zog, dachte Bobby, *Das ist der letzte.*

Ich werde nie wieder was von ihr hören. Kinder schreiben nicht lange, selbst wenn sie's versprechen. Es passiert zu viel Neues. Die Zeit vergeht so schnell. Zu schnell. Sie wird mich vergessen.

Aber er würde ihr nicht dabei helfen. Jedesmal, wenn ein Brief von ihr kam, setzte er sich hin und schrieb zurück. Er erzählte ihr von dem Haus in Brookline, das seine Mutter für fünfundzwanzigtausend Dollar verkauft hatte – das Sechsfache ihres früheren Monatsgehalts mit einer einzigen Kommission. Er erzählte ihr von der Eins plus, die er für seinen Englisch-Aufsatz bekommen hatte. Er erzählte ihr von seinem Freund Morrie, der ihm das Schachspielen beibrachte. Er erzählte ihr nicht, daß Morrie und er manchmal loszogen und Fenster einschmissen; sie fuhren mit ihren Fahrrädern (Bobby hatte endlich genug gespart, um sich eins zu kaufen) an den versifften alten Wohnhäusern auf der Plymouth Street vorbei, so schnell sie konnten, und warfen im Fahren mit den Steinen in ihren Körben. Er ließ auch die Geschichte aus, wie er Mr. Hurley, dem stellvertretenden Direktor der Danvers Elementary, erklärt hatte, er könne ihm mal den rosaroten Arsch küssen, und wie Mr. Hurley ihm dafür eine runtergehauen und ihn einen unverschämten kleinen Störenfried genannt hatte. Er gestand ihr nicht, daß er mit Ladendiebstählen begonnen hatte, daß er vier- oder fünfmal betrunken gewesen war (einmal mit Morrie, die anderen Male allein) oder daß er manchmal zu den Bahngleisen ging und sich fragte, ob es wohl am schnellsten ginge, wenn er sich vor den South Shore Express warf. Nur ein Hauch Diesel in der Nase, ein Schatten auf dem Gesicht und dann adios. Oder vielleicht doch nicht so schnell.

Jeder Brief, den er Carol schrieb, endete mit:

Ich vermisse Dich sehr,
Dein Freund
Bobby

Wochen vergingen, ohne daß Post kam – jedenfalls keine für ihn –, und dann lag wieder ein Kuvert mit Herzen und Teddybären hinten drauf im Briefkasten, darin ein weiteres Blatt Büttenpapier mit neuen Mitteilungen übers Schlittschuhlaufen und Stöckewirbeln, über neue Schuhe und darüber, daß sie immer noch Probleme mit dem Bruchrechnen hatte. Jeder Brief war wie ein weiterer mühsamer Atemzug eines nahen Verwandten, dessen Tod nun unausweichlich schien. Ein weiterer Atemzug.

Sogar Sully-John schrieb ihm ein paar Briefe. Der letzte kam Anfang 1961, aber Bobby war erstaunt und gerührt, daß Sully es überhaupt versucht hatte. In S-Js kindlicher großer Handschrift und seinen peinlichen Rechtschreibfehlern sah Bobby bereits den gutherzigen Teenager von morgen, der mit demselben Vergnügen Sport trieb, wie er Cheerleader umlegte, einen Jungen, der sich mit derselben Mühelosigkeit im Dikkicht der Zeichensetzung verirrte, mit der er sich durch die Abwehrreihen gegnerischer Football-Teams schlängelte. Bobby glaubte sogar den Mann sehen zu können, der in den Siebzigern und Achtzigern auf Sully wartete, wie man auf ein Taxi wartet: einen Autoverkäufer, der irgendwann sein eigenes Geschäft besitzen würde. Und es würde natürlich Honest John's Harwich Chevrolet heißen, das Chevrolet-Autohaus des ehrlichen John. Er würde einen dicken Bauch haben, der ihm über den Gürtel hing, an den Wänden seines Büros würden jede Menge Plaketten hängen, und er würde junge Sportler trainieren und seine aufmunternden Worte jedesmal mit *Jetzt hört mal alle her, Jungs* einleiten, er würde zur Kirche gehen, bei Umzügen mitmarschieren, im Stadtrat sitzen und so weiter. Es würde ein schönes Leben sein, vermutete Bobby – die Farm und die Kaninchen statt des Stocks, der an beiden Enden angespitzt war. Aber wie sich herausstellte, wartete der Stock doch noch auf Sully; er wartete in der Provinz Dong Ha, zusammen mit der alten *mamasan*, und die würde nie ganz verschwinden.

Bobby war vierzehn, als der Cop ihn dabei erwischte, wie er mit zwei Sechserpacks Bier (Narragansett) und drei Kartons Zigaretten (Chesterfields natürlich; aus einundzwanzig Spitzentabaken zwanzig wundervolle Zigaretten) aus dem Tante-Emma-Laden kam. Das war der blonde Cop aus *Dorf der Verdammten*.

Bobby erzählte dem Cop, er habe nicht eingebrochen, die Hintertür sei offen gewesen und er sei einfach *reingegangen*, aber als der Cop seine Taschenlampe auf das Schloß richtete, hing es schief und halb herausgestemmt in dem alten Holz. *Und was ist damit?* fragte der Cop, und Bobby zuckte die Achseln. Als sie in dem Wagen saßen (der Cop ließ Bobby vorne neben ihm sitzen, wollte ihm aber keine Zigarette geben, als Bobby um eine bat), begann der Cop, ein Formular auf einem Klemmbrett auszufüllen. Er fragte den mürrischen, mageren Jungen neben ihm, wie er heiße. Ralph, sagte Bobby. Ralph Garfield. Doch als sie vor dem Haus hielten, in dem er jetzt mit seiner Mom wohnte – ein ganzes Haus mit zwei Stockwerken, es waren gute Zeiten –, erklärte er dem Cop, er habe gelogen.

»In Wahrheit heiße ich Jack«, sagte er.

»Ach ja?« erwiderte der blonde *Dorf-der-Verdammten*-Cop.

»Ja.« Bobby nickte. »Jack Merridew Garfield. Das bin ich.«

Carol Gerbers spärlicher Briefstrom versiegte 1963, in dem Jahr, als Bobby zum ersten Mal von der Schule flog und zum ersten Mal die Jugendstrafanstalt von Bedford in Massachusetts von innen sah. Der Grund für diesen Besuch war der Besitz von fünf Marihuanazigaretten, »Joysticks«, wie Bobby und seine Freunde sie nannten. Bobby bekam neunzig Tage aufgebrummt, von denen ihm die letzten dreißig wegen guter Führung erlassen wurden. Er las eine Menge Bücher. Manche der anderen Jugendlichen nannten ihn Professor. Bobby hatte nichts dagegen.

Nach seiner Entlassung aus Bedford kam Officer Grandelle – der für jugendliche Straftäter zuständige Polizist von Danvers – vorbei und erkundigte sich, ob Bobby nun bereit sei, mit dem Unfug aufzuhören und sich anständig zu benehmen. Bobby bejahte und sagte, er habe seine Lektion gelernt, und für eine Weile schien das auch zu stimmen. Dann verprügelte er im Herbst des Jahres 1964 einen Jungen so schlimm, daß dieser ins Krankenhaus mußte und es fraglich war, ob er jemals wieder ganz gesund werden würde. Der Junge hatte sich geweigert, Bobby seine Gitarre zu geben, und darum hatte

Bobby ihn zusammengeschlagen und sie ihm abgenommen. Als die Polizei kam, spielte Bobby gerade in seinem Zimmer auf der Gitarre (nicht sehr gut). Er hatte Liz erzählt, er habe sich die akustische Silvertone in einer Pfandleihe gekauft.

Liz stand weinend in der Tür, als Officer Grandelle Bobby zum Streifenwagen führte, der am Randstein stand. »Wenn du nicht damit aufhörst, schmeiß ich dich raus!« rief sie ihm nach. »Das ist mein Ernst!«

»Von mir aus«, sagte er, als er hinten einstieg. »Nur zu, Ma, tu's gleich, das spart uns Zeit.«

Auf der Fahrt in die Innenstadt sagte Officer Grandelle: »Ich dachte, du würdest mit dem Unfug aufhören und dich anständig benehmen, Bobby.«

»Ich auch«, sagte Bobby. Diesmal blieb er sechs Monate in Bedford.

Bei seiner Entlassung ließ er sich das Geld für die Bahnfahrkarte auszahlen und trampte nach Hause. Als er die Tür aufschloß, kam seine Mutter nicht heraus, um ihn zu begrüßen. »Da ist ein Brief für dich gekommen«, sagte sie aus ihrem abgedunkelten Schlafzimmer. »Er liegt auf deinem Schreibtisch.«

Bobbys Herz begann, heftig gegen seine Rippen zu klopfen, sobald er das Kuvert sah. Es waren keine Herzen und Teddybären mehr drauf – dafür war sie jetzt zu alt –, aber er erkannte Carols Handschrift sofort. Er nahm den Brief in die Hand und riß ihn auf. Er enthielt ein einzelnes Blatt Büttenpapier und einen weiteren, kleineren Umschlag. Bobby las rasch Carols Nachricht, die letzte, die er je von ihr erhielt.

Lieber Bobby,
wie geht es dir? Mir geht es gut. Du hast etwas von Deinem alten Freund bekommen – von dem, der damals meinen Arm eingerenkt hat. Es ist an mich gegangen, vermutlich weil er nicht gewußt hat, wo Du bist. Er hat eine Nachricht beigelegt und mich gebeten, es dir nachzuschicken. Was ich hiermit tue. Sag Deiner Mom einen schönen Gruß von mir.

Carol

Nichts über ihre Fortschritte beim Stöckewirbeln. Auch nichts darüber, wie sie mit Mathe zurechtkam. Auch nichts über Freunde, aber Bobby nahm an, daß sie ein paar hatte.

Mit zitternden, tauben Händen ergriff er den verschlossenen Umschlag. Sein Herz klopfte heftiger denn je. Auf der Vorderseite stand ein einziges Wort, mit weichem Bleistift geschrieben: sein Name. Es war Teds Schrift. Er erkannte sie sofort. Mit trockenem Mund und ohne zu merken, daß seine Augen sich mit Tränen gefüllt hatten, riß Bobby den Umschlag auf, der nicht größer war als jene, in denen Kinder in der ersten Klasse ihre Valentinsgrüße verschicken.

Als erstes kam der süßeste Duft heraus, den Bobby je gerochen hatte. Er erinnerte ihn daran, wie er seine Mutter umarmt hatte, als er noch klein gewesen war, an den Geruch ihres Parfüms und Deodorants und des Zeugs, das sie sich in die Haare sprühte; erinnerte ihn daran, wie es im Sommer im Commonwealth Park roch; erinnerte ihn an den Geruch der Bücherregale in der Bibliothek von Harwich, würzig und undeutlich und irgendwie explosiv. Die Augen liefen ihm über, und die Tränen rannen ihm die Wangen hinab. Er hatte sich daran gewöhnt, daß er sich alt fühlte; sich wieder jung zu fühlen – zu wissen, daß er sich wieder jung fühlen *konnte* –, war ein schrecklicher, verwirrender Schock.

In dem Umschlag war kein Brief, keine Nachricht, überhaupt nichts Schriftliches. Als Bobby ihn umdrehte, rieselten Rosenblätter vom tiefsten, dunkelsten Rot, das er je gesehen hatte, auf seinen Schreibtisch hinab.

Herzblut, dachte er verzückt, ohne zu wissen, warum. Auf einmal – und zum ersten Mal seit Jahren – erinnerte er sich daran, wie man seinen Geist abwenden, ihm einen Kurzurlaub gewähren konnte. Und noch während er daran dachte, spürte er, wie seine Gedanken emporstiegen. Die Rosenblätter glommen auf der zerschundenen Fläche seines Schreibtischs wie Rubine, wie geheimes Licht, das sich aus dem geheimen Herzen der Welt ergoß.

Nicht bloß einer Welt, dachte Bobby. *Nicht bloß einer. Es gibt noch andere Welten als diese, Millionen Welten, und alle drehen sie sich auf der Spindel des Turms.*

Und dann dachte er: *Er ist ihnen wieder entwischt. Er ist wieder frei.*

Die Rosenblätter ließen keinen Raum für Zweifel. Sie waren alles Ja, was man nur verlangen konnte; alles Du Darfst, alles Du Kannst, alles Es Ist Wahr.

Erst in Eile, dann mit Weile, dachte Bobby. Er wußte, daß er diese Worte schon einmal gehört hatte, konnte sich aber nicht entsinnen, wo, und wußte auch nicht, weshalb sie ihm jetzt wieder eingefallen waren. Es war ihm auch egal.

Ted war frei. Nicht in dieser Welt, diesmal war er in eine andere Richtung geflohen … aber in *irgendeiner* Welt.

Bobby schaufelte die Blütenblätter – jedes eine winzige, seidene Münze – in seine gewölbten Hände und hob sie dann wie eine Handvoll Blut an sein Gesicht. Er hätte in ihrem süßen Duft ertrinken können. Ted war in ihnen, Ted, klar wie der helle Tag, mit seinem komischen gebeugten Gang, seinem feinen weißen Babyhaar und den gelben Nikotinflecken, die in die ersten beiden Finger seiner rechten Hand tätowiert waren. Ted mit seinen Henkeltüten.

Wie an jenem Tag, als er Harry Doolin dafür bestraft hatte, daß er Carol etwas zuleide getan hatte, hörte er Teds Stimme. Damals war es weitgehend Einbildung gewesen. Diesmal jedoch hielt Bobby die Stimme für real; sie war in den Rosenblättern eingebettet und für ihn darin hinterlassen worden.

Immer mit der Ruhe, Bobby. Genug ist genug, also immer mit der Ruhe. Reiß dich zusammen!

Er saß lange Zeit an seinem Schreibtisch, die Rosenblätter ans Gesicht gedrückt. Schließlich legte er sie in den kleinen Umschlag zurück, sorgsam darauf bedacht, kein einziges zu verlieren, und verschloß die zerrissene Klappe wieder.

Er ist frei. Er ist … irgendwo. Und er hat es nicht vergessen.

»Er hat mich nicht vergessen«, sagte Bobby. »Er hat *mich* nicht vergessen.«

Er stand auf, ging in die Küche und setzte den Teekessel auf. Dann ging er ins Zimmer seiner Mutter. Sie lag in ihrem Slip auf dem Bett, die Füße hochgelegt, und er konnte die ersten Spuren des Alters in ihrem Gesicht sehen. Sie wandte sich von ihm ab, als er sich neben sie setzte, ein Junge, der jetzt fast so groß war wie ein Mann, aber sie ließ zu, daß er ihre Hand nahm. Er hielt sie und streichelte sie und wartete auf das Pfeifen des Kessels. Nach einer Weile drehte sie sich um und sah ihn an. »O Bobby«, sagte sie. »Wir haben alles so fürchterlich vermasselt, du und ich. Was sollen wir nur tun?«

»Unser Bestes«, sagte er. Er streichelte weiterhin ihre Hand, hob sie an seine Lippen und küßte sie auf die Handfläche, dort, wo ihre Lebenslinie und ihre Herzlinie sich kurz berührten, bevor sie sich wieder trennten. »Wir werden unser Bestes tun.«

1966: Wir mußten so lachen, daß wir gar nicht mehr aufhören konnten.

1966

HERZEN IN ATLANTIS

1

Als ich 1966 an die University of Maine kam, klebte noch ein zerkratzter und verblichener, aber gut lesbarer Goldwater-Aufkleber (AuH_2O-4-USA) an dem alten Kombi, den ich von meinem Bruder geerbt hatte. Als ich die Universität 1970 verließ, hatte ich keinen Wagen mehr, dafür aber einen Bart, schulterlange Haare und einen Rucksack mit einem Aufkleber, auf dem RICHARD NIXON IST EIN KRIEGSVERBRECHER stand. Der Text auf dem Button am Kragen meiner Jeansjacke lautete I AIN'T NO FORTUNATE SON, ich habe keine reichen Eltern, die mich vor dem Kriegsdienst bewahren. Das College ist wohl immer eine Zeit der Veränderung – die letzten starken Nachwehen der Kindheit –, aber ich bezweifle, daß es vorher schon jemals derartig gewaltige Veränderungen gegeben hat wie jene, mit denen die Studenten konfrontiert waren, die in der zweiten Hälfte der sechziger Jahre auf den Campus kamen.

Die meisten von uns sprechen heute nicht mehr über diese Jahre, nicht weil wir uns nicht an sie erinnern würden, sondern weil die Sprache, die wir damals gesprochen haben, verlorengegangen ist. Wenn ich versuche, über die sechziger Jahre zu sprechen – wenn ich auch nur versuche, an sie zu *denken* –, dann überkommen mich Schrecken und Heiterkeit. Ich sehe Schlaghosen und Roots. Ich rieche Pot und Patschuli, Räucherstäbchen und Pfefferminze. Und ich höre Donovan Leitch mit seinem süßen, etwas blöden Song über den Kontinent Atlantis, einen Text, der mir in den stillen Stunden der Nacht, wenn ich nicht schlafen kann, immer noch tiefgründig erscheint. Je älter ich werde, desto schwerer fällt es mir, über die Blödheit dieses Liedes hinwegzusehen und mich an seine Süße zu halten. Ich muß mir ins Gedächtnis rufen, daß wir damals kleiner waren, so klein, daß wir unser unbeschwertes Leben unter den Pilzen verbringen konnten und die ganze Zeit daran glaubten, sie seien Bäume und würden uns vor dem schützenden Himmel schützen. Ich weiß, das ergibt im Grunde keinen Sinn, aber ich kann es nicht besser ausdrücken: *Hail Atlantis*.

2

Am Ende meines letzten Studienjahres wohnte ich nicht auf dem Campus, sondern in LSD Acres, den baufälligen Blockhütten am Stillwater River, doch als ich 1966 an die Uni kam, wohnte ich in Chamberlain Hall, das zu einem Komplex aus drei Wohnheimen gehörte – Chamberlain (Männer), King (Männer) und Franklin (Frauen). Es gab auch einen Speisesaal, Holyoke Commons, der ein Stück von den Wohnheimen entfernt war – nicht sehr weit, vielleicht nur an die zweihundert Meter, aber wenn an den Winterabenden ein starker Wind wehte und die Temperatur unter den Gefrierpunkt sank, schien er sehr weit weg zu sein. So weit, daß Holyoke »Palast in der Prärie« genannt wurde.

Ich lernte eine Menge auf dem College, und das wenigste davon in den Klassenzimmern. Ich lernte, wie man ein Mädchen küßt und dabei ein Gummi überzieht (eine unverzichtbare, aber oft unbeachtete Fähigkeit), wie man eine Halbliterdose Bier auf ex trinkt, ohne daß es einem hochkommt, und wie ich mir in meiner Freizeit was dazuverdienen konnte (indem ich Abschlußarbeiten für Kommilitonen schrieb, die mehr Geld hatten als ich, was auf die meisten von ihnen zutraf); ich lernte, kein Republikaner zu sein, obwohl ich einer langen Ahnenreihe von Republikanern entstammte, mit einem hocherhobenen Schild auf die Straße zu gehen und *One two three four we won't fight your fucking war* oder *Hey, hey, LBJ, how many kids did you kill today* zu skandieren. Ich lernte, daß man nach Möglichkeit versuchen sollte, bei Tränengas aus der Windrichtung zu gelangen, und wenn das nicht ging, langsam durch ein Taschentuch oder ein Kopftuch zu atmen. Ich lernte, daß man sich am besten zu Boden wirft, sich auf die Seite dreht, die Knie an die Brust zieht und den Hinterkopf mit den Händen bedeckt, wenn die Gummiknüppel gezückt werden. 1968 lernte ich in Chicago, daß einem die Cops die Scheiße aus den Knochen prügeln können, auch wenn man sich noch so gut schützt.

Doch noch vor all dem lernte ich die Freuden und Gefahren von Hearts kennen. Im zweiten Stock von Chamberlain Hall gab es im Herbst 1966 sechzehn Zimmer mit zweiunddreißig Jungen; im Januar 1967 waren neunzehn dieser Jungen entweder woanders hingezogen oder hatten das College geschmissen: Opfer von Hearts. Es griff in diesem Herbst unter uns um sich wie eine bösartige Grippe. Nur drei der jungen Männer auf Zwei waren vollständig immun, glaube ich. Einer war mein Zimmergenosse, Nathan Hoppenstand. Einer war David »Dearie« Dearborn, der auf der Etage die Aufsicht hatte. Der dritte war Stokely Jones III., der bei den Bewohnern von Chamberlain Hall bald darauf Ratz-Fatz heißen sollte. Manchmal denke ich, es ist Ratz-Fatz, von dem ich Ihnen erzählen will; manchmal denke ich, es ist Skip Kirk (später natürlich nur »Captain Kirk«), mein bester Freund in diesen Jahren; und manchmal denke ich, es ist Carol. Oft glaube ich, daß ich über die Sixties selbst sprechen will, so unmöglich mir das immer erschienen ist. Aber bevor ich über all das spreche, erzähle ich Ihnen lieber erst einmal etwas über Hearts.

Skip hat mal gesagt, Whist sei Bridge für Doofe, und Hearts sei Bridge für *richtig* Doofe. Ich will mich nicht dazu äußern, obwohl es das irgendwie nicht so ganz trifft. Hearts macht Spaß, das ist der springende Punkt, und wenn man um Geld spielt – ein Nickel pro Punkt war der Standardsatz auf Chamberlain Zwei –, wird es schnell zu einer Sucht. Mit vier Spielern geht es am besten. Alle Karten werden verteilt, und dann werden Stiche gemacht. Bei jedem einzelnen Spiel gibt es insgesamt sechsundzwanzig Punkte zu verteilen: dreizehn Herzen zu jeweils einem Punkt, während die Pik-Dame (die wir die Hexe genannt haben) ganz allein dreizehn Punkte zählt. Die Runde ist zu Ende, sobald einer der vier Spieler über hundert Punkte hat. Sieger ist der Spieler mit der niedrigsten Punktzahl.

Bei unseren Marathonspielen kassierte der Gewinner von den drei unterlegenen Spielern jeweils den Betrag, der ihrer

Punktedifferenz entsprach. Wenn ich am Ende der Runde beispielsweise zwanzig Punkte mehr hatte als Skip, mußte ich ihm bei der gängigen Rate von einem Nickel pro Punkt einen Dollar bezahlen. Peanuts, würde man heute sagen, aber wir schrieben 1966, und da war ein Dollar keine Kleinigkeit für die nebenher arbeitenden Studenten, die auf Chamberlain Zwei wohnten.

3

Ich erinnere mich noch ziemlich genau, wann die Hearts-Epidemie ausbrach: am ersten Wochenende im Oktober. Das weiß ich noch, weil die erste Runde der Vorprüfungen in diesem Semester gerade zu Ende war und ich überlebt hatte. Bei den Prüfungen nicht durchzufallen war für die meisten Jungen auf Chamberlain Zwei sehr wichtig; wir waren dank diverser Stipendien, Darlehen (zum größten Teil – wie auch bei mir – aufgrund des National Education Defense Act, eines Gesetzes zur Bildungsförderung) und Nebenjobs auf dem College. Es war, als säße man in einer Seifenkiste, die nicht von Nägeln, sondern von Kleister zusammengehalten wurde, und obwohl unsere Arrangements sich unterschieden – je nachdem, wie geschickt wir beim Ausfüllen von Formularen gewesen waren und wie intensiv unsere Vertrauenslehrer an der High School sich für uns eingesetzt hatten –, gab es eine unumstößliche Tatsache. Sie wurde von einem Stickmustertuch zusammengefaßt, das im Aufenthaltsraum im zweiten Stock hing, wo unsere Hearts-Marathonturniere stattfanden. Tony DeLuccas Mutter hatte es angefertigt, ihrem Sohn befohlen, es irgendwo aufzuhängen, wo er es jeden Tag sehen konnte. Als der Herbst 1966 allmählich in den Winter überging, schien Mrs. DeLuccas Stickmustertuch mit jeder neuen Runde, jedem Fallen der Hexe, jeder Nacht, in der ich ins Bett sank, ohne meine Lehrbücher aufgeschlagen, meine Notizen durchgelesen und meine Hausarbeiten geschrieben zu haben, größer und greller zu werden. Ein oder zweimal träumte ich sogar davon:

2,5

Das stand auf dem Stickmustertuch, in großen, roten, gehäkelten Ziffern. Mrs. DeLucca wußte genau, was es bedeutete, und wir auch. Wenn man in einem normalen Wohnheim wohnte – Jacklin, Dunn, Pease oder Chadbourne –, konnte man 1970 mit einem Durchschnitt von 1,6 über die Runden kommen ... das hieß, sofern Daddy und Mummy weiterhin die Rechnungen bezahlten. Dies war jedoch ein mit öffentlichen Mitteln gefördertes College, müssen Sie wissen; wir sprechen hier nicht von Harvard oder Wellesley. Für Studenten, die sich mit einer Kombination aus Stipendien und Darlehen durchzuschlagen versuchten, war 2,5 die Linie, die in den Staub gezogen war. Wenn man keine 2,5 schaffte – mit anderen Worten, wenn man von einem C auf ein C minus abrutschte –, dann fiel die kleine Seifenkiste beinahe mit Sicherheit auseinander. »Meld dich mal, Baby, man sieht sich«, wie Skip Kirk zu sagen pflegte.

Ich schnitt bei dieser ersten Vorprüfungsrunde recht gut ab, besonders wenn man bedachte, daß ich beinahe krank war vor Heimweh (ich war in meinem ganzen Leben noch nie von zu Hause weggewesen, außer eine einzige Woche im Basketball-Camp, von dem ich mit einem verstauchten Handgelenk und einem merkwürdigen Pilz zwischen den Zehen und unter den Testikeln zurückkam). Ich hatte fünf Fächer und bekam in allen ein B, außer im Einführungskurs Englisch. Da bekam ich ein A. Mein Lehrer, der sich später von seiner Frau scheiden ließ und als Straßenmusiker auf der Sproul Plaza auf dem Campus von Berkeley landete, schrieb neben eine meiner Antworten: »Dein Beispiel für eine Onomatopöie ist wirklich ganz hervorragend.« Ich schickte diesen Test meiner Mutter und meinem Vater nach Hause. Meine Mutter schickte mir eine Postkarte zurück, auf der nur ein Wort stand: »Bravo!«, begeistert quer über die Rückseite gekritzelt. Bei der Erinnerung daran verspüre ich einen unerwarteten Stich, fast so etwas wie echten körperlichen Schmerz. Ich vermute, es war das letzte Mal, daß ich eine Klausurarbeit nach Hause schickte, bei der ein goldener Stern in die Ecke geklebt war.

Nach dieser ersten Runde von Vorprüfungen errechnete ich selbstzufrieden meinen Punktedurchschnitt und kam auf 3,3. So gut war ich danach nie wieder, und Ende Dezember wurde mir klar, daß ich vor einer ganz simplen Alternative stand: Entweder ich hörte mit dem Kartenspielen auf und schaffte es vielleicht ins nächste Semester, ohne daß mein zerbrechliches finanzielles Hilfspaket auseinanderfiel, oder ich jagte im Aufenthaltsraum im zweiten Stock unter Mrs. DeLuccas Stickmustertuch bis Weihnachten weiterhin Hexen und kehrte dann endgültig nach Gates Falls zurück.

Ich konnte einen Job bei Gates Falls Mills and Weaving kriegen; mein Vater war zwanzig Jahre lang dort gewesen, bis zu dem Unfall, der ihn so gut wie blind gemacht hatte, und er würde mich dort unterbringen. Meine Mutter würde absolut dagegen sein, mir aber keine Steine in den Weg legen, wenn ich ihr erklärte, es sei das, was ich wolle. Letzten Endes war sie immer die Realistin in der Familie. Selbst wenn ihre Hoffnungen und Enttäuschungen ihr halbwegs den Verstand raubten, war sie Realistin. Sie würde eine Zeitlang untröstlich sein, daß ich es an der Uni nicht geschafft hatte, und ich würde eine Zeitlang heftige Schuldgefühle haben, aber wir würden beide drüber wegkommen. Ich wollte schließlich Schriftsteller werden, kein verdammter Englischlehrer, und ich bildete mir ein, daß nur blasierte Schriftsteller eine College-Ausbildung brauchten, um ihre Arbeit zu machen.

Andererseits wollte ich das College aber auch nicht hinschmeißen. Das schien mir ein schlechter Start in mein Erwachsenenleben zu sein. Es roch nach Versagen, und meine ganzen whitmanesken Grübeleien über Volksnähe und Bodenständigkeit eines Schriftstellers rochen nach einer Rationalisierung dieses Versagens. Und dennoch lockte mich der Aufenthaltsraum im zweiten Stock – das Schnalzen der Karten, jemand, der fragte, ob diesmal im Uhrzeigersinn oder gegen den Uhrzeigersinn geschoben werde, jemand anders, der sich erkundigte, wer die Dusche habe (ein Hearts-Spiel beginnt damit, daß die Kreuz-Zwei ausgespielt wird, eine Karte, die bei uns Süchtigen vom zweiten Stock »die Dusche« hieß). Ich träumte davon, wie Ronnie Malenfant, das erste waschechte Arschloch, das ich kennengelernt hatte, seit ich den Rabauken der Junior High entronnen war, ein Pik nach dem anderen ausspielte und dabei mit seiner hohen, durchdringenden Stimme schrie: »Auf geht's zur Hexenjagd! Wir jagen die Fotze!« Wir wissen fast immer, was für uns am besten ist, glaube ich, aber manchmal zählt das, was wir wissen, sehr wenig im Vergleich zu dem, was wir empfinden. Hart, aber wahr.

4

Mein Zimmergenosse spielte kein Hearts. Mein Zimmergenosse hielt nichts von dem unerklärten Krieg in Vietnam. Mein Zimmergenosse schrieb seiner Freundin nach Hause, einer Oberstufenschülerin an der Wisdom Consolidated High School. Jeden Tag. Wenn man ein Glas Wasser neben Nate Hoppenstand gestellt hätte, wäre einem das Wasser geradezu lebhaft erschienen.

Er und ich wohnten in Zimmer 302, gleich beim Treppenhaus und gegenüber von den Räumen des Etagenaufsehers (der Höhle des gräßlichen Dearie). Der Aufenthaltsraum mit seinen Kartentischen, Stehaschenbechern und dem Blick auf den Palast in der Prärie lag ganz am anderen Ende des Flurs. Unsere Paarung legte – jedenfalls für mich – den Gedanken nahe, daß selbst die makabersten Phantasien über die Zimmervergabe der Universität durchaus wahr sein konnten. Auf dem Fragebogen, den ich im April '66 (als mein größtes Problem in der Entscheidung bestand, in welches Lokal ich Annmarie Soucie nach dem Oberstufenball zum Essen einladen sollte) an die Zimmervermittlung zurückgeschickt hatte, hatte ich erklärt, ich sei A. Raucher, B. ein junger Republikaner, C. ein aufstrebender Folk-Gitarrist, D. eine Nachteule. In ihrer zweifelhaften Weisheit hatte mich die Zimmervermittlung mit Nate zusammengesteckt, einem nichtrauchenden angehenden Zahnarzt, dessen Eltern Demokraten aus dem Aroostook County waren (daß Lyndon Johnson Demokrat war, stimmte Nate kein bißchen milder, was die amerikanischen Soldaten in Südvietnam anging). Ich hatte ein Poster von Humphrey Bogart über meinem Bett; über dem von Nate hingen Fotos von seinem Hund und seiner Freundin. Das Mädchen war ein blasses Geschöpf, das die Uniform einer Majorette der Wisdom High trug und ein Tambourstöckchen umklammerte, als ob es ein Knüppel wäre. Sie hieß Cindy. Der Hund hieß Rinty. Das Mädchen und der Hund trugen das gleiche Grinsen zur Schau. Es war echt grotesk.

In Skips und meinen Augen waren Nates schlimmster Fehler die sorgfältig in alphabetischer Reihenfolge sortierten Platten, die er unter Cindy und Rinty und direkt über seinem flotten kleinen RCA-Swingline-Plattenspieler im Regal stehen hatte. Er besaß drei Mitch-Miller-Platten (*Sing Along with Mitch, More Sing Along with Mitch, Mitch and the Gang Sing John Henry and Other American Folk Favorites*), *Meet Trini Lopez*, eine Dean-Martin-LP (*Dino Swings Vegas!*), eine LP von Gerry and the Pacemakers, das erste Album der Dave Clark Five – vielleicht die lärmigste schlechte Rockplatte aller Zeiten – und noch viele andere vom gleichen Kaliber. Ich erinnere mich nicht mehr an alle. Ist wahrscheinlich auch gut so.

»Nate, nein«, sagte Skip eines Abends. »Oh, bitte nicht.« Das war kurz vor dem Ausbruch der Hearts-Manie – vielleicht nur ein paar Tage vorher.

»Oh, bitte was nicht?« fragte Nate, ohne von seinem Schreibtisch und dem, was er dort tat, aufzublicken. Er schien von früh bis spät entweder in den Unterrichtsräumen oder an diesem Schreibtisch zu hocken. Manchmal ertappte ich ihn dabei, wie er in der Nase bohrte und die Ausbeute (nach sorgfältiger und gründlicher Inspektion) verstohlen unter der mittleren Schreibtischschublade abwischte. Es war sein einziges Laster … abgesehen natürlich von seinem fürchterlichen Musikgeschmack.

Skip hatte sich Nates Platten angesehen, etwas, das er völlig unbefangen in jedem Zimmer tat, das er betrat. Jetzt hielt er eine Platte hoch. Seine Miene war die eines Arztes, der sich ein schlimmes Röntgenbild ansieht … eines, auf dem ein dicker (und fast mit Sicherheit bösartiger) Tumor zu sehen ist. Er trug seine Jacke mit den Initialen seiner High School und eine Baseballkappe der Dexter High School, und er stand zwischen Nates Bett und meinem. Auf dem College bin ich keinem und danach auch nur selten einem anderen Mann begegnet, den ich auf so typisch amerikanische Weise gutaussehend fand wie den Captain. Skip schien sich seines guten Aussehens nicht bewußt zu sein, aber das war eigentlich unmöglich, sonst hätte er nicht so viele Frauen umgelegt. Es war natürlich eine Zeit, in der fast *jeder* zum Schuß kommen konnte, aber selbst nach den Maßstäben der damaligen Zeit war Skip außerordentlich gut beschäftigt. Im Herbst '66 lag das jedoch alles noch in der Zukunft; im Herbst '66 gehörte Skips Herz ebenso wie meins den Spielkarten.

»Das ist schlimm, Kamerad«, sagte Skip sanft und in vorwurfsvollem Ton. »Tut mir leid, aber das ist echt das *Letzte.*«

Ich saß an meinem eigenen Schreibtisch, rauchte eine Pall Mall und suchte meinen Essensbon. Andauernd verschusselte ich das verdammte Ding.

»Was ist das Letzte? Warum siehst du dir meine Platten an?« Nates Botaniklehrbuch lag aufgeschlagen vor ihm. Er zeichnete ein Blatt auf Millimeterpapier. Sein blaues Freshman-Käppi hatte er schräg auf den Hinterkopf geschoben. Ich glaube, Nate Hoppenstand war der einzige von uns Studienanfängern, der diesen verdammten blauen Fetzen wirklich trug, bis Maines glückloses Football-Team schließlich einen Touchdown erzielte … etwa eine Woche vor Thanksgiving war das.

Skip musterte weiterhin die Platte. »Das ist doch 'n echter Griff in 'n vollgeschissenes Klo. Aber wirklich.«

»Ich kann's nicht leiden, wenn du so redest!« rief Nate aus, war aber immer noch zu stur, um aufzuschauen. Skip *wußte*, daß Nate es nicht leiden konnte, wenn er so redete; deshalb tat er es ja. »Wovon sprichst du überhaupt?«

»Tut mir leid, wenn dir meine Ausdrucksweise mißfällt, aber ich nehm die Bemerkung trotzdem nicht zurück. Ich kann's nicht. Das ist nämlich schlimm. Es tut mir weh, Kamerad. Es tut mir verdammt noch mal *weh.*«

»*Was denn?*« Nate blickte endlich von seinem Blatt auf, das so sorgfältig beschriftet war wie eine Karte in einem Straßenatlas; Skip hatte ihn genug getriezt. »*WAS DENN?*«

»Das hier.«

Auf der Platte, die Skip hochhielt, schien ein Mädchen mit kecker Miene und kecken kleinen Brüsten unter einer Matrosenbluse auf dem Deck eines Schnellboots zu tanzen. Eine offene Hand war zu einem kecken kleinen Winken erhoben. Eine kecke kleine Matrosenmütze saß schief auf ihrem Kopf.

»Du bist garantiert der einzige Collegestudent in Amerika, der *Diane Renee Sings Navy Blue* mit aufs College gebracht hat«, sagte Skip. »Das ist falsch, Nate. Dieses Teil gehört auf deinen Dachboden, zusammen mit den Spießerhosen, die du bestimmt bei allen High-School-Sportfesten und Gemeindeabenden getragen hast.«

Wenn er mit »Spießerhosen« die Polyesterhosen mit der komischen, zweckfreien kleinen Schnalle hinten meinte, dann hatte Nate seine Kollektion wohl größtenteils mitgebracht... und trug jetzt gerade eine. Ich sagte jedoch nichts. Ich nahm ein gerahmtes Bild meiner eigenen Freundin in die Hand und erspähte meinen Essensbon dahinter. Ich nahm ihn und stopfte ihn in die Tasche meiner Levi's.

»Das ist eine gute Platte«, sagte Nate würdevoll. »Eine sehr gute sogar. Sie ... *swingt*.«

»Sie swingt, soso.« Skip warf die Platte auf Nates Bett. (Er sortierte Nates Platten grundsätzlich nicht wieder ein, weil er wußte, daß er Nate damit auf die Palme brachte.) »›*My steady boy said ship ahoy and joined the Nay-yay-vee*‹? Wenn du darunter ›gut‹ verstehst, dann erinner mich dran, daß ich bloß nie zu dir komme, wenn ich 'ne verfickte medizinische Untersuchung machen lasse.«

»Ich werde Zahnarzt, nicht Allgemeinmediziner«, erwiderte Nate und betonte jedes Wort. An seinem Hals begannen sich Muskelstränge abzuzeichnen. Soweit ich wußte, war Skip Kirk der einzige in Chamberlain Hall, vielleicht sogar auf dem ganzen Campus, der durch das dicke Yankee-Fell meines Zimmergenossen durchkam und ihn zur Weißglut bringen konnte. »Ich bin nur im Einführungskurs Medizin, weil das –«

»Erinner mich dran, daß ich mir von dir nie 'ne verfickte Füllung machen lasse.«

»Warum mußt du das ständig sagen?«

»Was?« fragte Skip, obwohl er es ganz genau wußte; aber er wollte, daß Nate es aussprach. Irgendwann würde Nate das auch tun, und jedesmal, wenn er es endlich tat, wurde er dabei knallrot. Das faszinierte Skip. Alles an Nate faszinierte Skip; der Captain erzählte mir mal, er sei ziemlich sicher, daß Nate ein Außerirdischer sei, den man von dem Planeten Braver Junge runtergebeamt habe.

»Verfickt«, sagte Nate Hoppenstand, und seine Wangen nahmen sofort einen rosigen Schimmer an. Gleich darauf sah er wie eine der Figuren aus, die Dickens unter dem Pseudonym »Boz« in seinen *Londoner Skizzen* porträtiert hatte: ein ernster junger Mann. »*Das.*«

»Ich hatte schlechte Vorbilder«, sagte Skip. »Ich wage kaum, an deine Zukunft zu denken, Nate. Was ist, wenn Paul Anka ein verficktes Comeback gelingt?«

»Du hast diese Platte doch nie gehört«, sagte Nate, schnappte sich *Diane Renee Sings Navy Blue* vom Bett und steckte sie wieder zwischen Mitch Miller und *Stella Stevens is in Love!*

»Und ich will das verfickte Ding auch gar nicht hören«, sagte Skip. »Komm, Pete, gehen wir essen. Ich hab 'nen Scheiß-Hunger.«

Ich hob mein Geologielehrbuch auf; am nächsten Dienstag stand eine mündliche Prüfung an. Skip nahm es mir aus der Hand, warf es wieder auf den Schreibtisch und stieß dabei das Bild meiner Freundin um, die nicht mit mir ficken wollte, mir aber auf langsame, unglaublich angenehme Weise mit der Hand einen runterholte, wenn sie in der Stimmung dazu war. Niemand kann das so gut wie ein katholisches Mädchen. Im Laufe meines Lebens habe ich meine Meinung in vielerlei Hinsicht geändert, aber in dem Punkt nicht.

»Warum hast du das getan?« fragte ich.

»Man liest nicht bei Tisch«, sagte er. »Nicht mal, wenn man Gemeinschaftspampe frißt. In was für 'ner Scheune bist du denn aufgewachsen?«

»Ehrlich gesagt, bin ich in einer Familie aufgewachsen, in der man sehr wohl bei Tisch liest, Skip. Ich weiß, es fällt dir schwer zu glauben, daß man irgendwas anders machen könnte als die Kirks, aber es ist so.«

Er schaute unerwartet ernst drein. Dann packte er mich an den Unterarmen, blickte mir in die Augen und sagte: »Lern wenigstens nicht, während du ißt. Okay?«

»Okay.« Wobei ich mir innerlich das verfickte Recht vorbehielt, zu lernen, wann immer ich Lust dazu hatte oder es für nötig hielt.

»Wenn du's zu toll treibst, kriegst du nur Magengeschwüre. Daran ist mein Alter gestorben. Er hat's immer zu toll getrieben – in jeder Beziehung.«

»Oh«, sagte ich. »Tut mir leid.«

»Macht nichts, ist schon lange her. Komm jetzt. Bevor der Scheiß-Thunfisch mit Beilage alle ist. Kommst du auch mit, Natebo?«

»Ich muß erst noch das Blatt fertigmachen.«

»Scheiß auf das Blatt.«

Jeden anderen hätte Nate auf so einen Spruch hin angesehen wie etwas, das er unter einem verfaulten Baumstamm entdeckt hatte, und sich schweigend wieder seiner Arbeit zugewandt. In diesem Fall überlegte er einen Moment, stand dann auf und nahm seine Jacke behutsam von der Tür, wo er sie immer aufhängte. Er zog sie an und rückte sich das Käppi zurecht. Nicht einmal Skip wagte es, sich weiter über Nates störrische Weigerung auszulassen, auf sein Freshman-Käppi zu verzichten. (Als ich Skip fragte, wohin seins verschwunden war – es war unser dritter Tag an der Uni, und wir hatten uns gerade erst am Vortag kennengelernt –, sagte er: »Hab mir mit dem Scheißding den Arsch abgewischt und es auf 'nen Baum geworfen.« Die Wahrheit war das wohl kaum, aber ganz ausschließen mochte ich es auch nicht.)

Wir polterten die zwei Treppen hinunter und gingen in den hereinbrechenden milden Oktoberabend hinaus. Studenten aus allen drei Wohnheimen waren nach Holyoke Commons unterwegs, wo ich bei neun Mahlzeiten pro Woche Küchendienst hatte. Ich war gerade erst vom Besteckspüler zum Geschirrspüler befördert worden, und wenn ich immer schön sauber blieb, würde ich noch vor den Thanksgiving-Ferien Stapler sein. Chamberlain, King und Franklin Hall lagen auf einer Anhöhe. Der Palast in der Prärie ebenfalls. Um dorthin zu gelangen, nahmen die Studenten asphaltierte Pfade, die in eine Senke – eine Art langgezogene Furche – hinabführten und sich dann zu einem breiten Ziegelsteinweg vereinigten, der wieder anstieg. Holyoke war das größte der vier Gebäude, und es leuchtete im Halbdunkel wie ein Kreuzfahrtschiff auf dem Meer.

Die Senke, wo die asphaltierten Pfade sich trafen, hieß Bennett's Run – falls ich je gewußt habe, weshalb, so habe ich es längst vergessen. Auf zweien dieser Pfade kamen die Jungen von King und Chamberlain, auf dem dritten die Mädchen von Franklin. Wo die Pfade sich trafen, trafen sich auch die Jungen und Mädchen; sie unterhielten sich, lachten und wechselten offene und auch schüchterne Blicke. Von dort aus gingen sie auf dem breiten Ziegelsteinweg, der Bennett's Walk genannt wurde, zum Gemeinschaftsgebäude.

Stokely Jones III. kam uns entgegen. Mit gesenktem Kopf und der üblichen verschlossenen Miene auf dem blassen, harten Gesicht schlug er eine Schneise durch die Menge. Er war hochgewachsen, aber das bemerkte man kaum, weil er immer über seine Krücken gebeugt war. Seine pechschwarzen, glänzenden Haare, in denen nicht eine einzige hellere Strähne aufschimmerte, fielen ihm in stacheligen Fransen in die Stirn und verbargen seine Ohren, und ein paar verirrte Strähnen zeichneten diagonale Tintenstriche auf seine blassen Wangen.

Das war die Blütezeit der Pilzkopffrisur, was für die meisten Jungen nicht mehr bedeutete, als daß sie sich die Haare sorgfältig nach vorn statt nach hinten kämmten und auf diese Weise die Stirn (und meist auch eine ganze Menge Pickel) verbargen. Stoke Jones' Haartracht war nicht so brav. Seine mittellangen Haare fielen, wohin sie wollten. Sein gekrümmter Rücken würde bald zu einem Buckel werden, wenn er nicht bereits einer war. Er hielt die Augen meistens gesenkt, und sein Blick schien die Bögen zu verfolgen, die seine Krücken beschrieben. Wenn diese Augen zufällig aufschauten und einen anblickten, konnte es durchaus sein, daß man von ihrer wilden Intelligenz überrascht war. Er war ein Heathcliff aus New England, allerdings von den Hüften abwärts zu einem dürren Gerippe verkümmert. Wenn er den Unterricht besuchte, waren seine Beine für gewöhnlich von gewaltigen Metallstützen umhüllt; er konnte sie bewegen, aber nur schwach, wie ein sterbender Tintenfisch seine Tentakel. Im Vergleich dazu war sein Oberkörper muskulös. Die Kombination wirkte bizarr. Stoke Jones war wie aus einer Werbeanzeige für die Bodybuilding-Methode von Charles Atlas entsprungen, eine Figur, bei der VORHER und NACHHER irgendwie in einem Körper verschmolzen waren. Bei den Mahlzeiten war er immer der erste in Holyoke, und schon drei Wochen nach Beginn unseres ersten Semesters wußten wir alle, daß er sich nicht beeilte, weil er behindert war, sondern weil er allein sein wollte, wie Greta Garbo.

»Hol ihn der Teufel«, sagte Ronnie Malenfant eines Tages, als wir auf dem Weg zum Frühstück waren – er hatte Jones gerade mit einem »Hallo« begrüßt, aber der war bloß auf seinen Krücken vorbeigehumpelt, ohne auch nur zu nicken. Er hatte noch irgendwas vor sich hingemurmelt; wir alle hatten es gehört. »Verkrüppelter Hüpfarsch.« Das war Ronnie, wie immer das Mitgefühl in Person. Ich glaube, sein Takt, sein Charme und seine *joie de vivre* rührten daher, daß er inmitten all der vollgekotzten Bierschwemmen auf der unteren Lisbon Street in Lewiston aufgewachsen war.

»Na, Stoke, wie sieht's aus?« fragte Skip an diesem Abend, als Jones mit seinen Krücken auf uns zugeeilt kam. Ganz gleich, wohin Stoke ging, er tat es immer mit derselben beherrschten Eile, den athletischen Oberkörper vorgebeugt, so daß er wie die Galionsfigur eines Schiffes aussah, Stoke, der fortwährend »Du kannst mich mal« zu dem sagte, was seinen Unterkörper ruiniert hatte, der diesem Etwas fortwährend den Stinkefinger zeigte, Stoke, der einen mit seinen klugen, wilden Augen anblickte und damit sagte: »Du kannst mich auch mal, schieb's dir in den Arsch, setz dich drauf und dreh dich im Kreis, bis es dir oben wieder rauskommt.«

Er antwortete nicht, hob jedoch für einen Moment den Kopf und sah Skip in die Augen. Dann ließ er das Kinn sinken und eilte weiter, an uns vorbei. Schweiß lief ihm aus den wirren Haaren über die Wangen. »Ratz-*fatz*, ratz-*fatz*, ratz-*fatz*«, murmelte er vor sich hin, als wollte er den Rhythmus halten…

oder zum Ausdruck bringen, was er am liebsten mit unserer ganzen einherschlendernden Truppe machen würde... oder vielleicht beides. Man konnte ihn riechen: den sauren, beißenden Schweißgeruch, der immer um ihn war, weil er nicht langsam gehen wollte, es schien ihm *zuwider* zu sein, langsam zu gehen, aber da war auch noch etwas anderes. Der Schweiß roch stechend, aber nicht abstoßend. Der darunterliegende Geruch war erheblich unangenehmer. Ich war auf der High School Mittelstreckenläufer gewesen (als College-Anfänger mußte ich zwischen Pall Malls und den vierhundertvierzig Yards wählen, und ich entschied mich für die Sargnägel) und hatte diese spezielle Mischung schon früher gerochen, meistens dann, wenn ein Schüler mit einer Erkältung, einer Grippe oder einer Halsentzündung sich trotzdem zum Laufen zwang. Das einzige, was so ähnlich riecht, ist der Trafo einer elektrischen Eisenbahn, der zu lange zu stark beansprucht worden ist.

Dann war er an uns vorbei. Stoke Jones, der von Ronnie Malenfant bald Ratz-Fatz getauft werden würde und an diesem Abend, von seinen gewaltigen Beinstützen befreit, auf dem Rückweg zum Wohnheim war.

»Hey, was ist das?« fragte Nate. Er war stehengeblieben und schaute sich um. Skip und ich blieben ebenfalls stehen und schauten zurück. Ich wollte Nate gerade fragen, was er meinte, dann sah ich es. Jones trug eine Jeansjacke. Auf deren Rücken war mit schwarzem Marker oder etwas Ähnlichem ein Gebilde in einem Kreis gemalt, das im schwindenden Licht jenes frühherbstlichen Abends kaum sichtbar war.

»Keine Ahnung«, sagte Skip. »Sieht aus wie 'ne Spatzenspur.«

Der Junge auf den Krücken verschwand in der Menge, die zu einem weiteren Gemeinschaftsessen an einem weiteren Donnerstagabend an einem weiteren Oktobertag unterwegs war. Die meisten Jungen waren sauber rasiert; die meisten Mädchen trugen Röcke und Blusen mit breiten Kragen. Der aufgehende Mond war beinahe voll und tauchte sie in ein orangefarbenes Licht. Das wahre Zeitalter der Freaks lag noch zwei Jahre in der Zukunft, und keinem von uns dreien war klar, daß wir zum ersten Mal das Friedenszeichen gesehen hatten.

5

Das Frühstück am Samstagmorgen war eine der Mahlzeiten, bei denen ich in Holyoke Spüldienst hatte. Es war eine gute Mahlzeit zum Arbeiten, weil im Commons am Samstagmorgen nie viel los war. Carol Gerber, das Besteckmädchen, stand am Kopfende des Förderbandes. Ich war der nächste in der Reihe; meine Aufgabe bestand darin, mir die Teller zu schnappen, wenn die Tabletts auf dem Band ankamen, sie abzuspülen und auf dem Wagen neben mir zu stapeln. Wenn auf dem Förderband viel los war, wie bei den meisten Abendessen unter der Woche, stapelte ich die Teller mitsamt dem ganzen Schmutz und allem aufeinander und spülte sie später ab, wenn der Andrang nachgelassen hatte. Als nächstes kam dann der weibliche oder männliche Glasspüler, der sich die Gläser und Tassen schnappte und sie in spezielle Spülgitter stellte. Holyoke war ein recht guter Arbeitsplatz. Ab und zu ließ ein Scherzkeks vom Schlage Ronnie Malenfants eine nicht gegessene Wurst mit einem übergestülpten Präser zurückgehen, oder auf der nicht angerührten Hafergrütze stand in sorgfältig ausgerissenen Serviettenstreifen IHR KÖNNT MICH MAL (einmal entdeckte ich auf der gerinnenden Hackbratensoße in einer Suppenschüssel die Botschaft HILFE, ICH WERDE AN EINEM COLLEGE FÜR RINDVIECHER GEFANGENGEHALTEN), und es ist unglaublich, was manche Studenten für Schweine sein können – Teller voller Ketchup, Milchgläser voller zermanschter Kartoffeln, überall verstreutes Gemüse –, aber es war eigentlich kein schlechter Job, besonders am Samstagmorgen.

Als ich einmal in Carols Richtung schaute (die für diese frühe Morgenstunde außerordentlich hübsch aussah), erblickte ich hinter ihr Stoke Jones. Er saß mit dem Rücken zur Durchreiche, aber die Krücken, die neben seinem Stuhl lehnten, waren ebenso unübersehbar wie dieses eigenartige, hinten auf seine Jacke gemalte Gebilde. Skip hatte recht gehabt; es sah wirklich wie der Fußabdruck eines Spatzen aus (fast ein Jahr später hörte ich zum ersten Mal, wie jemand es im Fernsehen als »Fußabdruck der großen amerikanischen Memme« bezeichnete).

»Weißt du, was das ist?« fragte ich Carol und zeigte darauf.

Sie schaute lange hin und schüttelte dann den Kopf. »Nee. Muß irgendein Witz für Eingeweihte sein.«

»Stoke macht keine Witze.«

Als unsere Schicht vorbei war, brachte ich sie zu ihrem Wohnheim zurück (wobei ich mir einredete, daß ich nur nett sein wollte und daß ich Annmarie Soucie daheim in Gates Falls keineswegs untreu wurde, bloß weil ich Carol Gerber nach Franklin Hall begleitete), schlenderte dann gemächlich nach Chamberlain und überlegte, wer wissen könnte, was diese Spatzenspur bedeutete. Erst jetzt, zu diesem späten Zeitpunkt, wird mir bewußt, daß ich gar nicht auf die Idee kam, Jones selbst zu fragen. Und als ich auf meiner Etage ankam, sah ich etwas, das meine Gedanken in eine ganz andere Richtung lenkte. Nachdem ich morgens um halb sieben mit nur einem offenen Auge weggegangen war, um meinen Platz hinter Carol an der Spüle einzunehmen, hatte jemand David Dearborns Tür mit Rasiercreme eingeschmiert – um die Ränder herum, auf dem Türknauf und mit einer extradicken Wurst entlang der Schwelle. Der Abdruck eines nackten Fußes in dieser Schicht zauberte ein Lächeln auf mein Gesicht. Dearie öffnet auf dem Weg zur Dusche, nur mit einem Handtuch bekleidet, die Tür, und *wutsch!*, schönen guten Morgen.

Immer noch lächelnd betrat ich Zimmer 302. Nate saß an seinem Schreibtisch und schrieb. Ich sah, wie er einen Arm schützend um sein Notizbuch legte, und schloß daraus, daß er gerade seinen heutigen Brief an Cindy verfaßte.

»Jemand hat Dearies Tür mit Rasiercreme eingeschmiert«, sagte ich, während ich zu meinem Regal hinüberging und mein Geologiebuch herausholte. Ich wollte in den Aufenthaltsraum im zweiten Stock und ein bißchen für die Prüfung am Dienstag lernen.

Nate versuchte, eine ernste, mißbilligende Miene aufzusetzen, mußte aber trotzdem selbst grinsen. Er bemühte sich in jener Zeit permanent um Tugendhaftigkeit, aber irgendwie haute es nie so ganz hin. Ich vermute, es ist ihm mit den Jahren immer besser gelungen. Schade eigentlich.

»Du hättest ihn schreien hören sollen«, sagte Nate. Er prustete los und hob dann eine kleine Faust an den Mund, um jede weitere Ungehörigkeit zu ersticken. »Und *geflucht* hat er – eine Minute lang war er wirklich in Skips Liga.«

»Wenn es ums Fluchen geht, ist niemand in Skips Liga, glaube ich.«

Nate sah mich mit einer Sorgenfalte zwischen den Augen an. »Du warst das doch nicht, oder? Ich weiß nämlich, daß du früh aufgestanden bist –«

»Wenn ich Dearies Tür verziert hätte, dann mit Klopapier«, sagte ich. »Meine Rasiercreme kommt nur in mein Gesicht. Ich bin ein Student mit begrenzten finanziellen Mitteln, genau wie du. Schon vergessen?«

Die Sorgenfalte glättete sich, und Nate sah wieder wie ein Chorknabe aus. Jetzt erst fiel mir auf, daß er nur in seiner Jockey-Unterhose und diesem dämlichen blauen Käppi dasaß. »Das ist gut«, sagte er. »David hat nämlich gebrüllt, er würde denjenigen, der das getan hat, schon erwischen und dafür sorgen, daß er eine Disziplinarstrafe kriegt.«

»Eine Diszi, weil er ihm die verdammte Tür eingeschmiert hat? Das bezweifle ich, Nate.«

»Ja, komisch ist es schon, aber ich glaube, es war sein Ernst«, sagte Nate. »David Dearborn erinnert mich manchmal an diesen Film über den verrückten Kapitän. In dem Humphrey Bogart mitgespielt hat. Weißt du, welchen ich meine?«

»Ja, *Die Caine war ihr Schicksal*.«

»Mh-hmh. Und David … na ja, sagen wir mal so, ein Etagenaufseher hat ja nicht viel mehr zu tun, als disziplinarische Bewährungsstrafen zu verhängen.«

Im Regelwerk der Universität war die Exmatrikulation das schwerste Geschütz. Sie diente ausschließlich zur Ahndung von Vergehen wie Diebstahl, Körperverletzung und Besitz bzw. Einnahme von Drogen. Die disziplinarische Bewährung stand eine Stufe darunter; mit ihr wurde man bestraft, wenn man ein Mädchen mit aufs Zimmer nahm (wenn man allerdings nach der Sperrstunde für Mädchen mit einem auf dem Zimmer erwischt wurde, rückte sogar die Exmatrikulation in den Bereich des Möglichen, so schwer das heutzutage zu glauben ist), Alkohol auf dem Zimmer hatte, bei Prüfungen spickte oder seine Hausarbeiten irgendwo abschrieb. Jedes dieser letzten Vergehen konnte theoretisch zur Exmatrikulation führen, und wenn man beim Spicken erwischt wurde, tat es das häufig auch (besonders, wenn es um Semester- oder Abschlußprüfungen ging), aber meistens gab es Diszis, die man ein ganzes Semester lang mit sich herumtrug. Ich wollte nicht glauben, daß ein Wohnheimaufseher versuchen würde, bei Garretsen, dem Vorsteher der männlichen Studenten, für ein paar harmlose Tupfer Rasiercreme eine disziplinarische Bewährungsstrafe zu erwirken... aber hier war die Rede von Dearie, einem aufgeblasenen Pedanten, der bisher auf wöchentlichen Zimmerinspektionen bestanden hatte und einen kleinen Hocker mit sich herumtrug, damit er die obersten Borde der zweiunddreißig Schränke kontrollieren konnte, was er offenbar als Teil seiner Aufgabe betrachtete. Auf die Idee war er wahrscheinlich im Reserve Officers' Training Corps gekommen, einem militärischen Zusatzkurs, den er so innig liebte wie Nate Cindy und Rinty. Außerdem hatte er Studenten gemeldet – diese Praxis war zwar außerhalb des ROTC-Programms weitgehend in Vergessenheit geraten, aber immer noch offizieller Bestandteil der Schulpolitik –, die ihren häuslichen Pflichten nicht genügend nachkamen. Wenn man oft genug gemeldet wurde, bekam man eine Diszi. Theoretisch konnte man von der Uni fliegen, die Zurückstellung vom Wehrdienst einbüßen, eingezogen werden und als Kugelfang in Vietnam enden, weil man mehrmals vergessen hatte, den Mülleimer auszuleeren oder unter dem Bett zu fegen.

David Dearborn finanzierte sein Studium mit Hilfe von Darlehen und Stipendien selbst, und sein Aufseherjob unterschied sich – ebenfalls theoretisch – nicht von meinem Geschirrspülerjob. Aber Dearie war da anderer Ansicht. Dearie hielt sich für etwas Besseres, für einen der Wenigen, der Stolzen, der Tapferen, als wäre er bei den Marines. Seine Familie stammte von der Küste, müssen Sie wissen; aus Falmouth, wo 1966 noch mehr als fünfzig strenge, von den Puritanern vererbte Gesetze gültig waren. Irgend etwas war seiner Familie zugestoßen, etwas, das dem gesellschaftlichen Fall einer Familie in einem alten Bühnenmelodram gleichkam, aber Dearie kleidete sich immer noch wie der Zögling einer Privatschule in Falmouth; er trug im Unterricht einen Blazer und am Sonntag einen Anzug. Niemand hätte sich stärker von Ronnie Malenfant mit seiner Gossensprache, seinen Vorurteilen und seinem Geschick im Umgang mit Zahlen unterscheiden können. Wenn sie auf dem Flur aneinander vorbeigingen, sah man förmlich, wie Dearie vor Ronnie zurückschreckte, dessen rote Haare sich über einem Gesicht wellten, das vor sich selbst wegzulaufen schien, von der vorgewölbten Stirn bis zu dem fast nicht vorhandenen Kinn. Dazwischen lagen Ronnies ewig von Augensekret verklebte Augen und seine permanent tropfende Nase ... ganz zu schweigen von Lippen, die so rot waren, als hätte er immer irgendwas Billiges, Grelles vom Grabbeltisch aufgelegt.

Dearie mochte Ronnie nicht, aber Ronnie war nicht der einzige, der seine Mißbilligung ertragen mußte; Dearie schien *keinen* der Jungen zu mögen, die er beaufsichtigte. Wir mochten ihn auch nicht, und Ronnie haßte ihn geradezu. In Skip Kirks Abneigung lag eine Spur Verachtung. Er war mit Dearie beim ROTC (jedenfalls bis November, dann gab Skip den Kurs auf), und er sagte, Dearie sei in allem schlecht, außer im Arschkriechen. Skip, der in seinem Abschlußjahr an der High School knapp an einer Nominierung fürs Baseballteam des Staates vorbeigeschrammt war, hatte noch etwas Spezielles an unserem Etagenaufseher auszusetzen – Dearie, sagte Skip, hängte sich nicht rein. Für Skip war das die schlimmste Sünde. Man mußte sich reinhängen. Selbst wenn man nichts weiter tat als die Schweine füttern, man mußte sich verdammt noch mal reinhängen.

Ich mochte Dearie ebensowenig wie jeder andere. Ich kann mich mit einer ganzen Menge menschlicher Schwächen abfinden, aber aufgeblasene Pedanten verabscheue ich. Dennoch verspürte ich auch ein bißchen Mitleid mit ihm. Erstens hatte er keinen Humor, und ich glaube, das ist ein Defekt, der einen genauso verkrüppelt wie das, was mit Stoke Jones' Unterkörper schiefgelaufen war. Und zweitens glaube ich, daß Dearie sich selbst nicht besonders gut leiden konnte.

»Eine Diszi ist kein Thema, wenn er den Missetäter nicht findet«, erklärte ich Nate. »Und selbst wenn er ihn findet, dann kann mir keiner erzählen, daß Garretsen sich bereit finden würde, jemandem eine zu verpassen, weil er dem Aufseher die Tür eingeschmiert hat.« Andererseits, Dearie hatte eindeutig Überzeugungskraft. Schon möglich, daß er seine gesellschaftliche Stellung eingebüßt hatte, aber er hatte jenes gewisse Etwas, das ihn nach wie vor als Angehörigen der Oberschicht auswies. Das war natürlich nur ein weiterer Punkt, den wir anderen an ihm nicht mochten. »Lahmarsch« nannte ihn Skip, weil er sich beim ROTC-Training weigerte, auf dem Football-Platz Runden zu laufen, und nur in schnellem Tempo ging.

»Solange du's nicht getan hast«, sagte Nate, und ich mußte beinahe lachen. Nate Hoppenstand, der in seiner Unterhose und mit seinem Käppi auf dem Kopf dasaß, mit seiner schmalen, haarlosen, sommersprossigen Kinderbrust. Nate, der mich ernst über diese ausgeprägte Hühnerbrust hinweg ansah. Nate, der Papa spielte.

Er senkte die Stimme und fragte: »Glaubst du, Skip war's?«

»Nein. Wenn ich raten müßte, wer auf dieser Etage es echt zum Schießen finden würde, dem Aufseher die Tür mit Rasiercreme einzuschmieren, dann würde ich sagen ...«

»Ronnie Malenfant.«

»Genau.« Ich richtete einen Finger wie eine Pistole auf Nate und zwinkerte.

»Ich hab gesehen, wie du mit dem blonden Mädchen nach Franklin gegangen bist«, sagte er. »Carol. Die ist hübsch.«

»Hab ihr nur Gesellschaft geleistet«, sagte ich.

Nate saß in seiner Unterhose und mit seinem Käppi auf dem Kopf da und lächelte, als wüßte er es besser. Vielleicht war das auch so. Ich mochte sie gern, das stimmte, obwohl ich nicht viel über sie wußte – nur, daß sie aus Connecticut kam. Nicht viele Studenten, die sich mit Nebenjobs über Wasser halten mußten, kamen aus einem anderen Staat.

Ich ging mit meinem Geologiebuch unter dem Arm durch den Korridor zum Aufenthaltsraum. Ronnie war da, der sein Käppi so hindrapiert hatte, daß es wie der Filzhut eines Zeitungsreporters aussah. Bei ihm saßen zwei andere Jungs von unserer Etage, Hugh Brennan und Ashley Rice. Sie machten alle nicht den Eindruck, als würden sie den aufregendsten Samstagvormittag der Welt verbringen, aber als Ronnie mich erblickte, leuchteten seine Augen auf.

»Pete Riley!« sagte er. »Genau der Mann, den ich suche! Kannst du Hearts spielen?«

»Ja. Und zu meinem Glück kann ich auch lernen.« Ich hob mein Geologiebuch hoch und dachte bereits, daß ich wahrscheinlich im Aufenthaltsraum im ersten Stock landen würde ... das hieß, wenn ich wirklich vorankommen wollte. Denn Ronnie hielt nie die Klappe. Er war anscheinend *unfähig*, die Klappe zu halten. Ronnie Malenfant war die Quasselstrippe in Person.

»Komm schon, nur eine Runde bis hundert«, versuchte er mich zu beschwatzen. »Wir spielen um einen Nickel pro Punkt, und diese beiden Typen spielen Hearts, wie alte Leute vögeln.«

Hugh und Ashley grinsten blöde, als hätte man ihnen gerade ein Kompliment gemacht. Ronnies Beleidigungen waren so plump, direkt und boshaft, daß die meisten sie als Scherze auffaßten, vielleicht sogar als verschleierte Komplimente. Sie waren keins von beidem. Ronnie meinte jedes unfreundliche Wort ernst, das ihm über die Lippen kam.

»Ronnie, ich hab Dienstag 'ne mündliche Prüfung, und ich kapier diesen Geosynklinalenkram einfach nicht.«

»Scheiß auf die Geosynklinalen«, sagte Ronnie, und Ashley Rice kicherte. »Du hast noch den ganzen restlichen Samstag, den Sonntag und den Montag für die Scheiß-Geosynklinalen.«

»Ich hab Montag Kurse, und morgen will ich mit Skip nach Oldtown. In der Methodistenkirche veranstalten sie einen offenen Folk-Abend, und wir –«

»Stop, hör auf, geh mir nicht auf meine schmerzenden Eier, und verschon mich mit dieser Folkie-Scheiße. *Michael row the boat ashore* – der kann mir mit seinem Scheißboot in den Arsch reinrudern, klar? Hör zu, Pete –«

»Ronnie, ich muß wirklich –«

»Ihr beiden trüben Tassen bleibt, verdammt noch mal, wo ihr seid!« Robbie warf Ashley und Hugh einen bösen Blick zu. Keiner der beiden widersprach. Sie waren wahrscheinlich achtzehn wie wir anderen auch, aber jeder, der auf dem College war, wird Ihnen bestätigen, daß im September immer einige sehr junge Achtzehnjährige auftauchen, vor allem in den ländlicheren Staaten. Und bei denen hatte Ronnie Erfolg. Sie hatten großen Respekt vor ihm. Er borgte sich ihre Essensbons, peitschte sie im Duschraum mit Handtüchern, beschuldigte sie, die Politik von Reverend Martin Luther Brikett zu unterstützen (von dem er behauptete, er fahre mit seinem *Nigguar* zu den Protestveranstaltungen) und lieh sich Geld von ihnen, das er nie zurückzahlte. Sie liebten Ronnie trotzdem ... oder gerade deswegen. Sie liebten ihn, weil er einfach so ... *collegemäßig* war.

Ronnie legte mir den Arm um den Hals und versuchte, mich auf den Flur hinauszuzerren, damit er unter vier Augen mit mir reden konnte. Da ich keinerlei Respekt vor ihm hatte und mich das Dschungelaroma, das mich aus seinen Achselhöhlen anwehte, einigermaßen anwiderte, packte ich seine Finger, bog sie zurück und nahm seine Hand weg. »Laß das, Ronnie.«

»Au, jau, au, okay, okay, okay! Komm doch mal eben 'ne Minute mit raus, ja? Und hör auf damit, das tut weh! Außerdem ist das meine Wichshand. Herrgott! Scheiße!«

Ich gab seine Hand frei (und fragte mich, ob er sie schon gewaschen hatte, seit er sich zum letzten Mal einen runtergeholt hatte), ließ mich aber von ihm auf den Flur hinausziehen. Dort faßte er mich an den Armen und sprach ernsthaft mit mir. Seine verklebten Augen waren groß.

»Die Typen da drin haben keine Ahnung von Hearts«, flüsterte er atemlos und in einem vertraulichen Ton. »Das sind zwei Nachgeburten, Petesky, aber sie lieben das Spiel. Sie lieben das Scheiß-Spiel, verstehst du? Ich liebe es nicht, aber im Gegensatz zu denen *kann* ich's. Außerdem bin ich pleite, und heute abend laufen zwei Bogart-Filme im Hauck. Wenn ich zwei Scheine aus ihnen rausholen kann –«

»Bogart-Filme? Ist einer davon *Die Caine war ihr Schicksal*?«

»Genau, *Die Caine war ihr Schicksal* und *Der Malteser Falke*, Bogie in Bestform, ich schau dir in die Augen, shweetheart. Wenn's mir gelingt, diesen beiden Nachgeburten zwei Scheine rauszuleiern, kann ich hingehen. Und wenn ich ihnen vier abnehme, ruf ich irgend 'ne Schnepfe aus Franklin an, nehm sie mit und laß mir hinterher vielleicht einen blasen.«

So war Ronnie, immer ein echter Romantiker. Vor meinem geistigen Auge sah ich ihn als Sam Spade in *Der Malteser Falke*, wie er Mary Astor befahl, auf die Knie zu gehen und ihm einen abzukauen. Allein schon bei der Vorstellung schwollen mir die Nebenhöhlen zu.

»Aber da gibt's ein großes Problem, Pete. Hearts zu dritt ist riskant. Wer probiert schon einen Durchmarsch, wenn er sich über diese eine übriggebliebene Karte den Kopf zerbrechen muß?«

»Wie spielt ihr? Ende bei hundert, alle Verlierer zahlen an den Gewinner?«

»Ja. Und wenn du einsteigst, geb ich dir die Hälfte meines Gewinns ab. Außerdem *zahl ich dir zurück, was du verlierst*.« Er bedachte mich mit einem sonnigen, lammfrommen Lächeln.

»Und wenn *ich dich* schlage?«

Ronnie machte einen Moment lang ein überraschtes Gesicht, dann lächelte er breiter denn je. »Nicht in diesem Leben, shweetheart. Kartenspielen hab ich studiert.«

Ich warf einen Blick auf meine Uhr und schaute dann zu Ashley und Hugh hinein. Sie sahen wirklich nicht so aus, als könnten sie uns gefährlich werden, weiß Gott nicht. »Ich sag dir was«, erklärte ich. »Eine Runde, bis hundert. Ein Nickel pro Punkt. Niemand gibt irgendwas ab. Wir spielen, dann lerne ich, und jeder hat ein schönes Wochenende.«

»Gebongt.« Als wir in den Aufenthaltsraum zurückkehrten, setzte er hinzu: »Ich mag dich, Pete, aber Geschäft ist Geschäft – deine schwulen Freunde auf der High School haben dich nie so rangenommen, wie ich's heute tun werde.«

»Ich hatte keine schwulen Freunde auf der High School«, gab ich zurück. »Ich hab die Wochenenden meistens damit verbracht, nach Lewiston zu trampen und deine Schwester in den Arsch zu ficken.«

Ronnie lächelte breit, setzte sich hin, nahm die Karten zur Hand und begann zu mischen. »Ich hab sie aber ziemlich gut eingeritten, was?«

Man konnte nicht ordinärer werden als Mrs. Malenfants kleiner Junge, das war der Punkt. Viele haben es versucht, aber meines Wissens ist es nie jemandem wirklich gelungen.

6

Ronnie war ein bigotter Mensch mit einem Schandmaul und kriecherischem Charakter, der zudem ständig diesen Affen-Pilz-Gestank verströmte, aber er konnte Karten spielen, das muß ich ihm lassen. Er war nicht das Genie, das er zu sein behauptete, zumindest nicht bei Hearts, wo es viel auf Glück ankommt, aber er war gut. Wenn er sich richtig konzentrierte, konnte er sich fast jede ausgespielte Karte merken … und deshalb gefiel ihm wohl auch Hearts zu dritt mit dieser zusätzlichen Karte nicht. Jetzt, wo es keinen Unsicherheitsfaktor mehr gab, war Ronnie knallhart.

Trotzdem machte ich mich an diesem ersten Vormittag ganz gut. Als Hugh Brennan bei unserer ersten Runde die Hundert überschritt, hatte ich dreiunddreißig Punkte, Ronnie achtundzwanzig. Ich hatte schon seit zwei oder drei Jahren kein Hearts mehr gespielt, spielte es zum ersten Mal in meinem Leben um Geld und fand, daß fünfundzwanzig Cent ein günstiger Preis für so ein unerwartetes Amusement waren. Diese Runde kostete Ashley zwei Dollar und fünfzig Cent; der unglückliche Hugh mußte drei sechzig ausspucken. Offenbar hatte Ronnie nun also doch das Geld für ein Rendezvous gewonnen, obwohl ich dachte, das Mädchen müßte schon ein echter Bogart-Fan sein, um ihm einen zu blasen. Oder ihm dafür auch nur einen Gutenachtkuß zu geben.

Ronnie plusterte sich auf wie eine Krähe, die ein frisch totgefahrenes Tier auf der Straße bewacht. »Ich hab's echt drauf«, sagte er. »Tut mir leid für Typen wie dich, die's nicht so draufhaben, Riley. Wie's in dem Song der Doors heißt, die Männer haben keine Ahnung, aber die kleinen Mädchen wissen Bescheid.«

»Du bist krank, Ronnie«, erwiderte ich.

»Ich will noch mal«, sagte Hugh. Ich glaube, P.T. Barnum hatte recht, die Dummen sterben niemals aus – wahrscheinlich kommt wirklich jede Minute so einer wie Hugh zur Welt. »Ich will mein Geld zurückgewinnen.«

»Tja«, sagte Ronnie und bleckte seine ungeputzten Zähne in einem breiten Lächeln, »ich bin bereit, dir zumindest die Chance zu geben.« Er schaute mich an. »Wie steht's mit dir, Sportsfreund?«

Mein Geologielehrbuch lag unbeachtet auf dem Sofa hinter mir. Ich wollte meinen Vierteldollar zurück, und noch ein paar klingelnde Münzen dazu. Vor allem wollte ich jedoch Ronnie Malenfant eine Lektion erteilen. »Also los«, sagte ich, und sprach dann zum ersten Mal die Worte aus, die ich in den schweren Wochen, die vor mir lagen, noch mindestens tausendmal wiederholen sollte: »Schieben wir nach rechts oder links?«

»Neue Runde, nach rechts. So was Blödes auch.« Ronnie gackerte, reckte sich und sah glücklich zu, wie die Karten auf den Tisch segelten. »Herrgott, ich liebe dieses Spiel!«

7

Diese zweite Runde war es, die mich wirklich süchtig machte. Diesmal schoß Ashley statt Hugh wie eine Rakete auf die hundert Punkte zu, begeistert unterstützt von Ronnie, der dem glücklosen Ash die Hexe bei jeder Gelegenheit drauflegte. Ich bekam die Dame in dieser Runde nur zweimal. Beim ersten Mal behielt ich sie vier Stiche hintereinander, obwohl ich Ashley mit ihr hätte den Garaus machen können. Als ich schließlich schon fast glaubte, ich würde am Ende selbst auf ihr sitzenbleiben, gab Ashley einen Stich an Hugh Brennan ab, der prompt ein Karo vorlegte. Er hätte wissen müssen, daß ich bei diesem Spiel keins hatte, und zwar schon von Anfang an nicht, aber die Hughs dieser Welt wissen wenig. Deshalb spielen die Ronnies dieser Welt vermutlich so gern Karten mit ihnen. Ich legte ihm die Hexe drauf, hielt mir die Nase zu und bedachte ihn mit einem Trötlaut. Das war in den heimeligen alten Zeiten der Sechziger unser Zeichen für »angeschissen«.

Ronnie machte ein finsteres Gesicht. »Warum hast du das getan? Du hättest diesen Schwanzlutscher erledigen können!« Er machte eine Kopfbewegung zu Ashley, der uns mit einem ziemlich leeren Blick ansah.

»Ja, aber ganz so blöd bin ich denn doch nicht.« Ich tippte auf den Spielbericht. Ronnie hatte inzwischen dreißig Punkte, ich vierunddreißig. Die anderen beiden lagen weit darüber. Die Frage war nicht, welches von Ronnies Opfern verlieren würde, sondern welcher der beiden Könner gewinnen würde. »Ich hätte nichts dagegen, mir diese Bogie-Filme selbst anzusehen. *Shweetheart.*«

Ronnie grinste und zeigte dabei seine üblen Zähne. Er zog mittlerweile eine richtige Show ab; wir hatten ungefähr ein halbes Dutzend Zuschauer angelockt, darunter auch Skip und Nate. »So willst du's also haben, ja? Okay. Die Backen auseinander, Schwachkopf; ich werd dir gleich das Spundloch stopfen.«

Zwei Spiele später stopfte ich ihm das Spundloch. Ashley, der mit achtundneunzig Punkten in dieses letzte Spiel gegangen war, hatte seine hundert in Null Komma nichts voll. Die Zuschauer waren völlig still und warteten ab, ob es mir tatsächlich gelingen würde, Ronnie sechs Punkte zu verpassen – so viele Herzen mußte er kriegen, damit ich ihn um einen Punkt schlug.

Anfangs sah es für Ronnie ganz gut aus; er blieb unter allem, was ausgespielt wurde, und hütete sich davor, selbst ans Spiel zu kommen. Wenn man bei Hearts gute, niedrige Karten hat, kann einem eigentlich nichts passieren. »Riley ist im Arsch«, teilte er dem Publikum mit. »Ich meine, er ist schon im *Dickdarm!*«

Ich dachte dasselbe, aber immerhin hatte ich noch die Pik-Dame auf der Hand. Wenn ich ihm die draufpacken konnte, würde ich noch gewinnen. Von Ronnie würde ich nicht viel kriegen, aber die anderen beiden würden Blut spucken: über fünf Dollar zusammen. Und ich würde zu sehen kriegen, wie Ronnies Miene sich änderte. Das wollte ich am allermeisten – sehen, wie die hämische Freude der Wut wich. Ich wollte ihm das Maul stopfen.

Schließlich kamen die letzten drei Stiche. Ashley spielte die Herz-Sechs aus. Hugh legte die Fünf drauf, ich die Drei. Ich sah, wie Ronnies Lächeln verblaßte, als er die Neun drauflegte und den Stich übernahm. Damit war sein Vorsprung auf drei Punkte zusammengeschmolzen. Noch besser, er war endlich mit Ausspielen dran. Ich hatte noch den Kreuz-Buben und die Pik-Dame auf der Hand. Wenn Ronnie ein niedriges Kreuz hatte und es ausspielte, würde ich die Hexe nicht mehr loswerden und sein ätzendes Frohlocken ertragen müssen. Wenn er andererseits …

Er spielte die Karo-Fünf. Hugh bediente mit der Karo-Zwei und blieb damit drunter, und Ashley warf mit einem verwirrten Lächeln auf dem Gesicht, dem man entnehmen konnte, daß er keine Ahnung hatte, was er da tat, eine andere Farbe ab.

Totenstille im Raum.

Dann vervollständigte ich lächelnd den Stich – *Ronnies* Stich –, indem ich die Pik-Dame auf die anderen drei Karten legte. Ein leises Seufzen ertönte um den Kartentisch herum, und als ich aufblickte, sah ich, daß aus dem halben Dutzend Zuschauer fast ein ganzes Dutzend geworden war. David Dearborn lehnte mit verschränkten Armen in der Tür und sah uns stirnrunzelnd zu. Hinter ihm, draußen auf dem Flur, war noch jemand. Jemand, der sich auf ein Paar Krücken stützte.

Vermutlich hatte Dearie bereits in seinem abgegriffenen Regelwerk nachgesehen – *Hausordnung für Wohnheime der University of Maine, Ausgabe 1966/67* – und zu seiner Enttäuschung nichts gefunden, was das Kartenspielen verbot, obwohl wir um Geld spielten. Aber Sie müssen mir glauben, wenn ich sage, daß seine Enttäuschung nichts war im Vergleich zu der von Ronnie.

Es gibt gute Verlierer auf dieser Welt, es gibt verärgerte Verlierer, verdrossene Verlierer, trotzige Verlierer, weinerliche Verlierer … und dann gibt es die typischen, totalen Arschlöcher von Verlierern. Ronnie war so ein totales Arschloch von Verlierer. Die Haut seiner Wangen lief rosa an und färbte sich um seine Pickel herum beinahe violett. Sein Mund wurde so schmal, daß er nur noch ein Schatten war, und ich sah, wie seine Kiefermuskeln arbeiteten, als er auf den Lippen kaute.

»Ach du Schande«, sagte Skip. »Seht euch an, wer die Scheiße abgekriegt hat.«

»Warum hast du das getan?« platzte Ronnie heraus, ohne Skip zu beachten – ohne irgend jemanden im Raum zu beachten, abgesehen von mir. »Warum hast du das getan, du blöder Arsch?«

Ich war verwirrt von dieser Frage und – das gebe ich gern zu – absolut entzückt von seiner Wut. »Na ja«, sagte ich, »Vince Lombardi zufolge ist Gewinnen nicht alles, sondern das einzige. Her mit der Kohle, Ronnie.«

»Du bist schwul«, sagte er. »Du bist eine verdammte Schwuchtel. Wer hat gegeben?«

»Ashley«, antwortete ich. »Und wenn du behaupten willst, ich sei ein Betrüger, dann sag es laut. Dann komm ich um den Tisch rum, schnapp dich, bevor du weglaufen kannst, und prügel dich windelweich.«

»Niemand prügelt auf meiner Etage irgendwen windelweich!« sagte Dearie scharf vom Eingang her, aber niemand beachtete ihn. Sie beobachteten alle Ronnie und mich.

»Ich hab nicht gesagt, daß du ein Betrüger bist, ich hab nur gefragt, wer gegeben hat«, sagte Ronnie. Ich konnte fast sehen, wie er mit aller Macht versuchte, sich zusammenzureißen, den Brocken zu schlucken, den ich ihm in den Rachen geschoben hatte, und dabei zu lächeln, aber ihm standen Tränen des Zorns in den Augen (diese Augen – groß und hellgrün – waren Ronnies einziger einnehmender Zug), und unter seinen Ohrläppchen traten seine Kiefermuskeln hervor und entspannten sich wieder. Es war, als sähe man zwei Herzen an den Seiten seines Gesichts schlagen. »Ach, was soll's. Du hast mich um zehn Punkte geschlagen. Das sind fünfzig Cent. Na toll.«

Ich war auf der High School kein großer Sportler gewesen wie Skip Kirk – Diskutieren und Laufen waren meine einzigen außerlehrplanmäßigen Aktivitäten gewesen –, und ich hatte bisher noch nie jemandem erklärt, ich würde ihn windelweich prügeln. Ronnie schien mir jedoch genau der Richtige zu sein, um damit anzufangen, und ich meinte es weiß Gott ernst. Ich glaube, jeder andere wußte es auch. Der Raum vibrierte geradezu vor Adrenalin; man konnte es riechen, ja beinahe schmecken. Ein Teil von mir – ein großer Teil – wollte, daß er sich weiter mit mir anlegte. Ein Teil von mir wollte es ihm besorgen, und zwar gründlich.

Geld erschien auf dem Tisch. Dearie trat mit gewichtigerer und finsterer Miene denn je einen Schritt näher, sagte jedoch nichts … zumindest nicht darüber. Statt dessen fragte er, ob irgendwer im Raum ihm die Tür mit Rasiercreme eingeschmiert habe oder wisse, wer es getan habe. Wir drehten uns alle zu ihm um und sahen, daß Stoke Jones den Platz eingenommen hatte, den er gerade verlassen hatte. Stoke hing auf seinen Krücken und musterte uns mit seinen wachen Augen.

Einen Moment lang herrschte Stille, dann sagte Skip: »Bist du sicher, daß du nicht vielleicht schlafgewandelt bist und es selbst gemacht hast, David?« Dafür erntete er eine Lachsalve, und jetzt war Dearie derjenige, der errötete. Die Farbe stieg ihm vom Hals in die Wangen und arbeitete sich über die Stirn zu den Wurzeln seiner akkuraten Kurzhaarfrisur vor – kein tuntiger Pilzkopf für Dearie, nein danke.

»Sagt allen, daß so was lieber nicht noch mal passieren sollte«, erklärte Dearie in seiner eigenen kleinen Bogie-Imitation, ohne es zu merken. »Ich werde nicht zulassen, daß meine Autorität verhöhnt wird.«

»Nun mach dir mal nicht in die Hose, Mann«, murmelte Ronnie. Er hatte die Karten aufgenommen und mischte verdrossen.

Dearie trat drei große Schritte in den Raum, packte Ronnie an den Schultern seines Hemdes mit dem Logo einer Eliteuniversität auf der Brust und zog ihn hoch. Ronnie stand von allein auf, damit sein Hemd nicht zerrissen wurde. Er hatte nicht viele gute Hemden; die hatte keiner von uns.

»Was hast du zu mir gesagt, Malenfant?«

Ronnie schaute sich um und sah, was er vermutlich fast sein ganzes Leben lang gesehen hatte: keine Hilfe, keine Sympathie. Wie üblich war er auf sich allein gestellt. Und er hatte keine Ahnung, warum.

»Ich hab gar nichts gesagt. Du leidest doch unter Verfolgungswahn, Dearborn.«

»Entschuldige dich.«

Ronnie wand sich in seinem Griff. »Ich hab nichts *gesagt* – wofür soll ich mich also entschuldigen?«

»Entschuldige dich trotzdem. Und ich will echte Reue hören.«

»Ach, hört auf«, sagte Stoke Jones. »Ihr alle. Ihr solltet euch mal sehen. Dummheit hoch n.«

Dearie sah ihn überrascht an. Wir waren alle überrascht, glaube ich. Vielleicht war Stoke selbst überrascht.

»Du bist doch bloß sauer, David, weil dir jemand die Tür eingeschmiert hat«, sagte Skip.

»Du hast recht, ich bin sauer. Und ich will eine Entschuldigung von dir, Malenfant.«

»Laß gut sein«, sagte Skip. »Ronnie ist ein bißchen in Rage geraten, weil er so knapp verloren hat. Er hat dir deine Scheiß-Tür nicht mit Rasiercreme eingeschmiert.«

Ich blickte Ronnie an, um zu sehen, wie er die seltene Erfahrung verarbeitete, daß jemand sich für ihn einsetzte, und sah eine verräterische Veränderung in seinen grünen Augen – fast ein Zusammenzucken. In diesem Augenblick war ich beinahe sicher, daß er Dearies Tür *doch* eingeschmiert hatte. Wer unter meinen Bekannten wäre eher dafür in Frage gekommen?

Wenn Dearie dieses schuldbewußte kleine Zwinkern ebenfalls bemerkt hätte, wäre er zu derselben Schlußfolgerung gelangt, glaube ich. Aber er sah Skip an. Skip erwiderte seinen Blick ruhig, und nach ein paar Sekunden, damit es (für ihn selbst, nicht für uns andere) so aussah, als wäre es seine eigene Idee, ließ Dearie Ronnies Hemd los. Ronnie schüttelte sich, strich über die Falten an seinen Schultern und begann dann, in seinen Taschen nach Kleingeld zu graben, um mich zu bezahlen.

»Tut mir leid«, sagte Ronnie. »Was immer dir die Petersilie verhagelt hat, es tut mir leid. Verdammt leid, beschissen leid, so leid, daß mir der Arsch weh tut. Okay?«

Dearie trat einen Schritt zurück. Ich hatte das Adrenalin spüren können; vermutlich konnte Dearie jetzt die auf ihn zurollenden Wellen der Abneigung ebenso deutlich spüren. Selbst Ashley Rice, der wie ein kugelrunder Bär in einem Kindercomic aussah, blickte Dearie ausdruckslos und unfreundlich an. Es war ein typischer Fall von Baseball mit schlechtem Karma, wie es der Dichter Gary Snyder vielleicht genannt hätte. Dearie war der Aufseher – erster Schlag. Er versuchte, die Etage zu leiten, als wäre sie ein Anhängsel seines geliebten ROTC-Programms – zweiter Schlag. Und er war ein dämlicher Student im zweiten Studienjahr, zu einer Zeit, als Studenten im zweiten Studienjahr es noch für ihre Pflicht und Schuldigkeit hielten, Studienanfänger zu schikanieren. Dritter Schlag, Dearie, du bist aus.

»Sagt allen, daß ich nicht lauter High-School-Quatsch auf meiner Etage dulden werde«, erklärte Dearie (auf *seiner* Etage, man stelle sich das vor). Er stand kerzengerade da, mit seinem University-of-Maine-Sweatshirt und der Khakihose – der *gebügelten* Khakihose, obwohl heute Samstag war. »Ihr seid hier *nicht* auf der High School, Leute; ihr seid hier in Chamberlain Hall an der University of Maine. Die Zeiten, in denen ihr noch BH-Träger habt flitschen lassen, sind vorbei. Es ist an der Zeit, daß ihr euch wie College-Männer benehmt.«

Ich schätze, es gab einen Grund, weshalb ich im 66er Jahrbuch von Gates Falls zum Klassenclown gewählt worden war. Ich schlug die Hacken zusammen und brachte einen ziemlich guten militärischen Gruß im britischen Stil zustande, bei dem man die Handfläche weit nach außen dreht. »Jawoll, *Sir!*« rief ich. Von den Umstehenden kam nervöses Gelächter, Ronnie ließ ein schmutziges Gackern hören, Skip grinste. Er sah Dearie an, zuckte mit hochgezogenen Augenbrauen die Achseln und hob die Hände gen Himmel. *Siehst du, was du davon hast?* besagte die Geste. *Wenn du dich wie ein Arschloch benimmst, wirst du auch wie eins behandelt.* Perfekte Beredsamkeit ist fast immer stumm, glaube ich.

Dearie sah Skip ebenfalls stumm an. Dann sah er mich an. Sein Gesicht war ausdruckslos, beinahe tot, aber ich wünschte, ich hätte dem Klugscheißer-Impuls dieses eine Mal nicht nachgegeben. Das Problem ist, daß ein geborener Klugscheißer in neun von zehn Fällen schon auf den Impuls reagiert hat, bevor das Gehirn auch nur den ersten Gang einlegt. In den Zeiten der alten Rittersleut' ist garantiert mehr als ein Hofnarr an den Eiern aufgehängt worden. Darüber liest man nichts in Malorys *Geschichten von König Artus und den Rittern seiner Tafelrunde*, aber ich glaube, es stimmt – jetzt lach dich doch *darüber* mal kaputt, du blöder Narrenkappenarsch! Eines war klar – ich hatte mir gerade einen Feind geschaffen.

Dearie machte eine nahezu perfekte Kehrtwendung und marschierte aus dem Aufenthaltsraum. Ronnies Mund verzog sich zu einer Grimasse, die sein häßliches Gesicht noch häßlicher machte; das höhnische Grienen eines Schurken in einem Melodram. Er bedachte Dearies steifen entschwindenden Rücken mit einer Wichsgeste. Hugh Brennan kicherte ein wenig, aber niemand lachte richtig. Stoke Jones war fort; offenbar war er von uns allen angewidert.

Ronnie sah sich mit leuchtenden Augen um. »So«, sagte er. »Ich bin immer noch dabei. Ein Nickel pro Punkt, wer spielt mit?«

»Ich«, sagte Skip.

»Ich auch«, sagte ich, ohne auch nur einen Blick in Richtung meines Geologiebuchs zu werfen.

»Hearts?« fragte Kirby McClendon. Er war der größte Junge auf der Etage, vielleicht einer der größten Jungen auf dem College – mindestens zwei Meter groß –, und verfügte über ein langes, trauriges Bluthundgesicht. »Klar. Gute Wahl.«

»Was ist mit uns?« quiekte Ashley.

»Ja!« sagte Hugh. Masochisten durch und durch.

»Ihr seid nicht gut genug für diesen Tisch«, sagte Ronnie in einem Ton, der für ihn fast schon freundlich war. »Warum macht ihr nicht einen eigenen auf?«

Genau das taten Ashley und Hugh. Um vier Uhr waren sämtliche Tische im Aufenthaltsraum von Freshman-Quartetten aus dem zweiten Stock belegt, und die armen Stipendiaten, die sich ihre Lehrbücher im modernen Antiquariat kaufen mußten, spielten Hearts zu einem Nickel pro Punkt. In unserem Wohnheim war die tolle Zeit angebrochen.

8

Am Samstag abend hatte ich wieder Küchendienst in Holyoke. Trotz meines erwachenden Interesses an Carol Gerber versuchte ich, Brad Witherspoon zu überreden, für mich einzuspringen – Brad hatte beim Sonntagsfrühstück Dienst, und er haßte das Frühaufstehen fast so sehr wie Skip –, aber Brad wollte nicht. Mittlerweile spielte er ebenfalls, und er hatte schon zwei Dollar verloren. Er war versessen darauf, das Geld zurückzugewinnen. Er schüttelte nur den Kopf, als ich ihm mit meinem Ansinnen kam, und legte ein Pik auf den Tisch. »Gehn wir auf Hexenjagd!« rief er und klang dabei auf unheimliche Weise wie Ronnie Malenfant. Das Heimtückischste an Ronnie war, daß schwache Geister ihn für wert befanden, imitiert zu werden.

Ich gab meinen Platz am ursprünglichen Tisch auf, wo ich den größten Teil des Tages verbracht hatte, und wurde sofort von einem jungen Mann namens Kenny Auster ersetzt. Ich hatte fast neun Dollar gewonnen (hauptsächlich, weil Ronnie an einen anderen Tisch umgezogen war, damit ich ihm seine Gewinne nicht beschnitt) und hätte mich gut fühlen sollen, aber das tat ich nicht. Es war nicht das Geld, es war das Spiel. Ich wollte weitermachen.

Niedergeschlagen ging ich durch den Flur, warf einen Blick ins Zimmer und fragte Nate, ob er vorzeitig mit dem Küchenteam essen wolle. Er schüttelte nur den Kopf, ohne von seinem Geschichtsbuch aufzublicken, bedeutete mir mit einer Handbewegung, daß ich losgehen sollte. Wenn jemand von der Studentenbewegung in den sechziger Jahren spricht, muß ich mir immer ins Gedächtnis rufen, daß die Mehrheit der jungen Leute diese tolle Zeit so verbrachte wie Nate. Sie behielten den Kopf unten und steckten die Nase in ihre Geschichtsbücher, während um sie herum Geschichte gemacht wurde. Nicht daß Nate überhaupt nichts mitbekommen hätte oder nur ein stur vor sich hin büffelnder, unbeteiligter Zuschauer gewesen wäre. Sie werden schon sehen.

Ich ging zum Palast in der Prärie und zog den Reißverschluß meiner Jacke zu, weil bereits ein Frosthauch in der Luft lag. Es war Viertel nach vier. Da das Commons offiziell erst um fünf aufmachte, waren die Pfade, die sich im Bennett's Run trafen, beinahe verlassen. Stoke Jones war jedoch dort; er stand über seine Krücken gebeugt und musterte mit brütender Miene etwas auf dem Pfad. Ich war nicht überrascht, ihn zu sehen. Wenn man ein körperliches Gebrechen hatte, durfte man eine Stunde vor all den anderen Studenten essen. Soweit ich mich erinnere, war das die einzige Sonderbehandlung, die den Behinderten zuteil wurde. Wenn man körperlich total im Eimer war, durfte man mit den Küchenhilfen essen. Die Spatzenspur zeichnete sich im späten Licht sehr deutlich und sehr schwarz auf dem Rücken seiner Jacke ab.

Als ich näher kam, sah ich, worauf er hinunterblickte – *Einführung in die Soziologie*. Er hatte das Buch auf die ausgebleichten roten Ziegelsteine von Bennett's Walk fallen lassen und versuchte herauszufinden, wie er es aufheben konnte, ohne dabei auf der Nase zu landen. Er stupste das Buch immer wieder mit der Spitze einer Krücke an. Stoke besaß zwei, vielleicht sogar drei verschiedene Paare Krücken; jetzt hatte er diejenigen dabei, die seine Unterarme mit einer Reihe ansteigender Stahlklammern umschlossen. Ich hörte ihn »Ratz-*fatz*, ratz-*fatz*« vor sich hinmurmeln, während er das Buch wirkungslos hin und her stieß. Wenn er auf seinen Krücken dahineilte, hatte das »Ratz-*fatz*« einen entschlossenen Klang. In dieser Situation klang es frustriert. Zu der Zeit, als ich Stoke kannte (ich werde ihn nicht Ratz-Fatz nennen, obwohl viele Ronnie-Imitatoren am Ende des Semesters dazu übergegangen waren), faszinierte es mich, wie viele verschiedene Nuancen dieses »Ratz-*fatz*« haben konnte. Das war, bevor ich herausfand, daß die Navajos ihr Wort für *Wolke* auf vierzig verschiedene Arten aussprechen. Das war, bevor ich eine Menge Dinge herausfand.

Er hörte mich kommen und drehte den Kopf so schnell herum, daß er beinahe hingefallen wäre. Ich streckte die Hand aus, um ihn festzuhalten. Er zuckte zurück, und es hatte den Anschein, als würde er in seinem alten Army-Dufflecoat schwimmen.

»Hau ab!« Als erwartete er, daß ich ihm einen Stoß geben würde. Ich hob die Hände, um ihm zu zeigen, daß ich harmlos war, und bückte mich. »Und Finger weg von meinem Buch!«

Das überhörte ich, hob das Lehrbuch auf und steckte es ihm wie eine Zeitung unter den Arm.

»Ich brauch deine Hilfe nicht!«

Ich wollte ihm gerade eine scharfe Antwort geben, aber dann fiel mir wieder auf, wie weiß seine Wangen um die roten Flecken in der Mitte herum waren, und wie schweißfeucht seine Haare. Erneut konnte ich ihn riechen – diese Ausdünstung eines überstrapazierten Transformators –, und dann merkte ich, daß ich ihn auch *hören* konnte: Sein Atem klang schnarrend und verrotzt. Falls Stoke Jones noch nicht wußte, wo die Krankenstation war, dann würde er es bald erfahren, schwante mir.

»Ich hab dir ja nicht angeboten, dich huckepack zu nehmen, Herrgott noch mal.« Ich versuchte, mir ein Lächeln aufs Gesicht zu kleben, und schaffte es einigermaßen. Zum Teufel, warum sollte ich auch nicht lächeln? Hatte ich nicht neun Dollar in der Tasche, die ich heute früh noch nicht gehabt hatte? Nach den Maßstäben von Chamberlain Zwei war ich reich.

Jones sah mich mit seinen dunklen Augen an. Sein Mund wurde schmal, aber gleich darauf nickte er. »Okay. Kapiert. Danke.« Dann eilte er in halsbrecherischem Tempo die Anhöhe hinauf. Zuerst war er mir ein gutes Stück voraus, aber dann machte ihm die Steigung allmählich zu schaffen, und er wurde langsamer. Sein verrotzter Atem wurde lauter und schneller. Ich hörte ihn deutlich, als ich ihn einholte.

»Warum läßt du's nicht ruhiger angehen?« fragte ich.

Er warf mir einen ungeduldigen Bist-du-immer-noch-da-Blick zu. »Warum rutschst du mir nicht den Buckel runter?«

Ich zeigte auf sein lästiges Buch. »*Das* rutscht schon wieder.«

Er blieb stehen, schob das Buch unter dem Arm zurecht, stützte sich dann wieder auf seine Krücken, vornübergebeugt wie ein schlechtgelaunter Reiher, und funkelte mich durch seine schwarzen Strähnen hindurch an. »Geh schon«, sagte er. »Ich brauch keinen Aufpasser.«

Ich zuckte die Achseln. »Ich wollte nicht den Babysitter spielen, sondern nur ein bißchen Gesellschaft haben.«

»Ich nicht.«

Ich machte mich wieder auf den Weg. Trotz meiner neun Scheine ärgerte ich mich. Wir Klassenclowns sind nicht scharf darauf, Freunde zu gewinnen – zwei oder drei reichen uns meistens fürs ganze Leben –, aber wir reagieren auch nicht sehr gut auf Zurückweisung. Wir sind darauf aus, eine große Zahl von Bekannten zu haben, die wir zum Lachen bringen können.

»Riley«, sagte er hinter mir.

Ich drehte mich um. Er hatte beschlossen, doch noch ein bißchen aufzutauen, dachte ich. Wie sehr ich mich irrte.

»Es gibt solche Gesten und solche«, sagte er. »Dem Aufseher Rasiercreme an die Tür zu sprühen ist nicht viel besser, als der kleinen Susie Popel auf den Stuhl zu schmieren, weil man nicht weiß, wie man ihr sonst sagen soll, daß man sie liebt.«

»*Ich* hab Dearies Tür nicht mit Rasiercreme eingeschmiert«, sagte ich noch verärgerter als zuvor.

»Ja, aber du spielst Karten mit dem Arsch, der's getan hat. Verleihst ihm Glaubwürdigkeit.« Ich glaube, das war das erste Mal, daß ich dieses Wort hörte, das später in den Siebzigern und den colagetränkten Achtzigern eine unglaublich miese Karriere machen sollte. Hauptsächlich in der Politik. Ich denke, die *Glaubwürdigkeit* starb so um 1986 herum vor Scham, als die ganzen Antikriegsdemonstranten und furchtlosen Rassengleichheitskämpfer der sechziger Jahre Junk Bonds, Schöner Wohnen und den StairMaster entdeckten. »Warum verschwendest du deine Zeit?«

Das war so direkt, daß es mich durcheinanderbrachte, und was ich darauf erwiderte, kommt mir jetzt im Rückblick unglaublich dumm vor. »Ich hab jede Menge Zeit zu verschwenden.«

Jones nickte, als hätte er nicht mehr und nichts Besseres erwartet. Er setzte sich wieder in Bewegung und humpelte in seiner üblichen Eile mit gesenktem Kopf und gekrümmtem Rücken an mir vorbei. Seine Haare schwangen hin und her, und er hatte das lästige Buch fest unter den Arm geklemmt. Ich wartete, weil ich damit rechnete, daß es wieder herunterfallen würde. Diesmal würde ich ihn mit seiner Krücke dran rumstupsen lassen.

Aber er behielt es unter dem Arm, und nachdem ich gesehen hatte, wie er den Eingang von Holyoke erreichte, mit der Tür rang und schließlich hineintaumelte, ging ich meines eigenen Weges. Ich stellte mir das Essen aufs Tablett und setzte mich zu Carol Gerber und den anderen Küchenhilfen. Wir saßen so weit von Stoke Jones entfernt, wie es nur ging, und das war mir auch durchaus recht. Ich erinnere mich, daß er ebenfalls abseits von den anderen Behinderten saß. Stoke Jones saß abseits von allen. Clint Eastwood auf Krücken.

9

Die regulären Esser erschienen um fünf. Um Viertel nach war der Spültrupp wie wild bei der Arbeit und blieb etwa eine Stunde lang voll eingespannt. Viele Studenten aus den Wohnheimen fuhren am Wochenende nach Hause, aber alle, die blieben, tauchten am Samstagabend auf, weil es da Bohnen, Würstchen und Maisbrot gab. Und Götterspeise zum Nachtisch. Im Palast in der Prärie gab es fast immer Götterspeise zum Nachtisch. Wenn die Köchin ihre verspielte Phase hatte, bekam man vielleicht Götterspeise mit kleinen Obststückchen drin.

Carol spülte das Besteck, und gerade als der Andrang allmählich nachließ, drehte sie sich von der Durchreiche weg und schüttelte sich vor Lachen. Ihre Wangen waren knallrot. Was auf dem Förderband daherkam, war Skips Werk. Er gab es später an diesem Abend zu, aber ich wußte es sofort. Obwohl er am Lehrerseminar war und wahrscheinlich als Geschichtslehrer und Baseballtrainer an der guten alten Dexter High School arbeiten würde, bis er mit neunundfünfzig oder so vom Saufen einen Herzinfarkt bekam und tot umfiel, hätte Skip von Rechts wegen eigentlich bei den Künstlern sein müssen... und wäre wahrscheinlich auch dort gewesen, wenn nicht fünf Generationen seiner Familie Farmer gewesen wären, die *ayuh* und *'tüllich* und *se küßt 'n Schwein, aba mit 'nem Lächeln auf 'n Lippen* sagten. Er war erst der zweite oder dritte in dieser weitläufigen Familie (ihre Religion, sagte Skip mal, sei irisch-alkoholisch), der jemals aufs College gegangen war. Der Kirk-Clan konnte sich einen Lehrer in der Familie vorstellen, wenn auch nur knapp, einen Maler oder Bildhauer aber nicht. Und mit achtzehn war Skip auch nicht weitsichtiger als seine Familie. Er wußte nur, daß er nicht ganz in das Loch paßte, in das er zu schlüpfen versuchte, und das machte ihn unruhig. Es führte dazu, daß er in die Zimmer anderer Leute ging, sich die LPs ansah und fast jedermanns musikalischen Geschmack kritisierte.

1969 wußte er schon genauer, wer und was er war. In diesem Jahr konstruierte er ein vietnamesisches Familientableau aus Pappmaché, das am Ende der Friedensdemonstration vor der Fogler Library in Brand gesetzt wurde, während die Youngbloods mit geliehenen Verstärkern »Get Together« spielten und Teilzeithippies zu dem Rhythmus herumturnten wie Stammeskrieger nach einer Jagd. Sehen Sie, was für ein Durcheinander das in meinem Kopf alles ist? Es war Atlantis, das ist das einzige, was ich mit Sicherheit weiß, *way down below the ocean.* Die Pappfamilie brannte, die Hippiedemonstranten intonierten beim Tanzen »Napalm! Napalm! Dreck vom Himmel!«, und nach einer Weile begannen die Sportler und die Verbindungsstudenten, mit Sachen zu werfen. Zuerst mit Eiern. Dann mit Steinen.

Es war jedoch keine Pappmaché-Familie, die Carol an diesem Abend im Herbst des Jahres 1966 so zum Lachen brachte, daß sie von der Spüle wegtaumelte, sondern ein geiler Hotdog-Mann, der auf einem Matterhorn aus gebackenen Bohnen von Holyoke Commons stand. Ein dünnes, kleines Wiener Würstchen ragte neckisch aus der entsprechenden Stelle hervor. In der Hand hielt er einen kleinen Wimpel der University of Maine, und auf dem Kopf trug er einen blauen Taschentuchfetzen, der so gefaltet war, daß er wie ein Freshman-Käppi aussah. Vorne auf dem Tablett stand in sorgfältig ausgelegten Buchstaben aus Maisbrotbröckchen: ESST MEHR BOHNEN AUS MAINE!

Im Laufe meiner Arbeit im Küchenteam ist eine Menge eßbare Kunst auf dem Förderband dahergekommen, aber ich glaube, das war der absolute Knaller. Stoke Jones hätte es zweifellos als Zeitverschwendung bezeichnet, aber ich glaube, in diesem Fall hätte er sich geirrt. Wenn etwas die Macht hat, einen noch nach dreißig Jahren zum Lachen zu bringen, dann ist das keine Zeitverschwendung. Ich glaube, so etwas grenzt schon an Unsterblichkeit.

10

Um halb sieben stempelte ich meine Karte, ging mit einem letzten Abfallbeutel die Rampe hinter der Küche hinunter und warf ihn in einen der vier Müllcontainer, die wie stupsnasige Güterwaggons hinter dem Commons aufgereiht waren.

Als ich mich umdrehte, sah ich Carol Gerber und zwei andere an der Ecke des Gebäudes stehen. Sie rauchten und betrachteten den aufgehenden Mond. Die anderen beiden brachen gerade auf, als ich hinüberging und meine Pall Malls aus der Jackentasche zog.

»Hey, Pete, iß mehr Bohnen aus Maine«, sagte Carol und lachte.

»Ja.« Ich zündete meine Zigarette an. Dann sagte ich, ohne groß zu überlegen: »Im Hauck laufen heute abend zwei Bogart-Filme. Um sieben geht's los. Wir haben noch Zeit, um zu Fuß rüberzugehen. Hast du Lust?«

Sie rauchte und gab mir einen Moment lang keine Antwort, lächelte jedoch immer noch, und ich wußte, daß sie ja sagen würde. Noch gar nicht so lange vorher hatte ich nur in den Aufenthaltsraum im zweiten Stock zurückgewollt, um Hearts zu spielen. Jetzt, wo ich eine Weile von dort weg war, schien das Spiel jedoch erheblich weniger wichtig zu sein. War ich wirklich so wütend gewesen, daß ich Ronnie Malenfant gedroht hatte, ihn windelweich zu prügeln? Offenbar ja – die Erinnerung war deutlich genug –, doch als ich mit Carol hier draußen an der frischen, kühlen Luft stand, fiel es mir schwer zu begreifen, weshalb.

»Zu Hause hab ich einen Freund«, sagte sie.

»Heißt das nein?«

Sie schüttelte den Kopf, immer noch mit dem leisen Lächeln. Der Rauch ihrer Zigarette zog ihr übers Gesicht. Ihre Haare waren von dem Netz befreit, das die Mädchen vom Spültrupp tragen mußten, und wehten ihr leicht über die Stirn. »Das ist eine Information. Erinnerst du dich an diese Serie, *Nummer Sechs?* ›Nummer sechs, wir wollen … *Informationen.*‹«

»Zu Hause hab ich eine Freundin«, sagte ich. »Noch eine Information.«

»Ich hab noch einen anderen Job. Ich gebe Nachhilfe in Mathe, und ich hab einem Mädchen aus dem ersten Stock versprochen, heute abend eine Stunde mit ihr zu arbeiten. Differentialrechnung. Argh. Sie ist ein hoffnungsloser Fall und jammert mir die Ohren voll, aber es bringt sechs Dollar pro Stunde.« Carol lachte. »Das läßt sich gut an, wir tauschen ja schon wie wild Informationen aus.«

»Für Bogie sieht's aber nicht so gut aus.« Trotzdem machte ich mir keine Sorgen. Ich wußte, daß wir Bogie sehen würden. Ich glaube, ich wußte auch, daß die Zukunft eine Liebesgeschichte für uns bereithielt. Ich fühlte mich merkwürdig leicht im Bauch, fast so, als würde ich abheben.

»Ich könnte Esther vom Hauck aus anrufen und die Stunde von neun auf zehn verlegen«, sagte Carol. »Esther ist ein trauriger Fall. Sie kommt nie raus. Meistens sitzt sie mit Lockenwicklern in den Haaren rum und schreibt Briefe nach Hause, wie schwer das College ist. Wir könnten uns zumindest den ersten Film ansehen.«

»Klingt gut«, sagte ich.

Wir machten uns auf den Weg zum Hauck. Tja, das waren noch Zeiten; man brauchte weder einen Babysitter zu organisieren noch den Hund rauszubringen, die Katze zu füttern oder die Alarmanlage anzustellen. Man ging einfach los.

»Ist das so was wie ein Rendezvous?« fragte sie nach einer Weile.

»Na ja«, sagte ich, »wär durchaus möglich.« Wir gingen gerade am östlichen Anbau vorbei, und die Pfade füllten sich mit anderen Studenten, die auf dem Weg zum Kino waren.

»Gut«, sagte sie. »Ich hab nämlich meine Handtasche in meinem Zimmer gelassen. Ich kann nicht für mich bezahlen.«

»Keine Sorge, ich bin reich. Hab heute beim Kartenspielen ordentlich gewonnen.«

»Poker?«

»Hearts. Kennst du das?«

»Soll das ein Witz sein? In dem Sommer, als ich zwölf war, hab ich drei Wochen in Camp Winiwinaia am Lake George verbracht. Ein YMCA-Camp – Arme-Kinder-Camp, wie meine Mutter es nannte. Es hat praktisch jeden Tag geregnet, und wir haben die ganze Zeit nur Hearts gespielt und die Hexe gejagt.« Ihr Blick ging in die Ferne, wie der von Leuten, die über eine Erinnerung stolpern wie über einen Schuh im Dunkeln. »Die schwarze Lady suchen. *Cherchez la femme noire*.«

»Richtig, das ist das Spiel.« Ich wußte, daß ich für sie einen Moment lang überhaupt nicht da war. Dann kam sie zurück, grinste mich an und fischte die Zigaretten aus ihrer Hosentasche. Damals rauchten wir wie die Schlote. Wir alle. Damals durfte man sogar noch in den Wartezimmern der Krankenhäuser rauchen. Als ich das meiner Tochter erzählte, hat sie mir zuerst nicht geglaubt.

Ich holte meine eigenen Zigaretten raus und zündete uns beiden eine an. Es war ein guter Augenblick, als wir einander im Lichtschein des Zippo-Feuerzeugs ansahen. Nicht so süß wie ein Kuß, aber schön. Ich spürte wieder diese Leichtigkeit in mir, dieses Gefühl zu schweben. Manchmal erweitert sich das Blickfeld, und ein Hoffnungsstrahl fällt hinein. Manchmal glaubt man, um die Ecke sehen zu können, und vielleicht kann man das auch. Das sind gute Augenblicke. Ich ließ mein Feuerzeug zuschnappen, und wir gingen rauchend weiter; unsere Handrücken waren nah beieinander, berührten sich aber nicht ganz.

»Von wieviel Geld reden wir?« fragte sie. »Genug, um damit nach Kalifornien durchzubrennen, oder nicht ganz so viel?«

»Neun Dollar.«

Sie lachte und nahm meine Hand. »Okay, dann ist es ein Rendezvous«, sagte sie. »Du kannst mich auch zu Popcorn einladen.«

»Wird gemacht. Interessiert's dich, welcher Film zuerst läuft?«

Sie schüttelte den Kopf. »Bogie ist Bogie.«

»Das stimmt«, sagte ich, aber ich hoffte, es würde *Der Malteser Falke* sein.

Er war es. Etwa in der Mitte des Films, als Peter Lorre seine ziemlich unheilverkündende schwule Drehung machte und Bogie ihn höflich, belustigt und ungläubig zugleich anblickte, sah ich Carol an. Sie sah mich an. Ich beugte mich hinunter und küßte sie im schwarz-weißen Mondschein von John Hustons genialem Erstling auf den vom Popcorn gebutterten Mund. Ihre Lippen waren süß und willig. Ich wich ein bißchen zurück. Sie sah mich immer noch an. Das leise Lächeln war wieder da. Dann hielt sie mir ihre Popcorn-Tüte hin, ich revanchierte mich mit meiner Schachtel Eiskonfekt, und wir schauten uns den Rest des Films an.

11

Auf dem Rückweg zum Chamberlain-King-Franklin-Wohnheimkomplex nahm ich, fast ohne nachzudenken, ihre Hand. Sie verschränkte die Finger ganz selbstverständlich mit meinen, aber ich glaubte, jetzt eine Reserviertheit zu spüren.

»Gehst du wieder zurück und siehst dir *Die Caine war ihr Schicksal* an?« fragte sie. »Das könntest du, wenn du deinen Kartenabschnitt noch hast. Sonst geb ich dir meinen.«

»Nee, ich muß Geologie lernen.«

»Wetten, daß du statt dessen die ganze Nacht Karten spielst?«

»Kann ich mir nicht leisten«, sagte ich. Das war mein Ernst; ich wollte wirklich zurück aufs Zimmer und lernen. Ganz ehrlich.

»*Einsame Kämpfe* oder *Das Leben eines Stipendiaten*«, sagte Carol. »Ein herzzerreißender Roman von Charles Dickens. Sie werden Tränen weinen, wenn der tapfere Peter Riley in den Fluß springt, nachdem er festgestellt hat, daß das Amt für Studienbeihilfen sein Stipendienpaket widerrufen hat.«

Ich lachte. Sie war ganz schön auf Draht.

»Ich sitze im selben Boot, weißt du. Wenn wir Mist bauen, können wir vielleicht einen Doppelselbstmord begehen. Ab in den Penobscot mit uns. Adieu, grausame Welt.«

»Was hat ein Mädchen aus Connecticut überhaupt an der University of Maine zu suchen?« fragte ich.

»Das ist ein bißchen kompliziert. Und wenn du vorhast, mich irgendwann noch mal einzuladen, solltest du wissen, daß du im Begriff bist, dich an einem Baby zu vergreifen. Ich werde erst im November achtzehn. Ich hab die siebte Klasse übersprungen. In dem Jahr haben meine Eltern sich scheiden lassen, und mir ging's hundeelend. Ich stand vor der Wahl, ununterbrochen zu lernen oder eins der Mädchen von der Harwich Junior High zu werden, die an den Straßenecken rumhängen. Das sind diejenigen, die als Hauptfach Zungenküssen haben und meistens mit sechzehn schwanger werden. Weißt du, welche ich meine?«

»Klar.« In Gates sah man sie in kichernden kleinen Gruppen vor Frank's Fountain oder dem Dairy Delish auf die Jungen warten, die mit ihren tiefergelegten Fords und aufgemotzten Plymouths vorbeikamen, schnellen Wagen mit Radlaufverkleidungen und Aufklebern an der Heckscheibe, auf denen FRAM und QUAKER STATE stand. Am anderen Ende der Main Street konnte man diese Mädchen als Frauen sehen, zehn Jahre älter und vierzig Pfund schwerer, in Chucky's Tavern, wo sie Bier und Schnaps tranken.

»Ich bin eine richtige Streberin geworden. Mein Vater war bei der Navy. Sie haben ihn wegen Dienstuntauglichkeit entlassen, und er ist hierher nach Maine gezogen ... nach Damariscotta, an der Küste.«

Ich nickte und dachte an Diane Renees *steady boy,* der »Schiff ahoi« sagte und in die Nay-yay-vee eintrat.

»Ich hab bei meiner Mutter in Connecticut gelebt und bin auf die Harwich High gegangen. Ich hab mich bei sechzehn verschiedenen Colleges beworben und bin von allen bis auf drei angenommen worden ... aber ...«

»Aber sie sind davon ausgegangen, daß du dein Studium selbst bezahlen würdest, und das konntest du nicht.«

Sie nickte. »Ich glaube, ich hab die Superstipendien beim Zulassungstest um vielleicht zwanzig Punkte verpaßt. Ein oder zwei außerlehrplanmäßige Aktivitäten hätten wahrscheinlich auch nichts geschadet, aber ich war zu sehr mit Büffeln beschäftigt. Außerdem war ich damals ziemlich in Sully-John verknallt ...«

»Der Freund, stimmt's?«

Sie nickte, aber nicht so, als ob dieser Sully-John sie interessieren würde. »Die einzigen beiden, die realistische Finanzierungspakete anboten, waren die Universitäten von Maine und Connecticut. Ich hab mich für Maine entschieden, weil ich mittlerweile nicht mehr sehr gut mit meiner Mutter zurechtkam. Es gab ständig Streit.«

»Kommst du mit deinem Vater besser klar?«

»Ich seh ihn kaum«, sagte sie in einem trockenen, nüchternen Ton. »Er lebt mit einer Frau zusammen, die ... na ja, sie trinken viel und streiten sich viel, belassen wir's dabei. Aber er ist ein Bürger dieses Staates, ich bin seine Tochter, und das College hier wird mit öffentlichen Mitteln gefördert. Ich hab nicht alles gekriegt, was ich brauchte – die Uni in Connecticut hat mir, ehrlich gesagt, ein besseres Angebot gemacht –, aber ich scheue mich nicht vor ein bißchen Arbeit. Ich bin weg von zu Hause, und das ist mir die Sache wert.«

Sie sog die Nachtluft tief in die Lungen und stieß sie dann wieder aus, eine kaum sichtbare weiße Wolke. Wir waren fast wieder bei Franklin angelangt. In der Eingangshalle sah ich irgendwelche Burschen in den harten, körperfreundlich geformten Plastikstühlen sitzen und darauf warten, daß ihre Freundinnen herunterkamen. Sie wirkten wie ein repräsentativer Querschnitt aus dem Verbrecheralbum. *Ich bin weg von zu Hause, und das ist mir die Sache wert*, hatte sie gesagt. Meinte sie damit die Mutter, die Stadt und die High School, oder bezog sich das auch auf den Freund?

Als wir zu der großen Doppeltür an der Vorderseite ihres Wohnheims kamen, nahm ich sie in die Arme und beugte mich hinunter, um sie zu küssen. Sie legte mir die Hände auf die Brust und stoppte mich. Sie wich nicht zurück, sie stoppte mich nur. Sie schaute mir mit ihrem leisen Lächeln ins Gesicht. In dieses Lächeln könnte ich mich verlieben, dachte ich – es war so ein Lächeln, an das man dachte, wenn man mitten in der Nacht aufwachte. In die blauen Augen und die blonden Haare auch, aber hauptsächlich in das Lächeln. Die Lippen bogen sich nur ein bißchen, aber sie bekam trotzdem Grübchen um die Mundwinkel.

»Der richtige Name meines Freundes ist John Sullivan«, sagte sie. »Wie der Boxer. Jetzt sag mir, wie deine Freundin heißt.«

»Annmarie«, sagte ich, ohne mich darum zu kümmern, wie es klang, als es aus meinem Mund kam. »Annmarie Soucie. Sie ist in der Abschlußklasse an der Gates Falls High.« Ich ließ Carol los. Als ich das tat, nahm sie ihre Hände von meiner Brust und ergriff meine.

»Das sind Informationen«, sagte sie. »Informationen, mehr nicht. Willst du mich immer noch küssen?«

Ich nickte. Ich wollte es mehr denn je.

»Okay.« Sie hob mir das Gesicht entgegen, schloß die Augen und öffnete die Lippen ein wenig. Sie sah wie ein Kind aus, das am Fuß der Treppe auf Papas Gutenachtkuß wartet. Es war so niedlich, daß ich beinahe gelacht hätte. Statt dessen beugte ich mich hinunter und küßte sie. Sie erwiderte den Kuß freudig und mit Begeisterung. Unsere Zungen berührten sich nicht, aber es war dennoch ein tiefer, suchender Kuß. Als sie zurückwich, waren ihre Wangen gerötet, und ihre Augen glänzten. »Gute Nacht. Danke für den Film.«

»Wollen wir das noch mal machen?«

»Darüber muß ich erst nachdenken.« Sie lächelte, aber ihr Blick war ernst. Vermutlich dachte sie an ihren Freund; ich weiß, daß ich an Annmarie dachte. »Vielleicht solltest du das auch lieber tun. Wir sehen uns Montag in der Küche. Was hast du?«

»Mittagessen und Abendessen.«

»Ich hab Frühstück und Mittagessen. Dann sehen wir uns also am Mittag.«

»Iß mehr Bohnen aus Maine«, sagte ich. Das brachte sie zum Lachen. Sie ging hinein. Ich stand mit hochgeschlagenem Kragen draußen, Hände in den Taschen und eine Zigarette zwischen den Lippen, sah ihr nach und fühlte mich wie Bogie. Ich sah, wie sie etwas zu dem Mädchen am Empfang sagte und dann, immer noch lachend, mit schnellen Schritten nach oben ging.

Ich schlenderte im Mondschein nach Chamberlain zurück, fest entschlossen, mich ernsthaft der Geosynklinale zu widmen.

12

Ich ging nur in den Aufenthaltsraum im zweiten Stock, um mir mein Geologiebuch zu holen; ich schwöre, das ist die Wahrheit. Als ich dort ankam, war jeder Tisch – dazu noch ein oder zwei andere, die von anderen Etagen entführt worden sein mußten – von einem Quartett Hearts spielender Narren besetzt. In der Ecke saß sogar eine Gruppe im Schneidersitz auf dem Fußboden, und die Spieler starrten konzentriert auf ihre Karten. Sie sahen wie verstörte Yogis aus. »Wir jagen die Fotze!« brüllte Ronnie Malenfant in den Raum. »Wir holen das Miststück raus, Jungs!«

Ich nahm mein Geologielehrbuch von dem Sofa, auf dem es den ganzen Tag und den Abend hindurch gelegen hatte (jemand hatte darauf gesessen, und es verschwand fast zwischen zwei Polstern, aber dieses Baby war zu groß, um sich vollständig zu verstecken), und sah es an, wie man ein Artefakt mit unbekanntem Verwendungszweck ansehen mochte.

Als ich im Hauck Auditorium neben Carol Gerber gesessen hatte, war mir diese verrückte Kartenparty wie ein Traum vorgekommen. Jetzt war es Carol, die etwas von einem Traum hatte – Carol mit ihren Grübchen und ihrem Freund mit dem Boxernamen. Ich hatte noch sechs Dollar in der Tasche, und es war absurd, daß ich enttäuscht war, nur weil ich bei keiner der gerade laufenden Runden einsteigen konnte.

Lernen, das war es, was ich tun mußte. Mich mit der Geosynklinale anfreunden. Ich würde meine Zelte im Aufenthaltsraum im ersten Stock aufschlagen oder mir vielleicht eine ruhige Ecke im Freizeitraum im Keller suchen.

Als ich gerade mit der *Historischen Geologie* unter dem Arm hinausgehen wollte, warf Kirby McClendon die Karten hin und rief: »Scheiße, verdammt! Ich bin pleite! Alles bloß, weil ich dauernd die verdammte Pik-Dame draufgepackt kriege! Ich gebe euch Schuldscheine, aber ich bin ehrlich total im Arsch.« Er ging an mir vorbei hinaus, ohne sich noch einmal umzuschauen, und zog auf dem Weg durch die Tür den Kopf ein – ich habe immer gedacht, daß es eine Art Fluch sein muß, so groß zu sein. Einen Monat später sollte Kirby in einem viel umfassenderen Sinn im Arsch sein; da nahmen ihn seine erschrockenen Eltern nämlich nach einem Nervenzusammenbruch und einem idiotischen Selbstmordversuch von der Universität. Er war nicht das erste und auch nicht das letzte Opfer der Hearts-Manie in diesem Herbst, aber das einzige, das sich durch die Einnahme von zwei Flaschen Kinderaspirin mit Orangengeschmack ins Jenseits zu befördern versuchte.

Lennie Doria sah ihm nicht einmal nach. Statt dessen schaute er zu mir herüber. »Willst du einsteigen, Riley?«

Es gab einen kurzen, aber absolut ehrlichen Kampf um meine Seele. Ich mußte lernen. Ich hatte *vorgehabt* zu lernen, und für einen von finanzieller Unterstützung abhängigen Studenten wie mich war das auch eine gute Idee – mit Sicherheit sinnvoller, als hier in diesem verräucherten Raum zu hocken und den allgemeinen Dunst mit den Abgasen meiner Pall Malls zu verstärken.

Deshalb sagte ich: »Ja, warum nicht?« und setzte mich hin und spielte fast bis um ein Uhr früh Hearts. Als ich schließlich zu meinem Zimmer zurücklatschte, lag Nate auf seinem Bett und las in der Bibel. Das tat er jeden Abend vor dem Schlafengehen. Er hatte mir erklärt, dies sei seine dritte Reise durch »das Wort Gottes«, wie er es immer nannte. Mittlerweile war er beim Buch Nehemia angekommen. Er blickte mit einer Miene ruhiger Neugier zu mir auf – ein Blick, der sich nie großartig änderte. Und wo ich jetzt darüber nachdenke: Nate selbst änderte sich auch nie großartig. Er war im Einführungskurs Zahnmedizin, und er blieb dabei; seiner letzten Weihnachtskarte an mich hatte er ein Foto seiner neuen Praxis in Houlton beigelegt. Auf dem Foto stehen die Heiligen Drei Könige auf der verschneiten Rasenfläche vor der Praxis um eine mit Stroh gefüllte Wiege. Hinter Maria und Josef kann man das Türschild lesen: DR. NATHANIEL HOPPENSTAND, ZAHNARZT. Er heiratete Cindy. Sie sind immer noch verheiratet, und ihre drei Kinder sind fast alle schon erwachsen. Rinty ist gestorben und ersetzt worden, glaube ich.

»Hast du gewonnen?« fragte Nate fast in demselben Ton wie meine Frau einige Jahre später, als ich nach einem Pokerabend am Donnerstag halb betrunken nach Hause kam.

»Ja, hab ich.« Es hatte mich an einen Tisch verschlagen, an dem Ronnie spielte, und ich hatte drei meiner verbliebenen sechs Dollar verloren. Dann war ich zu einem anderen Tisch gedriftet, wo ich sie wieder zurückgewonnen hatte – und noch ein paar dazu. Aber ich war nicht dazu gekommen, mich mit der Geosynklinale und den Geheimnissen tektonischer Platten zu beschäftigen.

Nate trug einen rot-weiß gestreiften Pyjama. Ich glaube, ich habe während meiner gesamten Collegezeit mit keinem anderen Menschen – männlich oder weiblich – das Zimmer geteilt, der einen Pyjama trug. Und natürlich auch mit keinem, der *Diane Renee Sings Navy Blue* besaß. Als ich mich auszuziehen begann, schlüpfte Nate unter die Bettdecke und langte hinter sich, um die Arbeitslampe auf seinem Schreibtisch auszuschalten.

»Hast du dir deine Geologie reingezogen?« fragte er, als die Schatten seine Hälfte des Zimmers verschluckten.

»Da bin ich fit«, sagte ich. Als ich Jahre danach spät nachts von meinen Pokerabenden nach Hause kam und meine Frau mich fragte, wieviel ich getrunken hätte, sagte ich in demselben munteren Ton: »Bloß ein paar.«

Ich schwang mich in mein Bett, schaltete das Licht aus und schlief beinahe sofort ein. Ich träumte, ich würde Hearts spielen. Ronnie Malenfant gab; Stoke Jones stand im Eingang des Aufenthaltsraums, über seine Krücken gebeugt, und musterte mich – uns alle – mit der mürrischen Mißbilligung eines Puritaners aus der Massachusetts Bay Colony. In meinem Traum lag eine gewaltige Menge Geld auf dem Tisch, Hunderte Dollar in zerknitterten Fünf- und Eindollarscheinen, Zahlungsanweisungen und sogar ein oder zwei Schecks. Ich sah das Geld an und schaute dann wieder zum Eingang. Jetzt stand Carol Gerber auf der einen Seite neben Stokely. Nate stand in seinem Zuckerstangenpyjama auf der anderen Seite.

»Wir wollen Informationen«, sagte Carol.

»Ich sage nichts«, erwiderte ich – in der Fernsehserie war das immer Patrick McGoohans Antwort auf Nummer zwei.

Nate sagte: »Du hast das Fenster offengelassen, Pete. Es ist kalt im Zimmer, und deine Papiere sind überall rumgeflogen.«

Weil mir darauf keine passende Antwort einfiel, nahm ich die Karten auf, die ich bekommen hatte, und breitete sie fächerförmig aus. Dreizehn Karten, und jede war eine Pik-Dame. Jede war *la femme noire*. Jede war die Hexe.

13

Der Krieg in Vietnam lief gut – das sagte jedenfalls Lyndon Johnson, der gerade eine Rundreise durch den Südpazifik unternahm. Es gab jedoch ein paar kleinere Rückschläge. Die Vietcong schossen – praktisch im Hinterhof von Saigon – drei amerikanische Hueys ab; ein bißchen weiter von Big S entfernt räumten schätzungsweise tausend Vietcong-Soldaten mit mindestens der doppelten Anzahl regulärer südvietnamesischer Soldaten auf. Im Mekong-Delta versenkten amerikanische Kanonenboote hundertzwanzig Flußpatrouillenboote der Vietcong, die – ups! – einen Haufen Flüchtlingskinder transportiert hatten, wie sich herausstellte. Amerika verlor in jenem Oktober sein vierhundertstes Flugzeug in diesem Krieg, eine F-105 Thunderchief. Der Pilot brachte sich mit dem Fallschirm in Sicherheit. In Manila behauptete der Ministerpräsident von Südvietnam, Nguyen Cao Ky, beharrlich, er sei kein Gauner. Die Mitglieder seines Kabinetts seien auch keine Gauner, sagte er, und daß ein rundes Dutzend Kabinettsmitglieder während seines Aufenthalts auf den Philippinen ihren Rücktritt eingereicht hätten, sei reiner Zufall.

In San Diego veranstaltete Bob Hope eine Show für die Jungs von der Army, die nach Vietnam verlegt werden sollten. »Ich wollte Bing anrufen und ihn mitschicken«, sagte Bob, »aber dieser Pfeife rauchende Hundesohn hat seine Nummer aus dem Telefonbuch streichen lassen.« Die Jungs von der Army brüllten vor Lachen.

? and the Mysterians beherrschten das Radio. Ihr Song »96 Tears« war ein Monsterhit. Es war der einzige, den sie je hatten.

In Honolulu wurde Präsident Johnson von Hula-Hula-Mädchen empfangen.

Bei den Vereinten Nationen bat Generalsekretär U Thant den amerikanischen Vertreter, Arthur Goldberg, inständig, die Bombardierung Nordvietnams wenigstens vorläufig zu stoppen. Arthur Goldberg setzte sich mit dem Großen Weißen Vater auf Hawaii in Verbindung, um U Thants Bitte weiterzuleiten. Der Große Weiße Vater, der vielleicht noch seinen Blütenkranz trug, sagte, das komme überhaupt nicht in Frage, wir würden aufhören, wenn die Vietcongs aufhörten, aber bis dahin würden sie sechsundneunzig Tränen weinen. *Mindestens* sechsundneunzig. (Johnson tanzte einen kurzen, unbeholfenen Shimmy mit den Hula-Hula-Mädchen – ich weiß noch, wie ich das im *Huntley-Brinkley Report* gesehen und gedacht habe, daß er wie jeder andere Weiße tanzte, den ich kannte … also, aber das nur nebenbei, wie *jeder*, den ich kannte.)

Im Greenwich Village löste die Polizei einen Friedensmarsch mit der Begründung auf, er sei nicht genehmigt. In San Francisco wurden Antikriegsdemonstranten, die Plastikschädel auf Stöcken mit sich trugen und sich die Gesichter weiß geschminkt hatten wie eine Pantomimentruppe, mit Tränengas auseinandergetrieben. In Denver rissen Polizisten Tausende von Plakaten ab, auf denen eine Antikriegsdemonstration im Chautauqua Park in Boulder angekündigt wurde. Die Polizei hatte ein Gesetz ausgegraben, welches das Anbringen solcher Plakate verbot. Das Gesetz verbot es dem Polizeichef von Denver zufolge nicht, Plakate anzubringen, die für Filme, Altkleidersammlungen oder Tanzveranstaltungen der Veteranenvereinigung amerikanischer Teilnehmer an Auslandsfeldzügen warben oder Belohnungen für Informationen offerierten, durch die entlaufene Haustiere wiedergefunden wurden. *Solche* Plakate seien nicht politisch, erklärte der Polizeichef.

In unserer eigenen kleinen Welt gab es ein Sit-In im östlichen Anbau, wo Coleman Chemicals Vorstellungsgespräche durchführte. Coleman produzierte Napalm, genauso wie Dow. Coleman produzierte auch Agent Orange, Botulinpräparate und Anthrax, wie sich herausstellte, obwohl das niemand wußte, bis das Unternehmen 1980 bankrott ging. Im *Campus* aus Maine war ein kleines Foto abgebildet, wie die Demonstranten abgeführt wurden. Ein größeres Foto zeigte einen Demonstranten, der von einem Universitätspolizisten aus dem Eingang des östlichen Anbaus gezerrt wurde, während ein anderer Cop danebenstand und die Krücken des Demonstranten hielt. Besagter Demonstrant war natürlich Stoke Jones, der einen Dufflecoat mit der Spatzenspur auf dem Rükken trug. Die Cops sprangen bestimmt einigermaßen freundlich mit ihm um – zu diesem Zeitpunkt waren Antikriegsdemonstranten noch eher ein Novum als ein Ärgernis –, aber die Kombination des massigen Cops und des taumelnden Jungen verlieh dem Bild irgendwie etwas Gruseliges. Zwischen 1968 und 1971, in jenen Jahren, als »das Spiel härter wurde«, um mit Bob Dylan zu sprechen, dachte ich ziemlich oft daran. Das größte Foto in dieser Ausgabe, das einzige, das über die Falzung hinausging, zeigte uniformierte ROTC-Typen, die unter den Augen einer gewaltigen Menschenmenge auf dem sonnenbeschienenen Football-Platz marschierten. ÜBUNGEN ZIEHEN REKORDMENGE AN lautete die Schlagzeile.

Noch näher am Zentrum des Geschehens bekam ein gewisser Peter Riley ein D in seiner mündlichen Geologieprüfung und zwei Tage später ein D plus in der mündlichen Soziologieprüfung. Am Freitag bekam ich den eine Seite langen argumentativen Essay zurück, den ich unmittelbar vor dem Einführungskurs Englisch (Schreiben) am Montag vormittag hingekritzelt hatte. Das Thema war, ob Männer in Restaurants Krawatten tragen sollten – ja oder nein. Ich hatte mich für »nein« entschieden. Unter dieser kleinen Argumentationsübung stand ein großes rotes C, mein erstes C in Englisch, seit ich mit meinen High-School-A's und meinen 740 Punkten bei den mündlichen Zulassungstests an die Uni gekommen war. Dieser rote Haken schockte mich weit mehr als die D's in den mündlichen Prüfungen und ärgerte mich auch. Oben drüber hatte Mr. Babcock geschrieben: »Ihre übliche Klarheit ist vorhanden, zeigt in diesem Fall jedoch nur, was für eine fleischlose Mahlzeit Sie da auftischen. Ihr – wenn auch leichtverständlicher – Humor ist alles andere als geistreich. Das C ist eigentlich schon ein Geschenk. Schlampige Arbeit.«

Ich erwog, ihn nach dem Kurs darauf anzusprechen, verwarf die Idee aber dann. Mr. Babcock, der immer eine Fliege und eine große Hornbrille trug, hatte in den ersten vier Wochen bereits hinreichend klargemacht, daß er Leute, die um bessere Noten bettelten, für die niedrigste Form des akademischen Lebens hielt. Außerdem war es Mittag. Wenn ich mir im Palast in der Prärie rasch etwas hinter die Kiemen schob, konnte ich um eins wieder auf Chamberlain Zwei sein. Um drei Uhr an diesem Nachmittag würden alle Tische im Aufenthaltsraum (und alle vier Ecken) wieder besetzt sein, aber um eins würde ich noch einen Platz finden. Ich war inzwischen fast zwanzig Dollar im Plus und nahm mir vor, ein profitables Oktoberwochenende zu verbringen und diesen Betrag noch ordentlich zu erhöhen. Außerdem wollte ich zu der Tanzveranstaltung am Samstag abend in der Sporthalle von Lengyll. Carol hatte zugesagt, daß sie mitkommen würde. Die Cumberlands spielten, eine beliebte Campus-Band. Irgendwann am Abend würden sie ihre Version von »96 Tears« bringen (und zwar aller Voraussicht nach nicht nur einmal, sondern öfter).

Die Stimme des Gewissens, die schon wie Nate Hoppenstand klang, ermahnte mich, daß ich gut daran täte, zumindest einen Teil des Wochenendes über den Büchern zu verbringen. Ich mußte zwei Kapitel Geologie, zwei Kapitel Soziologie sowie vierzig Seiten Geschichte lesen (das ganze Mittelalter auf einen Streich) und eine Reihe von Fragen über Handelswege beantworten.

Das mache ich schon noch, keine Sorge, das mache ich schon noch, erklärte ich dieser Stimme. Sonntag ist mein Studientag. Ganz bestimmt, du kannst dich drauf verlassen. Und am Sonntag las ich tatsächlich eine Weile über In-Groups, Out-Groups und Gruppensanktionen – zwischen den Kartenspielen, versteht sich. Dann wurde es interessant, und mein lästiges Buch landete auf dem Boden unter dem Sofa. Als ich Sonntag nacht ins Bett ging – sehr *spät* in der Nacht –, wurde mir bewußt, daß nicht nur meine Gewinne geschrumpft statt gewachsen waren (Ronnie schien mich jetzt richtiggehend aufs Korn zu nehmen), sondern daß ich auch mit meinem Lernprogramm nicht sehr weit gekommen war. Außerdem hatte ich einen bestimmten Anruf nicht getätigt.

Wenn du wirklich deine Hand dahin legen willst, hatte Carol mit ihrem komischen kleinen Lächeln gesagt, diesem Lächeln, das vor allem aus Grübchen und einem bestimmten Ausdruck in den Augen bestand. *Wenn du wirklich deine Hand dahin legen willst*.

Ungefähr in der Mitte der Tanzveranstaltung am Samstag abend waren sie und ich rausgegangen, um eine zu rauchen. Es war eine milde Nacht, und an der nördlichen Ziegelwand von Lengyll umarmten und küßten sich vielleicht zwanzig Paare im Lichtschein des Mondes, der gerade über Chadbourne Hall aufging. Carol und ich gesellten uns zu ihnen. Nicht lange, dann hatte ich meine Hand unter ihrem Pullover. Ich rieb mit dem Daumen über die glatte Baumwolle ihres BH-Körbchens und spürte, wie ihre Brustwarze hart wurde und sich aufrichtete. Mir wurde heiß. Carol wurde ebenfalls heiß, das merkte ich. Sie sah mir ins Gesicht, die Arme immer noch um meinen Hals, und sagte: »Wenn du deine Hand wirklich dahin tun willst, dann schuldest du jemandem einen Anruf, findest du nicht?«

Ich habe noch Zeit, redete ich mir ein, während ich in den Schlaf hinüberglitt. *Ich habe noch jede Menge Zeit zum Lernen, jede Menge Zeit für Anrufe. Jede Menge Zeit.*

14

Skip Kirk versiebte eine Prüfung in Anthropologie – er riet bei der Hälfte der Antworten und bekam achtundfünfzig Punkte. Bei einer Prüfung in Höherer Mathematik bekam er ein C minus, und das auch nur, weil die Themen bereits in seinem letzten Mathekurs auf der High School behandelt worden waren. Wir waren im selben Soziologiekurs, und bei der Prüfung schaffte er nur siebzig Punkte und bekam ein D minus.

Wir waren nicht die einzigen, die Probleme hatten. Bei Hearts war Ronnie ein Gewinner – er hatte innerhalb von zehn Spieltagen über fünfzig Scheine gemacht, wenn man seinen Worten Glauben schenkte (was niemand vollständig tat, obwohl wir wußten, daß er gewann) –, in seinen Kursen war er jedoch ein Verlierer. Er verhaute eine Französischprüfung, versiebte den kleinen Englischaufsatz in unserem gemeinsamen Kurs (»Wen interessieren schon Krawatten, verdammte Scheiße, ich esse bei McDonald's«, sagte er) und kam bei einer Prüfung in einem anderen Geschichtskurs gerade noch haarscharf durch, weil er sich unmittelbar vor dem Kurs die Notizen eines seiner Bewunderer einprägte.

Kirby McClendon hatte aufgehört, sich zu rasieren, und angefangen, an den Fingernägeln zu kauen, wenn er nicht gerade mit dem Geben an der Reihe war. Er begann auch, eine erhebliche Anzahl von Kursen zu schwänzen. Jack Frady überredete seine Studienberaterin, ihm zu erlauben, Statistik I aufzugeben, obwohl die Kurswahlphase offiziell vorbei war. »Ich hab ein bißchen geflennt«, erklärte er mir eines Nachts im Aufenthaltsraum nüchtern, als unsere Hexenjagd allmählich in die frühen Morgenstunden ging. »Das hab ich im Schauspiel-Club gelernt.« Lennie Doria klopfte ein paar Nächte später an meine Tür, während ich büffelte (Nate lag bereits seit über einer Stunde in der Koje und schlief den Schlaf der Gerechten und voll Beanspruchten), und fragte mich, ob ich Lust hätte, eine Hausarbeit über Crispus Atticus zu schreiben. Er habe gehört, ich würde so was machen. Er sei bereit, einen anständigen Preis zu zahlen, sagte Lennie; er liege gerade mit zehn Dollar vorn. Ich erwiderte, es tue mir leid, aber ich könne ihm nicht helfen. Ich sei selbst ein paar Hausarbeiten im Rückstand. Lennie nickte und schlüpfte hinaus.

Ashley Rice bekam eine schreckliche nässende Akne im ganzen Gesicht, Mark St. Pierre ging für eine Weile unter die Schlafwandler, nachdem er in einer katastrophalen Nacht fast zwanzig Dollar verloren hatte, und Brad Witherspoon lieferte sich eine Schlägerei mit einem Burschen aus dem Erdgeschoß. Der hatte einen harmlosen kleinen Witz gemacht – Brad gab später selbst zu, daß er harmlos gewesen war –, aber Brad, der in den letzten vier Spielen dreimal die Hexe gekriegt hatte und sich nur eine Cola aus dem Automaten im Erdgeschoß ziehen wollte, um seine von Kippen ausgedörrte Kehle zu befeuchten, war nicht in harmloser Stimmung. Er drehte sich um, warf sein ungeöffnetes Getränk in den Sand eines Aschenbechers, der in der Nähe stand, und ging mit den Fäusten auf den anderen los. Er zerbrach dem Jungen die Brille und lockerte ihm einen Zahn. So kam es, daß Brad Witherspoon, der normalerweise so gefährlich war wie ein Vervielfältigungsapparat in der Bücherei, als erster von uns mit einer disziplinarischen Bewährungsstrafe belegt wurde.

Ich dachte daran, Annmarie anzurufen und ihr zu erklären, daß ich eine andere kennengelernt hätte, mit der ich jetzt ginge, aber das schien mir zu allem anderen eine Menge Arbeit und eine ziemliche seelische Anstrengung zu sein. Ich beließ es bei der Hoffnung, sie würde mir einen Brief schreiben, in dem stand, ihrer Meinung nach sei es an der Zeit, daß wir anfingen, uns mit anderen Leuten zu treffen. Statt dessen bekam ich einen, in dem stand, wie sehr sie mich vermisse und daß sie mir »etwas Besonderes« zu Weihnachten mache. Wahrscheinlich meinte sie einen Norweger-Pullover. Norweger waren eine Spezialität von Annmarie (ihre Art, mir mit langsamen, streichelnden Handbewegungen einen runterzuholen, war eine andere). Sie legte ein Foto bei, das sie in einem kurzen Rock zeigte. Das Foto machte mich nicht geil, sondern müde, und ich fühlte mich schuldig und überfordert. Von Carol fühlte ich mich auch überfordert. Ich hatte ein bißchen rummachen wollen, das war alles; ich wollte nicht gleich mein ganzes verdammtes Leben ändern. Ebensowenig wie ihres, was das betraf. Aber ich mochte sie, das stimmte. Sehr sogar. Ihr Lächeln und ihren scharfen Verstand. *Das läßt sich gut an*, hatte sie gesagt, *wir tauschen wie wild Informationen aus.*

Etwa eine Woche später kam ich von Holyoke zurück, wo ich mittags mit ihr im Spültrupp gearbeitet hatte, und sah Frank Stuart langsam durch den Flur im zweiten Stock gehen. Er trug seinen Schrankkoffer mit beiden Händen. Frank kam aus dem Westen von Maine, aus einem dieser kleinen, nicht eingemeindeten Städtchen, die praktisch nur aus Bäumen bestehen, und sein Yankee-Akzent zog einem die Schuhe aus. Er war ein ziemlich mittelmäßiger Hearts-Spieler, der meistens den zweiten oder einen knappen dritten Platz belegte, wenn jemand die Hundert-Punkt-Marke überschritt, aber ein schrecklich netter Kerl. Er hatte stets ein Lächeln auf dem Gesicht ... zumindest bis zu dem Nachmittag, als ich ihn mit seinem Koffer auf dem Weg zum Treppenhaus antraf.

»Ziehst du in ein anderes Zimmer um, Frank?« fragte ich, aber schon damals glaubte ich, es besser zu wissen – man sah es ihm am Gesicht an; es war ernst, blaß und niedergedrückt.

Er schüttelte den Kopf. »Fahr wieder nach Hause. Hab 'nen Brief von meiner Ma gekriegt. Sie schreibt, sie brauchen jemand, der in einem der großen Urlaubsorte an den Seen drüben bei uns nach dem Rechten sieht. Klar, hab ich gesagt. Ich verschwende hier nur meine Zeit.«

»Aber nein!« rief ich, ein bißchen schockiert. »Meine Güte, Frankie, du kriegst hier eine College-Ausbildung!«

»Nein, eben nicht, das ist es ja.« Der Flur war dunkel und voller Schatten; draußen regnete es. Trotzdem glaubte ich, zu sehen, daß sich Franks Wangen röteten. Ich glaube, er schämte sich. Deshalb hatte er wohl auch dafür gesorgt, daß er mitten an einem Wochentag abreiste, wenn das Wohnheim am leersten war. »Ich mach doch nichts anderes als Karten spielen. Und das auch nicht sehr gut. Außerdem bin ich in allen meinen Kursen im Rückstand.«

»Du kannst doch noch gar nicht *so* weit im Rückstand sein! Wir haben erst den fünfundzwanzigsten Oktober!«

Frank nickte. »Ich weiß. Aber ich bin nicht so schnell wie andere. Ich war auch nicht auf der High School. Ich muß mich richtig reinknien und die Bücher durchackern; ich muß Löcher bohren wie mit einem Eisbohrer. Das hab ich nicht getan, und wenn du kein Loch ins Eis gekriegt hast, kannst du keine Flußbarsche fangen. Ich gehe, Pete. Ich haue ab, bevor sie mich im Januar rausschmeißen.«

Er ging weiter, stapfte mit seinem Schrankkoffer, den er an den Griffen vor sich hertrug, die erste der drei Treppen hinunter. Sein weißes T-Shirt schwebte im Halbdunkel; als er an einem Fenster vorbeikam, an dem der Regen herunterrann, schimmerte sein Bürstenschnitt wie Gold.

Als er auf dem Treppenabsatz im ersten Stock ankam und seine Schritte rhythmisch zu hallen begannen, lief ich zum Treppenhaus und schaute hinunter. »Frankie! Hey, Frank!«

Die Schritte verstummten. Im Schatten sah ich den matten Umriß des Schrankkoffers in seinen Händen und sein rundes Gesicht, das zu mir hochschaute.

»Frank, was ist mit der Wehrpflicht? Wenn du vom College abgehst, werden sie dich einberufen!«

Eine lange Pause, als überlege er, was er darauf erwidern sollte. Er gab mir aber keine Antwort, jedenfalls nicht mit dem Mund. Er antwortete mit den Füßen. Die hallenden Schritte ertönten von neuem. Ich sah Frank nie wieder.

Ich weiß noch, wie ich erschrocken an der Treppe stand und dachte: *Das könnte mir auch passieren ... vielleicht* passiert's *mir gerade*. Dann verdrängte ich den Gedanken.

Der Anblick von Frank mit seinem Schrankkoffer war eine Warnung, entschied ich, und ich würde sie beachten. Ich würde mich bessern. Ich hatte mich treiben lassen, und jetzt wurde es Zeit, daß ich die Düsentriebwerke wieder einschaltete. Doch am anderen Ende des Flurs hörte ich Ronnie mit hämischer Freude brüllen, er sei auf Hexenjagd, er werde diese Hure schon aus ihrem Versteck scheuchen, und ich beschloß, daß ich heute abend anfangen würde, mich zu bessern. Heute abend war noch früh genug, um diese legendären Düsentriebwerke wieder anzuwerfen. Heute nachmittag würde ich mein letztes Hearts-Spiel machen. Oder die letzten zwei. Oder vierzig.

15

Erst Jahre später fand ich heraus, was der entscheidende Teil meines letzten Gesprächs mit Frank Stuart gewesen war. Ich hatte ihm erklärt, er könne nicht nach so kurzer Zeit schon so weit im Rückstand sein, und er hatte erwidert, es liege daran, daß er nicht so schnell sei wie andere. Wir irrten uns beide. Es *war* möglich, binnen kurzer Zeit katastrophal zurückzufallen, und es passierte den Schnellen wie mir, Skip und Mark St. Pierre ebenso wie den zähen Arbeitern. Ganz weit hinten im Kopf müssen wir an dem Gedanken festgehalten haben, daß es uns gelingen würde, abwechselnd zu bummeln und dann wieder einen Spurt einzulegen, so wie die meisten von uns die High Schools unserer schläfrigen Heimatstädte durchlaufen hatten. Aber wie Dearie Dearborn betont hatte, dies war nicht die High School.

Wie bereits erwähnt, blieben von den zweiunddreißig Studenten auf unserer Etage in Chamberlain, die ihr College-Studium im Wintersemester begonnen hatten (dreiunddreißig, wenn man Dearie mitzählt… aber er war immun gegen den Zauber von Hearts), nur dreizehn bis zum Sommersemester. Das heißt aber nicht, daß die neunzehn, die uns verließen, allesamt Dummköpfe gewesen wären; keineswegs. Tatsächlich waren die klügsten Burschen auf Chamberlain Zwei im Herbst 1966 wahrscheinlich diejenigen, die das Wohnheim wechselten, bevor sie ernsthaft in Gefahr gerieten, das Studium zu schmeißen. Steve Ogg und Jack Frady, die das Zimmer gleich neben mir und Nate hatten, zogen in der ersten Novemberwoche nach Chadbourne um; auf ihrem gemeinsamen Antrag war die Rede von »Ablenkungen«. Als der Mann von der Zimmervergabe fragte, was für Ablenkungen das seien, sagten sie, das übliche eben – Quasselrunden bis zum frühen Morgen, Attacken aus dem Hinterhalt, bei denen einem Zahnpasta in die Haare geschmiert wurde, Reibungen mit einigen der Jungs. Wie aus einem nachträglichen Einfall heraus setzten sie beide dann noch hinzu, daß sie im Aufenthaltsraum wahrscheinlich ein bißchen zuviel Karten gespielt hätten. Sie hätten gehört, Chad sei eine ruhigere Umgebung, eins der zwei oder drei »Wohnheime für Leute mit Köpfchen« auf dem Campus.

Sie hatten die Frage des Zimmervermittlers erwartet und ihre Antwort so sorgfältig geprobt wie einen mündlichen Vortrag in einem Redekurs. Weder Steve noch Jack wollte, daß dem nahezu endlosen Hearts-Spiel ein Ende gemacht wurde; das hätte ihnen allen möglichen Ärger mit Leuten eingetragen, die fanden, daß sich jeder um seine eigenen Angelegenheiten kümmern sollte. Sie wollten nur weg von Chamberlain Zwei, solange sie noch genug Zeit hatten, ihre Stipendien zu retten.

16

Die schlecht verlaufenen mündlichen Prüfungen und die erfolglosen kleinen Aufsätze waren bloß unerfreuliche Scharmützel. Für Skip und mich und zu viele unserer Kartenspielerfreunde war die zweite Vorprüfungsrunde ein komplettes Desaster. Ich bekam ein A minus in meiner Englisch-Klausur und ein D in europäischer Geschichte, verhaute jedoch die Multiple-choice-Tests in Soziologie und Geologie – Soziologie nur knapp, Geologie mit Karacho. Skip versiebte seine Vorprüfungen in Anthropologie, in Kolonialgeschichte und Soziologie. Im Mathe-Test bekam er ein C (aber auch da wurde das Eis ziemlich dünn, erklärte er mir) und ein B bei seiner

Klausur. Wir waren uns einig, daß das Leben viel einfacher wäre, wenn es nur diese schriftlichen Prüfungen gäbe, die notwendigerweise fern vom Aufenthaltsraum im zweiten Stock stattfanden. Mit anderen Worten, wir wünschten uns, ohne es zu merken, an die High School zurück.

»Okay, jetzt reicht's«, sagte Skip an diesem Freitag abend zu mir. »Ich klemme mich dahinter, Peter. Es interessiert mich einen Scheiß, ein College-Mann zu sein oder ein Diplom zu kriegen, das ich in meinem Spielzimmer übers Kaminsims hängen kann, aber ich will ums Verrecken nicht wieder nach Dexter und mit all den anderen Zurückgebliebenen in der Bowlinghalle rumhängen, bis Uncle Sam mich ruft.«

Er saß auf Nates Bett. Nate war drüben im Palast in der Prärie und tat sich am Freitagabend-Fisch gütlich. Es war schön zu wissen, daß jemand auf Chamberlain Zwei Appetit hatte. Jedenfalls hätten wir diese Unterhaltung nicht geführt, wenn Nate dabeigewesen wäre; mein Zimmergenosse, dieses Landei, fand, daß er bei der letzten Vorprüfungsrunde ziemlich gut abgeschnitten hatte, nur C's und B's. Er hätte nichts *gesagt*, wenn er uns zugehört hätte, uns aber auf eine Weise angesehen, als hätten wir nicht genug Mumm. Als wären wir – auch wenn es vielleicht nicht unsere Schuld war – moralische Schwächlinge.

»Kann ich verstehen«, sagte ich, und dann kam ein gequälter Aufschrei vom anderen Ende des Flurs (»*Ohhhhhh… Scheiße!*«), den wir sofort erkannten: Jemand hatte gerade die Hexe gekriegt. Unsere Blicke trafen sich. Ich weiß nicht, wie es Skip ging (obwohl er auf dem College mein bester Freund war), aber ich dachte nach wie vor, daß ich noch genug Zeit hatte… und warum sollte ich das auch nicht denken? Ich hatte immer genug Zeit gehabt.

Skip begann zu grinsen. Ich begann zu grinsen. Skip begann zu kichern. Ich kicherte mit.

»Ach, zum Teufel«, sagte er.

»Nur heute abend«, sagte ich. »Morgen gehen wir zusammen in die Bibliothek.«

»Und stecken unsere Nasen in die Bücher.«

»Den ganzen Tag. Aber jetzt…«

Er stand auf. »Gehen wir auf Hexenjagd.«

Das taten wir. Und wir waren nicht die einzigen. Das ist keine Erklärung, ich weiß; es ist eine schlichte Tatsache.

Als wir beim Frühstück am nächsten Morgen nebeneinander an der Spüle standen, sagte Carol: »In eurem Wohnheim läuft ein großes Kartenspiel, hab ich gehört. Stimmt das?«

»Kann man so sagen«, antwortete ich.

Sie sah mich über die Schulter hinweg an und warf mir dieses Lächeln zu – das Lächeln, an das ich immer dachte, wenn ich an Carol dachte. Das Lächeln, an das ich auch jetzt noch denke. »Hearts? Hexen jagen?«

»Hearts«, bestätigte ich. »Hexen jagen.«

»Ich hab gehört, daß ein paar von den Jungs es zu toll treiben. Daß sie Probleme mit ihren Noten kriegen.«

»Ja, könnte schon sein«, sagte ich. Auf dem Förderband kam nichts, kein einziges Tablett. Mir ist aufgefallen, daß nie was los ist, wenn man's mal braucht.

»Wie steht's denn mit *deinen* Noten?« fragte sie. »Ich weiß, es geht mich nichts an, aber ich will –«

»Informationen, ja, ich weiß. Bei mir läuft's ganz gut. Außerdem höre ich mit dem Spielen auf.«

Sie bedachte mich nur mit dem Lächeln, und natürlich denke ich immer noch manchmal daran; Sie würden das auch tun. Die Grübchen, die leicht gebogene Unterlippe, die so viele nette Sachen übers Küssen wußte, die tanzenden blauen Augen. In jenen Zeiten bekam kein Mädchen mehr von einem Jungenwohnheim zu sehen als die Eingangshalle ... und den Jungen ging es im umgekehrten Fall natürlich auch nicht anders. Trotzdem habe ich so das Gefühl, daß Carol im Oktober und November 1966 für eine kleine Weile ziemlich viel sah, mehr als ich. Aber sie war natürlich nicht wahnsinnig – jedenfalls damals noch nicht. Der Vietnamkrieg wurde *ihr* Wahnsinn. Meiner auch. Und der von Skip. Und von Nate. Hearts war im Grunde genommen gar nichts, nur ein paar leichte Erdstöße, solche, bei denen die Fliegentür in ihren Scharnieren hin und her schwingt und die Gläser auf den Borden klirren. Das Killer-Erdbeben, der apokalyptische Kontinentenversenker, war noch im Anmarsch.

17

Barry Margeaux und Brad Witherspoon bekamen beide die *News* aus Derry ins Zimmer geliefert, und die beiden Exemplare der Zeitung hatten am Ende des Tages für gewöhnlich die Runde durch die Zimmer im zweiten Stock gemacht – wir fanden die Überreste im Aufenthaltsraum, wenn wir unsere Plätze für die abendliche Hearts-Sitzung einnahmen. Die Seiten waren zerrissen und zerfleddert, das Kreuzworträtsel von drei oder vier verschiedenen Händen ausgefüllt. Lyndon Johnson, Ramsey Clark und Martin Luther King hatten auf den gerasterten Fotos Tintenschnurrbärte bekommen (jemand – ich fand nie heraus, wer – setzte Vizepräsident Humphrey regelmäßig große rauchende Hörner auf und schrieb in winzigen, analen Druckbuchstaben HUBERT DER TEUFEL darunter). Die *News* gehörte zu den Falken, was den Krieg betraf; sie stellte die täglichen militärischen Ereignisse möglichst positiv dar und verbannte alle Nachrichten über Proteste in die Tiefen der Innenseiten ... normalerweise unter den örtlichen Veranstaltungskalender.

Dennoch ertappten wir uns immer öfter dabei, daß wir nicht über Filme, Verabredungen oder Kurse diskutierten, während die Karten gemischt und ausgeteilt wurden; immer häufiger ging es um Vietnam. Ganz gleich, wie gut die Nachrichten waren oder wie viele Vietcongs ins Gras gebissen hatten, es schien immer mindestens ein Bild dabeizusein, das mit dem Tode ringende amerikanische Soldaten nach einem Überfall oder weinende vietnamesische Kinder zeigte, die zusahen, wie ihr Dorf in Flammen aufging. Ganz weit unten in der »täglichen Leichenkolumne«, wie Skip sie nannte, verbarg sich stets irgendein beunruhigendes Detail, wie die Sache mit den Kindern, die umkamen, als wir die Patrouillenboote des Vietcong im Delta unter Feuer nahmen.

Nate spielte natürlich nicht Karten. Er wollte auch nicht über das Pro und Contra des Krieges diskutieren – ich glaube, er wußte ebensowenig wie ich, daß Vietnam früher einmal eine französische Kolonie gewesen war oder was mit den *Monsieurs* geschehen war, die das Pech gehabt hatten, 1954 in der befestigten Stadt Dien Bien Phu zu sein, geschweige denn, wer wohl entschieden haben mochte, daß es für Präsident Diem an der Zeit war, in das große Reisfeld im Himmel einzugehen, so daß Nguyen Cao Ky und die Generäle die Macht übernehmen konnten. Nate wußte nur, daß er keinen Streit mit diesen Congs hatte und daß sie in der unmittelbaren Zukunft nicht auf Mars Hill oder Presque Isle sein würden.

»Hast du noch nie was von der Dominotheorie gehört, du Schwachkopf?« fragte ein vorlauter kleiner Freshman namens Nicholas Prouty Nate eines Nachmittags. Mein Zimmergenosse kam jetzt nur noch selten in den Aufenthaltsraum im zweiten Stock; er zog den ruhigeren im ersten Stock vor, aber an diesem Tag hatte er für ein paar Minuten vorbeigeschaut.

Nate sah Nick Prouty an, Sohn eines Hummerfischers und mittlerweile ein devoter Jünger von Ronnie Malenfant, und seufzte. »Wenn ihr die Dominosteine rausholt, gehe ich. Ich finde das Spiel langweilig. Das ist *meine* Dominotheorie.« Er warf mir einen Blick zu. Ich schaute so schnell weg, wie ich konnte, aber nicht schnell genug; die Botschaft kam trotzdem bei mir an: Was, zum Teufel, ist *los* mit dir? Dann ging er hinaus und schlurfte mit seinen fusseligen Pantoffeln zum Zimmer 302 zurück, um noch ein bißchen zu lernen – mit anderen Worten, um seinen vorgezeichneten Kurs vom Einführungsseminar Zahnmedizin zum Zahnmedizin-Hauptstudium weiterzuverfolgen.

»Riley, dein Zimmergenosse ist ein verkorkstes Arschloch, weißt du das?« sagte Ronnie. Er hatte sich eine Zigarette in den Mundwinkel gesteckt. Jetzt riß er mit einer Hand ein Streichholz an, eine Spezialität von ihm – College-Jungs, die zu häßlich und zu aggressiv sind, um Mädchen zu kriegen, haben alle möglichen Spezialitäten –, und zündete sie an.

Nein, Mann, dachte ich, *Nate ist in Ordnung. Wir sind die verkorksten Arschlöcher.* Eine Sekunde lang verspürte ich echte Verzweiflung. In dieser Sekunde erkannte ich, daß ich in einer schrecklichen Bredouille steckte und nicht die geringste Ahnung hatte, wie ich da je wieder herauskommen sollte. Ich merkte, daß Skip mich ansah, und mir ging durch den Kopf, daß Skip sich mir anschließen würde, wenn ich die Karten nahm, sie Ronnie ins Gesicht warf und den Raum verließ. Wahrscheinlich voller Erleichterung. Dann verging das Gefühl. Es verging so rasch, wie es gekommen war.

»Nate ist in Ordnung«, sagte ich. »Er hat ein paar komische Ideen, das ist alles.«

»Ein paar komische *kommunistische* Ideen hat er«, sagte Hugh Brennan. Sein älterer Bruder war bei der Navy, und sein bisher letztes Lebenszeichen war aus dem südchinesischen Meer gekommen. Hugh hatte für Peaceniks nichts übrig. Als Goldwater-Republikaner hätte ich genauso empfinden sollen, aber Nate übte allmählich einen gewissen Einfluß auf mich aus. Ich besaß alles mögliche Fertigwissen, hatte aber keine echten Argumente für den Krieg ... und auch keine Zeit, mir welche zu erarbeiten. Ich hatte so viel um die Ohren, daß ich mich nicht mal meinem Soziologiestudium widmen konnte, geschweige denn nebenher amerikanische Außenpolitik büffeln.

Ich bin ziemlich sicher, das war der Abend, an dem ich beinahe Annmarie Soucie angerufen hätte. Die Telefonzelle gegenüber vom Aufenthaltsraum war leer, ich hatte einen Haufen Kleingeld von meinem letzten Sieg in den Hearts-Kriegen in der Tasche, und ich beschloß plötzlich, daß es jetzt soweit war. Ich wählte ihre Nummer aus dem Gedächtnis (obwohl ich einen Moment lang über die letzten vier Ziffern nachdenken mußte – 8146 oder 8164?) und steckte drei Vierteldollarmünzen ein, als der Operator mich dazu aufforderte. Ich ließ das Telefon einmal klingeln, knallte den Hörer dann laut auf die Gabel und holte meine Vierteldollar wieder heraus, als ich sie im Ausgabeschacht klimpern hörte.

18

Ein oder zwei Tage später – kurz vor Halloween – besorgte sich Nate eine Platte von einem Burschen, von dem ich nur vage gehört hatte: Phil Ochs. Ein Folkie, aber keiner von den Banjo-Zupfgeigenhanseln, die normalerweise in *Hootenanny* auftraten. Die Plattenhülle, auf der ein zerknitterter Troubadour zu sehen war, der auf einem Randstein in New York City saß, paßte so gar nicht zu den Hüllen von Nates anderen Platten – Dean Martin im Smoking, der leicht angeschickert wirkt, Mitch Miller mit seinem Singalong-Lächeln, Diane Renee mit ihrer Matrosenbluse und der kecken Matrosenmütze. Die Platte von Ochs hieß *I Ain't Marchin' Anymore* – ich marschiere nicht mehr –, und Nate spielte sie häufig, als die Tage kürzer und kalt wurden. Ich fing an, sie selbst zu spielen, und Nate schien nichts dagegen zu haben.

In Ochs' Stimme war so etwas wie ein verwirrter Zorn. Ich glaube, ich mochte sie, weil ich die meiste Zeit selber verwirrt war. Er ähnelte Dylan, war aber weniger kompliziert in seinem Ausdruck und klarer in seinem Zorn. Der beste Song auf der Platte – und der beunruhigendste – war der Titelsong. Darin deutete Ochs nicht nur zart an, sondern sagte laut und deutlich, daß der Krieg sich nicht lohne, daß Krieg sich nie lohne. Selbst wenn er sich lohnte, lohnte er sich nicht. Zusammen mit dem Bild von jungen Männern, die zu Tausenden und Zehntausenden Lyndon und seine Vietnam-Obsession einfach ignorierten und weggingen, regte dieser Gedanke meine Phantasie auf eine Weise an, die nichts mit Geschichte, Politik oder rationalem Denken zu tun hatte. *I must have killed a million men and now they want me back again, but I ain't marchin anymore,* tönte Phil Ochs aus dem Lautsprecher von Nates schickem kleinem Swingline-Plattenspieler. Ich habe bestimmt eine Million Menschen getötet, und jetzt wollen sie, daß ich wieder damit anfange, aber ich marschiere nicht mehr. Mit anderen Worten: Hört einfach auf damit! Hört auf zu tun, was sie sagen, hört auf zu tun, was sie wollen, hört auf, ihr Spiel zu spielen. Es ist ein altes Spiel, und bei diesem Spiel jagt die Hexe *euch*.

Und vielleicht sollte man zum Zeichen dafür, daß man es ernst meinte, ein Symbol des Widerstands tragen – etwas, worüber andere sich erst wundern und dem sie sich dann vielleicht anschließen werden. Ein paar Tage nach Halloween zeigte uns Nate Hoppenstand, was dieses Symbol sein würde. Es fing mit einer dieser zerknüllten, im Aufenthaltsraum im zweiten Stock liegengebliebenen Zeitungen an.

19

»Himmel, Arsch und Zwirn, seht euch das an«, sagte Billy Marchant.

Harvey Twiller mischte gerade die Karten an Billys Tisch, Lennie Doria rechnete den aktuellen Spielstand aus, und Billy nutzte die Gelegenheit, rasch den Lokalteil der *News* zu überfliegen. Kirby McClendon – unrasiert, groß und nervös, schon längst auf dem Weg zu seiner Verabredung mit all den Kinderaspirintabletten – beugte sich vor, um ebenfalls einen Blick in das Blatt zu werfen.

Billy wich vor ihm zurück und wedelte mit der Hand vor seinem Gesicht herum. »Heilige Muttergottes, Kirb, wann hast du denn zum letzten Mal geduscht? Am Anfang des Semesters? Oder am vierten Juli?«

»Laß mal sehen«, sagte Kirby, ohne ihn zu beachten. Er riß ihm die Zeitung aus der Hand. »Verdammt, das ist ja Ratz-Fatz!«

Ronnie Malenfant stand so schnell auf, daß sein Stuhl umfiel, entzückt von dem Gedanken, daß Stoke in die Zeitung gekommen war. Wenn College-Studenten in der *News* auftauchten (außer auf der Sportseite natürlich), dann immer, weil sie in Schwierigkeiten waren. Andere scharten sich um Kirby, darunter auch Skip und ich. Es war Stokely Jones III., ganz recht, und nicht nur er. Die anderen dort im Hintergrund, deren Gesichter fast, aber nicht ganz in den Rasterpunkten untergingen, das waren …

»Du dickes Ei«, sagte Skip, »ich glaube, das ist Nate.« Er klang belustigt und erstaunt.

»Und das da vor ihm ist Carol Gerber«, sagte ich in einem komischen, schockierten Ton. Ich kannte die Jacke mit HARWICH HIGH SCHOOL auf dem Rücken; kannte die blonden Haare, die in einem Pferdeschwanz über den Jackenkragen hingen; kannte die ausgeblichenen Jeans. Und ich kannte das Gesicht. Ich kannte es, obwohl es halb abgewandt war und von einem Schild mit der Aufschrift USA RAUS AUS VIETNAM – SOFORT! beschattet wurde. »Das ist meine Freundin.« Zum ersten Mal war das Wort *Freundin* in Verbindung mit Carols

Namen aus meinem Mund gekommen, obwohl ich sie innerlich mindestens schon seit ein paar Wochen so nannte.

POLIZEI LÖST PROTEST GEGEN EINBERUFUNG ZUM MILITÄRDIENST AUF, lautete die Bildunterschrift. Dem dazugehörigen Artikel zufolge hatten sich etwa ein Dutzend Demonstranten von der University of Maine vor dem Federal Building in der Innenstadt von Derry versammelt. Sie hatten Schilder getragen und waren ungefähr eine Stunde lang vor dem Eingang zum Büro der Einberufungskommission auf und ab marschiert, hatten Lieder gesungen und »Parolen – auch obszöner Natur – skandiert«. Die herbeigerufenen Polizisten hatten anfangs nur herumgestanden, ohne etwas gegen die Demonstration zu unternehmen, aber dann war eine Gruppe von Gegendemonstranten aufgetaucht – hauptsächlich Bauarbeiter, die gerade Mittagspause machten. Sie hatten angefangen, ihre eigenen Parolen zu rufen, und obwohl in der *News* nichts darüber stand, ob sie obszön gewesen waren oder nicht, konnte ich mir denken, daß es sich um Aufforderungen handelte, wieder nach Rußland zu verschwinden, und Vorschläge, wo die Demonstranten ihre Schilder hinstecken konnten, wenn sie sie gerade nicht benutzten, oder Wegbeschreibungen zum nächsten Friseur.

Als die Protestierenden das Geschrei der Bauarbeiter zu erwidern und die Bauarbeiter die Protestierenden mit Obst aus ihren Essenspaketen zu bewerfen begannen, hatte die Polizei eingegriffen. Unter Hinweis auf die fehlende Genehmigung (die Cops von Derry hatten offenbar noch nie was davon gehört, daß Amerikaner das Recht hatten, sich friedlich zu versammeln) trieben sie die jungen Leute zusammen und brachten sie auf die Revierwache in der Witcham Street. Dort wurden sie einfach freigelassen. »Wir wollten sie nur aus einer unangenehmen Atmosphäre herausholen«, wurde ein Cop zitiert. »Wenn sie wieder da hingehen, sind sie noch dümmer, als sie aussehen.«

Das Foto unterschied sich eigentlich kaum von denen, die beim östlichen Anbau während der Proteste gegen Coleman Chemicals aufgenommen worden waren. Es zeigte, wie die Cops die Demonstranten abführten, während die Bauarbeiter (etwa ein Jahr später hatten sie alle kleine amerikanische Fahnen an ihren Plastikhelmen) johlend und grinsend die Fäuste schüttelten. Ein Cop streckte gerade die Hand nach Carols Arm aus; Nate, der hinter ihr stand, war ihrer Aufmerksamkeit offenbar entgangen. Zwei weitere Cops eskortierten Stoke Jones, der mit dem Rücken zur Kamera stand, auf seinen Krücken aber gar nicht zu verkennen war. Und wenn doch noch etwas zu seiner Identifizierung erforderlich gewesen wäre, so hatte er die handgemalte Spatzenspur auf seiner Jacke.

»Schaut euch das dumme Arschloch an!« krähte Ronnie. (Ronnie, der in der letzten Vorprüfungsrunde zwei der vier Tests verhauen hatte, besaß tatsächlich die Frechheit, jemand anders als dummes Arschloch zu bezeichnen.) »Als ob er nichts Besseres zu tun hätte!«

Skip beachtete ihn nicht. Ich ebensowenig. Für uns verblaßte Ronnies Geschrei bereits zur Bedeutungslosigkeit, ganz gleich, worum es ging. Uns faszinierte Carols Anblick ... und der von Nate Hoppenstand hinter ihr, der zusah, wie die Demonstranten abgeführt wurden. Nate, so adrett wie immer mit seinem Elite-Uni-Hemd und den Jeans mit Aufschlägen und Bügelfalten, Nate, der in der Nähe der johlenden, die Fäuste schüttelnden Bauarbeiter stand, aber vollständig von ihnen ignoriert wurde. Und von den Cops ebenfalls. Keine der beiden Gruppen wußte, daß mein Zimmergenosse neuerdings ein Fan des subversiven Mr. Phil Ochs war.

Ich schlüpfte zur Telefonzelle hinaus und rief im ersten Stock von Franklin Hall an. Jemand aus dem Aufenthaltsraum ging an den Apparat, und als ich nach Carol fragte, sagte das Mädchen, Carol sei nicht da, sie sei mit Libby Sexton in die Bibliothek gegangen, um zu lernen. »Bist du Pete?«

»Ja«, antwortete ich.

»Ich hab hier eine Nachricht für dich. Sie hat sie an die Scheibe gepappt.« Das war damals in den Wohnheimen allgemein üblich. »Hier steht, sie ruft dich später an.«

»Okay. Danke.«

Skip war draußen vor der Telefonzelle und winkte mir ungeduldig zu, daß ich herauskommen sollte. Wir gingen den

Flur entlang, um Nate zu besuchen, obwohl wir wußten, daß wir beide unseren Platz an den Tischen verlieren würden, an denen wir gespielt hatten. In diesem Fall siegte die Neugier über die Besessenheit.

Nates Miene änderte sich nicht sehr, als wir ihm die Zeitung zeigten und ihn nach der Demonstration vom Vortag fragten, aber seine Miene änderte sich *nie* sehr. Trotzdem spürte ich, daß er unglücklich war, sich vielleicht sogar elend fühlte. Ich verstand nicht, warum – schließlich war doch alles gut ausgegangen; niemand war ins Gefängnis gewandert oder auch nur in der Zeitung namentlich erwähnt worden.

Ich war schon fast zu dem Schluß gekommen, daß ich zuviel in sein übliches Schweigen hineinlas, als Skip fragte: »Was hast du denn?«

In seiner Stimme lag eine Art rüder Besorgnis. Nates Unterlippe zitterte und wurde dann wieder fest. Er beugte sich über den ordentlich aufgeräumten Schreibtisch (mein eigener war bereits von ungefähr neunzehn Schichten Müll bedeckt) und zupfte ein Kleenex aus der Schachtel, die neben seinem Plattenspieler stand. Er putzte sich lange und heftig die Nase. Als er fertig war, hatte er sich wieder unter Kontrolle, aber ich sah das wirre Unglück in seinen Augen. Ein Teil von mir – ein gemeiner Teil – freute sich über den Anblick. Freute sich über die Erkenntnis, daß man kein Hearts-Junkie werden mußte, um Probleme zu haben. Die menschliche Natur kann manchmal so beschissen sein.

»Ich bin mit Stoke und Harry Swidrowski und ein paar anderen hingefahren«, sagte Nate.

»War Carol bei euch?« fragte ich.

Nate schüttelte den Kopf. »Ich glaube, sie war bei George Gilmans Leuten. Wir sind mit fünf Wagen gefahren.« Ich kannte keinen George Gilman, aber das hinderte mich nicht daran, einen Pfeil ziemlich krankhafter Eifersucht nach ihm zu werfen. »Harry und Stoke sind im Widerstandskomitee. Gilman ist auch drin. Jedenfalls sind wir –«

»Widerstandskomitee?« fragte Skip. »Was ist das?«

»Ein Club«, sagte Nate und seufzte. »Sie glauben, daß es mehr ist – besonders Harry und George, die sind echte Unruhestifter –, aber in Wirklichkeit ist es einfach nur ein x-beliebiger Club, wie die Maskenspieler von Maine oder die Einpeitscher.«

Nate sagte, er selbst sei mitgekommen, weil es Dienstag gewesen sei und er am Dienstagnachmittag keine Kurse habe. Niemand hatte Befehle erteilt; niemand hatte sie Loyalität schwören lassen oder gar eine Liste herumgegeben, in die sie sich eintragen sollten. Niemand hatte sie gezwungen zu demonstrieren, und von dem paramilitärischen Eifer der Baskenmützenträger, der sich später in der Antikriegsbewegung breitmachte, war nichts zu spüren gewesen. Nate zufolge hatten Carol und die jungen Leute, mit denen sie zusammen war, gelacht und einander mit den Schildern geknufft, als sie den Parkplatz der Sporthalle verließen. (Gelacht. Mit George Gilman gelacht. Ich warf noch einen dieser bazillenverseuchten Eifersuchtspfeile.)

Als sie zum Federal Building kamen, demonstrierten einige, indem sie vor der Tür zum Büro der Einberufungskommission im Kreis marschierten, und andere nicht. Nate hatte zu denen gehört, die nicht demonstrierten. Als er uns das erzählte, verzog sich sein ansonsten glattes Gesicht und nahm für einen kurzen Moment einen Ausdruck an, den man bei einem weniger in sich ruhenden Jungen vielleicht als echtes Elend gedeutet hätte.

»Ich *wollte* mitdemonstrieren«, erklärte er. »Auf der ganzen Fahrt hatte ich fest vorgehabt, mitzudemonstrieren. Es war aufregend – wir waren zu sechst in Harry Swidrowskis Saab gepfercht. Ein echter Trip. Hunter McPhail ... kennt ihr ihn?«

Skip und ich schüttelten den Kopf. Ich glaube, wir verspürten beide ein wenig Ehrfurcht, weil wir gerade entdeckt hatten, daß der Besitzer von *Meet Trini Lopez* und *Diane Renee Sings Navy Blue* eine Art geheimes Leben hatte, das zudem Kontakte zu der Sorte von Leuten einschloß, für die sich sowohl die Cops als auch die Zeitungen interessierten.

»Er und George Gilman haben das Komitee gegründet. Jedenfalls hat Hunter Stokes Krücken aus dem Fenster des Saab gehalten, weil sie nicht mehr reinpaßten, und wir haben ›I Ain't Marchin' Anymore‹ gesungen und darüber geredet, daß wir den Krieg vielleicht wirklich stoppen könnten, wenn genug von uns zusammenkämen – das heißt, wir alle haben über solche Sachen geredet, nur Stoke nicht. Der sagt kaum mal was.«

So, dachte ich. Selbst bei ihnen sagt er nichts … außer vermutlich, wenn er beschließt, daß eine kleine Glaubwürdigkeitslektion fällig ist. Aber Nate dachte nicht über Stoke nach; Nate dachte über Nate nach. Er zerbrach sich den Kopf über die unerklärliche Weigerung seiner Füße, sein Herz dorthin zu tragen, wohin es ganz eindeutig gewollt hatte.

»Auf der ganzen Fahrt denke ich, ›ich werde mit ihnen demonstrieren, ich werde mit ihnen demonstrieren, weil es richtig ist … zumindest glaube ich, daß es richtig ist … und wenn jemand auf mich losgeht, verzichte ich auf jede Gewalt, so wie die Leute bei den Sit-Ins in der Kantine. Die haben gewonnen, vielleicht können wir auch gewinnen.‹« Er sah uns an. »Ich meine, in meinem Kopf stand das völlig außer Zweifel. Versteht ihr?«

»Ja«, sagte Skip. »Versteh ich.«

»Aber als wir dort angekommen sind, konnte ich's nicht. Ich hab geholfen, Schilder auszuteilen, auf denen stand STOPPT DEN KRIEG und USA RAUS AUS VIETNAM – SOFORT! und HOLT DIE JUNGS HEIM … Carol und ich haben Stoke geholfen, sein Schild festzubinden, so daß er damit demonstrieren und trotzdem seine Krücken benutzen konnte … aber ich selbst konnte keins nehmen. Ich hab mit Bill Shadwick, Kerry Morin und einem Mädchen namens Lorlie McGinnis auf dem Bürgersteig gestanden … sie ist meine Partnerin im Botanik-Labor …« Er nahm Skip die Zeitungsseite aus der Hand und betrachtete sie, als wollte er sich erneut vergewissern, daß das alles wirklich passiert war; daß das Herrchen von Rinty und der Freund von Cindy tatsächlich zu einer Antikriegsdemonstration gegangen war. Er seufzte und ließ die Zeitung dann zu Boden segeln. Das war so untypisch für ihn, daß ich Kopfschmerzen bekam.

»Ich dachte, ich würde mitdemonstrieren. Ich meine, weshalb wäre ich sonst mitgefahren? Auf dem ganzen Weg von Orono nach Derry hab ich keinen Moment dran gezweifelt.«

Er sah mich irgendwie flehend an. Ich nickte, als verstünde ich ihn.

»Aber dann hab ich's nicht getan. Ich weiß nicht, warum.«

Skip setzte sich neben ihn aufs Bett. Ich suchte die Phil-Ochs-Platte und legte sie auf. Nate sah Skip an und wandte den Blick dann ab. Nates Hände waren so klein und ordentlich wie alles andere an ihm, bis auf die Fingernägel. Die Fingernägel waren schrundig und bis zum Nagelbett abgekaut.

»Okay«, sagte er, als hätte Skip ihn laut gefragt. »Ich weiß *doch*, warum. Ich hatte Angst, daß man sie festnehmen würde, und mich mit ihnen. Daß ein Foto von meiner Festnahme in die Zeitung käme und daß meine Leute es sehen würden.« Es gab eine lange Pause. Der arme alte Nate versuchte, den Rest zu sagen. Ich hielt die Nadel über die erste Rille der rotierenden Platte und wartete ab, ob er es schaffte. Endlich tat er es. »Daß meine *Mutter* es sehen würde.«

»Ist schon gut, Nate«, sagte Skip.

»Das glaube ich nicht«, erwiderte Nate mit zitternder Stimme. »Wirklich nicht.« Er mied Skips Blick, saß nur mit seiner ausgeprägten Hühnerbrust und seiner nackten weißen Yankeehaut zwischen Pyjamahose und Freshman-Käppi auf dem Bett und schaute auf seine abgeknabberten Nagelhäute. »Ich diskutiere nicht gern über den Krieg. Harry schon ... und Lorlie auch ... George Gilman, du liebes bißchen, der ist bei dem Thema überhaupt nicht mehr zu bremsen, und die meisten anderen im Komitee sind genauso. Aber wenn es ums Reden geht, bin ich eher wie Stoke als wie sie.«

»Niemand ist wie Stoke«, sagte ich. Ich erinnerte mich an den Tag, als ich ihm auf dem Bennett's Walk begegnet war. *Warum läßt du's nicht ruhiger angehen?* hatte ich ihn gefragt. *Warum rutschst du mir nicht den Buckel runter?* hatte Mister Glaubwürdigkeit erwidert.

Nate musterte immer noch seine Nagelhäute. »Was ich *denke*, ist, daß Johnson amerikanische Jungs da unten grundlos in den Tod schickt. Es ist kein Imperialismus oder Kolonialismus, wie Harry Swidrowski glaubt, es ist überhaupt kein *Ismus*. In Johnsons Kopf geht alles kunterbunt durcheinander,

Davy Crockett und Daniel Boone und die New York Yankees, das ist alles. Und wenn ich das denke, sollte ich es auch *sagen*. Ich sollte versuchen, es zu verhindern. Das hab ich in der Kirche gelernt, in der Schule, sogar bei den verdammten *Pfadfindern*. Man soll aufstehen. Wenn man sieht, daß was Falsches passiert, wie zum Beispiel, daß ein Großer einen Kleinen verhaut, soll man aufstehen und zumindest versuchen, es zu verhindern. Aber ich hatte Angst, daß meine Mutter ein Foto von meiner Festnahme sehen und in Tränen ausbrechen würde.«

Nate hob den Kopf, und wir sahen, daß er weinte. Nur ein bißchen; nasse Lider und Wimpern, nicht mehr. Für ihn war das aber eine große Sache.

»Eins hab ich rausgefunden«, sagte er. »Was das Ding hinten auf Stoke Jones' Jacke ist.«

»Nämlich?« fragte Skip.

»Eine Kombination von zwei Signalbuchstaben der britischen Kriegsmarine. Schaut.« Nate stand auf und legte die bloßen Hacken zusammen. Er hob den linken Arm senkrecht zur Decke und senkte den rechten zum Boden, so daß eine gerade Linie entstand. »Das ist N.« Als nächstes streckte er die Arme im Fünfundvierzig-Grad-Winkel vom Körper weg. Ich erkannte, daß die beiden übereinandergelegten Formen das Gebilde ergaben, das Stoke mit Tinte hinten auf seinen alten Dufflecoat gemalt hatte. »Das ist D.«

»N-D«, sagte Skip. »Und?«

»Die Buchstaben stehen für *nuclear disarmament*, atomare Abrüstung. Bertrand Russell hat das Symbol in den fünfziger Jahren erfunden.« Er zeichnete es auf die Rückseite seines Notizbuchs: ☮ »Er nannte es Friedenszeichen.«

»Nicht schlecht«, sagte Skip.

Nate lächelte und wischte sich mit den Fingern unter den Augen. »Fand ich auch«, stimmte er zu. »Ist echt groovy.«

Ich ließ die Nadel auf die Platte herunter, und wir hörten Phil Ochs singen. Groovten drauf ab, wie wir Bewohner von Atlantis zu sagen pflegten.

20

Der Aufenthaltsraum in der Mitte von Chamberlain Zwei war mein Jupiter geworden – ein furchteinflößender Planet mit einer ungeheuren Anziehungskraft. Trotzdem widerstand ich ihr an diesem Abend, schlüpfte statt dessen noch einmal in die Telefonzelle und rief in Franklin an. Diesmal erwischte ich Carol.

»Mir geht's gut«, sagte sie und lachte ein bißchen. »Alles bestens. Einer der Cops hat mich sogar ›kleine Lady‹ genannt. Stell dir vor, Pete, der war richtig um mich besorgt.«

Ich hätte sie am liebsten gefragt: *Und wie sehr war dieser Gilman um dich besorgt?*, wußte aber schon mit achtzehn, daß dies nicht der richtige Weg war.

»Du hättest mich anrufen sollen«, sagte ich. »Vielleicht wäre ich mitgekommen. Wir hätten meinen Wagen nehmen können.«

Carol begann zu kichern, ein süßer, aber verwirrender Laut.

»Was ist?«

»Ich hab mir gerade vorgestellt, wie ich in einem Kombi mit Goldwater-Aufkleber an der Stoßstange zu einer Antikriegsdemonstration fahre.«

Ja, das war wirklich irgendwie komisch.

»Außerdem«, sagte sie, »hast du was anderes zu tun, glaube ich.«

»Was soll das denn heißen?« Als ob ich das nicht wüßte. Durch die Scheiben der Telefonzelle und des Aufenthaltsraums sah ich die meisten meiner Etagenkameraden in einem Nebel von Zigarettenrauch Karten spielen. Und selbst hier drin, bei geschlossener Tür, hörte ich Ronnie Malenfants schrilles Gegacker. Wir jagen die Hexe, Jungs, wir *cherchez*en *la* Fotze *noir*, wir holen sie aus dem Gebüsch.

»Lernen oder Hearts spielen«, sagte sie. »Lernen, hoffe ich. Eins der Mädchen auf meiner Etage geht mit Lennie Doria – oder ist mit ihm gegangen, als er noch Zeit dazu hatte. Sie nennt es das Kartenspiel aus der Hölle. Geh ich dir schon auf die Nerven?«

»Nein«, sagte ich und wußte nicht, ob sie es tat oder nicht. »Carol, ist alles in Ordnung mit dir?«

Es gab eine lange Pause. »Ja«, sagte sie schließlich. »Natürlich.«

»Die Bauarbeiter, die da aufgetaucht sind ...«

»In erster Linie Großmäuler«, sagte sie. »Mach dir keine Sorgen. Im Ernst.«

Aber es klang nicht so, als ob mit ihr alles in Ordnung wäre, jedenfalls nicht ganz ... und ich mußte mir sehr wohl Sorgen machen, und zwar wegen George Gilman. Ich machte mir weitaus mehr Sorgen wegen ihm als wegen Sully, ihrem Freund zu Hause.

»Bist du in diesem Komitee, von dem Nate mir erzählt hat?« fragte ich sie. »Diesem Widerstandskomitee oder so?«

»Nein«, sagte sie. »Jedenfalls noch nicht. George hat mich gefragt, ob ich mitmachen will. Er ist mit mir im Politikkurs. George Gilman. Kennst du ihn?«

»Hab von ihm gehört«, sagte ich. Ich umklammerte den Hörer zu fest, schien den Griff aber nicht lockern zu können.

»Er hat mir von der Demonstration erzählt. Ich bin mit ihm und ein paar anderen hingefahren. Ich ...« Sie verstummte einen Moment lang, dann fragte sie mit echter Neugier: »Du bist doch nicht eifersüchtig auf ihn, oder?«

»Na ja«, sagte ich vorsichtig, »er hat einen Nachmittag mit dir verbracht. *Darauf* bin ich eifersüchtig, glaube ich.«

»Nicht doch. Er hat Köpfchen, und nicht zu knapp, aber auch eine affige Frisur und riesengroße Augen, die einen nicht richtig ansehen können. Er rasiert sich, aber anscheinend läßt er immer eine große Stelle aus. *Er* ist nicht die Attraktion, glaub mir.«

»Was dann?«

»Kann ich dich sehen? Ich möchte dir was zeigen. Es wird nicht lange dauern. Aber es würde vielleicht helfen, wenn ich dir einfach *erklären* könnte ...« Ihre Stimme schwankte bei dem Wort, und ich erkannte, daß sie den Tränen nahe war.

»Was ist los?«

»Du meinst, abgesehen davon, daß mein Vater mich wahrscheinlich nicht mehr ins Haus läßt, wenn er mich in der *News* gesehen hat? Ich wette, er wird spätestens zum Wochenende die Schlösser auswechseln lassen. Das heißt, wenn er's nicht schon getan hat.«

Ich dachte an Nate, der gesagt hatte, er fürchte sich davor, daß seine Mutter ein Foto sehen würde, wie er gerade festgenommen wurde. Mamas braver kleiner Zahnmedizinstudent, in Derry eingebuchtet, weil er ohne Erlaubnis vor dem Federal Building im Kreis marschiert war. Oh, diese Schande, diese Schande. Und Carols Dad? Nicht ganz dasselbe, aber ziemlich. Carols Dad war schließlich ein *steady boy*, der »Schiff ahoi« gesagt hatte und zur Nay-yay-vee gegangen war.

»Kann sein, daß er den Artikel gar nicht sieht«, sagte ich. »Und selbst wenn, in der Zeitung stehen keine Namen.«

»Das *Foto*.« Sie sprach geduldig, wie mit jemandem, der ein bißchen schwer von Begriff war, aber nichts dafür konnte. »Hast du das Foto nicht gesehen?«

Ich wollte ihr gerade erklären, daß ihr Gesicht größtenteils von der Kamera abgewandt und das, was man davon sehen konnte, im Schatten gewesen sei. Dann erinnerte ich mich an ihre Jacke, auf deren Rücken groß und breit HARWICH HIGH SCHOOL prangte. Außerdem war er ihr *Vater*, Herrgott noch mal. Auch wenn sie halb von der Kamera abgewandt war, würde er sie erkennen.

»Vielleicht sieht er das Bild auch nicht«, sagte ich lahm. »Damariscotta liegt ganz am Rand des Verbreitungsgebiets der *News*.«

»Willst du dein Leben so verbringen, Pete?« Sie klang immer noch geduldig, aber jetzt lag auch eine gewisse Schärfe in ihrer Stimme. »Irgendwas tun und dann hoffen, daß es niemand rausfindet?«

»Nein«, sagte ich. Und konnte ich sauer auf sie sein, weil sie das gesagt hatte, wenn ich bedachte, daß Annmarie Soucie immer noch nicht das geringste von der Existenz einer Carol Gerber ahnte? Ich glaubte nicht. Carol und ich waren nicht verheiratet oder so, aber es ging ja auch nicht ums Heiraten. »Nein, will ich nicht. Aber Carol... du mußt ihm die verdammte Zeitung ja nicht unbedingt unter die Nase halten, oder?«

Sie lachte. In dem Laut lag nichts von der Fröhlichkeit, die ich früher in ihrem Kichern gehört hatte, aber ich fand, daß selbst ein klägliches Lachen besser war als gar keins. »Muß ich auch nicht. Er wird's ohnehin rausfinden. So ist er nun mal. Aber ich mußte hinfahren, Pete. Und ich werde wahrscheinlich ins Widerstandskomitee eintreten, obwohl George Gilman immer wie ein kleines Kind aussieht, das gerade beim Popelessen erwischt worden ist, und Harry Swidrowski den schlechtesten Atem der Welt hat. Weil ... die Sache ist ... weißt du ...« Sie blies mir einen frustrierten Ich-kann's-nicht-erklären-Seufzer ins Ohr. »Hör zu, du weißt doch, wo wir immer hingehen, wenn wir in der Pause eine rauchen.«

»In Holyoke? Bei den Müllcontainern, klar.«

»Können wir uns da treffen?« sagte Carol. »In einer Viertelstunde. Geht das?«

»Ja.«

»Ich muß noch reichlich pauken, deshalb kann ich nicht lange bleiben, aber ich ... ich will einfach ...«

»Ich komme hin.«

Ich hängte ein und verließ die Zelle. Ashley Rice stand im Eingang des Aufenthaltsraums, rauchte und tanzte einen kleinen Shuffle. Ich schloß daraus, daß er gerade irgendwo ausgeschieden war. Sein Gesicht war zu blaß, die schwarzen Stoppeln auf seinen Wangen zeichneten sich wie Bleistiftstriche ab, und sein Hemd war nicht mehr nur schmutzig; es sah aus, als lebte er seit Wochen darin. Seine Augen waren geweitet, und er strahlte so etwas wie »Lebensgefahr! Hochspannung!« aus, ein Ausdruck, den ich später mit Kokainsüchtigen assoziierte. Und das war das Spiel in Wirklichkeit auch: eine Art Droge. Aber keine von der Art, die einen sanftmütig machte.

»Wie steht's, Pete?« fragte er. »Wollen wir ein paar Spiele machen?«

»Vielleicht später«, sagte ich und ging durch den Flur davon. Stoke Jones stapfte in einem zerschlissenen alten Bademantel vom Badezimmer zurück. Seine Krücken hinterließen nasse runde Spuren auf dem dunkelroten Linoleum. Seine langen, wirren Haare waren naß. Ich fragte mich, wie er unter der Dusche zurechtkam; damals gab es natürlich noch keine solchen Geländer und Haltegriffe, wie sie später in öffentlichen sanitären Anlagen üblich wurden. Er sah jedoch nicht so aus, als hätte er große Lust, über dieses Thema zu diskutieren. Oder über irgendein anderes.

»Na, wie geht's, Stoke?« fragte ich.

Er ging vorbei, ohne zu antworten, den Kopf gesenkt, das tropfnasse Haar an die Wangen geklebt, Seife und Handtuch unter einen Arm geklemmt, und murmelte »Ratz-*fatz*, ratz-*fatz*« vor sich hin. Er blickte nicht einmal zu mir auf. Man konnte über Stoke Jones sagen, was man wollte, auf eins war Verlaß, nämlich daß er einem den Tag immer mit einem kleinen Leck-mich verschönerte.

21

Carol war schon bei Holyoke, als ich dort ankam. Sie hatte zwei Milchkästen aus der Ecke mitgebracht, wo die Müllcontainer aufgereiht waren. Auf einem davon saß sie, hatte die Beine übereinandergeschlagen und rauchte eine Zigarette. Ich setzte mich auf den anderen, nahm sie in den Arm und küßte sie. Sie legte den Kopf für einen Moment wortlos an meine Schulter. Das sah ihr nicht ähnlich, aber es war nett. Ich ließ meinen Arm, wo er war, und blickte zu den Sternen hinauf. Die Nacht war mild für diese späte Jahreszeit, und eine Menge Leute – vor allem Pärchen – gingen draußen spazieren, um das Wetter auszunutzen. Ich hörte ihre leisen Gespräche. Im Speisesaal des Commons über uns ertönte »Hang On, Sloopy« aus einem Radio. Einer der Hausmeister vermutlich.

Carol hob endlich den Kopf und rückte ein wenig von mir ab – gerade genug, um mich wissen zu lassen, daß ich meinen Arm wieder wegnehmen konnte. Das sah ihr schon eher ähnlich. »Danke«, sagte sie. »So eine Umarmung hatte ich dringend nötig.«

»Gern geschehen.«

»Ich hab ein bißchen Angst vor der Konfrontation mit meinem Vater. Keine richtige Angst, aber ein bißchen.«

»Das wird schon gutgehen.« Ich sagte das nicht, weil ich wirklich dachte, daß es gutgehen würde – so was konnte ich gar nicht wissen –, sondern weil man das nun mal sagt, oder? Das sagt man nun mal.

»Mein Dad ist nicht der Grund, weshalb ich mit Harry und George und den anderen mitgefahren bin. Es ist keine große freudianische Rebellion oder so.«

Sie schnipste ihre Zigarette weg, und wir sahen zu, wie sie Funken sprühte, als sie auf die Ziegelsteine von Bennett's Walk fiel. Dann nahm sie ihre kleine Handtasche von ihrem Schoß, öffnete sie, suchte ihre Brieftasche, öffnete diese wiederum und blätterte eine Sammlung von Schnappschüssen durch, die in den kleinen Zelluloidfenstern steckten. Sie hielt inne, zog einen heraus und gab ihn mir. Ich beugte mich vor, damit ich ihn mir in dem Licht ansehen konnte, das durch die Fenster des Speisesaals herausfiel, in dem die Hausmeister wahrscheinlich gerade den Fußboden schrubbten.

Das Bild zeigte drei Kinder im Alter von elf oder zwölf Jahren, ein Mädchen und zwei Jungen. Sie trugen alle blaue T-Shirts mit der Aufschrift STERLING HOUSE in roten Blockbuchstaben. Sie standen irgendwo auf einem Parkplatz und hatten die Arme umeinandergelegt – eine frühe Freunde-fürs-Leben-Pose, die irgendwie schön war. Das Mädchen stand in der Mitte. Das Mädchen war natürlich Carol.

»Welcher ist Sully-John?« fragte ich. Sie sah mich ein bißchen überrascht an... aber mit dem Lächeln. Jedenfalls glaubte ich es bereits zu wissen. Sully-John war bestimmt der mit den breiten Schultern, dem breiten Grinsen und den zerzausten schwarzen Haaren. Sie erinnerten mich an Stokes Haare, obwohl der Junge offensichtlich mit einem Kamm durch diese Mähne gefahren war. Ich tippte darauf. »Der hier, stimmt's?«

»Das ist Sully«, bestätigte sie und berührte dann das Gesicht des anderen Jungen mit ihrem Fingernagel. Er war nicht braun, sondern hatte eher einen Sonnenbrand. Sein Gesicht war schmaler, die Augen standen ein wenig näher beisammen, das Haar war karottenrot und zu einem Bürstenschnitt gemäht, mit dem er wie ein Kind auf einem Norman-Rockwell-Titel der *Saturday Evening Post* aussah. Auf seiner Stirn war eine feine Linie, die vom Stirnrunzeln herrührte. Sullys Arme waren bereits muskulös für ein Kind; der andere Junge hatte dünne Arme, spindeldürre Arme. Wahrscheinlich hatte er auch jetzt noch spindeldürre Arme. An der Hand, die nicht um Carols Schultern lag, trug er einen großen braunen Baseballhandschuh.

»Das ist Bobby«, sagte sie. Ihre Stimme hatte sich irgendwie verändert. Es lag etwas darin, was ich noch nie gehört hatte. Kummer? Aber sie lächelte immer noch. Wenn sie Kummer empfand, warum lächelte sie dann? »Bobby Garfield. Er war mein erster Freund. Meine erste Liebe, könnte man, glaube ich, sagen. Er und Sully und ich waren damals die besten Freunde. Ist noch gar nicht so lange her – 1960 war das –, aber es kommt mir vor, als würde es schon eine Ewigkeit zurückliegen.«

»Was ist aus ihm geworden?« Ich war irgendwie sicher, daß sie mir erzählen würde, er sei gestorben, dieser Junge mit dem schmalen Gesicht und dem karottenroten Bürstenschnitt.

»Er ist mit seiner Mom weggezogen. Wir haben uns noch eine Weile geschrieben, und dann haben wir uns aus den Augen verloren. Du weißt ja, wie Kinder sind.«

»Hübscher Baseballhandschuh.«

Carol, immer noch mit dem Lächeln. Ich konnte die Tränen sehen, die in ihre Augen getreten waren, als wir so dasaßen und auf den Schnappschuß hinunterschauten, aber sie lächelte dennoch. Im grellen Licht der Neonröhren, das aus dem Speisesaal herausfiel, sahen ihre Tränen silbern aus – die Tränen einer Märchenprinzessin.

»Bobby war völlig vernarrt in das Ding. Es gibt einen Baseballspieler namens Alvin Dark, richtig?«

»Gab es, ja.«

»So einen Handschuh hatte Bobby. Ein Alvin-Dark-Modell.«

»Meiner war ein Ted Williams. Ich glaube, meine Mom hat ihn vor ein paar Jahren zusammen mit anderem Ramsch verkauft.«

»Der von Bobby ist gestohlen worden«, sagte Carol. Ich bin nicht sicher, ob sie noch wußte, daß ich da war. Sie berührte das schmale, leicht finster dreinschauende Gesicht immer wieder mit der Fingerspitze. Es war, als wäre sie in ihre eigene Vergangenheit zurückgekehrt. Ich habe gehört, daß Hypnotiseure das mit guten Versuchspersonen hinkriegen. »Willie hat ihn genommen.«

»Willie?«

»Willie Shearman. Ich hab ihn ein Jahr später damit beim Sterling House Baseball spielen sehen. Ich war stinkwütend. Meine Mom und mein Dad haben sich damals ständig gestritten – sie haben wohl schon auf die Scheidung hingearbeitet –, und ich war permanent wütend. Wütend auf sie, wütend auf meinen Mathelehrer, wütend auf die ganze Welt. Ich hatte immer noch Angst vor Willie, aber vor allem war ich wütend auf ihn … und außerdem war ich nicht allein, nicht an diesem Tag. Darum bin ich direkt zu ihm hinmarschiert und hab gesagt, ich wüßte, daß das Bobbys Handschuh wäre, und er sollte ihn mir geben. Ich hab gesagt, ich hätte Bobbys Adresse in Massachusetts, und ich würde ihm den Handschuh schicken. Willie sagte, ich wäre verrückt, das sei *sein* Handschuh, und er hat mir seinen Namen an der Seite gezeigt. Er hatte den von Bobby weggemacht – so gut er konnte, jedenfalls – und seinen eigenen drübergeschrieben. Aber ich konnte noch das *bby* von Bobby sehen.«

Eine gespenstische Empörung hatte sich in ihre Stimme geschlichen. Sie bewirkte, daß Carol jünger klang. Und jünger *aussah*. Möglich, daß die Erinnerung trügt, aber ich glaube es nicht. Wie sie da am Rand des grellen Lichtscheins saß, der aus dem Speisesaal fiel, sah sie wie ungefähr zwölf aus. Höchstens wie dreizehn.

»Aber er konnte die Alvin-Dark-Signatur in der Tasche nicht wegmachen oder überschreiben … und er ist rot geworden. Dunkelrot. Rot wie eine Rose. Dann – stell dir das vor – hat er sich dafür entschuldigt, was er und seine beiden Freunde mir angetan hatten. Er war der einzige, der sich jemals entschuldigt hat, und ich glaube, er hat es ehrlich gemeint. Aber was den Handschuh betrifft, hat er gelogen. Ich glaube nicht, daß er ihn unbedingt haben wollte – das Ding war alt, das Gewebe ganz zerrissen, und er sah an seiner

Hand völlig unpassend aus –, aber er hat gelogen, damit er ihn behalten konnte. Ich verstehe nicht, warum. Ich hab's nie verstanden.«

»Da komme ich nicht mehr mit«, sagte ich.

»Wie solltest du auch? Es ist ja schon in *meinem* Kopf ein einziges Durcheinander, und ich hab's selbst *erlebt*. Meine Mutter hat mir mal erklärt, das passiert Leuten, die in Unfälle oder Schlägereien verwickelt waren. An einiges erinnere ich mich noch ziemlich gut – vor allem an die Sachen, die mit Bobby zu tun haben –, aber fast alles andere stammt von dem, was man mir später erzählt hat.

Ich war im Park unten an unserer Straße, und da sind diese drei Jungs gekommen – Harry Doolin, Willie Shearman und noch einer. Den Namen des dritten weiß ich nicht mehr. Ist auch egal. Sie haben mich verprügelt. Ich war erst elf, aber das hat sie nicht davon abgehalten. Harry Doolin hat mich mit einem Baseballschläger geschlagen. Willie und die anderen haben mich festgehalten, damit ich nicht weglaufen konnte.«

»Mit einem Baseballschläger? Das ist ein Scherz, oder?«

Sie schüttelte den Kopf. »Zuerst haben sie nur Spaß gemacht, glaube ich, und dann … dann nicht mehr. Sie haben mir den Arm ausgekugelt. Ich hab geschrien, und ich glaube, sie sind weggelaufen. Ich saß da, hab mir den Arm gehalten und war so schwer verletzt und so … so schockiert, glaube ich … daß ich nicht wußte, was ich tun sollte. Vielleicht habe ich auch versucht, aufzustehen und Hilfe zu holen, es aber nicht geschafft. Dann ist Bobby vorbeigekommen. Er hat mich aus dem Park geführt, mich dann auf die Arme genommen und in seine Wohnung getragen. Den ganzen Broad Street Hill rauf, an einem der heißesten Tage des Jahres. Er hat mich auf den Armen getragen.«

Ich nahm ihr den Schnappschuß ab, hielt ihn ins Licht, beugte mich darüber und sah mir den Jungen mit dem Bürstenschnitt an. Sah mir erst seine spindeldürren Arme an, dann das Mädchen. Sie war ein paar Zentimeter größer als er und breiter in den Schultern. Ich sah mir den anderen Jungen an, Sully. Den mit den zerzausten Haaren und dem typisch amerikanischen Grinsen. Stoke Jones' Haare; Skip Kirks Grinsen. Ich konnte mir vorstellen, daß Sully sie auf den Armen getragen hatte, ja, aber der andere Junge –

»Ich weiß«, sagte sie. »Er sieht aus, als wäre er nicht groß genug dafür, stimmt's? Aber er hat mich getragen. Ich bin ohnmächtig geworden, und er hat mich getragen.« Sie nahm das Bild wieder an sich.

»Und währenddessen ist dieser Willie, der den anderen geholfen hat, dich zu verprügeln, wiedergekommen und hat Bobbys Handschuh gestohlen?«

Sie nickte. »Bobby hat mich in seine Wohnung gebracht. Da war so ein alter Mann, der in einem Zimmer im Obergeschoß wohnte, Ted, der schien sich mit allen möglichen Sachen auszukennen. Er hat mir den Arm wieder eingerenkt. Ich weiß noch, daß er mir seinen Gürtel gegeben hat, damit ich draufbeißen konnte, während er's tat. Vielleicht war es auch Bobbys Gürtel. Er hat gesagt, ich könnte die Schmerzen fangen, und das hab ich getan. Danach ... danach ist etwas Schlimmes passiert.«

»Etwas noch Schlimmeres, als mit einem Baseballschläger verdroschen zu werden?«

»In gewisser Weise. Ich will nicht drüber reden.« Sie wischte sich mit einer Hand die Tränen ab, erst auf der einen, dann auf der anderen Seite, ohne den Blick von dem Schnappschuß zu wenden. »Später, bevor er mit seiner Mutter aus Harwich weggezogen ist, hat Bobby den Jungen verprügelt, der mich mit dem Baseballschläger gehauen hat. Harry Doolin.«

Carol steckte das Foto wieder in sein kleines Fach.

»Woran ich mich am besten erinnere, was diesen Tag betrifft – das einzige, was es *wert* ist, im Gedächtnis behalten zu werden –, ist, daß Bobby Garfield mir geholfen hat. Sully war größer, und Sully hätte mir *vielleicht* geholfen, wenn er dagewesen wäre, aber er war nicht da. Bobby war da, und er hat mich den ganzen Weg den Hügel hinaufgetragen. Er hat das Richtige getan. Es ist das Beste, das Wichtigste, was jemals irgend jemand für mich getan hat. Verstehst du das, Pete?«

»Ja. Das verstehe ich.«

Ich verstand auch noch etwas anderes: Sie sagte fast genau dasselbe, was Nate keine Stunde zuvor gesagt hatte ... nur daß *sie* mitdemonstriert hatte. Sie hatte eins der Schilder genommen und damit demonstriert. Nate Hoppenstand war natürlich auch nie von drei Jungs zusammengeschlagen worden, die anfangs nur Spaß und dann auf einmal Ernst gemacht hatten. Und vielleicht bestand genau darin der Unterschied.

»Er hat mich diesen Hügel hinaufgetragen«, sagte sie. »Ich wollte ihm immer sagen, wie sehr ich ihn dafür liebte – und wie sehr ich ihn dafür liebte, daß er Harry Doolin gezeigt hat, daß man dafür bezahlen muß, wenn man jemanden verletzt, erst recht jemanden, der kleiner ist als man selbst und einem nichts Böses will.«

»Deshalb hast du demonstriert.«

»Ganz recht. Ich wollte jemandem erklären, warum ich's getan habe. Ich wollte es jemandem erklären, der es verstehen würde. Mein Vater wird's nicht verstehen, und meine Mutter kann es nicht verstehen. Ihre Freundin Rionda hat mich angerufen und gesagt ...« Sie sprach nicht zu Ende, sondern saß nur auf dem Milchkasten und fummelte an ihrer kleinen Handtasche herum.

»Was hat sie gesagt?«

»Nichts.« Sie klang erschöpft und unglücklich. Ich hätte sie gern geküßt oder wenigstens in den Arm genommen, aber ich befürchtete, wenn ich eins von beidem tat, würde ich zerstören, was gerade geschehen war. Denn es *war* etwas geschehen. In ihrer Geschichte lag ein Zauber. Nicht im Zentrum, sondern eher irgendwo an den Rändern. Ich spürte es.

»Ich habe demonstriert, und ich glaube, ich werde ins Widerstandskomitee eintreten. Meine Zimmergenossin meint, ich bin verrückt, ich kriege nie einen Job, wenn eine kommunistische Studentengruppe in meinen College-Unterlagen auftaucht, aber ich glaube, ich tu's trotzdem.«

»Und dein Vater? Was ist mit dem?«

»Der kann mich mal.«

Einen Moment lang waren wir beide ein bißchen schockiert, als wir darüber nachdachten, was sie gerade gesagt hatte, dann kicherte Carol. »Also, jetzt läßt Freud aber wirklich grüßen.« Sie stand auf. »Ich muß wieder zurück, weiterlernen.

Danke, daß du gekommen bist, Pete. Ich habe dieses Bild noch niemandem gezeigt. Ich hab es mir selbst schon wer weiß wie lange nicht mehr angesehen. Jetzt geht's mir besser. Viel besser.«

»Gut.« Ich stand ebenfalls auf. »Bevor du wieder reingehst, würdest du *mir* wohl helfen, etwas zu tun?«

»Klar. Was denn?«

»Ich werd's dir zeigen. Es dauert nicht lange.«

Ich ging mit ihr an Holyoke entlang, dann stiegen wir den Hügel dahinter hinauf. Ungefähr zweihundert Meter entfernt war der Steam-Plant-Parkplatz, wo Studenten, die keine Parkaufkleber bekamen (Studenten im ersten und zweiten Studienjahr und die meisten im dritten Studienjahr), ihre Wagen abstellen mußten. Es war der beliebteste Platz zum Knutschen auf dem Campus, wenn es kalt wurde, aber an diesem Abend war ich nicht darauf aus, in meinem Wagen herumzuknutschen.

»Hast du Bobby jemals erzählt, wer sich seinen Baseballhandschuh unter den Nagel gerissen hatte?« fragte ich. »Du hast gesagt, du hättest ihm geschrieben.«

»Was hätte es genützt?«

Wir gingen eine kleine Weile schweigend weiter. Dann sagte ich: »Ich werde mich in den Thanksgiving-Ferien von Annmarie trennen. Ich war drauf und dran, sie anzurufen, hab's dann aber doch gelassen. Wenn ich es mache, dann sollte ich schon den Mut aufbringen, es ihr von Angesicht zu Angesicht zu sagen.« Ich hatte gar nicht gemerkt, daß ich eine solche Entscheidung getroffen hatte, jedenfalls nicht bewußt, aber offenbar war es so. Ich sagte das jedenfalls garantiert nicht nur, um Carol eine Freude zu machen.

Sie nickte, raschelte mit ihren Turnschuhen durchs Laub und hielt ihre kleine Tasche in einer Hand, ohne mich anzusehen. »Ich mußte das per Telefon erledigen. Hab S-J angerufen und ihm erklärt, ich würde mit jemandem gehen.«

Ich blieb stehen. »Wann?«

»Letzte Woche.« Jetzt blickte sie zu mir hoch. Grübchen; leicht gebogene Unterlippe; das Lächeln.

»Letzte *Woche?* Und du hast mir nichts davon erzählt?«

»Das war meine Sache«, sagte sie. »Meine und Sullys. Ich meine, es ist ja nicht so, als würde er mit einem …« Sie hielt lange genug inne, daß wir beide denken konnten, *mit einem Baseballschläger auf dich losgehen*, dann fuhr sie fort: »Als würde er auf dich losgehen oder so. Nun mach schon, Pete. Wenn wir irgendwas tun wollen, dann tun wir's. Ich werde mit dir aber nirgends hinfahren. Ich muß wirklich lernen.«

»Wir fahren nicht weg.«

Wir setzten uns wieder in Bewegung. Der Steam-Plant-Parkplatz kam mir zu jener Zeit riesig vor – Hunderte von Autos parkten in Dutzenden mondbeschienener Reihen. Ich konnte mich kaum noch entsinnen, wo ich den alten Ford Kombi meines Bruders abgestellt hatte. Als ich das letzte Mal an der University of Maine gewesen bin, war der Parkplatz dreimal, vielleicht sogar viermal so groß und bot Platz für tausend oder mehr Wagen. Die Zeit vergeht, und alles wird größer, nur wir nicht.

»Hey, Pete?« Sie ging neben mir her. Schaute wieder auf ihre Turnschuhe hinunter, obwohl wir jetzt auf dem Asphalt waren und es keine Blätter mehr gab, in denen sie rascheln konnte.

»Mhm-hmh.«

»Ich will nicht, daß du dich meinetwegen von Annmarie trennst. Ich hab nämlich das Gefühl, daß es mit uns … nichts Dauerhaftes ist. In Ordnung?«

»Ja.« Was sie sagte, machte mich unglücklich – es *törnte echt ab*, wie die Bürger von Atlantis sagten –, aber es überraschte mich eigentlich nicht. »Okay.«

»Ich mag dich, und ich bin im Augenblick gern mit dir zusammen, aber mehr auch nicht, und es ist das beste, ehrlich zu sein. Falls du also den Mund halten willst, wenn du in den Ferien nach Hause fährst –«

»Du meinst, ich soll sie zu Hause sozusagen in der Hinterhand behalten? Wie einen Ersatzreifen, falls es hier am College 'nen Platten gibt?«

Sie machte ein verblüfftes Gesicht, dann lachte sie. »*Touché*«, sagte sie.

»*Touché* wofür?«

»Ich weiß es nicht, Pete ... aber ich mag dich wirklich.«

Sie blieb stehen, drehte sich zu mir und legte mir die Arme um den Hals. Wir küßten uns eine Weile zwischen zwei Wagenreihen, küßten uns, bis ich einen ziemlich ordentlichen Ständer hatte, einen, den sie bestimmt spürte. Dann gab sie mir einen letzten kleinen Kuß auf die Lippen, und wir gingen weiter.

»Was hat Sully gesagt, als du's ihm erzählt hast? Ich weiß nicht, ob ich dich das fragen soll, aber –«

»– aber du willst *Informationen*«, sagte sie im brüsken Ton von Nummer Zwei. Dann lachte sie. Es war ein klägliches Lachen. »Ich hatte damit gerechnet, daß er wütend sein oder vielleicht sogar weinen würde. Sully ist groß, und er jagt den Footballspielern, gegen die er antritt, eine Heidenangst ein, aber er ist ziemlich dünnhäutig. Womit ich *nicht* gerechnet hatte, war Erleichterung.«

»Erleichterung?«

»Erleichterung. Er geht seit einem Monat oder länger mit so einem Mädchen aus Bridgeport ... aber Rionda, die Freundin meiner Mutter, hat mir erzählt, es ist eigentlich eine Frau, vielleicht vierundzwanzig oder fünfundzwanzig.«

»Klingt wie ein todsicheres Rezept für eine Katastrophe«, sagte ich und hoffte, es klänge gemessen und nachdenklich. In Wahrheit war ich entzückt. Natürlich war ich das. Und wenn der arme alte, gottverdammte, gutherzige John Sullivan in den Plot eines Country-Western-Songs von Merle Haggard stolperte, tja, dann würden vierhundert Millionen Rotchinesen sich den Teufel drum scheren, und für mich galt das in doppeltem Maße.

Wir waren fast bei meinem Wagen angekommen. Es war nur ein x-beliebiger Schrotthaufen unter all den anderen, aber dank meinem Bruder gehörte er mir. »Er hat mehr im Kopf als nur seine neue Liebesgeschichte«, sagte Carol. »Wenn er im nächsten Juni mit der High School fertig ist, geht er zur Army. Er hat schon mit dem Rekrutierungsoffizier gesprochen und alles geregelt. Er kann es gar nicht erwarten, nach Vietnam zu kommen und die Welt zu einem sicheren Ort zu machen, wo Demokratie einkehren kann.«

»Hattest du Streit mit ihm wegen des Krieges?«

»Nein. Was hätte das für einen Zweck? Und was sollte ich ihm schon erzählen? Daß es für mich nur um Bobby Garfield geht? Daß alles, was Harry Swidrowski und George Gilman und Hunter McPhail sagen, mir im Vergleich dazu, daß Bobby mich den Broad Street Hill raufgetragen hat, wie ein Haufen Taschenspielertricks vorkommt? Sully würde mich für verrückt halten. Oder behaupten, es läge daran, daß ich zu klug sei. Sully hat Mitleid mit Leuten, die zu klug sind. Er hält das für eine Krankheit. Und vielleicht hat er recht. Ich liebe ihn irgendwie, weißt du. Er ist süß. Außerdem ist er so ein Typ, der jemanden braucht, der sich um ihn kümmert.«

Und ich hoffe, er findet jemanden, dachte ich. Solange du es nicht bist.

Sie musterte meinen Wagen mit verständnisvoller Miene. »Okay«, sagte sie. »Er ist häßlich, er müßte *dringend* mal gewaschen werden, aber er ist ein Transportmittel. Die Frage ist: Was machen wir hier, obwohl ich eigentlich eine Geschichte von Flannery O'Connor lesen sollte?«

Ich holte mein Taschenmesser heraus und klappte es auf. »Hast du eine Nagelfeile in deiner Handtasche?«

»Ja, habe ich. Wollen wir kämpfen? Nummer Zwei und Nummer Sechs tragen es auf dem Steam-Plant-Parkplatz miteinander aus?«

»Keine superklugen Sprüche! Hol sie einfach raus und komm mit.«

Als wir zum Heck des Kombis kamen, lachte sie – nicht das klägliche Lachen, sondern das herzliche, schallende Lachen, das ich zum ersten Mal gehört hatte, als Skips geiler Hot-dog-Mann auf dem Förderband in die Küche gekommen war. Endlich begriff sie, weshalb wir hier waren.

Carol nahm eine Seite des Aufklebers an der Stoßstange, ich die andere. Wir trafen uns in der Mitte. Dann sahen wir zu, wie die Fetzen über den Asphalt davongeweht wurden. *Au revoir*, AuH_2O-$_4$-USA. Bye-bye, Barry Goldwater. Und wir lachten. Wir mußten so lachen, daß wir gar nicht mehr aufhören konnten.

22

Ein paar Tage später hängte mein Freund Skip, der mit dem politischen Bewußtsein einer Nacktschnecke ans College gekommen war, ein Poster in seiner Hälfte des Zimmers auf, das er mit Brad Witherspoon teilte. Es zeigte einen lächelnden Geschäftsmann in einem dreiteiligen Anzug, der eine Hand zur Begrüßung ausstreckte. Die andere war hinter seinem Rücken versteckt, aber von dem, was er darin hielt, tropfte Blut zwischen seine Schuhe. KRIEG IST EIN GUTES GESCHÄFT stand auf dem Poster. INVESTIEREN SIE IHREN SOHN.

Dearie war entsetzt.

»Dann bist du jetzt also gegen Vietnam?« fragte er, als er es sah. Ich glaube, unser geliebter Etagenaufseher war ungeachtet seines trotzig gereckten Kinns schwer geschockt von diesem Poster. Skip war auf der High School immerhin ein erstklassiger Baseballspieler gewesen. Und man erwartete von ihm, daß er auch auf dem College Baseball spielte. Sowohl die Sportler-Verbindungen Delta Tau Delta als auch Phi Gam hatten ihn umworben. Skip war kein kranker Krüppel wie Stoke Jones (Dearie Dearborn war ebenfalls dazu übergegangen, Stoke Ratz-Fatz zu nennen) und auch kein froschäugiger Spinner wie George Gilman.

»Hey, dieses Poster bedeutet nur, daß eine Menge Leute Geld mit einem großen, blutigen Schlamassel machen«, sagte Skip. »McDonnell-Douglas. Boeing. General Electric. Dow Chemical und Coleman Chemicals. Scheiß-Pepsi-Cola. Und viele andere.«

Dearies luchsäugiger Blick vermittelte den Eindruck (oder versuchte ihn zu vermitteln), daß er über solche Themen gründlicher nachgedacht hatte, als Skip es je könnte. »Ich will dir mal eine Frage stellen – meinst du, wir sollten uns einfach raushalten und zulassen, daß Onkel Ho da unten die Macht an sich reißt?«

»Ich weiß nicht, was ich meine«, sagte Skip. »Noch nicht. Ich hab gerade erst vor ein paar Wochen angefangen, mich für das Thema zu interessieren. Ich bin noch dabei, meinen Rückstand aufzuholen.«

Das war um halb acht Uhr morgens, und eine kleine Gruppe, die auf dem Weg zu den um acht Uhr beginnenden Kursen war, hatte sich um Skips Tür herum versammelt. Ich sah Ronnie (mit Nick Prouty; mittlerweile waren die beiden unzertrennlich geworden), Ashley Rice, Lennie Doria, Billy Marchant und vielleicht vier oder fünf andere. Nate lehnte in einem T-Shirt und seiner Pyjamahose im Eingang von 302. Im Treppenhaus stützte sich Stoke Jones auf seine Krücken. Er war anscheinend auf dem Weg nach draußen gewesen und hatte kehrtgemacht, um die Diskussion zu verfolgen.

Dearie sagte: »Wenn die Vietcongs in ein südvietnamesisches Dorf kommen, suchen sie als erstes nach Leuten, die Kruzifixe, Christophorus-Medaillons, Muttergottes-Medaillons und solche Sachen tragen. Katholiken werden umgebracht. Leute, die an *Gott* glauben, werden umgebracht. Meinst du, wir sollten uns raushalten, wenn die Commies Leute umbringen, die an Gott glauben?«

»Warum nicht?« sagte Stoke vom Treppenhaus her. »Wir haben uns sechs Jahre lang rausgehalten und zugelassen, daß die Nazis die Juden umgebracht haben. Juden glauben an Gott, das hat man mir jedenfalls erzählt.«

»Ratz-Fatz, du blödes Arschloch!« rief Ronnie. »Wer, zum Teufel, hat dich gebeten, Klavier zu spielen?«

Aber da war Stoke Jones alias Ratz-Fatz schon auf dem Weg die Treppe hinunter. Die hallenden Geräusche seiner Krücken erinnerten mich an den kürzlich abgereisten Frank Stuart.

Dearie drehte sich wieder zu Skip um. Er hatte die Hände zu Fäusten geballt und in die Hüften gestemmt. Ein paar Hundemarken baumelten ihm vor der Brust auf seinem weißen T-Shirt. Sein Vater habe sie in Frankreich und Deutschland getragen, erklärte er uns; er habe sie getragen, als er hinter einem Baum gelegen und sich vor dem MG-Feuer versteckt habe, das zwei Männer seiner Kompanie getötet und vier weitere verwundet habe. Was das mit dem Vietnamkonflikt zu tun hatte, wußte keiner von uns so genau, aber es war eindeutig eine große Sache für Dearie, deshalb fragte keiner von uns nach. Selbst Ronnie hatte genug Verstand, seine Klappe zu halten.

»Wenn wir zulassen, daß sie Südvietnam erobern, dann werden sie auch Kambodscha erobern.« Dearies Blick wanderte von Skip zu mir, zu Ronnie … zu uns allen. »Dann Laos. Dann die Philippinen. Ein Land nach dem anderen.«

»Wenn sie das können, haben sie's vielleicht verdient, zu gewinnen«, sagte ich.

Dearie sah mich schockiert an. Ich war selbst schockiert, aber ich nahm es nicht zurück.

23

Vor den Thanksgiving-Ferien gab es noch eine weitere Runde Vorprüfungen, und die war für die jungen Stipendiaten von Chamberlain Zwei eine Katastrophe. Inzwischen hatten die meisten von uns begriffen, daß wir eine Katastrophe waren, daß wir eine Art Gruppenselbstmord begingen. Kirby McClendon vollführte seine Ausflippnummer und verschwand wie ein Kaninchen bei einem Zaubertrick. Kenny Auster, der bei den Marathonspielen normalerweise in der Ecke saß und in der Nase bohrte, wenn er sich nicht entscheiden konnte, welche Karte er als nächste ausspielen sollte, war eines Tages einfach fort. Er hinterließ eine Pik-Dame auf seinem Kopfkissen, über die er die Worte »Ich höre auf« geschrieben hatte. George Lessart tat es Steve Ogg und Jack Frady gleich und zog nach Chad, in das Wohnheim für Leute mit Köpfchen.

Sechs weg, und noch dreizehn übrig.

Das hätte genügen sollen. Zum Teufel, schon das, was mit dem armen alten Kirby passiert war, hätte genügen sollen; in den letzten drei oder vier Tagen, bevor er ausflippte, zitterten seine Hände so sehr, daß er kaum noch die Karten aufnehmen konnte, und er schreckte auf seinem Platz zusammen, wenn jemand draußen auf dem Flur die Tür knallte. Kirby hätte genügen sollen, aber es reichte immer noch nicht. Und die Zeit, die ich mit Carol verbrachte, war auch keine Lösung. Wenn ich wirklich mit ihr zusammen war, ja, dann ging es mir gut. Wenn ich mit ihr zusammen war, wollte ich nur Informationen (und vielleicht mit ihr vögeln, bis ihr die Socken von den Füßen fielen). Aber wenn ich im Wohnheim war, besonders in diesem gottverdammten Aufenthaltsraum im zweiten Stock, wurde ich zu einem anderen Peter Riley. In dem Aufenthaltsraum im zweiten Stock war ich mir selbst fremd.

Als Thanksgiving näherrückte, setzte eine Art blinder Fatalismus ein. Allerdings sprach keiner von uns darüber. Wir sprachen über die Filme oder über Sex (»Ich verleg öfter ein Rohr als die gesamte Klempnerinnung von Maine!« pflegte Ronnie zu krähen, normalerweise ohne Vorwarnung und ohne jede gesprächsweise Einleitung), aber meistens redeten wir über Vietnam ... und über Hearts. Unsere Gespräche über Hearts drehten sich darum, wer vorn lag, wer zurücklag und wer offenkundig außerstande war, die wenigen simplen strategischen Kniffe des Spiels zu erlernen: sich in mindestens einer Farbe blankspielen; jemandem, der gern Durchmärsche versucht, mittlere Herzen weitergeben; wenn man einen Stich nehmen muß, dann immer mit einer hohen Karte.

Unsere einzige wirkliche Reaktion auf die sich drohend abzeichnende dritte Vorprüfungsrunde bestand darin, daß wir das Spiel als eine Art endloses, sich im Kreis drehendes Turnier organisierten. Wir spielten immer noch um einen Nickel pro Punkt, aber nun auch um »Matchpunkte«. Das System für die Verleihung von Matchpunkten war ziemlich kompliziert, aber Randy Echolls und Hugh Brennan arbeiteten in zwei fieberhaften Nachtsitzungen eine gute Formel aus. Beide ließen übrigens ihre Einführungskurse in Mathematik sausen; keiner von ihnen wurde am Ende des Wintersemesters aufgefordert, weiter daran teilzunehmen.

Dreiunddreißig Jahre sind seit jener Prüfungsrunde vor Thanksgiving vergangen, und der Mann, der aus dem Jungen geworden ist, zuckt bei der Erinnerung daran immer noch zusammen. Ich versiebte alles bis auf Soziologie und den Einführungskurs Englisch. Ich brauchte die Noten auch nicht zu sehen, um es zu wissen. Skip sagte, er sei überall durchgerasselt außer in Mathe, und das habe er auch nur mit Hängen und Würgen geschafft. Ich wollte an diesem Abend mit Carol ins Kino, unsere einzige Verabredung vor den Ferien (und unsere letzte, obwohl ich das damals nicht wußte), und sah Ronnie Malenfant, als ich den Wagen holen ging. Ich fragte ihn, was er glaube, wie es mit seinen Tests gelaufen sei; Ronnie lächelte, zwinkerte und sagte: »Hab voll abgeräumt, Champ. Wie bei diesem blöden Frage-und-Antwort-Spiel, *College Bowl*. Ich mach mir keine Sorgen.« Aber im Licht des Parkplatzes konnte ich sehen, daß sein Lächeln in den Mundwinkeln ganz leicht schwankte. Seine Haut war zu blaß, und seine Akne, die schon im September, zu Beginn des Semesters, schlimm gewesen war, war schlimmer denn je. »Wie steht's mit dir?«

»Die werden mich zum Dekan der geistes- und naturwissenschaftlichen Fakultät ernennen«, erklärte ich. »Sagt dir das was?«

Ronnie lachte schallend. »Du Scheiß-Pißpott!« Er klopfte mir auf die Schulter. Der großspurige Ausdruck in seinen Augen war einer Furcht gewichen, die ihn jünger aussehen ließ. »Gehst du aus?«

»Ja.«

»Carol?«

»Ja.«

»Schön für dich. Sieht toll aus, die Braut.« Für Ronnie war das geradezu herzzerreißend ehrlich. »Und wenn wir uns später nicht mehr im Aufenthaltsraum sehen, wünsch ich dir einen tollen Truthahn-Tag.«

»Ich dir auch, Ronnie.«

»Ja. Werd ich haben.« Er sah mich nicht direkt an, sondern mehr aus den Augenwinkeln heraus, und versuchte, das Lächeln beizubehalten. »So oder so, ich schätze, wir werden beide ordentlich dran zu knabbern haben, meinst du nicht?«

»Ja. Ich glaube, das bringt es so ziemlich auf den Punkt.«

24

Es war heiß. Obwohl der Motor und die Heizung abgestellt waren, war es heiß; wir hatten das ganze Wageninnere mit unseren Körpern erhitzt, die Fenster waren beschlagen, so daß das Licht vom Parkplatz nur ganz diffus hereinkam, wie durch ein Milchglasfenster im Badezimmer, und das Radio lief. Mighty John Marshall legte Oldies auf. Der bescheidene, aber nichtsdestoweniger Mächtige spielte die Four Seasons, die Dovells, Jack Scott und Little Richard und Freddie »Boom Boom« Cannon, all diese Oldies, und ihre Strickbluse war offen, ihr BH war über den Sitz drapiert, ein Riemen hing herunter, ein breiter weißer Riemen, die BH-Technologie hatte zu jener Zeit noch nicht den nächsten großen Sprung nach vorn getan, und, o Mann, ihre Haut war warm, ihr Nippel lag rauh in meinem Mund, und sie hatte noch das Höschen an, aber nur noch pro forma, es war völlig zur Seite geschoben und zerknäult, und ich hatte zuerst einen und dann zwei Finger in ihr drin, Chuck Berry sang »Johnny B. Goode«, die Royal Teens sangen »Short Shorts«, und ihre Hand war in meinem Hosenschlitz, Finger zogen am Gummiband meiner eigenen Short-Shorts, und ich konnte sie riechen, das Parfüm an ihrem Hals und den Schweiß an ihren Schläfen direkt unter dem Haaransatz, und ich konnte sie hören, das lebendige Pulsieren ihres Atems, wortloses Geflüster in meinem Mund, als wir uns küßten, während die vordere Sitzbank meines Wagens so weit zurückgeschoben war, wie es nur ging, ohne daß ich an vermasselte Vorprüfungen, den Vietnamkrieg, LBJ mit einem Blütenkranz um den Hals, Hearts oder sonst was dachte, ich wollte sie nur haben, wollte sie hier und jetzt, auf der Stelle, und dann richtete sie sich auf einmal auf, richtete *mich* auf, stemmte beide Hände gegen meine Brust, und die gespreizten Finger stießen mich zum Lenkrad zurück. Ich kam wieder auf sie zu, fuhr mit einer Hand ihren Oberschenkel hinauf, und sie sagte in scharfem Ton: »Pete, *nein!*«, und schloß die Beine. Die Knie kamen so laut zusammen, daß ich das Geräusch hören konnte, das sie machten, dieses Schließgeräusch, das bedeutet: Schluß mit dem Gefummel, ob's dir paßt oder nicht. Es paßte mir nicht, aber ich hörte auf.

Schwer atmend lehnte ich den Kopf an das beschlagene Fenster auf der Fahrerseite. Mein Schwanz war eine vorn in meine Unterhose gezwängte Eisenstange, so hart, daß es weh tat. Das würde bald vorbeigehen – keine Latte hält ewig, ich glaube, Benjamin Disraeli hat das gesagt –, aber selbst wenn die Erektion weg ist, sind die Eier noch lange blau. Das ist einfach eine Tatsache des Männerlebens.

Wir hatten den Film – irgend so ein echt grausames Südstaatlerding mit Burt Reynolds – vorzeitig verlassen und waren mit demselben Gedanken im Kopf (hoffte ich wenigstens) zum Steam-Plant-Parkplatz zurückgefahren. Ich glaube, wir hatten *wirklich* dasselbe im Kopf, nur daß ich mir ein wenig mehr erhofft hatte, als ich bekam.

Carol hatte ihre Strickbluse vorn zusammengezogen, aber ihr BH hing immer noch über der Sitzlehne, und sie sah wahnsinnig begehrenswert aus; ihre Brüste versuchten, durch den Spalt herauszupurzeln, und im trüben Licht war ein halber Brustwarzenhof zu sehen. Sie hatte ihre Handtasche offen und fummelte mit zitternden Händen ihre Zigaretten heraus.

»Puuhh«, sagte sie. Ihre Stimme zitterte genauso wie ihre Hände. »Also wirklich, heiliger Bimbam.«

»Mit deiner offenen Strickbluse siehst du wie Brigitte Bardot aus«, erklärte ich ihr.

Sie blickte überrascht und – wie ich dachte – erfreut auf. »Findest du wirklich? Oder ist es bloß wegen der blonden Haare?«

»Wegen der Haare? Scheiße, nein. Es ist hauptsächlich wegen …« Ich machte eine Handbewegung zu ihrer Vorderseite. Sie schaute an sich herunter und lachte. Sie machte die Knöpfe jedoch nicht zu und versuchte auch nicht, die Bluse noch mehr zusammenzuziehen. Ich weiß allerdings auch nicht, ob das gegangen wäre – soweit ich mich erinnere, saß diese Strickbluse wunderbar eng.

»Als ich noch klein war, gab es ein Stück weiter oben an der Straße ein Kino, das Asher Empire. Es ist inzwischen abgerissen, aber als wir noch Kinder waren – Bobby, Sully und ich –, hatte es den Anschein, als würden sie da ständig ihre Filme zeigen. Ich glaube, einer davon – *Und immer lockt das Weib* – muß da an die tausend Jahre gelaufen sein.«

Ich lachte schallend los und nahm meine eigenen Zigaretten vom Armaturenbrett. »Das war immer der dritte Film am Freitag- und Samstagabend im Autokino von Gates Falls.«

»Hast du ihn mal gesehen?«

»Soll das ein Witz sein? Ich durfte *überhaupt* nicht ins Autokino, außer wenn es eine Doppelvorstellung mit Disney-Filmen gab. Ich glaube, *Tonka* mit Sal Mineo hab ich bestimmt sieben Mal gesehen. Aber ich erinnere mich an die Vorschau. Brigitte in ihrem Handtuch.«

»Ich komme nicht mehr ans College zurück«, sagte sie und zündete sich die Zigarette an. Ihres Stimme war so ruhig, daß ich zuerst dachte, wir sprächen noch über alte Filme, über Mitternacht in Kalkutta oder was immer erforderlich war, um unsere Körper davon zu überzeugen, daß es Zeit wurde, schlafen zu gehen, daß die Action vorbei war. Dann klickte es in meinem Kopf.

»Du ... hast du gesagt ...?«

»Ich hab gesagt, ich komme nach den Ferien nicht mehr zurück. Und es wird zu Hause auch kein tolles Thanksgiving werden, soweit das überhaupt möglich ist, aber was soll's.«

»Dein Vater?«

Sie schüttelte den Kopf und zog an ihrer Zigarette. Im Licht der Glut bestand ihr Gesicht nur aus orangefarbenen Glanzlichtern und sichelförmigen grauen Schatten. Sie sah älter aus. Immer noch schön, aber älter. Im Radio sang Paul Anka »Diana«. Ich schaltete es aus.

»Mein Vater hat nichts damit zu tun. Ich gehe nach Harwich zurück. Erinnerst du dich, daß ich die Freundin meiner Mutter erwähnt habe, Rionda?«

Ich erinnerte mich vage, also nickte ich.

»Rionda hat das Foto geknipst, das ich dir gezeigt habe, das von mir mit Bobby und S-J. Sie sagt ...« Carol schaute auf ihren Rock hinunter, der immer noch fast bis zur Taille hochgerutscht war, und fing an, daran zu zupfen. Man weiß nie im vorhinein, was einem Menschen peinlich ist; manchmal sind es Ausscheidungsfunktionen, manchmal ist es das wüste Sexualleben von Verwandten, manchmal angeberisches Benehmen. Und manchmal ist es natürlich das Trinken.

»Sagen wir mal so, mein Dad ist nicht der einzige bei den Gerbers, der ein Alkoholproblem hat. Er hat meiner Mutter beigebracht, tief ins Glas zu schauen, und sie war eine gute

Schülerin. Sie hat lange Zeit damit aufgehört – ich glaube, sie ist zu den Treffen der Anonymen Alkoholiker gegangen –, aber Rionda sagt, sie hat wieder damit angefangen. Deshalb fahre ich nach Hause. Ich weiß nicht, ob ich ihr helfen kann oder nicht, aber ich werd's versuchen. Um meines Bruders willen ebenso wie um meiner Mutter willen. Rionda sagt, Ian weiß nicht, wo vorn und hinten ist. Das hat er allerdings noch nie gewußt.« Sie lächelte.

»Carol, das ist vielleicht keine so gute Idee. Deine Ausbildung auf diese Weise in den Wind schießen zu lassen –«

Sie blickte ärgerlich auf. »Du willst darüber reden, daß *ich meine* Ausbildung in den Wind schießen lasse? Weißt du, was ich über dieses beschissene Hearts-Spiel höre, das da gerade auf Chamberlain Zwei läuft? Daß *jeder auf der Etage* bis Weihnachten seine Sachen packen wird, du eingeschlossen. Penny Lang sagt, daß am Anfang des Sommersemesters nur noch euer bescheuerter Aufseher da oben übrig sein wird.«

»Ach was«, sagte ich, »das ist übertrieben. Nate wird noch dasein. Stokely Jones auch, falls er sich nicht irgendwann mal den Hals bricht, wenn er abends die Treppe runtergeht.«

»Du tust so, als wäre das komisch«, sagte sie.

»Es ist nicht komisch«, erwiderte ich. Nein, es war nicht komisch.

»Warum hörst du dann nicht damit auf?«

Jetzt war ich derjenige, der ärgerlich wurde. Sie hatte mich weggeschoben und die Knie geschlossen, hatte mir erzählt, sie würde weggehen, als ich gerade anfing, sie nicht nur um mich haben zu wollen, sondern sie zu brauchen, sie hatte mich mit einem Weltklassefall von blauen Eiern sitzenlassen … und jetzt ging es nur noch um mich. Jetzt ging es nur noch um die Karten.

»Ich *weiß* nicht, warum ich nicht damit aufhöre«, sagte ich. »Warum suchst du dir nicht jemand anders, der sich um deine Mutter kümmert? Was ist mit dieser Freundin von ihr, Rawanda –«

»Ri-*on*-da.«

»… warum kümmert die sich nicht um sie? Ich meine, ist es deine Schuld, daß deine Mutter eine Säuferin ist?«

»Meine Mutter ist keine Säuferin! Nenn sie nicht so!«

»Na ja, sie muß ja schon eine Marke sein, wenn du ihretwegen das College schmeißt. Wenn es so ernst ist, Carol, dann stimmt doch wohl irgendwas nicht mit ihr.«

»Rionda hat einen Job und selbst eine Mutter, um die sie sich kümmern muß«, sagte Carol. Ihr Ärger war verflogen. Sie klang ernüchtert und entmutigt. Ich erinnerte mich an das lachende Mädchen, das neben mir gestanden und zugesehen hatte, wie die Fetzen des Goldwater-Aufklebers über den Asphalt davongeweht waren, aber das schien nicht derselbe Mensch zu sein. »Meine Mutter ist meine Mutter. Die einzigen, die sich um sie kümmern können, sind Ian und ich, und Ian schafft schon kaum die High School. Außerdem bleibt mir ja immer noch die Uni in Connecticut.«

»Willst du eine *Information?*« fragte ich sie. Meine Stimme zitterte und klang immer belegter. »Ich werde dir eine geben, ob du willst oder nicht. Okay? Du brichst mir das Herz. Das ist die *Information*. Du brichst mir das gottverdammte Herz.«

»Tue ich nicht«, sagte sie. »Herzen halten einiges aus, Pete. Sie brechen kaum je. Meistens verbiegen sie sich nur.«

Ja, ja, und Konfuzius sagen, Frauen, die mit Kopf nach unten fliegen, haben Sprung in Schüssel. Ich begann zu weinen. Nicht sehr, aber mir kamen doch die Tränen. Hauptsächlich deshalb, glaube ich, weil es mich so völlig unvorbereitet getroffen hatte. Und okay, vielleicht weinte ich auch meinetwegen. Weil ich Angst hatte. Ich war gerade dabei oder zumindest in Gefahr, in jedem Fach außer einem durchzurasseln, meine Freundin wollte die EJECT-Taste drücken, und ich schien nicht mit dem Kartenspielen aufhören zu können. Nichts lief so, wie ich es erwartet hatte, als ich ans College kam, und ich hatte schreckliche Angst.

»Ich will nicht, daß du gehst«, sagte ich. »Ich liebe dich.« Dann versuchte ich zu lächeln. »Nur eine weitere kleine Information, okay?«

Sie sah mich mit einem Ausdruck an, den ich nicht deuten konnte, kurbelte dann ihr Fenster herunter und warf ihre Zigarette hinaus. Sie kurbelte das Fenster wieder hoch und streckte die Arme nach mir aus. »Komm her.«

Ich drückte meine eigene Zigarette im überquellenden Aschenbecher aus und rutschte auf ihre Seite der Sitzbank hinüber. In ihre Arme. Sie küßte mich und blickte mir dann in die Augen. »Vielleicht liebst du mich, vielleicht auch nicht. Ich würde nie versuchen, jemandem auszureden, daß er mich liebt, das kann ich dir sagen, weil es gar nicht genug Liebe gibt. Aber du bist verwirrt, Pete. Was das College betrifft, was Hearts betrifft, wegen Annmarie und auch meinetwegen.«

Ich machte Anstalten, ihr zu erklären, daß ich nicht verwirrt war, aber natürlich war ich es doch.

»Ich kann auf die Uni in Connecticut gehen«, sagte sie. »Wenn es meiner Mutter wieder bessergeht, *werde* ich auf die Uni in Connecticut gehen. Wenn daraus nichts wird, kann ich halbtags Kurse bei Pennington in Bridgeport besuchen oder sogar Weiterbildungskurse abends in Stratford oder Harwich. Ich kann das tun, ich kann es mir erlauben, das zu tun, weil ich ein Mädchen bin. Dies ist eine gute Zeit für Mädchen, glaub mir. Dafür hat Lyndon Johnson gesorgt.«

»Carol –«

Sie legte mir sanft die Hand auf den Mund. »Wenn du in diesem Dezember dein Studium schmeißt, bist du im nächsten Dezember wahrscheinlich im Dschungel. Darüber mußt du nachdenken, Pete. Wenn Sully dorthin geht, ist das eine Sache. Er glaubt, daß es richtig ist, und er *will* hin. Du weißt nicht, was du willst oder was du denkst, und du wirst es auch nicht wissen, solange du mit diesem Kartenspiel weitermachst.«

»Hey, ich hab den Goldwater-Aufkleber von meinem Auto entfernt, oder etwa nicht?« Es klang selbst in meinen eigenen Ohren töricht.

Sie schwieg.

»Wann fährst du?«

»Morgen nachmittag. Ich habe eine Fahrkarte für den Trailway-Bus um vier Uhr nach New York. Die Haltestelle in Harwich ist keine drei Blocks von meiner Haustür entfernt.«

»Fährst du von Derry aus?«

»Ja.«

»Kann ich dich zum Busbahnhof bringen? Ich könnte dich gegen drei in deinem Wohnheim abholen.«

Sie überlegte und nickte dann ... aber ihre Augen nahmen einen verschleierten Ausdruck an. Er war kaum zu übersehen, weil diese Augen normalerweise so groß und unschuldsvoll waren. »Das wäre schön«, sagte sie. »Danke. Und ich habe dich nicht angelogen, nicht wahr? Ich habe dir gesagt, es würde wahrscheinlich nichts Dauerhaftes sein.«

Ich seufzte. »Ja.« Allerdings war es erheblich weniger dauerhaft, als ich erwartet hatte.

»Also, Nummer Sechs: Wir wollen ... *Informationen.*«

»Ich sage nichts.« Es war schwer, so abgebrüht zu klingen wie Patrick McGoohan in *Nummer Sechs*, wenn einem noch immer zum Heulen zumute war, aber ich tat mein Bestes.

»Auch dann nicht, wenn ich ganz lieb darum bitte?« Sie nahm meine Hand, steckte sie in ihre Strickbluse und legte sie auf ihre linke Brust. Der Teil von mir, der allmählich weggedämmert war, erwachte abrupt wieder zum Leben.

»Na ja ...«

»Hast du's schon mal gemacht? Ich meine, ganz? Das ist die Information, die ich haben möchte.«

Ich zögerte. Diese Frage finden die meisten Jungen schwierig, glaube ich, und die meisten lügen, wenn sie darauf antworten. Ich wollte Carol nicht anlügen. »Nein«, sagte ich.

Sie schlüpfte geschickt aus ihrem Höschen, warf es auf den Rücksitz und verschränkte die Finger in meinem Nacken. »Ich schon. Zweimal. Mit Sully. Ich glaube nicht, daß er sonderlich gut war ... aber er war auch nicht auf dem College. Du schon.«

Mein Mund war ganz trocken, aber das mußte Einbildung gewesen sein, denn als ich sie küßte, waren unsere Münder naß; sie glitschten umeinander herum, Zungen und Lippen und leicht zubeißende Zähne. Als ich sprechen konnte, sagte ich: »Ich werde mir alle Mühe geben, dich von meiner College-Ausbildung profitieren zu lassen.«

»Mach das Radio an«, sagte sie, löste meinen Gürtel und knöpfte mir die Hose auf. »Mach das Radio an, Pete, ich mag die Oldies.«

Also schaltete ich das Radio ein, und ich küßte sie, und da war eine Stelle, eine bestimmte Stelle, zu der führten mich ihre Finger, und es gab einen Augenblick, da war ich derselbe alte selbe alte … und dann war da ein neuer Ort für mich. Sie war sehr warm da drin. Sehr warm und sehr eng. Sie flüsterte mir ins Ohr, und ihre Lippen kitzelten auf meiner Haut: »Langsam. Brav das ganze Gemüse aufessen, dann gibt's vielleicht was zum Nachtisch.«

Jackie Wilson sang »Lonely Teardrops«, und ich machte langsam. Roy Orbison sang »Only the Lonely«, und ich machte langsam. Wanda Jackson sang »Let's Have a Party«, und ich machte langsam. Mighty John warb für Brannigan's, den heißesten Bottle-Club in Derry, und ich machte langsam. Dann begann sie zu stöhnen, und ich spürte nicht mehr ihre Finger in meinem Nacken, sondern ihre Fingernägel, die sich hineingruben, und als sie begann, die Hüften in kurzen, harten Stößen gegen mich zu bewegen, konnte ich nicht mehr langsam machen, und dann kamen die Platters im Radio, die Platters sangen »Twilight Time«, und sie begann zu stöhnen, daß sie nicht gewußt hatte, daß sie keine *Ahnung* gehabt hatte, o Gott, o Pete, o *Gott*, o *Jesus*, Jesus *Christus*, Pete, und ihre Lippen waren überall an meinem Mund und meinem Kinn und meinem Unterkiefer, sie bedeckte mich mit wilden, leidenschaftlichen Küssen. Ich hörte den Sitz knarren, ich roch Zigarettenrauch und den Kiefernnadelduftspender, der am Rückspiegel hing, und inzwischen stöhnte ich ebenfalls, ich weiß nicht, was, die Platters sangen »Each day I pray for evening just to be with you«, und dann ging es los. Die Pumpe schaltet sich voll Ekstase ein. Ich schloß die Augen, ich hielt Carol mit geschlossenen Augen fest und drang so in sie ein, so, wie man's macht, am ganzen Körper zitternd, hörte meine Schuhabsätze ein spastisches Signal gegen die Fahrertür trommeln, dachte, daß ich das tun könnte, selbst wenn ich jetzt stürbe, selbst wenn ich jetzt stürbe, selbst wenn ich jetzt stürbe; dachte auch, daß das Informationen waren. Die Pumpe schaltet sich voll Ekstase ein, die Karten fallen, wo sie fallen, die Welt bleibt nicht eine Sekunde lang stehen, die Dame versteckt sich, die Dame wird gefunden, und das waren alles Informationen.

25

Am nächsten Vormittag hatte ich eine kurze Unterredung mit meinem Geologiedozenten, der mir erklärte, ich geriete »allmählich in eine ernste Lage«. *Das ist nicht gerade eine neue Information, Nummer Sechs,* wollte ich ihm entgegnen, tat es aber nicht. Die Welt sah an diesem Vormittag anders aus – besser und schlechter zugleich.

Als ich nach Chamberlain zurückkam, fand ich Nate vor, der sich gerade für die Heimfahrt fertigmachte. Er hatte seinen Koffer in der Hand. Auf dem Koffer war ein Aufkleber mit der Aufschrift ICH HABE DEN MOUNT WASHINGTON BESTIEGEN. Über der Schulter trug er einen Seesack voller schmutziger Klamotten. Wie alles übrige sah auch Nate jetzt anders aus.

»Schönes Thanksgiving, Nate«, sagte ich, öffnete meinen Schrank und fing an, willkürlich Hosen und Hemden herauszureißen. »Iß ordentlich von der Füllung. Du bist verdammt zu mager.«

»Mache ich. Und auch von der Preiselbeersoße. Als ich in der ersten Woche ganz schlimmes Heimweh hatte, konnte ich praktisch nur an die Soße meiner Mom denken.«

Ich stopfte meinen eigenen Koffer voll und dachte, ich könnte Carol zum Busbahnhof in Derry bringen und dann einfach weiterfahren. Wenn auf der Route 136 nicht zuviel Verkehr war, konnte ich vor Einbruch der Dunkelheit zu Hause sein – und vielleicht sogar auf ein Glas Kräuterlimonade in Frank's Fountain vorbeischauen, bevor ich auf der Sabbatus Road zu unserem Haus fuhr. Auf einmal gab es für mich nichts Wichtigeres, als von hier zu verschwinden – von Chamberlain Hall und Holyoke Commons, von der ganzen verdammten Universität. *Du bist verwirrt, Pete,* hatte Carol am vergangenen Abend im Auto gesagt. *Du weißt nicht, was du willst oder was du denkst, und du wirst es auch nicht wissen, solange du mit diesem Kartenspiel weitermachst.*

Nun, jetzt hatte ich die Chance, von den Karten loszukommen. Es tat weh, zu wissen, daß Carol wegging, aber ich würde lügen, wenn ich behaupten würde, daß das in diesem

Moment ganz oben auf der Liste der Dinge stand, die mich beschäftigten. Ganz oben stand in diesem Moment der Wunsch, vom Aufenthaltsraum im zweiten Stock wegzukommen. Von der Hexe wegzukommen. *Wenn du in diesem Dezember dein Studium schmeißt, bist du im nächsten Dezember wahrscheinlich im Dschungel.* Meld dich mal, Baby, man sieht sich, wie Skip Kirk es für gewöhnlich formulierte.

Als ich den Koffer verschloß und mich umschaute, stand Nate immer noch in der Tür. Ich zuckte zusammen und stieß ein leises, überraschtes Quieken aus. Es war, als würde man von Banquos verdammtem Geist heimgesucht.

»Hey, mach schon, verzieh dich«, sagte ich. »Die Zeit wartet auf niemanden, nicht mal auf einen angehenden Zahnarzt.«

Nate stand nur da und sah mich an. »Du wirst das College schmeißen«, sagte er.

Wieder ging mir durch den Kopf, wie unheimlich ähnlich sich Nate und Carol waren – fast die männliche und die weibliche Seite ein und derselben Münze. Ich versuchte zu lächeln, aber Nate lächelte nicht zurück. Sein Gesicht war klein, weiß und verkniffen. Das perfekte Yankee-Gesicht. Wenn man einen mageren Burschen sieht, der immer einen Sonnenbrand kriegt, statt braun zu werden, für den das höchste der Gefühle in puncto Eleganz eine schmale Krawatte und eine satte Portion Pomade ist, einen Burschen, der aussieht, als hätte er seit drei Jahren nicht mehr richtig geschissen, dann ist es jemand, der höchstwahrscheinlich nördlich von White River, New Hampshire, geboren und aufgewachsen ist. Und seine letzten Worte auf dem Totenbett lauten vermutlich »Preiselbeersoße«.

»Nein«, sagte ich. »Keine Sorge, Nate. Ich krieg das schon hin.«

»Du wirst das College schmeißen«, wiederholte er. Ein mattes Ziegelrot stieg ihm in die Wangen. »Du und Skip, ihr seid die besten Typen, die ich kenne – auf der High School gab's keine solchen Typen wie euch, jedenfalls nicht auf *meiner* High School. Und jetzt schmeißt ihr das College, und das ist so was von *bescheuert*.«

»Ich werde das College *nicht* schmeißen«, sagte ich... aber ich hatte gemerkt, daß ich seit dem vergangenen Abend den

Gedanken akzeptierte, daß es mir passieren *könnte*. Ich kam nicht erst *allmählich* in eine ernste Lage; Mann, ich steckte schon bis über beide Ohren drin. »Skip auch nicht. Wir haben alles im Griff.«

»Die Welt stürzt ein, und ihr beiden schmeißt das College wegen Hearts! Wegen *eines dämlichen verfickten Kartenspiels!*«

Bevor ich noch etwas sagen konnte, war er weg, auf dem Weg aufs Land, zum Truthahn und der Füllung seiner Mom. Vielleicht würde er sich sogar von Cindy durch die Hose hindurch einen runterholen lassen. Hey, warum nicht? Es war Thanksgiving.

26

Ich lese kein Horoskop, habe mir nur selten *Akte X* angesehen und noch *nie* bei der Hotline der Freunde des Übersinnlichen angerufen, aber ich glaube trotzdem, daß uns alle hin und wieder eine flüchtige Ahnung von der Zukunft befällt. Mich befiel an diesem Nachmittag eine solche Ahnung, als ich mit dem alten Kombi meines Bruders bei Franklin Hall vorfuhr: Sie war schon weg.

Ich ging hinein. Die Eingangshalle, in der für gewöhnlich acht oder neun männliche Besucher auf den Plastikstühlen saßen, wirkte merkwürdig leer. Eine Hausmeisterin in blauer Uniform saugte den strapazierfähigen Teppich. Das Mädchen am Empfang las ein Exemplar von *McCall's* und hörte Radio. Tatsächlich, ? and the Mysterians. *Cry, cry, cry, baby, 96 tears.*

»Pete Riley, ich möchte zu Carol Gerber«, sagte ich. »Kannst du sie anrufen?«

Sie blickte auf, legte die Zeitschrift weg und warf mir einen süßen, mitfühlenden Blick zu. Es war der Blick eines Arztes, der einem mitteilen muß, tja, tut mir leid, der Tumor ist inoperabel. Pech, Mann, freunde dich lieber mit Jesus an. »Carol hat gesagt, sie müßte früher los. Sie hat den Black Bear Shuttle nach Derry genommen. Aber sie hat gesagt, du würdest vorbeikommen, und mich gebeten, dir das hier zu geben.«

Sie reichte mir einen Umschlag mit meinem Namen drauf über den Tresen. Ich dankte ihr und verließ damit das Wohnheim. Ich ging den Weg entlang und blieb einen Moment bei meinem Auto stehen, schaute zu Holyoke Commons hinüber, dem sagenhaften Palast in der Prärie, dem Heim des geilen Hotdog-Mannes. Unterhalb des Gebäudes, im Bennett's Run, wehte der Wind das Laub zu raschelnden Haufen zusammen. Die Blätter hatten ihre leuchtenden Farben verloren; nur das Dunkelbraun des Novembers war noch übrig. Es war der Tag vor Thanksgiving, in New England die Schwelle zum Winter. Die Welt bestand nur aus Wind und kalter Sonne. Ich hatte wieder angefangen zu weinen. Ich merkte es an der Wärme auf meinen Wangen. *96 tears, baby; cry, cry, cry.*

Ich stieg in den Wagen, in dem ich in der vergangenen Nacht meine Jungfräulichkeit verloren hatte, und machte den Umschlag auf. Er enthielt ein einzelnes Blatt Papier. Kürze ist Shakespeare zufolge des Witzes Seele. Wenn das stimmt, dann war Carols Brief verteufelt witzig.

Lieber Pete,
ich finde, wir sollten uns mit der gestrigen Nacht verabschieden – wie könnten wir es noch besser machen? Vielleicht schreibe ich Dir ans College, vielleicht auch nicht, im Moment bin ich so verwirrt, daß ich es einfach nicht weiß (hey, kann sogar sein, daß ich es mir anders überlege und zurückkomme!). Aber bitte überlaß mir den ersten Schritt, ja? Du hast gesagt, Du liebst mich. Wenn das stimmt, dann überlaß es mir, Kontakt mit Dir aufzunehmen. Ich werde es tun, das verspreche ich.

Carol

PS: Die gestrige Nacht war das Süßeste, was mir je passiert ist. Ich weiß gar nicht, wie man's überleben soll, wenn es noch besser wird.
PPS: Hör mit diesem blöden Kartenspiel auf.

Sie schrieb, es sei das Süßeste gewesen, was ihr je passiert sei, aber sie hatte nicht mit »in Liebe« unterschrieben, nur mit ihrem Namen. Trotzdem ... *ich weiß gar nicht, wie man's überleben soll, wenn es noch besser wird.* Ich wußte, was sie meinte. Ich langte hinüber und berührte den Teil der Sitzbank, wo sie gelegen hatte. Wo wir beide gelegen hatten.

Mach das Radio an, Pete, ich mag die Oldies.

Ich schaute auf meine Armbanduhr. Ich war früh zu dem Wohnheim gekommen (vielleicht das Werk dieser halbbewußten Vorahnung), und es war gerade erst drei. Ich konnte mühelos beim Trailways-Bahnhof sein, bevor ihr Bus nach Connecticut fuhr ... aber ich würde nicht hinfahren. Sie hatte recht, wir hatten uns in meinem alten Kombi auf wunderschöne Weise voneinander verabschiedet; alles weitere wäre ein Schritt zurück. Im besten Fall würden wir feststellen, daß uns einiges verband; im schlechtesten Fall würden wir die gestrige Nacht durch einen Streit mit Dreck bespritzen.

Wir wollen Informationen.

Ja. Und wir hatten sie bekommen. Weiß Gott, wir hatten sie bekommen.

Ich faltete ihren Brief zusammen, steckte ihn in die Gesäßtasche meiner Jeans und fuhr heim nach Gates Falls. Zuerst verschwamm mein Blick dauernd, und ich mußte mir immer wieder die Augen wischen. Dann schaltete ich das Radio ein, und die Musik machte es ein bißchen besser. Das tut die Musik immer. Ich bin jetzt über fünfzig, und die Musik macht es noch immer besser; das ist dieser sagenhafte Automatismus.

27

Ich traf gegen halb sechs in Gates ein, ging ein wenig vom Gas, als ich an Frank's vorbeikam, fuhr dann jedoch weiter. Mittlerweile wollte ich viel lieber nach Hause, als ein Hires vom Faß zu trinken und mit Frank Parmeleau zu plauschen. Mom hieß mich willkommen, indem sie mir erklärte, ich sei zu mager, meine Haare seien zu lang, und ich hätte nicht »nah genug beim Rasierapparat gestanden«. Dann setzte sie sich in ihren Schaukelstuhl und weinte ein bißchen über die Rückkehr des verlorenen Sohnes. Mein Dad gab mir einen Kuß auf die Wange, drückte mich mit einem Arm an sich und schlurfte dann zum Kühlschrank, um sich ein Glas von Moms rotem Tee einzuschenken. Sein Kopf ragte aus dem Halsausschnitt seines alten braunen Pullovers nach vorn wie der Kopf einer neugierigen Schildkröte.

Wir – das heißt, meine Mom und ich – glaubten, daß er noch ein Sehvermögen von zwanzig Prozent hatte, vielleicht ein bißchen mehr. Es war schwer zu sagen, weil er so wenig sprach. Ein Unfall im Verpackungsraum hatte ihn fertiggemacht, ein schrecklicher, zwei Stockwerke tiefer Sturz. Er hatte Narben in der linken Gesichtshälfte und an der linken Seite des Halses und an einer eingebeulten Stelle des Schädels wuchsen keine Haare mehr. Der Unfall hatte ihm weitgehend das Augenlicht geraubt und auch seinen Verstand in Mitleidenschaft gezogen. Aber er war kein »totaler Matschkopp«, wie ihn irgendein Arschloch in Gendron's Barber Shop mal in meiner Gegenwart genannt hatte, und er war auch nicht stumm, wie manche Leute zu glauben schienen. Er hatte neunzehn Tage im Koma gelegen. Seit er wieder aufgewacht war, redete er nur noch sehr wenig, das ist wahr, und er war oft schrecklich verwirrt, aber manchmal war er geistig noch da, absolut präsent und voll zurechnungsfähig. Als ich nach Hause kam, war er immerhin soweit da, daß er mir einen Kuß geben und mich mit dem einen Arm drücken konnte, seine Art der Umarmung, so lange ich zurückdenken konnte. Ich liebte meinen alten Herrn sehr … und nach einem Semester voller Kartenspiele mit Ronnie Malenfant hatte ich gelernt, daß Reden eine kraß überschätzte Fähigkeit ist.

Ich setzte mich eine Weile zu ihnen, erzählte ihnen ein paar von meinen College-Geschichten (allerdings nicht die von der Hexenjagd) und ging dann hinaus. Ich rechte in der hereinbrechenden Dämmerung heruntergefallenes Laub zusammen – die frostige Luft an meinen Wangen war eine echte Wohltat –, winkte den vorbeigehenden Nachbarn zu und aß am Abend drei Hamburger meiner Mom. Danach erzählte sie mir, sie wolle in die Kirche, wo die Ladies' Aid – eine Wohltätigkeitsorganisation der Frauen des Ortes – Thanksgiving-Mahlzeiten für Leute zubereite, die ans Haus oder ans Bett gefesselt seien. Sie glaube nicht, daß ich meinen ersten Abend daheim mit einer Schar alter Hennen verbringen wolle, aber ich könne gern zu dem Gluckentreffen mitkommen, wenn ich Lust hätte. Ich dankte ihr und sagte, ich würde statt dessen lieber Annmarie anrufen.

»Warum überrascht mich das nicht?« sagte sie und ging hinaus. Ich hörte, wie der Wagen angelassen wurde, und dann schleppte ich mich ohne große Begeisterung zum Telefon und rief Annmarie Soucie an. Eine Stunde später kam sie mit dem Pickup ihres Vaters herüber, lächelnd, die offenen Haare bis auf die Schultern, vor Lippenstift strahlende Lippen. Das Lächeln hielt nicht lange vor, wie Sie sich wahrscheinlich denken können, und eine Viertelstunde, nachdem sie hereingekommen war, war Annmarie aus dem Haus und aus meinem Leben verschwunden. Meld dich mal, Baby, man sieht sich. Ungefähr zur Zeit von Woodstock heiratete sie einen Versicherungsagenten aus Lewiston und wurde Annmarie Jalbert. Sie haben drei Kinder und sind immer noch verheiratet. Ich nehme an, das ist gut, oder? Und selbst wenn nicht, muß man zugeben, daß es verdammt noch mal ziemlich amerikanisch ist.

Ich stand am Fenster über der Spüle in der Küche und sah zu, wie die Heckleuchten von Mr. Soucies Lieferwagen auf der Straße verschwanden. Ich schämte mich – Herrgott, wie ihre Augen groß geworden waren, wie ihr Lächeln verblaßt war und ihr Mund zu zittern begonnen hatte –, aber ich war auch beschissen glücklich, widerlich erleichtert; ich fühlte mich so leicht, daß ich die Wände hoch und an der Decke hätte entlangtanzen können wie Fred Astaire.

Hinter mir ertönten schlurfende Schritte. Ich drehte mich um, und da war mein Dad in seinen Pantoffeln und taperte in seinem langsamen Schildkrötengang übers Linoleum. Er hatte eine Hand vor sich ausgestreckt. Die Haut an der Hand begann, wie ein großer, weiter Handschuh auszusehen.

»Hab ich da gerade gehört, wie eine junge Dame einen jungen Mann als mieses Arschloch bezeichnet hat?« fragte er in einem milden, beiläufigen Plauderton.

»Na ja… ja.« Ich trat von einem Fuß auf den anderen. »Kann schon sein.«

Er machte den Kühlschrank auf, tastete darin herum und holte den Krug mit dem roten Tee heraus. Er trank ihn ohne Zucker. Ich habe ihn gelegentlich auch so getrunken und kann Ihnen sagen, daß er fast nach gar nichts schmeckt. Meine Theorie lautet, daß mein Vater immer den roten Tee trank, weil der die leuchtendste Farbe im Kühlschrank hatte und mein Vater immer wußte, worum es sich handelte.

»Die kleine Soucie, nicht wahr?«

»Ja, Dad. Annmarie.«

»Die Soucies sind alle jähzornig, Pete. Hat mit der Tür geknallt, nicht wahr?«

Ich lächelte. Ich konnte nicht anders. Es war ein Wunder, daß die Glasscheibe in der armen alten Tür heil geblieben war. »Glaub schon.«

»Du hast sie da oben am College gegen ein neueres Modell eingetauscht, nicht wahr?«

Das war eine ziemlich komplizierte Frage. Die schlichte – und letztendlich vielleicht zutreffendste – Antwort lautete, daß ich das nicht getan hatte. Das war die Antwort, die ich ihm gab.

Er nickte, holte das größte Glas aus dem Schrank neben dem Kühlschrank und erweckte dann den Eindruck, als wollte er den Tee gleich über die Arbeitsplatte und seine Füße gießen.

»Laß mich das machen«, sagte ich. »Okay?«

Er antwortete nicht, sondern trat zurück und ließ mich den Tee einschenken. Ich drückte ihm das dreiviertelvolle Glas in die Hände und stellte den Krug wieder in den Kühlschrank.

»Schmeckt er dir, Dad?«

Nichts. Er stand nur da, das Glas in beiden Händen, so wie ein Kind ein Glas hält, und trank mit kleinen Schlucken. Ich wartete, kam zu dem Schluß, daß er nicht antworten würde, und holte meinen Koffer aus der Ecke. Ich hatte meine Lehrbücher auf meine Kleider geworfen, und jetzt holte ich sie heraus.

»Willst du schon am ersten Ferienabend lernen?« sagte Dad zu meiner Verblüffung – ich hatte fast vergessen, daß er da war. »Herrje.«

»Na ja, ich bin in ein paar Kursen ein bißchen im Rückstand. Die Lehrer gehen erheblich schneller vor als auf der High School.«

»College«, sagte er. Eine lange Pause. »Du bist auf dem College.«

Es schien beinahe eine Frage zu sein, deshalb sagte ich: »Das ist richtig, Dad.«

Er stand noch eine Weile da und schien mir zuzusehen, wie ich meine Bücher und Notizbücher aufstapelte. Vielleicht sah er mir wirklich zu. Vielleicht stand er aber auch einfach nur da. Man konnte es nicht mit Sicherheit sagen. Endlich schlurfte er zur Tür, den Hals vorgereckt, die schützende Hand leicht erhoben, die andere Hand – die mit dem Glas roten Tees – an die Brust gedrückt. An der Tür blieb er stehen. Ohne sich umzudrehen, sagte er: »Gut, daß du mit der kleinen Soucie Schluß gemacht hast. Die Soucies sind alle jähzornig. Man kann sie rausputzen, aber nirgends mit ihnen hingehen. Du kriegst noch was Besseres.«

Er ging hinaus und drückte sich dabei das Glas Tee an die Brust.

28

Bis mein Bruder und seine Frau aus New Gloucester kamen, lernte ich wirklich, holte in Soziologie die Hälfte auf und ackerte mich durch vierzig Seiten Geologie, alles in drei Stunden, in denen mein Gehirn Muskelkater bekam. Als ich aufhörte, um Kaffee zu machen, verspürte ich einen ersten schwachen Hoffnungsschimmer. Ich war im Rückstand, katastrophal im Rückstand, aber vielleicht nicht in einem absolut *tödlichen* Rückstand. Ich fühlte mich wie ein Außenfeldspieler, der einen Ball bis ganz nach hinten an die Spielfeldbegrenzung verfolgt hat; er steht da und schaut hoch, gibt aber nicht auf; er weiß, daß der Ball über die Begrenzung hinwegfliegen wird, aber auch, daß er ihn fangen kann, wenn er im richtigen Moment zum Sprung ansetzt. Ich konnte es.

Das hieß, wenn es mir gelang, mich in Zukunft vom Aufenthaltsraum im zweiten Stock fernzuhalten.

Um Viertel vor zehn fuhr mein Bruder vor, der nirgends ankommt, solange die Sonne noch scheint, wenn es sich vermeiden läßt. Seine Frau, mit der er seit acht Monaten verheiratet war und die in ihrem Mantel mit dem echten Nerzkragen glamourös wirkte, trug einen Brotpudding; Dave hatte eine Schüssel mit Wachsbohnen dabei. Mein Bruder war der einzige Mensch auf der Welt, der auf die Idee kam, Wachsbohnen zu Thanksgiving-Zwecken über Countygrenzen zu transportieren. Er ist ein guter Typ, Dave, mein sechs Jahre älterer Bruder, der 1966 Buchhalter bei einer kleinen Hamburger-Kette mit einem halben Dutzend »Shoppes« in Maine und New Hampshire war. 1996 gab es achtzig »Shoppes«, und das Unternehmen gehörte meinem Bruder und seinen drei Partnern. Er ist drei Millionen Dollar schwer – auf dem Papier zumindest – und hat einen dreifachen Bypass. Einen Bypass für jede Million, könnte man wohl sagen.

Unmittelbar nach Dave und Katie kam Mom von Ladies' Aid zurück, mit Mehl bestäubt, guter Dinge von guten Taten und überglücklich, beide Söhne im Haus zu haben. Es gab eine Menge fröhliches Geplauder. Unser Dad saß in der Ecke und hörte zu, ohne etwas zu sagen ... aber er lächelte, und der Blick seiner merkwürdigen Augen mit den großen Pupillen wanderte von Daves Gesicht zu meinem und wieder zurück zu Dave. Vermutlich reagierten seine Augen einfach nur auf unsere Stimmen. Dave wollte wissen, wo Annmarie sei. Ich sagte, Annmarie und ich hätten beschlossen, die Sache fürs erste etwas ruhen zu lassen. Dave setzte zu der Frage an, ob das heißen solle, wir wären –

Bevor er die Frage beenden konnte, gaben ihm sowohl seine Mutter als auch seine Frau diese scharfen kleinen weiblichen Rippenstöße, die *nicht jetzt, Junge, nicht jetzt* bedeuteten. Als ich in Moms große Augen blickte, nahm ich an, daß sie später selbst ein paar Fragen an mich haben würde. Wahrscheinlich eine ganze Menge. Mom wollte *Informationen*. Die wollen Mütter immer.

Abgesehen davon, daß ich von Annmarie als mieses Arschloch tituliert worden war und mich von Zeit zu Zeit fragte, wie es Carol Gerber wohl gehen mochte (vor allem, ob sie ihre Meinung über die Rückkehr ans College geändert hatte und ob sie ihr Thanksgiving mit dem alten Sully-John verbrachte, der demnächst zur Army gehen würde), waren das ziemlich tolle Ferien. Am Donnerstag und am Freitag tauchte zur einen oder anderen Stunde die ganze Familie auf, wanderte durchs Haus, nagte an Truthahnkeulen, sah sich Football im Fernsehen an, ging bei den großen Spielen lautstark mit und hackte Holz für den Küchenofen (am Sonntag abend hatte Mom genug Scheite, um das Haus den ganzen Winter über nur mit dem Franklin-Ofen heizen zu können, wenn sie wollte). Nach dem Abendessen aßen wir Obstkuchen und spielten Scrabble. Am unterhaltsamsten war ein dicker Streit zwischen Dave und Katie über das Haus, das sie kaufen wollten, bei dem Katie eine Tupperware-Schüssel mit Resten nach meinem Bruder warf. Dave hatte mir über die Jahre hinweg die eine oder andere Beule verpaßt, und nun beobachtete ich mit Vergnügen, wie der Plastikbehälter mit Soße von seiner Schläfe abprallte. Mann, war das ein Spaß.

Doch unter all den schönen Dingen, der normalen Freude, die man empfindet, wenn die ganze Familie versammelt ist, lauerte meine Furcht vor dem, was nach meiner Rückkehr ans College geschehen würde. Als der Kühlschrank am späten Donnerstag abend mit Resten vollgepackt war und alle anderen zu Bett gegangen waren, fand ich eine Stunde Zeit zum Lernen, und zwei weitere Stunden am Freitag nachmittag, als der Strom der Verwandten etwas abebbte und Dave und Katie, die ihre Differenzen fürs erste ausgeräumt hatten, sich zu einem, wie ich fand, extrem geräuschvollen »Nickerchen« zurückzogen.

Ich hatte immer noch das Gefühl, daß ich den Rückstand aufholen konnte – ich wußte es sogar –, aber ich wußte auch, daß ich es nicht allein schaffen würde. Auch nicht mit Nate. Ich mußte mich mit jemandem zusammentun, der die selbstmörderische Anziehungskraft dieses Aufenthaltsraums im zweiten Stock kannte und wußte, wie das Blut in Wallung geriet, wenn einer anfing, Pik zu spielen, um die Hexe hervorzulocken. Mit jemandem, der die primitive Freude kannte, die man empfand, wenn es einem gelungen war, Ronnie *la femme noire* aufs Auge zu drücken.

Es würde Skip sein müssen, dachte ich. Selbst wenn Carol zurückkommen sollte, würde sie niemals imstande sein, dasselbe Verständnis dafür aufzubringen. Es mußten Skip und ich sein, und wir mußten aus dem tiefen Wasser heraus zum Ufer schwimmen. Wenn wir zusammenhielten, dachte ich, würden wir's beide durchziehen können. Nicht daß ich mir so große Sorgen um ihn machte. Zugegeben, das klingt mies, aber es ist die Wahrheit. Bis zum Samstag der Thanksgiving-Ferien hatte ich mein Innerstes gründlich erforscht und erkannt, daß ich mir in erster Linie Sorgen um mich selbst machte, in erster Linie nach Nummer Sechs Ausschau hielt. Wenn Skip mich benutzen wollte, war das in Ordnung. Ich wollte ihn nämlich unbedingt benutzen.

Am Samstag mittag hatte ich in Geologie genug gelesen, um zu wissen, daß ich bei einigen Sachen Hilfe brauchte, und zwar schnell. Es gab nur noch zwei weitere große Prüfungsphasen im Semester; eine Runde von Vorprüfungen und dann die Abschlußprüfungen. Ich würde in beiden wirklich gut abschneiden müssen, wenn ich meine Stipendien behalten wollte.

Dave und Katie fuhren am Samstag abend gegen sieben; sie zankten sich (aber gutmütiger) immer noch über das Haus, das sie in Pownal kaufen wollten. Ich setzte mich an den Küchentisch und fing an, in meinem Soziologiebuch etwas zum Thema »Sanktionen gegen Outgroups« zu lesen. Es schien darauf hinauszulaufen, daß noch die letzten Armleuchter jemanden brauchen, den sie anpissen können. Ein deprimierender Gedanke.

Irgendwann merkte ich, daß ich nicht allein war. Ich blickte auf und sah meine Mutter in ihrem alten rosaroten Hausmantel dastehen; sie hatte Pond's Cold Cream aufgetragen, und ihr Gesicht sah gespenstisch aus. Ich war nicht überrascht, daß ich sie nicht gehört hatte; nach fünfundzwanzig Jahren im selben kleinen Haus wußte sie, wo all die knarrenden und ächzenden Stellen waren. Ich dachte, daß sie mir jetzt endlich ihre Fragen zu Annmarie stellen wollte, aber wie sich herausstellte, interessierte sie mein Liebesleben nicht die Bohne.

»In wie großen Schwierigkeiten steckst du, Peter?« fragte sie.

Ich überlegte mir an die hundert verschiedene Antworten, dann entschied ich mich für die Wahrheit. »Ich weiß es nicht, ehrlich.«

»Ist es etwas Bestimmtes?«

Diesmal sagte ich nicht die Wahrheit, und im Rückblick wird mir klar, wie aufschlußreich diese Lüge war: Irgend etwas in mir, das mit meinen besten Interessen nichts am Hut hatte, aber sehr mächtig war, behielt sich immer noch das Recht vor, mich zur Klippe zu schleifen … und über den Rand hinweg.

Ja, Mom, der Aufenthaltsraum im zweiten Stock ist das Problem, die Karten sind das Problem – jedesmal sage ich mir, nur ein paar Runden, und wenn ich dann auf die Uhr schaue, ist es Viertel vor zwölf, und ich bin zu müde, um zu lernen. Verdammt, zu aufgedreht, *um zu lernen. In diesem Herbst habe ich nichts weiter getan, als Hearts zu spielen, und das einzige, was ich wirklich geschafft habe, ist, meine Jungfräulichkeit zu verlieren.*

Wenn ich wenigstens den ersten Teil davon hätte sagen können, dann wäre es so gewesen, glaube ich, als hätte ich Rumpelstilzchens Namen erraten und laut ausgesprochen. Aber ich sagte nichts dergleichen. Ich erklärte ihr, es liege nur am Tempo auf dem College; ich müsse neu definieren, was Lernen heiße, und mir ein paar neue Gewohnheiten zulegen. Aber ich würde es schaffen. Ich sei sicher, daß ich es schaffen würde.

Sie blieb noch einen Moment stehen, die Arme verschränkt, die Hände tief in den Ärmeln des Hausmantels – sie hatte eine gewisse Ähnlichkeit mit einem chinesischen Mandarin, wenn sie so dastand –, dann sagte sie: »Ich werde dich immer liebhaben, Pete. Und dein Vater auch. Er sagt es nicht, aber er fühlt so. Wir fühlen beide so. Das weißt du.«

»Ja«, sagte ich, »das weiß ich.« Ich stand auf und umarmte sie. Sie ist an Bauchspeicheldrüsenkrebs gestorben. Bei dem geht es zumindest schnell, aber es ging trotzdem nicht schnell genug. Ich glaube, es geht bei keinem Krebs schnell genug, wenn es jemanden trifft, den man liebt.

»Aber du mußt dich bei deinem Studium ordentlich auf den Hosenboden setzen. Jungen, die sich nicht ordentlich auf den Hosenboden gesetzt haben, sind gestorben.« Sie lächelte. Es lag nicht viel Humor darin. »Wahrscheinlich weißt du das.«

»Ich hab's gerüchteweise gehört.«

»Du wächst immer noch«, sagte sie und legte den Kopf in den Nacken.

»Glaube ich nicht.«

»Doch. Mindestens drei Zentimeter seit dem Sommer. Und deine Haare! Warum läßt du dir nicht die Haare schneiden?«

»Ich mag sie so, wie sie sind.«

»Sie sind so lang wie die eines Mädchens. Hör auf meinen Rat, Pete, laß dir die Haare schneiden. Achte darauf, daß du anständig aussiehst. Du bist schließlich keiner von diesen Rolling Stones oder Herman's Hermits.«

Ich lachte schallend. Ich konnte nicht anders. »Ich werde drüber nachdenken, Mom, okay?«

»Tu das.« Sie drückte mich noch einmal herzhaft an sich, dann ließ sie mich los. Sie sah müde aus, war aber auch ziemlich schön, wie ich fand. »Jenseits des Ozeans bringen sie Jungen um«, sagte sie. »Anfangs habe ich gedacht, es gäbe einen guten Grund dafür, aber dein Vater meint, es sei verrückt, und ich bin nicht so sicher, ob er unrecht hat. Streng dich an! Wenn du ein bißchen Extrageld brauchst für Bücher – oder einen Nachhilfelehrer –, kratzen wir's schon zusammen.«

»Danke, Mom. Du bist ein Schatz.«

»Nein«, sagte sie. »Bloß ein alter Klepper mit müden Beinen. Ich gehe ins Bett.«

Ich lernte noch eine Stunde, dann begannen sich die Worte vor meinen Augen zu verdoppeln und zu verdreifachen. Ich ging auch ins Bett, konnte aber nicht einschlafen. Jedesmal, wenn ich wegdriftete, sah ich mich ein Hearts-Blatt aufnehmen und nach Farben sortieren. Schließlich schlug ich die Augen auf und starrte einfach nur an die Decke. *Jungen, die sich nicht ordentlich auf den Hosenboden gesetzt haben, sind gestorben*, hatte meine Mutter gesagt. Und Carol hatte mir erklärt, dies sei eine gute Zeit für Mädchen, dafür habe Lyndon Johnson gesorgt.

Wir jagen die Hexe!

Schieben wir nach rechts oder nach links?

Heilige Scheiße, Riley macht einen Durschmarsch!

Stimmen in meinem Kopf. Stimmen, die aus der Luft in mich einzusickern schienen.

Mit dem Spiel aufzuhören war die einzige vernünftige Lösung für meine Probleme, doch obwohl der Aufenthaltsraum im zweiten Stock zweihundert Kilometer nördlich von dort war, wo ich lag, übte er eine Macht über mich aus, die nur wenig mit gesundem Menschenverstand oder Vernunft zu tun hatte. Ich hatte im Meta-Turnier zwölf Punkte angehäuft; nur Ronnie lag mit fünfzehn noch vor mir. Ich sah einfach nicht, wie ich auf diese zwölf Punkte verzichten, einfach weggehen und diesem Windbeutel Malenfant freie Bahn lassen konnte. Carol hatte mir geholfen, Ronnie halbwegs nüchtern und sachlich zu sehen, als den unangenehmen, engstirnigen Gnom mit der schlechten Haut, der er war. Jetzt, wo sie fort war –

Ronnie wird auch nicht mehr lange da sein, warf die Stimme der Vernunft ein. *Wenn er noch bis zum Ende des Semesters durchhält, ist das ein wahres Wunder. Das weißt du.*

Richtig. Und bis dahin hatte Ronnie nichts weiter als Hearts, oder? Er war ungeschickt, dickbäuchig und dünnarmig; man sah schon den alten Mann in ihm. Mit seiner ständigen Aggressivität versuchte er, zumindest teilweise seine massiven Minderwertigkeitskomplexe zu verbergen. Seine Prahlereien in bezug auf Mädchen waren lächerlich. Außerdem war er im Grunde nicht besonders klug, im Gegensatz zu manchen der Jungen, die gegenwärtig Gefahr liefen, durchzurasseln (Skip Kirk zum Beispiel). Soweit ich beurteilen konnte, waren Hearts und leere Angeberei das einzige, worin Ronnie gut war – warum hielt ich mich also nicht einfach raus und ließ ihn Karten spielen und seine Reden schwingen, solange er noch konnte?

Weil ich nicht wollte, deshalb. Weil ich ihm das Grinsen von seinem hohlwangigen, pickligen Gesicht wischen und dafür sorgen wollte, daß ihm sein durchdringendes, blökendes Lachen verging. Es war gemein, aber es stimmte. Ich mochte Ronnie am liebsten, wenn er schmollte, wenn ihm die fettigen Haare in die Stirn fielen und er mich mit vorgeschobener Unterlippe böse anfunkelte.

Außerdem war da das Spiel selbst. Ich fand es toll. Ich konnte nicht einmal hier in meinem alten Bett aufhören, daran zu denken, wie sollte ich mich da nach meiner Rückkehr ans College vom Aufenthaltsraum fernhalten? Wie sollte ich Mark St. Pierre ignorieren, wenn er mir laut zurief, ich solle schnell herkommen, es sei gerade ein Platz frei, alle hätten null Punkte auf dem Zettel, und das Spiel gehe gleich los? Herr im Himmel!

Ich lag noch immer wach, als die Kuckucksuhr im Wohnzimmer unter mir zwei Uhr sang. Ich stand auf, zog mir meinen alten Bademantel mit dem Schottenmuster über die Unterwäsche und ging hinunter. Ich holte mir ein Glas Milch und setzte mich an den Küchentisch, um zu trinken. Das Licht war aus, bis auf die Neonröhre über dem Ofen; es war still, bis auf das Rauschen des Feuers, das durch die Bodengitter drang, und das leise Schnarchen meines Vaters aus dem hinteren Schlafzimmer. Ich hatte das Gefühl, als wäre ich ein bißchen durch den Wind, als hätte die Kombination von Truthahn und Pauken ein kleines Erdbeben in meinem Kopf ausgelöst. Und als würde ich erst – sagen wir – am St. Patrick's Day im nächsten Frühling wieder Schlaf finden.

Mein Blick fiel zufällig in die Diele hinaus. An einem der Haken über dem Holzkasten hing meine High-School-Jacke, die mit dem großen weißen, ineinander verschlungenen GF auf der Brust. Nur die Initialen; ich war kein sonderlich guter Sportler gewesen. Als Skip und ich uns an der Universität gerade kennengelernt hatten und er mich fragte, ob ich noch andere Buchstaben drauf hätte, erklärte ich ihm, ich hätte das große M für Masturbation – erstes Team, und meine Spezialität sei die angeschnittene Rückhand. Skip hatte gelacht, bis ihm die Tränen kamen, und vielleicht war das der Beginn unserer Freundschaft gewesen. Eigentlich hätte ich wohl ein D für Diskutieren oder Dramaturgie kriegen können, aber für solche Sachen werden keine Buchstaben vergeben, stimmt's? Damals nicht und heutzutage auch nicht.

Die High School schien mir in jener Nacht in grauer Vorzeit zu liegen, fast in einem anderen Sonnensystem ... aber da war die Jacke, ein Geburtstagsgeschenk meiner Eltern aus dem Jahr, als ich sechzehn geworden war. Ich ging in die Diele hinaus und nahm sie vom Haken. Ich hob sie ans Gesicht, roch daran und dachte an die fünfte Stunde im Arbeitsraum mit Mr. Mezensik – der bittere Geruch von Bleistiftspänen, die flüsternden, leise kichernden Mädchen, schwach hörbare Rufe von draußen, wo die Kinder, die gerade Sport hatten, »Erholungsvolleyball« spielten, wie die Sportcracks es nannten. Ich sah, daß die Stelle, wo die Jacke am Haken gehangen hatte, sich noch wie ein Buckel hochwölbte; das verdammte Ding war seit dem vergangenen April oder Mai wahrscheinlich nicht mehr getragen worden, nicht mal von meiner Mutter, wenn sie in ihrem Nachthemd rausging, um die Post reinzuholen.

Ich dachte an Carols in Rasterpunkten erstarrtes Bild in der Zeitung, das Gesicht im Schatten eines Schildes mit der Aufschrift USA RAUS AUS VIETNAM – SOFORT!, den Pferdeschwanz über dem Kragen ihrer High-School-Jacke, und mir kam eine Idee.

Unser Telefon, ein Bakelit-Dinosaurier mit einer Wählscheibe, stand auf einem Tischchen im Flur. In der Schublade darunter waren das Telefonbuch von Gates Falls, das Adreßbuch meiner Mutter und ein Wirrwarr von Schreibsachen, darunter auch ein schwarzer Wäschestift. Ich ging damit in die Küche zurück und setzte mich wieder an den Tisch. Ich breitete die High-School-Jacke auf meinen Knien aus und malte dann mit dem Wäschestift eine große Spatzenspur hinten drauf. Während ich arbeitete, spürte ich, wie die nervöse

Anspannung aus meinen Muskeln wich. Mir kam der Gedanke, daß ich mir meinen eigenen Buchstaben verleihen konnte, wenn ich wollte, und in gewissem Sinn tat ich das nun.

Als ich fertig war, hielt ich die Jacke hoch und sah sie mir an. In dem matten weißen Licht der Neonröhre sah meine Zeichnung primitiv, pathetisch und irgendwie kindlich aus:

Aber sie gefiel mir. Das Scheißding gefiel mir. Ich wußte selbst jetzt noch nicht genau, wie ich zu dem Krieg stand, aber die Spatzenspur gefiel mir sehr gut. Und ich hatte das Gefühl, als könnte ich jetzt endlich schlafen; das hatte ich mit dem Malen immerhin erreicht. Ich spülte mein Milchglas aus, ging mit der Jacke unter dem Arm nach oben, hängte sie in den Schrank und legte mich dann hin. Ich dachte an Carol und wie sie meine Hand in ihre Strickbluse geführt hatte, an den Geschmack ihres Atems in meinem Mund. Ich dachte daran, wie wir hinter den beschlagenen Fenstern meines alten Kombis nur wir selbst und damit vielleicht am besten gewesen waren. Und ich dachte daran, wie wir gelacht hatten, als wir dastanden und zusahen, wie die Fetzen meines Goldwater-Aufklebers über den Steam-Plant-Parkplatz davonwehten. Daran dachte ich, als ich einschlief.

Am Sonntag packte ich meine umgemodelte High-School-Jacke in meinen Koffer und nahm sie mit aufs College – meine Mom hatte zwar gerade erst ihre Skepsis in bezug auf Mr. Johnsons und Mr. McNamaras Krieg zum Ausdruck gebracht, aber sie hätte trotzdem einen Haufen Fragen zu der Spatzenspur gehabt, und ich hatte keine Antworten für sie – noch nicht.

Ich fühlte mich jedoch gerüstet, die Jacke zu tragen, und das tat ich auch. Ich begoß sie mit Bier und bestäubte sie mit Zigarettenasche, kotzte darauf, blutete darauf, wurde in Chicago mit Tränengas besprüht, während ich sie trug und aus vollem Halse »The whole world is watching!« schrie, die ganze Welt sieht zu. Mädchen vergossen ihre Tränen auf das verschlungene GF auf der linken Brustseite (in meinem Abschlußjahr waren diese Buchstaben schmutziggrau statt weiß), und ein Mädchen lag darauf, als wir miteinander schliefen. Wir schützten uns nicht dabei, also ist wahrscheinlich auch eine Spur Samen auf dem gesteppten Futter. Als ich 1970 meine Sachen packte und LSD Acres verließ, war das Friedenszeichen, das ich in der Küche meiner Mutter hinten auf die Jacke gemalt hatte, nur noch ein Schatten. Aber der Schatten blieb. Auch wenn andere ihn vielleicht nicht sahen, ich wußte immer, wo er war.

29

Am Sonntag nach Thanksgiving kamen wir in folgender Reihenfolge ans College zurück: Skip um fünf (er wohnte in Dexter, am nächsten von uns dreien), ich um sieben und Nate gegen neun.

Ich rief in Franklin Hall an, noch bevor ich meinen Koffer auspackte. Nein, sagte das Mädchen am Empfang, Carol Gerber sei nicht zurückgekommen. Sie wollte ganz offenkundig nicht mehr sagen, aber ich ließ ihr keine Ruhe. Es lägen zwei rosafarbene ABGEGANGEN-Karten auf dem Tisch, sagte sie. Auf einer stünde Carols Name und ihre Zimmernummer.

Ich bedankte mich und legte auf. Ich stand eine Minute lang da, vernebelte die Zelle mit meinem Zigarettenrauch und drehte mich dann um. Drüben, jenseits des Flurs, sah ich Skip an einem der Kartentische sitzen. Er hatte gerade einen Stich gemacht.

Ich frage mich manchmal, ob alles anders gekommen wäre, wenn Carol doch zurückgekommen wäre oder wenn ich eher wieder dagewesen wäre als Skip und eine Chance gehabt hätte, an ihn heranzukommen, bevor der Aufenthaltsraum im zweiten Stock an ihn herankam. Aber so war es nun eben mal nicht.

Ich stand in der Telefonzelle, rauchte eine Pall Mall und erging mich in Selbstmitleid. Dann schrie jemand auf der anderen Seite: »*Oh, Scheiße, nein! Ich glaub's einfach nicht!*«

Worauf Ronnie Malenfant (von meinem Platz in der Telefonzelle aus war er nicht zu sehen, aber seine Stimme war so unverkennbar wie der Klang einer Säge, die sich durch einen Knoten in einem Kiefernzweig frißt) hämisch zurückbrüllte: »Leute, seht euch das an – *Randy Echolls nimmt die erste Hexe der Nach-Thanksgiving-Ära!*«

Geh nicht da rein, befahl ich mir. *Du bist voll im Arsch, wenn du das tust, und zwar ein für allemal.*

Aber natürlich ging ich doch rein. Die Tische waren alle besetzt, aber es standen noch drei andere Typen herum – Billy Marchant, Tony DeLucca und Hugh Brennan. Wir konnten uns eine Ecke aussuchen, wenn wir wollten.

Skip blickte von seinem Blatt auf und hielt mir in der rauchgeschwängerten Luft die erhobene Hand zum Abklatschen hin. »Willkommen zurück im Irrenhaus, Pete.«

»Hey!« sagte Ronnie und schaute sich um. »Seht mal, wer da ist! Das einzige Arschloch in dem Laden, das halbwegs spielen kann! Wo hast du gesteckt, Gipskopf?«

»In Lewiston«, sagte ich. »Hab deine Oma gefickt.«

Ronnie gackerte. Seine pickligen Wangen wurden rot.

Skip sah mich ernst an, und vielleicht war da etwas in seinen Augen. Ich kann es nicht mit Sicherheit sagen. Die Zeit vergeht, Atlantis versinkt tiefer und tiefer im Meer, und man neigt dazu, die Dinge zu romantisieren. Zu mythologisieren. Vielleicht sah ich, daß er aufgegeben hatte, daß er hierbleiben und Karten spielen und dann zu dem übergehen wollte, was als nächstes kam; vielleicht gab er mir die Erlaubnis, meinen eigenen Weg zu gehen. Aber ich war achtzehn und hatte in vielerlei Hinsicht mehr Ähnlichkeit mit Nate, als ich zugeben wollte. Ich hatte auch noch nie einen Freund wie Skip gehabt. Skip war furchtlos, jedes zweite Wort war bei ihm »Scheiße«

oder »verfickt«, und wenn er im Palast aß, klebten die Blicke der Mädchen förmlich an ihm. Er war ein Mädchenschwarm, wie Ronnie es nur in seinen feuchtesten Träumen sein konnte. Aber es gab auch etwas in Skip, das sich von allen Verankerungen gelöst hatte, etwas wie ein Stück Knochen, das jahrelang harmlos umherwandern und dann das Herz durchbohren oder das Gehirn verstopfen kann. Er wußte es auch. Selbst damals, als die High School noch überall an ihm klebte wie eine Nachgeburt, als er noch dachte, er würde es schon irgendwie schaffen, Lehrer und Baseballtrainer zu werden, wußte er es. Und ich liebte ihn. Sein Aussehen, sein Lächeln, die Art, wie er ging und wie er redete. Ich liebte ihn, und ich würde ihn nicht im Stich lassen.

»Aha«, sagte ich zu Billy, Tony und Hugh. »Ihr wollt also eine Lektion?«

»Ein Nickel pro Punkt!« sagte Hugh und lachte wie ein Irrer. Verdammt, er *war* ein Irrer. »Auf geht's! Mischen und geben!«

Gleich darauf hockten wir in der Ecke, rauchten alle vier wie die Schlote und ließen die Karten fliegen. Ich erinnerte mich daran, wie verzweifelt ich über das Ferienwochenende gepaukt hatte; erinnerte mich an die Worte meiner Mutter, daß Jungen, die sich bei ihrem Studium nicht auf den Hosenboden setzten, in der heutigen Zeit starben. Ich erinnerte mich an diese Dinge, aber sie erschienen mir so fern wie die Nacht mit Carol in meinem Auto, als die Platters »Twilight Time« gesungen hatten.

Ich blickte einmal auf und sah Stoke Jones im Eingang, wo er auf seinen Krücken lehnte und uns mit seiner üblichen distanzierten Verachtung musterte. Seine schwarzen Haare waren dicker denn je, die Schraubenzieherlocken hingen ihm noch verrückter über die Ohren und lagen noch schwerer auf dem Kragen seines Sweatshirts. Er schniefte permanent, seine Nase tropfte, seine Augen tränten, aber ansonsten wirkte er nicht kranker als vor den Ferien.

»Stoke!« sagte ich. »Wie geht's dir?«

»Oh, tja, wer weiß«, sagte er. »Vielleicht besser als dir.«

»Komm rein, Ratz-Fatz, hol dir 'nen Melkschemel ran«, tönte Ronnie. »Wir bringen dir das Spiel bei.«

»Ihr wißt nichts, was ich lernen möchte«, erwiderte Stoke und stapfte davon. Wir hörten zu, wie seine Krücken sich entfernten und er einen kurzen Hustenanfall bekam.

»Dieser verkrüppelte Schwule liebt mich«, sagte Ronnie. »Er kann's nur nicht zeigen.«

»Ich zeig dir gleich was, wenn du jetzt nicht ein paar Scheiß-Karten gibst«, sagte Skip.

»Da hab ich aber groffe, groffe Angft«, imitierte Ronnie Elmer Fudd, den lispelnden Hobbyjäger in *Bugs Bunny.* Er war der einzige, der das lustig fand. Er legte den Kopf auf Mark St. Pierres Arm, um zu zeigen, welch entsetzliche Angst er hatte.

Mark riß den Arm unwirsch hoch. »Weg von mir! Das ist ein neues Hemd, Malenfant, da will ich nicht überall deinen Pickeleiter dran haben.«

Bevor Ronnies Gesicht vor Belustigung aufleuchtete und er losgackerte, sah ich bei ihm ganz kurz einen Ausdruck verletzter Verzweiflung. Er rührte mich nicht. Ronnies Probleme mochten echt sein, aber sie machten es nicht leichter, ihn zu mögen. Für mich war er nur ein Sprücheklopfer, der Karten spielen konnte.

»Na los«, sagte ich zu Billy Marchant. »Gib schon. Ich will später noch 'n bißchen lernen.« Aber in dieser Nacht lernte natürlich keiner von uns. Statt über die Ferien auszubrennen, war das Fieber stärker und höher denn je.

Ich ging gegen Viertel vor zehn den Flur entlang, um mir ein neues Päckchen Zigaretten zu holen, und wußte schon sechs Türen vor meinem Zimmer, daß Nate wieder da war. »Love Grows Where My Rosemary Goes« kam aus dem Zimmer, das Nick Prouty sich mit Barry Margeaux teilte, aber weiter vorn hörte ich »The Draft Dodger Rag« von Phil Ochs.

Nate steckte tief in seinem Schrank und hängte seine Sachen auf. Ich habe während meiner ganzen Zeit am College niemand anders kennengelernt, der einen Pyjama trug, und auch keinen, der jemals die Bügel benutzte. Das einzige, was ich selbst aufgehängt hatte, war meine High-School-Jacke. Jetzt holte ich sie heraus und begann, in den Taschen nach meinen Zigaretten zu wühlen.

»Hey, Nate, wie geht's? Hast du dich ordentlich mit Preiselbeersoße gestärkt?«

»Ich –«, begann er, dann sah er, was hinten auf meiner Jacke war, und lachte laut los.

»Was ist?« fragte ich. »Ist das *so* komisch?«

»In gewisser Weise«, sagte er und beugte sich tiefer in seinen Schrank. »Schau.« Er kam mit einer alten Seemannsjacke in der Hand wieder zum Vorschein und drehte sie um, so daß ich ihren Rücken sehen konnte. Darauf war die Spatzenspur, viel ordentlicher als mein freihändiges Werk.

Nate hatte seine in leuchtend silbernem Klebeband ausgeführt. Diesmal lachten wir beide.

»Große Geister liegen immer auf einer Wellenlänge«, sagte Nate.

»Ist das der Grund?«

»Tja … jedenfalls möchte ich das gern glauben. Heißt das, du hast deine Meinung über den Krieg geändert, Pete?«

»Welche Meinung?« fragte ich.

30

Andy White und Ashley Rice kamen gar nicht erst ans College zurück – damit waren wir nun acht weniger. Für uns übrige veränderten sich die Dinge in den drei Tagen vor dem ersten Wintersturm unübersehbar zum Schlechteren. Unübersehbar für alle anderen, hieß das. Wenn man selbst drinsteckte und das Fieber hatte, erschien einem alles beinahe normal.

Vor den Thanksgiving-Ferien hatten die Kartenspielerquartette im Aufenthaltsraum die Tendenz gehabt, sich während der Schulwoche aufzulösen und neu zu formieren; manchmal gingen sie für eine Weile vollständig ein, wenn die Teilnehmer ihre Kurse besuchten. Jetzt wurden die Gruppen nahezu statisch; Veränderungen gab es nur, wenn jemand ins Bett taumelte oder an einen anderen Tisch umzog, um Ronnies Geschick und seinem unaufhörlichen ätzenden Geschwätz zu entrinnen. Diese Stabilisierung rührte hauptsächlich daher, daß die meisten Spieler aus dem zweiten Stock nicht zurückgekommen waren, um ihr Studium fortzusetzen; Barry, Nick, Mark und Harvey – und ich weiß nicht, wie viele andere noch – hatten ihr eigentliches Studium weitgehend aufgegeben. Sie waren zurückgekommen, um wieder auf die Jagd nach völlig wertlosen »Matchpunkten« zu gehen. Tatsächlich studierten viele der Jungen auf Chamberlain Zwei jetzt im Hauptfach Hearts. Und so traurig es war, Skip Kirk und ich gehörten zu ihnen. Ich besuchte am Montag ein paar Kurse, sagte mir dann: Scheiß drauf! und schwänzte den Rest. Am Dienstag schwänzte ich alle Kurse, spielte Dienstag nacht in meinen Träumen Hearts (ich weiß noch, daß ich in einem solchen Traumfragment die Hexe hinlegte und sah, daß sie Carols Gesicht hatte) und verbrachte dann den ganzen Mittwoch beim richtigen Spiel. Geologie, Soziologie, Geschichte ... alles nur Worte ohne jede Bedeutung.

In Vietnam flog ein Geschwader B-52 einen Angriff auf einen Bereitstellungsraum des Vietcong in der Nähe von Dong Ha. Dabei brachten sie es auch fertig, eine Kompanie amerikanischer Marines unter Feuer zu nehmen, zwölf von ihnen zu töten und vierzig zu verwunden – ups, Scheiße. Und der Wettervorhersage für Donnerstag zufolge würde der starke Schneefall am Nachmittag in Regen und gefrierenden Regen übergehen. Sehr wenige von uns nahmen Notiz davon; ich hatte jedenfalls keinen Grund zu der Annahme, daß dieser Sturm mein Leben verändern würde.

Am Mittwoch ging ich um Mitternacht ins Bett und schlief tief und fest. Falls ich von Hearts und Carol Gerber geträumt habe, so weiß ich es nicht mehr. Als ich am Donnerstag morgen um acht Uhr aufwachte, schneite es so stark, daß ich die Lichter von Franklin Hall drüben kaum sehen konnte. Ich duschte und tappte dann über den Flur, um zu sehen, ob das Spiel schon angefangen hatte. An einem Tisch waren sie schon dabei – Lennie Doria, Randy Echolls, Billy Marchant und Skip. Sie sahen blaß, stoppelbärtig und müde aus, als hätten sie die ganze Nacht durchgespielt – was sie wahrscheinlich auch getan hatten. Ich lehnte mich in die Tür und sah ihnen zu. Draußen im Schnee geschah etwas, das wesentlich interessanter war als das Kartenspiel, aber davon erfuhren wir alle erst später.

31

Tom Huckabee wohnte in King, dem anderen Wohnheim für Jungen in unserem Komplex. Becka Aubert wohnte in Franklin. Sie waren einander in den letzten drei oder vier Wochen ziemlich nahegekommen, und das beinhaltete, daß sie ihre Mahlzeiten zusammen einnahmen. An diesem verschneiten Morgen im späten November kamen sie gerade vom Frühstück zurück, als sie sahen, daß etwas an die Nordwand von Chamberlain Hall geschrieben worden war. Das war die Wand, die zum restlichen Campus zeigte … und vor allem auch zum östlichen Anbau, wo die Großunternehmen ihre Vorstellungsgespräche durchführten.

Sie gingen näher heran, verließen den Pfad und traten in den frischen Schnee – mittlerweile waren etwa zehn Zentimeter gefallen.

»Schau«, sagte Becka und zeigte in den Schnee hinunter. Dort waren eigenartige Spuren zu sehen – keine Fußabdrücke, sondern beinahe so etwas wie Schleifspuren, dazu tief ausgestanzte Löcher, die in zwei punktierten Linien verliefen. Tom Huckabee meinte, sie erinnerten ihn an Spuren, die jemand mit Skiern an den Füßen und Skistöcken gemacht hatte. Keiner von ihnen kam auf die Idee, daß jemand, der auf Krücken ging, solche Spuren hinterlassen haben könnte. Damals noch nicht.

Sie gingen näher an die Mauer des Wohnheims heran. Die Buchstaben waren groß und schwarz, aber inzwischen schneite es so stark, daß sie bis auf drei Meter herangehen mußten, ehe sie die Worte lesen konnten, die jemand mit einer Sprühdose angebracht hatte … jemand, dem offenbar die Galle übergelaufen war, dem chaotischen Aussehen der Botschaft nach zu urteilen. (Wieder dachte keiner von ihnen daran, daß jemand, der mit der Sprühdose eine Botschaft aufzutragen versuchte, während er gleichzeitig auf zwei Krücken die Balance halten mußte, vielleicht nicht in der Lage war, seinen Text in Schönschrift zu hinterlassen.)

Die Botschaft lautete:

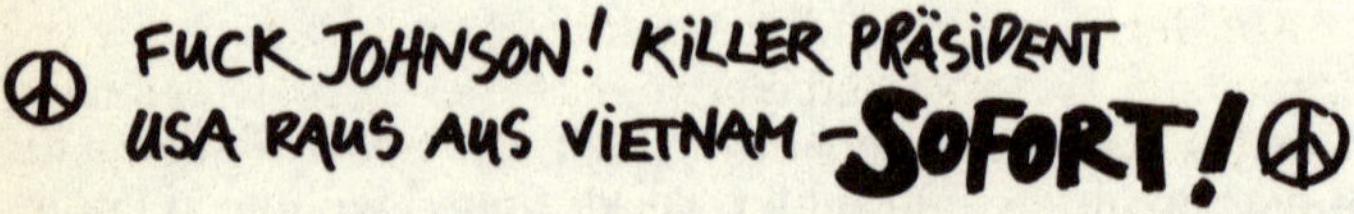

32

Ich habe gelesen, daß manche Verbrecher – vielleicht sogar sehr viele Verbrecher – im Grunde erwischt werden wollen. Ich denke, bei Stoke Jones war das der Fall. Was immer er an der University of Maine gesucht hatte, er fand es nicht. Er war, glaube ich, zu dem Schluß gekommen, daß es an der Zeit war, die Uni wieder zu verlassen ... und wenn er schon ging, dann mit der großartigsten Geste, die einem Menschen auf Krücken möglich war.

Tom Huckabee erzählte Dutzenden von Studenten, was an unsere Wohnheimwand gesprüht worden war; Becka Aubert tat das gleiche. Unter anderem erzählte sie es auch der Etagenaufseherin im ersten Stock von Franklin, einem mageren, selbstgerechten Mädchen namens Marjorie Stuttenheimer. Marjorie war 1969 eine ziemlich bekannte Figur auf dem Campus, die Gründerin und Präsidentin der Christians for College America. Die CCA unterstützte den Krieg in Vietnam und verkaufte an ihrem Stand in der Memorial Union der Universität die kleinen Fahnen-Anstecknadeln, die Richard Nixon so populär machte.

Ich hatte am Donnerstag mittag Dienst im Palast in der Prärie, und obwohl ich meine Kurse schwänzte, kam es mir überhaupt nicht in den Sinn, meinen Job zu schwänzen – das war nun mal nicht meine Art. Ich gab meinen Platz im Aufenthaltsraum an Tony DeLucca ab und ging gegen elf Uhr nach Holyoke hinüber, um meiner Spülpflicht Genüge zu tun. Unterwegs sah ich eine ziemlich große Gruppe von Studenten, die sich im Schnee versammelt hatten und etwas an der Nordwand meines Wohnheims anstarrten. Ich ging hinüber, las die Botschaft und wußte sofort, wer sie da hingeschrieben hatte.

Auf der Bennett Road standen eine blaue Limousine der University of Maine und einer der beiden Streifenwagen der Universität in der Nähe des Pfades, der zum Seiteneingang von Chamberlain führte. Margie Stuttenheimer war dort, in einer kleinen Gruppe, die aus vier Campus-Cops, dem Vorsteher der männlichen Studenten und Charles Ebersole bestand, dem Disziplinarbeamten der Universität.

Die Menge war vielleicht fünfzig Personen stark, als ich mich hinten dazustellte; in den fünf Minuten, die ich dort stand und gaffte, schwoll sie auf fünfundsiebzig Personen an. Als ich um Viertel nach eins alles saubergewischt und ausgeschaltet hatte und nach Chamberlain zurückging, waren wohl an die zweihundert Leute da, die in kleinen Trauben herumstanden und glotzten. Vermutlich ist es heutzutage schwer zu glauben, daß ein Graffito eine derartige Anziehungskraft haben konnte, besonders an einem solchen Schlechtwettertag, aber das war ja eine ganz andere Welt, eine, in der keine Zeitschrift in Amerika (außer *Popular Photography*, aber die auch nur selten) eine Nackte so nackt zeigte, daß man ihr Schamhaar sah, und in der keine Zeitung es wagte, sich auch nur andeutungsweise über das Geschlechtsleben irgendeiner Figur aus der Politik zu äußern. Das war, bevor Atlantis versank; das war vor langer Zeit und an einem fernen Ort, in einer Welt, in der mindestens ein Komiker ins Gefängnis wanderte, weil er in der Öffentlichkeit »Fuck« gesagt hatte, und ein anderer bemerkte, in der *Ed Sullivan Show* dürfe man auf den Fingern pfeifen, aber nicht an der Pfeife fingern. Es war eine Welt, in der einige Worte immer noch einen Schock auslösten.

Ja, wir kannten das Wort *fuck*. Natürlich kannten wir es. Wir benutzten es die ganze Zeit, in den verschiedensten Bedeutungen: *verdammt*, *verfickt*, *leck* mich, dieser *Scheiß*kerl, *zur*

Hölle mit diesem und jenem und so weiter und so fort. Aber dort standen, in anderthalb Meter hohen schwarzen Lettern, die Worte FUCK JOHNSON. Zur Hölle mit *Johnson*. Zur Hölle mit *dem Präsidenten der Vereinigten Staaten!* Und KILLER-PRÄSIDENT! Jemand hatte *den Präsidenten der Vereinigten Staaten* als Mörder bezeichnet! Wir konnten es nicht glauben.

Als ich von Holyoke zurückkam, war der andere Wagen der Campus-Polizei eingetroffen, und sechs Campus-Cops – fast die gesamte verdammte Truppe, nach meiner Berechnung – versuchten, ein großes gelbes Segeltuchrechteck über die Botschaft zu spannen. Die Menge murrte und begann dann zu buhen. Die Cops sahen sie verärgert an. Einer rief ihnen zu, sie sollten machen, daß sie wegkämen, sie hätten doch wohl noch was anderes zu tun. Das mochte stimmen, aber offenbar gefiel es den meisten genau dort, wo sie waren, denn die Menge wurde nicht merklich kleiner.

Der Cop, der das linke Ende der Segeltuchplane hielt, rutschte im Schnee aus und wäre beinahe hingefallen. Ein paar Zuschauer applaudierten. Der Cop, der ausgerutscht war, schaute zu den Applaudierenden hinüber, und für einen Sekundenbruchteil huschte ein Ausdruck schwärzesten Hasses über sein Gesicht. Das war für mich der Augenblick, als die Dinge sich wirklich zu verändern begannen, als eine echte Kluft zwischen den Generationen entstand.

Der Cop, der ausgerutscht war, wandte sich ab und kämpfte erneut mit dem Stück Segeltuch. Am Ende begnügten sie sich damit, das erste Friedenszeichen und das FUCK von FUCK JOHNSON! zu verdecken. Und sobald das *wirklich schlimme Wort* verborgen war, löste die Menge sich tatsächlich auf. Der Schnee verwandelte sich allmählich in Schneeregen, und es war ungemütlich geworden, hier herumzustehen.

»Paß lieber auf, daß die Cops deine Jacke nicht von hinten sehen«, sagte Skip, und ich schaute mich um. Er stand in einem Sweatshirt mit Kapuze neben mir, die Hände tief in der Fronttasche vergraben. Sein Atem kam in gefrorenen Wölkchen aus seinem Mund; sein Blick wich nicht von den Campus-Cops und dem Teil der Botschaft, der noch zu sehen war:

JOHNSON! KILLER-PRÄSIDENT! RAUS AUS VIETNAM – SOFORT! »Sonst denken sie noch, du warst das. Oder ich.«

Mit einem kleinen Lächeln drehte Skip sich um. Eine weitere Spatzenspur aus knallroter Tinte zierte die Rückseite seines Sweatshirts.

»Du meine Güte«, sagte ich. »Wann hast du das denn gemacht?«

»Heute vormittag. Ich hab's bei Nate gesehen.« Er zuckte die Achseln. »Es war so cool, daß ich's unbedingt nachmachen mußte.«

»Die werden nicht denken, daß wir das waren. Keine Sekunde lang.«

»Nein, wahrscheinlich nicht.«

Die einzige Frage war, warum sie Stoke nicht bereits befragten … nicht, daß sie viele Fragen stellen müßten, um die Wahrheit aus ihm herauszuholen. Aber wenn Ebersole, der Disziplinarbeamte, und Garretsen, der Vorsteher der männlichen Studenten, *nicht* mit ihm sprachen, dann nur, weil sie noch nicht mit –

»Wo ist Dearie?« fragte ich. »Weißt du das?« Der Schneeregen war jetzt sehr stark, er rauschte durch die Bäume und prasselte vernehmlich auf jeden Zentimeter bloßer Haut.

»Der junge, heldenhafte Mr. Dearborn ist mit einem runden Dutzend seiner ROTC-Kameraden unterwegs und streut Gehwege und Pfade«, sagte Skip. »Wir haben sie vom Aufenthaltsraum aus gesehen. Sie fahren mit einem echten Army-Laster durch die Gegend. Malenfant hat gesagt, ihre Schwänze seien wahrscheinlich so hart, daß sie eine Woche lang nicht auf dem Bauch schlafen könnten. Ich fand, das war ziemlich gut für Ronnie.«

»Wenn Dearie zurückkommt –«

»Ja, wenn er zurückkommt.« Skip zuckte die Achseln, als wollte er sagen, daß das alles außerhalb unserer Macht stünde. »Jetzt sollten wir erst mal zusehen, daß wir aus diesem Matsch rauskommen und ein bißchen Karten spielen, was sagst du?«

Ich wollte eine Menge über viele Dinge sagen … aber dann tat ich es doch nicht. Wir gingen hinein, und am Nachmittag war das Spiel wieder voll im Gang. Es fanden fünf »Unterspiele« mit jeweils vier Teilnehmern statt; der Raum war blau vom Rauch, und jemand hatte einen Plattenspieler reingeholt, so daß wir uns die Beatles und die Stones anhören konnten. Jemand anders brachte eine zerkratzte Single von »96 Tears« zum Vorschein, und die rotierte mindestens eine Stunde lang ununterbrochen auf dem Plattenteller: *cry cry cry*. Von den Fenstern aus hatte man einen guten Blick auf Bennett's Run und Bennett's Walk, und ich schaute immer wieder dort hinaus und rechnete damit, David Dearborn und ein paar seiner Khaki-Kumpels auf die Nordwand des Wohnheims starren und vielleicht darüber diskutieren zu sehen, ob sie Stoke Jones mit ihren Karabinern auf den Pelz rücken oder ihn bloß mit ihren Bajonetten jagen sollten. Natürlich würden sie nichts dergleichen tun. Sie schrien vielleicht »Kill Cong! USA vor!«, wenn sie auf dem Football-Platz exerzierten, aber Stoke war ein Krüppel. Sie würden sich damit begnügen, mitanzusehen, wie er mit einem Tritt in seinen kommunistenfreundlichen Arsch von der University of Maine befördert wurde.

Ich wollte nicht, daß es dazu kam, aber ich wußte nicht, wie man es verhindern konnte. Stoke hatte schon seit Semesterbeginn eine Spatzenspur auf dem Rücken seines Mantels gehabt, lange bevor wir anderen kapiert hatten, was sie bedeutete, und Dearie wußte das. Außerdem würde Stoke es zugeben. Er würde die Fragen des Vorstehers und des Disziplinarbeamten genauso beantworten, wie er sich auf seinen Krücken bewegte – er würde sich bedingungslos reinhängen.

Und überhaupt schien mir die ganze Sache allmählich schon wieder in weiter Ferne zu liegen, okay? So wie meine Kurse. So wie Carol, nachdem ich nun begriffen hatte, daß sie nicht mehr zurückkommen würde. So wie der Gedanke, eingezogen und in ein fremdes Land geschickt zu werden, um dort im Dschungel zu sterben. Was mir dagegen real und konkret vorkam, war, diese böse Hexe aus ihrem Versteck zu scheuchen oder einen Durchmarsch zu machen und jedem anderen am Tisch sechsundzwanzig Punkte auf einen Streich unterzujubeln. Was mir real vorkam, war Hearts.

Doch dann geschah etwas.

33

Gegen vier Uhr ging der Schneeregen in Regen über, und als um halb fünf die Dunkelheit hereinzubrechen begann, sahen wir, daß Bennett's Run acht bis zehn Zentimeter tief unter Wasser stand. Der Walk sah weitgehend wie ein Kanal aus. Unter dem Wasser war ein eisiger, schmelzender, gallertartiger Matsch.

Das Tempo des Spiels verlangsamte sich, als wir beobachteten, wie die Unglücklichen vom Spüldienst von den Wohnheimen zum Palast in der Prärie hinübergingen. Einige von ihnen – die Klügeren – nahmen die Abkürzung über den Hang und bahnten sich einen Weg durch den rasch schmelzenden Schnee. Die anderen kamen die Pfade herunter und rutschten und glitschten dabei auf dem trügerischen eisigen Untergrund herum. Ein dicker Nebel stieg langsam von dem nassen Boden auf, so daß die Leute noch weniger sahen, wohin sie die Füße setzten. An der Stelle, wo die Pfade zusammenliefen, traf ein Junge aus King ein Mädchen aus Franklin. Als sie zusammen den Bennett's Walk entlanggingen, rutschte der Junge aus und hielt sich an dem Mädchen fest. Sie wären fast beide hingefallen, schafften es aber, sich gemeinsam auf den Beinen zu halten. Wir klatschten alle Beifall.

An meinem Tisch begannen wir mit einem Handspiel. Ronnies wieselartiger kleiner Freund Nick hatte mir unglaubliche dreizehn Karten gegeben, vielleicht das beste Handspiel, das ich je bekommen hatte. Es war *die* Chance zu einem Durchmarsch: sechs hohe Herzen und keine richtig niedrigen, Pik-König und Pik-Dame, dazu Bildkarten in den anderen beiden Farben. Meine einzige kritische Karte war die Herz-Sieben, aber bei einem Handspiel schlafen die anderen manchmal; niemand rechnet damit, daß man in einer Situation, in der man sein ursprüngliches Blatt nicht verbessern kann, einen Durchmarsch versucht.

Lennie Doria hatte die Dusche und spielte sie aus. Ronnie warf sofort das Pik-As ab. Er fand das toll. Ich auch; meine Bildkarten in Pik waren nun beide hoch. Die Dame bedeutete dreizehn Punkte, aber wenn ich alle Herzen bekam, würde nicht ich diese Punkte aufgebrummt kriegen, sondern Ronnie, Nick und Lennie.

Ich überließ Nick den Stich. Drei weitere Stiche gingen ereignislos über den Tisch – erst suchte Nick nach Karos, dann Lennie –, und schließlich nahm ich die Herz-Zehn, die in einem Kreuz-Stich lag.

»Das erste Herz ist draußen, und Riley hat's geschluckt!« trötete Ronnie hämisch. »Du gehst baden, Bauerntrampel!«

»Kann sein«, sagte ich. Und vielleicht, dachte ich, würde Ronnie Malenfant das Grinsen bald vergehen. Mit einem erfolgreichen Durchmarsch konnte ich den dämlichen Nick Prouty über hundert bringen und Ronnie eine Runde vermasseln, die er fast schon gewonnen hatte.

Drei Stiche später war klar, was ich im Schilde führte. Wie erhofft, verwandelte sich Ronnies höhnisches Grinsen in den Ausdruck, den ich am liebsten in seinem Gesicht sah – ein verstimmtes Schmollen.

»Das schaffst du nicht«, sagte er. »Ich glaub's nicht. Nicht bei einem Handspiel. Dazu reicht's bei dir nicht.« Aber er wußte, daß es möglich war. Man hörte es ihm an.

»Tja, mal sehen«, sagte ich und spielte das Herz-As. Ich ging jetzt ganz offen vor, aber warum auch nicht? Wenn die Herzen gleichmäßig verteilt waren, konnte ich die Runde jetzt sofort gewinnen. »Mal sehen, was wir –«

»Schaut!« rief Skip an dem Tisch, der dem Fenster am nächsten stand. Seine Stimme klang ungläubig und ehrfürchtig zugleich. »Heiliger Bimbam, das ist Stokely, verdammt!«

Das Spiel stoppte. Wir drehten uns alle auf unseren Stühlen um und schauten aus dem Fenster auf die dunkler werdende, tropfende Welt unter uns. Das Quartett in der Ecke stand auf, um etwas zu sehen. Die alten schmiedeeisernen Lampen auf dem Bennett's Walk warfen matte elektrische Lichtkegel in den Bodennebel, und ich mußte an London und Tyne Street und Jack the Ripper denken. Oben auf der Anhöhe wirkte Holyoke Commons mehr denn je wie ein Ozeandampfer. Die Konturen des Gebäudes verschwammen im Regen, der an den Fenstern des Aufenthaltsraums herunterlief.

»Der verdammte Ratz-Fatz, bei *diesem* Scheißwetter draußen – ich glaub's nicht«, hauchte Ronnie.

Stoke kam in raschem Tempo den Pfad vom nördlichen Eingang von Chamberlain zu der tiefsten Stelle von Bennett's Run herunter, wo alle Asphaltpfade sich trafen. Er trug seinen alten Dufflecoat, und es war klar, daß er nicht gerade erst aus dem Wohnheim gekommen war; der Mantel war völlig durchnäßt. Selbst durch die triefende Glasscheibe konnten wir das Friedenszeichen auf seinem Rücken sehen, so schwarz wie die Worte, die jetzt teilweise von einem rechteckigen gelben Segeltuch verdeckt waren (falls es noch hing). Seine wilden Haare hatten vor der Nässe kapituliert.

Stoke warf keinen einzigen Blick auf sein KILLER-PRÄSIDENT-Graffito, sondern stapfte nur weiter in Richtung Bennett's Walk. Er ging schnell – ich hatte ihn noch nie so schnell gehen sehen – und achtete nicht auf den peitschenden Regen, den aufsteigenden Nebel oder den Matsch unter seinen Krücken. Wollte er stürzen? Forderte er den Matsch heraus, doch zu versuchen, ihn zu Boden zu werfen? Ich weiß es nicht. Vielleicht war er einfach so tief in Gedanken, daß er gar nicht merkte, wie schnell er sich bewegte und wie rutschig die Wege waren. So oder so, er würde nicht sehr weit kommen, wenn er nicht langsamer machte.

Ronnie begann zu kichern, und das Geräusch griff um sich wie eine kleine Flamme in trockenem Zunder. Ich wollte nicht mit einstimmen, konnte aber nicht anders. Skip auch nicht, wie ich sah. Zum Teil, weil Kichern ansteckend ist, aber auch, weil es wirklich komisch war. Ich weiß, wie gemein das klingt, natürlich weiß ich das, aber ich bin jetzt schon zu weit gegangen, um nicht die Wahrheit über jenen Tag zu sagen … und über *diesen* Tag, fast ein halbes Leben später. Denn ich finde es immer noch komisch, ich lächle immer noch, wenn ich daran zurückdenke, wie er aussah, ein wild gewordenes Aufziehspielzeug in einem Dufflecoat, das durch den strömenden Regen stapfte und Wasser von seinen Krücken aufspritzen ließ. Man wußte, was passieren würde, man *wußte* es einfach, und das war das komischste daran – die Frage, wie weit er kommen würde, bevor er den unvermeidlichen Sturz hinlegte.

Lennie hatte eine Hand vors Gesicht geschlagen, starrte zwischen den gespreizten Fingern hindurch und kreischte vor Lachen; Tränen liefen ihm aus den Augen. Hugh Brennan hielt sich den nicht unbeträchtlichen Bauch und wieherte wie ein Esel, der in einem Schlammloch steckte. Mark St. Pierre hatte völlig die Kontrolle über sich verloren; er lachte brüllend und sagte, er mache sich gleich in die Hose, er habe zu viele Colas getrunken und werde sich die Scheiß-Jeans bespritzen. Ich lachte so heftig, daß ich meine Karten nicht festhalten konnte; die Nerven in meiner rechten Hand starben ab, meine Finger entspannten sich, und die letzten paar Siegerstiche flatterten mir in den Schoß. In meinem Kopf pochte es, und meine Nebenhöhlen waren voll.

Stoke gelangte zum Boden der Senke, wo der Walk begann. Dort blieb er stehen und vollführte aus irgendeinem Grund eine irrwitzige Drehung um dreihundertsechzig Grad, wobei er auf einer Krücke zu balancieren schien. Die andere Krücke streckte er aus wie ein Maschinengewehr, als würde er im Geiste den gesamten Campus mit MG-Feuer bestreichen – Kill Cong! Schlachtet die Aufseher! Stecht diese Oberschichttypen ab!

»*Unnnd … die olympischen Punktrichter geben ihm … alle eine Zehn!*« rief Tony DeLucca im perfekten Sportreporterton. Das war der letzte Anstoß, den es noch brauchte; der Raum verwandelte sich auf der Stelle in ein Tollhaus. Karten flogen durch die Gegend. Aschenbecher wurden umgeworfen, und ein Glasaschenbecher (die meisten waren bloß diese kleinen Pastetenförmchen aus Aluminium) ging zu Bruch. Jemand fiel vom Stuhl, wälzte sich am Boden, brüllte vor Lachen und strampelte mit den Beinen. Wir mußten so lachen, daß wir gar nicht mehr aufhören konnten.

»Jetzt ist es passiert!« brüllte Mark. »Ich hab mir gerade die Unterhose naß gemacht! Ich konnt's nicht mehr halten!« Hinter ihm kroch Nick Prouty auf den Knien zum Fenster; Tränen liefen ihm über das feuerrote Gesicht, und er hatte die Hände ausgestreckt, die wortlose, flehende Geste eines Mannes, der sagen will: Hört auf, hört auf, bevor mir ein verdammtes Blutgefäß im Gehirn platzt und ich an Ort und Stelle verrecke!

Skip stand auf und warf dabei seinen Stuhl um. Ich stand auf. Wir lachten uns die Seele aus dem Leib, tasteten nacheinander, legten uns die Arme um die Schultern und taumelten zusammen zum Fenster. Unten stand Stoke Jones erstaunlicherweise immer noch senkrecht; er bemerkte nicht, daß er von rund zwei Dutzend ausgeflippten Kartenspielern beobachtet wurde, die sich über ihn scheckig lachten.

»Los, Ratz-Fatz!« intonierte Ronnie. »Los, Ratz-Fatz!« Nick stimmte mit ein. Er war am Fenster angelangt und legte, immer noch lachend, die Stirn dagegen.

»Los, Ratz-Fatz!«

»Los, Baby!«

»Los!«

»Weiter, Ratz-Fatz! Mach die Schlittenhunde platt!«

»Hau rein mit den Krücken, Mann!«

»Verdammt noch mal, los, Ratz-Fatz!«

Es war wie beim letzten Spielzug eines Football-Spiels, bei dem es um Sieg oder Niederlage ging, nur daß jeder *Los, Ratz-Fatz* brüllte und nicht *Haltet die Linie* oder *Blockt den Kick ab. Fast* jeder; ich brüllte nicht mit, und Skip auch nicht, glaube ich, aber wir lachten. Wir lachten so heftig wie alle anderen auch.

Auf einmal dachte ich an den Abend, an dem Carol und ich neben Holyoke auf den Milchkästen gesessen hatten, den Abend, an dem sie mir den Schnappschuß von sich und den Freunden aus ihrer Kindheit gezeigt ... und mir dann erzählt hatte, was diese anderen Jungen ihr angetan hatten. Was sie mit einem Baseballschläger getan hatten. *Zuerst haben sie nur Spaß gemacht, glaube ich,* hatte Carol gesagt. Ob sie wohl gelacht hatten? Wahrscheinlich, ja. Das tat man nun mal, wenn man Spaß machte und sich amüsierte – man lachte.

Stoke blieb einen Moment lang stehen, wo er war, hing mit gesenktem Kopf auf den Krücken ... und nahm dann die Anhöhe in Angriff wie die Marines, die bei Tarawa gelandet waren. Er stürmte den Bennett's Walk hinauf, und von seinen fliegenden Krücken spritzte das Wasser überallhin; es war, als sähe man eine tollwütige Ente vor sich.

Das Gebrüll wurde ohrenbetäubend: *»LOS, RATZ-FATZ! LOS, RATZ-FATZ! LOS, RATZ-FATZ!«*

Zuerst haben sie nur Spaß gemacht, hatte sie gesagt, als wir auf den Milchkästen saßen und unsere Zigaretten rauchten. Dabei hatte sie geweint, silberne Tränen im grellen Licht des Speisesaals über uns. *Zuerst haben sie nur Spaß gemacht, und dann … dann nicht mehr.*

Bei diesem Gedanken war der Spaß mit Stoke für mich schlagartig vorbei, das schwöre ich Ihnen. Und dennoch konnte ich nicht aufhören zu lachen.

Stokely schaffte ungefähr ein Drittel des ansteigenden Weges nach Holyoke, fast bis dorthin, wo wieder die Ziegelsteine zu sehen waren, bevor der Glitschmatsch ihn schließlich zu Fall brachte. Er stellte seine Krücken weit vor seinen Körper – zu weit, selbst wenn es trocken gewesen wäre –, und als er nach vorn schwang, flogen beide Stöcke unter ihm weg. Seine Beine schlugen in die Höhe wie die eines Turners, der einen phantastischen Trick am Schwebebalken vollführt, und er knallte mit einem gewaltigen Klatschen auf den Rücken. Wir konnten es sogar noch im Aufenthaltsraum im zweiten Stock hören. Es war das endgültige Tüpfelchen auf dem i.

Der Aufenthaltsraum sah wie ein Irrenhaus aus, dessen Insassen alle gleichzeitig eine Lebensmittelvergiftung bekommen hatten. Wir taumelten ziellos herum, lachend, die Hände in den Hals gekrallt, und Tränen schossen uns aus den Augen. Ich hielt mich an Skip fest, weil meine Beine mich nicht mehr tragen wollten; meine Knie fühlten sich wie Nudeln an. Ich lachte so heftig wie noch nie in meinem Leben, heftiger, als ich seitdem je wieder gelacht habe, glaube ich, und trotzdem dachte ich immer wieder daran, wie Carol auf dem Milchkasten neben mir gesessen hatte, die Beine übereinandergeschlagen, in der einen Hand die Zigarette, in der anderen den Schnappschuß, und gesagt hatte: *Harry Doolin hat mich geschlagen … Willie und der andere haben mich festgehalten, damit ich nicht weglaufen konnte … Zuerst haben sie nur Spaß gemacht, glaube ich, und dann … dann nicht mehr.*

Draußen auf dem Bennett's Walk versuchte Stoke, sich aufzusetzen. Er bekam den Oberkörper teilweise aus dem Wasser … und legte sich dann wieder der Länge nach hin, als wäre dieses eisige, matschige Wasser ein Bett. Er hob beide Arme in einer beinahe beschwörenden Geste zum Himmel und ließ sie dann wieder sinken. Es war der Inbegriff aller Kapitulationen, zusammengefaßt in drei Bewegungen: das Hinlegen, das Hochheben der Arme, das doppelte Klatschen, als sie, weit ausgebreitet, zu beiden Seiten niederfielen. Es war das endgültige *Scheiß drauf, macht, was ihr wollt, ich steige aus.*

»Komm mit«, sagte Skip. Er lachte immer noch, war aber zugleich auch absolut ernst. Ich hörte den Ernst in seinem Lachen und sah ihn in seinem hysterisch verzerrten Gesicht. Ich war froh, daß er da war, Herrgott, war ich froh. »Los, bevor das blöde Arschloch ertrinkt.«

Skip und ich zwängten uns Schulter an Schulter durch die Tür des Aufenthaltsraums, sprinteten durch den Flur im zweiten Stock, prallten dabei wie Flipperkugeln voneinander ab und taumelten; wir waren fast so außer Rand und Band, wie Stoke es auf dem Pfad gewesen war. Die meisten anderen folgten uns. Der einzige, von dem ich genau weiß, daß er es nicht tat, war Mark; er ging in sein Zimmer, um seine durchnäßten Jeans zu wechseln.

Auf dem Treppenabsatz im ersten Stock trafen wir Nate – es hätte nicht viel gefehlt, und wir hätten ihn umgerannt. Er stand mit einem Armvoll Bücher in einer Plastiktüte da und sah uns einigermaßen erschrocken an.

»Ach du meine Güte«, sagte er. Das war Nates stärkster verbaler Ausbruch: *Ach du meine Güte.* »Was ist denn mit *euch* los?«

»Komm mit«, sagte Skip. Seine Kehle war so eng, daß die Worte mit einem Knurren herauskamen. Wenn ich vorher nicht mit ihm zusammengewesen wäre, hätte ich geglaubt, daß er gerade einen Weinkrampf hinter sich hatte. »Es geht nicht um uns, sondern um den verdammten Jones. Er ist hingefallen. Er braucht –« Skip brach ab, als ihn erneut gewaltige Lachsalven von ganz tief unten überwältigten und durchschüttelten. Er sackte an die Wand und verdrehte die Augen in einer Art ausgelassener Erschöpfung. Er schüttelte den Kopf, als wollte er es abwehren, aber natürlich kann man Gelächter nicht abwehren; wenn es kommt, pflanzt es sich in deinen Lieblingssessel und bleibt, solange es will. Über uns begann die Treppe zu dröhnen, als die Kartenspieler aus dem zweiten Stock herabgestürmt kamen. »Er braucht Hilfe«, beendete Skip seinen Satz und wischte sich die Augen.

Nate sah mich mit wachsender Verwirrung an. »Wenn er Hilfe braucht, warum lacht ihr dann?«

Ich konnte es ihm nicht erklären. Zum Teufel, ich konnte es mir selbst nicht erklären. Ich packte Skip am Arm und zerrte daran. Wir rannten die Treppe zum Erdgeschoß hinunter. Nate folgte uns. Die anderen auch.

34

Das erste, was ich sah, als wir durch die nördliche Tür ins Freie platzten, war das gelbe Segeltuchrechteck. Es lag auf dem Boden, voller Wasser und darin treibender Matschklumpen. Dann sickerte mir das Wasser auf dem Pfad in die Turnschuhe, und mein Interesse an den Sehenswürdigkeiten ließ radikal nach. Es war eiskalt. Der Regen prasselte wie mit Nadeln, die nicht ganz aus Eis waren, auf meine bloße Haut herab.

Im Bennett's Run stand das Wasser knöcheltief, und meine kalten Füße wurden taub. Skip rutschte aus, und ich packte ihn am Arm. Nate hielt uns beide von hinten fest und verhinderte, daß wir rücklings hinknallten. Vor uns hörte ich ein häßliches Geräusch, halb ein Husten, halb ein Würgen. Stoke lag wie ein durchnäßtes Stück Holz im Wasser. Sein Dufflecoat wogte um seinen Körper herum, und der Wust schwarzer Haare trieb ihm ums Gesicht. Das Husten kam tief aus seiner Brust und klang bronchitisch. Bei jedem würgenden, erstickenden Hustenanfall sprühten feine Tröpfchen von seinen Lippen. Eine seiner Krücken lag neben ihm, gefangen zwischen seinem Arm und seiner Seite. Die andere schwamm in Richtung Bennett Hall davon.

Wasser schwappte über Stokes bleiches Gesicht. Jetzt klang sein Husten röchelnd und gurgelnd. Seine Augen starrten senkrecht nach oben, hinauf in den Regen und den Nebel. Er ließ durch nichts erkennen, daß er uns kommen hörte, aber als

Skip und ich uns links und rechts neben ihn knieten, versuchte er, uns mit den Händen wegzustoßen. Wasser lief ihm in den Mund, und er begann zu zappeln. Er ertrank vor unseren Augen. Mir war nicht mehr nach Lachen zumute, aber vielleicht kicherte ich trotzdem noch. Zuerst haben sie nur Spaß gemacht, hatte Carol gesagt. Zuerst haben sie nur Spaß gemacht. Mach das Radio an, Pete, ich mag die Oldies.

»Heb ihn hoch«, sagte Skip und packte Stoke an einer Schulter. Stoke schlug mit einer Wachsfigurenhand schwach nach ihm. Skip achtete nicht darauf, hatte es vielleicht nicht einmal bemerkt. »Schnell, um Himmels willen!«

Ich ergriff Stoke an der anderen Schulter. Er spritzte mir Wasser ins Gesicht, als würden wir in irgendeinem Gartenpool herumalbern. Ich hatte geglaubt, er würde genauso frieren wie ich, aber von seiner Haut ging eine krankhafte Hitze aus. Ich schaute über seinen patschnassen Körper zu Skip hinüber.

Skip nickte mir zu. »Achtung ... fertig ... *los.*«

Wir hoben ihn hoch. Stoke kam teilweise aus dem Wasser – von der Taille an aufwärts –, aber mehr auch nicht. Ich war erstaunt, wie schwer er war. Das Hemd war ihm aus der Hose gerutscht und wallte um seinen Bauch herum wie das Tutu einer Ballerina. Darunter sah ich seine weiße Haut und das schwarze Einschußloch seines Nabels. Dort waren auch Narben, verheilte Narben, die wie Knäuel knotigen Seils kreuz und quer durcheinanderliefen.

»Hilf uns, Natie!« ächzte Skip. »Stütz ihn von hinten, zum Teufel noch mal!«

Nate sank auf die Knie, bespritzte uns alle drei und packte Stoke, als würde er ihn von hinten umarmen. Wir mühten uns ab, ihn ganz aufzurichten und aus der Brühe herauszuholen, rutschten aber in dem Matsch auf den Ziegelsteinen immer wieder aus, so daß wir nicht richtig zusammenarbeiten konnten. Und obwohl Stoke immer noch hustete und halb ertrunken war, leistete er uns ebenfalls Widerstand und bemühte sich nach Kräften, sich von uns zu befreien. Stoke wollte wieder ins Wasser zurück.

Nun kamen auch die anderen an, Ronnie an der Spitze. »Verdammter Ratz-Fatz«, sagte er leise. Er kicherte immer noch, wirkte jedoch auch ein wenig ehrfürchtig. »Diesmal hast du echt Riesenscheiße gebaut, Ratz. Soviel steht fest.«

»Steh da nicht so rum, du blöder Trottel!« rief Skip. »Hilf uns!«

Ronnie wartete noch einen Moment – er war nicht wütend, sondern versuchte bloß, sich darüber klarzuwerden, wie man die Sache am besten anpackte –, dann drehte er sich um und sah nach, wer noch da war. Er rutschte im Matsch aus, und Tony DeLucca, der ebenfalls immer noch kicherte, ergriff ihn und hielt ihn fest. Da standen sie nun alle eng zusammengedrängt auf dem überschwemmten Walk, meine Kartenspielerkumpels aus dem Aufenthaltsraum im zweiten Stock, und die meisten von ihnen konnten immer noch nicht aufhören zu lachen. Sie erinnerten mich an etwas, aber ich wußte nicht, woran. Ich hätte es vielleicht nie erfahren, wenn Carols Weihnachtsgeschenk nicht gewesen wäre ... aber das kam natürlich erst später.

»Du, Tony«, sagte Ronnie. »Brad, Lennie, Barry. Wir nehmen seine Beine.«

»Was ist mit mir, Ronnie?« fragte Nick. »Was ist mit mir?«

»Du bist zu klein, um ihn mit hochzuheben«, sagte Ronnie, »aber vielleicht würde es ihn aufmuntern, wenn du ihm einen bläst.«

Nick trat zurück.

Ronnie, Tony, Brad, Lennie und Barry Margeaux schlitterten links und rechts an uns vorbei. Ronnie und Tony faßten Stoke an den Unterschenkeln.

»Herrgott!« rief Tony angewidert und immer noch halb lachend. »Nichts an ihm dran! Beine wie 'ne Vogelscheuche!«

»Beine wie 'ne Vogelscheuche, Beine wie 'ne Vogelscheuche!« äffte Ronnie ihn bösartig nach. »Heb ihn hoch, verdammt noch mal, du dämlicher Spaghetti-Wichser, wir sind hier nicht auf 'ner Kunstausstellung! Lenny und Barry, ihr faßt ihn unter seinem verkümmerten Arsch. Dann kommt ihr mit hoch –«

»– wenn ihr anderen ihn anhebt«, beendete Lennie den Satz. »Kapiert. Und wehe, du sagst noch mal ›Spaghetti‹ zu meinem *paisan*!«

»Laßt mich in Ruhe«, sagte Stoke hustend. »Hört auf damit, nehmt eure Finger weg ... ihr beschissenen Verlierer ...« Der Husten überwältigte ihn wieder. Er begann, grauenhafte, würgende Laute von sich zu geben. Im Lichtschein der Lampen sahen seine Lippen grau und glänzend aus.

»Ausgerechnet du mußt andere Verlierer nennen«, sagte Ronnie. »Du beschissener, halb ersoffener, verkrüppelter Homo.« Er schaute zu Skip hinüber. Wasser lief ihm über die welligen Haare und das picklige Gesicht. »Zähl an, Kirk.«

»Eins … zwei … drei … *jetzt!*«

Wir hoben ihn hoch. Stoke Jones kam wie ein geborgenes Schiff aus dem Wasser. Wir schwankten mit ihm hin und her. Einer seiner Arme baumelte vor mir; er hing für einen Moment da, dann kam die Hand am Ende des Arms hoch und schlug mir kräftig ins Gesicht. So was Abgedrehtes! Ich fing wieder an zu lachen.

»Laßt mich runter! Laßt mich runter, ihr Arschgeigen!«

Wir taumelten, tanzten auf dem Matsch; Wasser rann an ihm herunter, Wasser rann an uns allen herunter. »Echolls!« brüllte Ronnie. »Marchant! Brennan! *Menschenskind, wie wär's, wenn ihr mal 'n bißchen mit anpacken würdet, ihr gehirnamputierten Pappnasen?«*

Randy und Billy planschten nach vorn. Andere – drei oder vier, die von den Schreien und dem Geplansche angelockt worden waren, die meisten allerdings nach wie vor Mitglieder der Hearts-Gruppe aus dem zweiten Stock – hielten Stoke ebenfalls fest. Wir drehten ihn unbeholfen um und sahen dabei wahrscheinlich wie die spastischste Cheerleader-Gruppe der Welt aus, die aus irgendeinem Grund im strömenden Regen trainierte. Stoke hatte aufgehört, sich zu wehren. Er lag in unserem Griff, seine Arme hingen zu beiden Seiten herunter, und die Handflächen waren nach oben gekehrt und füllten sich mit winzigen Regenlachen. Verebbende Wasserfälle ergossen sich aus seiner vollgesogenen Jacke und seinem Hosenboden. *Er hat mich auf die Arme genommen und getragen,* hatte Carol gesagt. Sie hatte über den Jungen mit dem Bürstenschnitt gesprochen, den Jungen, der ihre erste Liebe gewesen war. *Den ganzen Broad Street Hill rauf, an einem der heißesten Tage des Jahres. Er hat mich auf den Armen getragen*. Ich bekam ihre Stimme einfach nicht aus dem Kopf. In gewissem Sinn ist mir das nie gelungen.

»Ins Wohnheim?« wandte sich Ronnie an Skip. »Bringen wir ihn ins Wohnheim?«

»Herrje, nein«, sagte Nate. »In die Krankenstation.«

Da wir es nun geschafft hatten, ihn aus dem Wasser zu heben – das war der schwierigste Teil gewesen, und der lag hinter uns –, hatte sein Vorschlag einiges für sich. Die Krankenstation war ein kleiner Ziegelbau gleich hinter Bennett Hall, nicht mehr als drei- oder vierhundert Meter entfernt. Sobald wir vom Pfad auf die Straße kamen, würden wir wieder festen Boden unter den Füßen haben.

Wir brachten ihn also zur Krankenstation, trugen ihn in Schulterhöhe wie einen gefallenen Helden, der feierlich vom Schlachtfeld abtransportiert wurde. Einige von uns prusteten und kicherten immer noch ein bißchen vor sich hin. Ich auch. Einmal sah ich, wie Nate mich mit einem Ausdruck allertiefster Verachtung anblickte, und ich versuchte, die Laute, die aus mir herauskamen, zu unterdrücken. Eine kleine Weile gelang es mir ganz gut, dann dachte ich daran, wie er sich auf seiner Krücke gedreht hatte (»*Die olympischen Punktrichter geben ihm … alle eine Zehn!*«), und fing wieder an.

Stoke machte nur ein einziges Mal den Mund auf, nämlich als wir ihn den Gehweg zur Tür der Krankenstation entlangtrugen. »Laßt mich sterben«, sagte er. »Tut einmal in eurem blöden, gierigen, egozentrischen Leben was Vernünftiges. Setzt mich ab, und laßt mich sterben.«

35

Das Wartezimmer war leer. Im Fernseher in der Ecke lief eine alte *Bonanza*-Folge, aber niemand sah zu. In jener Zeit kriegten sie das mit dem Farbfernsehen noch nicht so richtig hin, und Pa Cartwrights Gesicht hatte die Farbe einer frischen Avocado. Wir müssen wie eine Herde Nilpferde geklungen haben, die gerade ihr Wasserloch verlassen hatte, und die diensthabende Krankenschwester kam sofort angelaufen, gefolgt von einer freiwilligen Helferin (wahrscheinlich eine Studentin, die sich nebenbei was dazuverdiente, wie ich) und einem kleinen Burschen mit weißem Kittel. Er hatte ein Stethoskop um den Hals, und eine Zigarette steckte in seinem Mundwinkel. In Atlantis rauchten sogar die Ärzte.

»Was ist mit ihm?« erkundigte sich der Arzt bei Ronnie, entweder weil Ronnie so aussah, als hätte er das Kommando, oder weil er ihm am nächsten stand.

»Hat auf dem Weg nach Holyoke 'ne Bauchlandung im Bennett's Run gemacht«, sagte Ronnie. »Wär fast ersoffen.« Er hielt inne und fügte dann hinzu: »Er ist 'n Krüppel.«

Wie um das zu unterstreichen, wedelte Billy Marchant mit einer von Stokes Krücken. Anscheinend hatte sich niemand die Mühe gemacht, die andere zu bergen.

»Nimm das Ding runter, oder willst du mir damit das Hirn rauskloppen, verdammt noch mal?« fragte Nick Prouty giftig und duckte sich.

»Was für 'n Hirn?« erwiderte Brad, und wir lachten alle so laut, daß wir Stoke beinahe fallen gelassen hätten.

»Du kannst mich mal kreuzweise, Puparsch«, sagte Nick, aber er lachte ebenfalls.

Der Doktor runzelte die Stirn. »Bringt ihn hier rein, und spart euch diese Ausdrucksweise für eure Quasselrunden.« Stoke begann wieder zu husten: ein tiefer, würgender Laut. Man rechnete damit, Blut und Gewebefasern aus seinem Mund spritzen zu sehen, so schwer war dieser Husten.

Wir trugen Stoke in Schlangenlinien durch den Flur der Krankenstation, bekamen ihn auf diese Weise aber nicht durch die Tür. »Laßt mich das machen«, sagte Skip.

»Du wirst ihn fallen lassen«, warnte Nate.

»Nein, werde ich nicht. Ich muß ihn nur richtig zu fassen kriegen.«

Er trat neben Stoke, nickte dann erst mir zu seiner Rechten und dann Ronnie zu seiner Linken zu.

»Laßt ihn runter«, sagte Ronnie. Wir gehorchten. Skip ächzte einmal, als er Stokes Gewicht übernahm, und ich sah, wie die Adern an seinem Hals hervorquollen. Dann traten wir zurück, und Skip trug Stoke in den Raum und legte ihn auf den Untersuchungstisch. Die dünne Papierunterlage auf dem

Leder war sofort durchweicht. Skip trat zurück. Stoke starrte zu ihm empor, das Gesicht totenbleich bis auf zwei rote Flecken hoch oben auf den Wangenknochen – rot wie Rouge waren diese Flecken. Wasser lief ihm in dünnen Rinnsalen aus den Haaren.

»Tut mir leid, Mann«, sagte Skip.

Stoke wandte den Kopf ab und schloß die Augen.

»Raus«, sagte der Arzt zu Skip. Die Zigarette hatte er irgendwohin geworfen. Er sah uns der Reihe nach an, eine Horde von vielleicht einem Dutzend Jungen, von denen die meisten immer noch grinsten und die alle auf den gefliesten Boden des Flurs tropften. »Weiß jemand, welcher Art seine Behinderung ist? Es kann wichtig für seine Behandlung sein.«

Ich dachte an die Narben, die ich gesehen hatte, diese Knäuel knotiger Seile, sagte jedoch nichts. Ich wußte ja eigentlich nichts. Und da der unkontrollierbare Drang zu lachen sich jetzt gelegt hatte, schämte ich mich so sehr, daß ich ohnehin kein Wort herausbrachte.

»Halt irgend so 'n Krüppelding, oder?« sagte Ronnie. Nun, wo er wirklich mit einem Erwachsenen konfrontiert war, hatte er seine schrille Frechheit verloren. Er klang unsicher, vielleicht sogar nervös. »Muskellähmung oder zerebrale Dystrophie?«

»Du Clown«, sagte Lennie. »Es heißt Muskeldystrophie und zerebrale –«

»Es war ein Autounfall«, sagte Nate. Wir drehten uns alle zu ihm um. Nate sah immer noch ordentlich und absolut korrekt aus, obwohl auch er völlig durchnäßt war. An diesem Nachmittag trug er eine Skimütze der Fort Kent High School. Das Football-Team von Maine hatte endlich einen Touchdown erzielt und Nate von seinem Käppi erlöst; vorwärts, ihr Black Bears. »Vor vier Jahren. Sein Vater, seine Mutter und seine ältere Schwester sind dabei ums Leben gekommen. Er hat als einziger in der Familie überlebt.«

Stille. Ich warf zwischen Skips und Tonys Schultern hindurch einen Blick in den Untersuchungsraum. Stoke lag immer noch triefnaß auf dem Tisch, den Kopf zur Seite gedreht, die Augen geschlossen. Die Krankenschwester maß seinen Blutdruck. Die Hose klebte ihm an den Beinen, und ich mußte an die Parade zum vierten Juli daheim in Gates Falls denken, als ich noch ein kleines Kind gewesen war. Uncle Sam marschierte zwischen der Schulkapelle und den Leuten vom Anah Temple Shrine auf ihren winzigen Motorrädern einher und schien mit seinem bestirnten blauen Zylinder mindestens drei Meter groß zu sein, doch als ihm der Wind die Hose gegen die Beine wehte, sah man den Trick. So sahen Stoke Jones' Beine in seiner nassen Hose aus: wie ein Trick, ein schlechter Scherz, abgesägte Stelzen mit Turnschuhen unten dran.

»Woher weißt du das?« fragte Skip. »Hat er's dir erzählt, Natie?«

»Nein.« Nate schaute beschämt drein. »Er hat's Harry Swidrowski erzählt, nach einer Sitzung des Widerstandskomitees. Sie – wir – waren im Bear's Den. Harry hat ihn rundheraus gefragt, was mit seinen Beinen passiert ist, und Stoke hat's ihm erzählt.«

Ich glaubte, Nates Gesichtsausdruck zu verstehen. Nach der Sitzung, hatte er gesagt. *Danach*. Nate wußte nicht, was *bei* der Sitzung besprochen worden war, weil er nicht daran teilgenommen hatte. Nate war kein Mitglied des Widerstandskomitees; Nate war ein Außenstehender, ein Zuschauer. Schon möglich, daß er mit den Zielen und der Politik des Widerstandskomitees übereinstimmte ... aber er mußte auch an seine Mutter denken. Und an seine Zukunft als Zahnarzt.

»Eine Rückenmarksverletzung?« fragte der Arzt. Energischer denn je.

»Ich glaube, ja«, sagte Nate.

»Gut.« Der Doc scheuchte uns mit einer Handbewegung weg, als wären wir eine Gänseherde. »Na los, geht in eure Wohnheime zurück. Wir werden uns gut um ihn kümmern.«

Wir machten uns auf den Rückweg zur Aufnahme.

»Warum habt ihr gelacht, als ihr ihn reingebracht habt?« fragte die Krankenschwester auf einmal. Sie stand mit der Blutdruckmanschette in der Hand neben dem Arzt. »Und warum grinst ihr jetzt?« Sie klang wütend. Zum Teufel, sie *sprühte* geradezu vor Zorn. »Was war so komisch am Mißgeschick dieses Jungen, daß es euch zum Lachen gebracht hat?«

Ich glaubte nicht, daß ihr jemand eine Antwort geben würde. Wir standen nur da, traten von einem Bein aufs andere und senkten den Blick auf unsere Füße, weil wir merkten, daß wir noch keineswegs so weit über die vierte Klasse hinaus waren, wie wir vielleicht geglaubt hatten. Aber dann antwortete doch jemand. Skip antwortete. Er brachte es sogar fertig, sie dabei anzusehen.

»Sein Mißgeschick, Ma'am«, sagte er. »Das war es, Sie haben recht. Es war sein Mißgeschick, was so komisch war.«

»Wie schrecklich«, sagte sie. Tränen des Zorns standen in ihren Augenwinkeln. »Wie schrecklich ihr seid!«

»Ja, Ma'am«, sagte Skip. »Ich glaube, da haben Sie ebenfalls recht.« Er wandte sich von ihr ab.

Wir folgten ihm in die Aufnahme zurück, eine nasse, geschlagene kleine Gruppe. Ich kann nicht behaupten, daß es der Tiefpunkt meiner Collegelaufbahn gewesen wäre, als schrecklich bezeichnet zu werden (»Wenn du dich noch gut an die Sixties erinnerst, dann hast du sie nicht miterlebt«, sagte der Hippie Wavy Gravy einmal), aber vielleicht war es der Tiefpunkt. Das Wartezimmer war immer noch leer. Auf dem Bildschirm war jetzt Little Joe Cartwright zu sehen, und er war genauso grün wie sein Dad. Michael Landon ist auch an Bauchspeicheldrüsenkrebs gestorben – das hatte er mit meiner Mutter gemein.

Skip blieb stehen. Ronnie schob sich mit gesenktem Kopf an ihm vorbei zur Tür, gefolgt von Nick, Billy, Lennie und den anderen.

»Bleibt stehen«, sagte Skip, und sie drehten sich um. »Ich will mit euch über etwas reden.«

Wir versammelten uns um ihn. Skip warf einen Blick zu der Tür zurück, die zum Untersuchungsbereich führte, vergewisserte sich, daß wir allein waren, und begann dann zu sprechen.

36

Zehn Minuten später gingen Skip und ich allein zum Wohnheim zurück. Die anderen waren schon vorgegangen. Nate blieb noch eine Weile bei uns, dann muß er eine Schwingung aufgefangen haben, daß ich unter vier Augen mit Skip sprechen wollte. Nate war schon immer gut darin, Schwingungen aufzufangen. Er ist bestimmt ein guter Zahnarzt, und ich wette, daß besonders die Kinder ihn mögen.

»Für mich ist jetzt Schluß mit Hearts«, sagte ich.

Skip schwieg.

»Ich weiß nicht, ob es schon zu spät ist, meine Noten noch so weit rauszureißen, daß ich mein Stipendium behalten kann, aber ich werd's versuchen. Und es ist mir so oder so ziemlich egal. Es geht nicht um das verdammte Stipendium.«

»Nein. Es geht um *sie*, stimmt's? Um Ronnie und all die anderen.«

»Nur zum Teil, glaube ich.« Es war so kalt dort draußen, während dieser Tag in die Nacht überging – kalt, feucht und böse. Es schien, als würde es nie wieder Sommer werden. »Mann, Carol fehlt mir. Warum mußte sie weggehen?«

»Ich weiß es nicht.«

»Als er hingefallen ist, hat sich's da oben angehört wie im Irrenhaus«, sagte ich. »Nicht wie in einem College-Wohnheim, sondern in einem beschissenen *Irrenhaus*.«

»Du hast auch gelacht, Pete. Und ich ebenfalls.«

»Ich weiß«, sagte ich. Vielleicht hätte ich nicht gelacht, wenn ich allein gewesen wäre, und Skip und ich hätten vielleicht auch nicht gelacht, wenn wir nur zu zweit gewesen wären, aber woher sollte man das wissen? Es war, wie es war, und damit mußte man sich abfinden. Ich dachte immer wieder an Carol und diese Jungs mit ihrem Baseballschläger. Und ich dachte daran, wie Nate mich angesehen hatte – voller abgrundtiefer Verachtung. »Ich weiß.«

Wir gingen eine Weile schweigend nebeneinander her.

»Ich glaube, ich kann damit leben, daß ich über ihn gelacht habe«, sagte ich, »aber ich will nicht mit vierzig aufwachen und von meinen Kindern gefragt werden, wie's auf dem College war, und mich an nichts anderes erinnern können als an Ronnie Malenfant und seine Polenwitze und an dieses arme kaputte Arschloch McClendon, der versucht hat, sich mit Kinderaspirin umzubringen.« Ich dachte daran, wie Stoke Jones auf seiner Krücke herumgewirbelt war, und hätte am liebsten gelacht; dachte daran, wie er auf dem Untersuchungstisch in der Krankenstation gelegen hatte – gestrandet –, und hätte am liebsten geweint. Und wissen Sie was? Soweit ich erkennen konnte, war es genau das gleiche Gefühl. »Mir geht's einfach mies dabei. Ich fühl mich beschissen.«

»Ich auch«, sagte Skip. Der Regen strömte eisig kalt um uns herab und weichte alles auf. Die Lichter von Chamberlain Hall waren hell, aber nicht sonderlich tröstlich. Ich sah das von den Cops aufgehängte gelbe Segeltuch im Gras liegen, darüber die undeutlichen Umrisse der gesprühten Buchstaben. Sie zerliefen im Regen; am nächsten Tag würden sie völlig unleserlich sein.

»Als ich noch klein war, hab ich immer gespielt, ich wäre der Held«, sagte Skip.

»Ja, verdammt, ich auch. Welches kleine Kind hat schon gespielt, daß es zum Lynchmob gehört?«

Skip schaute auf seine patschnassen Schuhe und sah dann mich an. »Könnte ich die nächsten paar Wochen mit dir zusammen lernen?«

»Jederzeit, wann du willst.«

»Du hast wirklich nichts dagegen?«

»Warum sollte ich was dagegen haben, verdammt?« Ich verlieh meiner Stimme einen gereizten Klang, weil ich nicht wollte, daß er mir anmerkte, wie erleichtert, ja fast schon begeistert ich war. Weil es vielleicht funktionieren würde. Nach einer Pause sagte ich: »Dieses andere … glaubst du, wir können das durchziehen?«

»Ich weiß nicht. Vielleicht.«

Wir waren fast am nördlichen Eingang angelangt, und ich zeigte auf die zerlaufenden Buchstaben, bevor wir hineingingen. »Vielleicht lassen Garretsen und dieser Ebersole die ganze Sache fallen. Stokes Farbe hat ja noch gar nicht aushärten können. Morgen früh ist sie weg.«

Skip schüttelte den Kopf. »Die werden's nicht fallenlassen.«
»Warum nicht? Woher weißt du das so genau?«
»Weil Dearie es nicht zulassen wird.«
Und er hatte natürlich recht.

37

Zum ersten Mal seit Wochen war der Aufenthaltsraum im zweiten Stock eine Zeitlang leer, während die durchnäßten Kartenspieler sich abtrockneten und frische Sachen anzogen. Viele von ihnen erledigten auch ein paar Dinge, die Skip Kirk im Wartezimmer der Krankenstation vorgeschlagen hatte. Als Nate, Skip und ich vom Abendessen zurückkamen, herrschte im Aufenthaltsraum jedoch der übliche Betrieb – drei Tische waren von Hearts-Spielern besetzt.

»Hey, Riley«, sprach Ronnie mich an. »Twiller hier sagt, er hat eine Verabredung zum Lernen. Wenn du seinen Platz haben willst, zeig ich dir, wie das Spiel geht.«

»Heute abend nicht«, sagte ich. »Muß selber lernen.«

»Ja«, sagte Randy Echolls. »Die Kunst der Selbstbefriedigung.«

»Richtig, Schätzchen, noch ein paar Wochen harte Arbeit, dann kann ich die Hände wechseln, ohne abzusetzen, genau wie du.«

Als ich weggehen wollte, sagte Ronnie: »Ich hatte dich gestoppt, Riley.«

Ich drehte mich um. Ronnie hatte sich auf seinem Stuhl zurückgelehnt und zeigte mir sein unangenehmes Lächeln. Dort draußen im Regen hatte ich für kurze Zeit einen anderen Ronnie gesehen, aber der hatte sich wieder in seinem Versteck verkrochen.

»Nein«, sagte ich, »hattest du nicht. Ich war durch.«

»Niemand macht bei einem Handspiel einen Durchmarsch«, sagte Ronnie und lehnte sich noch weiter zurück. Er kratzte sich an der Wange und rasierte dabei die Spitzen einiger Pickel ab. Dünne Fäden gelbweißer Flüssigkeit sickerten heraus. »Jedenfalls nicht an meinem Tisch. Ich hatte dich in Kreuz gestoppt.«

»Du warst *blank* in Kreuz, außer du hast beim ersten Stich nicht bedient. Du hast das Pik-As auf Lennies Dusche gelegt. Und in Herz hatte ich sämtliche Bilder.«

Ronnies Lächeln erlosch für einen Moment und erstrahlte dann von neuem. Er zeigte mit einer Hand auf den Boden, von dem sämtliche heruntergefallenen Karten aufgehoben worden waren (der Inhalt der umgeworfenen Aschenbecher lag noch da; die meisten von uns waren in einem Zuhause aufgewachsen, wo die Mütter solche Schweinereien wegmachten). »Alle hohen Herzen, hm? Schade, daß wir's nicht mehr nachprüfen können.«

»Ja, schade.« Ich setzte mich wieder in Bewegung.

»Du wirst bei den Matchpunkten zurückfallen!« rief er mir nach. »Das ist dir doch klar, oder?«

»Du kannst meine haben, Ronnie. Ich will sie nicht mehr.«

Ich spielte auf dem College nie wieder Hearts. Viele Jahre später brachte ich meinen Kindern das Spiel bei, und sie waren so begeistert davon wie Enten vom Wasser. Jeden August veranstalten wir in unserem Sommerhaus ein Turnier. Es gibt keine Matchpunkte, aber einen Pokal. Ich habe ihn einmal gewonnen und auf meinen Schreibtisch gestellt, wo ich ihn sehen konnte. In der Entscheidungsrunde habe ich zweimal einen Durchmarsch gemacht, aber nie bei einem Handspiel. Wie mein alter College-Kumpel Ronnie Malenfant mal gesagt hat: Niemand macht bei einem Handspiel einen Durchmarsch. Da könnte man ebensogut erwarten, daß Atlantis mit wehenden Palmen aus dem Ozean emporsteigt.

38

Um acht Uhr an diesem Abend saß Skip Kirk an meinem Schreibtisch und war in sein Anthropologielehrbuch vertieft. Die Hände hatte er in die Haare vergraben, als hätte er schlimme Kopfschmerzen. Nate saß an seinem Schreibtisch und schrieb eine Hausarbeit in Botanik. Ich lag ausgestreckt auf meinem Bett und rang mit meiner alten Freundin, der Geologie. Vom Plattenspieler sang Bob Dylan: »*She was the funniest woman I ever seen, the great-grandmother of Mr. Clean.*«

Es klopfte zweimal laut an die Tür: *pock-pock.* »Etagenversammlung!« rief Dearie. »Etagenversammlung im Freizeitraum um neun Uhr! Erscheinen ist Pflicht!«

»O Gott«, sagte ich. »Verbrennt die Geheimpapiere, und eßt das Funkgerät auf.«

Nate stellte Dylan ab, und wir hörten, wie Dearie den Flur entlangging, sein *Pock-pock* an jede Tür klopfte und lauthals das Etagentreffen im Freizeitraum ankündigte. Die meisten Zimmer waren wahrscheinlich leer, aber das war kein Problem; er würde die Bewohner im Aufenthaltsraum finden, wo sie die Hexe jagten.

Skip sah mich an. »Hab ich dir doch gesagt.«

39

Die Wohnheime in unserem Komplex waren alle zur gleichen Zeit erbaut worden, und jedes verfügte zusätzlich zu den Aufenthaltsräumen in der Mitte jeder Etage über einen großen Gemeinschaftsbereich im Keller. Dort gab es eine Fernsehnische, die sich an den Wochenenden hauptsächlich bei Sportereignissen und unter der Woche bei einer Vampir-Seifenoper mit dem Titel *Dark Shadows* füllte; eine Kantinenecke mit einem halben Dutzend Automaten; einen Tischtennistisch und etliche Schach- und Damebretter. Es gab auch einen Versammlungsbereich mit einem Rednerpult vor mehreren Reihen hölzerner Klappstühle. Dort hatten wir am Anfang des Studienjahres eine Etagenversammlung abgehalten, bei der Dearie die Hausordnung des Wohnheims und die unangenehmen Folgen nicht zufriedenstellend verlaufener Zimmerinspektionen erläutert hatte. Ich muß sagen, diese Zimmerinspektionen waren für Dearie das Größte. Die und das ROTC, natürlich.

Er stand hinter dem kleinen hölzernen Rednerpult, auf das er eine dünne Aktenmappe gelegt hatte, die vermutlich seine Notizen enthielt. Er trug immer noch seine feuchten und schmutzigen ROTC-Klamotten. Nachdem er den ganzen Tag die Schaufel geschwungen und Sand gestreut hatte, wirkte er nun erschöpft, aber auch aufgedreht – »angetörnt« würden wir ein oder zwei Jahre später sagen.

Bei der ersten Etagenversammlung war Dearie allein gewesen; diesmal hatte er Unterstützung. An der grünen Schlackensteinwand, die Hände im Schoß gefaltet, die Knie steif aneinandergepreßt, saß Sven Garretsen, der Vorsteher der männlichen Studenten. Er sagte während dieser Versammlung so gut wie nichts, sondern schaute nur gütig drein, selbst als es einigermaßen heiß herging. Neben Dearie stand ein Mann, der einen schwarzen Überzieher über einem schwarzgrauen Anzug trug und Selbstvertrauen ausstrahlte. Das war Ebersole, der Disziplinarbeamte.

Nachdem wir auf den Stühlen Platz genommen und die Raucher unter uns ihre Zigaretten angezündet hatten, schaute Dearie sich zuerst zu Garretsen um und warf dann Ebersole einen Blick zu. Ebersole schenkte ihm ein kleines Lächeln. »Nur zu, David. Bitte. Es sind Ihre Jungen.«

Das wurmte mich mächtig. Ich mochte vieles sein, darunter auch ein Fiesling, der über Krüppel lachte, die im strömenden Regen hinfielen, aber Dearie Dearborns Junge war ich nicht.

Dearie umfaßte das Rednerpult und sah uns feierlich an. Vielleicht dachte er (weit hinten in jenem Teil seines Gehirns, der ausdrücklich für verschwommene Wunschträume reserviert war), daß ein Tag kommen würde, an dem er sich auf diese Weise an seine Stabsoffiziere wenden und einen gewaltigen Strom von Soldaten Richtung Hanoi in Bewegung setzen würde.

»Jones ist nicht da«, sagte er schließlich. Es klang schwerfällig und abgedroschen, wie ein Satz aus einem Charles-Bronson-Film.

»Er ist in der Krankenstation«, sagte ich und genoß die Überraschung auf Dearies Gesicht. Ebersole wirkte ebenfalls überrascht. Garretsen schaute einfach nur weiterhin gütig in die mittlere Entfernung, wie jemand, der drei Pfeifchen geraucht hatte und dementsprechend high war.

»Was ist denn mit ihm passiert?« fragte Dearie. Das stand nicht im Skript – das er entweder allein ausgearbeitet oder zusammen mit Ebersole vorbereitet hatte –, und Dearie runzelte die Stirn. Außerdem umfaßte er das Rednerpult fester, als befürchtete er, es könnte wegfliegen.

»Rumms bumms auf die Nase geplumpst«, sagte Ronnie und plusterte sich auf, als die Umsitzenden lachten. »Außerdem hat er 'ne Lungenentzündung oder beidseitige Bronchitis oder irgend so was, glaube ich.« Er fing Skips Blick auf, und ich glaubte zu sehen, daß Skip kaum merklich nickte. Dies war Skips Show, nicht die von Dearie, aber wenn wir Glück hatten – wenn *Stoke* Glück hatte –, würden die drei da vorn das gar nicht bemerken.

»Erzählt mir das von Anfang an«, sagte Dearie. Das Stirnrunzeln wurde zu einer finsteren Miene. So hatte er dreingeschaut, als er entdeckt hatte, daß jemand seine Tür mit Rasiercreme eingeschmiert hatte.

Skip erzählte Dearie und seinen neuen Freunden, daß wir Stoke von den Fenstern des Aufenthaltsraums im zweiten Stock aus zum Palast in der Prärie hatten gehen sehen, daß er ins Wasser gefallen war, daß wir ihn gerettet und in die Krankenstation gebracht hatten und daß der Arzt gesagt hatte, Stoke sei sterbenskrank. Der Doc hatte nichts dergleichen gesagt, aber das war auch nicht nötig gewesen. Diejenigen von uns, die Stokes Haut berührt hatten, wußten, daß er Fieber hatte, und wir hatten alle dieses schreckliche Husten tief in seiner Brust gehört. Skip sagte nichts von dem Tempo, das Stoke angeschlagen hatte, als wollte er die ganze Welt umbringen und dann selbst sterben, und er sagte auch nichts davon, wie wir gelacht hatten, Mark St. Pierre sogar so heftig, daß er sich in die Hose gemacht hatte.

Als Skip fertig war, warf Dearie Ebersole einen unsicheren Blick zu. Ebersole erwiderte ihn mit ausdrucksloser Miene. Hinter ihnen trug Garretsen weiterhin sein kleines Buddha-Lächeln zur Schau. Es war klar, was das bedeutete. Dies war Dearies Show. Nun sollte er auch bitte eine Show abziehen.

Dearie holte tief Luft und sah uns an. »Wir glauben, daß Stokely Jones für den Akt von Vandalismus und Erregung öffentlichen Ärgernisses verantwortlich ist, der heute morgen zu einer uns unbekannten Zeit an der Nordseite von Chamberlain Hall verübt wurde.«

Ich gebe präzise wieder, was er sagte, ohne ein einziges Wort zu erfinden. Abgesehen von »Es erwies sich als nötig, das Dorf zu zerstören, um es zu retten«, war dies vielleicht das vollendetste Beispiel von Herrenmenschenkauderwelsch, das ich je in meinem Leben gehört habe.

Ich glaube, Dearie erwartete, daß wir *oh* und *ah* machten, wie die Statisten beim Gerichtssaal-Finale in *Perry Mason*, wenn es Enthüllungen zu hageln beginnt. Statt dessen waren wir still. Skip schaute genau hin, und als er sah, daß Dearie tief Luft für die nächste Verlautbarung holte, sagte er: »Wie kommst du darauf, daß er das war, Dearie?«

Obwohl ich nicht ganz sicher bin – ich habe ihn nie danach gefragt –, glaube ich, daß Skip den Spitznamen bewußt benutzte, um Dearie noch mehr aus dem Konzept zu bringen. Jedenfalls funktionierte es. Dearie wollte in die Luft gehen, sah dann jedoch Ebersole an und überlegte sich noch einmal, wie er sich verhalten sollte. Eine rote Linie kroch aus seinem Kragen empor. Ich sah fasziniert zu, wie sie hochstieg. Es war ein bißchen wie bei einen Disney-Zeichentrickfilm, in dem Donald Duck seine Wut zu bezähmen versucht. Man weiß, daß er es garantiert nicht schaffen wird; die Spannung rührt daher, daß man nicht weiß, wie lange er auch nur einen Anschein von Vernunft wahren kann.

»Ich glaube, du kennst die Antwort darauf, Skip«, sagte Dearie schließlich. »Stokely Jones trägt eine Jacke mit einem ganz speziellen Symbol auf dem Rücken.« Er hob die Aktenmappe auf, die er mitgebracht hatte, nahm ein Blatt Papier heraus, schaute darauf und drehte es dann um, so daß wir es ebenfalls sehen konnten. Keiner von uns war sehr überrascht von dem, was er sah. »*Dieses* Symbol. Es ist von der Kommunistischen Partei kurz nach dem Ende des Zweiten Weltkriegs erfunden worden. Es bedeutet ›Sieg durch Infiltration‹ und heißt bei subversiven Elementen allgemein ›das zerbrochene

Kreuz‹. Außerdem ist es bei innerstädtischen Radikalengruppen wie den Black Muslims und den Black Panthers populär geworden. Da Stoke Jones das Symbol auf seiner Jacke hatte, lange bevor es an der Wand unseres Wohnheims aufgetaucht ist, braucht man wohl kein Raketenforscher zu sein, um –«

»Das ist ein derartiger Bockmist, David!« sagte Nate und stand auf. Er war blaß, und er zitterte, aber eher vor Zorn als vor Furcht. Hatte ich ihn jemals zuvor öffentlich das Wort »Bockmist« in den Mund nehmen hören? Ich glaube nicht.

Garretsen bedachte meinen Zimmergenossen mit seinem gütigen Lächeln. Ebersole zog die Augenbrauen hoch und brachte damit höfliches Interesse zum Ausdruck. Dearie machte ein fassungsloses Gesicht. Ich glaube, der letzte, von dem er erwartet hätte, daß er ihm Schwierigkeiten machen würde, war Nate Hoppenstand.

»Dieses Symbol basiert auf der britischen Signalsprache und steht für ›atomare Abrüstung‹. Es wurde von einem berühmten britischen Philosophen erfunden. Ich glaube, er ist sogar zum Ritter geschlagen worden. Zu behaupten, die Russen hätten es sich ausgedacht! Du meine Güte! Bringen sie euch das beim ROTC bei? So einen Bockmist.«

Nate starrte Dearie zornig an, die Hände in die Hüften gestützt. Dearie glotzte ihn mit offenem Mund an; er war jetzt völlig aus dem Konzept gekommen. Ja, das hatten sie ihm beim ROTC beigebracht, und er hatte jedes Wort geglaubt. Man fragte sich, was die ROTC-Jungs sonst noch alles glaubten.

»Diese Fakten über das zerbrochene Kreuz sind gewiß sehr interessant«, warf Ebersole gewandt ein, »und es ist auf jeden Fall gut, wenn man solche Informationen besitzt – sofern sie stimmen, natürlich –«

»Sie stimmen«, sagte Skip. »Bert Russell, nicht Joe Stalin. Britische Jugendliche haben es vor fünf Jahren getragen, als sie gegen die Operationen amerikanischer Atom-U-Boote vor den Häfen der Britischen Inseln demonstriert haben.«

»Scheiße, ja!« rief Ronnie und reckte die Faust in die Luft. Etwa ein Jahr später machten die Panthers – die nie viel für Bertrand Russells Friedenszeichen übrig hatten, soviel ich weiß – bei ihren Demonstrationen dasselbe. Und rund zwanzig Jahre später machten wir den Windeln entwachsene Sixties-Babys es natürlich bei Rockkonzerten. *Bruuuu-uuuuce! Bruuuu-uuuuce!*

»Zeig's ihnen, Baby!« fiel Hugh Brennan lachend ein. »Zeig's ihnen, Skip! Zeig's ihnen, Big Nate!«

»Drück dich bitte etwas gepflegter aus, solange der Vorsteher hier ist!« rief Dearie Ronnie zu.

Ebersole auf seinem Olymp ignorierte die lästerliche Ausdrucksweise und die Wortgefechte. Sein interessierter, skeptischer Blick blieb auf meinen Zimmergenossen und auf Skip gerichtet.

»Selbst wenn das alles stimmt«, sagte er, »haben wir trotzdem ein Problem, oder etwa nicht? Ich glaube schon. Es geht hier um einen Akt von Vandalismus und Erregung öffentlichen Ärgernisses. Und das zu einer Zeit, in der die steuerzahlende Öffentlichkeit die Jugend an der Universität mit einem immer kritischeren Auge betrachtet. Und diese Institution ist von der steuerzahlenden Öffentlichkeit abhängig, Gentlemen. Ich glaube, es ist unser aller Pflicht –«

»Daran zu denken!« rief Dearie plötzlich. Seine Wangen waren jetzt beinahe violett; auf seiner Stirn wimmelte es von sonderbaren roten Punkten, die wie Brandmale aussahen, und genau zwischen seinen Augen pulsierte eine dicke Ader in raschem Tempo.

Bevor Dearie noch mehr sagen konnte – und er hatte eindeutig eine Menge zu sagen –, hielt Ebersole ihm eine Hand vor die Brust und brachte ihn damit zum Schweigen. Dearie schien in sich zusammenzusinken. Er hatte seine Chance gehabt und sie vertan. Später würde er sich vielleicht einreden, es habe daran gelegen, daß er müde gewesen sei; während wir den Tag im hübschen warmen Aufenthaltsraum verbracht, Karten gespielt und Löcher in unsere Zukunft geschossen hatten, war Dearie draußen gewesen, hatte Schnee geschaufelt und Gehwege gestreut, damit klapprige alte Psychologieprofessoren nicht auf die Nase fielen und sich die Hüfte brachen. Er war müde und nicht sonderlich schlagfertig, und überhaupt hatte ihm dieses Arschloch Ebersole keine faire Chance gegeben, sich zu beweisen. Doch all das half ihm wahrscheinlich nicht viel angesichts dessen, was in diesem Augenblick geschehen war: Man hatte ihn beiseite geschoben. Der Erwachsene hatte die Sache wieder in die Hand genommen. Papa würde es richten.

»Ich glaube, es ist unser aller Pflicht, den Burschen zu identifizieren, der das getan hat, und dafür zu sorgen, daß er eine strenge Strafe bekommt«, fuhr Ebersole fort. Dabei sah er in erster Linie Nate an; so erstaunlich mir das zu jenem Zeitpunkt vorkam, er hatte Nate Hoppenstand als das Zentrum des Widerstands identifiziert, den er in dem Raum spürte.

Nate – Gott schütze seine Backen- und Weisheitszähne – war Leuten wie Ebersole vollauf gewachsen. Er blieb stehen, die Hände in den Hüften, und sah Ebersole weiterhin fest in die Augen, ohne den Blick auch nur eine Sekunde lang zu senken. »Was schlagen Sie vor, wie wir das machen sollen?« fragte Nate.

»Wie ist Ihr Name, junger Mann? Bitte.«

»Nathan Hoppenstand.«

»Nun, Nathan, ich glaube, der Übeltäter ist bereits erkannt, nicht wahr?« Ebersoles Ton war geduldig und lehrerhaft. »Oder vielmehr, er hat sich selber zu erkennen gegeben. Man hat mir gesagt, dieser bedauernswerte Stokely Jones sei eine wandelnde Reklametafel für das Symbol des zerbrochenen Kreuzes, seit –«

»Hören Sie auf, es so zu nennen!« sagte Skip, und ich zuckte bei dem unverhohlenen Zorn in seiner Stimme ein wenig zusammen. »Es ist kein zerbrochenes Etwas! Es ist ein *Friedens*zeichen, verdammt noch mal!«

»Wie ist *Ihr* Name, Sir?«

»Stanley Kirk. Skip für meine Freunde. Sie können mich Stanley nennen.« Dafür erntete er ein nervöses kleines Kichern, das Ebersole nicht zu hören schien.

»Nun, Mr. Kirk, ich nehme Ihre Wortklauberei zur Kenntnis, aber das ändert nichts an der Tatsache, daß Stokely Jones – und Stokely Jones *allein* – dieses spezielle Symbol vom ersten Tag des Semesters an auf dem ganzen Campus zur Schau getragen hat. Wie mir Mr. Dearborn berichtet –«

»›Mr. Dearborn‹ weiß nicht mal, was das Friedenszeichen ist oder woher es stammt«, unterbrach ihn Nate. »Deshalb wäre es nicht sehr klug von Ihnen, glaube ich, wenn Sie sich allzusehr darauf verlassen würden, was er Ihnen *berichtet*. Zufällig habe ich auch ein Friedenszeichen hinten auf meiner Jacke, Mr. Ebersole. Woher wollen Sie wissen, daß ich nicht der Mann mit der Sprühdose war?«

Ebersole fiel das Kinn herunter. Nicht sehr weit, aber es reichte, um sein wohlwollendes Lächeln und seinen Dressman-Look zu ruinieren. Und Vorsteher Garretsen runzelte die Stirn, als wäre er mit einem Gedanken konfrontiert, den er nicht ganz verstand. Man sieht nur sehr selten, daß ein guter Politiker oder College-Verwalter so richtig kalt erwischt wird. Solche Momente muß man genießen. Ich genoß diesen Moment damals und merke, daß ich es auch heute noch tue.

»Das ist eine Lüge!« Dearie klang eher verletzt als wütend. »Warum lügst du so, Nate? Du bist der letzte auf Zwei, von dem ich erwartet hätte, daß er –«

»Es ist *keine* Lüge«, sagte Nate. »Geh rauf in mein Zimmer, und hol die Seemannsjacke aus meinem Schrank, wenn du mir nicht glaubst. Sieh nach!«

»Ja, und meine kannst du dir auch gleich ansehen, wenn du schon mal dabei bist«, sagte ich und stand neben Nate auf. »Meine alte High-School-Jacke. Du kannst sie nicht verfehlen. Es ist die mit dem Friedenszeichen hinten drauf.«

Ebersole musterte uns mit leicht zusammengekniffenen Augen. Dann fragte er: »Wann genau haben Sie dieses sogenannte Friedenszeichen hinten auf Ihren Jacken angebracht, meine jungen Freunde?«

Diesmal log Nate. Ich kannte ihn mittlerweile gut genug, um zu erkennen, daß es ihm Schmerzen bereitet haben mußte … aber er tat es wie ein Champion. »Im September.«

Das gab Dearie den Rest. *Er ging hoch wie 'ne Bombe,* würden meine Kinder vielleicht sagen, aber das träfe es nicht ganz. Dearie ging hoch wie Donald Duck. Er hüpfte zwar nicht mit den Armen schlagend auf der Stelle und machte *quak-quak-quak-quak* wie Donald, wenn ihm die Hutschnur reißt, aber er gab ein empörtes Gebrüll von sich und schlug sich mit den

Handballen an die gesprenkelte Stirn. Ebersole brachte ihn erneut zur Ruhe, diesmal, indem er seinen Arm packte.

»Wer sind Sie?« fragte mich Ebersole – mittlerweile eher kurz angebunden als höflich.

»Pete Riley. Ich hab mir ein Friedenszeichen hinten auf meine Jacke gemalt, weil es mir gefallen hat, wie das bei Stoke aussah. Und um zu zeigen, daß ich ein paar grundsätzliche Fragen zu dem habe, was wir da drüben in Vietnam tun.«

Dearie machte sich von Ebersole los. Sein Kinn war vorgereckt, und er hatte die Lippen so weit zurückgezogen, daß sein komplettes Gebiß zu sehen war. »*Wir helfen unseren Verbündeten, das tun wir, du Blindgänger!*« rief er. »Wenn du zu blöd bist, das von selbst zu kapieren, solltest du Colonel Andersons Einführungskurs in Militärgeschichte besuchen! Aber vielleicht bist du ja auch bloß so ein Schißhase, der nicht –«

»Halten Sie den Mund, Mr. Dearborn«, sagte Vorsteher Garretsen. Seine ruhige Stimme war irgendwie lauter als Dearies Geschrei. »Das ist hier nicht der Ort für eine Debatte über Außenpolitik, und auch nicht der Zeitpunkt für abfällige persönliche Bemerkungen. Ganz im Gegenteil.«

Dearie senkte sein feuerrotes Gesicht, musterte den Fußboden und begann, an der Unterlippe zu kauen.

»Und wann haben Sie das Friedenszeichen-Symbol auf *Ihre* Jacke gemalt, Mr. Riley?« fragte Ebersole. Sein Ton blieb höflich, aber er hatte einen häßlichen Blick in den Augen. Er wußte mittlerweile, glaube ich, daß Stoke sich aus der Sache herauswinden würde, und Ebersole war *sehr* unglücklich darüber. Dearie war ein kleiner Fisch neben diesem Kerl, der 1966 ein neuer Typus auf dem amerikanischen College-Campus war. Jede Zeit ruft ihren Mann, hat Laotse gesagt, und die späten Sechziger hatten Charles Ebersole gerufen. Er war kein Pädagoge; er war eine Art Polizist mit Public Relations im Nebenfach.

Lüg mich nicht an, sagten seine Augen. *Lüg mich nicht an, Riley. Denn wenn du das tust und ich finde es raus, mach ich dich fertig.*

Aber das war mir scheißegal. Ich würde am 15. Januar wahrscheinlich sowieso nicht mehr dasein; und Weihnachten

1967 war ich womöglich in Phu Bai und hielt Dearie einen Platz warm.

»Im Oktober«, sagte ich. »Hab es um den Columbus Day rum auf meine Jacke gemalt.«

»Ich hab's auf meiner Jacke und auf ein paar Sweatshirts«, erklärte Skip. »Ist alles in meinem Zimmer. Ich zeig's Ihnen, wenn Sie wollen.«

Dearie, der bis zu den Haarwurzeln errötet war, hielt den Blick immer noch gesenkt und schüttelte monoton den Kopf.

»Ich hab's auch auf ein paar Sweatshirts«, meldete sich Ronnie zu Wort. »Ich bin kein Peacenik, aber es ist ein cooles Zeichen. Gefällt mir.«

Tony DeLucca sagte, er habe ebenfalls eins hinten auf einem Sweatshirt.

Lennie Doria erklärte Ebersole und Garretsen, er habe es auf die Vorsatzblätter verschiedener Lehrbücher gekritzelt; es sei auch vorn auf seinem Notizbuch für Hausaufgaben drauf. Er werde es ihnen gern zeigen, falls sie es sehen wollten.

Billy Marchant hatte es auf seiner Jacke.

Brad Witherspoon hatte es mit Tinte auf sein Freshman-Käppi gemalt. Das Käppi lag irgendwo in den Tiefen seines Schranks, wahrscheinlich unter der Unterwäsche, die er vergessen hatte, mit nach Hause zu nehmen, damit seine Mom sie wusch.

Nick Prouty sagte, er habe Friedenszeichen auf seine Lieblingsplatten gemalt: *Kick Out the Jams* von MC5 und *Wayne Fontana and the Mindbenders*. »Mindbenders? Du hast doch gar nix im Hirn, was man verbiegen könnte, du Trockenpisser«, murmelte Ronnie, und es gab Gelächter hinter vorgehaltener Hand.

Etliche andere bekundeten, sie hätten das Friedenszeichen auf Büchern oder Kleidungsstücken. Alle behaupteten, es schon lange vor der Entdeckung des Graffito an der Nordwand von Chamberlain Hall draufgemalt zu haben. Hugh gab dem Ganzen eine letzte groteske Note, indem er aufstand, in den Gang hinaustrat und die Hosenbeine seiner Jeans hochzog, so daß wir die vergilbenden Tennissocken sehen konnten, die an seinen haarigen Beinen emporkletterten. Beide trugen

Ted erzählt Bobby von seinen dunklen Visionen.

249 6S3
CONNECTICUT

Ted fühlt sich von Männern in
langen, gelben Mänteln verfolgt.

Argwöhnisch beobachtet Liz Garfield
ihren neuen Untermieter.

Ein Bild aus unbeschwerten Kindertagen:
v.l.n.r. Carol, Bobby und Sully-John *(Will Rothhaar)*.

Bobby und Carol - mehr als nur Spielkameraden:
Der erste Kuss!

ein Friedenszeichen; es war mit dem Wäschestift draufgemalt worden, den Mrs. Brennan ihrem kleinen Jungen ans College mitgegeben hatte – wahrscheinlich hatte er das verdammte Ding dabei zum ersten Mal im ganzen Semester benutzt.

»Sie sehen also«, sagte Skip, als die Vorstellung vorüber war, »es hätte jeder von uns sein können.«

Dearie hob langsam den Kopf. Von seiner Röte war nur ein einzelner roter Fleck über dem linken Auge geblieben, der wie eine Blase aussah.

»Warum lügt ihr für ihn?« fragte er. Er wartete, aber niemand antwortete. »Keiner von euch hatte vor Thanksgiving ein Friedenszeichen irgendwo drauf, das könnte ich beschwören, und ich wette, die meisten von euch haben nicht mal vor heute abend eins gehabt. Warum lügt ihr für ihn?«

Niemand antwortete. Das Schweigen zog sich in die Länge. Darin wuchs ein Gefühl der Macht, eine unverkennbare Kraft, die wir alle spürten. Aber wem gehörte sie? Ihnen oder uns? Es war nicht zu erkennen. All diese Jahre später ist es immer noch nicht zu erkennen.

Dann ging Vorsteher Garretsen zum Rednerpult. Dearie trat beiseite, ohne ihn überhaupt zu sehen, wie es schien. Der Vorsteher blickte uns alle mit einem kleinen und fröhlichen Lächeln an. »Das ist doch alles dummes Zeug«, sagte er. »Was Mr. Jones an die Wand geschrieben hat, war dummes Zeug, und diese Lügen sind genauso dummes Zeug. Sagt die Wahrheit, Männer! Raus mit der Sprache.«

Niemand sagte etwas.

»Wir werden uns morgen früh mit Mr. Jones unterhalten«, sagte Ebersole. »Danach werden ein paar von euch ihre Geschichten vielleicht ein wenig korrigieren wollen.«

»Oje, Stoke könnte Ihnen sonstwas erzählen – ich würde dem nicht allzuviel Glauben schenken«, meinte Skip.

»Genau, der alte Ratz-Fatz ist so verrückt wie 'ne Scheißhausratte«, bekräftigte Ronnie.

Darauf ertönte ein eigenartig liebevolles Gelächter. »'ne Scheißhausratte!« rief Nick mit glänzenden Augen. Er war so vergnügt wie ein Dichter, der endlich *le mot juste* gefunden hatte. »'ne Scheißhausratte, ja, das ist der alte Ratz!« Und dann – wahrscheinlich der letzte Triumph des Irrsinns über die rationale Kommunikation an diesem Tag – ließ Nick Prouty eine unheimlich perfekte Imitation von Foghorn Leghorn vom Stapel: »Ach je, ach je, der Jung' is *varrückt!* Hat 'n Rad zuwenich an sei'm *Kinna*wagen! Dem fehl'n wirklich zwei, drei *Kaht'n* im Spiel! Und noch mehr Tassen in sei'm Schrank! Er's ...«

Nick merkte allmählich, daß Ebersole und Garretsen ihn ansahen, Ebersole mit einem verächtlichen Blick, Garretsen fast interessiert, als wäre er ein neues Bakterium, das er durch das Okular eines Mikroskops betrachtete.

»... ein bißchen krank im Kopf, wissen Sie«, schloß Nick und fiel dabei aus seiner Imitatorenrolle, als die Hemmungen einsetzten, dieser Fluch aller großen Künstler. Er nahm rasch wieder Platz.

»Das ist aber nicht ganz die Art Krankheit, die ich meinte«, sagte Skip. »Ich meine auch nicht, daß er ein Krüppel ist. Er niest und hustet, und ihm läuft ständig die Nase, seit er hier ist. Das mußt sogar du bemerkt haben, Dearie.«

Dearie antwortete nicht, reagierte nicht einmal darauf, daß er erneut mit seinem Spitznamen angeredet wurde. Er muß wirklich ganz schön müde gewesen sein.

»Ich sage nur, daß er alles mögliche behaupten könnte«, fuhr Skip fort. »Vielleicht glaubt er einiges davon sogar selbst. Aber er ist nicht ganz bei sich.«

Ebersoles Lächeln war zurückgekehrt. Jetzt lag kein Humor mehr darin. »Ich glaube, ich verstehe, worauf Sie mit Ihrer Einlassung hinauswollen, Mr. Kirk. Sie wollen uns glauben machen, daß Mr. Jones nicht für die Schmiererei an der Wand verantwortlich ist, aber falls er doch gesteht, daß er es getan hat, sollten wir seiner Erklärung keinen Glauben schenken.«

Skip lächelte ebenfalls – das Tausend-Watt-Lächeln, das die Herzen der Mädchen in Aufruhr versetzte. »So ist es«, sagte er, »darauf wollte ich mit meiner Einlassung hinaus, ganz recht.«

Einen Moment lang herrschte Stille, dann ergriff Garretsen das Wort. Was er sagte, hätte das Epitaph unserer kurzen Ära sein können. »Ihr habt mich enttäuscht, Jungs«, sagte er. »Kommen Sie, Charles, wir haben hier nichts mehr verloren.«

Garretsen nahm seine Aktentasche, machte auf dem Absatz kehrt und ging zur Tür.

Ebersole schaute überrascht drein, eilte ihm jedoch nach. Dearie und seine Schützlinge aus dem zweiten Stock blieben zurück und starrten einander mißtrauisch und vorwurfsvoll an.

»Danke, Jungs.« David war den Tränen nahe. »Ganz, ganz herzlichen Dank, ihr *Scheißkerle.*« Er ging steifbeinig hinaus, den Kopf gesenkt, seine Aktenmappe in einer Hand. Im nächsten Semester zog er aus Chamberlain aus und trat in eine Verbindung ein. Alles in allem war es wahrscheinlich das beste. Wie Stoke vielleicht gesagt hätte: Dearie hatte seine Glaubwürdigkeit verloren.

40

»Das habt ihr also auch geklaut«, sagte Stoke Jones in seinem Bett in der Krankenstation, als er endlich wieder sprechen konnte. Ich hatte ihm gerade erzählt, daß fast alle in Chamberlain Hall jetzt die Spatzenspur auf mindestens einem Kleidungsstück trugen, weil ich angenommen hatte, diese Neuigkeit würde ihn aufmuntern. Ich hatte mich geirrt.

»Nun komm mal wieder runter, Mann«, sagte Skip und tätschelte ihm die Schulter. »Sonst kriegst du noch 'nen Blutsturz.«

Stoke sah ihn nicht einmal an. Der anklagende Blick seiner schwarzen Augen war weiterhin auf mich gerichtet. »Ihr habt das Verdienst für die Sache in Anspruch genommen, dann habt ihr euch das Friedenszeichen unter den Nagel gerissen. Hat einer von euch schon mal in meine Geldbörse geschaut? Ich glaube, da waren neun oder zehn Dollar drin. Die hättet ihr euch auch gleich nehmen können. Dann wär's 'ne runde Sache gewesen.« Er drehte den Kopf zur Seite und begann, kraftlos zu husten. An diesem kalten Tag Anfang Dezember 1966 wirkte er verdammt viel älter als achtzehn.

Es war vier Tage her, daß Stoke im Bennett's Run schwimmen gegangen war. Am zweiten Tag schien der Arzt – Carbury war sein Name – zu akzeptieren, daß die meisten von uns Stokes Freunde waren, ganz gleich, wie absonderlich wir uns aufgeführt hatten, als wir ihn herbrachten, denn wir kamen immer wieder vorbei und erkundigten uns, wie es ihm ging. Carbury war seit einer Ewigkeit in der Krankenstation des Colleges, wo er Medikamente gegen Halsentzündungen verschrieb und bei Softballspielen ausgerenkte Handgelenke schiente, und wußte wahrscheinlich, daß es keine Erklärung für das Benehmen junger Männer und Frauen gab, die in ihrer Mehrheit in Wohnheimen auf dem Campus wohnten; sie mochten wie Erwachsene aussehen, aber die meisten hatten nach wie vor jede Menge Kindheitsschrullen. Nick Prouty, der vor dem Vorsteher der männlichen Studenten einen auf Foghorn Leghorn gemacht hatte – na, das dürfte als Beispiel wohl genügen.

Carbury erzählte uns nie, wie schlimm es um Stoke gestanden hatte. Eine der freiwilligen Helferinnen (die schon halb in Skip verliebt war, als sie ihn zum zweitenmal sah, glaube ich) vermittelte uns ein klareres Bild, obwohl es eigentlich nicht nötig gewesen wäre. Daß Carbury ihn in ein Einzelzimmer verlegt hatte statt in die Krankenstube für Männer, sagte uns einiges; daß wir während der ersten achtundvierzig Stunden seines Aufenthalts nicht einmal einen winzigen Blick zu ihm hineinwerfen durften, sagte uns noch mehr; und daß er nicht ins nur sechzehn Kilometer entfernte Eastern Maine verlegt worden war, sagte uns am allermeisten. Carbury hatte nicht *gewagt*, ihn zu verlegen, nicht einmal mit dem Krankenwagen der Universität. Stoke Jones' Zustand war in der Tat kritisch gewesen. Der Helferin zufolge hatte er eine Lungenentzündung, einsetzende Unterkühlung (von seinem Bad) und bis zu 41 Grad Fieber. Sie hatte gehört, wie Carbury in einem Telefongespräch sagte, daß Jones fast mit Sicherheit gestorben wäre, wenn seine Lungenfunktion durch seine Behinderung noch stärker beeinträchtigt gewesen wäre oder wenn er über dreißig gewesen wäre statt achtzehn.

Skip und ich waren die ersten Besucher, die zu ihm durften. Jeder andere Student im Wohnheim wäre wahrscheinlich von mindestens einem Elternteil besucht worden, aber das war in

Stokes Fall ja unmöglich, wie wir jetzt wußten. Und wenn es andere Angehörige gab, so hatten sie sich bisher nicht blicken lassen.

Wir erzählten ihm alles, was in jener Nacht passiert war, mit einer Ausnahme: der Lachkoller, den wir im Aufenthaltsraum bekommen hatten, als wir ihn durch Bennett's Run hatten platschen sehen, und der erst abgeflaut war, als wir ihn, halb bewußtlos, in der Krankenstation abgeliefert hatten. Er hörte schweigend zu, als ich ihm von Skips Idee berichtete, Friedenszeichen auf unsere Bücher und Kleider zu malen, damit Stoke nicht allein im Regen stand, gewissermaßen. Selbst Ronnie Malenfant habe mitgemacht, sagte ich, und zwar ohne den geringsten Einwand. Wir erzählten es ihm, damit er seine Geschichte mit unserer abgleichen konnte; wir erzählten es ihm auch, damit er begriff, daß er uns alle ebenso in Schwierigkeiten bringen würde wie sich selbst, wenn er die Schuld an dem Graffito (oder das Verdienst dafür) zu reklamieren versuchte. Und wir machten ihm das klar, ohne es ihm direkt zu *sagen*. Das brauchten wir nicht. Seine Beine funktionierten nicht, aber mit dem Zeug zwischen seinen Ohren war alles in Ordnung.

»Finger weg von mir, Kirk.« Stoke rückte so weit von uns ab, wie es sein schmales Bett zuließ, und begann dann wieder zu husten. Ich weiß noch, daß ich bei seinem Anblick dachte, er hätte vielleicht noch vier Monate zu leben, aber in dem Punkt irrte ich mich; Atlantis versank, aber Stoke Jones schwimmt immer noch. Er arbeitet als Rechtsanwalt in San Francisco. Sein schwarzes Haar ist silbern geworden und schöner denn je. Er hat einen roten Rollstuhl. Auf CNN kommt er großartig rüber.

Skip lehnte sich zurück und verschränkte die Arme. »Ich hatte ja nicht gerade mit übersprudelnder Dankbarkeit gerechnet, aber das ist zuviel«, sagte er. »Diesmal hast du dich selbst übertroffen, Ratz-Fatz.«

Seine Augen blitzten. »Nenn mich nicht so!«

»Dann nenn du uns nicht Diebe, nur weil wir versucht haben, deinen dürren Arsch zu retten. Zum Teufel, wir *haben* deinen dürren Arsch gerettet!«

»Niemand hat euch drum gebeten.«

»Nein«, sagte ich. »Du bittest überhaupt niemand um irgendwas, stimmt's? Ich glaube, du wirst schon ziemlich bald größere Krücken brauchen, um den Rochus mit dir rumzuschleppen, den du auf alles hast.«

»Dieser Rochus ist das einzige, was ich habe, du Blödmann! Und was hast du?«

Eine Menge nachzuholen, das hatte ich. Aber das sagte ich Stoke nicht. Irgendwie hatte ich nicht das Gefühl, daß er vor Mitgefühl zerschmelzen würde. »Erinnerst du dich noch, was an diesem Tag passiert ist?« fragte ich ihn.

»Ich weiß noch, daß ich FUCK JOHNSON ans Wohnheim gesprüht habe – das hatte ich schon seit ein paar Wochen geplant –, und ich weiß noch, daß ich in meinen Ein-Uhr-Kurs gegangen bin. Den hab ich größtenteils damit verbracht, mir zu überlegen, was ich im Büro des Vorstehers sagen würde, wenn er mich reinrief. Was für ein *Statement* ich abgeben würde. Danach verblaßt alles, und meine Erinnerung besteht nur noch aus lauter kleinen Bruchstücken.« Er stieß ein sardonisches Lachen aus und verdrehte die Augen in ihren bläulichen Höhlen. Er lag schon fast eine ganze Woche im Bett und sah immer noch unaussprechlich müde aus. »Ich glaube, ich weiß noch, daß ich euch erklärt habe, ich wollte sterben. Hab ich das gesagt?«

Ich antwortete nicht. Er ließ mir alle Zeit der Welt, aber ich beharrte auf meinem Recht zu schweigen.

Schließlich zuckte Stoke die Achseln – die Art Achselzucken, die besagt, okay, lassen wir das. Dabei rutschte ihm das OP-Hemd, das er trug, von einer knochigen Schulter. Er zog es vorsichtig wieder zurecht – die Nadel eines Tropfs steckte in seiner Hand. »Ihr habt also das Friedenszeichen entdeckt, hm? Na toll. Ihr könnt damit zum Winterfest gehen und euch Neil Diamond oder die bescheuerte Petula Clark ansehen. Ich bin draußen. Für mich ist die Sache gelaufen.«

»Wenn du am anderen Ende des Landes aufs College gehst, glaubst du, du kannst die Krücken dann wegwerfen?« fragte Skip. »Und vielleicht Mittelstreckenläufer werden?«

Ich war ein bißchen schockiert, aber Stoke lächelte. Es war ein echtes Lächeln, sonnig und ungekünstelt. »Auf die

Krücken kommt's nicht an«, sagte er. »Die Zeit ist zu kurz, um sie zu verschwenden, *darauf* kommt's an. Die Leute hier wissen nicht, was läuft, oder es ist ihnen egal. Das sind graue Leute. Wir-kommen-schon-irgendwie-durch-Leute. In Orono, Maine, gilt es ja schon als revolutionäre Tat, wenn man sich 'ne Rolling-Stones-Scheibe kauft.«

»Einige wissen jetzt mehr als vorher«, sagte ich … aber mir machte der Gedanke an Nate zu schaffen, der aus Angst, seine Mutter könnte ein Bild von seiner Festnahme sehen, auf dem Bürgersteig geblieben war. Ein Gesicht im Hintergrund, das Gesicht eines grauen Jungen auf dem Weg zur Zahnmedizin im zwanzigsten Jahrhundert.

Dr. Carbury streckte den Kopf zur Tür herein. »Wird Zeit, daß ihr euch wieder auf den Weg macht, Leute. Mr. Jones muß eine Menge Schlaf nachholen.«

Wir standen auf. »Wenn Garretsen kommt, um mit dir zu sprechen«, sagte ich, »oder dieser Ebersole …«

»Die werden von mir nur zu hören bekommen, daß ich absolut keine Erinnerung an diesen Tag habe«, sagte Stoke. »Carbury kann ihnen erzählen, ich hätte seit Oktober Bronchitis gehabt und seit Thanksgiving Lungenentzündung, also werden sie's akzeptieren müssen. Ich werde sagen, ich hätte an dem Tag alles mögliche tun können. Außer natürlich die alten Krücken wegwerfen und die vierhundertvierzig Yards laufen.«

»Wir haben dir dein Zeichen eigentlich nicht geklaut, weißt du«, sagte Skip. »Wir haben's uns nur ausgeliehen.«

Stoke schien darüber nachzudenken, dann seufzte er. »Es ist nicht mein Zeichen«, erwiderte er.

»Nein«, stimmte ich zu. »Nicht mehr. Mach's gut, Stoke. Wir kommen wieder.«

»Muß nicht unbedingt sein«, sagte er, und ich schätze, wir nahmen ihn beim Wort, denn wir kamen nicht wieder. Ich habe ihn noch ein paarmal im Wohnheim gesehen, aber nur selten, und ich saß gerade im Unterricht, als er auszog; er blieb nicht mal bis zum Ende des Semesters. Das nächstemal sah ich ihn fast zwanzig Jahre später in den Fernsehnachrichten, wo er auf einer Greenpeace-Demonstration sprach, kurz nachdem die Franzosen die *Rainbow Warrior* mit einer Sprengladung versenkt hatten. 1984 oder '85 muß das gewesen sein. Seitdem habe ich ihn ziemlich häufig im Fernsehen gesehen. Er sammelt Geld für Umweltaktivitäten, spricht in seinem schnieken roten Rollstuhl auf dem Campus von Colleges und vertritt Öko-Aktivisten vor Gericht, wenn es erforderlich ist. Ich habe gehört, daß man ihn als Baumfetischisten bezeichnet hat, und das gefällt ihm garantiert. Seinen Rochus hat er immer noch. Das freut mich. Wie er gesagt hat, es ist das einzige, was er hat.

Als wir schon an der Tür waren, rief er: »Hey?«

Wir schauten zu einem schmalen weißen Gesicht auf einem weißen Kissen über einer weißen Decke zurück. Der einzige Farbklecks war sein Wust schwarzer Haare. Die Umrisse seiner Beine unter der Decke erinnerten mich wieder an Uncle Sam bei der Parade am vierten Juli bei uns zu Hause. Und wieder fand ich, daß er wie jemand aussah, der noch ungefähr vier Monate zu leben hatte. Aber fügen Sie noch ein paar weiße Zähne zu dem Bild hinzu, denn Stoke lächelte.

»Hey was?« sagte Skip.

»Ihr beiden habt euch solche Sorgen darüber gemacht, was ich zu Garretsen und Ebersole sagen würde… vielleicht hab ich ja einen Minderwertigkeitskomplex oder so, aber ich kann nicht recht glauben, daß diese ganze Sorge tatsächlich mir gilt. Habt ihr beiden ernsthaft beschlossen, zur Abwechslung mal zu studieren?«

»Und wenn, meinst du, wir schaffen es?« fragte Skip.

»Schon möglich«, sagte Stoke. »An eines erinnere ich mich noch, was diese Nacht betrifft. Und zwar ziemlich deutlich.«

Ich dachte, er würde sagen, er erinnerte sich daran, daß wir über ihn gelacht hatten – Skip dachte das auch, erzählte er mir später –, aber das war es nicht.

»Du hast mich ganz allein in den Untersuchungsraum getragen«, sagte er zu Skip. »Und du hast mich nicht fallen lassen.«

»Keine Chance. Du wiegst nicht viel.«

»Trotzdem… Sterben ist eine Sache, aber niemandem gefällt der Gedanke, auf den Boden fallen gelassen zu werden.

Das ist würdelos. Und weil du mich nicht hast fallen lassen, geb ich dir einen guten Rat. Steig aus den Sportkursen aus, Kirk. Das heißt, sofern du nicht irgendein Sportstipendium hast, das du unbedingst behalten mußt.«

»Warum?«

»Weil sie dich da in jemand anders verwandeln werden. Sie werden vielleicht ein bißchen länger brauchen, als das ROTC gebraucht hat, um David Dearborn in Dearie zu verwandeln, aber am Ende werden sie's schaffen.«

»Was weißt du schon von Sport?« fragte Skip milde. »Was weißt du davon, wie es ist, in einer Mannschaft zu sein?«

»Ich weiß, daß es eine schlechte Zeit für Jungs in Uniform ist«, sagte Stoke, sank dann wieder auf sein Kissen zurück und schloß die Augen. Aber es war eine gute Zeit für Mädchen, hatte Carol gesagt. 1966 war eine gute Zeit für Mädchen.

Wir kehrten ins Wohnheim zurück und gingen in mein Zimmer, um zu lernen. Am anderen Ende des Flurs jagten Ronnie, Nick, Lennie und die meisten anderen die Hexe. Nach einer Weile machte Skip die Tür zu, um ihre Geräusche auszusperren, und als das nicht ganz funktionierte, schaltete ich Nates kleinen RCA Swingline ein, und wir legten Phil Ochs auf. Ochs ist jetzt tot – so tot wie meine Mutter und Michael Landon. Er hat sich ungefähr zu der Zeit, als Stoke Jones bei Greenpeace eine prominente Figur wurde, mit seinem Gürtel erhängt. Die Selbstmordrate unter überlebenden Bürgern von Atlantis ist ziemlich hoch. Das ist wohl auch kein Wunder; wenn einem der Kontinent unter den Füßen versinkt, bleibt der Kopf nicht verschont.

41

Ein oder zwei Tage nach diesem Besuch bei Stoke Jones in der Krankenstation rief ich meine Mutter an und sagte, wenn sie es sich wirklich leisten könne, mir ein bißchen zusätzliches Geld zu schicken, würde ich gern ihre Idee aufgreifen, Nachhilfeunterricht zu nehmen. Sie stellte nicht viele Fragen und schimpfte auch nicht mit mir – man wußte, daß meine Mom ernsthaft böse auf einen war, wenn sie nicht schimpfte –, aber drei Tage später hatte ich eine Zahlungsanweisung über dreihundert Dollar. Ich legte noch meine Hearts-Gewinne drauf – zu meinem Erstaunen beliefen sie sich auf fast achtzig Scheine. Das sind eine Menge Nickel.

Meine Mom erfuhr nichts davon, aber ich engagierte mit ihren dreihundert Dollar sogar *zwei* Nachhilfelehrer. Einer davon war ein Student mit abgeschlossenem Studium, der mir bei den Geheimnissen der tektonischen Platten und der Kontinentalverschiebung half, der andere ein Marihuana rauchender Student im letzten Studienjahr aus King Hall, der Skip in Anthropologie half (und vielleicht ein oder zwei Hausarbeiten für ihn geschrieben hat, obwohl ich das nicht mit Sicherheit weiß). Dieser zweite Bursche hieß Harvey Brundage, und er war der erste, der in meiner Gegenwart »Wow, Mann, is' ja echt die Härte!« sagte.

Skip und ich gingen zusammen zum Dekan der geistes- und naturwissenschaftlichen Fakultät – wir konnten unmöglich zu Garretsen gehen, nicht nach jener Novemberversammlung im Freizeitraum von Chamberlain – und legten ihm dar, vor welchen Problemen wir standen. Genaugenommen gehörte keiner von uns zu seiner Fakultät; als Studienanfänger waren wir noch nicht berechtigt, ein Hauptfach zu wählen, aber Dekan Randle hörte uns zu. Er empfahl uns, zu all unseren Dozenten zu gehen und ihnen das Problem zu schildern ... uns ihnen mehr oder weniger auf Gnade und Ungnade auszuliefern.

Wir taten es und haßten es von vorne bis hinten; in jenen Jahren wurden wir unter anderem deshalb zu unverbrüchlichen Freunden, weil wir mit denselben Yankee-Idealen aufgewachsen waren, und eines davon lautete, daß man nicht um Hilfe bat, wenn es nicht unbedingt sein mußte, und vielleicht nicht einmal dann. Wir standen diese Canossa-Gänge nur durch, weil wir sie immer gemeinsam absolvierten. Wenn Skip bei seinen Lehrern drin war, wartete ich draußen auf dem Flur auf ihn und rauchte eine Zigarette nach der anderen. Wenn ich an der Reihe war, wartete er auf mich.

Insgesamt gesehen hatten die Dozenten erheblich mehr Verständnis für unsere Situation, als ich je vermutet hätte; die meisten überschlugen sich geradezu, uns zu helfen, damit wir nicht nur durchkamen, sondern auch so gut abschnitten, daß wir unsere Stipendien behalten konnten. Nur Skips Mathelehrer war absolut unzugänglich, aber Skip schnitt in diesem Kurs gut genug ab, um ohne zusätzliche Hilfe durchzurutschen. Jahre später wurde mir klar, daß es für viele Dozenten eher eine moralische als eine akademische Frage gewesen war: Sie wollten die Namen ihrer ehemaligen Studenten nicht auf der Liste der Gefallenen sehen und sich die Frage stellen müssen, ob sie zum Teil dafür verantwortlich waren; wollten nicht denken müssen, daß der Unterschied zwischen einem D und einem C minus auch der Unterschied gewesen war zwischen einem Jungen, der sehen und hören konnte, und einem, der blind und taub irgendwo in einem Krankenhaus für Kriegsopfer saß.

42

Nach einem dieser Termine, als die Abschlußprüfungen am Ende des Semesters schon bedrohlich nahe gerückt waren, ging Skip ins Bear's Den, um sich mit seinem Anthropologie-Nachhilfelehrer zu einer mit Kaffee angekurbelten Büffelsitzung zu treffen. Ich hatte Spüldienst in Holyoke. Als das Förderband an diesem Nachmittag endlich stillstand, ging ich ins Wohnheim zurück, um selbst weiterzulernen. Ich blieb in der Eingangshalle stehen, um einen Blick in meinen Briefkasten zu werfen, und da lag ein rosa Paketschein drin.

Das Paket war in braunes Papier eingepackt und mit einer Kordel umwickelt, aber mit ein paar aufgeklebten Weihnachtsglocken und Palmzweigen aufgepeppt. Die Absenderangabe traf mich in den Bauch wie ein unerwarteter Tiefschlag: Carol Gerber, 172 Broad Street, Harwich, Connecticut.

Ich hatte nicht versucht, sie anzurufen, und nicht nur, weil ich damit beschäftigt war, meinen Arsch zu retten. Ich glaube, ich habe den wahren Grund erst erkannt, als ich ihren Namen auf diesem Paket sah. Ich war davon überzeugt gewesen, daß sie zu Sully-John zurückgekehrt war. Daß die Nacht, in der wir uns in meinem Wagen geliebt hatten, während die Oldies liefen, für sie schon längst Schnee von gestern war. Daß ich für sie Schnee von gestern war.

Auf Nates Plattenspieler drehte sich die Scheibe von Phil Ochs, aber Nate selbst hielt ein Nickerchen auf seinem Bett; ein Exemplar der *Newsweek* lag aufgeschlagen auf seinem Gesicht. General Westmoreland war auf dem Titel. Ich setzte mich an meinen Schreibtisch, legte das Päckchen vor mich hin, griff nach der Kordel und hielt dann inne. Meine Finger zitterten. *Herzen halten einiges aus,* hatte sie gesagt. *Sie brechen kaum je. Meistens verbiegen sie sich nur.* Sie hatte natürlich recht … aber meines tat weh, als ich dasaß und das Weihnachtspäckchen ansah, das sie mir geschickt hatte; es tat sehr weh. Auf dem Plattenteller lag Phil Ochs, aber im Kopf hörte ich ältere, süßere Musik. Im Kopf hörte ich die Platters.

Ich schnitt die Kordel durch, zerriß das Klebeband, entfernte das Packpapier und legte schließlich eine kleine weiße Pappschachtel aus dem Kaufhaus frei. Sie enthielt ein in glänzendes rotes Papier eingewickeltes Geschenk mit einem weißen Satinband drum herum. Es war auch ein rechteckiger Umschlag drin, auf dem mein Name in ihrer vertrauten Handschrift stand. Ich öffnete den Umschlag und zog eine Hallmark-Grußkarte heraus – Nur das Beste für jene, die Ihnen wirklich am Herzen liegen, lautete der Werbeslogan. Vorne drauf waren Schneeflocken aus Silberpapier und Engel aus Silberpapier, die Trompeten aus Silberpapier bliesen. Als ich die Karte aufklappte, fiel ein Zeitungsausschnitt auf das Geschenk, das sie mir geschickt hatte. Er stammte aus einer Zeitung aus Harwich namens *Journal.* Oben auf den Rand über der Schlagzeile hatte Carol geschrieben: *Diesmal hab ich's geschafft – Purple Heart! Keine Angst, fünf Stiche in der Notaufnahme & ich war zum Abendessen wieder zu Hause.*

Die Schlagzeile lautete: 6 VERLETZTE, 14 FESTNAHMEN BEI AUSSCHREITUNGEN NACH PROTEST VOR BÜRO DER EINBERU-

FUNGSKOMMISSION. Das Foto stand in scharfem Kontrast zu dem in der *News* aus Derry, auf dem alle, sogar die Cops und die Bauarbeiter, die ihre eigene spontane Gegendemonstration gestartet hatten, einigermaßen entspannt ausgesehen hatten. Die Leute auf dem Foto im Harwicher *Journal* wirkten dagegen verwirrt und alles andere als entspannt; ihre Nerven schienen blankzuliegen. Man sah behelmte Typen mit Tätowierungen auf ihren muskelbepackten Armen und haßerfüllt verzerrten Gesichtern; man sah langhaarige Jugendliche, die sie wütend und trotzig anstarrten. Einer der letzteren stand mit ausgebreiteten Armen vor einem johlenden Trio von Männern, als wollte er sagen, *Na los, wollt ihr was von mir?* Zwischen den beiden Gruppen waren Cops, die angespannt und nervös aussahen.

Auf der linken Seite (Carol hatte einen Pfeil gemalt, der auf diesen Teil des Fotos zeigte, als ob es mir sonst entgangen wäre) sah man eine vertraute Jacke mit HARWICH HIGH SCHOOL auf dem Rücken. Wieder einmal hatte sie den Kopf gedreht, diesmal jedoch zur Kamera hin statt von ihr weg. Ich sah das über ihre Wange laufende Blut viel deutlicher, als ich wollte. Sie konnte lustige Pfeile malen und forsch-fröhliche Anmerkungen an den Rand schreiben, soviel sie wollte; ich fand das nicht witzig. Das war kein Schokoladensirup auf ihrem Gesicht. Ein Cop hielt sie am Arm fest. Das Mädchen auf dem Zeitungsfoto schien sich weder daran zu stören noch an der Tatsache, daß ihr Kopf blutete (falls sie in diesem Moment überhaupt *wußte*, daß ihr Kopf blutete). Das Mädchen auf dem Zeitungsfoto lächelte. In einer Hand hielt sie ein Schild mit der Aufschrift: SCHLUSS MIT DEM MORDEN! Die andere war der Kamera entgegengereckt, und die ersten beiden Finger formten ein V. V für Victory, Sieg, dachte ich damals, aber das war es natürlich nicht. 1969 gehörte das V zu der Spatzenspur wie Schinken zu Eiern.

Ich überflog den Artikel, aber es stand nichts drin, was mich besonders interessierte. Protestdemonstration … Gegendemonstration … Beschimpfungen … Steinwürfe … ein paar Schlägereien … die Polizei erscheint am Schauplatz des Geschehens. Der Ton des Artikels war hochmütig, angewidert und herablassend zugleich; er erinnerte mich daran, wie Ebersole und Garretsen an jenem Abend im Freizeitraum dreingeschaut hatten. *Ihr habt mich enttäuscht, Jungs.* Bis auf drei waren sämtliche festgenommenen Demonstranten später an diesem Tag wieder freigelassen worden, und kein einziger wurde namentlich erwähnt; das hieß, daß sie vermutlich alle noch keine einundzwanzig waren.

Blut auf ihrem Gesicht. Und dennoch lächelte sie … triumphierend sogar. Mir wurde bewußt, daß Phil Ochs immer noch sang – *I must have killed a million men and now they want me back again* –, und es lief mir eiskalt über den Rücken.

Ich wandte mich der Karte zu. Sie enthielt die typischen gereimten Gefühle; es läuft doch immer so ziemlich auf das gleiche hinaus, nicht wahr? Frohe Weihnachten, und ich hoffe, du stirbst nächstes Jahr noch nicht. Ich las sie kaum. Auf der leeren Seite dem Vers gegenüber hatte sie mir etwas geschrieben. Es war so lang, daß es fast den ganzen weißen Raum einnahm.

Liebe Nummer Sechs,
ich wollte Dir nur allerfroheste Weihnachten wünschen und Dir sagen, daß es mir gutgeht. Ich bin nicht wieder auf dem College, obwohl ich mit bestimmten College-Typen gemeinsame Sache gemacht habe (siehe den beiliegenden Zeitungsausschnitt), rechne aber damit, daß ich irgendwann wieder hingehen werde, wahrscheinlich nächstes Jahr zum Wintersemester. Meiner Mom geht es nicht allzugut, aber sie bemüht sich, und mein Bruder kriegt sich allmählich auch wieder in den Griff. Rionda hilft uns ebenfalls. Ich habe Sully ein paarmal gesehen, aber es ist nicht mehr dasselbe. Er ist eines Abends zum Fernsehen rübergekommen, und wir sind wie Fremde … oder vielleicht eher wie alte Bekannte in Zügen, die in verschiedene Richtungen fahren.

Du fehlst mir, Pete. Ich glaube, unsere Züge fahren auch in verschiedene Richtungen, aber ich werde die Zeit, die wir miteinander verbracht haben, nie vergessen. Es war die schönste und die beste Zeit (besonders die letzte Nacht). Du kannst mir schreiben, wenn Du willst, aber ich wünschte irgendwie, Du würdest es bleiben lassen. Es ist möglicherweise für uns beide nicht gut. Das heißt nicht, daß ich mir nichts aus Dir mache oder nicht an Dich denke, ganz im Gegenteil.

Erinnerst Du Dich an den Abend, als ich Dir das Bild gezeigt und Dir erzählt habe, wie ich verprügelt worden bin? Wie mein Freund Bobby sich um mich gekümmert hat? In jenem Sommer hatte er ein Buch. Der Mann aus dem Obergeschoß hat es ihm gegeben. Bobby sagte, es sei das beste Buch, das er je gelesen habe. Das will nicht viel heißen, wenn man gerade mal elf ist, ich weiß, aber ich habe es in meinem letzten Schuljahr in der Bibliothek der High School wiederentdeckt und gelesen, nur um zu sehen, wie es ist. Und ich fand es ziemlich gut. Nicht das beste Buch, das ich je gelesen habe, aber ziemlich gut. Ich dachte, Du hättest vielleicht gern ein Exemplar. Obwohl es vor zwölf Jahren geschrieben wurde, finde ich irgendwie, daß es darin um Vietnam geht. Und selbst wenn nicht, ist es doch voller Informationen.

Ich liebe Dich, Pete. Frohe Weihnachten.

Carol

PS: Hör mit diesem blöden Kartenspiel auf.

Ich las ihre Zeilen zweimal, faltete den Zeitungsausschnitt dann sorgfältig zusammen und legte ihn wieder in die Karte. Meine Hände zitterten nach wie vor. Irgendwo habe ich diese Karte immer noch, glaube ich … so wie »die rote Carol« Gerber irgendwo immer noch ihren kleinen Schnappschuß von den Freunden aus ihrer Kindheit hat. Falls sie noch lebt, heißt das. Was keineswegs sicher ist; von den Freunden, die sie zuletzt hatte, leben viele nicht mehr.

Ich machte das Päckchen auf. Das Buch darin stand in scharfem Kontrast zu dem fröhlichen Weihnachtspapier und dem weißen Satinband. Es war eine Taschenbuchausgabe von William Goldings *Herr der Fliegen*. Auf der High School hatte ich es irgendwie verpaßt, weil ich mich im Literaturkurs in der Abschlußklasse statt dessen für *In diesem Land* entschieden hatte, weil das Buch ein bißchen kürzer aussah.

Ich schlug es auf, weil ich dachte, es enthalte vielleicht eine Widmung. Es war auch eine drin, aber sie entsprach nicht dem, was ich erwartet hatte, ganz und gar nicht. In dem weißen Raum auf der Titelseite fand ich folgendes:

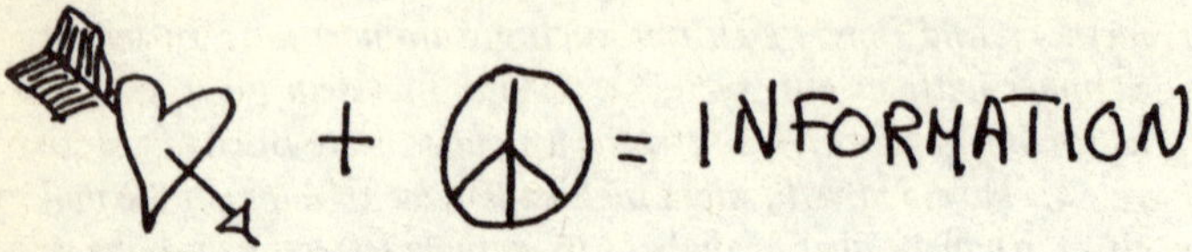

Meine Augen füllten sich plötzlich und unerwartet mit Tränen. Ich hielt mir die Hände vor den Mund, damit das Schluchzen, das in mir aufstieg, nicht herauskam. Ich wollte Nate nicht aufwecken, wollte nicht, daß er mich weinen sah. Aber ich weinte, o ja. Ich saß an meinem Schreibtisch und weinte um sie, um mich, um uns beide, uns alle. Ich kann mich nicht erinnern, jemals in meinem Leben größeren Schmerz empfunden zu haben als in jenem Augenblick. Herzen halten einiges aus, hatte sie gesagt, Herzen brechen kaum je, und das ist bestimmt richtig... aber wie steht es mit damals? Wie steht es mit denen, die wir damals waren? Wie steht es mit Herzen in Atlantis?

43

Wie auch immer, Skip und ich kamen durch. Wir holten unseren Stoff auf, bestanden die Abschlußprüfungen mit Mühe und Not und kehrten Mitte Januar nach Chamberlain zurück. Skip erzählte mir, daß er John Winkin, dem Baseball-Coach, in den Ferien einen Brief geschrieben und ihm erklärt hatte, er habe seine Meinung geändert und wolle nun doch nicht ins Team.

Nate war wieder auf Chamberlain Zwei. Lennie Doria erstaunlicherweise auch – zur Probe, aber immerhin. Sein *paisan* Tony DeLucca war jedoch fort. Ebenso Mark St. Pierre, Barry

Margeaux, Nick Prouty, Brad Witherspoon, Harvey Twiller, Randy Echolls … und Ronnie natürlich. Im März bekamen wir eine Karte von ihm. Sie war in Lewiston abgestempelt und einfach an »Die Knalltüten von Chamberlain Zwei« adressiert. Wir hängten sie im Aufenthaltsraum an die Wand, über den Stuhl, auf dem Ronnie bei den Spielen meistens gesessen hatte. Vorne drauf war Alfred E. Neuman, die Titelfigur der Zeitschrift *Mad*. Hinten drauf hatte Ronnie geschrieben: »Uncle Sam ruft, und ich muß hin. Ich sehe Palmen in meiner Zukunft, aber wen kümmert's einen Sch—dreck. Läßt mich echt kalt. Ich hatte am Schluß 21 Matchpunkte. Also bin ich der Sieger.« Unterschrieben war es mit »RON«. Skip und ich lachten uns eins. Für uns würde Mrs. Malenfants Sohn mit dem Schandmaul bis zum Tag seines Todes Ronnie bleiben.

Stoke Jones alias Ratz-Fatz war ebenfalls fort. Ich dachte eine Zeitlang nur selten an ihn, doch anderthalb Jahre später kamen sein Gesicht und die Erinnerung an ihn verblüffend lebhaft (wenn auch nur kurz) zurück. Ich saß zu der Zeit in Chicago im Knast. Keine Ahnung, wie viele von uns die Cops an dem Abend, als Hubert Humphrey zum Präsidentschaftskandidaten der Demokraten nominiert wurde, draußen vor dem Convention Center einsackten, aber es waren viele, und viele von uns waren verletzt – eine Sonderkommission würde die Geschehnisse ein Jahr später in ihrem Bericht als »Polizeikrawall« bezeichnen.

Ich landete in einer für fünfzehn, maximal zwanzig Gefangene vorgesehenen Arrestzelle – zusammen mit rund sechzig mit Tränengas besprühten, zusammengeschlagenen, unter Entzugserscheinungen leidenden, verprügelten, übel zugerichteten, durch die Mangel gedrehten, mißhandelten, über und über blutigen Hippies, von denen einige Joints rauchten, einige weinten, andere kotzten und wieder andere Protestlieder sangen (ganz weit hinten in der Ecke stimmte ein Typ, den ich nicht mal sah, eine bekiffte Version von »I'm Not Marchin' Anymore« an). Es war wie eine befremdliche Strafversion des Spiels, bei dem sich so viele Personen wie möglich in eine Telefonzelle zwängen.

Ich wurde gegen das Gitter gepreßt und versuchte, meine Hemdtasche (Pall Malls) und meine Gesäßtasche (das Exemplar von *Herr der Fliegen*, das Carol mir geschenkt hatte – jetzt reichlich ramponiert, der halbe Umschlag fehlte, und es fiel fast auseinander) zu schützen, als ganz plötzlich Stokes Gesicht vor meinem geistigen Auge aufblitzte, so hell und vollständig wie ein hochauflösendes Foto. Es kam aus dem Nichts, wie es schien, vielleicht das Produkt eines schlummernden Speicherelements, das für einen kurzen Augenblick aktiviert worden war, entweder durch einen Gummiknüppelschlag auf den Kopf oder durch einen wiederbelebenden Hauch Tränengas. Und mit ihm kam eine Frage.

»Was zum *Teufel* hatte ein Krüppel im zweiten Stock zu suchen?« fragte ich laut.

Ein kleiner Kerl mit einer wallenden Mähne goldener Haare – eine Art Peter-Frampton-Zwerg, falls so was vorstellbar ist – schaute sich um. Sein Gesicht war blaß und picklig. Blut trocknete unter seiner Nase und an einer Wange. »Was ist los, Mann?« fragte er.

»Was zum Teufel hatte ein Krüppel im zweiten Stock eines College-Wohnheims zu suchen? In dem es keinen Fahrstuhl gab? Hätten sie den nicht im Erdgeschoß untergebracht?« Dann fiel mir wieder ein, wie Stoke mit gesenktem Kopf und in die Augen hängenden Haaren in Richtung Holyoke gehastet war, wie er »Ratz-*fatz*, ratz-*fatz*, ratz-*fatz*« vor sich hingemurmelt hatte. Stoke, der überall hinging, als ob alles sein Feind wäre; Stoke, der für einen Vierteldollar versucht hätte, die ganze Welt abzuknallen.

»Ich kann dir nicht folgen, Mann. Was –«

»Außer, er hat sie drum gebeten«, sagte ich. »Außer er hat es womöglich rundheraus *verlangt*.«

»Genau«, sagte der kleine Kerl mit der Peter-Frampton-Frisur. »Hast du 'nen Joint, Mann? Ich würd mich gern zuknallen. In diesem Scheißladen hier. Ich will ins Auenland.«

44

Skip wurde Künstler, und er ist auf seine Weise berühmt. Nicht wie Norman Rockwell, und Sie werden es nie erleben, daß The Franklin Mint die Reproduktion einer Skulptur von *Skip* auf einer Platte offeriert, aber er hatte jede Menge Ausstellungen – London, Rom, New York, letztes Jahr in Paris –, und seine Arbeiten werden regelmäßig besprochen. In sehr vielen Kritiken heißt es, er sei simpel, eine kurzlebige Modeerscheinung (manche nennen ihn seit fünfundzwanzig Jahren eine kurzlebige Modeerscheinung), ein banaler Geist, der mittels minderwertiger Bilder mit anderen banalen Geistern kommuniziert. Andere Kritiker haben ihn für seine Ehrlichkeit und seine Energie gerühmt. Ich neige zu deren Ansicht, wie nicht anders zu erwarten; ich kannte ihn in der damaligen Zeit, wir sind dem großen versinkenden Kontinent gemeinsam entronnen, und er ist mein Freund geblieben, mein *paisan*, wenn auch auf Distanz.

Es gibt auch Kritiker, die sich zu dem Zorn geäußert haben, der in seinem Werk so häufig zum Ausdruck kommt, dem Zorn, den ich zum ersten Mal deutlich in dem Pappmaché-Tableau einer vietnamesischen Familie gesehen habe, das er damals, 1969, vor der Schulbibliothek zu den verstärkten Rhythmen der Youngbloods in Brand gesteckt hat. Und ja. Ja, da ist etwas dran. Manche Sachen von Skip sind komisch, manche traurig und manche bizarr, aber die meisten wirken zornig, die meisten seiner steifschultrigen Gestalten aus Gips, Papier und Ton scheinen zu flüstern, *Zünde mich an, oh, zünde mich an und hör zu, wie ich schreie, in Wirklichkeit ist es immer noch 1969, wir sind immer noch am Mekong und werden es immer sein.* »Es ist Stanley Kirks Zorn, der seiner Arbeit ihren Wert verleiht«, schrieb ein Kritiker anläßlich einer Ausstellung in Boston, und ich vermute, es war auch dieser Zorn, der vor zwei Monaten zu seinem Herzanfall beigetragen hat.

Seine Frau rief mich an und sagte mir, Skip wolle mich sehen. Die Ärzte glaubten, daß es kein schwerer Herzinfarkt gewesen sei, aber der Captain erlaubte sich, anderer Meinung zu sein. Mein alter *paisan* Captain Kirk glaubte, er werde sterben.

Ich flog nach Palm Beach, und als ich ihn sah – das weiße Gesicht unter größtenteils weißen Haaren auf einem weißen Kissen –, rief das eine Erinnerung wach, die ich zuerst nicht unterbringen konnte.

»Du denkst an Jones«, sagte er mit heiserer Stimme, und natürlich hatte er recht. Ich grinste, und im selben Moment strich mir ein eiskalter Finger über das Rückgrat. Manchmal kommt etwas zu einem zurück, das ist alles. Manchmal kommt etwas zurück.

Ich ging hinein und setzte mich neben ihn. »Nicht schlecht, o Swami.«

»War auch nicht schwer«, sagte er. »Es ist wieder wie an diesem Tag in der Krankenstation, nur daß Carbury jetzt wahrscheinlich tot ist und ich diesmal derjenige mit der Infusionsnadel im Handrücken bin.« Er hob eine seiner talentierten Hände, zeigte mir den Schlauch und ließ sie dann wieder sinken. »Ich glaube nicht mehr, daß ich sterben werde. Jedenfalls jetzt noch nicht.«

»Gut.«

»Rauchst du noch?«

»Ich hab aufgehört. Letztes Jahr.«

Er nickte. »Meine Frau sagt, sie läßt sich von mir scheiden, wenn ich's nicht auch tue … also sollte ich's wohl lieber mal versuchen.«

»Ist die schlechteste Angewohnheit.«

»Eigentlich glaube ich, das Leben ist die schlechteste Angewohnheit.«

»Spar dir den Phrasendrescherscheiß für *Reader's Digest*, Cap.«

Er lachte und fragte mich dann, ob ich was von Nate gehört hätte.

»Eine Weihnachtskarte, wie immer. Mit einem Foto.«

»Nate, dieser kleine Scheißkerl!« Skip war entzückt. »War seine Praxis drauf?«

»Ja. Dieses Jahr hat er die Geburt Christi draußen nachgestellt. Die Heiligen Drei Könige sehen alle so aus, als müßten sie sich mal die Zähne machen lassen.«

Wir sahen einander an und begannen zu kichern. Bevor

Skip richtig loslachen konnte, begann er zu husten. Es hatte eine unheimliche Ähnlichkeit mit Stoke – einen Moment lang sah er sogar wie Stoke aus –, und ich fühlte, wie mir wieder dieser Schauer über den Rücken lief. Wenn Stoke tot gewesen wäre, hätte ich gedacht, er würde uns heimsuchen, aber er lebte ja noch. Und auf seine Weise war Stoke Jones ebenso ein Abtrünniger wie jeder ehemalige Hippie, der damals Kokain verkauft hatte und heute Junk Bonds per Telefon verkaufte. Stoke liebt seine Auftritte im Fernsehen; als der Prozeß gegen O. J. Simpson lief, konnte man Stoke jeden Abend auf irgendeinem Kanal sehen – einer der vielen Geier, die über dem Aas kreisten.

Carol war diejenige, die sich nicht verkauft hat, glaube ich. Carol und ihre Freunde, aber was ist mit den Chemiestudenten, die sie mit ihrer Bombe getötet haben? Es war ein Fehler, das glaube ich von ganzem Herzen – die Carol Gerber von damals hätte nichts für die Theorie übrig gehabt, daß alle Macht aus den Gewehrläufen kommt. Die Carol von damals hätte gewußt, daß man damit nur auf eine andere verkorkste Weise sagte, wir müßten das Dorf zerstören, um es zu retten. Aber glauben Sie, es interessiert die Mütter und Väter, die Brüder und Schwestern dieser Kids, diejenigen, die sie geliebt haben und die mit ihnen befreundet waren, daß es ein Fehler war – die Bombe ging zum falschen Zeitpunkt hoch, tut uns leid? Glauben Sie, die Frage, wer sich verkauft hat und wer nicht, interessiert die Leute, die die Scherben aufsammeln und irgendwie weitermachen müssen? Herzen können brechen. O ja. Herzen können brechen. Manchmal glaube ich, es wäre besser, wenn wir daran sterben würden, aber das tun wir nicht.

Skip rang mühsam nach Luft. Der Monitor neben seinem Bett piepste besorgt. Eine Krankenschwester schaute herein, und Skip winkte sie hinaus. Das Piepsen wurde langsamer und ging dann wieder in seinen vorherigen Rhythmus über, und sie verschwand. Als sie weg war, sagte Skip: »Warum haben wir damals so schallend gelacht, als er hingefallen ist? Die Frage hat mich seitdem immer verfolgt.«

»Ja«, sagte ich. »Mich auch.«

»Und, wie lautet die Antwort? Warum haben wir gelacht?«

»Weil wir Menschen sind. Für eine Weile – ich glaube, zwischen Woodstock und Kent State – dachten wir, wir wären was anderes, aber wir waren's nicht.«

»Wir dachten, wir wären Sternenstaub«, sagte Skip. Fast mit unbewegter Miene.

»Wir dachten, wir wären golden«, stimmte ich lachend zu. *»And we've got to get ourselves back to the garden.«*

»Komm her zu mir, kleiner Hippie«, sagte Skip, und ich tat es. Ich sah, daß mein alter Freund, der Dearie und Ebersole und den Vorsteher der männlichen Studenten überlistet hatte, der zu all seinen Lehrern gegangen war und sie angefleht hatte, ihm zu helfen, der mir beigebracht hatte, Bier aus dem Krug zu trinken und auf ein Dutzend verschiedene Arten *Fuck* zu sagen, ein kleines bißchen weinte. Er streckte mir die Arme entgegen. Sie waren mit den Jahren dünn geworden, und jetzt hingen die Muskeln herunter, statt sich zu wölben. Ich bückte mich und umarmte ihn.

»Wir haben's versucht«, sagte er mir ins Ohr. »Vergiß das nie, Pete. *Wir haben's versucht.*«

Ich glaube, das haben wir. Carol hat es mehr versucht als wir alle und den höchsten Preis dafür gezahlt ... außer denen, die gestorben sind, heißt das. Und obwohl wir die Sprache vergessen haben, die wir in jenen Jahren gesprochen haben – sie ist ebenso verlorengegangen wie die Jeans mit Schlag, die selbstgebatikten Hemden, die Nehru-Jacken und die Schilder mit der Aufschrift FÜR DEN FRIEDEN ZU TÖTEN IST DASSELBE, WIE FÜR DIE KEUSCHHEIT ZU FICKEN –, kommen manchmal ein oder zwei Worte zurück. Informationen, wissen Sie. Informationen. Und in meinen Träumen und Erinnerungen (je älter ich werde, desto mehr scheinen sie mir identisch zu sein) rieche ich manchmal den Ort, wo ich diese Sprache mit solch müheloser Selbstverständlichkeit gesprochen habe: ein Hauch Erde, der Geruch von Orangen und der verwehende Duft von Blumen.

1983: Gott segne uns alle.

1983

BLIND WILLIE

6.15 UHR

Er erwacht mit Musik, immer mit Musik; in diesen ersten verschwommenen Momenten des Tages wäre das schrille *Pieppiep-piep* des Weckers einfach zuviel für ihn. Es klingt wie ein zurücksetzender Kipper. Das Radio ist in dieser Jahreszeit allerdings auch schon schlimm genug; der Dudelsender, den er eingestellt hat, leiert von früh bis spät Weihnachtslieder herunter, und an diesem Morgen hört er beim Aufwachen eins der zwei oder drei, die auf seiner Haßliste ganz oben stehen – lauter hauchige Stimmen und unechtes Staunen. Der Hare-Krishna-Chor, die Andy Williams Singers oder so was in der Art. Hörst du, was ich höre, singen die hauchigen Stimmen, als er sich verschlafen blinzelnd im Bett aufsetzt; die Haare stehen ihm in alle Richtungen vom Kopf ab. Siehst du, was ich sehe, singen sie, als er die Beine über den Rand schwingt, dem Radio auf dem Weg über den kalten Fußboden eine Grimasse schneidet und es mit einem Schlag auf die Taste ausschaltet. Als er sich umdreht, hat Sharon ihre übliche Schutzhaltung eingenommen – Kissen über dem Kopf, unsichtbar bis auf die cremige Krümmung einer Schulter, den spitzenbesetzten Träger eines Nachthemds und eine blonde Locke.

Er geht ins Badezimmer, schließt die Tür, zieht die Pyjamahose aus, in der er schläft, wirft sie in den Wäschekorb und schaltet seinen Elektrorasierer ein. Während er sich damit übers Gesicht fährt, denkt er: *Warum geht ihr nicht auch gleich den restlichen Katalog der Sinne durch, wenn ihr schon mal dabei seid, Jungs? Riechst du, was ich rieche, schmeckst du, was ich schmecke, fühlst du, was ich fühle – ich meine, hey, nur zu!*

»Mumpitz«, sagt er, als er die Dusche aufdreht. »Alles Mumpitz.«

Als er sich zwanzig Minuten später anzieht (an diesem Morgen wählt er den dunkelgrauen Paul-Stuart-Anzug, dazu seine Lieblingskrawatte von Sulka), wird Sharon gerade wach.

Aber nicht so wach, daß er vollständig verstünde, was sie ihm erzählt.

»Wie war das?« fragt er. »Eierflip hab ich mitgekriegt, aber der Rest war bloß Ubbeldibubbel.«

»Ich hab dich gefragt, ob du auf dem Rückweg zwei Liter Eierflip mitbringen könntest«, sagt sie. »Heute abend kommen die Allens und die Dubrays rüber, weißt du noch?«

»Weihnachten«, sagt er und überprüft im Spiegel sorgfältig, wie sein Haar sitzt. Er sieht nicht mehr wie der verwirrte Mann mit dem wilden Blick aus, der sich fünfmal, manchmal sogar sechsmal pro Woche morgens zum Klang von Musik im Bett aufsetzt. Jetzt sieht er so aus wie all die anderen Leute, die im Sieben-Uhr-vierzig-Zug mit ihm nach New York fahren, und genau das will er.

»Was ist mit Weihnachten?« fragt sie mit einem schläfrigen Lächeln. »Mumpitz, hab ich recht?«

»Genau«, stimmt er zu.

»Bring auch noch ein bißchen Zimt mit, wenn du dran denkst –«

»Okay.«

»– aber wenn du den Eierflip vergißt, *erwürge* ich dich, Bill.«

»Ich werde dran denken.«

»Ich weiß. Du bist sehr verläßlich. Und gut siehst du aus.«

»Danke.«

Sie läßt sich wieder zurücksinken, stützt sich dann jedoch auf einen Ellbogen, als er eine letzte winzige Korrektur am Sitz seiner Krawatte vornimmt, die dunkelblau ist. Er hat in seinem ganzen Leben noch keine rote Krawatte getragen, und er hofft, er wird ins Grab fahren, ohne von diesem spezifischen Virus befallen worden zu sein. »Ich hab das Glitzerband besorgt, das du haben wolltest«, sagt sie.

»Hmmm?«

»Das *Glitzerband*«, sagt sie. »Es liegt auf dem Küchentisch.«

»Oh.« Jetzt fällt es ihm wieder ein. »Danke.«

»Gern geschehen.« Sie hat sich erneut hingelegt und driftet schon wieder in den Schlaf. Er beneidet sie nicht darum, daß sie bis neun im Bett bleiben kann – zum Teufel, bis elf, wenn sie will –, aber er beneidet sie um die Fähigkeit aufzuwachen, sich zu unterhalten und dann wieder wegzudämmern. Er hat diese Fähigkeit auch besessen, als er im Busch war – so wie die meisten Jungs dort –, aber seine Zeit im Busch – *in country*, wie die Neuen und die Kriegsberichterstatter immer sagten – liegt lange zurück; wenn man eine Weile da war, war es bloß noch der Busch, manchmal auch das Grüne.

Im Grünen, ja.

Sie sagt noch etwas, aber jetzt ist es wieder Ubbeldibubbel. Er weiß jedoch trotzdem, was es war: Ich wünsch dir einen guten Tag, Schatz.

»Danke«, sagt er und gibt ihr einen Kuß auf die Wange. »Wird schon klappen.«

»Sehr gut siehst du aus«, murmelt sie wieder, obwohl ihre Augen geschlossen sind. »Ich lieb dich, Bill.«

»Ich dich auch«, sagt er und geht hinaus.

Sein Aktenkoffer – Mark Cross, nicht das Allerbeste, aber fast – steht in der Diele, beim Garderobenständer, an dem sein Mantel hängt (von Tager's auf der Madison). Er schnappt sich den Koffer im Vorbeigehen und nimmt ihn mit in die Küche. Der Kaffee ist fertig – Gott segne Mr. Kaffee –, und er schenkt sich eine Tasse ein. Er öffnet den völlig leeren Aktenkoffer und nimmt das Glitzerbandknäuel auf dem Küchentisch in die Hand. Er hält es einen Moment in die Höhe und beobachtet, wie es im Neonlicht in der Küche funkelt, dann legt er es in den Koffer.

»Hörst du, was ich höre«, sagt er zu niemandem und klappt den Aktenkoffer zu.

8.15 UHR

Draußen vor dem schmutzigen Fenster zu seiner Linken sieht er die Stadt heranrücken. Durch den Ruß auf der Scheibe sieht sie wie eine dreckige, urgewaltige Trümmerlandschaft aus – das tote Atlantis vielleicht, das soeben wieder an die Oberfläche gehoben worden ist, um zornig den grauen Himmel anzustarren. Der Tag hat eine Ladung Schnee im Rachen, aber das stört ihn nicht besonders; es sind nur noch acht Tage bis Weihnachten, und das Geschäft wird prima laufen.

Im Waggon stinkt es nach morgendlichem Kaffee, morgendlichem Deo, morgendlichem Rasierwasser, morgendlichem Parfüm und morgendlichen Mägen. Fast alle Sitzplätze sind von Krawattenträgern besetzt – auch manche Frauen tragen heutzutage welche. Die Gesichter haben den verschwollenen Acht-Uhr-Look, die Blicke sind zugleich nach innen gekehrt und schutzlos, die Gespräche halbherzig. Das ist die Stunde, in der sogar Nichttrinker so aussehen, als hätten sie einen Kater. Die meisten Leute stecken die Nase in ihre Zeitungen. Warum auch nicht? Reagan ist König von Amerika, Aktien und Obligationen haben sich in Gold verwandelt, die Todesstrafe ist wieder *en vogue*. Das Leben ist schön.

Er selbst hat das Kreuzworträtsel in der *Times* aufgeschlagen, und obwohl er ein paar Felder ausgefüllt hat, ist es in erster Linie eine Art Schutzmaßnahme. Er redet im Zug nicht gern mit den Leuten, mag überhaupt keine lockeren Gespräche, und das letzte auf der Welt, was er will, ist ein Freund unter den Pendlern. Wenn er anfängt, in einem Waggon immer dieselben Gesichter zu sehen, wenn die Leute ihm auf dem Weg zu ihren Plätzen zunicken oder sagen: »Wie geht's Ihnen heute?«, wechselt er den Waggon. Es ist nicht so schwer, unbekannt zu bleiben, einer von vielen Pendlern aus den Vorstädten in Connecticut, ein Mann, der nur durch seine beharrliche Weigerung auffällt, eine rote Krawatte zu tragen. Vielleicht ist er mal auf eine Konfessionsschule gegangen, vielleicht hat er mal ein weinendes Mädchen festgehalten, während einer seiner Freunde sie mehrmals mit einem Baseballschläger geschlagen hat, und vielleicht hat er mal einige Zeit im Grünen verbracht. Niemand im Zug muß diese Dinge erfahren. Das ist das Gute an Zügen.

»Alles klar für Weihnachten?« fragt ihn der Mann neben ihm.

Er blickt mit beinahe gerunzelter Stirn auf und gelangt dann zu dem Schluß, daß es keine ernstgemeinte Gesprächseröffnung ist, sondern nur eine hingeworfene leere Bemerkung, um die Zeit herumzubringen, wie manche Leute sie offenbar zwanghaft machen. Der Mann auf dem Platz am Mittelgang ist fett und wird zweifellos gegen Mittag stinken, auch wenn er sich an diesem Morgen noch so sehr mit einem Deostift unter den Armen gerubbelt hat… aber er sieht Bill kaum an, also ist das in Ordnung.

»Ach, na ja, wissen Sie«, sagt er und senkt den Blick auf den Aktenkoffer zwischen seinen Schuhen – den Aktenkoffer, der nur ein Glitzerbandknäuel enthält, nichts weiter. »Ich komme so ganz allmählich in die richtige Stimmung.«

8.40 UHR

Er verläßt Grand Central Station zusammen mit tausend anderen in Mäntel gehüllten Männern und Frauen, größtenteils mittlere Angestellte, gepflegte Wüstenspringmäuse, die um die Mittagszeit mit Volldampf in ihren Laufrädern rennen werden. Er bleibt einen Augenblick stehen und saugt die kalte graue Luft tief in die Lungen. Die Lexington Avenue ist mit Weihnachtsbeleuchtung geschmückt, und ein Stück entfernt bimmelt ein puertoricanisch aussehender Weihnachtsmann mit seiner Glocke. Er hat eine Spendenbüchse, neben der eine Staffelei steht. HELFT DEN OBDACHLOSEN ZU WEIHNACHTEN heißt es auf dem Schild auf der Staffelei, und der Mann mit der blauen Krawatte denkt: *Wie wär's mit ein bißchen Wahrheit in der Werbung, du Weihnachtsmann? Wie wär's mit einem Schild mit der Aufschrift HELFT MIR, ZU WEIHNACHTEN MEINER KOKAINSUCHT ZU FRÖNEN?* Trotzdem wirft er im Vorbeigehen ein paar Dollar in die Büchse. Er hat ein gutes Gefühl, was den heutigen Tag betrifft. Er ist froh, daß Sharon ihn an das Glitzerbandknäuel erinnert hat – wahrscheinlich hätte er vergessen, es mitzunehmen; letztendlich vergißt er solche Sachen immer – das ornamentale Beiwerk.

Ein zehnminütiger Fußmarsch bringt ihn zu seinem Gebäude. Draußen vor der Tür steht ein schwarzer Jugendlicher, vielleicht siebzehn Jahre alt. Er trägt eine schwarze Jeans und ein schmutziges rotes Kapuzenshirt. Er tänzelt von einem Fuß auf den anderen, stößt Atemwolken aus, lächelt häufig und zeigt einen Goldzahn. In einer Hand hält er einen halb zerknautschten Styroporbecher. Es ist ein bißchen Kleingeld darin, mit dem er fortwährend klimpert.

»'ne kleine Spende?« fragt er die Passanten, die zu den Drehtüren strömen. »Ha'm Sie 'ne kleine Spende für mich, Sir? 'ne kleine Spende für mich, Ma'am? Will mir nur 'n Happen zum Frühstück holen. Danke, Gott segne Sie, frohe Weihnachten. Haben Sie 'ne kleine Spende für mich, Mann? 'nen Vierteldoller vielleicht? Danke. Kleine Spende, Ma'am?«

Bill wirft im Vorbeigehen einen Nickel und zwei Zehncentstücke in den Becher des jungen Mannes.

»Danke, Sir, Gott segne Sie, frohe Weihnachten.«

»Gleichfalls«, erwidert er.

Die Frau neben ihm runzelt die Stirn. »Sie sollten diese Leute nicht ermutigen«, sagt sie.

Er zuckt die Achseln und zeigt ihr ein kleines, beschämtes Lächeln. »Zu Weihnachten fällt es mir immer schwer, nein zu sagen«, erklärt er ihr.

Er läßt sich von einem Strom anderer Leute in die Eingangshalle schwemmen, starrt kurz dem rechthaberischen Rabenaas nach, das auf den Zeitungskiosk zusteuert, und geht dann zu den Fahrstühlen mit ihren altmodischen Etagenanzeigern und Art-déco-Nummern hinüber. Hier nicken ihm etliche Leute zu, und mit einigen von ihnen wechselt er ein paar Worte, während sie warten – es ist schließlich nicht wie im Zug, wo man in einen anderen Waggon gehen kann. Außerdem ist das Gebäude alt; die Fahrstühle sind langsam und baufällig.

»Wie geht's der Gemahlin, Bill?« fragt ein dürrer, in einem fort grinsender Mann aus dem vierten Stock.

»Carol geht's gut.«

»Und den Kindern?«

»Auch gut. Beiden.« Er hat keine Kinder, und seine Frau heißt nicht Carol. Seine Frau ist die ehemalige Sharon Anne Donahue von der höheren Konfessionsschule St. Gabriel der

Standhafte, Abschlußklasse von 1964, aber das wird der dürre, in einem fort grinsende Mann nie erfahren.

»Die können's bestimmt schon gar nicht mehr erwarten, daß der große Tag endlich kommt«, sagt der dürre Mann. Sein Grinsen wird breiter und ungemein scheußlich. Für Bill Shearman sieht er aus, wie sich ein Karikaturist den Tod vorstellt: große Augen, riesige Zähne, straff gespannte, glänzende Haut. Dieses Grinsen erinnert ihn an Tam Boi im A-Shau-Tal. Als die Jungs vom zweiten Bataillon reingegangen waren, hatten sie wie die Könige der Welt ausgesehen, und als sie wieder rauskamen, sahen sie aus, als wären sie halb verbrannt der Hölle entronnen. Als sie rauskamen, hatten sie solche großen Augen und riesigen Zähne gehabt. So sahen sie auch noch in Dong Ha aus, wo sie alle ein paar Tage später zusammengewürfelt wurden. Im Busch gab es viele zusammengewürfelte Truppen. Und auch viele Offiziere, die noch grün hinter den Ohren waren.

»Können's absolut nicht erwarten«, stimmt er zu, »aber ich glaube, Sarah schöpft allmählich Verdacht, was den Burschen im roten Anzug betrifft.« Nun mach schon, Fahrstuhl, denkt er, Herrgott, rette mich vor diesem dummen Geschwätz.

»Ja, ja, so geht's«, sagt der dürre Mann. Sein Grinsen erlischt für einen Moment, als sprächen sie über Krebs statt über den Weihnachtsmann. »Wie alt ist Sarah jetzt?«

»Acht.«

»Kommt mir vor, als wär sie erst vor ein oder zwei Jahren zur Welt gekommen. Junge, Junge, wie die Zeit vergeht, wenn man Spaß hat, was?«

»Das können Sie laut sagen«, gibt er zurück und hofft inständig, daß der dürre Mann es *nicht* laut sagt. In diesem Moment öffnet sich endlich seufzend die Tür eines der vier Fahrstühle, und sie drängen sich hinein.

Bill und der dürre Mann gehen im vierten Stock ein kleines Stück zusammen den Flur entlang, dann bleibt der dürre Mann vor einer altmodischen Doppeltür stehen. Auf der einen Milchglasscheibe steht CONSOLIDATED INSURANCE, auf der anderen SCHADENSSACHVERSTÄNDIGE VON AMERIKA. Hinter diesen Türen hört man das gedämpfte Klickerklacker von Tasten und das etwas lautere Klingeln von Telefonen.

»Schönen Tag noch, Bill.«

»Gleichfalls.«

Der dürre Mann betritt sein Büro, und Bill sieht für einen Moment einen großen Kranz an der gegenüberliegenden Wand des Raumes hängen. Außerdem sind die Fenster mit Schnee aus der Sprühdose dekoriert. Er fröstelt und denkt: *Gott segne uns alle.*

9.05 UHR

Sein Büro – eins der beiden, die er in diesem Gebäude hat – liegt am hintersten Ende des Flurs. Die beiden angrenzenden Büros sind schon seit einem halben Jahr dunkel und leer, und das ist ihm auch ganz recht so. Auf der Milchglasscheibe seiner eigenen Bürotür stehen die Worte WESTERN STATES LAND ANALYSTS. An der Tür sind drei Schlösser: eines, das bereits da war, als er in das Gebäude eingezogen ist, und zwei, die er selbst angebracht hat. Er betritt sein Büro, macht die Tür zu, schließt sie ab und legt dann das Multiriegelschloß vor.

Mitten in dem Raum steht ein Schreibtisch. Er ist mit Papieren übersät, die aber allesamt völlig bedeutungslos sind, nur Tarnung für den Reinigungsdienst. Hin und wieder wirft er sie alle weg und legt einen frischen Stoß hin. Mitten auf dem Schreibtisch steht ein Telefon, das er hin und wieder benutzt, damit die Telefongesellschaft die Leitung nicht als total inaktiv registriert. Letztes Jahr hat er einen Kopierer gekauft, der drüben in seiner Ecke neben der Tür zum zweiten kleinen Raum des Büros sehr geschäftsmäßig wirkt, aber noch nie benutzt worden ist.

»Hörst du, was ich höre, riechst du, was ich rieche, schmeckst du, was ich schmecke«, murmelt er und geht zu der Tür hinüber, die zum zweiten Raum führt. Darin sind Regale mit hohen Stapeln weiterer bedeutungsloser Papiere, zwei große Aktenschränke (auf einem liegt ein Walkman, seine Ausrede für die seltenen Situationen, wenn jemand an die verschlossene Tür klopft und niemand aufmacht), ein Stuhl und eine Trittleiter.

Bill nimmt die Trittleiter mit in den Hauptraum zurück und klappt sie links vom Schreibtisch auf. Er legt seinen Aktenkoffer darauf. Dann steigt er die ersten drei Stufen der Leiter hoch, langt nach oben (die untere Hälfte seines Mantels bauscht sich dabei um seine Beine) und schiebt vorsichtig eine der aufgehängten Deckenvertäfelungen beiseite.

Darüber ist ein dunkler Bereich, den man nicht so recht als Versorgungsraum bezeichnen kann, obwohl ein paar Rohre und Leitungen hindurchlaufen. Hier oben gibt es keinen Staub, jedenfalls nicht in der unmittelbaren Umgebung, und auch keine Nagetierkötel – einmal pro Monat legt er Mäusegift aus. Er möchte natürlich, daß seine Kleidung auf dem Hinweg und dem Rückweg sauber bleibt, aber das ist ihm eigentlich gar nicht so wichtig. Wichtig ist, daß man seine Arbeit und sein Spezialgebiet achten muß. Das hat er bei der Army gelernt, während seiner Zeit im Grünen, und er denkt manchmal, daß es das Zweitwichtigste ist, was er je im Leben gelernt hat. Das Wichtigste ist, daß nur Buße die Beichte ersetzt und daß nur Buße die Identität definiert. Diese Lektion hat er 1960 zu lernen begonnen, mit vierzehn Jahren. Damals konnte er zum letzten Mal mit den Worten »Segnet mich, Vater, denn ich habe gesündigt« in den Beichtstuhl treten und dann alles erzählen.

Buße ist wichtig für ihn.

Gott segne uns, denkt er in der muffig riechenden Dunkelheit des Versorgungsraums. *Gott segne dich, Gott segne mich, Gott segne uns alle.*

Über diesem engen Raum (ein geisterhafter, sanfter Wind pfeift unaufhörlich hindurch und trägt den Geruch von Staub und das Ächzen der Fahrstühle heran) ist der Boden des fünften Stocks, und darin befindet sich eine quadratische Falltür mit einer Seitenlänge von fünfundsiebzig Zentimetern. Bill hat sie selbst eingebaut; er kann gut mit Werkzeug umgehen – eins der Dinge, die Sharon an ihm zu schätzen weiß.

Er klappt die Falltür hoch, läßt das gedämpfte Licht von oben herein und packt seinen Aktenkoffer am Griff. Als er den Kopf in den Raum zwischen den Stockwerken steckt, gluckert Wasser geräuschvoll durch das dicke Badezimmerrohr sechs bis zehn Meter nördlich von seiner gegenwärtigen Position. In einer Stunde, wenn die Leute im Gebäude mit ihrer Kaffeepause beginnen, wird dieses Geräusch so konstant und rhythmisch sein wie Wellen, die sich an einem Strand brechen. Bill nimmt kaum Notiz von diesem und den anderen Geräuschen zwischen den Stockwerken; er ist an sie gewöhnt.

Vorsichtig steigt er auf die oberste Stufe der Trittleiter und hievt sich dann in sein Büro im fünften Stock hinauf. Bill läßt er unten im vierten zurück. Hier oben ist er wieder Willie, genau wie auf der High School. Genau wie in Vietnam, wo er manchmal Baseball-Willie genannt wurde.

Dieses obere Büro mutet wie eine robuste Werkstatt an; Kabelrollen, Motoren und Lüftungsrohre sind ordentlich in die Metallregale gestapelt, und auf einer Ecke des Schreibtischs liegt ein Ding, das wie ein Filter aussieht. Es ist jedoch tatsächlich ein Büro; es gibt eine Schreibmaschine, ein Diktaphon, einen Eingangs- und Ausgangskorb voller Papiere (ebenfalls nur Tarnung; er wechselt sie periodisch aus wie ein Bauer, der im Wechsel immer andere Feldfrüchte anbaut) sowie Aktenschränke. Viele Aktenschränke.

An einer Wand hängt ein Norman-Rockwell-Gemälde, das eine Familie zeigt, die beim Thanksgiving-Essen betet. Hinter dem Schreibtisch ist ein gerahmtes Studioporträt von Willie als Lieutenant in seiner ersten Offiziersuniform (aufgenommen in Saigon, kurz bevor er seinen Silver Star für den Einsatz am Schauplatz des Hubschrauberabsturzes in der Nähe von Dong Ha bekommen hat), und daneben hängt eine ebenfalls gerahmte Vergrößerung seiner ehrenhaften Entlassung; der Name auf dem Blatt lautet William Shearman, und hier sind seine Auszeichnungen ordentlich aufgeführt. Er hat Sullivan auf dem Pfad außerhalb des Dorfes das Leben gerettet. So steht es in der Belobigung, die er zusammen mit dem Silver Star bekommen hat, das haben die Männer gesagt, die Dong Ha überlebt hatten, und was noch wichtiger ist, Sullivan hat es gesagt. Es war das erste, was er sagte, als sie zusammen in dem Krankenhaus in San Francisco eintrafen, das Pussy Palace genannt wurde, Muschi-Palast: *Du hast mir das Leben gerettet, Mann.* Willie saß auf Sullivans Bett, einen Arm immer noch verbunden und Salbe überall um die Augen herum, aber eigentlich ging es ihm gut, ja, für ihn war das ein Spaziergang, Sullivan war derjenige, der wirklich schwer verletzt war. An diesem Tag hatte der Fotograf von AP sie aufgenommen, hatte jenes Foto gemacht, das in Zeitungen im ganzen Land erschienen war ... auch im Harwicher *Journal*.

Er hat meine Hand genommen, denkt Willie, während er dort in seinem Büro im fünften Stock steht und Bill Shearman jetzt eine Etage unter ihm ist. Über dem Studioporträt und seiner Entlassungsurkunde hängt ein Poster aus den sechziger Jahren. Es ist nicht gerahmt und beginnt an den Rändern schon zu vergilben, und es zeigt das Friedenszeichen. Darunter steht in Rot, Weiß und Blau: FUSSABDRUCK DER GROSSEN AMERIKANISCHEN MEMME.

Er hat meine Hand genommen, denkt er erneut. Ja, das hatte Sullivan getan, und Willie wäre um ein Haar aufgesprungen und schreiend durch die Station davongelaufen. Er war absolut sicher gewesen, daß Sullivan sagen würde, *Ich weiß, was ihr getan habt, du und deine Freunde Doolin und O'Meara. Hast du gedacht, sie würde mir das nicht erzählen?*

Sullivan hatte nichts dergleichen gesagt. Was er gesagt hatte, war: *Du hast mir das Leben gerettet, Mann, kommst aus der gleichen Stadt wie ich und hast mir das Leben gerettet. Scheiße, wie stehen die Chancen dafür? Und wir hatten immer solche Angst vor den Jungs von St. Gabe's.* Nachdem er das gesagt hatte, war Willie klar, daß Sullivan nicht wußte, was Doolin, O'Meara und er Carol Gerber angetan hatten. Das Wissen, daß er in Sicherheit war, brachte ihm jedoch keine Erleichterung. Absolut keine. Und als er Sullivan lächelnd die Hand drückte, dachte er: *Es war richtig, daß ihr Angst hattet, Sully. Es war vollkommen richtig.*

Willie stellt Bills Aktenkoffer auf den Schreibtisch und legt sich dann auf den Bauch. Er steckt den Kopf und die Arme in die windige, ölig riechende Dunkelheit zwischen den Stockwerken und rückt die Deckenvertäfelung des Büros im vierten Stock wieder zurecht. Es ist fest verschlossen; er erwartet sowieso niemanden (das tut er nie; Western States Land Analysts hat noch nie auch nur einen einzigen Kunden gehabt), aber es ist besser, auf Nummer Sicher zu gehen. Vorsicht ist die Mutter der Porzellankiste.

Nachdem in seinem Büro im vierten Stock nun alles in Ordnung ist, läßt Willie die Falltür im oberen Büro herunter. Hier oben ist die Falltür unter einem kleinen Teppich verborgen, der mit Superkleber am Holz befestigt ist, so daß man ihn hochheben und herablassen kann, ohne daß er allzu viele Falten schlägt oder zu sehr herumrutscht.

Er steht auf, staubt sich die Hände ab, wendet sich dann dem Aktenkoffer zu und macht ihn auf. Er nimmt das Glitzerbandknäuel heraus und legt es aufs Diktaphon, das auf dem Schreibtisch steht.

»Nicht schlecht«, sagt er und denkt erneut, daß Sharon richtig klasse sein kann, wenn sie es darauf anlegt … und das tut sie oft. Er verriegelt den Aktenkoffer wieder und zieht sich dann sorgfältig und methodisch aus, in der umgekehrten Reihenfolge wie um halb sieben; er läßt den Film rückwärts laufen. Er zieht sich ganz aus, sogar die Unterhose und die schwarzen Kniestrümpfe. Als er nackt ist, hängt er seinen Mantel, die Anzugjacke und das Hemd sorgfältig in den Schrank, wo nur ein anderes Kleidungsstück hängt – eine schwere rote Jacke, nicht ganz dick genug, um als Parka bezeichnet zu werden. Darunter ist ein schachtelartiges Ding, ein bißchen zu klobig, um als Aktenkoffer bezeichnet zu werden. Willie stellt seinen Mark-Cross-Koffer daneben, hängt seine Hose dann in den Klemmbügel, wobei er sorgsam auf die Bügelfalte achtet. Die Krawatte drapiert er über den an die Rückseite der Schranktür geschraubten Halter, wo sie ganz allein hängt, wie eine lange blaue Zunge.

Barfuß und nackt tappt er zu einem der Aktenschränke hinüber. Darauf steht ein Aschenbecher mit einem reliefartig hervorgehobenen, stinksauer dreinschauenden Adler und der ersten Zeile des Marschlieds der Marines, IF I DIE IN A COMBAT ZONE. In dem Aschenbecher liegen zwei Hundemarken an einer Kette. Willie streift sich die Kette über den Kopf und zieht dann die unterste Schublade des Aktenschranks heraus. Darin liegt Unterwäsche, zuoberst eine ordentlich zusammengefaltete khakibraune Boxershorts. Die zieht er an. Als nächstes kommen weiße Tennissocken, gefolgt von einem weißen Baumwollunterhemd – runder Halsausschnitt, mit halbem Arm. Die Umrisse seiner Hundemarken zeichnen sich darunter ab, ebenso sein Bizeps und sein Deltamuskel. Sie sind nicht mehr so gut wie damals in A Shau und Dong Ha, aber auch nicht gerade schlecht für jemanden, der auf die Vierzig zugeht.

Jetzt, bevor er sich fertig angezogen hat, ist es Zeit für die Buße. Die Pönitenz.

Er geht zu einem anderen Aktenschrank und zieht die zweite Schublade heraus. Rasch geht er die gebundenen Hauptbücher darin durch, zuerst die für Ende 1982, dann die von diesem Jahr: Jan-April, Mai/Juni, Juli, August (im Sommer verspürt er immer den Drang, mehr zu schreiben), September/Oktober, und zuletzt den aktuellen Band: November/Dezember. Er setzt sich an seinen Schreibtisch, schlägt das Hauptbuch auf und blättert rasch die eng beschriebenen Seiten durch. Es gibt kleine Abweichungen im Text, aber im wesentlichen ist es immer derselbe: *Es tut mir von Herzen leid.*

An diesem Vormittag schreibt er nur etwa zehn Minuten, läßt den Stift geschäftig übers Papier kratzen und bleibt beim Kern der Sache: *Es tut mir von Herzen leid.* Er hat das jetzt seiner Schätzung nach über zwei Millionen Mal geschrieben ... und doch gerade erst angefangen. Mit einer Beichte ginge es schneller, aber er ist bereit, den langen Weg zu gehen.

Er hört auf – nein, er hört niemals auf, er macht nur für heute Schluß – und steckt das aktuelle Hauptbuch wieder zwischen die bereits vollgeschriebenen und diejenigen, die noch vollgeschrieben werden müssen. Dann kehrt er zu den Aktenschränken zurück, die ihm als Kommode dienen. Als er die Schublade über seinen Socken und Unterhosen aufzieht, beginnt er leise vor sich hinzusummen – nicht »Hörst du, was ich höre«, sondern die Doors, den Song darüber, wie der Tag die Nacht zerstört und die Nacht den Tag zerteilt.

Er zieht sich ein schlichtes blaues Cambrai-Hemd an, dann eine Drillichhose. Er schiebt die mittlere Schublade wieder zu und öffnet die oberste. Sie enthält ein Sammelalbum und ein Paar Stiefel. Er nimmt das Sammelalbum heraus und betrachtet einen Moment lang den roten Ledereinband. Auf der Vorderseite ist in abblätterndem Gold das Wort ERINNERUNGEN aufgeprägt. Es ist ein billiges Ding, dieses Buch. Er könnte sich ein besseres leisten, aber man hat nicht immer ein Recht auf das, was man sich leisten kann.

Im Sommer schreibt er öfter Tut-mir-leid, aber das Erinnerungsvermögen scheint zu schlafen. Im Winter, vor allem um Weihnachten herum, erwacht dieses Erinnerungsvermögen. Dann schaut er gern in dieses Buch voller Zeitungsausschnitte und Fotos, auf denen alle unglaublich jung aussehen.

Heute legt er das Sammelalbum jedoch ungeöffnet in die Schublade zurück und nimmt die Stiefel heraus. Sie sind auf Hochglanz poliert und sehen aus, als könnten sie halten, bis die Posaunen des Jüngsten Gerichts ertönen. Vielleicht sogar noch länger. Dies sind keine normalen Armeestiefel, nein – es sind Springerstiefel von der 101. Luftlandedivision. Aber das ist in Ordnung. Er will sich eigentlich gar nicht wie ein Soldat anziehen. Wenn er sich wie ein Soldat anziehen wollte, würde er's tun.

Trotzdem gibt es keinen Grund für ihn, schlampig auszusehen, so wie er auch nicht zuläßt, daß sich Staub in dem Durchgang ansammelt, und er achtet sehr auf seine Kleidung. Natürlich steckt er die Hosenbeine nicht in die Stiefel – er will im Dezember auf die Fifth Avenue, nicht im August an den Mekong, Schlangen und Blutsauger sind hier wohl kaum ein Problem –, aber er möchte gern ordentlich aussehen. Ein anständiges Äußeres ist ihm ebenso wichtig wie Bill, vielleicht sogar noch wichtiger. Wer seine Arbeit und sein Spezialgebiet achtet, muß schließlich zuerst einmal sich selbst achten.

Die letzten beiden Dinge sind hinten in der obersten Schublade seines Büroschranks: eine Tube Schminke und ein Fläschchen Haargel. Er drückt ein bißchen Schminke auf seine linke Handfläche und trägt sie dann auf, arbeitet sich mit der sorglosen Schnelligkeit langer Erfahrung von der Stirn zum Halsansatz vor und verleiht sich eine dezente Bräune. Anschließend reibt er sich etwas Gel in die Haare und kämmt sie dann wieder, so daß der Scheitel verschwindet und sie straff aus der Stirn nach hinten gekämmt sind. Das ist der letzte, kleinste und vielleicht wirkungsvollste Touch. Nichts erinnert mehr an den Pendler, der vor einer Stunde aus der Grand Central Station gekommen ist; der Mann im Spiegel an der Rückseite der Tür zu dem kleinen Abstellraum sieht wie ein abgehalfterter Söldner aus. In dem gebräunten Gesicht liegt ein stiller, halb demütiger Stolz, ein Anblick, den die Leute nicht allzu lange ertragen. Er tut ihnen weh. Willie weiß, daß es so ist; er hat es gesehen. Er fragt nicht, warum es so ist. In dem Leben, das er sich aufgebaut hat, gibt es nicht viele Fragen, und so gefällt es ihm.

»*Okay*«, sagt er und schließt die Tür zum Abstellraum. »Siehst gut aus, Soldat.«

Er geht zum Schrank zurück und holt die rote Wendejacke und den klobigen Koffer heraus. Die Jacke hängt er fürs erste über den Schreibtischstuhl, den Koffer stellt er auf den Tisch. Er entriegelt ihn und klappt den Deckel an den starken Scharnieren hoch; jetzt hat er eine gewisse Ähnlichkeit mit den Koffern, in denen die Straßenhändler ihre geklauten Uhren und dubiosen Goldkettchen zur Schau stellen. Willies Koffer enthält nur wenige Dinge; eins davon ist in zwei Teile zerlegt, damit es hineinpaßt. Des weiteren befindet sich ein Schild darin. Außerdem ein Paar Handschuhe, wie man sie bei kaltem Wetter trägt, und ein dritter Handschuh, den er manchmal getragen hat, wenn es warm war. Er nimmt das Paar Handschuhe (die wird er heute brauchen, daran besteht kein Zweifel) und dann das Schild mit der dicken Kordel heraus. Die Kordel führt links und rechts durch Löcher in der Pappe und ist dann verknotet, so daß Willie sich das Schild um den Hals hängen kann. Er schließt den Koffer wieder, ohne ihn zu verriegeln, und legt das Schild darauf – der Schreibtisch ist so voll, daß dies die einzige freie Fläche ist, auf der er arbeiten kann.

Leise vor sich hinsummend (*we chased our pleasures here, dug our treasures there*) öffnet er die große Schublade über der Aussparung für die Knie, wühlt in den Schreib- und Fettstiften, Büroklammern und Notizblöcken und findet schließlich seinen Hefter. Dann rollt er das Glitzerband aus und legt es sorgfältig um das Rechteck seines Schildes. Er schneidet den überschüssigen Rest ab und heftet das glänzende Zeug fest ans Schild. Er hält es kurz hoch, betrachtet es zuerst mit kritischem und dann mit bewunderndem Blick.

»Perfekt!« sagt er.

Das Telefon klingelt, und er erstarrt, dreht sich um und sieht es an. Seine Augen sind auf einmal sehr klein, hart und absolut wachsam. Ein Klingeln. Zwei. Drei. Beim vierten schaltet sich der Anrufbeantworter ein und meldet sich mit seiner Stimme – beziehungsweise mit der Version seiner Stimme, die zu diesem Büro gehört.

»Hallo, hier ist Midtown Heating and Cooling«, sagt Willie Shearman. »Im Moment kann leider niemand Ihren Anruf entgegennehmen, aber Sie können nach dem Piepton eine Nachricht hinterlassen.«

Pi-iep.

Er lauscht angespannt, steht mit geballten Fäusten über seinem frisch verzierten Schild.

»Hallo, hier ist Ed von den Nynex Yellow Pages«, sagt die Stimme aus dem Gerät, und Willie stößt den Atem aus, den er angehalten hatte, ohne es zu merken. Seine Hände entspannen sich. »Ein Vertreter Ihrer Firma möchte mich doch bitte unter 1-800-555-1000 zurückrufen – ich habe Informationen für Sie, wie Sie Ihre Werbeflächen in beiden Ausgaben der Gelben Seiten vergrößern und gleichzeitig auf Ihrer Jahresrechnung viel Geld sparen können. Frohe Weihnachtsferien Ihnen allen! Danke.«

Klick.

Willie sieht den Anrufbeantworter noch etwas länger an, fast so, als erwartete er, daß er wieder zu sprechen beginnt – ihn bedroht, vielleicht ihn all der Verbrechen bezichtigt, deren er sich selbst bezichtigt –, aber nichts geschieht.

»Alles in Ordnung«, sagt er leise und legt das verzierte Schild in den Koffer zurück. Als er ihn diesmal zuklappt, verriegelt er ihn. Vorn auf dem Koffer ist ein Aufkleber mit einem von kleinen amerikanischen Fahnen flankierten Text: ICH BIN STOLZ, GEDIENT ZU HABEN.

»Alles in Ordnung, Baby, du kannst es ruhig glauben.«

Er verläßt das Büro, schließt die Tür mit der Aufschrift MIDTOWN HEATING AND COOLING auf der Milchglasscheibe hinter sich und verriegelt alle drei Schlösser.

9.45 UHR

Etwa auf halbem Wege den Flur hinunter sieht er Ralph Williamson, einen der dicklichen Buchhalter von Garowicz Financial Planning (soweit Willie gesehen hat, sind alle Buchhalter von Garowicz dicklich). In einer seiner rosa Hände hält Ralph einen Schlüssel, der mit einer Kette an einem alten Holzschild befestigt ist, und Willie schließt daraus, daß er einen Buchhalter vor sich sieht, der mal aufs Klo muß. Ein Schlüssel an einem Holzschild! Wenn ein beschissener Schlüssel an einem beschissenen Holzschild einen nicht an die Freuden der Konfessionsschule erinnert, an all die Nonnen mit haarigem Kinn und all die Hiebe mit Holzlinealen auf die Knöchel, dann gar nichts, denkt er. Und weißt du was? Wahrscheinlich gefällt Ralph Williamson dieser Schlüssel am Holzschild, so wie es ihm gefällt, daß zu Hause ein Stück Seife mit Schnur am Warmwasserhahn seiner Dusche hängt, ein Stück Seife in der Form eines Kaninchens oder eines Zirkusclowns. Und was ist schon dabei? Richtet nicht, auf daß ihr nicht gerichtet werdet.

»Na, Ralphie, wie sieht's aus?«

Ralph dreht sich um, erblickt Willie, und sein Gesicht leuchtet auf. »Hey, hallo, frohe Weihnachten!«

Willie grinst über den Ausdruck in Ralphs Augen. Der kleine Fettsack verehrt ihn, und warum auch nicht? Ralph sieht einen Burschen vor sich, bei dem alles dermaßen in Ordnung ist, daß es schon weh tut. Muß man doch mögen, Herzchen, *muß* man doch mögen.

»Gleichfalls, Bruder.« Er streckt die Hand aus (die jetzt in einem Handschuh steckt, damit er sich keine Gedanken darüber machen muß, daß sie zu weiß ist und nicht zu seinem Gesicht paßt), die Handfläche erhoben. »Gib mir fünf!«

Ralphie gehorcht mit schüchternem Lächeln und schlägt in Willies erhobene Hand.

»Gib mir zehn!«

Ralph dreht seine rosafarbene, schwammige Hand, so daß Willie diesmal in seine schlagen kann.

»Super, das will ich gleich noch mal sehn!« ruft Willie aus und schlägt erneut in Ralphs Hand. »Weihnachtseinkäufe schon erledigt, Ralphie?«

»So gut wie«, sagt Ralphie grinsend und klimpert mit dem Toilettenschlüssel. »Ja, so gut wie. Und du, Willie?«

Willie zwinkert ihm zu. »Ach, du weißt ja, wie's ist, Bruder. Ich hab zwei, drei Frauen, und ich laß mir einfach von jeder 'n kleines Andenken besorgen.«

Ralphs bewunderndes Lächeln besagt, daß er eigentlich nicht weiß, wie es ist, es aber liebend gern wüßte. »Auftrag reingekommen?«

»So viele, daß ich bestimmt den ganzen Tag unterwegs bin. Ist jetzt die Zeit dafür, weißt du.«

»Bei dir scheint's immer die Zeit dafür zu sein. Das Geschäft muß ja gut laufen. Du bist so gut wie nie in deinem Büro.«

»Deshalb hat Gott uns den Anrufbeantworter geschenkt, Ralphie. Jetzt beeil dich lieber, sonst hast du gleich 'nen nassen Fleck in deiner besten Gabardinehose.«

Lachend (und ein bißchen errötend) macht Ralph sich auf den Weg zur Herrentoilette.

Willie geht mit seinem Koffer in einer Hand weiter zu den Fahrstühlen und vergewissert sich unterwegs mit der andern, daß seine Brille noch in der Jackentasche ist. Das ist sie. Der Umschlag ist auch drin, ein dicker Umschlag mit lauter knisternden Zwanzigdollarscheinen. Fünfzehn Stück. Demnächst ist wieder ein kleiner Besuch von Officer Wheelock fällig; Willie hat ihn schon gestern erwartet. Vielleicht taucht er erst morgen auf, aber Willie wettet, daß er heute kommt... nicht, daß es ihm gefällt. Er weiß, daß es nun mal so ist auf der Welt, man muß die Räder schmieren, wenn man will, daß der

Wagen rollt, aber es ärgert ihn trotzdem. An vielen Tagen denkt er, wie schön es wäre, Jasper Wheelock eine Kugel in den Kopf zu jagen. So, wie es manchmal im Grünen gelaufen ist. Wie es da laufen *mußte*. Diese Sache mit Malenfant zum Beispiel. Diesem abgedrehten Arschloch mit seinen Pickeln und seinen Karten.

O ja, im Busch ist alles anders gewesen. Im Busch mußte man manchmal was Schlimmes tun, um noch Schlimmeres zu verhüten. So was zeigt einem zweifelsohne schon von vornherein, daß man am falschen Platz ist, aber wenn man erst mal in der Scheiße steckt, muß man halt schwimmen. Er und seine Männer von der Bravo-Kompanie waren erst seit ein paar Tagen mit den Jungs von der Delta-Kompanie zusammen, daher hatte Willie nicht viel Erfahrung mit Malenfant, aber dessen schrille, durchdringende Stimme ist schwer zu vergessen, und ihm fällt wieder ein, was Malenfant bei seinen endlosen Hearts-Spielen immer gebrüllt hat, wenn jemand eine Karte zurücknehmen wollte, die bereits ausgespielt war: *Kommt gar nicht in die Tüte, du blöder Sack! Was liegt, das liegt!*

Malenfant ist vielleicht ein Arschloch gewesen, aber in dem Punkt hatte er recht. Im Leben wie bei den Karten – was liegt, das liegt.

Der Fahrstuhl hält nicht im vierten Stock, aber die Vorstellung, daß es passieren könnte, machte ihn nicht mehr nervös. Er ist oft mit Leuten in die Eingangshalle hinuntergefahren, die auf der gleichen Etage arbeiten wie Bill Shearman – unter anderem auch mit dem dürren Hemd von Consolidated Insurance –, und sie erkennen ihn nicht. Sie müßten ihn eigentlich erkennen, er weiß, daß sie ihn erkennen *müßten*, aber sie tun es nicht. Früher hat er immer gedacht, es läge an den anderen Klamotten und der Schminke, dann ist er zu dem Schluß gekommen, daß es an den Haaren liegt, aber im tiefsten Innern weiß er, daß das alles keine Erklärung dafür ist. Nicht einmal ihre tauben Herzen, ihre Unempfänglichkeit für die Welt, in der sie leben, ist eine Erklärung dafür. Was er tut, ist einfach nicht so radikal – Drillichhosen, Springerstiefel und ein bißchen braune Schminke sind noch keine Verkleidung. Er weiß nicht recht, wie er es sich erklären soll, und deshalb läßt er es meist auf sich beruhen. Diese Technik – wie so viele andere auch – hat er in Vietnam erlernt.

Der junge Schwarze steht noch immer draußen vor dem Eingang (er hat jetzt die Kapuze seines schmutzigen alten Sweatshirts aufgesetzt) und schüttelt Willie seinen zerknautschten Styroporbecher entgegen. Er sieht, daß der Bursche mit dem Werkzeugkoffer in der Hand lächelt, und daher wird sein Lächeln ebenfalls breiter.

»'ne kleine Spende?« fragt er den Handwerker. »Na, was sagen Sie, Mann?«

»Verpiß dich, du fauler Mistkerl, das sage ich«, erklärt ihm Willie, immer noch lächelnd. Der junge Mann weicht einen Schritt zurück und sieht Willie mit großen, schockierten Augen an. Bevor ihm eine Erwiderung einfällt, ist der Handwerker mit dem klobigen Koffer in der behandschuhten Hand schon einen halben Block weiter und fast im Gedränge der Kauflustigen verschwunden.

10.00 UHR

Er betritt das Whitmore Hotel, durchquert die Lobby und fährt mit der Rolltreppe zum Mezzanin hinauf, wo sich die öffentlichen Toiletten befinden. Das ist die einzige Phase des Tages, in der er eine gewisse Nervosität verspürt, und er weiß nicht einmal, warum; jedenfalls ist bisher noch nie etwas vor, während oder nach einem seiner Zwischenstopps auf einer Hoteltoilette passiert (er wechselt regelmäßig zwischen annähernd zwei Dutzend Hotels im Innenstadtbereich). Trotzdem – falls *doch* mal irgendwas schiefgeht, dann in einem Hotelscheißhaus, da ist er irgendwie sicher. Denn was jetzt kommt, hat nichts mit der Verwandlung von Bill Shearman in Willie Shearman gemein; Bill und Willie sind Brüder, vielleicht sogar zweieiige Zwillinge, und den Wechsel vom einen zum anderen empfindet er als sauber und völlig normal. Die letzte Transformation des Arbeitstages jedoch – die von Willie Shearman in Blind Willie Garfield – ist und war schon immer etwas ganz anderes. Diese letzte Verwandlung hat stets etwas Schmutziges, Verstohlenes, ja beinahe Werwolfmäßiges an sich. Bis es vollbracht ist und er wieder draußen auf der Straße mit seinem weißen Stock vor sich hertippt, fühlt er sich wie eine Schlange, die ihre alte Haut abgestreift hat und deren neue noch nicht richtig nachgewachsen und fest ist.

Er schaut sich um und sieht, daß die Herrentoilette leer ist, bis auf ein Paar Füße unter der Tür der zweiten Kabine in einer langen Reihe – es müssen insgesamt ein Dutzend sein. Ein leises Räuspern ertönt. Eine Zeitung raschelt. Dann das *ffft* eines höflichen kleinen Innenstadtfurzes.

Willie geht bis zur letzten Kabine durch. Er stellt seinen Koffer ab, verriegelt die Tür und zieht seine rote Jacke aus. Dabei wendet er sie von innen nach außen. Die andere Seite ist olivgrün. Durch einen einzigen Zug an den Ärmeln hat sie sich in die alte Feldjacke eines Soldaten verwandelt. Sharon, die wirklich ein kleines Genie ist, hat diese Seite der Jacke in einem Laden für überschüssige Armeebestände erstanden und das Futter herausgetrennt, um sie leichter in die rote Jacke einnähen zu können. Vor dem Nähen hat sie jedoch das Rangabzeichen eines Oberleutnants draufgemacht, dazu schwarze Stoffstreifen an den Stellen, wo die Plaketten mit Namen und Einheit angebracht gewesen wären. Dann hat sie das Kleidungsstück an die dreißig Mal gewaschen. Das Rangabzeichen und die Stoffstreifen sind jetzt natürlich nicht mehr da, aber die Stellen, wo sie gesessen haben, sind deutlich zu sehen – der Stoff ist an den Ärmeln und an der linken Brustseite grüner und heller, und jeder ehemalige Soldat wird die Muster unter Garantie sofort erkennen.

Willie hängt die Jacke an den Haken, läßt die Hose herunter, setzt sich hin und stellt sich den Koffer dann auf die Oberschenkel. Er macht ihn auf, nimmt den zerlegten Stock heraus und schraubt die beiden Teile rasch zusammen. Er faßt den Stock ganz unten am Schaft, hebt ihn im Sitzen nach oben und hängt ihn mit dem Griff über den Haken, an dem auch seine Jacke hängt. Dann verschließt er den Koffer wieder, reißt ein

Stück Papier von der Rolle, um den korrekten Bin-fertig-Klangeffekt zu erzeugen (wahrscheinlich unnötig, aber Vorsicht ist die Mutter der Porzellankiste), und spült.

Bevor er die Kabine verläßt, nimmt er die Brille aus der Jackentasche, in der auch der Umschlag mit dem Bestechungsgeld steckt. Es ist eine große Rundum-Sonnenbrille, ein altes Modell, das er mit Schweißgeräten und Motorradfilmen mit Peter Fonda verbindet. Es ist jedoch gut fürs Geschäft, zum einen, weil es den Leuten irgendwie sagt, daß sie einen Vietnamveteranen vor sich haben, zum anderen, weil niemand seine Augen dahinter sehen kann, nicht mal von der Seite.

Willie Shearman bleibt auf der Mezzanin-Toilette im Whitmore zurück, so wie Bill Shearman im Büro von Western States Land Analysts zurückgeblieben ist. Der Mann, der herauskommt – ein Mann mit einer alten Uniformjacke und einer Sonnenbrille, der mit einem weißen Stock leicht vor sich auf den Boden tippt –, ist Blind Willie, der seit den Tagen Gerald Fords zum Inventar der Fifth Avenue gehört.

Als er die kleine Mezzanin-Lobby in Richtung Treppe durchquert (Blinde ohne Begleitung benutzen niemals eine Rolltreppe), sieht er eine Frau in einem roten Blazer auf sich zukommen. Durch die stark getönten Gläser zwischen ihnen sieht sie wie ein exotischer Fisch aus, der in schlammigem Wasser schwimmt. Und natürlich sind es nicht nur die Gläser; um zwei Uhr nachmittags wird er wirklich blind *sein*, so wie er immer geschrien hat, er sei es, als er, John Sullivan und Gott weiß wie viele andere 1970 aus der Provinz Dong Ha evakuiert wurden. *Ich bin blind*, das hat er auch gebrüllt, als er Sullivan von dem Pfad aufgehoben hat, aber er war eigentlich nicht blind gewesen; in dem pulsierenden Weiß nach dem Blitz hatte er gesehen, wie Sullivan sich auf dem Boden gewälzt und versucht hatte, seine hervorquellenden Eingeweide im Bauch zu halten. Er hatte Sullivan aufgehoben, ihn unbeholfen über die Schulter gelegt und war mit ihm losgelaufen. Sullivan war größer als Willie, viel größer, und Willie hatte hinterher keine Ahnung, wie er es geschafft hatte, eine solche Last zu tragen, aber irgendwie *hatte* er es geschafft, er hatte ihn die ganze Strecke bis zu der Lichtung geschleppt, wo die Kampfhubschrauber sie wie ein göttlicher Hilfstrupp abholten – Gott segne euch Hueys, Gott segne euch, oh, Gott segne euch alle. Er war zu der Lichtung und den Hubschraubern gelaufen, während ihm die Kugeln um die Ohren pfiffen und Körperteile *made in America* auf dem Pfad herumlagen, wo die Mine, die versteckte Bombe oder was zum Teufel auch immer hochgegangen war.

Ich bin blind, hatte er geschrien, während er Sullivan trug und spürte, wie Sullivans Blut seine Uniform durchnäßte, und Sullivan hatte ebenfalls geschrien. Wenn Sullivan aufgehört hätte zu schreien, hätte Willie den Mann dann einfach von der Schulter gleiten lassen und wäre allein weitergelaufen, um dem Hinterhalt zu entkommen? Wahrscheinlich nicht. Denn inzwischen wußte er, wer Sullivan war, er wußte genau, wer er war – Sully aus seinem alten Heimatort, Sully, der Freund von Carol Gerber aus seinem alten Heimatort.

Ich bin blind, ich bin blind, ich bin blind! Das schrie Willie Shearman, während er Sullivan trug, und es stimmt, daß ein großer Teil der Welt grellweiß war, bombenweiß, aber er erinnert sich noch daran, daß er gesehen hat, wie Kugeln durch Blätter fetzten und in Baumstämme schlugen; erinnert sich noch, daß er gesehen hat, wie einer der Männer, die vorher im Dorf gewesen waren, sich mit der Hand an den Hals griff. Er erinnert sich, das Blut gesehen zu haben, das wie ein Sturzbach durch die Finger dieses Mannes quoll und seine Uniform tränkte. Einer der anderen Männer von der Delta-Kompanie Zwo-Zwo – Pagano war sein Name gewesen – packte diesen Burschen um den Leib und rannte mit ihm an dem taumelnden Willie Shearman vorbei, der wirklich nicht sehr viel sehen konnte. Er schrie *Ich bin blind ich bin blind ich bin blind* und roch Sullivans Blut, den Gestank von Sullivans Blut. Und im Hubschrauber war dieses Weiß immer greller geworden. Sein Gesicht war verbrannt, seine Haare waren verbrannt, seine Kopfhaut war verbrannt, die Welt war weiß. Er war versengt, und er rauchte, einer unter vielen anderen, die der Hölle entronnen waren. Er hatte geglaubt, er würde nie wieder sehen können, und das war tatsächlich eine Erleichterung gewesen. Aber natürlich hatte er wieder sehen können.

Nach einiger Zeit.

Die Frau im roten Blazer ist bei ihm angekommen. »Kann ich Ihnen helfen, Sir?« fragt sie.

»Nein, Ma'am«, sagt Blind Willie. Sein Stock, der unablässig in Bewegung ist, tippt nicht mehr auf den Boden, sondern hängt forschend über der Leere. Er pendelt hin und her, mißt die Seiten der Treppe. Blind Willie nickt und geht dann vorsichtig, aber selbstbewußt weiter, bis er das Geländer mit der Hand berührt, in der er den klobigen Koffer hält. Er nimmt den Koffer in die Hand mit dem Stock, so daß er das Geländer ergreifen kann, und dreht sich dann zu der Frau um. Er achtet darauf, sie nicht direkt anzulächeln, sondern eine Stelle ein wenig links von ihr. »Nein danke – ich komme schon zurecht. Frohe Weihnachten.«

Er geht die Treppe hinunter, tippt dabei unentwegt vor sich auf die Stufen und hält den großen Koffer trotz des Stocks mühelos fest – er ist leicht, so gut wie leer. Später wird das natürlich anders sein.

10.15 UHR

Die Fifth Avenue ist für die Feiertage herausgeputzt – Flitter und Tand, die er kaum sehen kann. Die Straßenlaternen tragen Girlanden aus Stechpalmenzweigen. Die großen Kaufhäuser haben sich in grellbunte Weihnachtspakete verwandelt, komplett mit gigantischen roten Schleifen. Ein Kranz von ungefähr zwölf Meter Durchmesser schmückt die seriöse beigefarbene Fassade von Brooks Brothers. Überall blinken Lichter. Im Schaufenster von Saks sitzt ein Top-Mannequin (hochnäsige Leckt-mich-Miene, fast keine Titten oder Hüften) breitbeinig auf einem Harley-Davidson-Motorrad. Sie trägt eine Weihnachtsmannsmütze, eine Motorradjacke mit Pelzbesatz, schenkelhohe Stiefel und sonst nichts. Am Lenker des Motorrads hängen silberne Glocken. Irgendwo in der Nähe intonieren Sternsinger »Stille Nacht«, nicht gerade Blind Willies Lieblingslied, aber erheblich besser als »Hörst du, was ich höre«.

Wie immer bleibt er vor St. Patrick's, gegenüber von Saks, stehen und läßt die mit Paketen beladenen Kauflustigen an sich vorbeiströmen. Seine Bewegungen sind jetzt schlicht und würdevoll. Sein Unbehagen auf der Herrentoilette – dieses Gefühl von unbeholfener Nacktheit, die gleich für alle sichtbar sein wird – ist verflogen. Ihm ist so katholisch wie nie zumute, wenn er hier ankommt. Immerhin war er ein Junge von St. Gabe's; er hat das Kreuz und das Chorhemd getragen, war Ministrant, hat im Beichtstuhl gekniet und am Freitag den verhaßten Schellfisch gegessen. In vieler Hinsicht ist er immer noch ein Junge von St. Gabe's, das haben alle drei Versionen von ihm gemein, dieser Teil von ihm hat die Jahre überdauert und ist ihm geblieben. Nur daß er heutzutage Buße tut, statt die Beichte abzulegen, und die Gewißheit verloren hat, in den Himmel zu kommen. Heutzutage kann er nur noch hoffen.

Er hockt sich hin, öffnet den Koffer und dreht ihn um, so daß diejenigen, die von Norden kommen, den Aufkleber lesen können. Als nächstes nimmt er den dritten Handschuh heraus, den Baseballhandschuh, den er seit Sommer 1960 besitzt. Er legt den Handschuh neben den Koffer. Nichts bricht mehr Herzen als ein Blinder mit einem Baseballhandschuh, hat er festgestellt; Gott segne Amerika.

Zu guter Letzt nimmt er das Schild mit der feinen Glitzerbandumrahmung heraus und steckt den Kopf unter der Kordel durch. Das Schild kommt vorn an seiner Feldjacke zu liegen.

WILLIAM J. GARFIELD, EHEMALIGER SOLDAT DER U. S. ARMY
DIENTE IN QUANG TRI, THUA THIEN, TAM BOI, A SHAU
VERLOR 1970 MEIN AUGENLICHT IN DER PROVINZ DONG HA
WURDE 1973 VON EINER DANKBAREN REGIERUNG
JEDER FINANZIELLEN UNTERSTÜTZUNG BERAUBT
VERLOR 1975 MEIN ZUHAUSE
SCHÄME MICH ZU BETTELN
HABE ABER EINEN SOHN, DER IN DIE SCHULE GEHT
DENKEN SIE BITTE NICHT SCHLECHT VON MIR

Er hebt den Kopf, so daß das weiße Licht dieses kalten Tages, der schon eine Ladung Schnee bereithält, über die blinden Rundungen seiner dunklen Gläser gleitet. Jetzt fängt die Arbeit an, und niemand wird je erfahren, wie hart diese Arbeit ist. Er muß auf eine bestimmte Weise dastehen, nicht ganz in jener militärischen Haltung, die man Rührt-euch-Haltung nennt, aber fast. Er muß den Kopf hochhalten, muß die Leute, die zu Tausenden und Zehntausenden in beiden Richtungen an ihm vorbeiziehen, ansehen und zugleich durch sie hindurchschauen. Die Hände in den schwarzen Handschuhen müssen senkrecht herabhängen und dürfen nicht an dem Schild, dem Stoff der Hose oder aneinander herumfummeln. Er muß dauernd verletzten, gedemütigten Stolz ausstrahlen, darf sich aber auf keinen Fall Scham oder Beschämung anmerken lassen und vor allem nicht den Eindruck erwecken, er könnte auch nur andeutungsweise verrückt sein. Er spricht nie, außer wenn er angesprochen wird, und auch dann nur, wenn es auf freundliche Weise geschieht. Er reagiert nicht auf Leute, die ihn ärgerlich fragen, warum er sich keine richtige Arbeit besorge, oder was er damit meine, er sei seiner Unterstützung beraubt worden. Er diskutiert nicht mit denen, die ihn beschuldigen, ein Simulant zu sein, oder ihre Verachtung über einen Sohn zum Ausdruck bringen, der seinen Vater an einer Straßenecke das Schulgeld zusammenbetteln läßt. Er erinnert sich, daß er diese eherne Regel nur ein einziges Mal gebrochen hat, an einem glühendheißen Sommernachmittag des Jahres 1981. Auf welche Schule geht Ihr Sohn? hatte ihn eine Frau wütend gefragt. Er weiß nicht mehr, wie sie ausgesehen hat, damals war es schon vier Uhr gewesen, und er war seit mindestens zwei Stunden so blind wie eine Fledermaus, aber er hatte gespürt, wie der Zorn in allen Richtungen aus ihr hervorbrach, wie Wanzen, die eine alte Matratze verließen. In gewisser Weise hatte sie ihn an Malenfant mit seiner schrillen Man-hört-mich-nicht-Stimme erinnert. Sagen Sie mir, auf welche – ich will ihm einen Haufen Hundescheiße schicken. Sparen Sie sich die Mühe, hatte er erwidert und sich zu ihrer Stimme gedreht. Wenn Sie einen Haufen Hundescheiße haben und ihn irgendwohin schicken wollen, dann adressieren

Sie ihn an Lyndon B. Johnson. Federal Express muß in die Hölle liefern, die liefern auch überall anders hin.

»Gott segne Sie, Mann«, sagt ein Bursche mit einem Kaschmirmantel, und in seiner zitternden Stimme liegt überraschend viel Gefühl. Blind Willie Garfield ist jedoch nicht überrascht. Er hat das schon alles gehört, glaubt er, und mehr als einmal. Verblüffend viele seiner Kunden legen ihr Geld sorgfältig und ehrfürchtig in die Tasche des Baseballhandschuhs. Der Bursche mit dem Kaschmirmantel wirft seine Spende jedoch in den offenen Koffer, wohin sie gehört. Ein Fünfer. Der Arbeitstag hat begonnen.

10.45 UHR

So weit, so gut. Er legt behutsam den Stock hin, geht auf ein Knie und schüttet den Inhalt des Baseballhandschuhs in den Koffer. Dann fährt er mit einer Hand durch die Scheine, obwohl er sie immer noch ziemlich gut sehen kann. Er sammelt sie auf – es sind insgesamt vier- oder fünfhundert Dollar, was bedeutet, daß dies ein Dreitausend-Dollar-Tag werden wird, nicht übermäßig gut für diese Jahreszeit, aber auch nicht schlecht –, rollt sie dann zusammen und wickelt ein Gummiband drum herum. Dann drückt er auf einen Knopf innen im Koffer, der falsche Boden klappt an Federn auf, und das Kleingeld fällt rein. Er legt die Rolle Scheine ebenfalls in den Unterboden, alles ohne jede Heimlichkeit, aber auch ohne die geringsten Bedenken; in all den Jahren, in denen er das schon tut, hat ihn noch nie jemand beraubt. Gnade Gott dem Arschloch, das es jemals versucht.

Er läßt den Knopf los, so daß der falsche Boden wieder hochklappt, und steht auf. Im selben Moment drückt sich eine Hand in sein Kreuz.

»Frohe Weihnachten, Willie«, sagt der Besitzer der Hand. Blind Willie erkennt ihn am Geruch seines Kölnischwassers.

»Frohe Weihnachten, Officer Wheelock«, antwortet Willie. Sein Kopf bleibt in einer leicht fragenden Haltung nach oben gekehrt; die Hände hängen an den Seiten; die Füße in den auf Hochglanz polierten Stiefeln bleiben leicht gespreizt – nicht weit genug für die Rührt-euch-Haltung, aber auch nicht annähernd eng genug beieinander für die Hab-acht-Stellung. »Wie geht es Ihnen heute, Sir?«

»Prächtig, du Scheißkerl«, sagt Wheelock. »Du kennst mich doch, mir geht's immer prächtig.«

Ein Mann mit einem offenen Mantel über einem knallroten Skipullover kommt auf sie zu. Seine kurzen Haare sind oben schwarz und an den Schläfen grau. Sein Gesicht wirkt streng und wie gemeißelt, und Blind Willie erkennt diesen Ausdruck sofort. Er hat zwei Einkaufstüten dabei, eine von Saks, eine von Bally. Er bleibt stehen und liest den Text auf dem Schild.

»Dong Ha?« fragt er plötzlich, nicht wie jemand, der einen Ort benennt, sondern wie jemand, der auf einer belebten Straße einen alten Bekannten erkennt.

»Ja, Sir«, sagt Blind Willie.

»Wer war Ihr Befehlshaber?«

»Captain Bob Brissum – mit u, nicht mit o –, und über ihm Colonel Andrew Shelf, Sir.«

»Ich habe von Shelf gehört«, sagt der Mann mit dem offenen Mantel. Sein Gesicht hat sich auf einmal verändert. Als er auf den Mann an der Ecke zugekommen ist, hat es ausgesehen, als gehörte es auf die Fifth Avenue. Jetzt nicht mehr. »Bin ihm aber nie begegnet.«

»War gegen Ende meiner Dienstzeit. Wir haben keine höheren Offiziere zu sehen bekommen, Sir.«

»Wenn Sie aus dem A-Shau-Tal rausgekommen sind, wundert mich das nicht. Da sind wir uns wohl einig, Soldat, oder?«

»Ja, Sir. Vom Führungsstab war nicht mehr viel übrig, als wir nach Dong Ha reingegangen sind. Ich hab die Sache weitgehend zusammen mit einem anderen Lieutenant in die Hand genommen. Sein Name war Dieffenbaker.«

Der Mann mit dem roten Skipullover nickt langsam. »Ihr Jungs wart dort, als die Helikopter runtergekommen sind, wenn ich das richtig sehe.«

»Das ist korrekt, Sir.«

»Dann müssen Sie später auch dagewesen sein, als ...«

Blind Willie hilft ihm nicht, den Satz zu beenden. Er riecht jedoch Wheelocks Kölnischwasser, stärker denn je, und der Kerl keucht ihm praktisch ins Ohr; er klingt wie ein aufgegeilter junger Bursche am Ende eines heißen Rendezvous. Wheelock hat ihm seine Nummer nie abgekauft, und obwohl Blind Willie für das Vorrecht bezahlt, an dieser Ecke in Ruhe gelassen zu werden – und zwar ein ganz hübsches Sümmchen, nach den aktuellen Tarifen –, weiß er, daß Wheelock zum Teil immer noch Cop genug ist, um zu hoffen, daß er Mist baut. Aber die Wheelocks dieser Welt verstehen nie, daß ein Schwindel nicht immer ein Schwindel ist, auch wenn es so aussieht. Manchmal liegen die Dinge ein bißchen komplizierter, als es auf den ersten Blick scheint. Das war eine weitere Lehre aus Vietnam, damals in den Jahren, bevor es ein politischer Witz und eine Krücke für Drehbuchautoren wurde.

»Neunundsechzig und siebzig waren die harten Jahre«, sagt der angegraute Mann. Er spricht mit langsamer, schwerer Stimme. »Ich war mit der dritten Kompanie vom hundertsiebenundachtzigsten am Hamburger Hill, daher weiß ich über A Shau und Tam Boi Bescheid. Erinnern Sie sich an die Route 922?«

»O ja, Sir, Glory Road«, sagt Blind Willie. »Da hab ich zwei Freunde verloren.«

»Glory Road«, wiederholt der Mann mit dem offenen Mantel, und auf einmal sieht er aus, als wäre er tausend Jahre alt. Der knallrote Skipullover wirkt wie eine Obszönität, ein Ding, das irgendwelche kleinen Rabauken, die so was für komisch halten, einer Mumie im Museum übergehängt haben. Sein Blick geht in die Ferne, über hundert Horizonte hinweg. Dann kehrt er zu dieser Straße zurück, wo ein Glockenspiel in der Nähe jenes Lied spielt, in dem es heißt, *I hear those sleighbells jingling, ring-ting-tingling too.* Er stellt die Tüten zwischen seine teuren Schuhe und holt eine schweinslederne Brieftasche aus einer Innentasche seines Mantels. Er klappt sie auf und blättert ein fettes Bündel Geldscheine durch.

»Mit dem Sohn alles in Ordnung, Garfield?« fragt er. »Bringt er gute Noten nach Hause?«

»Ja, Sir.«

»Wie alt?«

»Fünfzehn, Sir.«

»Staatliche Schule?«

»Konfessionsschule.«

»Ausgezeichnet. Und so Gott will, wird er die beschissene Glory Road nie zu Gesicht bekommen.« Der Mann mit dem offenen Mantel nimmt einen Schein aus seiner Brieftasche. Blind Willie spürt und hört, wie Wheelock leise nach Luft schnappt; er braucht den Schein kaum anzusehen, um zu wissen, daß es ein Hunderter ist.

»Ja, Sir, das ist richtig, so Gott will.«

Der Mann mit dem Mantel berührt Willies Hand mit dem Geldschein und macht ein überraschtes Gesicht, als die behandschuhte Hand zurückgezogen wird, als wäre sie nackt und von etwas Heißem berührt worden.

»Legen Sie's in meinen Koffer oder in meinen Baseballhandschuh, Sir, wenn Sie so freundlich wären«, sagt Blind Willie.

Der Mann mit dem Mantel sieht ihn einen Moment lang mit hochgezogenen Augenbrauen und leicht gerunzelter Stirn an, dann scheint er zu verstehen. Er bückt sich, legt den Schein in die alte, geölte Tasche des Handschuhs, an dessen Seite mit blauer Tinte das Wort GARFIELD geschrieben steht, greift dann in seine Hosentasche und fördert eine kleine Handvoll Kleingeld zutage. Das verstreut er auf dem Gesicht des alten Ben Franklin, damit der Schein nicht wegfliegt. Dann steht er auf. Seine Augen sind naß und blutunterlaufen.

»Nützt es Ihnen was, wenn ich Ihnen meine Karte gebe?« fragt er Blind Willie. »Ich kann Sie mit mehreren Veteranenorganisationen in Kontakt bringen.«

»Danke, Sir, das könnten Sie bestimmt, aber ich muß mit allem Respekt ablehnen.«

»Die meisten schon ausprobiert?«

»Ein paar, ja, Sir.«

»In welchem VA-Krankenhaus waren Sie?«

»San Francisco, Sir.« Er zögert und fügt dann hinzu: »Im Pussy Palace, Sir.«

Der Mann mit dem Mantel lacht herzlich darüber, und als sein Gesicht sich in Falten legt, laufen ihm die Tränen, die ihm in den Augen gestanden haben, über die wettergegerbten Wangen. »Pussy Palace!« ruft er. »Das hab ich seit zehn Jahren nicht mehr gehört! Eine Bettpfanne unter jedem Bett und eine nackte Schwester unter jeder Decke, stimmt's? Nackt bis auf die langen bunten Halsketten, die haben sie anbehalten.«

»Ja, Sir, das trifft es so ziemlich, Sir.«

»Also dann, frohe Weihnachten, Soldat.« Der Mann mit dem Mantel salutiert knapp mit einem Finger.

»Ihnen auch frohe Weihnachten, Sir.«

Der Mann mit dem Mantel nimmt seine Tüten wieder auf und geht davon. Er schaut nicht zurück. Blind Willie hätte es ohnehin nicht gesehen; er sieht schon jetzt nur noch Geister und Schatten.

»Das war aber schön«, sagt Wheelock leise. Das Gefühl, wie Wheelock ihm seine verbrauchte Luft in die Ohrmuschel bläst, ist Willie zuwider – er findet es geradezu ekelhaft –, aber er wird dem Mann nicht die Freude machen, den Kopf auch nur einen Zentimeter zu bewegen. »Der alte Sack hat tatsächlich *geweint*. Na, das hast du ja sicher gesehen. Aber du hast die Sprüche drauf, Willie, das muß ich dir lassen.«

Willie sagt nichts.

»Ein Krankenhaus der Veterans' Administration namens Pussy Palace, hm?« fragt Wheelock. »Klingt, als könnte ich mich da wohl fühlen. Wo hast du was drüber gelesen, *Soldier of Fortune?*«

Der Schatten einer Frau, ein dunker Umriß an einem dunkler werdenden Tag, beugt sich über den offenen Koffer und wirft etwas hinein. Eine behandschuhte Hand berührt Willies behandschuhte Hand und drückt sie kurz. »Gott segne Sie, mein Freund«, sagt sie.

»Danke, Ma'am.«

Der Schatten entfernt sich. Die kurzen Atemzüge in Blind Willies Ohr entfernen sich nicht.

»Hast du was für mich, Kumpel?« fragt Wheelock.

Blind Willie greift in seine Jackentasche. Er zieht den Umschlag hervor und streckt ihn aus, stößt ihn in die eisige Luft.

Er wird ihm aus den Fingern gerissen, sobald Wheelock ihn sieht und zu fassen bekommt.

»Du Arschloch!« Aus der Stimme des Cops klingt nicht nur Wut, sondern auch Furcht. »Wie oft hab ich dir schon gesagt, du sollst es in der hohlen Hand verstecken, verdammt?«

Blind Willie schweigt. Er denkt an den Baseballhandschuh und daran, wie er BOBBY GARFIELD abgekratzt hat – jedenfalls so gut, wie man Tinte von Leder abkratzen kann – und dann statt dessen Willie Shearmans Namen hingeschrieben hat. Später – nach Vietnam und zu der Zeit, als er in seinem neuen Beruf anfing –, hat er den Namen ein zweites Mal entfernt und dafür einen einzelnen Namen, GARFIELD, in großen Blockbuchstaben draufgeschrieben. Die Stelle an der Seite des alten Alvin-Dark-Handschuhs, die all diese Veränderungen über sich hat ergehen lassen müssen, wirkt abgeschabt und rauh. Wenn er an den Handschuh denkt, wenn er sich auf diese abgewetzte Stelle und ihre Schicht aus Namen konzentriert, kann er sich wahrscheinlich davon abhalten, eine Dummheit zu machen. Das ist es natürlich, was Wheelock will, das will er viel mehr als dieses schäbige kleine Schmiergeld: daß Willie eine Dummheit macht, daß er sich verrät.

»Wieviel?« fragt Wheelock nach einer Weile.

»Dreihundert«, sagt Blind Willie. »Dreihundert Dollar, Officer Wheelock.«

Darauf folgt ein kleines, nachdenkliches Schweigen, aber Wheelock tritt einen Schritt von Blind Willie zurück, und die Atemzüge in seinem Ohr entfernen sich ein bißchen. Blind Willie ist schon für Kleinigkeiten dankbar.

»Das ist in Ordnung«, sagt Wheelock schließlich. »Für *diesmal*. Aber das neue Jahr rückt näher, Kumpel, und unser Freund Jasper, der Polizisten-Schlumpf, hat ein Stück Land im Norden von New York, auf dem er sich eine kleine Hütte bauen will. Kapiert? Die Einsätze steigen.«

Blind Willie sagt nichts, aber er hört jetzt sehr, sehr aufmerksam zu. Wenn es nur das wäre, wäre alles in Ordnung. Aber Wheelocks Ton macht deutlich, daß es nicht nur das ist.

»Aber eigentlich geht's mir gar nicht in erster Linie um die Hütte«, fährt Wheelock fort. »Es geht mir darum, daß ich eine etwas bessere Entschädigung dafür brauche, wenn ich mich mit einem miesen Penner wie dir abgeben muß.« Echte Wut schleicht sich in seine Stimme. »Wie du das jeden Tag machen kannst – sogar zu *Weihnachten* –, Mann, ich versteh das nicht. Leute, die betteln, sind eine Sache, aber ein Kerl wie du … du bist nicht blinder als ich.«

Oh, du bist *weitaus* blinder als ich, denkt Blind Willie, bleibt jedoch trotzdem ruhig.

»Und das Geschäft läuft gut, wie? Wahrscheinlich nicht so gut wie bei diesen Lobet-den-Herrn-Wichsern auf der Mattscheibe, aber du machst doch bestimmt … wieviel? Einen Riesen pro Tag, in dieser Jahreszeit? Zwei Riesen?«

Damit liegt er viel zu niedrig, aber die Fehleinschätzung ist Musik in Blind Willie Garfields Ohren. Sie bedeutet, daß sein stiller Partner ihn nicht allzu genau oder nicht allzu oft beobachtet … noch nicht, jedenfalls. Doch die Wut in Wheelocks Stimme gefällt ihm nicht. Wut ist wie ein Joker beim Pokern.

»Du bist nicht blinder als ich«, wiederholt Wheelock. Offenbar ist es das, was ihm wirklich zu schaffen macht. »Hey, Kumpel, weißt du was? Ich sollte dir mal abends folgen, wenn du von der Arbeit nach Hause gehst, weißt du? Mal sehen, was du so machst.« Er hält inne. »In wen du dich verwandelst.«

Einen Moment lang stockt Blind Willie wirklich der Atem … dann atmet er wieder weiter.

»Das wäre keine so gute Idee, Officer Wheelock«, sagt er.

»So, wäre es nicht? Warum nicht, Willie? Warum nicht? Du sorgst dich um mein Wohlergehen, hab ich recht? Hast Angst, ich könnte den Arsch abmurksen, der die goldenen Eier legt? Hey, was ich von dir im Verlauf eines Jahres kriege, ist nicht gar so viel, wenn man's gegen eine Belobigung oder vielleicht sogar eine Beförderung abwägt.« Er macht eine Pause. Als er weiterspricht, klingt seine Stimme verträumt, was Willie besonders alarmierend findet. »Ich könnte in die *Post* kommen. HELDENHAFTER COP NIMMT GEWISSENLOSEN BETRÜGER AUF FIFTH AVENUE FEST.«

Himmel, denkt Willie. *Lieber Himmel, das klingt, als ob er es ernst meint.*

»Auf deinem Handschuh da steht Garfield, aber ich wette, daß du nicht Garfield heißt. Ich wette Dollar gegen Doughnuts.«

»Die Wette würden Sie verlieren.«

»Das sagst du … aber die Seite dieses Handschuhs sieht aus, als wäre da schon mehr als ein Name draufgeschrieben worden.«

»Er ist mir gestohlen worden, als ich noch klein war.« Redet er zuviel? Schwer zu sagen. Wheelock hat es geschafft, ihn zu überrumpeln, der Scheißkerl. Zuerst klingelt das Telefon, als er in seinem Büro ist – der gute alte Ed von Nynex –, und jetzt das. »Der Dieb hat seinen Namen draufgeschrieben, während er den Handschuh hatte. Als ich ihn zurückbekam, habe ich seinen Namen rausgekratzt und meinen wieder drübergeschrieben.«

»Und du hast ihn nach Vietnam mitgenommen?«

»Ja.« Das ist die Wahrheit. Ob Sullivan wohl erkannt hätte, daß dieser lädierte Alvin-Dark-Feldspielerhandschuh der seines alten Freundes Bobby war, wenn er ihn gesehen hätte? Unwahrscheinlich, aber wer konnte es wissen? Sullivan hatte ihn wirklich nie zu sehen bekommen, nicht im Grünen jedenfalls, also war es eine müßige Frage. Officer Jasper Wheelock hingegen stellte alle möglichen Fragen, und *keine* davon war müßig.

»In dieses Aschu-Tal, ja?«

Blind Willie antwortet nicht. Wheelock versucht jetzt, ihn auszuhorchen, aber es gibt nichts, was Willie ihm erzählen möchte.

»Und auch in dieses Tomboy?«

Keine Antwort.

»Die *Post*«, sagt Wheelock, und Willie sieht undeutlich, wie das Arschloch die leicht gespreizten Hände hebt, als würde er ein Bild rahmen. »HELDENHAFTER COP.« Möglich, daß er ihn bloß aufziehen will … aber Willie weiß es nicht genau.

»Sie kämen in die *Post*, na schön, aber eine Belobigung würde nicht dabei rausspringen«, sagt Blind Willie. »Und auch keine Beförderung. Tatsächlich würden Sie auf der Straße landen, Officer Wheelock, und sich einen Job suchen müssen. Die

Bewerbungen bei Sicherheitsfirmen könnten Sie sich aber sparen – auf einen Mann, der sich bestechen läßt, ist kein Verlaß.«

Diesmal stockt Wheelock der Atem. Als er wieder Luft holt, werden die Atemzüge in Blind Willies Ohr zu einem Hurrikan; der sich bewegende Mund des Cops liegt fast schon auf seiner Haut. »Was soll das heißen?« flüstert er. Eine Hand legt sich auf den Ärmel von Blind Willies Feldjacke. »Sag mir, was zum Teufel das heißen soll.«

Aber Blind Willie bleibt stumm; die Hände an den Seiten, den Kopf leicht erhoben, blickt er aufmerksam in die Dunkelheit, die sich erst lichten wird, wenn das Tageslicht fast geschwunden ist, und trägt jene ausdruckslose Miene zur Schau, die so viele Passanten als gebrochenen Stolz interpretieren, als schwer geprüfte, aber irgendwie immer noch intakte Courage.

Passen Sie lieber auf, Officer Wheelock, denkt er. *Das Eis unter Ihren Füßen wird dünn. Mag sein, daß ich blind bin, aber Sie müssen taub sein, wenn Sie nicht hören, wie es unter Ihnen knackt.*

Die Hand an seinem Arm schüttelt ihn leicht. Wheelocks Finger graben sich in sein Fleisch. »Hast du einen Freund? Ist es das, du Mistkerl? Hältst du deshalb den Umschlag immer mal wieder so ins Licht? Du hast einen Freund, der mich fotografiert? Ist es das?«

Blind Willie sagt weiterhin nichts; für Jasper, den Polizisten-Schlumpf, ist dieses Schweigen außerordentlich vielsagend. Leute wie Officer Wheelock werden immer das Schlimmste denken, wenn man sie läßt. Man muß ihnen nur genug Zeit dazu geben.

»Leg dich bloß nicht mit mir an, Kumpel«, sagt Wheelock bösartig, aber in seiner Stimme ist ein feiner Unterton von Besorgnis, und er nimmt die Hand von Blind Willies Jacke. »Ab Januar gehen wir auf vierhundert pro Monat, und wenn du versuchst, irgendwelche Spielchen mit mir zu treiben, dann zeige ich dir, wo der richtige Spielplatz ist. Hast du verstanden?«

Blind Willie schweigt. Die Atemzüge verschwinden von seinem Ohr, und er weiß, daß Wheelock sich zum Gehen wendet. Aber leider ist es noch nicht soweit; die häßlichen kleinen Atemzüge kommen zurück.

»Für das, was du tust, wirst du in der Hölle schmoren«, erklärt ihm Wheelock. Er spricht mit großer, beinahe inbrünstiger Aufrichtigkeit. »Was ich tue, wenn ich dein dreckiges Geld nehme, ist eine läßliche Sünde – ich hab den Priester gefragt, daher weiß ich's –, aber du begehst eine Todsünde. Du kommst in die Hölle. Mal sehen, wie viele Spenden du da unten kriegst.«

Blind Willie denkt an eine Jacke, die Willie und Bill Shearman manchmal auf der Straße sehen. Auf dem Rücken ist eine Karte von Vietnam, darunter stehen für gewöhnlich die Jahre, die der Träger der Jacke dort verbracht hat, und folgender Text: WENN ICH STERBE, KOMME ICH SOFORT IN DEN HIMMEL, DENN MEINE ZEIT IN DER HÖLLE HABE ICH SCHON HINTER MIR. Das könnte er Officer Wheelock antworten, aber es würde nichts nützen. Schweigen ist besser.

Wheelock geht davon, und als Willie bewußt wird, daß er sich freut, ihn gehen zu sehen, huscht ein seltenes Lächeln über sein Gesicht. Es kommt und geht wie ein flüchtiger Sonnenstrahl an einem wolkigen Tag.

12.40 UHR

Dreimal hat er die Scheine gebündelt und das Kleingeld in den Unterboden des Koffers rutschen lassen (eigentlich nur, um es irgendwo unterzubringen, nicht um etwas zu verheimlichen), und jetzt arbeitet er ausschließlich mit dem Tastsinn. Er kann das Geld nicht mehr sehen, kann einen Einer nicht mehr von einem Hunderter unterscheiden, aber er spürt, daß er wirklich einen sehr guten Tag hat. Dieses Wissen bereitet ihm jedoch keine Freude. Viel Freude macht ihm die Sache ohnehin nie, darum geht es bei Blind Willie nicht, aber selbst das Gefühl, etwas geschafft zu haben, das er an einem anderen Tag vielleicht verspürt hätte, ist von seinem Gespräch mit Officer Wheelock gedämpft worden.

Um Viertel vor zwölf kommt eine junge Frau mit einer hübschen Stimme (für Blind Willie klingt sie wie Diana Ross) von Saks herüber und gibt ihm eine Tasse heißen Kaffee, wie an den meisten Tagen um diese Zeit. Um Viertel nach bringt ihm eine andere Frau – nicht so jung und wahrscheinlich weiß – eine Tasse dampfende Hühnersuppe mit Nudeln. Er bedankt sich bei beiden. Die weiße Lady gibt ihm mit weichen Lippen einen Kuß auf die Wange und wünscht ihm ein ganz besonders frohes Weihnachtsfest.

Aber wie fast immer hat der Tag auch eine andere Seite, die das wieder ausgleicht. Gegen ein Uhr quatscht ihn ein Teenager aus der Dunkelheit zu seiner Linken an, der mit seiner unsichtbaren Bande von Freunden lachend, Witze reißend und blödelnd um Blind Willie herumturnt, erklärt ihm, er sei ja ein häßlicher Bastard, und fragt ihn dann, ob er diese Handschuhe trage, weil er sich die Finger beim Versuch weggebrannt habe, das Waffeleisen zu lesen. Er und seine Freude brüllen vor Lachen über diesen Uraltwitz und kriegen sich gar nicht mehr ein. Etwa eine Viertelstunde später tritt ihn jemand, wenn auch vielleicht aus Versehen. Jedesmal, wenn er sich zu dem Koffer hinüberbeugt, ist dieser jedoch noch da. Dies ist eine Stadt voller Gauner, Räuber und Diebe, aber der Koffer ist da, so wie immer.

Und währenddessen denkt er die ganze Zeit über Wheelock nach.

Wheelocks Vorgänger war ein umgänglicher Typ; der Cop, der seinen Platz einnimmt, wenn Wheelock entweder den Dienst quittiert oder aus Midtown versetzt wird, ist vielleicht auch wieder ein umgänglicher Typ. Wheelock wird irgendwann verschwinden, so oder so – auch das ist etwas, das er im Busch gelernt hat –, und bis dahin muß er, Blind Willie, sich beugen wie ein Schilfgras im Sturm. Allerdings bricht sogar das biegsamste Schilfgras, wenn der Wind stark genug weht.

Wheelock will mehr Geld, aber das ist es nicht, was dem Mann mit der dunklen Brille und der Armeejacke Kopfzerbrechen bereitet; früher oder später wollen sie alle mehr Geld. Als er an dieser Ecke anfing, hat er Officer Hanratty hundertfünfundzwanzig bezahlt. Hanratty verfuhr nach dem Motto »leben und leben lassen« und roch nach Old Spice und Whiskey, genau wie George Raymer, der für das Viertel zuständige Streifenpolizist aus Willie Shearmans Kindheit, aber als der umgängliche Eric Hanratty 1978 schließlich in Pension ging, hatte er Blind Willie trotzdem auf zweihundert pro Monat hochgetrieben. Aber – und das ist wirklich ein Ding, Brüder – Wheelock war wütend an diesem Vormittag, *wütend*, und er hat erzählt, daß er einen Priester aufgesucht hat. Das beunruhigt Willie, aber am meisten beunruhigen ihn Wheelocks Anspielungen darauf, daß er ihm folgen könnte. *Mal sehen, was du so machst. In wen du dich verwandelst. Ich wette, daß du nicht Garfield heißt. Ich wette Dollar gegen Doughnuts.*

Es ist ein Fehler, sich mit den echten Büßern anzulegen, Officer Wheelock, denkt Blind Willie. *Es wäre ungefährlicher für Sie, wenn Sie sich meine Frau vornehmen würden als meinen Namen, glauben Sie mir. Weitaus ungefährlicher*.

Aber Wheelock konnte es tun – was war einfacher, als einen Blinden zu verfolgen, oder auch nur jemanden, der kaum mehr sehen konnte als Schatten? Einfacher, als zu beobachten, wie er in ein Hotel ging und die Herrentoilette betrat? Zu beobachten, wie er als Blind Willie Garfield in eine Kabine hineinging und als Willie Shearman herauskam? Angenommen, es würde Wheelock sogar gelingen, ihn von Willie zu Bill zurückzuverfolgen?

Diese Überlegungen rufen seine morgendliche Nervosität wieder wach, das Gefühl, eine Schlange in der Häutungsphase zu sein. Die Furcht, man könnte ihn bei der Annahme von Bestechungsgeld fotografiert haben, wird Wheelock eine Weile in Schach halten, aber es läßt sich nicht vorhersagen, wozu er fähig wäre, wenn seine Wut groß genug ist. Und das ist furchteinflößend.

»Gott sei mit dir, Soldat«, sagt eine Stimme aus der Dunkelheit. »Ich wünschte, ich könnte mehr tun.«

»Nicht nötig, Sir«, sagt Blind Willie, aber er ist mit den Gedanken immer noch bei Jasper Wheelock, der nach billigem Kölnischwasser riecht und mit einem Priester über den Blinden mit dem Schild gesprochen hat, den Blinden, der Wheelocks Ansicht nach überhaupt nicht blind ist. Was hatte er gesagt? *Du kommst in die Hölle. Mal sehen, wie viele Spenden du da unten kriegst.* »Frohe Weihnachten wünsche ich Ihnen, Sir. Danke für Ihre Hilfe.«

Und der Tag geht weiter.

16.25 UHR

Sein Sehvermögen kehrt allmählich zurück – schwach und verschwommen, aber immerhin. Das ist das Zeichen für ihn, seine Sachen zu packen und zu gehen.

Er kniet sich mit steifem Rücken hin und legt den Stock wieder hinter den Koffer. Er bündelt die letzten Scheine, wirft sie zusammen mit den letzten Münzen in den Unterboden des Koffers, legt dann den Baseballhandschuh und das mit Glitzerband verzierte Schild hinein. Er verschließt den Koffer und steht auf, den Koffer in der einen, den Stock in der anderen Hand. Jetzt ist der Koffer schwer, er zerrt mit dem toten Gewicht all dieses gutgemeinten Metalls an seinem Arm. Ein lautes Rasseln und Knirschen ertönt, als die Münzen sich lawinenartig verlagern, dann sind sie so reglos wie tief im Boden vergrabenes Erz.

Er setzt sich in Bewegung und geht die Fifth Avenue entlang, wobei er den Koffer wie einen Anker am Ende des linken Armes hängen läßt (nach all diesen Jahren ist er an dessen Gewicht gewöhnt und könnte ihn, falls erforderlich, noch viel weiter tragen, als es an diesem Nachmittag nötig ist) und mit dem Stock in der rechten Hand behutsam aufs Pflaster vor ihm tippt. Der Stock ist ein Zauberstab, er schlägt ihm auf dem belebten, rammelvollen Bürgersteig eine Schneise in Form einer tränenförmigen Welle. Als er an die Ecke Fifth Avenue und Dreiundvierzigste Straße kommt, kann er diese Schneise tatsächlich sehen. Er sieht auch, daß das DON'T-WALK-Licht an der Zweiundvierzigsten zu blinken aufhört und konstant leuchtet, geht aber trotzdem weiter, bis ein gutgekleideter Mann mit langen Haaren und

Goldketten die Hand ausstreckt und ihn an der Schulter festhält.

»Vorsicht, guter Mann«, sagt der Langhaarige. »Die Autos haben Grün.«

»Danke, Sir«, sagt Blind Willie.

»Keine Ursache – frohe Weihnachten.«

Blind Willie überquert die Straße, geht an den Löwen vorbei, die vor der Public Library Wache halten, und biegt zwei Blocks weiter zur Sixth Avenue ab. Niemand spricht ihn an; niemand hat sich bei der Kirche herumgetrieben und beobachtet, wie er den ganzen Tag Geld gesammelt hat, um ihm dann zu folgen und nun auf die Gelegenheit zu warten, ihm den Koffer zu entreißen und damit wegzulaufen (nicht daß viele Diebe damit weglaufen *könnten*, nicht mit *diesem* Koffer). Im Sommer 1979 haben ihn einmal zwei oder drei junge Burschen angesprochen, vielleicht Schwarze (er konnte es nicht mit Sicherheit sagen; sie *klangen* wie Schwarze, aber sein Sehvermögen war an diesem Tag nur langsam zurückgekehrt – bei warmem Wetter, wenn es länger hell blieb, dauerte es immer länger), und zwar auf eine Weise, die ihm ganz und gar nicht gefiel. Sie waren anders als die Kinder an diesem Nachmittag mit ihren Witzchen über das Lesen von Waffeleisen und wie wohl ein *Playmate of the Month* in Braille aussieht. Sie waren sanfter und auf eine seltsame Weise fast freundlich – sie erkundigten sich, wieviel er bei St. Pat's eingenommen habe, ob er wohl so großzügig wäre, etwas für eine gewisse Polo Recreation League zu spenden, und ob er ein bißchen Schutz auf dem Weg zu seiner Bushaltestelle oder seinem Bahnhof oder was immer haben wolle. Einer von ihnen, vielleicht ein angehender Sexologe, hatte ihn gefagt, ob er nicht hin und wieder mal Lust auf eine junge Muschi hätte. »Das bringt Sie auf Touren«, hatte die Stimme zu seiner Linken sanft, beinahe sehnsüchtig gesagt. »Yessir, das könn' Se mir glauben, ehrlich.«

Er hatte sich gefühlt, wie sich seiner Ansicht nach eine Maus fühlen mußte, wenn die Katze sie nur mit den Tatzen berührt, ohne die Krallen ausgefahren zu haben, neugierig, was die Maus tun wird, wie schnell sie laufen kann und welche Geräusche sie machen wird, wenn ihre panische Angst wächst. Blind Willie hatte jedoch keineswegs panische Angst gehabt. Eingeschüchtert war er gewesen, das schon, man konnte durchaus sagen, daß er eingeschüchtert gewesen war, aber richtige panische Angst hatte er seit jener letzten Woche im Grünen nicht mehr gehabt, jener Woche, die im A-Shau-Tal begonnen und in Dong Ha geendet hatte, der Woche, in der die Vietcongs sie auf ihrem Rückzug nach Westen, der fast schon einer regellosen Flucht glich, stetig verfolgt, sie von beiden Seiten zugleich in die Zange genommen und wie Vieh durch eine enge Schleuse getrieben hatten, unsichtbare Gestalten, die in den Bäumen saßen und brüllten, manchmal im Dschungel lachten, manchmal schossen und manchmal in der Nacht schrien. Die kleinen Männer, die nicht da sind, hatte Sullivan sie genannt. Solche wie die gibt es hier nicht, und selbst sein blindester Tag in Manhattan ist nicht so finster wie jene Nächte damals, nachdem sie den Captain verloren hatten. Dieses Wissen war sein Vorteil gewesen, und darum hatten die jungen Burschen sich bei ihm vertan. Er hatte einfach die Stimme erhoben und so laut gesprochen wie jemand, der in einem großen Raum voller alter Freunde zu einer Rede ansetzt. »Hallo!« hatte er den schattenhaften Phantomen zugerufen, die auf dem Bürgersteig langsam an ihm vorbeizogen. »Hallo, sieht jemand einen Polizisten? Ich glaube, diese jungen Leute hier wollen mich ausrauben.« Und das war's, es ging so leicht, wie man einen Schnitz von einer geschälten Orange ablöst; die jungen Leute, die ihn in die Mitte genommen hatten, waren im Nu verschwunden, wie eine kühle Brise.

Er wünscht nur, das Problem mit Officer Wheelock ließe sich genauso leicht lösen.

16.40 UHR

Das Sheraton Gotham, Ecke Vierzigste und Broadway, ist eines der größten First-Class-Hotels der Welt, und unter dem gigantischen Kronleuchter in seiner höhlenartigen Lobby wuseln Tausende von Menschen durcheinander. Sie jagen hier ihren Vergnügungen nach und graben dort nach ihren Schätzen, und niemand achtet auf die Weihnachtsmusik, die den Lautsprechern entströmt, auf das Geschwätz aus drei verschiedenen Restaurants und fünf Bars, auf die Fahrstühle mit Rundumblick, die in ihren gekerbten Schächten auf und ab gleiten wie Kolben, die eine exotische Glasmaschine antreiben… und auch nicht auf den blinden Mann, der zwischen ihnen einhertappt und sich seinen Weg zu einer sarkophagähnlichen Herrentoilette bahnt, die fast so groß ist wie eine U-Bahn-Station. Der Aufkleber auf seinem Koffer ist jetzt zum Körper hin gedreht, und Blind Willie ist so anonym, wie es ein Blinder nur sein kann. Und das ist in dieser Stadt *sehr* anonym.

Trotzdem, denkt er, als er eine der Kabinen betritt, seine Jacke auszieht und sie dabei wendet, *wie kommt es, daß mir in all diesen Jahren* nie *jemand gefolgt ist? Daß* nie *jemand bemerkt hat, daß der Blinde, der hineingeht, und der Sehende, der herauskommt, die gleiche Größe haben und denselben Koffer tragen?*

Nun, in New York nimmt kaum jemand Notiz von etwas, das ihn oder sie nichts angeht – auf ihre Weise sind sie alle genauso blind wie Blind Willie. Wie sie so aus ihren Büros quellen, auf den Bürgersteigen dahinströmen, sich in die U-Bahn-Stationen und billigen Restaurants drängen, haben sie gleichzeitig etwas Abstoßendes und Trauriges an sich; sie sind wie von der Egge eines Bauern hochgewirbelte Maulwürfe. Er hat diese Blindheit immer wieder gesehen, und er weiß, daß sie einer der Gründe für seinen Erfolg ist… aber sicherlich nicht der einzige Grund. Sie sind nicht *alle* Maulwürfe, und er wirft die Würfel jetzt schon seit langer Zeit. Er trifft Vorsichtsmaßnahmen, natürlich tut er das, viele sogar, aber es gibt trotzdem diese Momente (wie jetzt, wo er mit heruntergelassener Hose hier sitzt, den weißen Stock auseinanderschraubt und wieder in seinem Koffer verstaut), wo er leicht zu erwischen, leicht zu berauben, leicht bloßzustellen wäre. Wheelock hat recht, was die *Post* betrifft; sie würde ihn lieben. Ihn, Willie, dagegen würde sie höher aufknüpfen als Haman. Sie würde es nie verstehen, nicht einmal verstehen *wollen*; sie würde sich seine

Version der Geschichte nicht einmal anhören. *Welche* Version? Und warum ist nichts davon je passiert?

Wegen Gott, glaubt er. Weil Gott gut ist. Gott ist streng, aber auch gut. Er kann sich nicht zu einer Beichte durchringen, aber Gott scheint das zu verstehen. Sühne und Buße brauchen ihre Zeit, aber er hat Zeit geschenkt bekommen. Gott hat ihn auf jedem Schritt seines Weges begleitet.

In der Kabine, noch im Übergang von einer Identität zur anderen begriffen, schließt er die Augen und betet – zuerst dankt er dem Herrn, dann bittet er ihn um Führung, dann bedankt er sich erneut. Er schließt wie immer mit einem Flüstern, das nur er selbst und Gott hören können: »Falle ich im Kampfgebraus, tütet mich ein und schickt mich nach Haus. Und wenn ich in Sünde krepier, schließ die Augen, Herr, und nimm mich zu dir. Jawohl. Amen.«

Er verläßt die Kabine, verläßt die Toilette, verläßt das hallende Durcheinander des Sheraton Gotham, und niemand kommt auf ihn zu und sagt: »Verzeihen Sie, Sir, aber waren Sie nicht eben noch blind?« Niemand wirft ihm einen zweiten Blick zu, als er auf die Straße hinaustritt und dabei den klobigen Koffer schwenkt, als wöge er zwanzig Pfund statt hundert. Gott beschützt ihn.

Es hat angefangen zu schneien. Er ist jetzt wieder Willie Shearman; langsam geht er durch den rieselnden Schnee und nimmt den Koffer dabei häufig von einer Hand in die andere – einer von vielen müden Männern am Ende des Tages. Unterwegs denkt er weiter über seinen unerklärlichen Erfolg nach. Es gibt einen Vers bei Matthäus, den er auswendig gelernt hat. *Sie sind blinde Blindenleiter*, heißt es da. *Wenn aber ein Blinder den anderen leitet, so fallen sie beide in die Grube.* Dann gibt es das alte Sprichwort, daß im Königreich der Blinden der Einäugige König ist. Ist *er* der Einäugige? Mal abgesehen von Gott, war dies das *eigentliche* Geheimnis seines Erfolges in all diesen Jahren?

Vielleicht, vielleicht auch nicht. Er ist jedenfalls wirklich beschützt worden… und er glaubt keinesfalls, daß er von Gott absehen kann. Gott gehört zum Bild. Gott hat ihn 1960 gezeichnet, als er Harry Doolin zuerst geholfen hat, Carol Angst einzujagen, und dann, sie zu schlagen. Diese Sünde hat er nie wieder vergessen können. Was in dem Wäldchen in der Nähe von Platz B geschehen ist, steht für alles andere. Er hat sogar Bobby Garfields Handschuh als Gedächtnisstütze. Willie weiß nicht, wo Bobby heute ist, und es ist ihm auch egal. Carol hat er im Auge behalten, solange es ging, aber Bobby spielt keine Rolle. Bobby hat aufgehört, eine Rolle zu spielen, als er ihr half. Willie hat gesehen, wie er ihr half. Er selbst hat es nicht gewagt, aus seinem Versteck zu kommen und ihr zu helfen – er hatte Angst vor dem, was Harry ihm antun könnte, Angst vor all den Jungen, denen Harry es erzählen könnte, Angst davor, gebrandmarkt zu werden – aber *Bobby* hat es gewagt. Bobby hat ihr damals geholfen, er hat Harry Doolin später in jenem Sommer bestraft, und dadurch (wahrscheinlich schon durch das erstere) ist Bobby gesund geworden, hat Bobby es gepackt. Er hat getan, was Willie sich nicht getraut hat, er hat sich eingemischt und es gepackt, ist gesund geworden, und jetzt muß Willie alles andere machen. Und das ist eine ganze Menge. Sich entschuldigen ist ein Fulltime-Job. Und mehr als das. Obwohl er zu dritt daran arbeitet, kommt er kaum hinterher.

Trotzdem, er kann nicht behaupten, daß er sein Lebtag in Sack und Asche geht. Manchmal denkt er an den guten Dieb, der damals in jener Nacht mit Christus ins Paradies eingegangen ist. Freitagnachmittag blutet man auf dem steinigen Hügel zu Golgotha; Freitagabend gibt's Kaffee und Kuchen beim König der Könige. Manchmal tritt ihn jemand, manchmal stößt ihn jemand, manchmal hat er Angst, daß ihn jemand ausrauben könnte. Na und? Steht er nicht für all jene, die nur im Schatten stehen und zusehen können, wie der Schaden angerichtet wird? Bettelt er nicht für sie? Hat er nicht Bobbys Alvin-Dark-Baseballhandschuh 1960 um ihretwillen genommen? Doch, das hat er. Gott segne ihn, das hat er. Und jetzt legen sie ihr Geld hinein, wenn er blind draußen vor der Kathedrale steht. Er bettelt für sie.

Sharon weiß es ... aber was genau weiß Sharon wirklich? Manches, ja. Wieviel, kann er nicht sagen. Jedenfalls genug, um das Glitzerband zu besorgen; genug, um ihm zu sagen, daß er gut aussieht mit seinem Paul-Stuart-Anzug und der blauen Sulka-Krawatte; genug, um ihm einen guten Tag zu wünschen und ihn daran zu erinnern, daß er den Eierflip mitbringen soll. Das reicht. In Willies Welt ist alles in Ordnung, abgesehen von Jasper Wheelock. Was soll er wegen Jasper Wheelock unternehmen?

Vielleicht sollte ich dir abends mal folgen, flüstert ihm Wheelock ins Ohr, als Willie den immer schwerer werdenden Koffer von einer Hand in die andere nimmt. Beide Arme tun ihm jetzt weh; er wird froh sein, wenn er bei dem Gebäude ankommt, in dem er seine Büros hat. *Mal sehen, was du so machst. In wen du dich verwandelst.*

Was genau soll er wegen Jasper, dem Polizisten-Schlumpf, unternehmen? Was *kann* er unternehmen?

Er weiß es nicht.

17.15 UHR

Der junge Schnorrer mit dem schmutzigen roten Sweatshirt ist längst fort; seinen Platz hat ein weiterer Straßenecken-Weihnachtsmann eingenommen. Willie erkennt den dicklichen jungen Burschen sofort, der gerade einen Dollar in dessen Büchse wirft.

»Hey, Ralphie!« ruft er.

Ralph Williamson dreht sich um. Sein Gesicht leuchtet auf, als er Willie erkennt, und er hebt eine behandschuhte Hand. Es schneit jetzt stärker; inmitten der hellen Lichter und mit dem Weihnachtsmann neben ihm sieht Ralph wie die zentrale Figur einer Weihnachts-Grußkarte aus. Oder vielleicht wie ein moderner Bob Cratchit aus Dickens' *Weihnachtsgeschichte*.

»Hey, Willie! Wie läuft's?«

»Wie geschmiert«, sagt Willie und geht mit einem lässigen Grinsen im Gesicht zu Ralph hinüber. Er stellt ächzend den Koffer ab, wühlt in seiner Hosentasche und findet einen Dollar für die Büchse des Weihnachtsmanns. Wahrscheinlich auch wieder bloß so ein Gauner, und seine Mütze ist ein mottenzerfressenes Scheißding, aber was soll's.

»Was hast du denn da drin?« Ralph schaut auf Willies Koffer hinunter, während er an seinem Schal herumzupft. »Klingt, als hättest du einem Kind das Sparschwein zerschlagen.«

»Nee, sind bloß Heizspiralen«, sagt Willie. »Müssen an die tausend von den Dingern sein.«

»Arbeitest du bis Weihnachten durch?«

»Ja«, sagt er, und da kommt ihm auf einmal eine vage Idee in bezug auf Wheelock. Nur eine Eingebung, ein kurzes Aufblitzen, aber immerhin, es ist ein Anfang. »Ja, bis Weihnachten. Den Gottlosen ist keine Ruhe vergönnt, weißt du.«

Ralphs breites, freundliches Gesicht verzieht sich zu einem Lächeln. »Ich bezweifle, daß du so gottlos bist.«

Willie lächelt zurück. »Du hast keine Ahnung, wie schwarz das Herz des Heizungsmanns ist, Ralphie. Aber nach Weihnachten mache ich wahrscheinlich ein paar Tage frei. Ich glaube, das wäre wirklich eine gute Idee.«

»Ab in den Süden? Nach Florida vielleicht?«

»In den Süden?« Willie macht ein verblüfftes Gesicht, dann lacht er. »O nein«, sagt er. »*Ich* doch nicht. Ich hab jede Menge im und am Haus zu tun. Man muß sein Haus in Ordnung halten. Sonst bricht es einem eines Tages über dem Kopf zusammen, wenn der Wind weht.«

»Ja, da magst du recht haben.« Ralph zieht sich den Schal höher über die Ohren. »Sehen wir uns morgen?«

»Na klar«, sagt Willie und hebt die behandschuhte Hand. »Gib mir fünf.«

Ralphie schlägt ihm in die erhobene Hand und dreht seine Hand dann um. Sein Lächeln ist schüchtern, aber erwartungsvoll. »Gib mir zehn, Willie.«

Willie gibt ihm zehn. »Na, und wie ist das, Ralphie?«

Das schüchterne Lächeln wird zu einem fröhlichen Kindergrinsen. »Super, das will ich gleich noch mal sehn!« ruft er und schlägt Willie richtig selbstbewußt in die erhobene Hand.

Willie lacht. »Du bist der Größte, Ralph. Du packst es.«

»Du bist auch der Größte, Willie«, gibt Ralph mit einer gezierten Ernsthaftigkeit zurück, die irgendwie komisch ist. »Frohe Weihnachten.«

»Dir auch.«

Willie Shearman bleibt noch einen Moment stehen und schaut Ralph nach, der in den Schnee davonstapft. Neben ihm klingelt der Straßenecken-Weihnachtsmann monoton mit seiner Glocke. Willie hebt seinen Koffer auf und geht zur Tür des Gebäudes. Dann fällt ihm etwas ins Auge, und er bleibt stehen.

»Dein Bart sitzt schief«, sagt er zu dem Weihnachtsmann. »Wenn du willst, daß die Leute an dich glauben, dann häng dir deinen Scheiß-Bart ordentlich um.«

Er geht hinein.

17.25 UHR

Im Abstellraum von Midtown Heating and Cooling steht ein großer Karton voller Stoffbeutel, wie sie Banken für lose Münzen benutzen. Solche Beutel sind normalerweise mit den Namen diverser Banken bedruckt, aber diese nicht – Willie bestellt sie direkt beim Hersteller in Moundsville, West Virginia.

Er klappt den Koffer auf, legt die Geldscheinbündel rasch beiseite (die nimmt er in seinem Mark-Cross-Aktenkoffer mit nach Hause) und füllt dann vier Beutel mit Münzen. Hinten in einer Ecke des Abstellraums steht ein verschrammter alter Metallschrank mit der schlichten Aufschrift ERSATZTEILE. Willie macht ihn auf – an dem Schrank ist kein Schloß, mit dem er sich herumplagen müßte –, und rund hundert weitere Stoffbeutel voller Münzen kommen darin zum Vorschein. Ein dutzendmal pro Jahr klappert er mit Sharon die Kirchen im Zentrum ab, und dann bugsieren sie diese Beutel durch die Schlitze der Spendenbehälter oder die Pakettürchen, wenn sie durchpassen, und wenn nicht, lassen sie sie einfach an der Tür stehen. Der Löwenanteil geht immer an St. Pat's, wo er mit einer Sonnenbrille und einem Schild seine Tage verbringt.

Aber nicht *alle* Tage, denkt er, während er sich auszieht, ich muß nicht *jeden* Tag dort sein. Und wieder kommt ihm der Gedanke, daß Bill, Willie und Blind Willie Garfield die Woche nach Weihnachten vielleicht frei machen werden. Und daß sich in dieser Woche vielleicht ein Weg finden wird, die Sache mit Officer Wheelock zu regeln. Dafür zu sorgen, daß er verschwindet. Allerdings ...

»Töten kann ich ihn nicht«, sagt er mit leiser, übellauniger Stimme. »Wenn ich ihn töte, sitze ich in der Scheiße.« Aber das ist es nicht, was ihm zu schaffen macht. Was ihm zu schaffen macht, ist, daß er dann *verdammt* wäre. In Vietnam war es etwas anderes mit dem Töten – es schien jedenfalls etwas anderes zu sein –, aber er ist hier nicht in Vietnam, nicht im Grünen. Hat er all diese Jahre an seinem Werk der Sühne gearbeitet, um es nun wieder zu zerstören? Gott prüft ihn, prüft ihn, prüft ihn. Es gibt eine Lösung. Er weiß, daß es sie gibt, es muß sie geben. Er ist nur – haha, was für ein müder Scherz – zu blind, sie zu sehen.

Kann er den selbstgerechten Hurensohn überhaupt *finden?* Scheiße, ja, das ist nicht das Problem. Klar kann er Jasper, den Polizisten-Schlumpf, finden. Wann immer er will. Kann ihn dorthin verfolgen, wo er die Waffe abnimmt, sich die Schuhe auszieht und die Füße hochlegt. Und dann?

Er wälzt das Problem hin und her, während er die Schminke mit Cold Cream entfernt, und legt es dann beiseite. Er holt das Hauptbuch für November/Dezember aus der Schublade, setzt sich an seinen Schreibtisch und schreibt zwanzig Minuten lang *Es tut mir von Herzen leid, daß ich Carol verletzt habe.* Er schreibt eine ganze Seite voll, von oben bis unten, vom linken bis zum rechten Rand. Dann legt er das Buch wieder zurück und schlüpft in Bill Shearmans Sachen. Als er Blind Willies Stiefel wegstellt, fällt sein Blick auf das Sammelalbum mit dem roten Ledereinband. Er nimmt es heraus, legt es auf den Aktenschrank und schlägt den Deckel mit dem in Gold aufgeprägten einen Wort – ERINNERUNGEN – um.

Auf der ersten Seite sind ein Geburtsschein – William Robert Shearman, geboren am 4. Januar 1946 – und seine winzigen Fußabdrücke. Die Fotos auf den folgenden Seiten zeigen ihn mit seiner Mutter, mit seinem Vater (Pat Shearman lächelt, als hätte er seinen Sohn nie mitsamt dem Kinderstuhl umgestoßen und seine Frau nie mit einer Bierflasche geschlagen), mit seinen Freunden. Harry Doolin ist besonders häufig vertreten. Auf einem Schnappschuß versucht der achtjährige Harry, mit einer Binde um die Augen ein Stück von Willies Geburtstagstorte zu essen (zweifellos eine Strafe in irgendeinem Spiel). Harrys Wangen sind mit Schokolade beschmiert, er lacht und sieht aus, als könnte er kein Wässerchen trüben. Willie erschauert beim Anblick dieses lachenden, verschmierten Gesichts unter der Binde. Es läßt ihn fast immer erschauern.

Er blättert weiter nach hinten, wo er die Bilder von Carol Gerber und die Zeitungsausschnitte aufbewahrt, die er über die Jahre gesammelt hat: Carol mit ihrer Mutter, Carol, die mit nervösem Lächeln ihren brandneuen kleinen Bruder in den Armen hält, Carol und ihr Vater (er in einer blauen Marineuniform, eine Zigarette rauchend, sie mit großen Augen und staunendem Blick zu ihm aufschauend), Carol im ersten Schuljahr an der Harwich High als Cheerleader, mitten im Sprung – mit einer Hand schwenkt sie einen Pompom, mit der anderen hält sie ihren Faltenrock fest –, Carol und John Sullivan auf Thronen aus Aluminiumfolie in der Harwich High – 1965 war das, in dem Jahr, als sie beim Schülerball zur Schneekönigin und zum Schneekönig gewählt worden waren. Jedesmal, wenn Willie sich den alten, vergilbten Zeitungsausschnitt ansieht, denkt er, daß sie wie ein Paar auf einem Hochzeitskuchen aussehen. Sie hat ein trägerloses Kleid an, und ihre Schultern sind makellos. Nichts deutet darauf hin, daß die linke Schulter einmal für kurze Zeit gräßlich deformiert war und in einem hexenartigen Doppelhöcker hervorstand. Vor dem letzten Schlag hatte sie geweint, viel geweint, aber das Weinen allein hatte Harry Doolin nicht gereicht. Bei diesem letzten Mal hatte er sehr weit ausgeholt, und als der Schläger sie traf, hatte sich das angehört, als ob ein Holzhammer auf einen halb aufgetauten Braten klatschen würde, und *dann* hatte sie geschrien, so laut geschrien, daß Harry die Flucht ergriffen hatte, ohne sich auch nur umzuschauen, ob Willie und Richie O'Meara ihm folgten. Fersengeld hatte er gegeben, der alte Harry Doolin, war geflitzt wie ein Kaninchen. Aber wenn nicht? Angenommen, Harry wäre nicht weggerannt, sondern hätte gesagt: *Haltet sie fest, Jungs, das hör ich mir nicht an, der stopf ich das Maul*, hätte erneut weit ausgeholt und diesmal ihren Kopf treffen wollen? Hätten sie Carol dann auch festgehalten? Hätten sie Carol selbst dann für ihn festgehalten?

Du weißt, daß du's getan hättest, denkt er dumpf. *Du tust ebenso Buße für das, was dir erspart geblieben ist, wie für das, was du wirklich getan hast. Nicht wahr?*

Ein weiteres Bild zeigt Carol Gerber in dem Kleid, das sie auf der Abschlußfeier getragen hat; *Frühjahr 1966* steht darunter. Auf der nächsten Seite ist ein Zeitungsausschnitt aus dem Harwicher *Journal*, Unterschrift: *Herbst 1966*. Auf dem dazugehörigen Bild ist sie ebenfalls zu sehen, aber diese Ausgabe von Carol scheint Lichtjahre von der jungen Dame im Kleid auf der Abschlußfeier entfernt zu sein, der jungen Dame mit dem Diplom in der Hand, den weißen Pumps an den Füßen und dem züchtig gesenkten Blick. Dieses Mädchen ist ein Hitzkopf, und sie lächelt; ihre Augen schauen direkt in die Kamera. Sie scheint nicht zu merken, daß ihr Blut über die linke Wange läuft. Ihre Finger sind zum Friedenszeichen gereckt. Dieses Mädchen ist bereits auf dem Weg nach Danbury, hat sich schon für den Tanz in Danbury zurechtgemacht. In Danbury hat es Tote gegeben, Eingeweide sind durch die Gegend geflogen, Baby, und Willie zweifelt nicht daran, daß er einen Teil der Verantwortung dafür trägt. Er berührt das hitzköpfige, lächelnde, blutende Mädchen mit dem Schild, auf dem SCHLUSS MIT DEM MORDEN steht (nur daß sie nicht damit Schluß gemacht, sondern ihren Teil dazu beigetragen hat), und ihm ist klar, daß es letztendlich nur dieses Gesicht ist, das zählt, ihr Gesicht ist der Geist der Zeit. 1960 ist Rauch; das hier ist Feuer. Das hier ist der Tod – Blut auf ihrer Wange, ein Lächeln auf ihren Lippen und ein Schild in ihrer Hand. Das hier ist der gute alte Danbury-Wahnsinn.

Als nächstes kommt die komplette Titelseite der Zeitung aus Danbury. Er hat sie dreimal gefaltet, damit sie ins Album paßt. Das größte von vier Fotos zeigt eine schreiende Frau, die mitten auf einer Straße steht und ihre blutigen Hände in die Höhe hält. Hinter ihr ist ein Ziegelbau, aufgeplatzt wie ein Ei. *Sommer 1970* hat er danebengeschrieben.

6 TOTE, 14 VERLETZTE BEI BOMBENATTENTAT IN DANBURY
Radikale Gruppe bekennt sich zur Tat
Anruferin bei der Polizei: »Wir wollten niemanden verletzen.«

Die Gruppe – Militante Studenten für den Frieden, wie sie sich nannten – hatte die Bombe in einem Hörsaal auf dem Campus der University of Connecticut in Danbury gelegt. Am Tag der Explosion führte Coleman Chemicals dort zwischen zehn und sechzehn Uhr Vorstellungsgespräche durch. Die Bombe hatte anscheinend um sechs Uhr morgens hochgehen sollen, als das Gebäude noch leer war. Das tat sie aber nicht. Um acht Uhr, dann wieder um neun Uhr rief jemand (vermutlich ein Mitglied der MSF) den Sicherheitsdienst des Campus an und meldete, daß im Hörsaal im Erdgeschoß eine Bombe versteckt sei. Der Sicherheitsdienst führte eine oberflächliche Suche durch, ließ das Gebäude jedoch nicht räumen. »Das war unser dreiundachtzigster Bombenalarm in diesem Jahr«, wurde ein nicht namentlich genannter Vertreter der Campus-Security zitiert. Die Bombe wurde nicht gefunden, obwohl die MSF später vehement behauptete, sie habe genau angegeben, wo sie versteckt gewesen sei – im Lüftungsschacht der Klimaanlage an der linken Seite des Hörsaals. Es gab Hinweise (überzeugende Hinweise für Willie Shearman, wenn auch für sonst niemanden), daß eine junge Frau um Viertel nach zwölf, als die Vorstellungsgespräche während der Mittagspause unterbrochen waren, den Versuch unternahm, die nicht explodierte Bombe – unter beträchtlicher Gefahr für ihren eigenen Leib und ihr eigenes Leben – selbst zu entfernen. Sie verbrachte etwa zehn Minuten in dem zu diesem Zeitpunkt leeren Hörsaal, bis ein junger Mann mit langen schwarzen Haaren sie trotz ihrer Proteste herausholte. Der Hausmeister, der die beiden sah, identifizierte den Mann später als Raymond Fiegler, den Kopf der MSF. Die junge Frau identifizierte er als Carol Gerber.

Um zehn Minuten vor zwei explodierte die Bombe schließlich. Gott segne die Lebenden; Gott segne die Toten.

Wille blättert um. Auf der nächsten Seite prangt eine Schlagzeile aus dem *Oklahoman* von Oklahoma City. April 1971.

3 RADIKALE BEI SCHIESSEREI AN STRASSENSPERRE GETÖTET
»Große Fische« möglicherweise um Haaresbreite entkommen,
sagt Leiter der Operation,
Special Agent Thurman vom FBI

Die großen Fische waren John und Sally McBride, Charlie »Duck« Golden, der schwer faßbare Raymond Fiegler ... und Carol. Die übriggebliebenen Mitglieder der MSF, mit anderen Worten. Die McBrides und Golden fanden sechs Monate später in Los Angeles den Tod; selbst während das Haus bis auf die Grundmauern niederbrannte, hörte irgend jemand darin nicht auf, zu schießen und Handgranaten zu werfen. Weder Fiegler noch Carol wurden in der heruntergebrannten Ruine gefunden, aber die Polizeitechniker entdeckten sehr viel vergossenes Blut mit der Blutgruppe AB positiv. Eine seltene Blutgruppe. Carol Gerbers Blutgruppe.

Tot oder lebendig? Lebendig oder tot? Es vergeht kein Tag, an dem Willie sich diese Frage nicht stellt.

Er blättert zur nächsten Seite des Sammelalbums, obwohl er weiß, daß er aufhören sollte, daß er nach Hause fahren sollte – Sharon wird sich Sorgen machen, wenn er nicht wenigstens anruft (er *wird* sie anrufen, von unten wird er sie anrufen, sie hat recht, er ist sehr verläßlich) –, aber er hört noch nicht auf.

Die Schlagzeile über dem Foto, das den verkohlten Schädel des Hauses in der Benefit Street zeigt, ist aus der *Los Angeles Times*:

3 DER »DANBURY 12« STERBEN IN EAST L.A.
Polizei geht von Mord-Selbstmord-Pakt aus
Nur Verbleib von Fiegler und Gerber noch ungeklärt

Die Cops glaubten allerdings, daß zumindest Carol tot war. Daran ließ der Artikel keinen Zweifel. Damals war Willie ebenfalls davon überzeugt gewesen. All das Blut. Jetzt jedoch…

Tot oder lebendig? Lebendig oder tot? Manchmal flüstert ihm sein Herz zu, daß das Blut nichts zu sagen hat, daß sie aus dem kleinen Holzhaus entkommen war, lange bevor dort die letzten Akte des Wahnsinns verübt wurden. Dann wieder glaubt er dasselbe wie die Polizei – daß sie und Fiegler sich erst nach dem ersten Schußwechsel davongeschlichen hatten, bevor das Haus umzingelt wurde; daß sie entweder an den Verletzungen gestorben ist, die sie bei diesem Schußwechsel davongetragen hatte, oder von Fiegler ermordet wurde, weil sie ein Klotz an seinem Bein war. Diesem Szenario zufolge ist das hitzköpfige Mädchen mit dem Blut im Gesicht und dem Schild in der Hand jetzt wahrscheinlich ein Haufen Knochen, der irgendwo in der Wüste östlich der Sonne und westlich von Tonopah brät.

Willie berührt das Foto von dem niedergebrannten Haus in der Benefit Street… und auf einmal fällt ihm ein Name ein, der Name des Mannes, der vielleicht verhindert hat, daß Dong Wa zu einem weiteren My Lai oder My Khe wurde: Slocum. So hieß er, genau. Es ist, als hätten die geschwärzten Balken und zerbrochenen Fenster es ihm zugeflüstert.

Willie klappt das Sammelalbum zu und legt es weg. Er ist ganz ruhig. Er räumt alles auf, was in den Büroräumen von Midtown Heating and Cooling aufgeräumt werden muß, steigt dann vorsichtig durch die Falltür und setzt den Fuß auf die oberste Stufe der Trittleiter unten. Er packt seinen Aktenkoffer am Griff und zieht ihn durch. Er steigt auf die dritte Stufe hinab, läßt dann die Falltür herunter und schiebt die Deckenvertäfelung wieder an ihren Platz.

Er kann Officer Jasper Wheelock nichts antun… jedenfalls nichts *Endgültiges*… aber Slocum könnte es tun. Ja, wahrhaftig, *Slocum* könnte es tun. Slocum war natürlich schwarz, aber was machte das schon? Im Dunkeln sind alle Katzen grau… und für die Blinden haben sie überhaupt keine Farbe. Ist es wirklich so ein großer Schritt von Blind Willie Garfield zu Blind Willie Slocum? Ganz und gar nicht. Eigentlich ist es so leicht wie das Atmen.

»Hörst du, was ich höre«, singt er leise, während er die Trittleiter zusammenklappt und wegstellt, »riechst du, was ich rieche, schmeckst du, was ich schmecke?«

Fünf Minuten später macht er die Tür von Western States Land Analysts fest hinter sich zu und verriegelt sie dreifach. Dann geht er den Flur entlang. Als der Fahrstuhl kommt und er einsteigt, denkt er: *Eierflip. Nicht vergessen. Die Allens und die Dubrays.*

»Und Zimt«, sagt er laut. Die drei Personen, die mit ihm zusammen im Fahrstuhl sind, schauen sich um, und Bill grinst befangen.

Draußen wendet er sich in Richtung Grand Central, und als der Schnee ihm ins Gesicht fliegt und er den Mantelkragen hochstellt, registriert er nur eins: Der Weihnachtsmann vor dem Gebäude hat seinen Bart jetzt korrekt umgebunden.

MITTERNACHT

»Share?«

»Hmmmm?«

Ihre Stimme ist schläfrig, weit weg. Sie haben lange und langsam miteinander geschlafen, nachdem die Dubrays um elf endlich gegangen sind, und jetzt schlummert sie allmählich ein. Das ist in Ordnung; ihm geht es genauso. Er hat das Gefühl, daß sich all seine Probleme von selbst lösen … oder daß Gott sie löst.

»Vielleicht nehme ich mir nach Weihnachten mal eine Woche frei. Mache eine Bestandsaufnahme. Schnüffle an ein paar neuen Stellen rum. Ich überlege, ob ich den Standort wechsle.« Es ist nicht nötig, daß sie etwas über Willie Slocums Pläne für die Woche vor Silvester erfährt; sie könnte doch nichts weiter tun, als sich Sorgen zu machen und – vielleicht,

vielleicht auch nicht, er sieht keinen Grund, es genauer herauszufinden – sich schuldig zu fühlen.

»Gut«, sagt sie. »Warum schaust du dir nicht ein paar Filme an, wenn du schon mal Zeit hast?« Ihre Hand kommt tastend aus dem Dunkeln und berührt kurz seinen Arm. »Du arbeitest so schwer.« Pause. »Und du hast an den Eierflip gedacht. Ich hatte wirklich nicht geglaubt, daß du das tun würdest. Ich bin sehr zufrieden mit dir, mein Schatz.«

Daraufhin muß er im Dunkeln unwillkürlich grinsen. Das ist Sharon, wie sie leibt und lebt.

»Die Allens sind in Ordnung, aber die Dubrays sind langweilig, stimmt's?« fragt sie.

»Ein bißchen«, gibt er zu.

»Wenn ihr Kleid noch tiefer ausgeschnitten gewesen wäre, hätte sie einen Job in einer Oben-ohne-Bar kriegen können.«

Darauf sagt er nichts, grinst aber wieder.

»Es war gut heute abend, nicht?« fragt sie ihn. Sie spricht nicht von ihrer kleinen Party.

»Ja, hervorragend.«

»Hattest du einen guten Tag? Ich hatte noch gar keine Gelegenheit, dich zu fragen.«

»War ein prima Tag, Share.«

»Ich liebe dich, Bill.«

»Ich dich auch.«

»Gute Nacht.«

»Gute Nacht.«

Während er allmählich in den Schlaf driftet, denkt er an den Mann mit dem knallroten Pullover. Er gleitet hinüber, ohne es zu merken, und seine Gedanken verschmelzen wie von selbst mit dem Traum. »Neunundsechzig und siebzig waren die harten Jahre«, sagt der Mann mit dem roten Pullover. »Ich war mit der dritten Kompanie vom hundertsiebenundachtzigsten am Hamburger Hill. Wir haben eine Menge gute Männer verloren.« Dann hellt seine Miene sich auf. »Aber ich habe das hier.« Er holt einen weißen Bart mit einer Schnur dran aus der linken Manteltasche. »Und das hier.« Aus der rechten Tasche holt er einen zerknautschten Styroporbecher und schüttelt ihn. Ein paar lose Münzen klappern darin wie Zähne. »Da sehen Sie's«, sagt er und verblaßt allmählich, »sogar für das blindeste Leben gibt es Entschädigungen.«

Dann verblaßt auch der Traum selbst, und Bill Shearman schläft tief und fest, bis ihn der Radiowecker am nächsten Morgen um Viertel nach sechs mit den Klängen von »The Little Drummer Boy« weckt.

1999: Wenn jemand stirbt, schweifen die Gedanken in die Vergangenheit zurück.

1999

WARUM WIR IN VIETNAM SIND

Wenn jemand stirbt, schweifen die Gedanken in die Vergangenheit zurück. Sully hatte das wahrscheinlich seit Jahren gewußt, aber erst am Tag von Pags' Beerdigung formte es sich bei ihm zu einem bewußten Postulat.

Sechsundzwanzig Jahre waren vergangen, seit die Hubschrauber die letzte Ladung Flüchtlinge (einige fotogen an den Landekufen hängend) vom Dach der amerikanischen Botschaft in Saigon abtransportiert hatten, und fast dreißig Jahre, seit ein Huey John Sullivan, Willie Shearman und vielleicht ein Dutzend andere aus der Provinz Dong Ha evakuiert hatte. An jenem Vormittag, als die Helikopter vom Himmel fielen, waren Sully-John und sein auf wunderbare Weise wiedergefundener Bekannter aus Kindertagen Helden gewesen; am Nachmittag darauf waren sie bereits etwas anderes. Sully wußte noch, wie er auf dem vibrierenden Boden des Huey gelegen und gebrüllt hatte, jemand möge ihn töten. Er wußte noch, daß Willie ebenfalls geschrien hatte. *Ich bin blind*, hatte Willie geschrien. *Oh heilige Scheiße, ich bin blind!*

Schließlich war ihm klargeworden – obwohl ein Teil seines Gedärms in grauen Strängen aus seinem Bauch hing und seine Eier größtenteils weggesprengt waren –, daß niemand ihm seinen Wunsch erfüllen würde und daß er es auch nicht aus eigener Kraft tun konnte. Jedenfalls nicht schnell genug. Deshalb bat er jemanden, dafür zu sorgen, daß sie die *mamasan* loswurden, das konnten sie doch tun, oder? Sie absetzen oder einfach rauswerfen, verdammt noch mal, warum denn nicht? War sie nicht schon tot? Die Sache war, daß sie einfach nicht aufhören wollte, ihn *anzusehen*, und was zuviel war, war zuviel.

Als sie ihn, Shearman und ein halbes Dutzend andere – die schlimmsten Fälle – an der allgemein Peepee City genannten Sammelstelle in eine Maschine umluden, die sie in die Staaten ausfliegen würde (die Hubschrauberpiloten waren wahrscheinlich verdammt froh, sie los zu sein, all das Geschrei), hatte Sully allmählich begriffen, daß niemand außer ihm die alte *mamasan* sehen konnte, die im Cockpit hockte, die alte, weißhaarige *mamasan* mit der grünen Hose, dem orangefarbenen Oberteil und diesen merkwürdigen chinesischen Schuhen, die wie Chuck-Taylor-Basketballstiefel aussahen, knallrot, *wow*. Die alte *mamasan* war Malenfants Freundin gewesen, die große Freundin von Mr. Kartenhai. Früher an jenem Tag war Malenfant zusammen mit Sully, Dieffenbaker, Sly Slocum und den anderen auf die Lichtung gestürmt, obwohl die Schlitzaugen aus dem Busch auf sie feuerten und obwohl eine schreckliche Woche voller Granatwerfer und Heckenschützen und Hinterhalte hinter ihnen lag, und Malenfant war auf bestem Wege gewesen, ein Held zu werden, genau wie Sully, und jetzt, hey, seht euch das an, Ronnie Malenfant war ein Mörder; der Junge, vor dem Sully in der alten Zeit damals solche Angst gehabt hatte, hatte ihm das Leben gerettet und war erblindet; und Sully selbst lag auf dem Boden eines Hubschraubers, und seine Eingeweide schaukelten im Luftzug. Wie Art Linklater immer sagte, es bewies nur, daß Menschen komische Wesen sind.

Bringt mich doch bitte um, hatte er an jenem hellen, schrecklichen Nachmittag geschrien. *Erschießt mich, um Gottes willen, laßt mich doch bitte sterben!*

Aber er war nicht gestorben, die Ärzte hatten es geschafft, einen seiner übel zugerichteten Testikel zu retten, und jetzt gab es sogar Tage, an denen er sich mehr oder weniger freute, noch am Leben zu sein. Sonnenuntergänge riefen dieses Gefühl bei ihm hervor. Er ging gern nach hinten auf den Platz, wo die in Zahlung genommenen, aber noch nicht hergerichteten Wagen standen, und sah sich von dort aus an, wie die Sonne unterging. Kitschige Scheiße, zugegeben, aber es war trotzdem eines der schönen Dinge im Leben.

In San Francisco war Willie auf derselben Station wie er und besuchte ihn häufig, bis die Army in ihrer Weisheit den First Lieutenant Shearman irgendwoanders hinschickte; sie hatten stundenlang über die alten Zeiten in Harwich und ihre gemeinsamen Bekannten geredet. Einmal hatte ein AP-Fotograf sogar ein Bild von ihnen gemacht – Willie saß auf Sullys Bett, und sie lachten beide. Willies Augen waren inzwischen schon besser gewesen, aber immer noch nicht ganz in Ordnung; Willie hatte Sully anvertraut, daß er Angst hatte, sie würden nie mehr ganz gesund werden. Der Artikel zu dem Bild war ziemlich dämlich gewesen, aber hatte er ihnen nicht Briefe eingebracht? Gütiger Himmel! Mehr, als sie beide lesen konnten! Sully war sogar auf die verrückte Idee verfallen, er würde vielleicht etwas von Carol hören, aber das war natürlich nicht der Fall. Es war der Frühling des Jahres 1970, und Carol Gerber war zweifellos damit beschäftigt, Shit zu rauchen und irgendwelchen Schluß-mit-dem-Krieg-Hippies einen zu blasen, während ihrem alten Freund von der High School auf der anderen Seite der Welt die Eier weggeschossen wurden. Ganz recht, Art, die Menschen sind komisch. Und Kinder sagen die merkwürdigsten Sachen.

Willie verließ das Krankenhaus, aber die alte *mamasan* blieb. Die alte *mamasan* war stur. Im Verlauf der sieben Monate, die Sully im Veterans Hospital in San Francisco lag, kam sie jeden Tag und jede Nacht; sie war seine treueste Besucherin in dieser endlosen Zeit, als die ganze Welt nach Pisse zu stinken schien und ihm das Herz so weh tat wie ein schmerzender Kopf. Manchmal erschien sie in einem *muumuu*, wie die Gastgeberin eines ziemlich ausgeflippten *luau*, manchmal kam sie in einem dieser grauenhaften grünen Golfröcke und einem ärmellosen Oberteil, das den Blick auf ihre dürren Arme freigab... aber meistens trug sie dasselbe wie an dem Tag, als Malenfant sie getötet hatte – die grüne Hose, den orangefarbenen Kittel, die roten Schuhe mit den chinesischen Symbolen darauf.

In jenem Sommer faltete er eines Tages den San Francisco *Chronicle* auseinander und sah, daß seine alte Freundin es auf die Titelseite geschafft hatte. Seine alte Freundin und ihre Hippiekumpels hatten in Danbury ein paar Kinder und Anwerber getötet. Seine alte Freundin war jetzt »die rote Carol«. Seine alte Freundin war eine Berühmtheit. »Du Dreckstück«, sagte er, als die Zeitung sich zuerst verdoppelte, dann verdreifachte und schließlich in Prismen auflöste. »Du blödes, kaputtes *Dreckstück*.« Dann knüllte er die Zeitung zusammen und wollte sie durch den Raum werfen, und da war seine *neue*

Freundin, da war die alte *mamasan*, die auf dem Bett nebenan saß und Sully mit ihren schwarzen Augen ansah, und Sully war bei ihrem Anblick vollständig zusammengebrochen. Als die Krankenschwester kam, konnte oder wollte Sully ihr nicht erzählen, weshalb er weinte. Er wußte nur, daß die Welt völlig aus den Fugen geraten war und daß er eine Spritze haben wollte, und die Schwester fand schließlich einen Arzt, der ihm eine gab, und das letzte, was er sah, bevor er das Bewußtsein verlor, war *mamasan*, die verdammte alte *mamasan*, die auf dem Bett nebenan saß, die gelben Hände in ihrem grünen Polyesterschoß, und ihn anblickte.

Sie reiste auch mit ihm zusammen quer durchs ganze Land, folgte ihm als blinder Passagier auf der anderen Seite des Ganges in der Touristenklasse der United-Airlines-747 bis nach Connecticut. Sie saß neben einem Geschäftsmann, der sie ebensowenig sah wie die Besatzung des Huey damals, ebensowenig wie Willie Shearman oder das Personal im Pussy Palace. In Dong Ha war sie Malenfants Freundin gewesen, aber jetzt war sie John Sullivans Freundin, und sie sah ihn mit ihren schwarzen Augen unverwandt an. Ihre gelben, runzligen Finger blieben immer in ihrem Schoß verschränkt, und ihre Augen blieben immer auf ihn gerichtet.

Dreißig Jahre. Mann, das war eine lange Zeit.

Doch im Verlauf dieser Jahre hatte Sully sie immer seltener zu Gesicht bekommen. Als er im Herbst 1970 nach Harwich zurückkehrte, sah er die alte *mamasan* noch fast jeden Tag – sie aß einen Hotdog im Commonwealth Park bei Platz B, stand im Kommen und Gehen der Pendler am Fuß der eisernen Treppe, die zum Bahnhof hinaufführte, oder spazierte einfach die Main Street entlang. Und immer sah sie ihn an.

Einmal, nicht lange nachdem er seinen ersten Job nach seiner Rückkehr aus Vietnam bekommen hatte (Autos verkaufen natürlich; es war das einzige, was er wirklich konnte), hatte er die alte *mamasan* auf dem Beifahrersitz eines 1968er Ford LTD gesehen, auf dessen Windschutzscheibe mit weißer Farbe das Wort SUPERPREIS! gemalt war.

Mit der Zeit werden Sie sie allmählich verstehen, hatte der Psychofritze in San Francisco ihm erklärt und sich geweigert, viel mehr zu sagen, sosehr Sully ihn auch bedrängte. Der Hirnklempner wollte etwas über die Hubschrauber hören, die zusammengestoßen und vom Himmel gefallen waren; der Hirnklempner wollte wissen, warum Sullivan Malenfant so oft »dieser kartenspielende Scheißkerl« nannte (Sully erzählte es ihm nicht); der Hirnklempner wollte wissen, ob Sully noch sexuelle Phantasien hatte, und wenn ja, ob sie betont gewalttätig geworden waren. Sully hatte den Burschen irgendwie gemocht – Conroy hatte er geheißen –, aber das änderte nichts daran, daß er ein Arschloch war. Gegen Ende seiner Zeit in San Francisco war er einmal nahe daran gewesen, Dr. Conroy von Carol zu erzählen. Insgesamt gesehen war er froh, daß er's nicht getan hatte. Er wußte nicht, was er von seiner alten Freundin halten, und erst recht nicht, was er über sie sagen sollte (*emotional zerrissen* war Conroys Bezeichnung für diesen Zustand). Er hatte sie ein blödes, kaputtes Dreckstück genannt, aber die ganze verdammte Welt war heutzutage doch irgendwie kaputt, oder? Und wenn jemand wußte, wie leicht sich Gewalttätigkeit von der Leine losreißen und durchbrennen konnte, dann John Sullivan. Nur in einem Punkt war er sicher: Er hoffte, die Polizei würde sie nicht umbringen, wenn sie Carol und ihre Freunde irgendwann erwischte.

Arschloch hin oder her, mit seiner Behauptung, Sully würde die alte *mamasan* im Laufe der Zeit schon verstehen, hatte Dr. Conroy nicht völlig danebengelegen. Das Wichtigste war, zu begreifen – auf gefühlsmäßiger Ebene –, daß die alte *mamasan* nicht da war. Vom Kopf her war diese elementare Tatsache leicht zu verstehen, aber sein Bauch lernte langsamer, vielleicht, weil er in Dong Ha aufgerissen worden war und so etwas den Prozeß des Begreifens zwangsläufig bremste.

Er hatte sich ein paar Bücher von Dr. Conroy ausgeliehen, und der Krankenhausbibliothekar hatte ihm ein paar andere per Fernleihe besorgt. Den Büchern zufolge war die alte *mamasan* mit ihrer grünen Hose und dem orangefarbenen Oberteil »eine externalisierte Phantasie«, die als »Bewältigungsmechanismus« diente, um ihm zu helfen, mit seinen »Schuldgefühlen als Überlebender« und seinem »posttraumatischen Belastungssyndrom« fertig zu werden. Mit anderen Worten, sie war ein Tagtraum.

Welche Gründe es auch für ihre Anwesenheit geben mochte, seine Einstellung zu ihr änderte sich, als sie weniger häufig erschien. Statt bei ihrem Auftauchen Abscheu oder eine Art abergläubischer Furcht zu verspüren, begann er beinahe Freude zu empfinden, wenn er sie sah – die gleiche Freude, die man empfand, wenn man eine alte Freundin sah, die die Stadt verlassen hatte, aber hin und wieder für einen kurzen Besuch zurückkam.

Er wohnte jetzt in Milford, einer Stadt, die ungefähr dreißig Kilometer nördlich von Harwich an der I-95 lag und in fast jeder anderen Hinsicht Lichtjahre von Harwich entfernt war. Harwich war eine nette Vorstadt voller Bäume gewesen, während Sully als Kind dort gelebt hatte und mit Bobby Garfield und Carol Gerber befreundet gewesen war. Jetzt war seine alte Vaterstadt einer jener Orte, die man bei Nacht mied, nur ein schmutziges Anhängsel von Bridgeport. Er verbrachte dort nach wie vor die meisten seiner Tage, entweder draußen auf dem Stellplatz oder in seinem Büro (Sullivan Chevrolet war jetzt zum vierten Mal hintereinander mit dem Gold Star ausgezeichnet worden, der für die Einhaltung bestimmter Qualitätsstandards verliehen wurde), aber um sechs oder spätestens um sieben Uhr abends war er wieder weg und gondelte in seinem Vorführ-Caprice gen Norden nach Milford – normalerweise mit einem uneingestandenen, aber sehr realen Gefühl der Dankbarkeit.

An diesem speziellen Sommermorgen war er wie gewöhnlich auf der I-95 von Milford nach Süden gefahren, aber später als sonst, und er hatte den Highway auch nicht bei Ausfahrt 9 – ASHER AVENUE HARWICH – verlassen. Heute fuhr er mit dem neuen Vorführwagen (er war blau mit schwarzen Reifen, und es belustigte ihn immer wieder, wenn die Bremslichter vor ihm aufleuchteten, sobald ihn die Leute im Rückspiegel sahen, weil sie ihn für einen Cop hielten) weiter nach Süden, bis nach New York City.

Er ließ den Wagen bei Arnie Mosbergs Laden auf der West Side stehen (als Chevy-Händler hatte man nie Parkprobleme; das war eine der guten Seiten des Jobs), machte auf dem Weg durch die Stadt einen kleinen Schaufensterbummel, aß bei Palm Too ein Steak und ging dann zu Paganos Beerdigung.

Pags war an jenem Vormittag dabeigewesen, als die Hubschrauber abgestürzt waren, und er war auch an jenem Nachmittag in dem Dorf dabei. Außerdem hatte er zu denen gehört, die in den letzten Hinterhalt auf dem Pfad geraten waren. Alles hatte damit begonnen, daß Sully entweder auf eine Mine getreten war oder einen Draht zerrissen und eine Tornisterbombe auslöst hatte, die an einen Baum gebunden war. Die kleinen Männer in den schwarzen Pyjamas hatten in den hohen Bäumen gesessen, und Mann, wie die sie unter Feuer genommen hatten! Auf dem Pfad hatte Pags sich Wollensky geschnappt, als der eine Kugel in den Hals bekam. Er brachte Wollensky auf die Lichtung, aber bis dahin war Wollensky schon tot. Pags war bestimmt über und über von Wollenskys Blut besudelt (Sullivan erinnerte sich allerdings nicht daran, das gesehen zu haben; er war inzwischen in seiner eigenen Hölle gewesen), aber das war wahrscheinlich eine gewisse Erleichterung für den Mann, weil es das andere, noch nicht ganz trockene Blut überdeckte. Pagano hatte nah genug gestanden, um einige Spritzer abzubekommen, als Slocum Malenfants Kumpel erschossen hatte. Er war mit Clemsons Blut und mit Clemsons Gehirn bespritzt worden.

Sully hatte nie ein Wort darüber gesagt, was Clemson in dem Dorf zugestoßen war, weder zu Dr. Conroy noch zu sonst jemandem. Er hatte dichtgehalten. Alle hatten sie dichtgehalten.

Pags war an Krebs gestorben. Immer wenn einer von Sullys alten Kumpels aus Nam starb (na ja, okay, genaugenommen waren es keine *Kumpels*, die meisten von ihnen waren doof wie Bohnenstroh und nicht das, was Sully als *Kumpels* bezeichnen würde, aber dieses Wort benutzten sie nun mal, weil noch niemand ein Wort dafür erfunden hatte, was sie in Wirklichkeit füreinander gewesen waren), dann offenbar an Krebs oder an Drogen oder durch Selbstmord. Normalerweise fing der Krebs in der Lunge oder im Gehirn an und breitete sich dann einfach überallhin aus, als ob diese Männer ihr Immunsystem im Grünen zurückgelassen hätten. Bei Dick Pagano war es Bauchspeicheldrüsenkrebs gewesen – bei ihm und bei Michael Landon. Es war die Krankheit der Stars. Der Sarg war offen, und der alte Pags sah nicht zu schäbig aus. Seine Frau hatte dafür gesorgt, daß der Bestattungsunternehmer ihn in einen normalen Anzug gesteckt hatte, nicht in eine Uniform. Wahrscheinlich hatte sie überhaupt nicht an eine Uniform gedacht, trotz der Auszeichnungen, die Pagano bekommen hatte. Pags hatte nur zwei oder drei Jahre lang eine Uniform getragen – Jahre der Verirrung, wie die Zeit, die man in irgendeinem Knast auf dem Land saß, weil man mal einen schwarzen Tag gehabt und – wahrscheinlich im Suff – etwas völlig Untypisches getan hatte. Zum Beispiel jemanden bei einer Kneipenschlägerei umgebracht oder es sich in den Kopf gesetzt, die Kirche niederzubrennen, in der die Ex-Frau in der Sonntagsschule unterrichtete. Sully konnte sich nicht vorstellen, daß auch nur einer der Männer, mit denen er gedient hatte, gern in einer Uniform begraben werden würde – er selbst auch nicht.

Dieffenbaker – für Sully war er immer noch der neue Lieutenant – war ebenfalls zu der Beerdigung gekommen. Sully hatte Dieffenbaker schon lange nicht mehr gesehen, und sie hatten sich richtig gut miteinander unterhalten… obwohl Dieffenbaker eigentlich die meiste Zeit geredet hatte. Sully wußte nicht so recht, ob Reden überhaupt etwas brachte, aber er dachte immer wieder darüber nach, was Dieffenbaker gesagt hatte. Wie *wütend* Dieffenbaker dabei die meiste Zeit geklungen hatte. Auf der ganzen Rückfahrt nach Connecticut dachte er darüber nach.

Gegen zwei Uhr war er auf der Triborough Bridge, auf dem Rückweg nach Norden, und er hatte noch reichlich Zeit, um vor dem Berufsverkehr in Harwich anzukommen. »Fließender Verkehr auf der Triborough und an unseren Kontrollstellen entlang des ganzen Long Island Expressway«, wie es der Mann vom Verkehrsfunk im WINS-Hubschrauber formulierte. Dazu waren Hubschrauber heute da: zur Überwachung der

Verkehrsströme, die sich aus Amerikas Städten heraus und in sie hinein ergossen.

Als der Verkehr kurz hinter Bridgeport langsamer zu werden begann, merkte Sully es nicht. Er hatte von den Nachrichten auf Oldies umgeschaltet und war mit den Gedanken bei Pags und seinen Mundharmonikas. Es war ein Kriegsfilm-Klischee, der leidgeprüfte GI mit der Mundharmonika, aber Pagano, Mannomann, Pagano konnte einen echt in den Wahnsinn treiben. Tag und Nacht hatte er auf den Dingern gespielt, bis einer der Jungs – vielleicht Hexley oder sogar Garrett Slocum – ihm erklärt hatte, wenn er nicht damit aufhöre, könne es durchaus sein, daß er eines Morgens mit dem ersten tönenden Rektalimplantat der Welt aufwachen werde.

Je mehr er darüber nachdachte, desto mehr gelangte Sully zu der Überzeugung, daß es Sly Slocum gewesen war, der mit dem Rektalimplantat gedroht hatte. Ein großer Schwarzer aus Tulsa, der Sly and the Family Stone für die beste Band der Welt hielt – daher der Spitzname – und nicht glauben wollte, daß eine andere Gruppe, die er toll fand, Rare Earth, aus Weißen bestand. Sully erinnerte sich, wie Deef (das war, bevor Dieffenbaker der neue Lieutenant geworden war und Slocum zugenickt hatte, wahrscheinlich die bedeutsamste Geste, die Dieffenbaker jemals gemacht hatte oder machen würde) Slocum erklärt hatte, diese Typen seien genauso weiß wie der verdammte Bob Dylan (»dieser Kalkeimer von 'nem Folksinger«, wie Slocum ihn nannte). Slocum dachte darüber nach und antwortete dann mit einem Ernst, der bei ihm selten war. *Kann gar nicht angehn. Rare Earth, Mann, die sind schwarz. Bringen ihre Scheiben bei Motown raus, verdammt noch mal, und alle Motown-Bands sind schwarz, weiß doch jeder. Supremes, die Scheiß-Temps, Smokey Robinson and the Miracles. Bei allem Respekt, Deef, bist 'n starker Typ und hast echt was drauf, aber wenn du mir noch mal mit dem Quatsch kommst, hau ich dich ausm Hemd.*

Slocum haßte Mundharmonikamusik. Bei Mundharmonikamusik mußte er an den Kalkeimer von einem Folksinger denken. Wenn man ihm zu erklären versuchte, daß Dylan sich Gedanken über den Krieg machte, fragte Slocum, wieso der blökende *Mothafucka* dann nicht damals mit Bob Hope rübergekommen sei. *Ich sag dir, wieso,* sagte Slocum. *Hat die Hosen voll, deshalb. Dieser verdammte Mundharmonika spielende Schlappschwanz von 'nem blökenden Mothafucka!*

Sully sann über Dieffenbaker und seine Geschichten aus den Sechzigern nach. Dachte an die alten Namen, die alten Gesichter, die alten Zeiten. Merkte nicht, daß die Nadel auf dem Tacho des Caprice von sechzig Meilen auf fünfzig und dann auf vierzig sank, daß der Verkehr auf allen vier Fahrspuren nach Norden allmählich dichter wurde. Er sah Pags vor sich, damals, drüben im Grünen – dünn, schwarzhaarig, die Wangen noch von der letzten postadoleszenten Akne gesprenkelt, ein Gewehr in den Händen und zwei Hohner-Mundharmonikas (eine in C, die andere in G) im Bund seiner Tarnhose. Dreißig Jahre war das jetzt her. Noch zehn Jahre weiter zurück, und Sully war ein kleiner Junge, der in Harwich aufwuchs, mit Bobby Garfield befreundet war und sich wünschte, Carol Gerber würde ihn, John Sullivan, nur einmal so ansehen, wie sie Bobby immer ansah.

Später *hatte* sie ihn natürlich angesehen, aber nie genau auf dieselbe Weise. Lag es daran, daß sie nicht mehr elf gewesen war, oder daran, daß er nicht Bobby war? Sully wußte es nicht. Der Blick selbst war ein Mysterium gewesen. Er schien zu bedeuten, daß Bobby sie einfach umhaute, daß sie tausend Tode starb und mit Freuden weitersterben würde, bis die Sterne vom Himmel fielen und Flüsse bergaufströmten und der gesamte Text von »Louie Louie« bekannt war.

Was mochte aus Bobby Garfield geworden sein? War er nach Vietnam gegangen? Oder zu den Blumenkindern? Hatte er geheiratet und Kinder gezeugt, war er an Bauchspeicheldrüsenkrebs gestorben? Sully wußte es nicht. Er wußte nur eines mit Sicherheit, nämlich daß Bobby sich im Sommer des Jahres 1960 – dem Sommer, in dem Sully eine Gratiswoche im YMCA-Camp am Lake George gewonnen hatte – irgendwie verändert hatte und mit seiner Mutter aus der Stadt weggezogen war. Carol war bis zum Ende der High School geblieben, und obwohl sie ihn nie genauso angesehen hatte wie Bobby, war er ihr erster gewesen und sie seine erste. Eines Abends draußen auf dem Land, hinter einem Stall voller muhender Kühe, die einem Milchfarmer aus Newburg gehörten. Sully wußte noch, daß er süßes Parfüm an ihrem Hals gerochen hatte, als er kam.

Woher diese merkwürdige Querverbindung zwischen Pagano in seinem Sarg und den Freunden aus seiner Kindheit? Vielleicht weil Pags ein bißchen so ausgesehen hatte wie Bobby damals in jenen längst vergangenen Tagen. Bobbys Haare waren dunkelrot gewesen, nicht schwarz, aber er hatte den gleichen schmächtigen Körper und das gleiche eckige Gesicht gehabt ... und die gleichen Sommersprossen. Ja! Sowohl Pags als auch Bobby hatten dieses Sommersprossengesprenkel auf den Wangen und dem Nasenrücken, genau wie Opie Taylor in der Andy-Griffith-Show, damals in den sechziger Jahren! Oder vielleicht lag es einfach daran, daß die Gedanken in die Vergangenheit zurückschweiften, wenn jemand starb, in die Vergangenheit, die verdammte Vergangenheit.

Jetzt fuhr der Caprice nur noch zwanzig Meilen pro Stunde, und weiter vorn, kurz vor Ausfahrt 9, stand der Verkehr völlig still, aber Sully nahm noch immer keine Notiz davon. Auf WKND, dem Oldies-Sender, sangen ? and the Mysterians »96 Tears«, und er dachte daran, wie er hinter Dieffenbaker her durch den Mittelgang der Kapelle nach vorn gegangen war, zum Sarg, um einen ersten Blick auf Pagano zu werfen, während die Hymnen vom Band liefen. Gerade waberte »Abide With Me« durch die Luft über Paganos Leichnam – Pags, der stundenlang vollauf zufrieden mit dem MG Kaliber .50 neben sich, seinem Rucksack auf dem Schoß und einer Packung Winstons im Riemen seines Helms dagehockt und pausenlos »Goin Up the Country« gespielt hatte.

Als er in den Sarg schaute, sah Sully, daß Pag längst keine Ähnlichkeit mehr mit Bobby Garfield hatte. Der Bestattungsunternehmer hatte so gute Arbeit geleistet, daß der Sarg offenbleiben konnte, aber Pags hatte immer noch die lose sitzende Haut und das spitze Kinn eines dicken Mannes, der während seiner letzten Monate eine Krebsdiät gemacht hatte, jene Diät, über die der *National Enquirer* nie etwas schreibt, eine Diät, die aus Bestrahlung, injizierten chemischen Giften und so vielen Kartoffelchips besteht, wie man nur will.

»Erinnerst du dich an die Mundharmonikas?« fragte Dieffenbaker.

»Ich erinnere mich«, sagte Sully. »Ich erinnere mich an alles.« Es kam in einem seltsamen Tonfall heraus, und Dieffenbaker warf ihm einen kurzen Blick zu.

Vor Sullys geistigem Auge blitzte ein klares, überdeutliches Bild von Deef an jenem Tag in dem Dorf auf, als Malenfant, Clemson und die anderen Wichser ganz plötzlich angefangen hatten, sich für die Schrecknisse des Vormittags zu revanchieren… für all die Schrecknisse der vorangegangenen Woche. Sie wollten es irgendwo hintun, das Gebrüll in der Nacht, die plötzlichen Granatwerferschüsse und zuletzt die brennenden Helikopter, die mit kreisenden Rotoren herabgestürzt waren und dabei den Rauch ihres eigenen Todes verwirbelt hatten. Herunter kamen sie, krawumm! Und die kleinen Männer mit den schwarzen Pyjamas schossen aus dem Busch auf Delta zwo-zwo und Bravo zwo-eins, sobald die Amerikaner auf die Lichtung hinausliefen. Sully war mit Willie Shearman zu seiner Rechten und Lieutenant Packer vor ihm losgerannt; dann bekam Lieutenant Packer eine Kugel ins Gesicht, und es war niemand mehr vor ihm. Ronnie Malenfant war links von ihm und hatte mit seiner schrillen Stimme ununterbrochen vor sich hin gebrüllt wie ein wahnsinniger, aufdringlicher Telefonverkäufer auf Speed: *Kommt schon, ihr miesen Scheißkerle! Kommt schon, ihr Schlitzaugen! Erschießt mich doch, ihr Drecksäcke! Ihr miesen Drecksäcke! Ihr könnt doch nicht mal richtig schießen!* Pagano war hinter ihnen, und Slocum war neben Pags. Ein paar Bravo-Jungs, aber größtenteils Delta-Jungs, soweit er sich erinnerte. Willie Shearman rief nach seinen eigenen Leuten, aber viele von ihnen blieben zurück. Delta zwo-zwo blieb nicht zurück. Clemson war da, Wollensky und Hackermeyer, und es war erstaunlich, daß er sich an ihre Namen erinnerte; an ihre Namen und an den Geruch dieses Tages. Den Geruch des Grünen, den Geruch von Kerosin. Der Anblick des Himmels, Blau auf Grün, und o Mann, wie sie schossen, wie diese kleinen Scheißkerle *schossen*, man vergaß nie, wie sie schossen oder wie es sich anfühlte, wenn eine Kugel ganz nah an einem vorbeiflog, und Malenfant schrie *Erschießt mich doch, ihr lahmarschigen Scheißkerle! Ihr könnt's nicht! Ihr seid doch blind! Kommt schon, hier bin ich! Ihr verfluchten blinden, schwulen schlitzäugigen Arschlöcher, hier bin ich!* Und die Männer in den abgestürzten Helikoptern schrien, also zogen sie sie heraus, löschten das Feuer und zogen sie heraus, nur daß sie keine Männer, keine Menschen mehr waren, jedenfalls nicht das, was man unter Menschen verstand, sie waren praktisch nur noch schreiende Fertiggerichte, Fertiggerichte mit Augen und Gürtelschnallen und zuckenden, ausgestreckten Fingern, von deren geschmolzenen Nägeln Rauch aufstieg, ja, so hatten sie ausgesehen, das war nichts, was man Leuten wie Dr. Conroy erzählen konnte, daß sich Teile ablösten, wenn man an ihnen zog, irgendwie wegglitschten wie die knusprige Haut eines frisch gebratenen Truthahns auf dem heißen, flüssigen Fett darunter, genauso, und die ganze Zeit riecht man das Grün und das Kerosin, es ist alles real, es ist eine *rilly rilly big shew*, wie Ed Sullivan zu sagen pflegte, eine richtig große Show, es geschieht alles auf *unserer* Bühne, und man kann nur mitspielen und versuchen, es zu überstehen, es zu packen.

Das war der Vormittag, das waren die Hubschrauber, und so etwas mußte *irgendwohin*. Als sie an diesem Nachmittag zu dem dreckigen kleinen Dorf kamen, hatten sie noch den Gestank verkohlter Mitglieder der Hubschrauberbesatzungen in der Nase, der alte Lieutenant war tot, und einige der Männer – genauer: Ronnie Malenfant und seine Freunde – waren ein bißchen durchgedreht. Dieffenbaker war der neue Lieutenant, und auf einmal mußte er einen Haufen Verrückter befehligen, die jeden umbringen wollten, den sie sahen – Kinder, alte Männer, alte *mamasans* mit roten chinesischen Schuhen.

Die Hubschrauber waren um zehn Uhr abgestürzt. Gegen fünf nach zwei stieß Ronnie Malenfant der alten Frau zuerst das Bajonett in den Bauch und verkündete anschließend, daß er der Mistsau jetzt den Kopf abschneiden werde. Ungefähr um Viertel nach vier und keine vier Kilometer entfernt flog

John Sullivan die Welt um die Ohren. Das war sein großer Tag in der Provinz Dong Ha gewesen, seine *rilly big shew*.

Dieffenbaker hatte zwischen zwei Hütten am Kopfende der einzigen Straße des Dorfes gestanden und wie ein verängstigter Sechzehnjähriger ausgesehen. Aber er war keine sechzehn gewesen, sondern fünfundzwanzig, mehrere Jahre älter als Sully und die meisten anderen. Der einzige andere, der so alt war wie Deef und denselben Rang hatte, war Willie Shearman, und Willie schien nicht eingreifen zu wollen. Vielleicht hatte ihn die Rettungsoperation an jenem Vormittag erschöpft. Vielleicht hatte er auch gesehen, daß sich wieder mal die Jungs von Delta zwo-zwo an die Spitze des Angriffs gesetzt hatten.

Malenfant schrie, die verdammten schlitzäugigen Congs würden es sich noch mal überlegen, ob sie sich mit Delta Lightning anlegen wollten, wenn sie ein paar Dutzend aufgespießte Köpfe sähen. Immer weiter, mit dieser schrillen, durchdringenden Telefonverkäuferstimme. Der Kartenspieler. Mr. Kartenhai. Pags hatte seine Mundharmonikas; Malenfant hatte sein verdammtes Kartenspiel. Hearts, das war Malenfants Spiel. Zehn Cent pro Punkt, wenn es nach ihm ging, einen Nickel pro Punkt, wenn er sich damit nicht durchsetzen konnte. *Kommt schon, Jungs!* rief er mit seiner schrillen Stimme, einer Stimme, die – das schwor Sully – Nasenbluten auslösen und Heuschrecken im Flug töten konnte. *Kommt schon, drückt die Kohle ab, wir jagen die Hexe!*

Sully erinnerte sich daran, wie er auf der Straße gestanden und in das blasse, erschöpfte, verwirrte Gesicht des neuen Lieutenants geschaut hatte. Er erinnerte sich daran, daß er gedacht hatte, *er bringt es nicht fertig. Was auch getan werden muß, um dem ein Ende zu machen, bevor es wirklich losgeht, er bringt es nicht fertig.* Aber dann riß Dieffenbaker sich zusammen und nickte Sly Slocum zu. Und Slocum zögerte keine Sekunde. Slocum, der dort auf der Straße neben einem umgekippten Küchenstuhl mit Chrombeinen und roter Sitzfläche stand, hatte sein Gewehr angelegt, gezielt und Ralph Clemson sauber den Kopf weggeschossen. Pagano, der in der Nähe stand und Malenfant mit offenem Mund anstarrte, schien kaum wahrzunehmen, daß er praktisch von Kopf bis Fuß vollgespritzt wurde. Clemson fiel tot auf die Straße, und damit war die Party vorbei. Game over, Baby.

Inzwischen hatte Dieffenbaker eine beachtliche Golfwampe und trug eine Bifokalbrille. Außerdem hatte er kaum noch Haare auf dem Kopf. Das erstaunte Sully, weil Deef noch vor fünf Jahren – beim Treffen der Einheit in Jersey – ziemlich volles Haar gehabt hatte. Damals hatte Sully sich geschworen, daß er nie wieder mit diesen Typen feiern würde. Sie wurden nicht besser. Sie wurden nicht umgänglicher. Bei jedem Treffen hatten sie mehr Ähnlichkeit mit der Besetzung von *Seinfeld* auf einem richtig üblen Trip.

»Kommst du mit raus, eine rauchen?« fragte der neue Lieutenant. »Oder hast du's auch aufgegeben, als alle anderen damit aufgehört haben?«

»Ja, ich hab's aufgegeben, wie alle anderen.« Sie hatten mittlerweile ein Stück links vom Sarg gestanden, damit die anderen Trauergäste einen Blick hineinwerfen und dann an ihnen vorbeigehen konnten. Sie sprachen leise, und die Musik vom Band, dieser öde Erlösungs-Soundtrack, übertönte mühelos ihre Stimmen. Im Moment lief gerade »The Old Rugged Cross«, glaubte Sully.

Er sagte: »Ich schätze, Pags hätte lieber –«

»›Goin' Up the Country‹ oder ›Let's Work Together‹ gehört«, beendete Dieffenbaker den Satz grinsend.

Sully grinste zurück. Es war einer jener unerwarteten Momente, wie wenn die Sonne an einem verregneten Tag einmal kurz durchkam, einer jener Momente, in denen es in Ordnung war, sich an etwas zu erinnern – in denen man erstaunlicherweise beinahe froh war, dabeigewesen zu sein. »Oder vielleicht ›Boom Boom‹, in der Fassung der Animals«, sagte er.

»Weißt du noch, wie Sly Slocum Pags erklärt hat, er würde ihm die Mundharmonika in den Arsch stopfen, wenn er nicht endlich Ruhe gäbe?«

Sully nickte, immer noch grinsend. »Hat gesagt, er würde sie ihm so tief reinschieben, daß er beim Furzen ›Red River Valley‹ spielen könnte.« Er warf einen liebevollen Blick zum

Sarg zurück, als erwartete er, daß Pagano bei der Erinnerung ebenfalls grinsen würde. Pagano grinste aber nicht. Pagano lag einfach nur mit geschminktem Gesicht da. Pagano hatte es hinter sich. »Ich sag dir was – ich komme mit raus und schau dir beim Rauchen zu.«

»Einverstanden.« Dieffenbaker, der einst einem seiner Soldaten den Befehl gegeben hatte, einen anderen seiner Soldaten zu töten, ging den Seitengang der Kapelle hinauf, und sein kahler Kopf schimmerte in unterschiedlichen Farben, als er unter den diversen Buntglasfenstern durchging. John Sullivan, der mit dem Gold Star ausgezeichnete Chevrolet-Händler, war hinter ihm hergehinkt – er hinkte nun schon mehr als sein halbes Leben lang und bemerkte es überhaupt nicht mehr.

Der Verkehr auf der I-95 kroch nur noch dahin und kam schließlich gänzlich zum Stillstand; allerdings ging es auf einer der Spuren ab und zu immer noch ein paar Meter vorwärts. Im Radio waren ? and the Mysterians Sly and the Family Stone gewichen – »Dance to the Music«. Der verdammte Slocum hätte garantiert volle Pulle im Sitzen mitgetanzt. Sully schaltete den Vorführ-Caprice auf die Parkstellung und klopfte auf dem Lenkrad den Takt dazu.

Als der Song allmählich dem Ende entgegenging, schaute er nach rechts, und da saß die alte *mamasan* auf dem Beifahrersitz. Sie tanzte nicht im Sitzen, sondern hockte nur da, die gelben Hände im Schoß gefaltet, die irrwitzig knalligen Schuhe, diese Chuck-Taylor-Kopien, auf der Plastikfußmatte mit dem Aufdruck SULLIVAN CHEVROLET WÜRDE SICH FREUEN, MIT IHNEN INS GESCHÄFT ZU KOMMEN gepflanzt.

»Hallo, du alte Hexe«, sagte Sully eher erfreut als verwirrt. Wann hatte sie sich zuletzt sehen lassen? Vielleicht bei der Silvesterparty der Tacklins, als Sully das letzte Mal richtig betrunken gewesen war. »Warum warst du nicht bei Pags' Beerdigung? Der neue Lieutenant hat nach dir gefragt.«

Sie antwortete nicht, aber wann hatte sie das je getan? Sie saß nur mit gefalteten Händen da und sah ihn mit ihren schwarzen Augen an, eine Halloween-Vision in Grün, Orange und Rot. Die alte *mamasan* hatte jedoch keine Ähnlichkeit mit einem Gespenst in einem Hollywood-Film; man konnte nicht durch sie hindurchschauen, sie veränderte nie ihre Gestalt und verblaßte auch nicht. An einem ihrer dürren gelben Handgelenke trug sie ein geflochtenes Band, das dem Freundschaftsarmband einer Schülerin von der Junior High School ähnelte. Und obwohl man jede Windung des Bandes und jede Falte in ihrem alten Gesicht sah, konnte man sie nicht riechen, und das eine Mal, als Sully versucht hatte, sie zu berühren, war sie einfach verschwunden. Sie war ein Geist, und sein Kopf war das Spukhaus, in dem sie wohnte. Nur daß sein Kopf sie hin und wieder (normalerweise schmerzlos und stets ohne Vorwarnung) ausspie und er sie dann ansehen mußte.

Sie veränderte sich nicht. Sie verlor keine Haare, bekam keine Gallensteine und brauchte keine Bifokalbrille. Sie starb nicht, wie Clemson, Pags, Packer und die Jungs in den abgestürzten Helikoptern gestorben waren (auch die beiden, die sie von der Lichtung geholt hatten, mit Schaum bedeckt wie Schneemänner, waren gestorben; sie hatten zu schwere Verbrennungen gehabt, um zu überleben, und es war alles umsonst gewesen). Sie verschwand auch nicht, wie Carol es getan hatte. Nein, die alte *mamasan* stattete ihm weiterhin ab und zu einen Besuch ab, und sie hatte sich seit der Zeit, als »Instant Karma« ein Top-Ten-Hit gewesen war, kein bißchen verändert. Sie hatte einmal sterben müssen, das stimmte, hatte dort im Schlamm liegen müssen, während Malenfant ihr erst das Bajonett in den Bauch trieb und dann seine Absicht verkündete, ihr den Kopf abzuschneiden, aber seitdem war es ihr absolut glänzend gegangen.

»Wo hast du gesteckt, Schätzchen?« Falls jemand in einem anderen Wagen herüberschaute (sein Caprice war jetzt auf allen vier Seiten umzingelt und eingekeilt) und sah, wie seine Lippen sich bewegten, würde er einfach annehmen, daß Sully zur Musik aus dem Radio mitsang. Und selbst wenn die Leute was anderes dachten, wen kümmerte es schon? Wen kümmerte es schon, was einer von ihnen dachte? Er hatte Dinge gesehen, *schreckliche* Dinge, nicht zuletzt eine Schlinge seiner eigenen Eingeweide, die in der blutigen Matte seiner Schamhaare lag – was war schon dabei, verdammt noch mal, wenn er nun manchmal diesen alten Geist sah (und mit ihm sprach)? Wen außer ihm selbst ging das etwas an?

Sully schaute nach vorn auf die Straße, versuchte zu erkennen, was den Stau verursachte (es gelang ihm nicht, es gelang einem nie, man mußte einfach warten und immer ein kleines Stück weiterkriechen, wenn der Kerl vor einem weiterkroch), und schaute dann nach hinten. Manchmal war sie weg, wenn er das tat. Diesmal jedoch nicht; diesmal hatte sie bloß die Kleidung gewechselt. Die roten Schuhe waren noch dieselben, aber jetzt trug sie die Kluft einer Krankenschwester: weiße Nylonhose, weiße Bluse (mit einer kleinen goldenen Ansteckuhr, was für eine hübsche Note), weiße Mütze mit einem kleinen schwarzen Streifen. Ihre Hände waren jedoch nach wie vor in ihrem Schoß gefaltet, und sie sah ihn immer noch an.

»Wo warst du, Mama? Ich hab dich vermißt. Ich weiß, das ist komisch, aber es stimmt. Ich hab an dich gedacht, Mama. Du hättest den neuen Lieutenant sehen sollen. Wirklich, es ist erstaunlich. Er ist in die *Solar-Sex-Panel*-Phase eingetreten. Völlig kahl da oben, ich meine, er *glänzt*.«

Die alte *mamasan* sagte nichts. Sully war nicht überrascht.

Neben der Leichenhalle war eine Gasse mit einer grünlackierten Bank. Links und rechts von der Bank stand ein Sandeimer voller Kippen. Dieffenbaker setzte sich neben einen der Eimer, steckte sich eine Zigarette zwischen die Lippen (es war eine Dunhill, bemerkte Sully, ziemlich eindrucksvoll) und hielt Sully die Packung hin.

»Nein, ich hab wirklich aufgehört.«

»Na, super.« Dieffenbaker zündete sich die Zigarette mit einem Zippo-Feuerzeug an, und Sully kam etwas Merkwürdiges zu Bewußtsein: Er hatte noch nie gesehen, daß jemand, der in Vietnam gewesen war, seine Zigarette mit Streichhölzern oder solchen Butan-Wegwerffeuerzeugen anzündete; Vietnamveteranen schienen immer Zippos dabeizuhaben. Natürlich konnte das nicht stimmen. Oder doch?

»Du hinkst immer noch ganz schön«, sagte Dieffenbaker.

»Ja.«

»Aber im großen und ganzen würde ich sagen, es hat sich gebessert. Als ich dich das letzte Mal gesehen habe, hast du ziemlich getorkelt. Besonders nachdem du dir ein paar Drinks hinter die Binde gekippt hattest.«

»Gehst du noch zu den Treffen? Finden die überhaupt noch statt, die Picknicks und der ganze Scheiß?«

»Ich glaube schon, ja, aber ich war vor drei Jahren zum letzten Mal da. Ist zu deprimierend geworden.«

»Ja. Diejenigen, die keinen Krebs haben, sind totale Alkoholiker. Und diejenigen, die es geschafft haben, vom Alk runterzukommen, sind auf Prozac.«

»Du hast es also gemerkt.«

»Ja, klar hab ich's gemerkt.«

»Na ja, überrascht mich eigentlich nicht. Du warst zwar nie der Klügste, Sully-John, aber ein aufmerksamer Hurensohn warst du immer. Schon damals. Jedenfalls hast du den Nagel auf den Kopf getroffen – Alkohol, Krebs und Depressionen, das sind die Hauptprobleme, wie's scheint. Oh, und die Zähne. Ich hab noch keinen Vietnamveteranen getroffen, der nicht alle möglichen Scheißprobleme mit den Zähnen hatte ... sofern er überhaupt noch welche hatte, heißt das. Wie steht's mit dir, Sully? Was machen die alten Beißerchen?«

Sully, der seit Vietnam sechs Zähne eingebüßt hatte (dazu so viele Wurzelkanäle, daß er sie kaum noch zählen konnte), wackelte mit der Hand hin und her, *comme ci, comme ça*.

»Und das andere Problem?« fragte Dieffenbaker. »Was ist damit?«

»Kommt drauf an«, sagte Sully.

»Worauf?«

»Darauf, von welchem Problem ich dir was erzählt habe. Wir haben uns bei dreien von diesen verdammten Wiedersehenspicknicks getroffen –«

»Bei vieren. Und ich bin noch bei mindestens einem gewesen, bei dem du nicht warst. In dem Jahr nach dem in Jersey? Das war, als Andy Hackermeyer gesagt hat, er würde sich umbringen, von der Spitze der Freiheitsstatue runterspringen.«

»Und, hat er's getan?«

Dieffenbaker nahm einen tiefen Zug von seiner Zigarette und sah Sully mit einem Blick an, der immer noch der eines Lieutenants war. Selbst nach all diesen Jahren brachte er diesen Blick noch zustande. Irgendwie erstaunlich. »Wenn er's getan hätte, hättest du's in der *Post* gelesen. Liest du die *Post?*«

»Treu und brav.«

Dieffenbaker nickte. »Vietnamveteranen haben alle Probleme mit ihren Zähnen, und sie lesen alle die *Post*. Sofern sie im Einzugsgebiet der *Post* wohnen, heißt das. Was glaubst du, was sie machen, wenn nicht?«

»Paul Harvey hören«, sagte Sully prompt, und Dieffenbaker lachte.

Sully erinnerte sich an Hack, der am Tag mit den Hubschraubern, dem Dorf und dem Hinterhalt ebenfalls dabeigewesen war. Ein blonder Junge mit ansteckendem Lachen. Hatte sich ein Bild von seiner Freundin laminieren lassen, damit es in der Feuchtigkeit nicht zerfiel, und trug es an einer kleinen silbernen Kette um den Hals. Hackermeyer war direkt neben Sully gewesen, als sie ins Dorf kamen und das Geballer losging. Beide sahen, wie die alte *mamasan* mit erhobenen Händen aus ihrer Hütte kam, in einem Affenzahn vor sich hin schnatternd, und auf Malenfant, Clemson, Peasley, Mims und die anderen einplapperte, die das ganze Dorf zusammenschossen. Mims hatte einem kleinen Jungen eine Kugel durch den Unterschenkel gejagt, vielleicht aus Versehen. Der Junge lag vor einer der schäbigen kleinen Hütten im Dreck und schrie. Die alte *mamasan* entschied, daß Malenfant das Kommando hatte – wieso auch nicht? Malenfant war derjenige, der pausenlos herumbrüllte –, und lief auf ihn zu, wobei sie immer noch die Hände in der Luft schwenkte. Sully hätte ihr sagen können, daß das ein schwerer Fehler war, der alte Mr. Kartenhai hatte einen ziemlich schlechten Vormittag gehabt, so wie sie alle, aber Sully machte den Mund nicht auf. Er und Hack standen da und sahen zu, wie Malenfant den Kolben seines Gewehrs hob und ihn ihr ins Gesicht rammte, sie damit zu Boden streckte und dem Geschnatter ein Ende machte. Willie Shearman hatte rund zwanzig Meter entfernt gestanden, Willie Shearman aus seiner Vaterstadt, einer der katholischen Jungs, vor denen Bobby und er irgendwie Angst gehabt hatten, und Willies Miene war unergründlich gewesen. Willie Baseball nannten ihn einige seiner Männer, und immer voller Zuneigung.

»Also, was ist mit deinem Problem, Sully-John?«

Sully kam aus dem Dorf in Dong Ha in die Gasse neben der Leichenhalle in New York zurück... aber nur langsam. Manche Erinnerungen waren wie das Teerbaby aus der alten Geschichte von Onkel Remus über den Fuchs und das Kaninchen; man blieb an ihnen kleben. »Tja, wie gesagt, kommt drauf an. Von was für einem Problem hab ich denn gesprochen?«

»Du hast gesagt, sie hätten dir die Eier weggepustet, als sie uns außerhalb des Dorfes angegriffen haben. Du hast gesagt, das sei Gottes Strafe dafür, daß du Malenfant nicht gestoppt hast, bevor er einen Rappel gekriegt und die alte Frau getötet hat.«

Einen Rappel gekriegt war auch nicht annähernd die richtige Bezeichnung dafür. Malenfant stand breitbeinig über der alten Frau, trieb ihr das Bajonett in den Leib, und sein Mundwerk stand dabei nicht eine Sekunde lang still. Als das Blut kam, sah ihr orangefarbenes Oberteil aus wie gebatikt.

»Ich hab ein bißchen übertrieben«, sagte Sully. »Tun Betrunkene ja schon mal. Ein Teil des alten Hodensacks ist noch da und funktionsfähig, und manchmal springt die Pumpe immer noch an. Vor allem, seit es Viagra gibt. Gott segne diesen Scheiß.«

»Hast du mit dem Alkohol genauso aufgehört wie mit den Zigaretten?«

»Ich trinke ab und zu mal ein Bier«, antwortete Sully.

»Prozac?«

»Noch nicht.«

»Geschieden?«

Sully nickte. »Du?«

»Zweimal. Ich denke aber dran, es noch mal zu riskieren. Mary Theresa Charlton. Sie ist richtig süß. Beim dritten Mal klappt's, das ist mein Motto.«

»Weißt du was, Loot?« sagte Sully. »Wir sind hier auf ein klares Vermächtnis von Vietnam gestoßen.« Er streckte einen Finger hoch. »Vietnamveteranen kriegen Krebs, meistens in der Lunge oder im Gehirn, aber auch an anderen Stellen.«

»Wie Pags. Bei Pags war's die Bauchspeicheldrüse, oder?«

»Richtig.«

»Der ganze Krebs kommt vom Orange«, sagte Dieffenbaker. »Niemand kann es beweisen, aber wir wissen es alle. Agent Orange, das Geschenk, das uns ohne Ende beglückt.«

Sully streckte einen zweiten Finger hoch – den Fickfinger, wie Ronnie Malenfant ihn zweifellos genannt hätte. »Vietnamveteranen kriegen Depressionen, besaufen sich auf Partys und drohen, von nationalen Wahrzeichen zu springen.« Der dritte Finger. »Vietnamveteranen haben schlechte Zähne.« Und der kleine Finger. »Die Ehen von Vietnamveteranen werden geschieden.«

An dieser Stelle hatte Sully eine Pause gemacht – er hörte undeutlich die Orgelmusik vom Band, die durch ein halbgeöffnetes Fenster kam – und auf seine vier erhobenen Finger sowie auf den Daumen geschaut, der noch an seiner Handfläche lag. Veteranen waren drogensüchtig. Veteranen waren generell schlechte Kreditrisiken, das würde einem jeder Bankmensch sagen (in den Jahren, in denen Sully sein Geschäft auf die Beine gestellt hatte, war ihm das von mehreren Bankleuten erklärt worden). Veteranen überzogen ihre Kreditkarten, wurden aus Spielcasinos geworfen, weinten bei Songs von George Strait und Patty Loveless, gingen in Bars beim Shuffleboard-Spielen mit dem Messer aufeinander los, kauften sich rasante Sportwagen auf Kredit und fuhren sie dann zu Schrott, verprügelten ihre Frauen, ihre Kinder, ja sogar ihre verdammten *Hunde*, und schnitten sich wahrscheinlich öfter beim Rasieren als Leute, die das Grüne nur vom Kinosessel her kannten, aus *Apocalypse Now* oder diesem verdammten Stück Scheiße, *Die durch die Hölle gehen*.

»Was ist der Daumen?« fragte Dieffenbaker. »Na los, Sully, mach's nicht so spannend.«

Sully blickte auf seinen angelegten Daumen. Er sah Dieffenbaker an, der jetzt eine Bifokalbrille trug und einen Schmerbauch hatte (»das Haus, das Bud gebaut hat«, wie Vietnamveteranen es nannten), in dessen Innerem jedoch immer noch der dünne junge Mann mit der Wachskerzenhaut verborgen sein mochte. Dann schaute er wieder auf seinen Daumen und klappte ihn aus wie jemand, der an der Straße stand und mitgenommen werden wollte.

»Vietnamveteranen haben immer Zippos dabei«, sagte er. »Zumindest bis sie aufhören zu rauchen.«

»Oder bis sie Krebs kriegen«, sagte Dieffenbaker. »Dann winden ihre Frauen ihnen die Dinger zweifelsohne aus den erschlaffenden, gelähmten Fingern.«

»Außer bei denen, die geschieden sind«, sagte Sully, und sie lachten beide. Es war schön gewesen draußen neben der Leichenhalle. Na ja, vielleicht nicht gerade *schön*, aber besser als drinnen. Die Orgelmusik da drin war schlimm, der stickige Geruch der Blumen war noch schlimmer. Der Geruch der Blumen erinnerte Sully ans Mekong-Delta. »*In country*«, sagten die Leute jetzt, aber er konnte sich nicht entsinnen, diesen speziellen Ausdruck damals gehört zu haben.

»Dann hast du deine Eier also doch nicht ganz verloren«, sagte Dieffenbaker.

»Nein, hab's nicht ganz ins Jake-Barnes-Land geschafft.«

»Wohin?«

»Egal.« Sully war kein großer Bücherfreund, das war er noch nie gewesen (im Gegensatz zu seinem Freund Bobby, der hatte die Nase ständig in irgendein Buch gesteckt), aber der Bibliothekar in der Reha-Klinik hatte ihm *Fiesta* gegeben, und Sully hatte es eifrig gelesen, nicht nur einmal, sondern dreimal. Damals war es ihm sehr wichtig vorgekommen – so wichtig wie *Herr der Fliegen* für Bobby, als sie noch Kinder gewesen waren. Jetzt schien Jake Barnes weit entfernt zu sein, ein Blechmann wie im *Zauberer von Oz* mit künstlichen Problemen. Nur eine Erfindung unter vielen.

»Wirklich?«

»Ja. Ich kann mit einer Frau schlafen, wenn ich wirklich will – Kinder sind nicht drin, aber Sex schon. Dazu ist aber eine ganze Menge Vorbereitung nötig, und meistens scheint es mir nicht der Mühe wert zu sein.«

Dieffenbaker schwieg geraume Zeit. Er saß da und schaute auf seine Hände. Als er aufblickte, dachte Sully, er würde sagen, er müsse los, sich rasch von der Witwe verabschieden und sich dann wieder in den Kampf stürzen (Sully glaubte, daß der Kampf im Fall des neuen Lieutenants heutzutage etwas mit dem Verkauf von Computern zu tun hatte, die etwas Magisches namens Pentium enthielten), aber Dieffenbaker sagte nichts dergleichen. Er fragte: »Und was ist mit der alten Frau? Siehst du sie noch, oder ist sie weg?«

Sully hatte gespürt, wie sich ganz weit hinten in seinem Kopf Furcht regte – ungeformt, aber sehr stark. »Welche alte Frau?« Er konnte sich nicht entsinnen, Dieffenbaker von ihr erzählt zu haben, konnte sich nicht entsinnen, *irgendwem* von ihr erzählt zu haben, aber natürlich mußte er es getan haben. Scheiße, er konnte Dieffenbaker bei diesen Wiedersehenspicknicks sonstwas erzählt haben; sie waren nichts als nach Schnaps stinkende schwarze Löcher in seinem Gedächtnis, jedes einzelne.

»Die alte *mamasan*«, sagte Dieffenbaker und holte wieder seine Zigaretten heraus. »Die Malenfant getötet hat. Du hast gesagt, daß du sie immer gesehen hast. ›Manchmal hat sie andere Sachen an, aber es ist immer dieselbe‹, hast du gesagt. Siehst du sie noch?«

»Kann ich auch so eine haben?« fragte Sully. »Ich hab noch nie eine Dunhill geraucht.«

Auf WKND sang Donna Summer über ein böses Mädchen, *bad girl, you're such a naughty bad girl, beep-beep*. Sully drehte sich zu der alten *mamasan* um, die wieder ihr orangefarbenes Oberteil und die grüne Hose anhatte, und sagte: »Malenfant hat nie den Eindruck gemacht, als wäre er richtig verrückt. Nicht verrückter als alle anderen jedenfalls … außer vielleicht bei Hearts. Er hat immer nach drei Jungs gesucht, die mit ihm Hearts spielten, und das ist doch eigentlich nicht verrückt, oder was meinst du? Nicht verrückter als Pags mit seinen Mundharmonikas und bei weitem nicht so verrückt wie die Jungs, die ihre Nächte damit verbracht haben, Heroin zu schnupfen. Außerdem hat Ronnie geholfen, die Burschen aus den Helikoptern zu ziehen. Da waren bestimmt ein Dutzend Schlitzaugen im Busch, vielleicht zwei Dutzend, und die haben alle wie wild gefeuert, sie haben Lieutenant Packer erledigt, und Malenfant muß gesehen haben, wie es passiert ist, er stand ja direkt daneben, aber er hat keine Sekunde gezögert.«

Ebensowenig wie Fowler, Hack, Slocum, Peasley oder Sully selbst. Sie waren auch dann noch weitergelaufen, als Packer fiel. Sie waren tapfere junge Männer. Und wenn ihre Tapferkeit in einem von sturen alten Männern angezettelten Krieg vergeudet worden war, hieß das dann, daß ihre Tapferkeit bedeutunglos war? Und war das, wofür Carol Gerber eintrat, falsch, weil eine Bombe zum falschen Zeitpunkt hochgegangen war? Scheiße, in Vietnam waren jede Menge Bomben zum falschen Zeitpunkt hochgegangen. Was war Ronnie Malenfant – wenn man ernsthaft darüber nachdachte – anderes als eine Bombe, die zum falschen Zeitpunkt hochgegangen war?

Die alte *mamasan* sah ihn weiterhin an, seine alte, weißhaarige Freundin saß auf dem Beifahrersitz, die Hände im Schoß – gelbe, gefaltete Hände, dort wo der orangefarbene Kittel auf die grüne Polyesterhose traf.

»Sie hatten uns fast zwei Wochen lang ständig unter Beschuß genommen«, sagte Sully. »Seit wir das A-Shau-Tal verlassen hatten. Bei Tam Boi haben wir gesiegt, und wenn man siegt, soll man den Schwung nutzen, hab ich zumindest immer gedacht, aber wir haben uns zurückgezogen und sind nicht weiter vorgedrungen. Scheiße, in Wirklichkeit sind wir haarscharf an einer Niederlage vorbeigeschrammt – jedenfalls haben wir uns nicht lange wie Sieger gefühlt. Es gab keine Unterstützung, die haben uns einfach hängenlassen. Verdammte Vietnamisierung! Was für ein beschissener Witz!«

Er verstummte für einen Moment und sah sie an, während sie seinen Blick ruhig erwiderte. Hinter ihnen flimmerten die zum Stehen gekommenen Autos wie im Fieber. Ein ungeduldiger Trucker ließ seine Preßluftsirene ertönen, und Sully fuhr zusammen wie ein Mann, der plötzlich aus einem Nickerchen aufwacht.

»Da hab ich Willie Shearman kennengelernt, weißt du – auf dem Rückzug aus dem A-Shau-Tal. Er kam mir irgendwie bekannt vor, und ich war sicher, daß ich ihm irgendwo schon mal begegnet war, aber mir fiel nicht ein, wo. Die Leute verändern sich höllisch zwischen vierzehn und vierundzwanzig. Dann saß er eines Nachmittags mit einem Haufen anderer Jungs von der Bravo-Kompanie rum, und sie haben über Gott und die Welt geredet, aber vor allem über Mädchen, und Willi hat gesagt, er hätte seinen ersten richtigen Kuß bei einer Tanzveranstaltung der karitativen Gesellschaft St. Theresa von Avila gekriegt. Und ich denke, heiliger Strohsack, das waren die Mädchen von St. Gabe's. Ich gehe zu ihm und sage: ›Kann sein, daß ihr Jungs von St. Gabriel dem Standhaften die Kings der Asher Street wart, aber wir haben euch jedesmal die schwulen Ärsche versohlt, wenn ihr zur Harwich High runtergekommen seid, um Football zu spielen.‹ Da hatte ich aber jemanden voll erwischt! Willie ist so schnell aufgesprungen, daß ich dachte, er würde weglaufen wie der Pfefferkuchenmann. Es war, als hätte er einen Geist gesehen oder so. Dann lachte er, streckte mir die Hand hin, und ich hab gesehen, daß er noch seinen High-School-Ring von St. Gabe's trug. Und weißt du, was das alles wieder mal beweist?«

Die alte *mamasan* sagte nichts – das tat sie nie –, aber Sully sah in ihren Augen, daß sie wußte, was das alles wieder mal bewies: Die Menschen sind komisch, Kinder sagen die merkwürdigsten Sachen, Sieger geben nie auf, und wer aufgibt, wird niemals siegen. Und Gott segne Amerika.

»Jedenfalls hatten sie uns die ganze Woche gejagt, und es wurde allmählich klar, daß sie immer näher kamen … uns in die Zange nahmen … unsere Verluste wurden immer höher, und du bekamst keinen Schlaf wegen der Leuchtkugeln und der Hubschrauber und dem nächtlichen Geschrei im Dschungel. Und dann sind sie auf dich losgegangen, verstehst du … zwanzig Mann, drei Dutzend … zuschlagen und zurückweichen, zuschlagen und zurückweichen, so in der Art … und außerdem hatten sie so eine Nummer drauf …«

Sully leckte sich die Lippen und merkte, daß sein Mund ausgetrocknet war. Jetzt wünschte er, er wäre nicht zu Pags' Beerdigung gefahren. Pags war ein netter Kerl gewesen, aber nicht nett genug, um die Wiederkehr solcher Erinnerungen zu rechtfertigen.

»Sie haben vier oder fünf Granatwerfer im Busch in Stellung gebracht... an einer unserer Flanken, weißt du... und neben jedem Granatwerfer standen acht oder neun Burschen Schlange, jeder mit einer Granate. Die kleinen Männer in den schwarzen Pyjamas, da standen sie Schlange wie die Kinder am Trinkbrunnen in der Grundschule daheim. Und wenn der Befehl kam, warf jeder seine Granate ins Rohr, und dann rannten sie los, so schnell sie konnten. Dadurch verwickelten sie den Feind – also uns – praktisch zur selben Zeit in einen Kampf, in dem ihre Granaten runterkamen. Ich mußte immer daran denken, was der Mann, der oben bei Bobby Garfield im Haus wohnte, uns mal erzählt hat, als wir auf dem Rasen vor Bobbys Haus Werfen übten. Es ging um einen Baseballspieler, der früher mal bei den Dodgers gewesen war. Ted hat gesagt, dieser Kerl sei so wahnsinnig schnell gewesen, daß er auf der Homeplate einen hohen Ball schlagen und dann zum Shortstop rennen und ihn eigenhändig fangen konnte. Es war... irgendwie verstörend.«

Ja. So wie er im Moment verstört war – irgendwie kam er auf einen richtigen Horror, wie ein Kind, das den Fehler begeht, sich selbst im Dunkeln Gespenstergeschichten zu erzählen.

»Und wie sie diese Lichtung unter Feuer genommen haben, als die Hubschrauber runtergekommen sind, das war auch nicht anders, glaub mir.« Nur daß das nicht ganz die Wahrheit war. Der Cong hatte an diesem Vormittag so richtig die Sau rausgelassen; hatte die Lautstärke bis zum Anschlag hochgedreht und dann die Knöpfe abgezogen, wie Mims immer sagte. Die Schüsse aus dem Busch um die brennenden Hubschrauber herum waren wie ein stetiger starker Regen statt wie ein Schauer gefallen.

Im Handschuhfach des Caprice waren Zigaretten, eine alte Packung Winstons, die Sully für Notfälle behalten hatte und stets von einem Auto ins andere mitnahm, wenn er den fahrbaren Untersatz wechselte. Die eine Zigarette, die er von Dieffenbaker geschnorrt hatte, hatte den Tiger geweckt, und jetzt langte er an der alten *mamasan* vorbei, öffnete das Handschuhfach, wühlte sich durch den Papierkram darin und fand die Packung. Die Zigarette würde schal und heiß schmecken in seiner Kehle, aber das war in Ordnung. Genauso wollte er es.

»Zwei Wochen Dauerbeschuß und ständiger Druck«, erklärte er ihr und drückte den Zigarettenanzünder hinein. »Da hieß es selber klarkommen und nicht auf die verdammte ARVN warten, Baby, die südvietnamesische Armee, weil die immer was Besseres zu tun zu haben schien. Bräute, Barbecues und Bowling-Turniere, wie Malenfant dauernd gesagt hat. Wir haben immer mehr Leute verloren, die Unterstützung aus der Luft war nie da, wenn sie dasein sollte, niemand hat ein Auge zutun können, und je mehr andere Jungs aus dem A Shau sich uns anschlossen, desto schlimmer schien es zu werden. Ich weiß noch, wie einer von Willies Jungs – Havers oder Haber, irgend so was – eine Kugel in den Kopf gekriegt hat. Voll in den verdammten Kopf, und dann hat er mit offenen Augen auf dem Pfad gelegen und zu sprechen versucht. Blut ist aus dem Loch geflossen, genau hier« – Sully tippte sich mit einem Finger an den Schädel direkt über dem Ohr – »und wir konnten nicht glauben, daß er noch am Leben war, geschweige denn, daß er zu sprechen versuchte. Dann die Sache mit den Hubschraubern … das war wirklich wie im Film, der ganze Rauch, die Schüsse, *bup-bup-bup-bup*. Das war der Auftakt für uns – du weißt schon, als wir in euer Dorf rein sind. Wir sind reingegangen, und, o Mann … da lag dieser eine Stuhl auf der Straße, so 'ne Art Küchenstuhl mit roter Sitzfläche und Stahlbeinen, die zum Himmel zeigten, der lag auf der Straße. Es sah einfach total *beschissen* aus, tut mir leid, aber so war's nun mal, ein Drecknest, in dem es sich nicht zu leben und für das es sich erst recht nicht zu sterben lohnte. Eure Leute, die ARVN, *die* wollten jedenfalls nicht für solche Orte sterben, also warum sollten wir's tun? Es stank, es roch nach Scheiße, aber so rochen diese Nester ja alle. So kam es uns zumindest vor. Na ja, mir hat der Gestank nicht so viel ausgemacht. Mir ist, glaube ich, vor allem der Stuhl an die Nieren gegangen. Dieser eine Stuhl, der hat alles gesagt.«

Sully zog den Zigarettenanzünder heraus und führte die kirschrote Spule an die Spitze seiner Zigarette, dann fiel ihm wieder ein, daß er in einem Vorführwagen saß. Er konnte in einem Vorführwagen rauchen – zum Teufel, es war einer aus seinem eigenen Laden –, aber wenn einer der Verkäufer den Rauch roch und daraus schloß, daß der Boß etwas tat, wofür jeder andere gefeuert werden würde, dann war das nicht gut. Man mußte schon mit gutem Beispiel vorangehen... jedenfalls wenn man einigermaßen respektiert werden wollte.

»*Excusez-moi*«, sagte er zu der alten *mamasan*. Er stieg aus dem Wagen, dessen Motor noch lief, zündete sich die Zigarette an und beugte sich dann ins Fenster hinein, um den Zigarettenanzünder wieder ins Loch am Armaturenbrett zu stecken. Es war ein heißer Tag, und das vierspurige Meer im Leerlauf vor sich hin brabbelnder Autos machte ihn noch heißer. Sully spürte die Ungeduld überall um ihn herum, hörte aber nur sein eigenes Radio; alle anderen waren hinter Glas, eingesponnen in ihre kleinen klimatisierten Kokons, und hörten sich hundert verschiedene Arten von Musik an, von Liz Phair bis zu William Ackerman. Alle Veteranen, die in dem Stau steckten und nicht die Allman Brothers auf CD oder Big Brother and the Holding Company auf Band hatten, hörten wahrscheinlich ebenfalls WKND, wo die Vergangenheit niemals gestorben war und die Zukunft niemals kam. Tüt-tüt, *beep-beep*.

Sully begab sich nach vorn zur Kühlerhaube seines Wagens, stellte sich auf die Zehenspitzen, beschattete die Augen gegen das grelle Sonnenlicht auf Chrom und hielt Ausschau nach dem Problem. Er konnte es natürlich nicht sehen.

Bräute, Barbecues und Bowling-Turniere, dachte er und hörte dabei Malenfants quiekende, durchdringende Stimme. Diese Alptraumstimme unter dem blauen Himmel und aus dem Grünen. *Na los, Jungs, wer hat die Dusche? Ich hab noch neunzig Tage vor mir, die Zeit ist knapp, also sehen wir verdammt noch mal zu, daß wir hier in die Gänge kommen!*

Er nahm einen tiefen Zug von seiner Winston und hustete schalen, heißen Rauch aus. In der Nachmittagshelligkeit begannen auf einmal schwarze Punkte zu tanzen, und er schaute mit einem nahezu komischen Ausdruck des Entsetzens auf die Zigarette zwischen seinen Fingern hinunter. Wieso fing er bloß wieder mit diesem Mist an? War er verrückt? Nun ja, *natürlich* war er verrückt – wer tote alte Frauen neben sich im Auto sitzen sah, *mußte* verrückt sein –, aber das hieß ja nicht, daß er wieder mit diesem Mist anfangen mußte. Zigaretten waren Agent Orange, für das man auch noch bezahlte. Sully warf die Winston weg. Er hatte den Eindruck, daß es die richtige Entscheidung war, aber sein sich beschleunigender Herzschlag wurde dadurch nicht langsamer, und sein Mund wurde trotzdem immer trockener, zog sich zusammen, warf Blasen und Falten wie verbrannte Haut – ein Gefühl, das er noch gut von den Patrouillen kannte, an denen er teilgenommen hatte. Manche Leute fürchteten sich vor Menschenmengen – Agoraphobie nannte man das, Angst vor dem Marktplatz –, aber wenn Sully überhaupt je so etwas wie *zuviel* und *zu viele* empfunden hatte, dann nur in Augenblicken wie diesem. In Fahrstühlen, im Pausengewimmel der Foyers und auf Bahnsteigen zur Rush Hour hatte er keine Probleme, aber wenn sich der Verkehr um ihn herum staute und zum Stillstand kam, dann klinkte er ein bißchen aus. Schließlich konnte er nirgends hinlaufen, sich nirgends verstecken. *Nowhere to run, baby, nowhere to hide.*

Ein paar andere Leute kamen aus ihren klimatisierten Überlebenskapseln heraus. Eine Frau in einem schlichten braunen Kostüm stand neben einem schlichten braunen BMW, ein goldenes Armband und silberne Ohrringe bündelten die Sommersonne, und sie zuckte nervös mit einem hochhackigen Korduanlederschuh, als wollte sie damit auf den Asphalt klopfen. Sie fing Sullys Blick auf, drehte die Augen zum Himmel, als wollte sie sagen: *Ist das nicht typisch?*, und warf einen Blick auf ihre Armbanduhr (auch aus Gold, ebenfalls glänzend). Ein Mann, der auf einer grünen Yamaha saß, stellte seinen Feuerstuhl aus, klappte den Kippständer herunter, nahm den Helm ab und legte ihn auf den ölfleckigen Asphalt neben einem Pedal. Er trug schwarze Biker-Shorts und ein ärmelloses Hemd mit der Aufschrift EIGENTUM DER NEW YORK KNICKS vorne drauf. Sully nahm an, daß dieser Gentleman schätzungsweise siebzig Prozent seiner Haut verlieren würde, wenn er sich mit seinem heißen Ofen bei einer Geschwindigkeit von mehr als fünf Meilen pro Stunde in einer solchen Kluft auf die Nase legte.

»Ist ja echt die Härte, Mann«, sagte der Bursche mit dem heißen Ofen. »Muß 'n Unfall sein. Hoffentlich nichts Radioaktives.« Und lachte, um zu zeigen, daß er einen Witz machte.

Weiter vorn auf der ganz linken Spur – der schnellsten Spur, wenn sich der Verkehr auf diesem Abschnitt des Highways tatsächlich bewegte – stand eine Frau in weißer Tenniskluft neben einem Toyota mit einem ATOMKRAFT – NEIN DANKE!-Aufkleber auf der linken Seite des Nummernschildes und einem Aufkleber mit dem Text WEISSES FLEISCH IST GESÜNDER – ESST MEHR KATZEN auf der rechten Seite. Ihr Rock war sehr kurz, ihre Schenkel waren sehr lang und braun, und als sie die Sonnenbrille in ihr blondgesträhntes Haar hochschob, bekam Sully ihre Augen zu sehen. Sie waren groß und blau und irgendwie erschrocken. Es war ein Blick, der den Wunsch weckte, ihr über die Wange zu streichen (oder sie vielleicht brüderlich in den Arm zu nehmen) und ihr zu sagen, sie solle sich keine Sorgen machen, es komme alles schon wieder in Ordnung. Sully erinnerte sich gut an diesen Blick; er hatte einmal sein Innerstes nach außen gekehrt. Das war Carol Gerber da vorn, Carol Gerber in Turnschuhen und Tenniskluft. Er hatte sie seit jenem Abend Ende 1966 nicht mehr gesehen, als er sie zu Hause besucht hatte und sie (zusammen mit Carols Mutter, die stark nach Wein roch) auf einem Sofa gesessen und ferngesehen hatten. Am Ende hatten sie über den Krieg diskutiert, und er war gegangen. *Ich besuche sie wieder, wenn ich sicher bin, daß ich die Ruhe bewahren kann,* hatte er gedacht, als er mit seinem alten Chevrolet (schon damals war er ein Chevrolet-Mann gewesen) weggefahren war, das wußte er noch. Aber er hatte es nie getan. Ende '66 steckte sie bereits bis zum Arsch in Antikriegsscheiß – soviel hatte sie in ihrem Semester in Maine immerhin gelernt –, und allein schon der Gedanke an sie machte ihn wütend. Eine verdammte kleine hohlköpfige Idiotin, das war sie, sie hatte diese ganze kommunistische Antikriegspropaganda mit Stumpf und Stiel geschluckt. Und dann war sie natürlich dieser bescheuerten Gruppe beigetreten, dieser MSF, und hatte die richtig große Show abgezogen.

»Carol!« rief er und setzte sich in Bewegung. Er kam an dem rotzgrünen Feuerstuhl vorbei, ging zwischen der hinteren Stoßstange eines Vans und einer Limousine durch, verlor sie zeitweise aus den Augen, als er an einem riesigen, dröhnenden Truck vorbeilief, dann sah er sie wieder. »Carol! Hey, Carol!« Aber als sie sich zu ihm umdrehte, fragte er sich, was zum Teufel mit ihm los war, was in ihn gefahren war. Wenn Carol noch am Leben war, mußte sie jetzt an die fünfzig sein, genau wie er. Diese Frau sah aus, als wäre sie vielleicht fünfunddreißig.

Sully blieb stehen, immer noch eine Fahrspur von ihr entfernt. Überall dröhnten Autos und Lastwagen. Und in der Luft lag ein seltsames zischelndes Geräusch, das er zuerst für Wind hielt, obwohl es ein heißer, absolut windstiller Nachmittag war.

»Carol? Carol Gerber?«

Das Zischeln wurde lauter. Es klang, als würde jemand die Zunge wiederholt durch geschürzte Lippen schnellen lassen, oder wie ein Hubschrauber in fünf Kilometer Entfernung. Sully schaute hoch und sah einen Lampenschirm aus dem dunstigen blauen Himmel direkt auf sich zu fallen. In einem instinktiven Schreckreflex wich er zurück, aber er hatte seine gesamte Schulzeit über stets den einen oder anderen Sport betrieben, und noch während er den Kopf zurückzog, streckte er schon die Hand aus. Er fing den Lampenschirm ziemlich geschickt auf. Darauf war ein Raddampfer abgebildet, der vor einem grellroten Sonnenuntergang flußabwärts fuhr. SCHON WIEDER KANADA? stand in verschnörkelten, altmodischen Buchstaben über dem Schiff. Darunter stand in den gleichen verschnörkelten Versalien: AUF DEM MISSISSIPPI SIND SIE STETS UNTER FREUNDEN!

Wo zum Teufel kommt das denn her? dachte Sully, und dann schrie die Frau auf, die wie eine erwachsene Ausgabe von Carol Gerber aussah. Ihre Hände kamen hoch, als wollte sie die Sonnenbrille richtig aufsetzen, die sie sich in die Haare geschoben hatte, blieben dann direkt neben ihren Schultern in der Luft hängen und schüttelten sich wie die Hände des verzweifelten Dirigenten eines Symphonieorchesters. So hatte die alte *mamasan* ausgesehen, als sie aus ihrer schäbigen, elenden Hütte auf die schäbige, elende Straße dieses schäbigen, elenden kleinen Dorfes in der Provinz Dong Ha gelaufen kam. Blut lief über die Schultern des weißen Kleides der Tennisfrau herab, zuerst nur ein paar Tropfen, dann eine wahre Flut. Es lief über ihre gebräunten Oberarme und tropfte von ihren Ellbogen.

»Carol?« fragte Sully blöde. Er stand in dem dunkelblauen Anzug, den er zu Beerdigungen trug, zwischen einem Dodge-Ram-Pickup und einem Mack-Sattelschlepper, hielt einen Lampenschirm in der Hand, ein Souvenir vom Mississippi (schon wieder Kanada), und sah eine Frau an, der jetzt etwas aus dem Kopf ragte. Als sie einen Schritt nach vorn taumelte, die blauen Augen immer noch weit aufgerissen, die zitternden Hände immer noch erhoben, erkannte Sully, daß es ein schnurloses Telefon war. Er konnte es an der Stummelantenne erkennen, die bei jedem Schritt, den sie tat, wackelte. Ein schnurloses Telefon war vom Himmel gefallen, war Gott weiß wie viele tausend Meter gefallen und steckte jetzt in ihrem Kopf.

Sie machte noch einen Schritt, stieß gegen die Kühlerhaube eines dunkelgrünen Buick und sank, während ihre Knie nachgaben, langsam dahinter zu Boden. Es war, als sähe man ein U-Boot abtauchen, dachte Sully, nur daß kein Periskop mehr hochragte, als sie bereits außer Sicht war, sondern die Stummelantenne eines schnurlosen Telefons.

»Carol?« flüsterte er, aber sie war es nicht, ausgeschlossen; niemandem, den er als Kind gekannt hatte, niemandem, mit dem er einmal geschlafen hatte, war es doch wohl vom Schicksal bestimmt, an Verletzungen zu sterben, die von einem heruntergefallenen Telefon herrührten.

Die Leute begannen zu schreien, zu brüllen und zu rufen. Die Rufe schienen meistens Fragen zu sein. Hupen ertönten. Motoren wurden auf Touren gebracht, als könnte irgend jemand irgendwohin fahren. Der Fahrer des Mack-Sattelschleppers neben Sully ließ den Motor seines Trucks in großen, rhythmischen Schnarchlauten aufheulen. Ein Autoalarm begann zu jaulen. Jemand schrie entweder vor Schmerz oder vor Überraschung auf.

Eine einzelne, zitternde weiße Hand krallte sich in die Kühlerhaube des dunkelgrünen Buick. Am Handgelenk war ein Schweißband. Langsam glitten die Hand und das Schweißband weg von Sully. Die Finger der Frau, die wie Carol ausgesehen hatte, klammerten sich noch einen Moment am Rand der Kühlerhaube fest, dann verschwanden sie. Etwas anders fiel pfeifend vom Himmel.

»*Runter!*« schrie Sully. »*Oh, Scheiße, alles runter!*«

Das Pfeifen steigerte sich bis auf eine schrille, ohrenbetäubende Höhe, dann hörte es auf, als der herunterfallende Gegenstand die Kühlerhaube des Buick traf, sie wie eine Faust nach unten drückte und an der Windschutzscheibe hochspringen ließ. Das Ding, das aus dem Motorraum des Buick ragte, schien ein Mikrowellengerät zu sein.

Überall um sich herum hörte er nun Gegenstände herabstürzen. Es war, als befände man sich mitten in einem Erdbeben, das irgendwie über statt unter dem Erdboden stattfand. Ein harmloser Schauer von Zeitschriften fiel an ihm vorbei – *Seventeen, GQ, Rolling Stone* und *Stereo Review*. Mit ihren aufgeschlagenen, flatternden Seiten sahen sie wie abgeschossene Vögel aus. Rechts von ihm fiel ein Bürostuhl aus dem Blau und drehte sich dabei auf seinem Untergestell. Er krachte auf das Dach eines Ford-Kombis. Die Windschutzscheibe des Kombis flog in milchigen Brocken heraus. Der Stuhl prallte ab, kippte und blieb auf der Kühlerhaube des Kombis liegen. Dahinter fielen ein tragbarer Fernseher, ein Wäschekorb aus Plastik, ein Haufen Fotoapparate mit ineinander verhedderten Trageriemen und eine Home Plate aus Gummi auf die rechte Spur und die Standspur. Der Home Plate folgte etwas, das wie ein Baseballschläger aussah. Ein Popcorn-Automat im Kinoformat zersplitterte in glitzernde Scherben, als er auf die Straße knallte.

Der Bursche mit dem Knicks-Shirt, der den rotzgrünen Feuerstuhl fuhr, hatte genug gesehen. Er lief wie ein Skifahrer im Slalom durch den schmalen Korridor zwischen den stehenden Autos auf der dritten Spur und der ganz linken Spur, um den hervorstehenden Seitenspiegeln auszuweichen, und hielt sich dabei eine Hand über den Kopf wie jemand, der während eines Frühlingsschauers über die Straße geht. Sully, der immer noch den Lampenschirm in der Hand hielt, dachte, daß der Bursche wesentlich besser daran getan hätte, sich seinen Helm zu schnappen und ihn wieder aufzusetzen, aber wenn es um einen herum Gegenstände zu regnen begann, wurde man natürlich vergeßlich, und als erstes vergaß man wahrscheinlich, was für einen selbst das beste war.

Jetzt kam ganz in der Nähe etwas anderes herunter, etwas Großes – jedenfalls etwas Größeres als das Mikrowellengerät, das die Kühlerhaube des Buick zertrümmert hatte. Diesmal war das Geräusch kein Pfeifen wie von einer Bombe oder einer Granate, sondern es klang nach einem Flugzeug, einem Hubschrauber oder sogar einem Haus. In Vietnam hatte Sully erlebt, wie all diese Dinge vom Himmel gefallen waren (zugegeben, das Haus war bereits in seine Einzelteile zerlegt gewesen), und dennoch war dieses Geräusch in einem entscheidenden Punkt anders: Es war zu allem anderen *musikalisch,* wie das größte Windspiel der Welt.

Was da herunterkam, war ein Flügel, weiß mit goldenen Ziselierungen, ein Flügel, an dem man automatisch eine hochgewachsene, kühle Frau in einem schwarzen Kleid »Night and Day« klimpern sah – *in the traffic's boom, in the silence of my lonely room,* tüt-tüt, *beep-beep.* Ein weißer Flügel fiel aus dem Himmel über Connecticut, drehte sich um sich selbst, warf einen quallenförmigen Schatten auf die im Stau stehenden Autos, machte Windmusik mit den Saiten, als die Luft durch sein sich drehendes Gehäuse pfiff, seine Tasten wellten sich wie die eines automatischen Klaviers, und die Pedale blinkten in der dunstigen Sonne.

Der Flügel fiel in trägen Umdrehungen, und das fetter werdende Brausen seines Sturzes klang wie etwas, das unaufhörlich in einem Blechtunnel vibrierte. Er fiel auf Sully herab, und der beängstigende Schatten konzentrierte sich jetzt und schrumpfte; kein Zweifel, Sullys nach oben gewandtes Gesicht war sein Ziel.

»*Das Ding kommt runter!*« schrie Sully und begann zu rennen. »*DAS DING KOMMT RUUUNNNTER!*«

Der Flügel stürzte auf die Straße zu, die weiße Bank kam unmittelbar hinterher, und hinter der Bank folgte ein Kometenschweif aus Noten, 45er-Schallplatten mit großen Löchern in der Mitte und kleinen Küchengeräten, dazu ein flatternder gelber Mantel, der wie ein Staubmantel aussah, ein Goodyear-Reifen (*Wide Oval*), ein Holzkohlengrill, eine Wetterfahne, ein Aktenschrank und eine Teetasse mit der Aufschrift DIE BESTE OMA DER WELT.

»Kann ich auch so eine haben?« hatte Sully Dieffenbaker draußen vor der Leichenhalle gefragt, in der Pags in seinem mit Seide ausgekleideten Sarg lag. »Ich hab noch nie eine Dunhill geraucht.«

»Was immer dein Boot zu Wasser bringt.« Dieffenbaker klang belustigt, als hätte er noch nie vor Angst die Hosen voll gehabt.

Sully erinnerte sich daran, wie Dieffenbaker auf der Straße neben diesem umgeworfenen Küchenstuhl gestanden hatte, daran, wie blaß er gewesen war, wie seine Lippen gezittert hatten, und an seine Kleidung, die noch nach Rauch und vergossenem Hubschrauberbenzin gerochen hatte. Dieffenbaker hatte den Blick von Malenfant und der alten Frau zu den anderen, die in die Hütten zu feuern begannen, und dann zu dem von Mims angeschossenen, schreienden Jungen schweifen lassen; Sully erinnerte sich, wie Deef Lieutenant Shearman angesehen hatte, aber von dem kam keine Hilfe. Und von Sully ebensowenig. Er erinnerte sich auch noch, wie Slocum Deef angestarrt hatte, Deef, den Lieutenant, da Packer jetzt tot war. Und schließlich hatte Deef Slocums Blick erwidert. Slocum war kein Offizier – nicht mal einer dieser großmäuligen Buschgeneräle, die hinterher immer alles besser wußten – und würde auch nie einer werden. Slocum war bloß der typische gemeine Soldat, der dachte, daß eine Band, die wie Rare Earth klang, aus Schwarzen bestehen mußte.

Bloß ein Frontschwein, mit anderen Worten, aber eben jemand, der bereit war, das zu tun, was die anderen nicht tun wollten. Ohne den gequälten Blick des neuen Lieutenant loszulassen, hatte Slocum den Kopf ein kleines Stück in die andere Richtung gedreht, zu Malenfant, Clemson, Peasley, Mims und den anderen selbsternannten Regulatoren, deren Namen Sully nicht mehr wußte. Dann hatte er Dieffenbaker wieder direkt in die Augen geschaut. Alles in allem waren es sechs bis acht Männer, die durchgeknallt waren, die unter lautem Gebrüll – Football-Parolen, Marschliedern aus der Grundausbildung, dem Refrain von »Hang On Sloopy« und solchem Scheiß – auf der schlammigen Straße an dem schreienden, blutenden Kind vorbeitrabten, hinein in dieses dreckige kleine Dorf, und Slocum sagte mit den Augen: *Hey, was wollen Sie? Sie sind jetzt der Boß, was wollen Sie?*

Und Dieffenbaker hatte genickt.

Sully fragte sich, ob er selbst fähig gewesen wäre, dieses Zeichen zu geben. Er glaubte es nicht. Er glaubte, wenn es auf ihn angekommen wäre, dann hätten Clemson, Malenfant und die anderen durchgeknallten Typen gemordet, bis ihnen die Munition ausgegangen wäre – war das nicht ziemlich genau das gleiche, was die Männer unter Calley und Medina getan hatten? Aber Dieffenbaker war kein William Calley, das mußte man ihm lassen. Dieffenbaker hatte ganz leicht genickt. Slocum hatte das Nicken erwidert, dann das Gewehr angelegt und Ralph Clemson den Kopf weggeschossen.

Damals hatte Sully gedacht, Clemson hätte die Kugel abgekriegt, weil Slocum Malenfant zu gut kannte. Slocum und Malenfant hatten mehr als nur ein paar Joints miteinander geraucht, und es war auch bekannt, daß Slocum seine Freizeit zumindest teilweise damit verbrachte, zusammen mit den anderen Hearts-Spielern die Hexe zu jagen. Doch als Sully nun hier saß und Dieffenbakers Dunhill zwischen den Fingern rollte, kam ihm der Gedanke, daß Slocum einen Dreck auf Malenfant und seine Joints gegeben hatte, und auf Malenfants Lieblingskartenspiel ebensowenig. In Vietnam herrschte kein Mangel an Shit oder Kartenspielen. Slocum hatte sich Clemson ausgesucht, weil er nichts damit erreicht hätte, wenn er

Malenfant erschossen hätte. Malenfant mit seinem schwachsinnigen Gebrüll über aufgespießte Köpfe, die dem Cong zeigen würden, was mit Leuten passierte, die sich mit Delta Lightning anlegten, war zu weit weg, als daß die Männer, die spritzend, planschend und schießend die schlammige Straße entlangtrabten, auf ihn geachtet hätten. Und die alte *mamasan* war eh schon tot, also Scheiß drauf, sollte er doch an ihr rumschnetzeln.

Jetzt war Deef Dieffenbaker ein glatzköpfiger Computerhändler, der nicht mehr zu den Treffen ging. Er gab Sully mit seinem Zippo Feuer und sah dann zu, wie Sully den Rauch tief einsog und wieder aushustete.

»'ne Weile her, was?« fragte Dieffenbaker.

»Zwei Jahre, so um den Dreh.«

»Willst du wissen, was mir wirklich angst macht? Wie schnell man sich's wieder angewöhnt.«

»Ich hab dir von der alten Frau erzählt, hm?«

»Ja.«

»Wann?«

»Ich glaube, beim letzten Treffen, zu dem du gekommen bist… dem in Jersey, bei dem Durgin dieser einen Kellnerin die Bluse zerrissen hat. Das war 'ne häßliche Szene, Mann.«

»Wirklich? Kann mich gar nicht erinnern.«

»Da warst du schon sternhagelvoll.«

Ja, natürlich, das war immer so. Und überhaupt, diese ganzen Treffen liefen doch immer haargenau gleich ab. Es gab einen DJ, der meistens früh Schluß machte, weil ihm jemand mit der Begründung, er spiele die falschen Sachen, Prügel androhte. Bis es soweit war, plärrte »Bad Moon Rising«, »Light My Fire«, »Gimme Some Lovin'« und »My Girl« aus den Lautsprechern, Songs aus den Soundtracks all dieser auf den Philippinen gedrehten Vietnamfilme. Die Wahrheit bezüglich der Musik war, daß die meisten Frontschweine, an die Sully sich erinnerte, von den Carpenters oder »Angel in the Morning« zu Tränen gerührt wurden. Dieses Zeug war der echte Busch-Soundtrack, der immer lief, wenn die Männer dicke Joints und Bilder ihrer Mädchen herumgehen ließen, bis sie high waren, und wenn sie dann »One Tin Soldier (The Legend of Billy Jack)« hörten, im Grünen allgemein bekannt als »Der Titelsong aus Fuckin Billy Jack«, wurden sie völlig sentimental. Sully konnte sich nicht entsinnen, in Vietnam auch nur ein einziges Mal die Doors gehört zu haben; es waren immer The Strawberry Alarm Clock, die »Incense and Peppermints« sangen. Irgendwo hatte er gewußt, daß der Krieg verloren war, als dieses verdammte Scheißstück zum ersten Mal aus der Jukebox der Verpflegungsausgabestelle an seine Ohren gedrungen war.

Die Treffen begannen mit Musik, dem Geruch von Grillfleisch (ein Geruch, der Sully immer vage an brennenden Hubschraubertreibstoff erinnerte) und mit Bierdosen in Kübeln mit zerstoßenem Eis, und dieser Teil war in Ordnung, dieser Teil war wirklich ziemlich nett, aber dann war es ganz plötzlich der nächste Morgen, das Licht verbrannte einem die Augen, der Kopf fühlte sich wie ein Tumor an, und der Magen war voller Gift. An einem solchen Morgen danach hatte Sully sich verschwommen und mit einem Gefühl des Ekels daran erinnert, daß er den DJ gezwungen hatte, immer wieder »Oh! Carol« von Neil Sedaka zu spielen, und ihm gedroht hatte, er würde ihn umbringen, wenn er was anderes auflegte. An einem anderen Morgen war er neben Frank Peasleys Ex-Frau erwacht. Sie hatte geschnarcht, weil ihre Nase gebrochen war. Ihr Kopfkissen war blutbeschmiert, ihre Wangen waren ebenfalls blutbeschmiert, und Sully wußte nicht mehr, ob er ihr die Nase gebrochen hatte oder ob es der verfluchte Peasley gewesen war. Sully wünschte sich, daß es Peasley gewesen war, wußte jedoch, daß er es selbst getan haben konnte; manchmal, besonders in den Zeiten v. V. (vor Viagra), wo er beim Sex fast in der Hälfte der Fälle versagte, drehte er durch. Zum Glück konnte die Frau sich auch nicht mehr erinnern, als sie aufwachte. Sie wußte aber noch, wie er ohne seine Unterhose ausgesehen hatte. »Wieso hast du nur eins?« hatte sie ihn gefragt.

»Ich hab schon Glück gehabt, daß mir dieses eine geblieben ist«, hatte Sully erwidert. Sein Kopf war dicker gewesen als die ganze Welt.

»Was hab ich über die alte Frau erzählt?« fragte er Dieffenbaker, als sie rauchend in der Gasse neben der Kapelle saßen.

Dieffenbaker zuckte die Achseln. »Nur daß du sie dauernd gesehen hast. Du hast gesagt, manchmal hätte sie andere Sachen an, aber es sei immer die alte *mamasan*, die Malenfant alle gemacht hat. Ich mußte dich zum Schweigen bringen.«

»Scheiße«, sagte Sully und fuhr sich mit der zigarettenlosen Hand durch die Haare.

»Du hast auch gesagt, es wär besser geworden, seit du an der Ostküste bist«, fuhr Dieffenbaker fort. »Außerdem, was ist so schlimm daran, wenn man ab und zu mal 'ne alte Frau sieht? Manche Leute sehen fliegende Untertassen.«

»Aber keine Leute, die zwei Banken fast eine Million Dollar schulden«, sagte Sully. »Wenn die das wüßten ...«

»Wenn sie das wüßten, was dann? Ich sag's dir: nichts. Solange du deine Raten zahlst, Sully-John, ihnen weiterhin diese fabelhafte monatliche Knete rüberschiebst, interessiert es keinen Menschen, was du siehst, wenn du das Licht ausschaltest... oder meinetwegen auch, was du siehst, wenn du's brennen läßt. Es ist ihnen egal, ob du Frauenunterwäsche anziehst oder deine Frau schlägst und den Labrador bumst. Außerdem, glaubst du etwa, bei diesen Banken gibt es keine Burschen, die im Grünen gewesen sind?«

Sully zog an der Dunhill und sah Dieffenbaker an. Auf diese Idee war er wahrhaftig noch nie gekommen. Er verhandelte mit zwei Kreditsachbearbeitern, die im richtigen Alter waren, aber sie sprachen nie darüber. Und er natürlich auch nicht. *Wenn ich sie das nächstemal sehe*, dachte er, *muß ich sie fragen, ob sie Zippos haben. Bloß nicht gleich mit der Tür ins Haus fallen.*

»Warum lächelst du?« fragte Dieffenbaker.

»Nur so. Was ist mit dir, Deef? Hast du eine Frau? Ich meine nicht deine Freundin, ich meine eine alte Frau. Eine *mamasan*.«

»Hey, Mann, nenn mich nicht Deef. So nennt mich heutzutage niemand. Ich hab den Namen nie leiden können.«

»Hast du eine?«

»Ronnie Malenfant ist meine *mamasan*«, sagte Dieffenbaker. »Manchmal sehe ich ihn. Nicht so, wie du deine, als ob sie wirklich da wäre, aber die Erinnerung ist auch real, oder?«

»Ja.«

Dieffenbaker schüttelte langsam den Kopf. »Wenn die Erinnerung alles wäre. Verstehst du? Wenn die Erinnerung *alles* wäre.«

Sully saß schweigend da. In der Kapelle spielte die Orgel jetzt etwas, das nicht wie eine Hymne klang, sondern einfach nur wie Musik. Der Schlußchoral, so hieß das wohl. Damit sagte man den Trauernden auf musikalische Art, daß sie sich verziehen sollten. *Get back, Jo-Jo.* Deine Mama wartet.

Dieffenbaker sagte: »Es gibt die Erinnerung, und dann gibt es das, was du wirklich vor deinem geistigen Auge siehst. So wie wenn du ein Buch von einem richtig guten Autor liest, und er beschreibt einen Raum, und du siehst diesen Raum. Ich mähe den Rasen oder sitze an unserem Konferenztisch und höre mir eine Präsentation an, ich lese meinem Enkel eine Geschichte vor, bevor ich ihn ins Bett stecke, oder ich schmuse vielleicht sogar mit Mary auf dem Sofa rum, und rumms, da ist Malenfant, die gottverdammte kleine Aknefresse mit dem welligen Haar. Weißt du noch, wie sich seine Haare immer gewellt haben?«

»Ja.«

»Ronnie Malenfant. Ständig hat er über das Scheiß-Dies und das Scheiß-Das und das Scheiß-Jenes gelabert. Rassistische Witze bei jeder Gelegenheit. Und der Beutel. Erinnerst du dich an den?«

»Klar. So 'n kleiner Lederbeutel, den er am Gürtel trug. Da hatte er seine Karten drin. Zwei Spiele. ›Hey, wir gehn auf die Hexenjagd, Jungs! 'n Nickel pro Punkt! Wer ist dabei?‹ Und schon waren die Karten draußen.«

»Ja. Du erinnerst dich. *Erinnerst dich.* Aber ich *sehe* ihn, Sully, und zwar ganz genau, bis zu den weißen Pickeln an seinem Kinn. Ich höre ihn, ich rieche das verdammte Dope, das er geraucht hat ... aber vor allem sehe ich ihn, wie er sie niedergeschlagen hat, und dann lag sie da am Boden, hat die Fäuste nach ihm geschüttelt und immer noch weitergeplappert –«

»Hör auf.«

»– und ich konnte nicht glauben, daß es passieren würde. Ich denke, Malenfant konnte es zuerst auch nicht glauben.

Am Anfang hat er nur ein paarmal mit dem Bajonett nach ihr gestoßen, sie mit der Spitze gepiekst, als ob die ganze Sache ein Scherz wäre ... aber dann hat er's wirklich getan, er hat ihr das Ding reingestoßen. Jawoll. Sie hat geschrien und gezappelt und gezuckt, und er stand breitbeinig über ihr, weißt du noch, und die anderen sind alle gerannt, Ralph Clemson und Mims und ich weiß nicht, wer noch. Ich hab diesen kleinen Scheißer Clemson immer gehaßt, der war noch schlimmer als Malenfant, denn Ronnie war zumindest nicht hinterhältig, bei dem hast du genau das gekriegt, was du gesehen hast. Clemson war verrückt *und* hinterhältig. Ich hatte eine Todesangst, Sully, wirklich eine Todesangst. Ich wußte, daß ich der Sache ein Ende machen mußte, aber ich hatte Angst, sie würden mich abmurksen, wenn ich's versuchen würde, sie alle, *ihr* alle, denn in dem Moment wart ihr alle auf der einen Seite und ich auf der anderen. Shearman ... nichts gegen Shearman, er ist auf die Lichtung raus, wo die Helikopter runterkamen, als gäbe es kein Morgen, aber in diesem Dorf ... ich hab ihn angesehen, und da war nichts.«

»Er hat mir später das Leben gerettet, als wir in den Hinterhalt geraten sind«, bemerkte Sully leise.

»Ich weiß. Hat dich aufgehoben und dich getragen, wie Superman. Er hatte es auf der Lichtung, er hatte es wieder auf dem Pfad, aber dazwischen, in dem Dorf ... nichts. In dem Dorf war ich auf mich allein gestellt. Ich kam mir vor wie der einzige Erwachsene, nur hab ich mich nicht wie ein Erwachsener gefühlt.«

Sully verzichtete darauf, ihm noch einmal zu sagen, daß er aufhören sollte. Dieffenbaker war fest entschlossen zu reden. Nur ein Schlag auf den Mund würde ihn davon abhalten.

»Weißt du noch, wie sie geschrien hat, als er ihr das Ding reingerammt hat? Die alte Frau? Und Malenfant stand über ihr und quasselte unaufhörlich, Schlitzauge hier und Gook da und so weiter und so fort. Gott sei Dank hatten wir Slocum dabei. Er hat mich angesehen, und da mußte ich was unternehmen ... aber ich hab ja nicht mehr getan, als ihm zu sagen, daß er schießen sollte.«

Nein, dachte Sully, *du hast nicht mal das getan, Deef. Du hast nur mit dem Kopf genickt. Vor Gericht kommst du mit so einem Scheiß nicht durch; da zwingen sie dich, es laut auszusprechen. Sie zwingen dich, es zu sagen – fürs Protokoll.*

»Ich glaube, Slocum hat an diesem Tag unsere Seelen gerettet«, sagte Dieffenbaker. »Du weißt doch, daß er sich umgebracht hat, oder? Ja. Sechsundachtzig.«

»Ich dachte, es wäre ein Autounfall gewesen.«

»Falls es ein Unfall ist, wenn man an einem klaren Abend mit siebzig Meilen pro Stunde gegen einen Brückenpfeiler fährt, dann war's ein Unfall.«

»Was ist mit Malenfant? Hast du eine Ahnung?«

»Tja, er ist natürlich nie zu einem der Treffen gekommen, aber das letzte Mal, als ich was über ihn gehört habe, lebte er noch. Andy Brannigan hat ihn in Südkalifornien gesehen.«

»Der Igel hat ihn gesehen?«

»Ja, der Igel. Und weißt du, wo?«

»Nein, natürlich nicht.«

»Du lachst dich tot, Sully-John, das wird dich echt von den Socken hauen. Brannigan ist bei den Anonymen Alkoholikern. Ist seine Religion. Er sagt, das hat ihm das Leben gerettet, und ich glaube es ihm. Er hat wüster gesoffen als jeder von uns, vielleicht sogar wüster als wir alle zusammen. Jetzt ist er also nach AA süchtig statt nach Tequila. Er nimmt an rund einem Dutzend Meetings pro Woche teil, er ist ein GSR – frag mich nicht, ist irgend so eine politische Position in der Gruppe – und sitzt an einem Krisentelefon. Und er fährt jedes Jahr zum Bundestreffen. Vor fünf Jahren oder so haben die Säufer sich in San Diego versammelt. Fünfzigtausend Alkies standen im San Diego Convention Center rum und haben den Gelassenheitsspruch intoniert. Kannst du dir das bildlich vorstellen?«

»So einigermaßen«, sagte Sully.

»Der verdammte Brannigan schaut nach links, und wen sieht er da? Ronnie Malenfant. Er kann's kaum glauben, aber es ist Malenfant, kein Zweifel. Nach dem großen Meeting schnappt er sich den Kerl, und die beiden gehen was trinken.« Dieffenbaker machte eine Pause. »AA-Leute machen das auch, glaube ich. Limonade, Cola und so. Und Malenfant erzählt dem Igel, daß er seit fast zwei Jahren sauber und trocken ist, er hat eine höhere Macht gefunden und beschlossen, sie Gott zu nennen, er hat eine Wiedergeburt gehabt, alles ist in bester Ordnung, er versucht nicht mehr, dem Leben seine eigenen Vorstellungen aufzuzwingen, er läßt los und überläßt sich Gott, all dieser Kram, den sie so reden. Und Brannigan kann nicht anders. Er fragt Malenfant, ob er den Fünften Schritt gemacht hat, nämlich seine Fehler unumwunden zuzugeben und vollständig bereit zu sein, sie wiedergutzumachen. Malenfant zuckt mit keiner Wimper, sondern sagt nur, er hätte den Fünften vor einem Jahr gemacht, und es ginge ihm erheblich besser.«

»Verdammte Hacke«, sagte Sully, überrascht von der Heftigkeit seines Zorns. »Die alte *mamasan* würde sich bestimmt freuen zu erfahren, daß Ronnie drüber weggekommen ist. Ich werd's ihr erzählen, wenn ich sie das nächste Mal sehe.« Da hatte er natürlich noch nicht gewußt, daß er sie später an diesem Tag sehen würde.

»Tu das.«

Sie saßen eine Weile da, ohne viel zu reden. Sully bat Dieffenbaker um eine weitere Zigarette, und Dieffenbaker gab sie ihm und zündete sie ihm mit dem alten Zippo an. Gesprächsfetzen und leises Gelächter wehten um die Ecke zu ihnen herüber. Pags' Beerdigung war vorbei. Und irgendwo in Kalifornien las Ronnie Malenfant vielleicht sein großes AA-Buch und setzte sich mit jener fabelhaften höheren Macht in Verbindung, die er Gott zu nennen beschlossen hatte. Vielleicht war Ronnie auch ein GSR, was immer zum Teufel das sein mochte. Sully wünschte, Ronnie wäre tot. Sully wünschte, Ronnie Malenfant wäre in einem getarnten Fuchsbau des Vietcong gestorben, den Gestank von Rattenscheiße in der wunden Nase, mit inneren Blutungen, Brocken seiner eigenen Magenwände ausspuckend. Malenfant mit seinem Beutel und seinen Karten, Malenfant mit seinem Bajonett, Malenfant, der breitbeinig über der alten *mamasan* mit der grünen Hose, dem orangefarbenen Oberteil und den roten Schuhen gestanden hatte.

»Warum waren wir überhaupt in Vietnam?« fragte Sully. »Ich will ja nicht philosophisch werden oder so, aber hast du das jemals rausgefunden?«

»Wer hat gesagt: ›Wer nicht aus der Vergangenheit lernt, ist dazu verurteilt, sie zu wiederholen?‹«

»Richard Dawson, der Moderator von *Family Feud*.«

»Du kannst mich mal, Sullivan.«

»Ich weiß nicht, wer das gesagt hat. Ist das wichtig?«

»Ja, verdammt«, sagte Dieffenbaker. »Wir sind nämlich nie rausgekommen. Wir sind nie aus dem Grünen rausgekommen. Unsere Generation ist da gestorben.«

»Das klingt ein bißchen –«

»Ein bißchen was? Ein bißchen prätentiös? Und ob. Ein bißchen albern? Und ob. Ein bißchen ichbezogen? Jawoll, Sir. Aber so sind wir. So sind wir, von Kopf bis Fuß. Was haben wir seit Nam gemacht, Sully? Diejenigen von uns, die da waren, diejenigen von uns, die demonstriert und protestiert haben, diejenigen von uns, die bloß zu Hause gesessen, die Dallas Cowboys geglotzt, Bier getrunken und in die Sofakissen gefurzt haben?«

Die Wangen des neuen Lieutenants nahmen Farbe an. Er sah aus wie ein Mann, der sein Steckenpferd gefunden hatte und es nun bestieg, dem gar nichts anderes übrigblieb, als es zu reiten. Er hatte die Hände gehoben und angefangen, Finger hochzustrecken, wie Sully vorhin bei ihrem Gespräch über das Vermächtnis von Vietnam.

»Wollen mal sehen. Wir sind die Generation, die die Super Mario Brothers, das digitale Fernsehen, Laserleitsysteme und Crack erfunden hat. Wir haben den Fitness-Guru Richard Simmons, Scott Peck und *Schöner Wohnen* entdeckt. Unter einer großen Veränderung unseres Lebensstils verstehen wir, uns einen Hund zuzulegen. Die Mädchen, die damals ihre BHs verbrannt haben, kaufen ihre Unterwäsche jetzt in der Edelboutique, und die Jungs, die furchtlos für den Frieden gefickt haben, sind jetzt Fettsäcke, die spät nachts vor ihren Computerbildschirmen sitzen, sich Pudding reinziehen und sich dabei Bilder nackter Achtzehnjähriger im Internet angucken. Das sind wir, Bruder, wir schauen gern zu. Filme, Videospiele, Verfolgungsjagden live, Schlägereien in der *Jerry Springer Show*, Mark McGwire beim Baseball, World Federation Wrestling, Anhörungen zur Einleitung eines Amtsenthebungsverfahrens, ganz egal, wir schauen einfach gern zu. Aber es hat mal eine Zeit gegeben … lach nicht, es hat mal eine Zeit gegeben, da hatten wir wirklich alles in der Hand. Ist dir das klar?«

Sully nickte und dachte an Carol. Nicht an jene Ausgabe von ihr, die mit ihm und ihrer Mutter mit der Weinfahne auf dem Sofa gesessen hatte, auch nicht an jene, die mit dem Peace-Schild vor der Kamera herumgewedelt hatte, während ihr das Blut über die Wange gelaufen war – das war schon eine zu späte Ausgabe, da war sie schon zu verrückt, man konnte es an ihrem Lächeln sehen und auf dem Schild lesen, dessen schreiende Worte jede Diskussion unmöglich machten. Statt dessen dachte er an die Carol jenes Tages, als ihre Mutter sie alle nach Savin Rock mitgenommen hatte. Sein Freund Bobby hatte einem Drei-Karten-Monte-Spieler an jenem Tag ein bißchen Geld abgeknöpft, und Carol hatte am Strand ihren blauen Badeanzug getragen, und manchmal hatte sie Bobby diesen Blick zugeworfen, der besagte, daß er sie einfach umhaute, daß sie tausend Tode starb und daß der Tod schön war. Sie hatten es damals tatsächlich in der Hand gehabt; da war er ganz sicher. Aber Kinder verlieren alles, Kinder haben glitschige Finger und Löcher in der Tasche, und sie verlieren alles.

»Wir haben uns an der Börse die Brieftaschen gefüllt, sind ins Fitness-Center gegangen und haben Therapiesitzungen absolviert, um zu uns selbst zu finden. Südamerika brennt, Malaysia brennt, das verdammte *Vietnam* brennt, aber wir sind schließlich über diese Selbsthaßgeschichte weggekommen, haben es schließlich geschafft, uns zu mögen, also ist das okay.«

Sully dachte daran, wie Malenfant sich selbst fand und den inneren Ronnie lieben lernte, und unterdrückte einen Schauder.

Dieffenbakers Finger waren jetzt alle vor seinem Gesicht hochgereckt; für Sully sah er aus wie Al Jolson, der sich bereit machte, »Mammy« zu singen. Dieffenbaker schien es im selben Moment zu merken wie Sully und senkte die Hände. Er sah müde, beunruhigt und unglücklich aus.

»Ich mag viele Leute unseres Alters, solange sie einzeln auftreten«, sagte er, »aber ich hasse und verabscheue meine Generation, Sully. Wir hatten die Gelegenheit, alles zu verändern. Wir hatten sie wirklich. Statt dessen haben wir uns mit Designer-Jeans, zwei Tickets für Mariah Carey in der Radio City Music Hall, Vielfliegerkilometern, James Camerons *Titanic* und Pensionsfonds begnügt. Die einzige Generation, die uns in puncto purer, egoistischer Selbstsucht halbwegs das Wasser reichen kann, ist die sogenannte *Lost Generation* der zwanziger Jahre, und die meisten von denen hatten zumindest den Anstand, permanent betrunken zu sein. Wir haben nicht mal das fertiggebracht. Mann, wir sind doch echt für 'n Arsch.«

Sully sah, daß der neue Lieutenant den Tränen nahe war. »Deef –«

»Kennst du den Preis für den Verrat an der Zukunft, Sully-John? Man kann die Vergangenheit nicht wirklich verlassen. Man wird es nie packen. Ich behaupte, daß du in Wirklichkeit gar nicht in New York bist. Du bist im Delta, lehnst dich an einen Baum, bist high und reibst dir den Nacken mit Mückensalbe ein. Packer hat noch das Kommando, weil wir immer noch 1969 schreiben. Alles, was du für ›dein späteres Leben‹ hältst, ist eine riesige verdammte Luftblase. Und es ist auch besser so. Vietnam ist besser. Deshalb bleiben wir dort.«

»Meinst du?«

»Absolut.«

Eine dunkelhaarige, braunäugige Frau in einem blauen Kleid lugte um die Ecke und sagte: »Da bist du also.«

Dieffenbaker erhob sich, während sie langsam auf sie zukam, eine hübsche Frau auf hochhackigen Schuhen. Sully stand ebenfalls auf.

»Mary, das ist John Sullivan. Er hat mit mir und Pags zusammen gedient. Sully, das ist meine gute Freundin Mary Theresa Charlton.«

»Freut mich, Sie kennenzulernen«, sagte Sully und streckte die Hand aus.

Ihr Griff war fest und sicher, lange, kühle Finger in seinen, aber sie sah Dieffenbaker an. »Mrs. Pagano will dich sehen, Schatz. Kommst du?«

»Na klar«, sagte Dieffenbaker. Er setzte sich zur Vorderseite des Gebäudes in Bewegung, dann drehte er sich noch einmal zu Sully um. »Bleib noch 'nen Augenblick«, sagte er. »Dann gehen wir was trinken. Ich verspreche auch, daß ich keine Vorträge halten werde.« Aber er wich Sullys Blick bei diesen Worten aus, als wüßte er, daß er dieses Versprechen nicht halten konnte.

»Danke, Loot, aber ich muß wirklich zurück. Ich will zu Hause sein, bevor der Berufsverkehr anfängt.«

Aber nun war er doch in den Berufsverkehr geraten, und ein Klavier fiel auf ihn herunter, schimmerte in der Sonne und summte im Fallen vor sich hin. Sully warf sich auf den Bauch und rollte sich unter einen Wagen. Das Klavier krachte keine drei Meter von ihm entfernt auf die Straße, platzte auseinander und kotzte Reihen von Tasten wie Zähne aus.

Sully schlüpfte wieder unter dem Wagen hervor, wobei er sich den Rücken am heißen Auspuffrohr verbrannte, und rappelte sich mühsam auf. Er schaute mit großen, ungläubigen Augen nach Norden. Ein komplettes Flohmarktarsenal fiel vom Himmel: Kassettenrecorder, Teppiche, ein Rasentraktor, dessen mit Gras verklebte Klinge in ihrem Gehäuse rotierte, ein Mohr in Jockeykleidung, den man auf dem Rasen aufstellen konnte, und ein Aquarium, in dem noch Fische schwammen. Er sah einen alten Mann mit einem dicken Schopf theatralisch grauer Haare die Standspur entlanglaufen, und dann fiel eine Treppe auf ihn drauf, riß ihm den linken Arm ab und warf ihn auf die Knie. Es regnete Uhren und Schreibtische und Beistelltische, dann stürzte ein Fahrstuhl herab, dessen Trosse sich hinter ihm in der Luft entrollten wie eine schmierige durchtrennte Nabelschnur. Ein Hagelschauer von Hauptbüchern ging auf dem Parkplatz eines nahegelegenen Gewerbegebiets nieder; das Flappen ihrer Umschläge klang wie Applaus. Ein Pelzmantel fiel auf eine rennende Frau und stoppte sie, und dann landete ein Sofa auf ihr, das sie zerquetschte. Ein wahres Lichtgewitter erfüllte die Luft, als große Gewächshaus-Glasscheiben aus dem Blau herabfielen. Die Statue eines Bürgerkriegssoldaten krachte durch einen Lieferwagen. Ein Bügelbrett traf das Geländer der Überführung weiter vorn und fiel dann wie ein rotierender Propeller in den stehenden Verkehr. Ein ausgestopfter Löwe plumpste auf die Ladefläche eines Pickups. Alles war voller rennender, schreiender Menschen. Überall standen Autos mit eingebeulten Dächern und zertrümmerten Fenstern; Sully sah einen Mercedes, aus dessen Sonnendach die unnatürlich pinkfarbenen Beine einer Schaufensterpuppe ragten. Die Luft erbebte vor Pfeif- und Kreischlauten.

Ein weiterer Schatten fiel auf ihn, und noch während er sich duckte und die Hand hochriß, wußte er, daß es zu spät war – falls es sich um ein Bügeleisen oder einen Toaster oder so etwas handelte, würde ihm das Ding den Schädel zerschmettern. Wenn es etwas Größeres war, würde nichts als ein Fettfleck auf dem Highway von ihm übrigbleiben.

Der fallende Gegenstand traf seine Hand, ohne sie im mindesten zu verletzen, prallte ab und landete vor seinen Füßen. Er schaute erst überrascht, dann mit aufkeimendem Erstaunen darauf hinab. »Heilige Scheiße«, sagte er.

Sully bückte sich und hob den Baseballhandschuh auf, der vom Himmel gefallen war. Er erkannte ihn sofort, selbst nach all diesen Jahren: Der tiefe Kratzer am kleinen Finger und der komische Knotenwirrwarr im Ledergewebe waren so gut wie Fingerabdrücke. Er schaute auf die Seite, auf die Bobby in Druckbuchstaben seinen Namen geschrieben hatte. Er war noch da, aber die Buchstaben sahen viel zu frisch aus, und das Leder war an dieser Stelle abgewetzt, ausgeblichen und zerkratzt, als wären andere Namen mit Tinte dorthin geschrieben und dann wieder entfernt worden.

Als er den Handschuh näher ans Gesicht hob, war der Geruch berauschend und unwiderstehlich zugleich. Sully zog sich den Handschuh an, und als er das tat, knisterte etwas unter seinem kleinen Finger – ein Stück Papier, das dort hineingesteckt worden war. Er achtete nicht darauf. Statt dessen hielt er sich den Handschuh vors Gesicht, schloß die Augen und atmete ein. Leder, Klauenfett, Schweiß und Gras. All die Sommer waren wieder da. Der Sommer des Jahres 1960 zum Beispiel, als er nach seiner Woche im Camp zurückgekommen war und feststellen mußte, daß sich alles verändert hatte – Bobby war mürrisch, Carol abweisend, blaß und grüblerisch (zumindest für eine Weile), und der coole alte Typ, der im zweiten Stock von Bobbys Haus gewohnt hatte – Ted –, war weg. Alles hatte sich verändert... aber es war immer noch Sommer, er war immer noch elf, und alles war ihm immer noch so erschienen, als wäre es ...

»Ewig«, murmelte er in den Handschuh und atmete dessen Geruch erneut tief ein, während in der Nähe ein gläserner Schaukasten voller Schmetterlinge auf dem Dach eines Brot-Lieferwagens zerbrach und ein Stopschild vibrierend in der Standspur steckenblieb wie ein geworfener Speer. Sully erinnerte sich an seinen Bolo-Bouncer, an seine schwarzen Keds und den Geschmack von *Pez* aus der Pistole, wenn sie gegen den Gaumen trafen und dann auf der Zunge landeten; er erinnerte sich daran, wie seine Fängermaske sich angefühlt hatte, wenn sie genau richtig auf seinem Gesicht saß, an das *hischa-hischa-hischa* der Rasensprenkler auf der Broad Street, daran, wie sauer Mrs. Conlan wurde, wenn man ihren kostbaren Blumen zu nahe kam, und an Mrs. Godlow im Asher Empire, die den Geburtsschein sehen wollte, wenn sie fand, daß man zu groß war, um noch als unter zwölf durchzugehen; er erinnerte sich an das Plakat mit Brigitte Bardot

(*wenn die Müll ist, dann wär ich gern der Müllmann*)

in ihrem Handtuch, daran, wie sie einander im Spiel wilde Feuergefechte geliefert, wie sie Werfen geübt und gespielt hatten, was sie werden wollten, und wie sie in der vierten Klasse hinten in Mrs. Sweetsers Klassenzimmer mit dem Mund Furzgeräusche in der Armbeuge gemacht hatten, und –

»He, Amerikaner.« Nur daß sie *Amellikanel* sagte, und Sully wußte, wen er sehen würde, noch bevor er den Kopf von Bobbys Alvin-Dark-Handschuh hob. Es war die alte *mamasan*, die zwischen dem Feuerstuhl, der von einer Kühltruhe zermalmt worden war (eingeschweißtes Fleisch ergoß sich in eisigen Blöcken aus ihrem zerstörten Deckel), und einem Subaru stand, dessen Dach ein Gartenflamingo durchstoßen hatte. Die alte *mamasan* mit ihrer grünen Hose, dem orangefarbenen Kittel und den roten Schuhen, die alte *mamasan*, strahlend hell wie ein Kneipenschild in der Hölle.

»He, Amerikaner, du kommen mit, ich beschützen.« Und sie streckte die Arme aus.

Sully ging durch den tosenden Hagelschauer herabfallender Fernsehgeräte, Gartenpools, Zigarettenstangen, hochhackiger Schuhe, einer riesigen Trockenhaube samt Ständer und eines Münzfernsprechers, der beim Aufschlag einen Jackpot an Münzen erbrach, auf sie zu. Er ging mit einem Gefühl der Erleichterung auf sie zu, jenem Gefühl, das man nur hat, wenn man nach Hause kommt.

»Ich beschützen.« Ihre Arme waren nun weit ausgebreitet. »Armer Junge, ich beschützen.« Sully trat in den toten Kreis ihrer Umarmung, während um ihn herum schreiende Menschen durcheinanderliefen und alle möglichen amerikanischen Dinge vom Himmel stürzten und die I-95 nördlich von Bridgeport mit ihrem fallenden Flitter bombardierten. Sie legte die Arme um ihn.

»Ich beschützen«, sagte sie, und Sully war in seinem Wagen. Überall um ihn herum stand der Verkehr, auf allen vier Spuren. Das Radio lief, und der eingestellte Sender war WKND. Die Platters sangen »Twilight Time«, und Sully bekam keine Luft. Nichts schien vom Himmel gefallen zu sein, abgesehen von dem Verkehrsstau schien alles in Ordnung zu sein, aber wie war das möglich? Wie war das möglich, wenn seine Hand immer noch in Bobby Garfields altem Baseballhandschuh steckte?

»Ich beschützen«, sagte die alte *mamasan*. »Armer Junge, armer amerikanischer Junge, ich beschützen.«

Sully konnte nicht atmen. Er wollte sie anlächeln. Er wollte ihr erklären, daß es ihm leid tat, daß einige von ihnen es zumindest gut gemeint hatten, aber er bekam keine Luft, und er war sehr müde. Er schloß die Augen und versuchte, Bobbys Handschuh ein letztes Mal hochzuheben, einen letzten, leisen Hauch jenes öligen, sommerlichen Geruchs zu erhaschen, aber er war zu schwer.

Am nächsten Morgen stand Dieffenbaker am Küchentresen – er trug nur eine Jeans, sonst nichts – und schenkte sich eine Tasse Kaffee ein, als Mary aus dem Wohnzimmer kam. Sie hatte ihr EIGENTUM-DER-DENVER-BRONCOS-Sweatshirt an und die New Yorker *Post* in der Hand.

»Ich glaube, ich habe schlechte Nachrichten für dich«, sagte sie und schien es sich dann noch einmal zu überlegen. »*Einigermaßen* schlechte Nachrichten.«

Er drehte sich wachsam zu ihr um. Schlechte Nachrichten sollte man immer erst nach dem Mittagessen erfahren, dachte er. Dann war man zumindest halbwegs auf sie vorbereitet. So früh am Morgen war man noch viel zu empfindlich. »Was ist passiert?«

»Der Mann, mit dem du mich gestern bei der Beerdigung deines Freundes bekannt gemacht hast – du hast doch gesagt, er sei ein Autohändler aus Connecticut, stimmt's?«

»Stimmt.«

»Ich wollte nur sichergehen, weil John Sullivan, na ja, das ist nicht gerade der auffallendste und ungewöhnlichste –«

»Wovon redest du, Mary?«

Sie gab ihm die zusammengefaltete Zeitung. Eine Seite im Innern des Blattes war aufgeschlagen. »Da steht, es ist auf dem Heimweg passiert. Tut mir leid, Schatz.«

Sie mußte sich irren, war sein erster Gedanke; es war doch unmöglich, daß jemand starb, unmittelbar nachdem man ihn gesehen und mit ihm gesprochen hatte. Das schien irgendwie eine elementare Regel zu sein.

Aber er war es, und in dreifacher Ausführung: Sully in einer High-School-Baseballkluft mit einer hochgeschobenen Fängermaske auf dem Kopf, Sully in Uniform mit Sergeantenstreifen am Ärmel, und Sully in einem Anzug, der aus den späten Siebzigern stammen mußte. Unter der Reihe von Bildern war eine der Schlagzeilen, die man nur in der *Post* fand:

RAMBOZAMBA!
Mit Silver Star dekorierter Vietnamveteran
stirbt im Stau

Dieffenbaker überflog den Artikel rasch und fühlte sich dabei so unbehaglich und im Stich gelassen wie immer in letzter Zeit, wenn er die Todesnachricht von jemandem seines Alters las, jemandem, den er kannte. *Wir sind noch zu jung, um eines natürlichen Todes zu sterben,* dachte er stets, obwohl er wußte, daß das eine törichte Ansicht war.

Sully war offenbar einem Herzanfall erlegen, als er in einem Verkehrsstau gesteckt hatte, der von einem Sattelschlepper verursacht worden war, dessen Anhänger sich quergestellt hatte. Es konnte durchaus sein, daß er in Sichtweite des Chevrolet-Schildes seines eigenen Autohauses gestorben war, klagte der Artikel. Solche Epiphanien konnte man ebenso wie die RAMBOZAMBA-Schlagzeile nur in der *Post* finden. Die *Times* war ein gutes Blatt für kluge Leute; die *Post* war die Zeitung der Säufer und Dichter.

Sully hatte eine Ex-Frau hinterlassen, aber keine Kinder. Die Beisetzungszeremonie wurde von Norman Oliver von der First Connecticut Bank and Trust organisiert.

Von seiner Bank beerdigt! dachte Dieffenbaker, und seine Hände begannen zu zittern. Er hatte keine Ahnung, warum ihn dieser Gedanke mit einem solchen Entsetzen erfüllte, aber es war so. *Von seiner verfluchten* Bank! *O Mann!*

»Schatz?« Mary sah ihn ein bißchen nervös an. »Ist alles in Ordnung?«

»Ja«, sagte er. »Er ist in einem Verkehrsstau gestorben. Vielleicht sind sie mit dem Krankenwagen gar nicht zu ihm durchgekommen. Vielleicht haben sie ihn überhaupt erst entdeckt, als der Stau sich aufgelöst hat. Du lieber Gott.«

»Nicht«, sagte sie und nahm ihm die Zeitung ab.

Den Silver Star hatte Sully natürlich für die Rettungsoperation bekommen – die Helikopter-Rettungsoperation. Trotz des Feuers der Schlitzaugen waren Packer und Shearman an der Spitze eines Haufens amerikanischer Soldaten, die meisten von Delta zwo-zwo, auf die Lichtung gestürmt. Zehn oder zwölf Soldaten der Bravo-Kompanie hatten ihnen während dieser Rettungsoperation einen chaotischen und wahrscheinlich nicht sehr effektiven Feuerschutz gegeben … und wie durch ein Wunder hatten zwei der Männer in den ineinander verkeilten Hubschraubern tatsächlich noch gelebt, zumindest als sie von der Lichtung abtransportiert worden waren. John Sullivan hatte einen von ihnen ganz allein ins schützende Buschwerk getragen, einen mit Feuerlöschschaum bedeckten Burschen, der kreischend in seinen Armen gelegen hatte.

Malenfant war ebenfalls auf die Lichtung gerannt – Malenfant, der einen Kanister mit Löschflüssigkeit umklammerte wie ein großes rotes Baby und die Congs im Busch anschrie, sie sollten ihn doch erschießen, wenn sie könnten, aber das würden sie nicht schaffen, er wisse, daß sie's nicht schaffen würden, sie seien bloß ein Haufen blinder, syphilitischer Scheiß-Schlitzaugen, und sie könnten ihn nicht treffen, sie könnten ja nicht mal ein verdammtes Scheunentor treffen. Malenfant war ebenfalls für den Silver Star vorgeschlagen gewesen, und obwohl Dieffenbaker es nicht genau wußte, nahm er an, daß das picklige kleine Arschloch von einem Mörder wahrscheinlich einen gekriegt hatte. Hatte Sully das gewußt oder vermutet? Hätte er es nicht erwähnt, als sie draußen neben der Leichenhalle gesessen hatten? Vielleicht; vielleicht auch nicht. Orden hatten es so an sich, daß sie im Lauf der Zeit immer unwichtiger wurden, immer mehr der Auszeichnung ähnelten, die man auf der Junior High bekam, wenn man ein Gedicht auswendig gelernt hatte, oder dem Buchstaben für die Jacke, den man auf der High School fürs Laufen verliehen bekam oder dafür, daß man die Home Plate blockierte, wenn der Ball zurückkam. Einfach etwas, das man auf ein Regal stellte. Das waren die Dinge, mit denen alte Männer junge Leute in Schwung brachten. Die Dinge, die sie einem hinhielten, damit man höher sprang, schneller lief, sich nach vorn warf. Dieffenbaker dachte, daß die Welt ohne alte Männer wahrscheinlich ein besserer Ort wäre (diese Einsicht kam ihm, als er gerade im Begriff war, selbst einer zu werden). Die alten Frauen konnte man am Leben lassen, alte Frauen taten im Normalfall niemanden etwas zuleide, aber alte Männer waren gefährlicher als tollwütige Hunde. Man sollte sie alle erschießen, ihre Leichen mit Benzin tränken und sie dann anzünden. Dann konnten die Kinder sich an den Händen fassen, um das Feuer herumtanzen und sentimentale alte Songs von Crosby, Stills and Nash singen.

»Ist wirklich alles in Ordnung mit dir?« fragte Mary.

»Du meinst wegen Sully? Klar. Ich hatte ihn seit Jahren nicht gesehen.«

Er trank einen Schluck von seinem Kaffee und dachte an die alte Frau mit den roten Schuhen, die von Malenfant getötet worden war, die Frau, die Sully besuchen gekommen war. Jetzt würde sie Sully nicht mehr besuchen; das stand immerhin fest. Mit den Besuchen der alten *mamasan* war es jetzt vorbei. So endeten Kriege in Wirklichkeit, vermutete Dieffenbaker – nicht bei Waffenstillstandsverhandlungen, sondern in Krebsstationen, Bürokantinen und Verkehrsstaus. Kriege starben immer nur stückweise, ein winziges Stück nach dem anderen, und jedes Stück fiel wie eine Erinnerung, jedes Stück verlor sich wie ein Echo in weitläufigen Hügeln. Letzten Endes hißte sogar der Krieg die weiße Fahne. Das hoffte er jedenfalls. Er hoffte, daß letzten Endes sogar der Krieg kapitulierte.

1999: Na los, du Saftsack, komm heim

1999

HEAVENLY SHADES OF NIGHT ARE FALLING

An einem Nachmittag im letzten Sommer vor dem Jahr 2000 kam Bobby Garfield nach Harwich, Connecticut, zurück. Er fuhr zuerst zum West-Side-Friedhof, wo der eigentliche Trauergottesdienst am Familiengrab der Sullivans stattfand. Eine ganze Menge Leute waren gekommen, um dem alten Sully-John die letzte Ehre zu erweisen; die Story in der *Post* hatte sie in hellen Scharen herbeigelockt. Als die Ehrenwache der American Legion ihre Gewehre abfeuerte, erschraken mehrere kleine Kinder so, daß sie zu weinen begannen. Nach dem Trauergottesdienst am Grab gab es einen Empfang in der örtlichen American Veterans Hall. Bobby ging aus Pflichtgefühl hin – er blieb gerade so lange, um ein Stück Kuchen zu essen, eine Tasse Kaffee zu trinken und Mr. Oliver guten Tag zu sagen –, aber er sah niemanden, den er kannte, und er wollte das Tageslicht ausnutzen, um noch andere Orte aufzusuchen. Er war seit fast vierzig Jahren nicht mehr in Harwich gewesen.

Die Realschule und die höhere Schule St. Gabriel der Standhafte waren einem Einkaufszentrum gewichen. Wo früher das alte Postamt gewesen war, befand sich jetzt ein leeres Grundstück. Der Bahnhof bot immer noch Ausblick auf den Marktplatz, aber die steinernen Stützpfeiler der Überführung waren mit Graffiti bedeckt, und Mr. Burtons Zeitungskiosk war mit Brettern vernagelt. Zwischen der River Avenue und dem Housatonic gab es nach wie vor Rasenflächen, aber die Enten waren verschwunden. Bobby erinnerte sich, daß er eine dieser Enten nach einem Mann in einem braunen Anzug geworfen hatte – unwahrscheinlich, aber wahr. *Ich geb dir zwei Dollar, wenn du dir von mir einen blasen läßt,* hatte der Mann gesagt, und Bobby hatte ihn mit einer Ente beschmissen. Jetzt konnte er darüber grinsen, aber damals hatte ihm dieser Wichser eine Höllenangst eingejagt, und zwar aus allen möglichen Gründen.

Wo das Asher Empire gestanden hatte, erhob sich jetzt ein großes beigefarbenes Lagerhaus von UPS. Weiter in Richtung Bridgeport, wo die Asher Avenue in den Puritan Square mündete, hatte das William Penne Grille einem Pizza Uno Platz gemacht. Bobby überlegte, ob er hineingehen sollte, aber eigentlich nicht ernsthaft. Sein Magen war fünfzig, wie alles übrige an ihm, und kam nicht mehr so gut mit Pizza zurecht.

Aber das war nicht der wahre Grund. Es würde ihm zu leicht fallen, sich gewisse Dinge vorzustellen, das war der wahre Grund – vor seinem geistigen Auge würden gar zu leicht große vulgäre Wagen mit schreiend greller Lackierung auftauchen.

Darum war er wieder nach Harwich hineingefahren, und Teufel auch – der Colony Diner war noch dort, wo er immer gewesen war, und die gegrillten Hot dogs standen noch immer auf der Speisekarte. Hot dogs waren genauso schlimm wie eine Scheiß-Pizza, vielleicht noch schlimmer, aber wofür gab es schließlich Prilosec, wenn nicht für einen gelegentlichen gastronomischen Bummel auf der Straße der Erinnerungen? Er hatte eine genommen und zwei Hot dogs hinterhergeschickt. Es gab sie immer noch in diesen kleinen, fettigen Papphüllen, und sie schmeckten nach wie vor himmlisch.

Er deckte die Hot dogs noch mit einer Schicht Obstkuchen ab, ging dann hinaus und blieb einen Moment lang neben seinem Wagen stehen. Dann beschloß er, ihn stehenzulassen – er wollte lediglich noch zwei weitere Orte aufsuchen, und beide waren bequem zu Fuß zu erreichen. Er nahm die Sporttasche vom Beifahrersitz und ging langsam an Spicer's vorbei, das sich zu einem 7-Eleven-Supermarkt mit Zapfsäulen vor der Tür entwickelt hatte. Stimmen drangen an sein Ohr, als er daran vorbeiging, Geisterstimmen von 1960, die Stimmen der Sigsby-Zwillinge.

Mama-Daddy ham gestritten.

Mama hat gesagt, wir sollen draußen bleiben.

Warum haste das gemacht, Bobby Garfield, du alter Blödmann?

Ein alter Blödmann, ja, das war er gewesen. Vielleicht war er mit den Jahren ein bißchen klüger geworden, aber so viel klüger nun auch wieder nicht.

Auf halber Höhe des Broad Street Hill erspähte er ein verblichenes Himmel-und-Hölle-Spiel auf dem Bürgersteig. Er kniete sich hin und sah es sich im Spätnachmittagslicht genau an, fuhr mit den Fingerspitzen die Umrahmungen der Kästchen entlang.

»Mister? Alles in Ordnung mit Ihnen?« Eine junge Frau mit einer Supermarkttüte in den Armen sah Bobby besorgt und mißtrauisch zugleich an.

»Mir geht's gut«, sagte er, stand auf und staubte sich die Hände ab. Und das stimmte auch. Kein einziger Mond oder Stern neben dem Muster, geschweige denn ein Komet. Und Anschläge, auf denen nach entlaufenen Tieren gesucht wurde, hatte er bei seinem Streifzug durch die Stadt auch nicht entdeckt. »Mir geht's gut.«

»Tja, schön für Sie«, sagte die junge Frau und ging eilig weiter. Sie lächelte nicht. Bobby schaute ihr nach und setzte sich dann selbst wieder in Bewegung. Er fragte sich, was wohl aus den Zwillingen der Sigsbys geworden war und wo sie jetzt sein mochten. Ihm fiel ein, daß Ted Brautigan einmal über die Zeit gesprochen und sie die alte, kahlköpfige Betrügerin genannt hatte.

Erst als er 149 Broad Street wirklich sah, wurde Bobby klar, wie sicher er gewesen war, dort jetzt einen Videoladen, einen Sandwich-Shop oder vielleicht ein neu erbautes Doppelhaus zu erblicken. Statt dessen war es immer noch genau dasselbe alte Haus, nur mit cremefarbenen statt grünen Verzierungen. Auf der Veranda stand ein Fahrrad, und er dachte daran, wie sehnlich er sich in jenem letzten Sommer in Harwich ein Fahrrad gewünscht hatte. Er hatte sogar ein Gefäß gehabt, in dem er Geld dafür gespart hatte, mit einem Etikett mit der Aufschrift »Fahrradkonto« oder so ähnlich.

Weitere Geisterstimmen, während er dort stand und sein Schatten auf der Straße länger wurde.

Wenn wir steinreich wären, müßtest du dir nichts aus deinem Fahrradtopf leihen, um deine kleine Freundin zu einer Fahrt auf der Looping-Achterbahn einzuladen.

Sie ist nicht meine Freundin! Sie ist nicht meine kleine Freundin!

In seiner Erinnerung hatte er das sehr laut zu seiner Mutter gesagt, es ihr richtiggehend entgegengeschrien… aber er zweifelte an der Genauigkeit dieser Erinnerung. Seine Mutter war kein Mensch gewesen, den man anschreien konnte. Nicht, wenn man seinen Skalp behalten wollte.

Und außerdem – Carol *war* seine kleine Freundin gewesen, oder nicht? Ja, das war sie gewesen.

Nun fehlte ihm nur noch ein Ort, bevor er zu seinem Wagen zurückkehren würde, und nach einem letzten langen Blick auf das Haus, in dem er mit seiner Mutter bis zum August 1960 gewohnt hatte, machte sich Bobby wieder auf den Weg den Broad Street Hill hinunter, wobei er die Sporttasche in einer Hand hin und her schwingen ließ.

Über jenem Sommer hatte ein Zauber gelegen, daran zweifelte er auch im Alter von fünfzig Jahren nicht, aber er wußte nicht mehr, was für eine Art Zauber das gewesen war. Vielleicht hatte er nur die gleiche Ray-Bradbury-Kindheit gehabt wie so viele Kleinstadtkinder, zumindest in seinem Gedächtnis; jene Art von Kindheit, in der die reale Welt und die Traumwelt sich manchmal überschnitten und eine Art Zauber hervorbrachten.

Ja, aber … na ja …

Da waren natürlich die Rosenblätter, die Carol an ihn weitergeleitet hatte … aber hatten sie etwas bedeutet? Früher einmal war es ihm so erschienen – dem einsamen, beinahe verlorenen Jungen von damals war es so erschienen –, aber die Rosenblätter waren längst fort. Er hatte sie ungefähr zur selben Zeit verloren, als er das Foto dieses niedergebrannten Hauses in Los Angeles gesehen und begriffen hatte, daß Carol Gerber tot war.

Ihr Tod machte nicht nur die Vorstellung eines Zaubers zunichte, sondern in Bobbys Augen auch den Zweck der Kindheit selbst. Was für einen Sinn hatte sie, wenn sie zu solchen Dingen führte? Schlechte Augen und schlechter Blutdruck waren eine Sache; schlechte Ideen, schlechte Träume und schlechte Ziele waren etwas anderes. Nach einer Weile wollte man zu Gott sagen, ach, komm schon, Großer, *hör auf* damit. Man verlor seine Unschuld, wenn man erwachsen wurde, na schön, das wußte jeder, aber mußte man auch die Hoffnung verlieren? Was für einen Sinn hatte es, mit elf ein Mädchen auf dem Riesenrad zu küssen, wenn man elf Jahre später die Zeitung aufschlug und erfuhr, daß sie in einem verwahrlosten kleinen Haus in irgendeiner verwahrlosten kleinen Sackgasse verbrannt war? Was für einen Sinn hatte es, sich an ihre schönen erschrockenen Augen zu erinnern, oder daran, wie ihr Haar in der Sonne geschimmert hatte?

All das und mehr hätte er noch vor einer Woche gesagt, aber dann hatte sich eine Ranke jenes alten Zaubers ausgestreckt und ihn berührt. *Komm schon,* hatte sie geflüstert. *Komm schon, Bobby, na los, du Saftsack, komm heim.* Und nun war er wieder in Harwich. Er hatte seinem alten Freund die letzte Ehre erwiesen, er hatte eine kleine Besichtigungstour durch die alte Stadt gemacht (und kein einziges Mal feuchte Augen bekommen), und jetzt war es fast Zeit, die Rückfahrt anzutreten. Zuvor wollte er jedoch noch einen letzten Zwischenstopp einlegen.

Es war Abendessenszeit, und der Commonwealth Park war beinahe leer. Als Bobby zu dem Drahtnetz hinter der Home Plate von Platz B ging, kamen ihm drei verspätete Spieler entgegen. Zwei hatten ihre Sachen in großen roten Matchbeuteln; der dritte hatte einen Ghettoblaster dabei, aus dem in voller Lautstärke The Offspring dröhnten. Alle drei warfen ihm mißtrauische Blicke zu, was Bobby nicht überraschte. Er war ein Erwachsener im Land von Kindern, die in einer Zeit lebten, in der so jemand wie er suspekt war. Er vermied es, alles noch schlimmer zu machen, indem er ihnen zunickte oder zuzwinkerte oder gar etwas Dummes sagte wie *Na, wie war das Spiel, Jungs?* Sie gingen an ihm vorbei.

Er stand da, die Finger in die Drahtrauten des Netzes gehakt, und sah zu, wie das späte rote Licht schräg aufs Gras im Außenfeld fiel und von der Anzeigetafel und den Schildern mit der Aufschrift BLEIBT IN DER SCHULE und WAS GLAUBT IHR, WARUM MAN ES SHIT NENNT reflektiert wurde. Und wieder verspürte er diesen atemlosen Zauber, dieses Gefühl, daß die Welt nur eine dünne Lackschicht über etwas anderem war, etwas Hellerem und zugleich Dunklerem. Die Stimmen waren jetzt überall, wirbelnd wie die Linien auf einem Kreisel.

Sag nicht zu mir, ich sei dumm, Bobby-O.

Sie sollten Bobby nicht schlagen, er ist nicht wie diese Männer.

Ein richtiges Engelchen war er, mein Kleiner, er hat immer so einen Song von Jo Stafford gedrückt.

Es ist ka … *und* ka *heißt Schicksal.*

Ich liebe dich, Ted.

»Ich liebe dich, Ted.« Bobby sprach die Worte aus, ohne sie zu deklamieren, aber er flüsterte sie auch nicht gerade. Er probierte, ob sie ihm noch paßten. Er konnte sich nicht einmal erinnern, wie Ted Brautigan ausgesehen hatte, jedenfalls nicht mehr so richtig (nur die Chesterfields und diese ewigen Flaschen Kräuterlimonade sah er noch vor sich), aber bei diesem Satz wurde ihm immer noch warm ums Herz.

Und da war noch eine andere Stimme. Als sie ertönte, spürte Bobby, wie ihm zum ersten Mal seit seiner Rückkehr Tränen in den Augenwinkeln brannten.

Hätte nichts dagegen, Zauberer zu werden, wenn ich groß bin, Bobby, weißt du? So mit 'nem Jahrmarkt oder 'nem Zirkus rumziehen, mit schwarzem Anzug und Zylinder …

»Und Kaninchen und all so 'nen Scheiß aus dem Hut ziehen«, sagte Bobby und wandte sich von Platz B ab. Er lachte, wischte sich die Augen und fuhr sich dann mit einer Hand über den Kopf. Keine Haare mehr da oben; die letzten hatte er vor ungefähr fünfzehn Jahren termingerecht verloren. Er ging zu einem der Wege hinüber (1960 noch ein Kiesweg, jetzt Asphalt mit kleinen Schildern daneben, auf denen NUR FÜR RADFAHRER – FÜR INLINESKATER VERBOTEN! stand) und setzte sich auf eine der Bänke, vielleicht auf dieselbe wie an jenem Tag, als Sully ihn gefragt hatte, ob er ins Kino mitkommen wolle, und Bobby abgelehnt hatte, weil er statt dessen *Herr der Fliegen* zu Ende lesen wollte. Er stellte die Sporttasche neben sich auf die Bank.

Direkt vor ihm war ein Wäldchen. Bobby war ziemlich sicher, daß Carol ihn damals in dieses Wäldchen geführt hatte, als er in Tränen ausgebrochen war. Das hatte sie getan, damit niemand sah, daß er wie ein Baby flennte. Niemand außer ihr. Hatte sie ihn in die Arme genommen, bis er sich ausgeweint hatte? Er wußte es nicht mehr genau, aber er glaubte es. Deutlicher erinnerte er sich daran, wie die drei Jungs von St. Gabe's sie beide später fast verprügelt hätten.

Die Freundin von Carols Mutter hatte sie damals gerettet. Er konnte sich nicht an ihren Namen erinnern, aber sie war gerade noch rechtzeitig gekommen... so wie der Bursche von der Marine am Ende von *Herr der Fliegen* gerade rechtzeitig gekommen war, um Ralph zu retten.

Rionda hat sie geheißen. Sie hat ihnen erklärt, sie würde es dem Priester erzählen, und der Priester würde es ihren Eltern sagen.

Aber Rionda war nicht in der Nähe gewesen, als diese Jungs Carol erneut gestellt hatten. Wäre Carol in Los Angeles verbrannt, wenn Harry Doolin und seine Freunde sie in Ruhe gelassen hätten? Man konnte es natürlich nicht mit Sicherheit sagen, aber Bobby dachte, daß die Antwort wahrscheinlich nein lautete. Und selbst jetzt spürte er, wie seine Hände sich zu Fäusten ballten, als er dachte: *Aber ich hab dich gekriegt, Harry, stimmt's? Ja, tatsächlich.*

Aber da war es schon zu spät gewesen. Da hatte sich schon alles geändert.

Er zog den Reißverschluß der Sporttasche auf, wühlte darin herum und brachte ein Batterieradio zum Vorschein. Es war auch nicht annähernd so groß wie der Ghettoblaster, der gerade an ihm vorbei zu den Geräteschuppen getragen worden war, aber groß genug für seine Zwecke. Er brauchte es nur einzuschalten; es war bereits auf WKND eingestellt, Southern Connecticuts Home of the Oldies. Troy Shondell sang »This Time«. Das war Bobby recht.

»Sully«, sagte er und schaute in das Wäldchen, »du warst ein echt cooler Saftsack.«

Hinter ihm sagte eine Frau sehr geziert: »Wenn du fluchst, geh ich nicht mit dir.«

Bobby fuhr so schnell herum, daß ihm das Radio vom Schoß fiel und im Gras landete. Er konnte das Gesicht der Frau nicht sehen; sie war nur eine Silhouette, zu deren beiden Seiten sich der rote Himmel wie ein Paar Flügel ausbreitete. Ihm stockte der Atem. Er versuchte zu sprechen, bekam aber kein Wort heraus. Die Zunge klebte ihm am Gaumen. Ganz weit hinten in seinem Kopf sagte eine nachdenkliche Stimme: *So ist das also, wenn man einen Geist sieht.*

»Ist alles in Ordnung mit dir, Bobby?«

Sie bewegte sich schnell, kam um die Bank herum, und dabei traf ihn die rote, untergehende Sonne voll in die Augen. Er roch Parfüm ... oder war es Sommergras? Er wußte es nicht. Und als er die Augen wieder aufmachte, konnte er immer noch nicht mehr sehen als den Umriß der Frau; wo ihr Gesicht hingehörte, war ein anhaltendes grünes Nachbild der Sonne.

»Carol?« fragte er. Seine Stimme war heiser und unsicher. »Lieber Gott, bist du das wirklich?«

»Carol?« sagte die Frau. »Ich kenne keine Carol. Mein Name ist Denise Schoonover.«

Aber sie war es. Als er sie zum letzten Mal gesehen hatte, war sie gerade mal elf gewesen, aber er wußte es. Er rieb sich wie wild die Augen. Aus dem im Gras liegenden Radio ertönte die Stimme des DJs: »Hier ist WKND, wo Ihre Vergangenheit immer gegenwärtig ist. Ich bin Clyde McPhatter, und ich habe ›A Lover's Question‹.«

Du hast gewußt, daß sie kommen würde, wenn sie noch am Leben war. Du hast es gewußt.

Natürlich; weshalb wäre er selbst sonst hergekommen? Sicherlich nicht wegen Sully, oder nicht nur wegen Sully. Und doch war er gleichzeitig überzeugt gewesen, daß sie tot war. Von dem Moment an, als er das Bild dieses ausgebrannten Hauses in Los Angeles gesehen hatte, war er absolut sicher gewesen. Und wie ihm das weh getan hatte – nicht so, als hätte er sie vor vierzig Jahren zum letzten Mal gesehen, als sie über die Commonwealth Avenue lief, sondern als wäre sie bis zu diesem Tag seine Freundin geblieben, nur einen Telefonanruf oder ein paar Schritte die Straße hinauf entfernt.

Während er noch das schwebende Sonnenfleck-Nachbild wegzuzwinkern versuchte, das ihm vor den Augen hing, küßte die Frau ihn fest auf den Mund und flüsterte ihm dann ins Ohr: »Ich muß nach Hause, den Salat machen. Was ist das?«

»Das letzte, was du zu mir gesagt hast, als wir noch Kinder waren«, erwiderte er und drehte sich zu ihr. »Du bist gekommen. Du lebst, und du bist gekommen.«

Das Licht der untergehenden Sonne fiel auf ihr Gesicht, und das Nachbild hatte sich soweit verflüchtigt, daß er sie sehen konnte. Sie war schön, trotz der Narbe, die sich von ihrem rechten Augenwinkel in einem grausamen Fischhaken zu ihrem Kinn hinabzog ... oder vielleicht gerade deswegen. Die Haut neben ihren Augen war von winzigen Krähenfüßen getüpfelt, aber sie hatte keine Falten auf der Stirn oder um ihren ungeschminkten Mund.

Bobby sah erstaunt, daß ihre Haare fast vollständig ergraut waren.

Als läse sie seine Gedanken, streckte sie die Hand aus und berührte seinen Kopf. »Was für ein Jammer«, sagte sie ... aber er glaubte, ihre alte Fröhlichkeit in ihren Augen tanzen zu sehen. »Du hattest so prachtvolles Haar. Rionda hat immer gesagt, ich sei zur Hälfte in dein Haar verliebt.«

»Carol ...«

Sie streckte die Hand aus und legte ihm die Finger auf die Lippen. Bobby sah, daß sie auch an der Hand Narben hatte, und ihr kleiner Finger war mißgebildet, fast geschmolzen. Das waren Brandnarben.

»Wie gesagt, ich kenne keine Carol. Mein Name ist Denise. Wie in dem alten Song von Randy and the Rainbows, kennst du den noch?« Sie summte ein paar Töne. Bobby kannte ihn gut. Er kannte all die Oldies. »Wenn du meine Identität überprüfen würdest, fändest du überall nur Denise Schoonover. Ich hab dich beim Gottesdienst gesehen.«

»Ich dich nicht.«

»Ich bin gut darin, nicht gesehen zu werden«, sagte sie. »Das ist ein Trick, den mir jemand vor langer Zeit beigebracht hat. Der Trick, nur *undeutlich* sichtbar zu sein.« Sie schauderte ein wenig bei dieser Formulierung. Bobby hatte von Leuten gelesen, die schauderten – meistens in schlechten Romanen –, aber er hatte nie jemanden gesehen, der es wirklich tat. »Und was Menschenaufläufe angeht, so bin ich gut darin, ganz hinten zu stehen. Der arme alte Sully-John. Erinnerst du dich an seinen Bolo-Bouncer?«

Bobby nickte, und ein Lächeln schlich sich auf sein Gesicht. »Ich weiß noch, wie er mal versucht hat, ganz besonders cool mit dem Ding zu sein, und es nicht nur unter den Armen und hinter dem Rücken, sondern auch zwischen den Beinen durchwandern lassen wollte. Hat sich einen satten Schlag in die Eier verpaßt, und wir hätten uns beinahe totgelacht. Ein paar Mädchen sind angelaufen gekommen – ich bin ziemlich sicher, daß du auch dabei warst – und wollten wissen, was passiert sei, aber wir wollten es euch nicht erzählen. Ihr wart ziemlich sauer.«

Sie lächelte und hob dabei eine Hand an den Mund, und in dieser alten Geste sah Bobby ganz deutlich das Kind, das sie gewesen war.

»Wie hast du von seinem Tod erfahren?« fragte Bobby.

»Hab's in der New Yorker *Post* gelesen. Da war eine dieser schrecklichen Schlagzeilen, die ihre Spezialität sind – RAMBOZAMBA hieß sie –, mit Bildern von ihm. Ich wohne in Poughkeepsie, wo man die *Post* regelmäßig kriegt.« Sie hielt inne. »Ich unterrichte in Vassar.«

»Du unterrichtest in Vassar und liest die *Post?*«

Sie zuckte lächelnd die Achseln. »Wir haben alle unsere Laster. Und du, Bobby? Hast du's auch in der *Post* gelesen?«

»Bei uns gibt's die *Post* nicht. Ted hat es mir gesagt. Ted Brautigan.«

Sie saß nur da und sah ihn an. Ihr Lächeln erlosch.

»Erinnerst du dich an Ted?«

»Ich dachte, ich würde meinen Arm nie wieder benutzen können, und Ted hat ihn wieder eingerenkt, wie durch Zauberei. Natürlich erinnere ich mich an ihn. Aber, Bobby –«

»Er wußte, daß du hier sein würdest. Das dachte ich sofort, als ich das Päckchen aufgemacht hatte, aber richtig geglaubt habe ich's wohl erst, als ich dich gesehen habe.« Er streckte die Hand aus und strich mit der Unbefangenheit eines Kindes über die Narbe in ihrem Gesicht. »Die hast du aus L. A., stimmt's? Was ist passiert? Wie bist du da rausgekommen?«

Sie schüttelte den Kopf. »Ich spreche nicht über diese Dinge. Ich habe nie darüber gesprochen, was in diesem Haus geschehen ist. Und ich werde es auch nie tun. Das war ein anderes Leben. Ein anderes Mädchen. Dieses Mädchen ist gestorben. Sie war sehr jung, sehr idealistisch, und sie ist reingelegt worden. Erinnerst du dich an den Monte-Mann in Savin Rock?«

Er nickte und lächelte ein bißchen. Er nahm ihre Hand, und sie umfaßte seine mit festem Griff. »Erst in Eile, dann mit Weile, still sodann. Jetzt kommt's drauf an. Er hieß McCann oder McCausland oder so.«

»Der Name ist unwichtig. Wichtig ist, daß er einen stets im Glauben gewiegt hat, man wüßte, wo die Dame sei. Er hat einen immer glauben lassen, man könnte gewinnen. Stimmt's?«

»Stimmt.«

»Mit so einem Mann hat sich auch dieses Mädchen eingelassen. Einem Mann, der die Karten immer ein bißchen schneller mischen konnte, als man dachte. Er hat ein paar verwirrte, zornige Kinder gesucht, und er hat sie gefunden.«

»Hatte er einen gelben Mantel?« fragte Bobby. Er wußte nicht, ob er scherzte oder nicht.

Sie sah ihn mit leicht gerunzelter Stirn an, und er begriff, daß sie sich an diesen Teil der Geschichte nicht erinnerte. Hatte er ihr überhaupt von den niederen Männern erzählt? Er glaubte, ja, er glaubte, daß er ihr so ziemlich alles erzählt hatte, aber sie erinnerte sich nicht daran. Vielleicht hatte das, was ihr in L. A. zugestoßen war, ein paar Löcher ins Gedächtnis gebrannt. Bobby konnte das durchaus nachvollziehen. Und wenn ja, wäre sie nicht unbedingt die einzige, nicht wahr? Viele Leute in ihrem Alter hatten sehr hart daran gearbeitet zu vergessen, wer sie in den Jahren zwischen der Ermordung John Kennedys in Dallas und der Ermordung John Lennons in New York City gewesen waren und woran sie in dieser Zeit geglaubt hatten.

»Nicht so wichtig«, sagte er. »Erzähl weiter.«

Sie schüttelte den Kopf. »Ich habe alles darüber gesagt, was ich sagen werde. Alles, was ich sagen kann. Carol Gerber ist in der Benefit Street in Los Angeles gestorben. Denise Schoonover lebt in Poughkeepsie. Carol hat Mathe gehaßt, hat schon mit dem Bruchrechnen auf Kriegsfuß gestanden, aber Denise *unterrichtet* Mathematik. Wie könnten sie ein und dieselbe Person sein? Alberne Idee. Und damit ist der Fall erledigt. Ich möchte wissen, was du eben gemeint hast, mit Ted. Er *kann* nicht mehr am Leben sein, Bobby. Er wäre schon über hundert. *Weit* über hundert.«

»Ich glaube nicht, daß Zeit viel bedeutet, wenn man ein Zerbrecher ist«, sagte Bobby. Auf WKND bedeutete sie auch nicht viel; dort sang Jimmy Gilmer jetzt zur trötenden Begleitung von etwas, das wie eine Okarina klang, über den *Sugar Shack*.

»Ein Zerbrecher? Was ist –«

»Ich weiß es nicht, und es ist auch unwichtig«, sagte Bobby. »Aber was jetzt kommt, ist vielleicht wichtig, also hör genau zu. Okay?«

»Okay.«

»Ich wohne in Philadelphia. Ich habe eine reizende Frau, die von Beruf Fotografin ist, drei reizende, erwachsene Kinder, einen reizenden alten Hund mit schlimmen Hüften und guter Laune und ein altes Haus, in dem ständig irgendwas dringend repariert werden muß. Meine Frau sagt, das kommt daher, daß die Kinder des Schuhmachers immer barfuß gehen und das Haus des Zimmermanns immer ein undichtes Dach hat.«

»Bist du das? Ein Zimmermann?«

Er nickte. »Ich wohne in Redmont Hills, und wenn ich dran denke, mir eine Zeitung zu besorgen, dann kaufe ich mir den *Inquirer* aus Philadelphia.«

»Ein Zimmermann«, sagte sie nachdenklich. »Ich dachte immer, aus dir würde mal ein Schriftsteller werden oder so.«

»Dachte ich auch. Aber es gab auch eine Phase, in der ich dachte, ich würde im Staatsgefängnis von Connecticut landen, und das ist ebenfalls nicht passiert, also gleicht sich das wohl irgendwie aus.«

»Was war in dem Päckchen, von dem du gesprochen hast? Und was hat das mit Ted zu tun?«

»Das Päckchen ist per FedEx zugestellt worden, und der Absender war ein Bursche namens Norman Oliver. Ein Banker. Sully-Johns Testamentsvollstrecker. Das hier war drin.«

Er griff erneut in die Sporttasche und holte einen abgewetzten alten Baseballhandschuh heraus. Er legte ihn der Frau, die neben ihm auf der Bank saß, in den Schoß. Sie hielt ihn sofort schräg und sah sich den Namen an, der mit Tinte auf die Seite geschrieben war.

»Mein Gott«, sagte sie mit klangloser, schockierter Stimme.

»Ich hab dieses Baby seit dem Tag nicht mehr gesehen, als ich dich mit deinem ausgekugelten Arm unter den Bäumen da drüben gefunden habe. Ich nehme an, irgendein Kind ist vorbeigekommen, hat ihn im Gras liegen sehen und einfach mitgehen lassen. Obwohl er schon damals nicht mehr im allerbesten Zustand war.«

»Willie hat ihn gestohlen«, sagte sie fast unhörbar. »Willie Shearman. Ich dachte, er wäre nett. Siehst du, was für eine tolle Menschenkenntnis ich hatte? Schon damals.«

Er schaute sie stumm und verblüfft an, aber sie sah seinen Blick nicht; sie starrte auf den alten Alvin-Dark-Handschuh hinunter, zog an dem Gewirr aus Lederfäden, die das Gewebe irgendwie immer noch zusammenhielten. Und dann entzückte und rührte sie Bobby, indem sie das gleiche tat wie er, kaum daß er die Schachtel aufgemacht und gesehen hatte, was sie enthielt: Sie hob den Baseballhandschuh ans Gesicht und sog das süße Öl-und-Leder-Aroma tief ein. Er hatte den Handschuh allerdings sofort übergestreift, ohne eine Sekunde nachzudenken. Es war das, was ein Baseballspieler tat, was ein kleiner Junge tat, so automatisch wie das Atmen. Norman Oliver war bestimmt auch einmal ein kleiner Junge gewesen, aber offenbar niemals ein Baseballspieler, denn er hatte das Stück Papier nicht gefunden, das tief im letzten Finger des Handschuhs steckte – dem Finger mit dem tiefen Kratzer im alten Rindsleder. Bobby war derjenige, der das Papier fand. Er war mit dem Nagel des kleinen Fingers drangestoßen, so daß es geknistert hatte.

Carol legte den Handschuh wieder hin. Grauhaarig oder nicht, sie sah wieder jung und lebendig aus. »Erzähl's mir.«

»Sully hatte ihn an, als sie ihn tot in seinem Wagen fanden.«

Ihre Augen wurden riesengroß und rund. In diesem Moment sah sie nicht nur wie das kleine Mädchen aus, das in Savin Rock mit ihm Riesenrad gefahren war; sie *war* dieses kleine Mädchen.

»Schau auf den unteren Teil des Handschuhs, neben Alvin Darks Namenszug. Siehst du's?«

Das Licht wurde jetzt rasch schwächer, aber sie sah es.

B. G.
1464 Dupont Circle Road
Redmont Hills, Pennsylvania
Zustellbezirk 11

»Deine Adresse«, sagte sie leise. »Deine *jetzige* Adresse.«

»Ja, aber sieh dir das an.« Er tippte auf die Worte *Zustellbezirk 11*. »Die Post hat die Zustellbezirke in den sechziger Jahren abgeschafft. Ich hab's nachgeprüft. Ted hat es entweder nicht gewußt oder vergessen.«

»Vielleicht hat er's absichtlich so hingeschrieben.«

Bobby nickte. »Schon möglich. Jedenfalls hat Oliver die Adresse gelesen und mir den Handschuh geschickt – er meinte, er sähe keine Notwendigkeit, einen alten Feldspielerhandschuh in die Testamentseröffnung einzubeziehen. Er wollte mir vor allem mitteilen, daß Sully gestorben war, falls ich es nicht bereits wußte, und daß in Harwich ein Trauergottesdienst stattfinden würde. Ich glaube, er wollte, daß ich komme und ihm erzähle, was es mit dem Handschuh auf sich hat. In dem Punkt konnte ich ihm aber nicht viel weiterhelfen. Carol, bist du sicher, daß Willie –«

»Ich hab gesehen, wie er ihn getragen hat. Ich hab ihm gesagt, er solle ihn mir wiedergeben, damit ich ihn dir schicken könnte, aber er hat sich geweigert.«

»Glaubst du, er hat ihn später Sully-John gegeben?«

»Sieht so aus.« Aber irgendwie kam ihr das unglaubwürdig vor; sie spürte, daß die Wahrheit seltsamer sein mußte. Schon Willies Einstellung zu dem Handschuh war seltsam gewesen, obwohl sie nicht mehr genau wußte, wieso.

»Jedenfalls«, sagte er und tippte auf die Adresse im unteren Teil des Handschuhs, »ist das Teds Schrift. Das weiß ich genau. Dann habe ich den Handschuh übergezogen und etwas gefunden. Das ist der eigentliche Grund, weshalb ich gekommen bin.«

Er griff ein drittes Mal in die Sporttasche. Das Licht verlor jetzt sein Rot; die letzten Minuten des Tages waren in ein verblassendes Rosa getaucht, die Farbe wilder Rosen. Aus dem Radio, das immer noch im Gras lag, kam »Don'tcha Just Know It« von Huey »Piano« Smith and The Clowns.

Bobby brachte ein zerknittertes Stück Papier zum Vorschein. Die schweißfeuchten Innereien des Handschuhs hatten ein paar Flecken darauf hinterlassen, aber ansonsten sah es erstaunlich weiß und frisch aus. Er gab es Carol.

Sie hielt es vor sich ins Licht – ihre Augen, sah Bobby, waren nicht mehr so gut wie früher. »Es ist die Titelseite eines Buches«, sagte sie und lachte dann. »*Herr der Fliegen*, Bobby! Dein Lieblingsbuch!«

»Schau auf den unteren Rand«, sagte er. »Lies, was dort steht.«

»Faber and Faber, Limited … 24 Russell Square … London.« Sie sah ihn fragend an.

»Sie stammt aus der Taschenbuchausgabe von Faber, die 1960 herauskam«, erklärte Bobby. »Das steht hinten drauf. Aber sieh sie dir an, Carol! Sie wirkt brandneu. Ich glaube, das Buch, aus dem diese Seite stammt, befand sich bis vor wenigen *Wochen* noch im Jahr 1960. Nicht der Handschuh, der ist *viel* ramponierter als damals, aber die Titelseite.«

»Nicht alle alten Bücher vergilben, wenn sie gut aufbewahrt werden, Bobby. Selbst ein altes Taschenbuch könnte –«

»Dreh sie um«, sagte er. »Schau dir die Rückseite an.«

Carol tat es. Unter der Zeile *Alle Rechte vorbehalten* stand folgendes: *Sag ihr, sie war so tapfer wie eine Löwin.*

»Da wußte ich, daß ich kommen mußte, weil *er* dachte, du würdest hier sein, du wärst noch am Leben. Ich konnte das nicht glauben, es war leichter, an ihn zu glauben als daran, daß … Carol? Was ist los? Ist es das, was da unten steht? Was *ist* das da unten?«

Sie weinte jetzt, schluchzte heftig, hielt die herausgerissene Titelseite in der Hand und schaute auf das, was dort auf der Rückseite in den spärlichen weißen Raum unter den Verkaufsbedingungen gequetscht war:

»Was heißt das? Weißt du das? Du weißt es, nicht wahr?«

Carol schüttelte den Kopf. »Spielt keine Rolle. Für mich bedeutet es etwas Besonderes, so wie der Handschuh für dich etwas Besonderes bedeutet. Für einen alten Mann weiß er jedenfalls recht gut, auf welche Knöpfe er drücken muß, nicht wahr?«

»Glaub schon. Vielleicht ist es das, was ein Zerbrecher tut.«

Sie sah ihn an. Obwohl sie immer noch weinte, war sie nicht wirklich unglücklich, dachte Bobby. »Warum tut er das bloß, Bobby? Und woher hat er gewußt, daß wir kommen würden? Vierzig Jahre sind eine lange Zeit. Menschen werden erwachsen, sie werden erwachsen und lassen die Kinder, die sie einmal waren, hinter sich zurück.«

»Wirklich?«

Sie sah ihn in der hereinbrechenden Dunkelheit unvermindert an. In dem Wäldchen vor ihnen wurden die Schatten tiefer. Dort drin – unter den Bäumen, wo er an einem Tag geweint und sie am nächsten gefunden hatte, verletzt und allein – war es fast schon ganz dunkel.

»Manchmal bleibt ein wenig von dem Zauber bestehen«, sagte Bobby. »So sehe ich das jedenfalls. Wir sind gekommen, weil wir immer noch ein paar von den richtigen Stimmen hören. Hörst du sie? Die Stimmen?«

»Manchmal«, sagte sie beinahe widerwillig. »Manchmal, ja.«

Bobby nahm ihr den Handschuh ab. »Entschuldigst du mich für eine Sekunde?«

»Natürlich.«

Bobby ging zu dem Wäldchen hinüber, kniete sich hin, um unter einen tiefhängenden Zweig zu gelangen, und legte seinen alten Baseballhandschuh ins Gras, so daß die Tasche nach oben zeigte, zum dunkelnden Himmel. Dann kam er zur

Bank zurück und setzte sich wieder neben Carol. »Dort gehört er hin«, sagte er.

»Morgen wird irgendein Junge hier vorbeikommen und ihn mitnehmen, das weißt du doch, oder?« Sie lachte und wischte sich die Augen.

»Kann sein«, gab er zu. »Aber vielleicht verschwindet er auch einfach wieder. Dorthin, woher er gekommen ist.«

Als das letzte Rosa des Tages zu Asche wurde, legte Carol den Kopf an Bobbys Schulter, und er legte den Arm um sie. So saßen sie da, ohne zu sprechen, und im Radio zu ihren Füßen begannen die Platters zu singen.

Nachbemerkung des Autors

Die University of Maine in Orono gibt es natürlich. Ich weiß das, weil ich dort von 1966 bis 1970 studiert habe. Die Figuren in dieser Geschichte sind jedoch rein fiktiv, ebenso wie ein großer Teil der von mir beschriebenen Campus-Geographie. Harwich ist ebenfalls fiktiv, und Bridgeport gibt es zwar wirklich, aber meine Version der Stadt nicht. Obwohl es schwer zu glauben ist, sind die sechziger Jahre keineswegs fiktiv; es hat sie tatsächlich gegeben.

Auch hinsichtlich der Chronologie habe ich mir einige Freiheiten herausgenommen – die auffälligste ist wohl, daß ich die Serie »Nummer Sechs« schon zwei Jahre vor ihrer Ausstrahlung in den Vereinigten Staaten benutze –, aber ich habe mich bemüht, dem Geist dieser Zeit treu zu bleiben. Ist das wirklich möglich? Ich weiß es nicht, aber ich habe es versucht.

Eine frühere und ganz andere Version von »Blind Willie« ist in der Zeitschrift *Antaeus* erschienen. Sie wurde 1994 veröffentlicht.

Ich möchte Chuck Verrill, Susan Moldow und Nan Graham dafür danken, daß sie mir geholfen haben, den Mut zu finden, dieses Buch zu schreiben. Außerdem möchte ich meiner Frau danken. Ohne sie hätte ich es garantiert nicht gepackt.

S. K.
22. Dezember 1998

STEPHEN KING

Der Meister der Spannung

Im Wilhelm Heyne Taschenbuch bisher erschienen:

Im Morgengrauen (01/6553)

Fluch (01/6601 erschienen unter dem Pseudonym Richard Bachman)

Menschenjagd (01/6687 erschienen unter dem Pseudonym Richard Bachman)

Der Gesang der Toten (01/6705)

Sprengstoff (01/6762 erschienen unter dem Pseudonym Richard Bachman)

Die Augen der Drachen (01/6824)

Todesmarsch (01/6848 erschienen unter dem Pseudonym Richard Bachman)

Der Fornit (01/6888)

Dead Zone – Das Attentat (01/6953)

Friedhof der Kuscheltiere (01/7627)

Der Talismann (01/7662 Co-Autor Peter Straub)

Amok (01/7695 erschienen unter dem Pseudonym Richard Bachman)

Das Monstrum. Tommyknockers (01/7995)

Nachtvisionen (01/8098 Co-Autoren Dan Simmons und George Martin)

Stark »The Dark Half« (01/8269)

Christine (01/8325)

Frühling, Sommer, Herbst und Tod (01/8403)

In einer kleinen Stadt - »Needful Things« (01/8653)

Dolores (01/9047)
Alpträume (01/9369)

Das Spiel (01/9518)

Abgrund (01/9572)

Die Verurteilten – Frühling, Sommer, Herbst und Tod (01/9628 Filmausgabe)

Nachts (01/9697)

»es« (01/9903)

Das Bild – Rose Madder (01/10020)

schlaflos – Insomnia (01/10280)

Brennen muß Salem (01/10356)

Schwarz (01/10428)

Drei (01/10429)

tot (01/10430)

Desperation (01/10446)

Regulator (01/10454 erschienen unter dem Pseudonym Richard Bachman)

Langoliers (01/10472)

Glas (01/10799)

Sara (01/13013)

Sie – Misery (01/13108)

Der Sturm des Jahrhunderts (01/13150)

Atlantis (01/13208)

Das Leben und das Schreiben (01/13496)